Cincuenta sombras de Grey

E.L. JAMES

Cincuenta sombras de Grey

Traducción de
Pilar de la Peña Minguell
y Helena Trías Bello

Grijalbo

Título original: *Fifty Shades of Grey*

Primera edición: junio, 2012

© 2011, Fifty Shades Ltd
   El autor publicó previamente una serie por entregas online de esta historia, con diferentes personajes y con el título *Master of the Universe*, bajo el seudónimo Snowqueen's Icedragon
© 2012, Random House Mondadori, S. A.
   Travessera de Gràcia, 47-49. 08021 Barcelona
© 2012, Pilar de la Peña Minguell y Helena Trías Bello, por la traducción

Printed in Spain – Impreso en España

ISBN: 978-84-253-4883-9
Depósito legal: B-14332-2012

Compuesto en Fotocomposición 2000, S.A.

Impreso y encuadernado en Liberdúplex
Ctra. BV2249, km 7,4
08791 Sant Llorenç d'Hortons

GR 4 8 8 3 9

Para Niall,
el amo de mi universo

Agradecimientos

Quiero agradecer a las siguientes personas su ayuda y su apoyo:

A mi marido, Niall, gracias por aguantar mi obsesión, por ser un dios doméstico y por hacer la primera revisión del manuscrito.

A mi jefa, Lisa, gracias por soportarme durante el último año, o más, mientras yo me permitía esta locura.

A C.C.L., solo puedo darte las gracias.

A las originarias *bunker babes*: gracias por vuestra amistad y vuestro apoyo constante.

A S.R., gracias por todos tus útiles consejos desde el principio y por ser el primero.

A Sue Malone, gracias por ordenarme la vida.

A Amanda y a todos los de TWCS, gracias por apostar por mí.

1

Me miro en el espejo y frunzo el ceño, frustrada. Qué asco de pelo. No hay manera con él. Y maldita sea Katherine Kavanagh, que se ha puesto enferma y me ha metido en este lío. Tendría que estar estudiando para los exámenes finales, que son la semana que viene, pero aquí estoy, intentando hacer algo con mi pelo. No debo meterme en la cama con el pelo mojado. No debo meterme en la cama con el pelo mojado. Recito varias veces este mantra mientras intento una vez más controlarlo con el cepillo. Me desespero, pongo los ojos en blanco, después observo a la chica pálida, de pelo castaño y ojos azules exageradamente grandes que me mira, y me rindo. Mi única opción es recogerme este pelo rebelde en una coleta y confiar en estar medio presentable.

Kate es mi compañera de piso, y ha tenido que pillar un resfriado precisamente hoy. Por eso no puede ir a la entrevista que había concertado para la revista de la facultad con un megaempresario del que yo nunca había oído hablar. Así que va a tocarme a mí. Tengo que estudiar para los exámenes finales, tengo que terminar un trabajo y se suponía que a eso iba a dedicarme esta tarde, pero no. Lo que voy a hacer esta tarde es conducir más de doscientos kilómetros hasta el centro de Seattle para reunirme con el enigmático presidente de Grey Enterprises Holdings, Inc. Como empresario excepcional y principal mecenas de nuestra universidad, su tiempo es extraordinariamente valioso —mucho más que el mío—, pero ha concedido una entrevista a Kate. Un bombazo, según ella. Malditas sean sus actividades extraacadémicas.

Kate está acurrucada en el sofá del salón.

—Ana, lo siento. Tardé nueve meses en conseguir esta entrevista. Si pido que me cambien el día, tendré que esperar otros seis meses, y para entonces las dos estaremos graduadas. Soy la responsable de la revista, así que no puedo echarlo todo a perder. Por favor... —me suplica Kate con voz ronca por el resfriado.

¿Cómo lo hace? Incluso enferma está guapísima, realmente atractiva, con su pelo rubio rojizo perfectamente peinado y sus brillantes ojos verdes, aunque ahora los tiene rojos y llorosos. Paso por alto la inoportuna punzada de lástima que me inspira.

—Claro que iré, Kate. Vuelve a la cama. ¿Quieres una aspirina o un paracetamol?

—Un paracetamol, por favor. Aquí tienes las preguntas y la grabadora. Solo tienes que apretar aquí. Y toma notas. Luego ya lo transcribiré todo.

—No sé nada de él —murmuro intentando en vano reprimir el pánico, que es cada vez mayor.

—Te harás una idea por las preguntas. Sal ya. El viaje es largo. No quiero que llegues tarde.

—Vale, me voy. Vuelve a la cama. Te he preparado una sopa para que te la calientes después.

La miro con cariño. Solo haría algo así por ti, Kate.

—Sí, lo haré. Suerte. Y gracias, Ana. Me has salvado la vida, para variar.

Cojo el bolso, le lanzo una sonrisa y me dirijo al coche. No puedo creerme que me haya dejado convencer, pero Kate es capaz de convencer a cualquiera de lo que sea. Será una excelente periodista. Sabe expresarse y discutir, es fuerte, convincente y guapa. Y es mi mejor amiga.

Apenas hay tráfico cuando salgo de Vancouver, Washington, en dirección a la interestatal 5. Es temprano y no tengo que estar en Seattle hasta las dos del mediodía. Por suerte, Kate me ha dejado su Mercedes CLK. No tengo nada claro que pudiera llegar a tiempo con Wanda, mi viejo Volkswagen Escarabajo. Conducir el Mercedes es muy agradable. Piso con fuerza el acelerador, y los kilómetros pasan volando.

Me dirijo a la sede principal de la multinacional del señor Grey, un enorme edificio de veinte plantas, una fantasía arquitectónica, todo él de vidrio y acero, y con las palabras GREY HOUSE en un discreto tono metálico en las puertas acristaladas de la entrada. Son las dos menos cuarto cuando llego. Entro en el inmenso —y francamente intimidante— vestíbulo de vidrio, acero y piedra blanca, muy aliviada por no haber llegado tarde.

Desde el otro lado de un sólido mostrador de piedra me sonríe amablemente una chica rubia, atractiva y muy arreglada. Lleva la americana gris oscura y la falda blanca más elegantes que he visto jamás. Está impecable.

—Vengo a ver al señor Grey. Anastasia Steele, de parte de Katherine Kavanagh.

—Discúlpeme un momento, señorita Steel —me dice alzando las cejas.

Espero tímidamente frente a ella. Empiezo a pensar que debería haberme puesto una americana de vestir de Kate en lugar de mi chaqueta azul marino. He hecho un esfuerzo y me he puesto la única falda que tengo, mis cómodas botas marrones hasta la rodilla y un jersey azul. Para mí ya es ir elegante. Me paso por detrás de la oreja un mechón de pelo que se me ha soltado de la coleta fingiendo no sentirme intimidada.

—Sí, tiene cita con la señorita Kavanagh. Firme aquí, por favor, señorita Steel. El último ascensor de la derecha, planta 20.

Me sonríe amablemente, sin duda divertida, mientras firmo.

Me tiende un pase de seguridad que tiene impresa la palabra VISITANTE. No puedo evitar sonreír. Es obvio que solo estoy de visita. Desentono completamente. No pasa nada, suspiro para mis adentros. Le doy las gracias y me dirijo hacia los ascensores, más allá de los dos vigilantes, ambos mucho más elegantes que yo con su traje negro de corte perfecto.

El ascensor me traslada a la planta 20 a una velocidad de vértigo. Las puertas se abren y salgo a otro gran vestíbulo, también de vidrio, acero y piedra blanca. Me acerco a otro mostrador de piedra y me saluda otra chica rubia vestida impecablemente de blanco y negro.

—Señorita Steele, ¿puede esperar aquí, por favor? —me pregunta señalándome una zona de asientos de piel de color blanco.

Detrás de los asientos de piel hay una gran sala de reuniones con las paredes de vidrio, una mesa de madera oscura, también grande, y al menos veinte sillas a juego. Más allá, un ventanal desde el suelo hasta el techo que ofrece una vista de Seattle hacia el Sound. La vista es tan impactante que me quedo momentáneamente paralizada. Uau.

Me siento, saco las preguntas del bolso y les echo un vistazo maldiciendo por dentro a Kate por no haberme pasado una breve biografía. No sé nada del hombre al que voy a entrevistar. Podría tener tanto noventa años como treinta. La inseguridad me mortifica y, como estoy nerviosa, no paro de moverme. Nunca me he sentido cómoda en las entrevistas cara a cara. Prefiero el anonimato de una charla en grupo, en la que puedo sentarme al fondo de la sala y pasar inadvertida. Para ser sincera, lo que me gusta es estar sola, acurrucada en una silla de la biblioteca del campus universitario leyendo una buena novela inglesa, y no removiéndome en el sillón de un enorme edificio de vidrio y piedra.

Suspiro. Contrólate, Steele. A juzgar por el edificio, demasiado aséptico y moderno, supongo que Grey tendrá unos cuarenta años. Un tipo que se mantiene en forma, bronceado y rubio, a juego con el resto del personal.

De una gran puerta a la derecha sale otra rubia elegante, impecablemente vestida. ¿De dónde sale tanta rubia inmaculada? Parece que las fabriquen en serie. Respiro hondo y me levanto.

—¿Señorita Steele? —me pregunta la última rubia.

—Sí —le contesto con voz ronca y carraspeo—. Sí —repito, esta vez en un tono algo más seguro.

—El señor Grey la recibirá enseguida. ¿Quiere dejarme la chaqueta?

—Sí, gracias —le contesto intentando con torpeza quitarme la chaqueta.

—¿Le han ofrecido algo de beber?

—Pues… no.

Vaya, ¿estaré metiendo en problemas a la rubia número uno?

La rubia número dos frunce el ceño y lanza una mirada a la chica del mostrador.

—¿Quiere un té, café, agua? —me pregunta volviéndose de nuevo hacia mí.

—Un vaso de agua, gracias —le contesto en un murmullo.

—Olivia, tráele a la señorita Steele un vaso de agua, por favor —dice en tono serio.

Olivia sale corriendo de inmediato y desaparece detrás de una puerta al otro lado del vestíbulo.

—Le ruego que me disculpe, señorita Steele. Olivia es nuestra nueva empleada en prácticas. Por favor, siéntese. El señor Grey la atenderá en cinco minutos.

Olivia vuelve con un vaso de agua muy fría.

—Aquí tiene, señorita Steele.

—Gracias.

La rubia número dos se dirige al enorme mostrador. Sus tacones resuenan en el suelo de piedra. Se sienta y ambas siguen trabajando.

Quizá el señor Grey insista en que todos sus empleados sean rubios. Estoy distraída, preguntándome si eso es legal, cuando la puerta del despacho se abre y sale un afroamericano alto y atractivo, con el pelo rizado y vestido con elegancia. Está claro que no podría haber elegido peor mi ropa.

Se vuelve hacia la puerta.

—Grey, ¿jugamos al golf esta semana?

No oigo la respuesta. El afroamericano me ve y sonríe. Se le arrugan las comisuras de los ojos. Olivia se ha levantado de un salto para ir a llamar al ascensor. Parece que destaca en eso de pegar saltos de la silla. Está más nerviosa que yo.

—Buenas tardes, señoritas —dice el afroamericano metiéndose en el ascensor.

—El señor Grey la recibirá ahora, señorita Steele. Puede pasar —me dice la rubia número dos.

Me levanto tambaleándome un poco e intentando contener los nervios. Cojo mi bolso, dejo el vaso de agua y me dirijo a la puerta entornada.

—No es necesario que llame. Entre directamente —me dice sonriéndome.

Empujo la puerta, tropiezo con mi propio pie y caigo de bruces en el despacho.

Mierda, mierda. Qué patosa... Estoy de rodillas y con las manos apoyadas en el suelo en la entrada del despacho del señor Grey, y unas manos amables me rodean para ayudarme a levantarme. Estoy muerta de vergüenza, ¡qué torpe! Tengo que armarme de valor para alzar la vista. Madre mía, qué joven es.

—Señorita Kavanagh —me dice tendiéndome una mano de largos dedos en cuanto me he incorporado—. Soy Christian Grey. ¿Está bien? ¿Quiere sentarse?

Muy joven. Y atractivo, muy atractivo. Alto, con un elegantísimo traje gris, camisa blanca y corbata negra, con un pelo rebelde de color cobrizo y brillantes ojos grises que me observan atentamente. Necesito un momento para poder articular palabra.

—Bueno, la verdad...

Me callo. Si este tipo tiene más de treinta años, yo soy bombera. Le doy la mano, aturdida, y nos saludamos. Cuando nuestros dedos se tocan, siento un extraño y excitante escalofrío por todo el cuerpo. Retiro la mano a toda prisa, incómoda. Debe de ser electricidad estática. Parpadeo rápidamente, al ritmo de los latidos de mi corazón.

—La señorita Kavanagh está indispuesta, así que me ha mandado a mí. Espero que no le importe, señor Grey.

—¿Y usted es...?

Su voz es cálida y parece divertido, pero su expresión impasible no me permite asegurarlo. Parece ligeramente interesado, pero sobre todo muy educado.

—Anastasia Steele. Estudio literatura inglesa con Kate... digo... Katherine... bueno... la señorita Kavanagh, en la Estatal de Washington.

—Ya veo —se limita a responderme.

Creo ver el esbozo de una sonrisa en su expresión, pero no estoy segura.

—¿Quiere sentarse? —me pregunta señalándome un sofá blanco de piel en forma de L.

Su despacho es exageradamente grande para una sola persona. Delante de los ventanales panorámicos hay una mesa de madera oscura en la que podrían comer cómodamente seis personas. Hace juego con la mesita junto al sofá. Todo lo demás es blanco —el techo, el suelo y las paredes—, excepto la pared de la puerta, en la que treinta y seis cuadros pequeños forman una especie de mosaico cuadrado. Son preciosos, una serie de objetos prosaicos e insignificantes, pintados con tanto detalle que parecen fotografías. Pero, colgados juntos en la pared, resultan impresionantes.

—Un artista de aquí. Trouton —me dice el señor Grey cuando se da cuenta de lo que estoy observando.

—Son muy bonitos. Elevan lo cotidiano a la categoría de extraordinario —murmuro distraída, tanto por él como por los cuadros.

Ladea la cabeza y me mira con mucha atención.

—No podría estar más de acuerdo, señorita Steele —me contesta en voz baja.

Y por alguna inexplicable razón me ruborizo.

Aparte de los cuadros, el resto del despacho es frío, limpio y aséptico. Me pregunto si refleja la personalidad del Adonis que está sentado con elegancia frente a mí en una silla blanca de piel. Bajo la cabeza, alterada por la dirección que están tomando mis pensamientos, y saco del bolso las preguntas de Kate. Luego preparo la grabadora con tanta torpeza que se me cae dos veces en la mesita. El señor Grey no abre la boca. Aguarda pacientemente —eso espero—, y yo me siento cada vez más avergonzada y me pongo más roja. Cuando reúno el valor para mirarlo, está observándome, con una mano encima de la pierna y la otra alrededor de la barbilla y con el largo dedo índice cruzándole los labios. Creo que intenta ahogar una sonrisa.

—Pe… Perdón —balbuceo—. No suelo utilizarla.

—Tómese todo el tiempo que necesite, señorita Steele —me contesta.

—¿Le importa que grabe sus respuestas?

—¿Me lo pregunta ahora, después de lo que le ha costado preparar la grabadora?

Me ruborizo. ¿Está bromeando? Eso espero. Parpadeo, no sé qué decir, y creo que se apiada de mí, porque acepta.

—No, no me importa.

—¿Le explicó Kate… digo… la señorita Kavanagh para dónde era la entrevista?

—Sí. Para el último número de este curso de la revista de la facultad, porque yo entregaré los títulos en la ceremonia de graduación de este año.

Vaya. Acabo de enterarme. Y por un momento me preocupa que alguien no mucho mayor que yo —vale, quizá seis o siete años, y vale, un megatriunfador, pero aun así— me entregue el título. Frunzo el ceño e intento centrar mi caprichosa atención en lo que tengo que hacer.

—Bien —digo tragando saliva—. Tengo algunas preguntas, señor Grey.

Me coloco un mechón de pelo detrás de la oreja.

—Sí, creo que debería preguntarme algo —me contesta inexpresivo.

Está burlándose de mí. Al darme cuenta de ello, me arden las mejillas. Me incorporo un poco y estiro la espalda para parecer más alta e intimidante. Pulso el botón de la grabadora intentando parecer profesional.

—Es usted muy joven para haber amasado este imperio. ¿A qué se debe su éxito?

Li miro y él esboza una sonrisa burlona, pero parece ligeramente decepcionado.

—Los negocios tienen que ver con las personas, señorita Steele, y yo soy muy bueno analizándolas. Sé cómo funcionan, lo que les hace ser mejores, lo que no, lo que las inspira y cómo incentivarlas. Cuento con un equipo excepcional, y les pago bien. —Se calla un instante y me clava su mirada gris—. Creo que para tener éxito en cualquier ámbito hay que dominarlo, conocerlo por dentro y por fuera, conocer cada uno de sus detalles. Trabajo duro, muy duro, para conseguirlo. Tomo decisiones basándome en la lógica y en los hechos. Tengo un instinto innato para reconocer y desarrollar una buena idea, y seleccionar a las personas adecuadas. La base es siempre contar con las personas adecuadas.

—Quizá solo ha tenido suerte.

Este comentario no está en la lista de Kate, pero es que es tan arrogante... Por un momento la sorpresa asoma a sus ojos.

—No creo en la suerte ni en la casualidad, señorita Steele. Cuanto más trabajo, más suerte tengo. Realmente se trata de tener en tu equipo a las personas adecuadas y saber dirigir sus esfuerzos. Creo que fue Harvey Firestone quien dijo que la labor más importante de los directivos es que las personas crezcan y se desarrollen.

—Parece usted un maniático del control.

Las palabras han salido de mi boca antes de que pudiera detenerlas.

—Bueno, lo controlo todo, señorita Steele —me contesta sin el menor rastro de sentido del humor en su sonrisa.

Lo miro y me sostiene la mirada, impasible. Se me dispara el corazón y vuelvo a ruborizarme.

¿Por qué tiene este desconcertante efecto sobre mí? ¿Quizá porque es irresistiblemente atractivo? ¿Por cómo me mira fijamente? ¿Por cómo se pasa el dedo índice por el labio inferior? Ojalá dejara de hacerlo.

—Además, decirte a ti mismo, en tu fuero más íntimo, que has nacido para ejercer el control te concede un inmenso poder —sigue diciéndome en voz baja.

—¿Le parece a usted que su poder es inmenso?

Maniático del control, añado para mis adentros.

—Tengo más de cuarenta mil empleados, señorita Steele. Eso me otorga cierto sentido de la responsabilidad... poder, si lo prefiere. Si decidiera que ya no me interesa el negocio de las telecomunicaciones y lo vendiera todo, veinte mil personas pasarían apuros para pagar la hipoteca en poco más de un mes.

Me quedo boquiabierta. Su falta de humildad me deja estupefacta.

—¿No tiene que responder ante una junta directiva? —le pregunto asqueada.

—Soy el dueño de mi empresa. No tengo que responder ante ninguna junta directiva.

Me mira alzando una ceja y me ruborizo. Claro, lo habría sabido si me hubiera informado un poco. Pero, maldita sea, qué arrogante… Cambio de táctica.

—¿Y cuáles son sus intereses, aparte del trabajo?

—Me interesan cosas muy diversas, señorita Steele. —Esboza una sonrisa casi imperceptible—. Muy diversas.

Por alguna razón, su mirada firme me confunde y me enciende. Pero en sus ojos se distingue un brillo perverso.

—Pero si trabaja tan duro, ¿qué hace para relajarse?

—¿Relajarme?

Sonríe mostrando sus dientes, blancos y perfectos. Contengo la respiración. Es realmente guapo. Debería estar prohibido ser tan guapo.

—Bueno, para relajarme, como dice usted, navego, vuelo y me permito diversas actividades físicas. —Cambia de posición en su silla—. Soy muy rico, señorita Steele, así que tengo aficiones caras y fascinantes.

Echo un rápido vistazo a las preguntas de Kate con la intención de no seguir con ese tema.

—Invierte en fabricación. ¿Por qué en fabricación en concreto? —le pregunto.

¿Por qué hace que me sienta tan incómoda?

—Me gusta construir. Me gusta saber cómo funcionan las cosas, cuál es su mecanismo, cómo se montan y se desmontan. Y me encantan los barcos. ¿Qué puedo decirle?

—Parece que el que habla es su corazón, no la lógica y los hechos.

Frunce los labios y me observa de arriba abajo.

—Es posible. Aunque algunos dirían que no tengo corazón.

—¿Por qué dirían algo así?

—Porque me conocen bien. —Me contesta con una sonrisa irónica.

—¿Dirían sus amigos que es fácil conocerlo?

Y nada más preguntárselo lamento haberlo hecho. No está en la lista de Kate.

—Soy una persona muy reservada, señorita Steele. Hago todo lo posible por proteger mi vida privada. No suelo ofrecer entrevistas.

—¿Por qué aceptó esta?

—Porque soy mecenas de la universidad, y porque, por más que lo intentara, no podía sacarme de encima a la señorita Kavanagh. No dejaba de dar la lata a mis relaciones públicas, y admiro esa tenacidad.

Sé lo tenaz que puede llegar a ser Kate. Por eso estoy sentada aquí, incómoda y muerta de vergüenza ante la mirada penetrante de este hombre, cuando debería estar estudiando para mis exámenes.

—También invierte en tecnología agrícola. ¿Por qué le interesa este ámbito?

—El dinero no se come, señorita Steele, y hay demasiada gente en el mundo que no tiene qué comer.

—Suena muy filantrópico. ¿Le apasiona la idea de alimentar a los pobres del mundo?

Se encoge de hombros, como dándome largas.

—Es un buen negocio —murmura.

Pero creo que no está siendo sincero. No tiene sentido. ¿Alimentar a los pobres del mundo? No veo por ningún lado qué beneficios económicos puede proporcionar. Lo único que veo es que se trata de una idea noble. Echo un vistazo a la siguiente pregunta, confundida por su actitud.

—¿Tiene una filosofía? Y si la tiene, ¿en qué consiste?

—No tengo una filosofía como tal. Quizá un principio que me guía… de Carnegie: «Un hombre que consigue adueñarse absolutamente de su mente puede adueñarse de cualquier otra cosa para la que esté legalmente autorizado». Soy muy peculiar, muy tenaz. Me gusta el control… de mí mismo y de los que me rodean.

—Entonces quiere poseer cosas…

Es usted un obseso del control.

—Quiero merecer poseerlas, pero sí, en el fondo es eso.

—Parece usted el paradigma del consumidor.

—Lo soy.

Sonríe, pero la sonrisa no ilumina su mirada. De nuevo no cuadra con una persona que quiere alimentar al mundo, así que no puedo evitar pensar que estamos hablando de otra cosa, pero no tengo ni la menor idea de qué. Trago saliva. En el despacho hace cada vez más calor, o quizá sea cosa mía. Solo quiero acabar de una vez la entrevista. Seguro que Kate tiene ya bastante material. Echo un vistazo a la siguiente pregunta.

—Fue un niño adoptado. ¿Hasta qué punto cree que ha influido en su manera de ser?

Vaya, una pregunta personal. Lo miro con la esperanza de que no se ofenda. Frunce el ceño.

—No puedo saberlo.

Me pica la curiosidad.

—¿Qué edad tenía cuando lo adoptaron?

—Todo el mundo lo sabe, señorita Steele —me contesta muy serio.

Mierda. Sí, claro. Si hubiera sabido que iba a hacer esta entrevista, me habría informado un poco. Cambio de tema rápidamente.

—Ha tenido que sacrificar su vida familiar por el trabajo.

—Eso no es una pregunta —me replica en tono seco.

—Perdón.

No puedo quedarme quieta. Ha conseguido que me sienta como una niña perdida. Vuelvo a intentarlo.

—¿Ha tenido que sacrificar su vida familiar por el trabajo?

—Tengo familia. Un hermano, una hermana y unos padres que me quieren. Pero no me interesa seguir hablando de mi familia.

—¿Es usted gay, señor Grey?

Respira hondo. Estoy avergonzada, abochornada. Mierda. ¿Por qué no he echado un vistazo a la pregunta antes de leerla? ¿Cómo voy a decirle que estoy limitándome a leer las preguntas? Malditas sean Kate y su curiosidad.

—No, Anastasia, no soy gay.

Alza las cejas y me mira con ojos fríos. No parece contento.

—Le pido disculpas. Está… bueno… está aquí escrito.

Ha sido la primera vez que me ha llamado por mi nombre. El corazón se me ha disparado y vuelven a arderme las mejillas. Nerviosa, me coloco el mechón de pelo detrás de la oreja.

Inclina un poco la cabeza.

—¿Las preguntas no son suyas?

Quiero que se me trague la tierra.

—Bueno… no. Kate… la señorita Kavanagh… me ha pasado una lista.

—¿Son compañeras de la revista de la facultad?

Oh, no. No tengo nada que ver con la revista. Es una actividad extraacadémica de ella, no mía. Me arden las mejillas.

—No. Es mi compañera de piso.

Se frota la barbilla con parsimonia y sus ojos grises me observan atentamente.

—¿Se ha ofrecido usted para hacer esta entrevista? —me pregunta en tono inquietantemente tranquilo.

A ver, ¿quién se supone que entrevista a quién? Su mirada me quema por dentro y no puedo evitar decirle la verdad.

—Me lo ha pedido ella. No se encuentra bien —le contesto en voz baja, como disculpándome.

—Esto explica muchas cosas.

Llaman a la puerta y entra la rubia número dos.

—Señor Grey, perdone que lo interrumpa, pero su próxima reunión es dentro de dos minutos.

—No hemos terminado, Andrea. Cancele mi próxima reunión, por favor.

Andrea se queda boquiabierta, sin saber qué contestar. Parece perdida. El señor Grey vuelve el rostro hacia ella lentamente y alza las cejas. La chica se pone colorada. Menos mal, no soy la única.

—Muy bien, señor Grey —murmura, y sale del despacho.

Él frunce el ceño y vuelve a centrar su atención en mí.

—¿Por dónde íbamos, señorita Steele?

Vaya, ya estamos otra vez con lo de «señorita Steele».

—No quisiera interrumpir sus obligaciones.

—Quiero saber de usted. Creo que es lo justo.

Sus ojos grises brillan de curiosidad. Mierda, mierda. ¿Qué pretende? Apoya los codos en los brazos de la butaca y une las yemas de los dedos de ambas manos frente a la boca. Su boca me... me desconcierta. Trago saliva.

—No hay mucho que saber —le digo volviéndome a ruborizar.

—¿Qué planes tiene después de graduarse?

Me encojo de hombros. Su interés me desconcierta. Venirme a Seattle con Kate, encontrar trabajo... La verdad es que no he pensado mucho más allá de los exámenes.

—No he hecho planes, señor Grey. Tengo que aprobar los exámenes finales.

Y ahora tendría que estar estudiando, no sentada en su inmenso, aséptico y precioso despacho, sintiéndome incómoda frente a su penetrante mirada.

—Aquí tenemos un excelente programa de prácticas —me dice en tono tranquilo.

Alzo las cejas sorprendida. ¿Está ofreciéndome trabajo?

—Lo tendré en cuenta —murmuro confundida—. Aunque no creo que encajara aquí.

Oh, no. Ya estoy otra vez pensando en voz alta.

—¿Por qué lo dice?

Ladea un poco la cabeza, intrigado, y una ligera sonrisa se insinúa en sus labios.

—Es obvio, ¿no?

Soy torpe, desaliñada y no soy rubia.

—Para mí no.

Su mirada es intensa y su atisbo de sonrisa ha desaparecido. De pronto siento que unos extraños músculos me oprimen el estómago. Aparto los ojos de su mirada escrutadora y me contemplo los nudillos, aunque no los veo. ¿Qué está pasando? Tengo que marcharme ahora mismo. Me inclino hacia delante para coger la grabadora.

—¿Le gustaría que le enseñara el edificio? —me pregunta.

—Seguro que está muy ocupado, señor Grey, y yo tengo un largo camino.

—¿Vuelve en coche a Vancouver?

Parece sorprendido, incluso nervioso. Mira por la ventana. Ha empezado a llover.

—Bueno, conduzca con cuidado —me dice en tono serio, autoritario.

¿Por qué iba a importarle?

—¿Me ha preguntado todo lo que necesita? —añade.

—Sí —le contesto metiéndome la grabadora en el bolso.

Cierra ligeramente los ojos, como si estuviera pensando.

—Gracias por la entrevista, señor Grey.

—Ha sido un placer —me contesta, tan educado como siempre.

Me levanto, se levanta también él y me tiende la mano.

—Hasta la próxima, señorita Steele.

Y suena como un desafío, o como una amenaza. No estoy segura de cuál de las dos cosas. Frunzo el ceño. ¿Cuándo volveremos a vernos? Le estrecho la mano de nuevo, perpleja de que esa extraña corriente siga circulando entre nosotros. Deben de ser nervios.

—Señor Grey.

Me despido de él con un movimiento de cabeza. Él se dirige a la puerta con gracia y agilidad, y la abre de par en par.

—Asegúrese de cruzar la puerta con buen pie, señorita Steele.

Me sonríe. Está claro que se refiere a mi poco elegante entrada en su despacho. Me ruborizo.

—Muy amable, señor Grey —le digo bruscamente.

Su sonrisa se acentúa. Me alegro de haberle divertido. Salgo al vestíbulo echando chispas y me sorprende que me siga. Andrea y Olivia levantan la mirada, tan sorprendidas como yo.

—¿Ha traído abrigo? —me pregunta Grey.

—Chaqueta.

Olivia se levanta de un salto a buscar mi chaqueta, que Grey le quita de las manos antes de que haya podido dármela. La sostiene para que me la ponga, y lo hago sintiéndome totalmente ridícula. Por un momento Grey me apoya las manos en los hombros, y doy un respingo al sentir su contacto. Si se da cuenta de mi reacción, no se le nota. Su largo dedo índice pulsa el botón del ascensor y esperamos, yo con torpeza, y él sereno y frío. Se abren las puertas y entro a toda prisa, desesperada por escapar. Tengo que salir de aquí. Cuando me vuelvo, está inclinado frente a la puerta del ascensor, con una mano apoyada en la pared. Realmente es muy guapo. Guapísimo. Me desconcierta.

—Anastasia —me dice a modo de despedida.

—Christian —le contesto.

Y afortunadamente las puertas se cierran.

2

El corazón me late muy deprisa. El ascensor llega a la planta baja y salgo en cuanto se abren las puertas. Doy un traspié, pero por suerte no me doy de bruces contra el inmaculado suelo de piedra. Corro hacia las grandes puertas de vidrio y por fin salgo al tonificante, limpio y húmedo aire de Seattle. Levanto la cara y agradezco la lluvia, que me refresca. Cierro los ojos y respiro hondo, dejo que el aire me purifique e intento recuperar la poca serenidad que me queda.

Ningún hombre me había impactado como Christian Grey, y no entiendo por qué. ¿Porque es guapo? ¿Educado? ¿Rico? ¿Poderoso? No entiendo mi reacción irracional. Suspiro profundamente aliviada. ¿De qué diablos va esta historia? Me apoyo en una columna de acero del edificio y hago un gran esfuerzo por tranquilizarme y ordenar mis pensamientos. Muevo ligeramente la cabeza. ¿Qué ha pasado? Mi corazón recupera su ritmo habitual y puedo volver a respirar normalmente. Me dirijo al coche.

Dejo atrás la ciudad repasando mentalmente la entrevista y empiezo a sentirme idiota y avergonzada. Seguro que estoy reaccionando desproporcionadamente a algo que solo existe en mi cabeza. De acuerdo, es muy atractivo, seguro de sí mismo, dominante y se siente cómodo consigo mismo, pero por otra parte es arrogante y, por impecables que sean sus modales, es dictador y frío. Bueno, a primera vista. Un involuntario escalofrío me recorre la espina dorsal. Puede ser arrogante, pero tiene derecho a serlo, porque ha conseguido grandes cosas y es todavía muy joven. No soporta a los imbéciles, pero ¿por qué iba a hacerlo? Vuelvo a enfadarme al pensar que Kate no me proporcionó una breve biografía.

Mientras recorro la interestatal 5, mi mente sigue divagando. Me deja de verdad perpleja que haya gente tan empeñada en triunfar. Algunas respuestas suyas han sido muy crípticas, como si tuviera una agenda oculta. Y las preguntas de Kate… ¡Uf! La adopción y que si era gay… Se me ponen los pelos de punta. No me puedo creer que le haya preguntado algo así. ¡Tierra, trágame! De ahora en adelante, cada vez que recuerde esta pregunta me moriré de vergüenza. ¡Maldita sea Katherine Kavanagh!

Echo un vistazo al indicador de velocidad. Conduzco con más precaución de la habitual, y sé que es porque tengo en mente esos penetrantes ojos grises que me miran y una voz seria que me dice que conduzca con cuidado. Muevo la cabeza y me doy cuenta de que Grey parece tener el doble de edad de la que tiene.

Olvídalo, Ana, me regaño a mí misma. Llego a la conclusión de que, en el fondo, ha sido una experiencia muy interesante, pero que no debería darle más vueltas. Déjalo correr. No tengo que volver a verlo. La idea me reconforta. Enciendo la radio, subo el volumen, me reclino hacia atrás y escucho el ritmo del rock *indie* mientras piso el acelerador. Al surcar la interestatal 5 me doy cuenta de que puedo conducir todo lo deprisa que quiera.

Vivimos en una pequeña comunidad de casas pareadas cerca del campus de la Universidad Estatal de Washington, en Vancouver. Tengo suerte. Los padres de Kate le compraron la casa, así que pago una miseria de alquiler. Llevamos cuatro años viviendo aquí. Aparco el coche sabiendo que Kate va a querer que se lo cuente todo con pelos y señales, y es obstinada. Bueno, al menos tiene la grabadora. Espero no tener que añadir mucho más a lo dicho en la entrevista.

—¡Ana! Ya estás aquí.

Kate está sentada en el salón, rodeada de libros. Es evidente que ha estado estudiando para los exámenes finales, aunque todavía lleva puesto el pijama rosa de franela de conejitos, el que reserva para cuando ha roto con un novio, para todo tipo de enfermedades y para cuando está deprimida en general. Se levanta de un salto y corre a abrazarme.

—Empezaba a preocuparme. Pensaba que volverías antes.

—Pues yo creo que es pronto teniendo en cuenta que la entrevista se ha alargado…

Le doy la grabadora.

—Ana, muchísimas gracias. Te debo una, lo sé. ¿Cómo ha ido? ¿Cómo es?

Oh, no, ya estamos con la santa inquisidora Katherine Kavanagh.

Me cuesta contestarle. ¿Qué puedo decir?

—Me alegro de que haya acabado y de no tener que volver a verlo. Ha estado bastante intimidante, la verdad. —Me encojo de hombros—. Es muy centrado, incluso intenso… y joven. Muy joven.

Kate me mira con expresión cándida. Frunzo el ceño.

—No te hagas la inocente. ¿Por qué no me pasaste una biografía? Me ha hecho sentir como una idiota por no tener idea de nada.

Kate se lleva una mano a la boca.

—Vaya, Ana, lo siento… No lo pensé.

Resoplo.

—En general ha sido amable, formal y un poco estirado, como un viejo precoz. No habla como un tipo de veintitantos años. Por cierto, ¿cuántos años tiene?

—Veintisiete. Ana, lo siento. Tendría que haberte contado un poco, pero estaba muy nerviosa. Bueno, me llevo la grabadora y empezaré a transcribir la entrevista.

—Parece que estás mejor. ¿Te has tomado la sopa? —le pregunto para cambiar de tema.

—Sí, y estaba riquísima, como siempre. Me encuentro mucho mejor.

Me sonríe agradecida. Miro el reloj.

—Salgo pitando. Creo que llego a mi turno en Clayton's.

—Ana, estarás agotada.

—Estoy bien. Nos vemos luego.

Trabajo en Clayton's desde que empecé en la universidad, hace cuatro años. Como es la ferretería más grande de la zona de Portland, he llegado a saber bastante sobre los artículos que vendemos, aunque, paradójicamente, soy un desastre para el bricolaje. Esto se lo dejo a mi padre.

Me alegra llegar a tiempo, porque así tendré algo en lo que pensar que no sea Christian Grey. Tenemos mucho trabajo. Como acaba de empezar la temporada de verano, todo el mundo anda redecorando su casa. La señora Clayton parece aliviada al verme.

—¡Ana! Pensaba que hoy no vendrías.

—La cita ha durado menos de lo que pensaba. Puedo hacer un par de horas.

—Me alegro mucho de verte.

Me manda al almacén a reponer estanterías, y no tardo en centrarme en mi trabajo.

Más tarde, cuando vuelvo a casa, Katherine lleva puestos unos auriculares y trabaja en su portátil. Todavía tiene la nariz roja, pero está metida de lleno en su artículo, muy concentrada y tecleando frenéticamente. Yo estoy agotada, rendida por el largo viaje en coche, por la dura entrevista y por no haber parado de aquí para allá en Clayton's. Me dejo caer en el sofá pensando en el trabajo de la facultad que tengo que terminar y en que no he podido estudiar nada porque estaba con... él.

—Lo que me has traído está genial, Ana. Lo has hecho muy bien. No puedo creerme que no aceptaras su oferta de enseñarte el edificio. Está claro que quería pasar más rato contigo.

Me lanza una fugaz mirada burlona.

Me ruborizo e inexplicablemente mis pulsaciones se aceleran. Seguro que no era por eso. Solo quería mostrarme el edificio para que viera que era el amo y señor de todo aquello. Soy consciente de que estoy mordiéndome el labio y confío en que Kate no se dé cuenta, pero mi amiga parece estar concentrada en la transcripción.

—Ya entiendo lo que quieres decir con eso de formal. ¿Tomaste notas? —me pregunta.

—Mmm… No.

—No pasa nada. Con lo que hay me basta para un buen artículo. Lástima que no tengamos fotos propias. El hijo de puta está bueno, ¿no?

Me ruborizo.

—Supongo.

Intento dar a entender que me da igual, y creo que lo consigo.

—Vamos, Ana… Ni siquiera tú puedes ser inmune a su atractivo.

Me mira y alza una ceja perfecta.

¡Mierda! Siento que me arden las mejillas, así que la distraigo haciéndole la pelota, que siempre funciona.

—Seguramente tú le habrías sacado mucho más.

—Lo dudo, Ana. Vamos… casi te ha ofrecido trabajo. Teniendo en cuenta que te lo endosé en el último minuto, lo has hecho muy bien.

Me mira interrogante. Me retiro corriendo a la cocina.

—Dime, ¿qué te ha parecido?

Maldita sea, no para de preguntar. ¿Por qué no lo deja de una vez? Piensa algo, rápido.

—Es muy tenaz, controlador y arrogante… Da miedo, pero es muy carismático. Entiendo que pueda fascinar —le digo sinceramente con la esperanza de que se calle de una vez por todas.

—¿Tú, fascinada por un hombre? Qué novedad —me dice riéndose.

Como estoy preparándome un bocadillo, no puede verme la cara.

—¿Por qué querías saber si era gay? Por cierto, ha sido la pregunta más incómoda. Casi me muero de vergüenza, y a él le ha molestado que se lo preguntara.

Frunzo el ceño al recordarlo.

—Cuando aparece en la prensa, siempre va solo.

—Ha sido muy incómodo. Todo ha sido incómodo. Me alegro de no tener que volver a verlo.

—Venga, Ana, no puede haber ido tan mal. Creo que le has caído muy bien.

¿Que le he caído bien? Kate alucina.

—¿Quieres un bocadillo?

—Sí, por favor.

Para mi tranquilidad, esta noche no seguimos hablando de Christian Grey. Después de comer puedo sentarme a la mesa del comedor con Kate y, mientras ella trabaja en su artículo, yo sigo con mi trabajo sobre *Tess, la de los d'Urberville.* Maldita sea. Esta mujer estuvo en el lugar equivocado y en el momento equivocado del siglo equivocado. Cuando termino son las doce de la noche y hace ya mucho rato que Kate se ha ido a dormir. Me voy a mi habitación agotada, pero contenta de haber trabajado tanto para ser un lunes.

Me meto en mi cama de hierro de color blanco, me envuelvo en la colcha de mi madre, cierro los ojos y me quedo dormida al instante. Sueño con lugares oscuros, suelos blancos, inhóspitos y fríos, y ojos grises.

El resto de la semana me sumerjo en mis estudios y en mi trabajo en Clayton's. Kate también está muy ocupada organizando su última edición de la revista de la facultad antes de ceder su puesto al nuevo responsable, y además también está estudiando para los exámenes. Hacia el miércoles se encuentra mucho mejor y ya no tengo que seguir soportando la visión de su pijama rosa de franela lleno de conejitos. Llamo a mi madre, que vive en Georgia, para saber cómo está y para que me desee suerte en los exámenes. Empieza a contarme su última aventura: está aprendiendo a hacer velas. Mi madre se pasa la vida emprendiendo nuevos negocios. Básicamente se aburre y necesita hacer lo que sea para ocupar su tiempo, pero le es imposible centrarse en algo mucho tiempo. La semana que viene será otra cosa. Me preocupa. Espero que no haya hipotecado la casa para financiar este último proyecto. Y espero que Bob —su relativamente nuevo marido, aunque es mucho mayor que ella— la controle un poco ahora que yo ya no estoy en casa. Parece mucho más responsable que el marido número tres.

—¿Cómo te va todo, Ana?

Dudo un segundo, y mi madre centra toda su atención en mí.

—Muy bien.

—¿Ana? ¿Has conocido a algún chico?

Uf, ¿cómo se le ocurre? Es evidente que está entusiasmada.

—No, mamá, no pasa nada. Si conozco a un chico, serás la primera en saberlo.

—Ana, cariño, tienes que salir más. Me preocupas.

—Mamá, estoy bien. ¿Qué tal Bob?

Como siempre, la mejor táctica es la distracción.

Esa noche, más tarde, llamo a Ray, mi padrastro, el marido número dos de mi madre, el hombre al que considero mi padre y cuyo apellido llevo. La conversación es breve. En realidad, ni siquiera es una conversación, sino una serie de gruñidos en respuesta a mis discretos intentos. Ray no es muy hablador. Pero es muy activo, sigue viendo el fútbol en la tele (y cuando no está viendo el fútbol, juega a los bolos, pesca o hace muebles). Ray es un buen carpintero, y gracias a él sé diferenciar una espátula de un serrucho. Parece que todo le va bien.

El viernes por la noche Kate y yo estamos comentando qué hacer —queremos descansar un poco del estudio, el trabajo y las revistas de la facultad— cuando llaman a la puerta. En los escalones de la entrada está mi buen amigo José con una botella de champán en las manos.

—¡José! ¡Qué alegría verte! —Lo abrazo—. Pasa.

José es la primera persona a la que conocí cuando llegué a la universidad, y parecía tan perdido y solo como yo. Aquel día nos dimos cuenta de que éramos almas gemelas, y desde entonces somos amigos. No solo compartimos el sentido del humor, sino que descubrimos que Ray y el padre de José estuvieron juntos en el ejército, y a partir de ahí nuestros padres se hicieron también muy amigos.

José estudia ingeniería. Es el primero de su familia que va a la universidad. Es un tipo brillante, pero su auténtica pasión es la fotografía. Tiene un ojo estupendo para hacer fotos.

—Tengo buenas noticias —dice sonriendo con sus brillantes ojos oscuros.

—No me lo digas: también esta semana te las has arreglado para que no te despidan... —bromeo.

Simula burlonamente ponerme mala cara.

—La Portland Place Gallery va a exponer mis fotos el mes que viene.

—Increíble... ¡Felicidades!

Me alegro mucho por él y vuelvo a abrazarlo. Kate también le sonríe.

—¡Buen trabajo, José! Tendré que incluirlo en la revista. No se me ocurre nada mejor para un viernes por la noche que hacer cambios editoriales de última hora —dice riéndose.

—Vamos a celebrarlo. Quiero que vengas a la inauguración.

José me mira fijamente y me ruborizo.

—Las dos, claro —añade mirando nervioso a Kate.

José y yo somos buenos amigos, pero en el fondo sé que le gustaría que fuéramos algo más. Es mono y divertido, pero no es mi tipo. Es más bien el hermano que nunca he tenido. Katherine suele chincharme diciéndome que me falta el gen de buscar novio, pero la verdad es que no he conocido a nadie que... bueno, alguien que me atraiga, aunque una parte de mí desea que me tiemblen las piernas, se me dispare el corazón y sienta mariposas en el estómago.

A veces me pregunto si me pasa algo. Quizá he dedicado demasiado tiempo a mis románticos héroes literarios, y por eso mis ideales y mis expectativas son excesivamente elevados. Pero en la vida real nadie me ha hecho sentir así.

Hasta hace muy poco, murmura la inoportuna vocecita de mi subconsciente. ¡NO! Destierro de inmediato la idea. No voy a planteármelo, no después de aquella dolorosa entrevista. «¿Es usted gay, señor Grey?» Me estremezco al recordarlo. Sé que desde entonces he soñado con él casi todas las noches, pero seguramente es porque tengo que purgar de mi cabeza la espantosa experiencia.

Observo a José abriendo la botella de champán. Lleva vaqueros y una camiseta. Es alto, ancho de hombros y musculoso, de piel morena, pelo negro y ardientes ojos oscuros. Sí, José está bastante bueno, pero creo que por fin está entendiendo el mensaje: somos solo amigos. El corcho sale disparado, y José alza la mirada y sonríe.

El sábado es una pesadilla en la ferretería. Nos invaden los manitas que quieren acicalar su casa. El señor y la señora Clayton, John, Patrick —los otros dos empleados— y yo nos pasamos la jornada atendiendo a los clientes. Pero al mediodía se calma un poco, y mientras estoy sentada detrás del mostrador de la caja, comiéndome discretamente el bocadillo, la señora Clayton me pide que compruebe unos pedidos. Me concentro en la tarea, compruebo que los números de catálogo de los artículos que necesitamos se corresponden con los que hemos encargado y paso la mirada del libro de pedidos a la pantalla del ordenador, y viceversa, para asegurarme de que las entradas cuadran. De repente, no sé por qué, alzo la vista… y me quedo atrapada en la descarada mirada gris de Christian Grey, que me observa fijamente desde el otro lado del mostrador.

Casi me da un infarto.

—Señorita Steele, qué agradable sorpresa —me dice. Su mirada es firme e intensa.

Maldita sea. ¿Qué narices está haciendo aquí, todo despeinado y vestido con ese jersey grueso de lana de color crema, vaqueros y botas? Creo que me he quedado boquiabierta, y no encuentro ni el cerebro ni la voz.

—Señor Grey —murmuro, porque no puedo hacer otra cosa.

Sus labios esbozan una sonrisa y sus ojos parecen divertidos, como si estuviera disfrutando de alguna broma de la que no me entero.

—Pasaba por aquí —me dice a modo de explicación—. Necesito algunas cosas. Es un placer volver a verla, señorita Steele.

Su voz es cálida y ronca como un bombón de chocolate y caramelo… o algo así.

Muevo la cabeza intentando bajar de las nubes. El corazón me aporrea el pecho a un ritmo frenético, y por alguna razón me arden las mejillas ante su firme mirada escrutadora. Verlo delante de mí me ha dejado totalmente desconcertada. Mis recuerdos de él no le han hecho justicia. No es solo guapo, no. Es la belleza masculina personificada, arrebatador, y está aquí, en la ferretería Clayton's. Quién lo iba a decir. Recupero por fin mis funciones cognitivas y vuelvo a conectar con el resto de mi cuerpo.

—Ana. Me llamo Ana —murmuro—. ¿En qué puedo ayudarle, señor Grey?

Sonríe, y de nuevo es como si tuviera conocimiento de algún gran secreto. Es muy desconcertante. Respiro hondo y pongo mi cara de llevar cuatro años trabajando en la tienda y ser una profesional. Yo puedo.

—Necesito un par de cosas. Para empezar, bridas para cables —murmura con expresión fría y divertida a la vez.

¿Bridas para cables?

—Tenemos varias medidas. ¿Quiere que se las muestre? —susurro con voz titubeante.

Cálmate, Steele.

Un ligero fruncimiento estropea las cejas de Grey, que son bastante bonitas.

—Sí, por favor. La acompaño, señorita Steele —me dice.

Salgo de detrás del mostrador fingiendo despreocupación, pero lo cierto es que me concentro al máximo en no desplomarme. De repente mis piernas parecen de plastilina. Me alegro mucho de haber decidido ponerme mis mejores vaqueros esta mañana.

—Están con los artículos de electricidad, en el pasillo número ocho —le digo en un tono de voz demasiado elevado.

Lo miro y me arrepiento casi de inmediato. ¡Qué guapo es!

—La sigo —murmura haciendo un gesto con su mano de largos dedos y uñas perfectamente arregladas.

Con el corazón casi estrangulándome —porque me ha subido hasta la garganta e intenta salírseme por la boca— me meto en un pasillo en dirección a la sección de electricidad. ¿Por qué está en Portland? ¿Por qué ha venido a Clayton's? Y de una diminuta parte de mi cerebro que apenas utilizo —seguramente por debajo del bulbo raquídeo, cerca de donde habita mi subconsciente— surge una idea: Ha venido a verte. ¡Imposible! La descarto de inmediato. ¿Por qué iba a querer verme este hombre guapo, poderoso y sofisticado? Es una idea absurda, así que me la quito de la cabeza.

—¿Ha venido a Portland por negocios? —le pregunto.

Mi voz suena demasiado aguda, como si me hubiera pillado un dedo en una puerta. ¡Basta! ¡Intenta calmarte, Ana!

—He ido a visitar el departamento de agricultura de la universidad, que está en Vancouver. En estos momentos financio una investigación sobre rotación de cultivos y ciencia del suelo —me contesta con total naturalidad.

¿Lo ves? Ni por asomo ha venido a verte, se burla a gritos mi orgullosa subconsciente. Me ruborizo solo de pensar en las tonterías que se me pasan por la cabeza.

—¿Forma parte de su plan para alimentar al mundo? —lo provoco.

—Algo así —admite esbozando una media sonrisa.

Echa un vistazo a nuestra sección de bridas para cables. ¿Para qué querrá eso? No me lo imagino haciendo bricolaje. Desliza los dedos por las cajas de la estantería, y por alguna inexplicable razón tengo que apartar la mirada. Se inclina y coge una caja.

—Estas me irán bien —me dice con su sonrisa de estar guardando un secreto.

—¿Algo más?

—Quisiera cinta adhesiva.

¿Cinta adhesiva?

—¿Está decorando su casa?

Las palabras salen de mi boca antes de que pueda detenerlas. Seguro que contrata a trabajadores o tiene personal que se la decora.

—No, no estoy decorándola —me contesta rápidamente.

Sonríe, y me da la extraña sensación de que está riéndose de mí. ¿Tan divertida soy? ¿Por qué le hago tanta gracia?

—Por aquí —murmuro incómoda—. La cinta está en el pasillo de la decoración.

Miro hacia atrás y veo que me sigue.

—¿Lleva mucho tiempo trabajando aquí? —me pregunta en voz baja, mirándome fijamente.

Me ruborizo. ¿Por qué demonios tiene este efecto sobre mí? Me siento como una cría de catorce años, torpe, como siempre, y fuera de lugar. ¡Mirada al frente, Steele!

—Cuatro años —murmuro mientras llegamos a nuestro destino.

Por hacer algo, me agacho y cojo las dos medidas de cinta adhesiva que tenemos.

—Me llevaré esta —dice Grey golpeando suavemente el rollo de cinta que le tiendo.

Nuestros dedos se rozan un segundo, y ahí está de nuevo la corriente, que me recorre como si hubiera tocado un cable suelto. Jadeo involuntariamente al sentirla desplazándose hasta algún lugar oscuro e inexplorado en lo más profundo de mi vientre. Intento desesperadamente serenarme.

—¿Algo más? —le pregunto con voz ronca y entrecortada.

Abre ligeramente los ojos.

—Un poco de cuerda.

Su voz, también ronca, replica la mía.

—Por aquí.

Agacho la cabeza para ocultar mi rubor y me dirijo al pasillo.

—¿Qué tipo de cuerda busca? Tenemos de fibra sintética, de fibra natural, de cáñamo, de cable…

Me detengo al ver su expresión impenetrable. Sus ojos parecen más oscuros. ¡Madre mía!

—Cinco metros de la de fibra natural, por favor.

Mido rápidamente la cuerda con dedos temblorosos, consciente de su ardiente mirada gris. No me atrevo a mirarlo. No podría sentirme más cohibida. Saco el cúter del bolsillo trasero de mi pantalón, corto la cuerda, la enrollo con cuidado y hago un nudo. Es un milagro que haya conseguido no amputarme un dedo con el cúter.

—¿Iba usted a las scouts? —me pregunta frunciendo divertido sus perfilados y sensuales labios.

¡No le mires la boca!

—Las actividades en grupo no son lo mío, señor Grey.

Arquea una ceja.

—¿Qué es lo suyo, Anastasia? —me pregunta en voz baja y con su sonrisa secreta.

Lo miro y me siento incapaz de expresarme. El suelo son placas tectónicas en movimiento. Intenta tranquilizarte, Ana, me suplica de rodillas mi torturada subconsciente.

—Los libros —susurro.

Pero mi subconsciente grita: ¡Tú! ¡Tú eres lo mío! Lo aparto inmediatamente de un manotazo, avergonzada de los delirios de grandeza de mi mente.

—¿Qué tipo de libros? —me pregunta ladeando la cabeza.

¿Por qué le interesa tanto?

—Bueno, lo normal. Los clásicos. Sobre todo literatura inglesa.

Se frota la barbilla con el índice y el pulgar considerando mi respuesta. O quizá sencillamente está aburridísimo e intenta disimularlo.

—¿Necesita algo más?

Tengo que cambiar de tema… Esos dedos en esa cara son cautivadores.

—No lo sé. ¿Qué me recomendaría?

¿Qué le recomendaría? Ni siquiera sé lo que va a hacer.

—¿De bricolaje?

Asiente con mirada burlona. Me ruborizo y mi mirada se desplaza a los vaqueros ajustados que lleva.

—Un mono de trabajo —le contesto.

Me doy cuenta de que ya no controlo lo que sale de mi boca. Vuelve a alzar una ceja, divertido.

—No querrá que se le estropee la ropa… —le digo señalando sus vaqueros.

—Siempre puedo quitármela —me contesta sonriendo.

—Ya.

Siento que mis mejillas vuelven a teñirse de rojo. Deben de parecer la cubierta del *Manifiesto comunista*. Cállate. Cállate de una vez.

—Me llevaré un mono de trabajo. No vaya a ser que se me estropee la ropa —me dice con frialdad.

Intento apartar la inoportuna imagen de él sin vaqueros.

—¿Necesita algo más? —le pregunto en tono demasiado agudo mientras le tiendo un mono azul.

No contesta a mi pregunta.

—¿Cómo va el artículo?

Por fin me ha preguntado algo normal, sin indirectas ni juegos de palabras… Una pregunta que puedo responder. Me agarro a ella con las dos manos, como si fuera una tabla de salvación, y apuesto por la sinceridad.

—No estoy escribiéndolo yo, sino Katherine. La señorita Kavanagh, mi compañera de piso. Está muy contenta. Es la editora de la revista y se quedó destrozada por no haber podido hacerle la entrevista personalmente. —Siento que he remontado el vuelo, por fin un tema de conversación normal—. Lo único que le preocupa es que no tiene ninguna foto suya original.

—¿Qué tipo de fotografías quiere?

Muy bien. No había previsto esta respuesta. Niego con la cabeza, porque sencillamente no lo sé.

—Bueno, voy a estar por aquí. Quizá mañana…

—¿Estaría dispuesto a hacer una sesión de fotos?

Vuelve a salirme la voz de pito. Kate estará encantada si lo consigo. Y podrás volver a verlo mañana, me susurra seductoramente ese oscuro lugar al fondo de mi cerebro. Descarto la idea. Es estúpida, ridícula…

—Kate estará encantada… si encontramos a un fotógrafo.

Estoy tan contenta que le sonrío abiertamente. Él abre los labios, como si quisiera respirar hondo, y parpadea. Por una milésima de segundo parece algo perdido, la Tierra cambia ligeramente de eje y las placas tectónicas se deslizan hacia una nueva posición.

¡Dios mío! La mirada perdida de Christian Grey.

—Dígame algo mañana —me dice metiéndose la mano en el bolsillo trasero y sacando la cartera—. Mi tarjeta. Está mi número de móvil. Tendría que llamarme antes de las diez de la mañana.

—Muy bien —le contesto sonriendo.

Kate se pondrá contentísima.

—¡Ana!

Paul aparece al otro lado del pasillo. Es el hermano menor del señor Clayton. Me habían dicho que había vuelto de Princeton, pero no esperaba verlo hoy.

—Discúlpeme un momento, señor Grey.

Grey frunce el ceño mientras me vuelvo.

Paul siempre ha sido un amigo, y en este extraño momento en que me las veo con el rico, poderoso, asombrosamente atractivo y controlador obsesivo Grey, me alegra hablar con alguien normal. Paul me abraza muy fuerte, y me pilla por sorpresa.

—¡Ana, cuánto me alegro de verte! —exclama.

—Hola, Paul. ¿Cómo estás? ¿Has venido para el cumpleaños de tu hermano?

—Sí. Estás muy guapa, Ana, muy guapa.

Sonríe y se aparta un poco para observarme. Luego me suelta, pero deja un brazo posesivo por encima de mis hombros. Me separo un poco, incómoda. Me alegra ver a Paul, pero siempre se toma demasiadas confianzas.

Cuando miro a Christian Grey, veo que nos observa atentamente, con ojos impenetrables y pensativos, y expresión seria, impasible. Ha dejado de ser el cliente extrañamente atento y ahora es otra persona… alguien frío y distante.

—Paul, estoy con un cliente. Tienes que conocerlo —le digo intentando suavizar la animadversión que veo en la expresión de Grey.

Tiro de Paul hasta donde está Grey, y ambos se observan detenidamente. El aire podría cortarse con un cuchillo.

—Paul, te presento a Christian Grey. Señor Grey, este es Paul Clayton, el hermano del dueño de la tienda. —Y por alguna razón poco comprensible, siento que debo darle más explicaciones—. Conozco a Paul desde que trabajo aquí, aunque no nos vemos muy a menudo. Ha vuelto de Princeton, donde estudia administración de empresas.

Estoy diciendo chorradas… ¡Basta!

—Señor Clayton.

Christian le tiende la mano con mirada impenetrable.

—Señor Grey —lo saluda Paul estrechándole la mano—. Espera… ¿No será el famoso Christian Grey? ¿El de Grey Enterprises Holdings?

Paul pasa de mostrarse hosco a quedarse deslumbrado en una milésima de segundo. Grey le dedica una educada sonrisa.

—Uau… ¿Puedo ayudarle en algo?

—Se ha ocupado Anastasia, señor Clayton. Ha sido muy atenta.

Su expresión es impasible, pero sus palabras… es como si estuviera diciendo algo totalmente diferente. Es desconcertante.

—Estupendo —le responde Paul—. Nos vemos luego, Ana.

—Claro, Paul.

Lo observo desaparecer hacia el almacén.

—¿Algo más, señor Grey?

—Nada más.

Su tono es distante y frío. Maldita sea… ¿Lo he ofendido? Respiro hondo, me vuelvo y me dirijo a la caja. ¿Qué le pasa ahora?

Marco el precio de la cuerda, el mono, la cinta adhesiva y los sujetacables.

—Serán cuarenta y tres dólares, por favor.

Miro a Grey, pero me arrepiento inmediatamente. Está observándome fijamente. Me pone de los nervios.

—¿Quiere una bolsa? —le pregunto cogiendo su tarjeta de crédito.

—Sí, gracias, Anastasia.

Su lengua acaricia mi nombre, y el corazón se me vuelve a disparar. Apenas puedo respirar. Meto deprisa lo que ha comprado en una bolsa de plástico.

—Ya me llamará si quiere que haga la sesión de fotos.

Vuelve a ser el hombre de negocios. Asiento, porque de nuevo me he quedado sin palabras, y le devuelvo la tarjeta de crédito.

—Bien. Hasta mañana, quizá. —Se vuelve para marcharse, pero se detiene—. Ah, una cosa, Anastasia… Me alegro de que la señorita Kavanagh no pudiera hacerme la entrevista.

Sonríe y sale de la tienda a grandes zancadas y con renovada determinación, colgándose la bolsa del hombro y dejándome como una masa temblorosa de embravecidas hormonas femeninas. Paso varios minutos mirando la puerta cerrada por la que acaba de marcharse antes de volver a pisar la Tierra.

De acuerdo. Me gusta. Ya está, lo he admitido. No puedo seguir escondiendo mis sentimientos. Nunca antes me había sentido así. Me parece atractivo, muy atractivo. Pero sé que es una causa perdida y suspiro con un pesar agridulce. Ha sido solo una coincidencia que viniera. Pero, bueno, puedo admirarlo desde la distancia, ¿no? No tiene nada de malo. Y si encuentro a un fotógrafo, mañana lo admiraré a mis anchas. Me muerdo el labio pensándolo y me descubro a mí misma sonriendo como una colegiala. Tengo que llamar a Kate para organizar la sesión fotográfica.

3

Kate se pone loca de contenta.

—Pero ¿qué hacía en Clayton's?

Su curiosidad rezuma por el teléfono. Estoy al fondo del almacén e intento que mi voz suene despreocupada.

—Pasaba por aquí.

—Me parece demasiada casualidad, Ana. ¿No crees que ha ido a verte?

El corazón me da un brinco al planteármelo, pero la alegría dura poco. La triste y decepcionante realidad es que había venido por trabajo.

—Ha venido a visitar el departamento de agricultura de la universidad. Financia una investigación —murmuro.

—Sí, sí. Ha concedido al departamento una subvención de dos millones y medio de dólares.

Uau.

—¿Cómo lo sabes?

—Ana, soy periodista y he escrito un artículo sobre este tipo. Mi obligación es saberlo.

—Vale, Carla Bernstein, no te sulfures. Bueno, ¿quieres esas fotos?

—Pues claro. El problema es quién va a hacerlas y dónde.

—Podríamos preguntarle a él dónde. Ha dicho que se quedaría por la zona.

—¿Puedes contactar con él?

—Tengo su móvil.

Kate pega un grito.

—¿El soltero más rico, más escurridizo y más enigmático de todo el estado de Washington te ha dado su número de móvil?

—Bueno... sí.

—¡Ana! Le gustas. No tengo la menor duda —afirma categóricamente.

—Kate, solo pretende ser amable.

Pero incluso mientras lo digo sé que no es verdad. Christian Grey no es amable. Es educado, quizá. Y una vocecita me susurra: Tal vez Kate tiene razón. Se me eriza el vello solo de pensar que quizá, solo quizá, podría gustarle. Después de todo, es cierto que me ha dicho que se alegraba de que Kate no le hubiera hecho la entrevista. Me abrazo a mí misma con silenciosa alegría y giro a derecha e izquierda considerando la posibilidad de que por un instante pueda gustarle. Kate me devuelve al presente.

—No sé cómo podremos hacer la sesión. Levi, nuestro fotógrafo habitual, no puede. Ha ido a Idaho Falls a pasar el fin de semana con su familia. Se mosqueará cuando sepa que ha perdido la ocasión de fotografiar a uno de los empresarios más importantes del país.

—Mmm... ¿Y José?

—¡Buena idea! Pídeselo tú. Haría cualquier cosa por ti. Luego llamas a Grey y le preguntas dónde quiere que vayamos.

Kate es insufriblemente desdeñosa con José.

—Creo que deberías llamarlo tú.

—¿A quién? ¿A José? —me pregunta en tono de burla.

—No, a Grey.

—Ana, eres tú la que tiene trato con él.

—¿Trato? —exclamo subiendo el tono varias octavas—. Apenas conozco a ese tipo.

—Al menos has hablado con él —dice implacable—. Y parece que quiere conocerte mejor. Ana, llámalo y punto.

Y me cuelga. A veces es muy autoritaria. Frunzo el ceño y le saco la lengua al teléfono.

Estoy dejándole un mensaje a José cuando Paul entra en el almacén a buscar papel de lija.

—Ana, tenemos trabajo ahí fuera —me dice sin acritud.

—Sí, perdona —murmuro, y me doy la vuelta para salir.

—¿De qué conoces a Christian Grey?

Paul intenta mostrarse indiferente, pero no lo consigue.

—Tuve que entrevistarlo para la revista de la facultad. Kate no se encontraba bien.

Me encojo de hombros intentando no darle importancia, pero no lo hago mucho mejor que él.

—Christian Grey en Clayton's. Imagínate —resopla Paul sorprendido. Mueve la cabeza, como si quisiera aclararse las ideas—. Bueno, ¿te apetece que salgamos a tomar algo esta noche?

Cada vez que vuelve a casa me propone salir, y siempre le digo que no. Es un ritual. Nunca me ha parecido buena idea salir con el hermano del jefe, y además Paul es mono como podría serlo el vecino de al lado, pero, por más imaginación que le eches no puede ser un héroe literario. ¿Lo es Grey?, me pregunta mi subconsciente alzando su imaginaria ceja. La hago callar.

—¿No tenéis cena familiar por el cumpleaños de tu hermano?

—Mañana.

—Quizá otro día, Paul. Esta noche tengo que estudiar. Tengo exámenes finales la semana que viene.

—Ana, un día de estos me dirás que sí —me dice sonriendo.

Y vuelvo a la tienda.

—Pero yo hago paisajes, Ana, no retratos —refunfuña José.

—José, por favor —le suplico.

Con el móvil en la mano, recorro el salón de casa contemplando la luz del atardecer al otro lado de la ventana.

—Dame el teléfono.

Kate me lo quita retirándose bruscamente el pelo rubio rojizo del hombro.

—Escúchame, José Rodríguez, si quieres que nuestra revista cubra la inauguración de tu exposición, nos harás la sesión mañana, ¿entendido?

Kate puede ser increíblemente dura.

—Bien. Ana volverá a llamarte para decirte dónde y a qué hora. Nos vemos mañana.

Y cuelga el móvil.

—Solucionado. Ahora lo único que nos queda es decidir dónde y cuándo. Llámalo.

Me tiende el teléfono. Siento un nudo en el estómago.

—¡Llama a Grey ahora mismo!

La miro ceñuda y saco la tarjeta de Grey del bolsillo trasero de mis pantalones. Respiro larga y profundamente, y marco el número con dedos temblorosos.

Contesta al segundo tono con voz tranquila y fría.

—Grey.

—¿Se... Señor Grey? Soy Anastasia Steele.

No reconozco mi propia voz. Estoy muy nerviosa. Grey se queda un segundo en silencio. Estoy temblando.

—Señorita Steele. Un placer tener noticias suyas.

Le ha cambiado la voz. Creo que se ha sorprendido, y suena muy... cálido. Incluso seductor. Se me corta la respiración y me ruborizo. De pronto me doy cuenta de que Katherine Kavanagh está observándome boquiabierta, así que salgo disparada hacia la cocina para evitar su inoportuna mirada escrutadora.

—Bueno... Nos gustaría hacer la sesión fotográfica para el artículo.

Respira, Ana, respira. Mis pulmones absorben una rápida bocanada de aire.

—Mañana, si no tiene problema. ¿Dónde le iría bien?

Casi puedo oír su sonrisa de esfinge al otro lado del teléfono.

—Me alojo en el hotel Heathman de Portland. ¿Le parece bien a las nueve y media de la mañana?

—Muy bien, nos vemos allí.

Estoy pletórica y sin aliento. Parezco una cría, no una mujer adulta que puede votar y beber alcohol en el estado de Washington.

—Lo estoy deseando, señorita Steele.

Veo el destello malévolo en sus ojos grises. ¿Cómo consigue que tan solo cinco palabras encierren una promesa tan tentadora?

Cuelgo. Kate está en la cocina, observándome con una mirada de total y absoluta consternación.

—Anastasia Rose Steele. ¡Te gusta! Nunca te había visto ni te había oído tan… tan… alterada por nadie. Te has puesto roja.

—Kate, ya sabes que me pongo roja por nada. Lo hago por deporte. No seas ridícula —le contesto enfadada.

Kate parpadea sorprendida. Es muy raro que yo me enrabie, y si lo hago, se me pasa enseguida.

—Me intimida… Eso es todo.

—En el Heathman, nada menos —murmura Kate—. Voy a llamar al gerente para negociar con él un lugar para la sesión.

—Yo voy a hacer la cena. Luego tengo que estudiar.

Abro un armario para empezar a preparar la cena, sin poder disimular que estoy mosqueada con ella.

Esa noche estoy intranquila, no paro de moverme y de dar vueltas en la cama. Sueño con ojos grises, monos de trabajo, piernas largas, dedos largos y lugares muy oscuros e inexplorados. Me despierto dos veces con el corazón latiéndome a toda velocidad. Si no pego ojo, mañana voy a tener una pinta estupenda, me regaño a mí misma. Doy un golpe sobre la almohada e intento calmarme.

El Heathman está en el centro de Portland. Terminaron el impresionante edificio de piedra marrón justo a tiempo para el crack de finales de los años veinte. José, Travis y yo vamos en mi Escarabajo, y Kate en su CLK, porque en mi coche no cabemos todos. Travis es amigo y ayudante de José, y ha venido a echarle una mano con la iluminación. Kate ha conseguido que nos dejen utilizar una habitación del Heathman a cambio de mencionar el hotel en el artículo. Cuando explica en la recepción que hemos venido a fotografiar al empresario Christian Grey, nos suben de inmediato a una suite. Pero a una normal, porque al parecer el señor Grey está alojado en la suite más grande del edificio. Un responsable de marketing demasiado entusiasta nos muestra la suite. Es jovencísimo y por alguna razón está muy nervioso. Sospecho que la belleza de Kate y su aire autoritario lo desarman, porque hace con él lo que quiere. Las habitaciones son elegantes, sobrias y con muebles de calidad.

Son las nueve. Tenemos media hora para prepararlo todo. Kate va de un lado a otro.

—José, creo que lo colocaremos delante de esta pared. ¿Estás de acuerdo? —No espera a que le responda—. Travis, retira las sillas. Ana, ¿puedes pedir que nos traigan unos refrescos? Y dile a Grey que estamos aquí.

Sí, ama. Es tan dominanta… Pongo los ojos en blanco, pero hago lo que me pide.

Media hora después Christian Grey entra en nuestra suite.

¡Madre mía! Lleva una camisa blanca con el cuello abierto y unos pantalones grises de franela que le caen de forma muy seductora sobre las caderas. Todavía lleva el pelo mojado. Al mirarlo se me seca la boca… Está alucinantemente bueno. Entra en la suite acompañado de un hombre de treinta y pico años, con el pelo rapado, un elegante traje negro y corbata, que se queda en silencio en una esquina. Sus ojos castaños nos miran impasibles.

—Señorita Steele, volvemos a vernos.

Grey me tiende la mano, que estrecho mientras parpadeo rápidamente. ¡Dios mío!… Está realmente… Cuando le toco la mano, siento esa agradable corriente que me recorre el cuerpo entero, me enciende y hace que me ruborice. Estoy convencida de que todo el mundo puede oír mi respiración irregular.

—Señor Grey, le presento a Katherine Kavanagh —susurro señalando a Kate, que se acerca y lo mira directamente a los ojos.

—La tenaz señorita Kavanagh. ¿Qué tal está? —Sonríe ligeramente y parece realmente divertido—. Espero que se encuentre mejor. Anastasia me dijo que la semana pasada estuvo enferma.

—Estoy bien, gracias, señor Grey.

Le estrecha la mano con fuerza sin pestañear. Me recuerdo a mí misma que Kate ha ido a las mejores escuelas privadas de Washington. Su familia tiene dinero, así que ha crecido segura de sí misma y de su lugar en el mundo. No se anda con tonterías. A mí me impresiona.

—Gracias por haber encontrado un momento para la sesión —le dice con una sonrisa educada y profesional.

—Es un placer —le contesta Grey lanzándome una mirada.

Vuelvo a ruborizarme. Maldita sea.

—Este es José Rodríguez, nuestro fotógrafo —le digo.

Y sonrío a José, que me devuelve una sonrisa cariñosa y luego mira a Grey con frialdad.

—Señor Grey —lo saluda con un movimiento de cabeza.

—Señor Rodríguez.

La expresión de Grey también cambia mientras observa a José.

—¿Dónde quiere que me coloque? —le pregunta Grey en tono ligeramente amenazador.

Pero Katherine no está dispuesta a dejar que José lleve la voz cantante.

—Señor Grey, ¿puede sentarse aquí, por favor? Tenga cuidado con los cables. Y luego haremos también unas cuantas de pie.

Le indica una silla colocada contra una pared.

Travis enciende las luces, que por un momento ciegan a Grey, y susurra una disculpa. Luego él y yo nos quedamos atrás y observamos a José mientras toma las fotografías. Hace varias con la cámara en la mano, pidiéndole a Grey que se gire a un lado, al otro, que mueva un brazo y que vuelva a bajarlo. Luego coloca la cámara en el trípode y sigue haciendo fotos de Grey sentado, posando pacientemente y con naturalidad, durante unos veinte minutos. Mi deseo se ha hecho realidad: admiro a Grey desde una distancia no tan larga. En dos ocasiones nuestros ojos se encuentran y tengo que apartar la mirada de la suya, tan inextricable.

—Ya tenemos bastantes sentado —interrumpe Katherine—. ¿Puede ponerse de pie, señor Grey?

Se levanta y Travis corre a retirar la silla. El obturador de la Nikon de José empieza a chasquear de nuevo.

—Creo que ya tenemos suficientes —anuncia José cinco minutos después.

—Muy bien —dice Kate—. Gracias de nuevo, señor Grey.

Le estrecha la mano, y también José.

—Me encantará leer su artículo, señorita Kavanagh —murmura Grey, y se vuelve hacia mí, que estoy junto a la puerta—. ¿Viene conmigo, señorita Steele? —me pregunta.

—Claro —le contesto totalmente desconcertada.

Miro nerviosa a Kate, que se encoge de hombros. Veo que José, que está detrás de ella, pone mala cara.

—Que tengan un buen día —dice Grey abriendo la puerta y apartándose a un lado para que yo salga primero.

Pero… ¿De qué va todo esto? ¿Qué quiere? Me detengo en el pasillo y me muevo nerviosa mientras Grey sale de la habitación seguido por el tipo rapado y trajeado.

—Enseguida le aviso, Taylor —murmura al rapado.

Taylor se aleja por el pasillo y Grey dirige su ardiente mirada gris hacia mí. Mierda… ¿He hecho algo mal?

—Me preguntaba si le apetecería tomar un café conmigo.

El corazón se me sube de golpe a la boca. ¿Una cita? Christian Grey está pidiéndome una cita. Está preguntándote si quieres un café. Quizá piensa que todavía no te has despertado, me suelta mi subconsciente en tono burlón. Carraspeo e intento controlar los nervios.

—Tengo que llevar a todos a casa —murmuro en tono de disculpa retorciendo las manos y los dedos.

—¡Taylor! —grita.

Pego un bote. Taylor, que se había quedado esperando al fondo del pasillo, se vuelve y regresa con nosotros.

—¿Van a la universidad? —me pregunta Grey en voz baja.

Asiento, porque estoy demasiado aturdida para contestar.

—Taylor puede llevarlos. Es mi chófer. Tenemos un 4 × 4 grande, así que puede llevar también el equipo.

—¿Señor Grey? —pregunta Taylor cuando llega hasta nosotros con rostro inexpresivo.

—¿Puede llevar a su casa al fotógrafo, su ayudante y la señorita Kavanagh, por favor?

—Por supuesto, señor —le contesta Taylor.

—Arreglado. ¿Puede ahora venir conmigo a tomar un café?

Grey sonríe dándolo por hecho.

Frunzo el ceño.

—Verá… señor Grey… esto… la verdad… Mire, no es necesario que Taylor los lleve. —Lanzo una rápida mirada a Taylor, que sigue estoicamente impasivo—. Puedo intercambiar el coche con Kate, si me espera un momento.

Grey me dedica una sonrisa de oreja a oreja deslumbrante y natural. Madre mía… Abre la puerta de la suite y la sostiene para que pase. Entro deprisa y encuentro a Katherine en plena discusión con José.

—Ana, creo que no hay duda de que le gustas —me dice sin el menor preámbulo.

José me mira ceñudo.

—Pero no me fío de él —añade Kate.

Levanto la mano con la esperanza de que se calle, y milagrosamente lo hace.

—Kate, ¿puedes llevarte a Wanda y dejarme tu coche?

—¿Por qué?

—Christian Grey me ha pedido que vaya a tomar un café con él.

Se queda boquiabierta, sin saber qué decir. Disfruto del momento. Me coge del brazo y me arrastra hasta el dormitorio, al fondo de la sala de estar de la suite.

—Ana, es un tipo raro —me advierte—. Es muy guapo, de acuerdo, pero creo que es peligroso. Especialmente para alguien como tú.

—¿Qué quieres decir con eso de alguien como yo? —le pregunto ofendida.

—Una inocente como tú, Ana. Ya sabes lo que quiero decir —me contesta un poco enfadada.

Me ruborizo.

—Kate, solo es un café. Empiezo los exámenes esta semana y tengo que estudiar, así que no me alargaré mucho.

Arruga los labios, como si estuviera considerando mi petición. Al final se saca las llaves del bolsillo y me las da. Le doy las mías.

—Nos vemos luego. No tardes, o pediré que vayan a rescatarte.

—Gracias.

La abrazo.

Salgo de la suite y encuentro a Christian Grey esperándome apoyado en la pared. Parece un modelo posando para una sofisticada revista de moda.

—Ya está. Vamos a tomar un café —murmuro enrojeciendo de nuevo.

Sonríe.

—Usted primero, señorita Steele.

Se incorpora y hace un gesto para que pase delante. Avanzo por el pasillo con las piernas temblando, el estómago lleno de mariposas y el corazón latiéndome violentamente. Voy a tomar un café con Christian Grey... y odio el café.

Caminamos juntos por el amplio pasillo hacia el ascensor. ¿Qué puedo decirle? De pronto el temor me paraliza la mente. ¿De qué vamos a hablar? ¿Qué tengo yo en común con él? Su voz cálida me sobresalta y me aparta de mis pensamientos.

—¿Cuánto hace que conoce a Katherine Kavanagh?

Bueno, una pregunta fácil para empezar.

—Desde el primer año de facultad. Somos buenas amigas.

—Ya —me contesta evasivo.

¿Qué está pensando?

Pulsa el botón para llamar al ascensor y casi de inmediato suena el pitido. Las puertas se abren y muestran a una joven pareja abrazándose apasionadamente. Se separan de golpe, sorprendidos e incómodos, y miran con aire de culpabilidad en cualquier dirección menos la nuestra. Grey y yo entramos en el ascensor.

Intento que no cambie mi expresión, así que miro al suelo al sentir que las mejillas me arden. Cuando levanto la mirada hacia Grey, parece que ha esbozado una sonrisa, pero es muy difícil asegurarlo. La joven pareja no dice nada. Descendemos a la planta baja en un incómodo silencio. Ni siquiera suena uno de esos terribles hilo musicales para distraernos.

Las puertas se abren y, para mi gran sorpresa, Grey me coge de la mano y me la sujeta con sus dedos largos y fríos. Siento la corriente recorriendo mi cuerpo, y mis ya rápidos latidos se aceleran. Mientras tira de mí para salir del ascensor, oímos a nuestras espaldas la risita tonta de la pareja. Grey sonríe.

—¿Qué pasa con los ascensores? —masculla.

Cruzamos el amplio y animado vestíbulo del hotel en dirección a la entrada, pero Grey evita la puerta giratoria. Me pregunto si es porque tendría que soltarme la mano.

Es un bonito domingo de mayo. Brilla el sol y apenas hay tráfico. Grey gira a la izquierda y avanza hacia la esquina, donde nos detenemos a esperar que cambie el semáforo. Estoy en la calle y Christian Grey me lleva de la mano. Nunca he paseado de la mano de nadie. La cabeza me da vueltas, y un cosquilleo me recorre todo el cuerpo. Intento reprimir la ridícula sonrisa que amenaza con dividir mi cara en dos. Intenta calmarte, Ana, me implora mi subconsciente. El hombrecillo verde del semáforo se ilumina y seguimos nuestro camino.

Andamos cuatro manzanas hasta llegar al Portland Coffee House, donde Grey me suelta para sujetarme la puerta.

—¿Por qué no elige una mesa mientras voy a pedir? ¿Qué quiere tomar? —me pregunta, tan educado como siempre.

—Tomaré… eh… un té negro.

Alza las cejas.

—¿No quiere un café?

—No me gusta demasiado el café.

Sonríe.

—Muy bien, un té negro. ¿Dulce?

Me quedo un segundo perpleja, pensando que se refiere a mí, pero por suerte aparece mi subconsciente frunciendo los labios. No, tonta… Que si lo quieres con azúcar.

—No, gracias.

Me miro los dedos nudosos.

—¿Quiere comer algo?

—No, gracias.

Niego con la cabeza y Grey se dirige a la barra.

Levanto un poco la vista y lo miro furtivamente mientras espera en la cola a que le sirvan. Podría pasarme el día mirándolo… Es alto, ancho de hombros y delgado… Y cómo le caen los pantalones… Madre mía. Un par de veces se pasa los largos y bonitos dedos por el pelo, que ya está seco, aunque sigue alborotado. Ay, cómo me gustaría hacerlo a mí. La idea se me pasa de pronto por la cabeza y me arde la cara. Me muerdo el labio y vuelvo a mirarme las manos. No me gusta el rumbo que están tomando mis caprichosos pensamientos.

—Un dólar por sus pensamientos.

Grey ha vuelto y me mira fijamente.

Me pongo colorada. Solo estaba pensando en pasarte los dedos por el pelo y preguntándome si sería suave. Niego con la cabeza. Grey lleva una bandeja en las manos, que deja en la pequeña mesa redonda chapada en abedul. Me tiende una taza, un platillo, una tetera pequeña y otro plato con una bolsita de té con la etiqueta TWININGS ENGLISH BREAKFAST, mi favorito. Él se ha pedido un café con un bonito dibujo de una hoja impreso en la espuma de leche. ¿Cómo lo hacen?, me pregunto distraída. También se ha pedido una magdalena de arándanos. Coloca la bandeja a un lado, se sienta frente a mí y cruza sus largas piernas. Parece cómodo, muy a gusto con su cuerpo. Lo envidio. Y aquí estoy yo, desgarbada y torpe, casi incapaz de ir de A a B sin caerme de morros.

—¿Qué está pensando? —insiste.

—Que este es mi té favorito.

Hablo en voz baja y entrecortada. Sencillamente, no me puedo creer que esté con Christian Grey en una cafetería de Portland. Frunce el ceño. Sabe que estoy escondiéndole algo. Introduzco la bolsita de té en la tetera y casi inmediatamente la retiro con la cucharilla. Grey ladea la cabeza y me mira con curiosidad mientras dejo la bolsita de té en el plato.

—Me gusta el té negro muy flojo —murmuro a modo de explicación.

—Ya veo. ¿Es su novio?

Pero ¿qué dice?

—¿Quién?

—El fotógrafo. José Rodríguez.

Me río nerviosa, aunque con curiosidad. ¿Por qué le ha dado esa impresión?

—No. José es un buen amigo mío. Eso es todo. ¿Por qué ha pensado que era mi novio?

—Por cómo se sonríen.

Me sostiene la mirada. Es desconcertante. Quiero mirar a otra parte, pero estoy atrapada, embelesada.

—Es como de la familia —susurro.

Grey asiente, al parecer satisfecho con mi respuesta, y dirige la mirada a su magdalena de arándanos. Sus largos dedos retiran el papel con destreza, y yo lo contemplo fascinada.

—¿Quiere un poco? —me pregunta.

Y recupera esa sonrisa divertida que esconde un secreto.

—No, gracias.

Frunzo el ceño y vuelvo a contemplarme las manos.

—Y el chico al que me presentó ayer, en la tienda… ¿No es su novio?

—No. Paul es solo un amigo. Se lo dije ayer.

¿Qué tonterías son estas?

—¿Por qué me lo pregunta? —le digo.

—Parece nerviosa cuando está con hombres.

Maldita sea, es algo personal. Solo me pongo nerviosa cuando estoy con usted, Grey.

—Usted me resulta intimidante.

Me pongo colorada, pero mentalmente me doy palmaditas en la espalda por mi sinceridad y vuelvo a contemplarme las manos. Lo oigo respirar profundamente.

—De modo que le resulto intimidante —me contesta asintiendo—. Es usted muy sincera. No baje la cabeza, por favor. Me gusta verle la cara.

Lo miro y me dedica una sonrisa alentadora, aunque irónica.

—Eso me da alguna pista de lo que puede estar pensando —me dice—. Es usted un misterio, señorita Steele.

¿Un misterio? ¿Yo?

—No tengo nada de misteriosa.

—Creo que es usted muy contenida —murmura.

¿De verdad? Uau… ¿cómo lo consigo? Es increíble. ¿Yo, contenida? Imposible.

—Menos cuando se ruboriza, claro, cosa que hace a menudo. Me gustaría saber por qué se ha ruborizado.

Se mete un trozo de magdalena en la boca y empieza a masticarlo despacio, sin apartar los ojos de mí. Y, como no podía ser de otra manera, me ruborizo. ¡Mierda!

—¿Siempre hace comentarios tan personales?

—No me había dado cuenta de que fuera personal. ¿La he ofendido? —me pregunta en tono sorprendido.

—No —le contesto sinceramente.

—Bien.

—Pero es usted un poco arrogante.

Alza una ceja y, si no me equivoco, también él se ruboriza ligeramente.

—Suelo hacer las cosas a mi manera, Anastasia —murmura—. En todo.

—No lo dudo. ¿Por qué no me ha pedido que lo tutee?

Me sorprende mi osadía. ¿Por qué la conversación se pone tan seria? Las cosas no están yendo como pensaba. No puedo creerme que esté mostrándome tan hostil hacia él. Como si él intentara advertirme de algo.

—Solo me tutea mi familia y unos pocos amigos íntimos. Lo prefiero así.

Todavía no me ha dicho: «Llámame Christian». Es sin duda un obseso del control, no hay otra explicación, y parte de mí está pensando que quizá habría sido mejor que lo entrevistara Kate. Dos obsesos del control juntos. Además, ella es casi rubia —bueno, rubia rojiza—, como todas las mujeres de su empresa. Y es guapa, me recuerda mi subconsciente. No me gusta imaginar a Christian y a Kate juntos. Doy un sorbo a mi té, y Grey se pone otro trozo de magdalena en la boca.

—¿Es usted hija única? —me pregunta.

Vaya… Ahora cambia de conversación.

—Sí.

—Hábleme de sus padres.

¿Por qué quiere saber cosas de mis padres? Es muy aburrido.

—Mi madre vive en Georgia con su nuevo marido, Bob. Mi padrastro vive en Montesano.

—¿Y su padre?

—Mi padre murió cuando yo era una niña.

—Lo siento —musita.

Por un segundo la expresión de su cara se altera.

—No me acuerdo de él.

—¿Y su madre volvió a casarse?

Resoplo.

—Ni que lo jure.

Frunce el ceño.

—No cuenta demasiado de su vida, ¿verdad? —me dice en tono seco frotándose la barbilla, como pensativo.

—Usted tampoco.

—Usted ya me ha entrevistado, y recuerdo algunas preguntas bastante personales —me dice sonriendo.

¡Vaya! Está recordándome la pregunta de si era gay. Vuelvo a morirme de vergüenza. Sé que en los próximos años voy a necesitar terapia intensiva para no sentirme tan mal cada vez que recuerde ese momento. Suelto lo primero que se me ocurre sobre mi madre, cualquier cosa para apartar ese recuerdo.

—Mi madre es genial. Es una romántica empedernida. Ya se ha casado cuatro veces.

Christian alza las cejas sorprendido.

—La echo de menos —sigo diciéndole—. Ahora está con Bob. Espero que la controle un poco y recoja los trozos cuando sus descabellados planes no vayan como ella esperaba.

Sonrío con cariño. Hace mucho que no veo a mi madre. Christian me observa atentamente, dando sorbos a su café de vez en cuando. La verdad es que no debería mirarle la boca. Me perturba.

—¿Se lleva bien con su padrastro?

—Claro. Crecí con él. Para mí es mi padre.

—¿Y cómo es?

—¿Ray? Es... taciturno.

—¿Eso es todo? —me pregunta Grey sorprendido.

Me encojo de hombros. ¿Qué espera este hombre? ¿La historia de mi vida?

—Taciturno como su hijastra —me suelta Grey.

Me contengo para no soltar un bufido.

—Le gusta el fútbol, sobre todo el europeo, y los bolos, y pescar, y hacer muebles. Es carpintero. Estuvo en el ejército.

Suspiro.

—¿Vivió con él?

—Sí. Mi madre conoció a su marido número tres cuando yo tenía quince años. Yo me quedé con Ray.

Frunce el ceño, como si no lo entendiera.

—¿No quería vivir con su madre? —me pregunta.

Francamente, a él qué le importa.

—El marido número tres vivía en Texas. Yo tenía mi vida en Montesano. Y... bueno, mi madre acababa de casarse.

Me callo. Mi madre nunca habla de su marido número tres. ¿Qué pretende Grey? No es asunto suyo. Yo también puedo jugar a su juego.

—Cuénteme cosas sobre sus padres —le pido.

Se encoge de hombros.

—Mi padre es abogado, y mi madre, pediatra. Viven en Seattle.

Vaya... Ha crecido en una familia acomodada. Pienso en una exitosa pareja que adopta a tres niños, y uno de ellos llega a ser un hombre guapo que se mete en el mundo de los negocios y lo conquista sin ayuda de nadie. ¿Qué lo llevó por ese camino? Sus padres deben de estar orgullosos.

—¿A qué se dedican sus hermanos?

—Elliot es constructor, y mi hermana pequeña está en París estudiando cocina con un famoso chef francés.

Sus ojos se nublan enojados. No quiere hablar de su familia ni de él.

—Me han dicho que París es preciosa —murmuro.

¿Por qué no quiere hablar de su familia? ¿Porque es adoptado?

—Es bonita. ¿Ha estado? —me pregunta olvidando su enojo.

—Nunca he salido de Estados Unidos.

Volvemos a las trivialidades. ¿Qué esconde?

—¿Le gustaría ir?

—¿A París? —exclamo.

Me he quedado desconcertada. ¿A quién no le gustaría ir a París?

—Por supuesto —le contesto—. Pero a donde de verdad me gustaría ir es a Inglaterra.

Ladea un poco la cabeza y se pasa el índice por el labio inferior… ¡Madre mía!

—¿Por?

Parpadeo. Concéntrate, Steele.

—Porque allí nacieron Shakespeare, Austen, las hermanas Brontë, Thomas Hardy… Me gustaría ver los lugares que les inspiraron para escribir libros tan maravillosos.

Al mencionar a estos grandes literatos recuerdo que debería estar estudiando. Miro el reloj.

—Voy a marcharme. Tengo que estudiar.

—¿Para los exámenes?

—Sí. Empiezan el martes.

—¿Dónde está el coche de la señorita Kavanagh?

—En el parking del hotel.

—La acompaño.

—Gracias por el té, señor Grey.

Esboza su extraña sonrisa de guardar un gran secreto.

—No hay de qué, Anastasia. Ha sido un placer. Vamos —me dice tendiéndome una mano.

La cojo, perpleja, y salgo con él de la cafetería.

Caminamos hasta el hotel, y me gustaría decir que en amigable silencio. Al menos, él parece tan tranquilo como siempre. En cuanto a mí, me desespero intentando analizar cómo ha ido nuestro café matutino. Me siento como si me hubieran entrevistado para un trabajo, pero no estoy segura de por qué.

—¿Siempre lleva vaqueros? —me pregunta sin venir a cuento.

—Casi siempre.

Asiente. Hemos llegado al cruce, al otro lado de la calle del hotel. Todo me da vueltas. Qué pregunta tan rara… Y soy consciente de que nos queda muy poco tiempo juntos. Esto es todo. Esto ha sido todo, y lo he fastidiado, lo sé. Quizá sale con alguien.

—¿Tiene novia? —le suelto.

¡Maldita sea! ¿Lo he dicho en voz alta?

Sus labios se arrugan formando una media sonrisa y me mira fijamente.

—No, Anastasia. Yo no tengo novias —me contesta en voz baja.

¿Qué quiere decir? No es gay. Ay, quizá sí lo es. Seguramente me mintió en la entrevista. Por un momento creo que va a darme alguna explicación, alguna pista sobre su enigmática frase, pero no lo hace. Tengo que marcharme. Tengo que poner mis ideas en orden. Tengo que alejarme de él. Doy un paso adelante, tropiezo y salgo precipitada hacia la carretera.

—¡Mierda, Ana! —grita Grey.

Tira de mi mano con tanta fuerza que acabo cayendo encima de él justo cuando pasa a toda velocidad un ciclista contra dirección, y no me atropella de milagro.

Todo sucede muy deprisa. De pronto estoy cayéndome, y en cuestión de segundos estoy entre sus brazos y me aprieta fuerte contra su pecho. Respiro su aroma limpio y saludable. Huele a ropa recién lavada y a gel caro. Es embriagador. Inhalo profundamente.

—¿Está bien? —me susurra.

Con un brazo me mantiene sujeta, pegada a él, y con los dedos de la otra mano me recorre suavemente la cara para asegurarse de que no me he hecho daño. Su pulgar me roza el labio inferior y contiene la respiración. Me mira fijamente a los ojos, y por un momento, o quizá durante una eternidad, le sostengo la mirada inquieta y ardiente, pero al final centro la atención en su bonita boca. Y por primera vez en veintiún años quiero que me besen. Quiero sentir su boca en la mía.

4

Bésame, maldita sea!, le suplico, pero no puedo moverme. Un extraño y desconocido deseo me paraliza. Estoy totalmente cautivada. Observo fascinada la boca de Christian Grey, y él me observa a mí con una mirada velada, con ojos cada vez más impenetrables. Respira más deprisa de lo normal, y yo he dejado de respirar. Estoy entre tus brazos. Bésame, por favor. Cierra los ojos, respira muy hondo y mueve ligeramente la cabeza, como si respondiera a mi silenciosa petición. Cuando vuelve a abrirlos, ha recuperado la determinación, ha tomado una férrea decisión.

—Anastasia, deberías mantenerte alejada de mí. No soy un hombre para ti —suspira.

¿Qué? ¿A qué viene esto? Se supone que soy yo la que debería decidirlo. Frunzo el ceño y muevo la cabeza en señal de negación.

—Respira, Anastasia, respira. Voy a ayudarte a ponerte en pie y a dejarte marchar —me dice en voz baja.

Y me aparta suavemente.

Me ha subido la adrenalina por todo el cuerpo, por el ciclista que casi me atropella o por la embriagadora proximidad de Christian, y me siento paralizada y débil. ¡NO!, grita mi mente mientras se aparta dejándome desamparada. Apoya las manos en mis hombros, a cierta distancia, y observa atentamente mi reacción. Y lo único que puedo pensar es que quería que me besara, que era obvio, pero no lo ha hecho. No me desea. La verdad es que no me desea. He fastidiado soberanamente la cita.

—Quiero decirte una cosa —le digo tras recuperar la voz—: Gracias —musito hundida en la humillación.

¿Cómo he podido malinterpretar hasta tal punto la situación entre nosotros? Tengo que apartarme de él.

—¿Por qué?

Frunce el ceño. No ha retirado las manos de mis hombros.

—Por salvarme —susurro.

—Ese idiota iba contra dirección. Me alegro de haber estado aquí. Me dan escalofríos solo de pensar lo que podría haberte pasado. ¿Quieres venir a sentarte un momento en el hotel?

Me suelta y baja las manos. Estoy frente a él y me siento como una tonta.

Intento aclararme las ideas. Solo quiero marcharme. Todas mis vagas e incoherentes esperanzas se han frustrado. No me desea. ¿En qué estaba pensando?, me riño a mí misma. ¿Qué iba a interesarle de ti a Christian Grey?, se burla mi subconsciente. Me rodeo con los brazos, me giro hacia la carretera y veo aliviada que en el semáforo ha aparecido el hombrecillo verde. Cruzo rápidamente, consciente de que Grey me sigue. Frente al hotel, vuelvo un instante la cara hacia él, pero no puedo mirarlo a los ojos.

—Gracias por el té y por la sesión de fotos —murmuro.

—Anastasia… Yo…

Se calla. Su tono angustiado me llama la atención, de modo que lo miro involuntariamente. Se pasa la mano por el pelo con mirada desolada. Parece destrozado, frustrado y con expresión alterada. Su prudente control ha desaparecido.

—¿Qué, Christian? —le pregunto bruscamente al ver que no dice nada.

Quiero marcharme. Necesito llevarme mi frágil orgullo herido y mimarlo para que se cure.

—Buena suerte en los exámenes —murmura.

¿Cómo? ¿Por eso parece tan desolado? ¿Es esta su fantástica despedida? ¿Desearme suerte en los exámenes?

—Gracias —le contesto sin disimular el sarcasmo—. Adiós, señor Grey.

Doy media vuelta, me sorprende un poco no tropezar y, sin volver a dirigirle la mirada, desaparezco por la acera en dirección al parking subterráneo.

Ya en el oscuro y frío cemento del parking, bajo su débil luz de fluorescente, me apoyo en la pared y me cubro la cara con las manos. ¿En qué estaba pensando? No puedo evitar que se me llenen los ojos de lágrimas. ¿Por qué lloro? Me dejo caer al suelo, enfadada conmigo misma por esta absurda reacción. Levanto las rodillas y las rodeo con los brazos. Quiero hacerme lo más pequeña posible. Quizá este disparatado dolor sea menor cuanto más pequeña me haga. Apoyo la cabeza en las rodillas y dejo que las irracionales lágrimas fluyan sin freno. Estoy llorando la pérdida de algo que nunca he tenido. Qué ridículo. Lamentando la pérdida de algo que nunca ha existido… mis esperanzas frustradas, mis sueños frustrados y mis expectativas destrozadas.

Nunca me habían rechazado. Bueno, siempre era una de las últimas a las que elegían para jugar al baloncesto o al voleibol, pero eso lo entendía. Correr y hacer algo más a la vez, como botar o lanzar una pelota, no es lo mío. Soy una auténtica negada para cualquier deporte.

Pero en el plano sentimental, nunca me he expuesto. Toda mi vida he sido muy insegura. Soy demasiado pálida, demasiado delgada, demasiado desaliñada, torpe y tantos otros defectos más, así que siempre he sido yo la que ha rechazado a cualquier posible admirador. En mi clase de química hubo un tipo al que le gustaba, pero nadie había despertado mi interés… Nadie excepto el maldito Christian Grey. Quizá debería ser más agradable con gente como Paul Clayton y José Rodríguez, aunque estoy segura de que ninguno de ellos ha acabado llorando solo en la oscuridad. Quizá solo necesite pegarme una buena llantera.

¡Basta! ¡Basta ya!, me grita metafóricamente mi subconsciente con los brazos cruzados, apoyada en una pierna y dando golpecitos en el suelo con la otra. Métete en el coche, vete a casa y ponte a estudiar. Olvídalo… ¡Ahora mismo! Y deja ya de autocompadecerte, de castigarte y toda esta mierda.

Respiro hondo varias veces y me levanto. Ánimo, Steele. Me

dirijo al coche de Kate secándome las lágrimas. No volveré a pensar en él. Anotaré este incidente en la lista de las experiencias de la vida y me centraré en los exámenes.

Cuando llego, Kate está sentada a la mesa del comedor con el portátil. La sonrisa con la que me recibe se desvanece en cuanto me ve.

—Ana, ¿qué pasa?

Oh, no… La santa inquisidora Katherine Kavanagh. Muevo la cabeza como hace ella cuando quiere dar a entender que no está para historias, pero no sirve de nada.

—Has llorado.

A veces tiene un don especial para decir lo que es obvio.

—¿Qué te ha hecho ese hijo de puta? —gruñe con una cara que da miedo.

—Nada, Kate.

En realidad, ese es el problema. Al pensarlo, sonrío con ironía.

—¿Y por qué has llorado? Tú nunca lloras —me dice en tono más suave.

Se levanta. Sus ojos verdes me miran preocupados. Me abraza. Tengo que decir lo que sea para quitármela de encima.

—Casi me atropella un ciclista.

Es lo mejor que se me ocurre decirle para que por un momento se olvide de Grey.

—Dios mío, Ana… ¿Estás bien? ¿Te ha hecho daño?

Se aparta un poco y me echa un rápido vistazo para comprobar si todo está bien.

—No. Christian me ha salvado —susurro—. Pero me he pegado un susto de muerte.

—No me extraña. ¿Qué tal el café? Sé que odias el café.

—He tomado un té. Ha ido bien. Nada que comentar, la verdad. No sé por qué me lo ha pedido.

—Le gustas, Ana —me dice soltándome.

—Ya no. No voy a volver a verlo.

Sí, consigo sonar como si no me importara.

—¿Cómo?

Maldita sea. Está intrigada. Me meto en la cocina para que no pueda verme la cara.

—Sí… No tiene demasiado que ver conmigo, Kate —le digo lo más fríamente que puedo.

—¿Qué quieres decir?

—Kate, es obvio.

Me vuelvo y me coloco frente a ella, que está de pie en la puerta de la cocina.

—Para mí no —me dice—. Vale, tiene más dinero que tú, pero tiene más dinero que casi todo el mundo en este país.

—Kate, es…

Me encojo de hombros.

—¡Ana, por favor! ¿Cuántas veces tengo que decírtelo? Eres una cría —me interrumpe.

Oh, no. Ya estamos otra vez con ese rollo.

—Kate, por favor, tengo que estudiar —la corto.

Pone mala cara.

—¿Quieres ver el artículo? Está acabado. José ha hecho algunas fotos buenísimas.

¿Tengo ahora que ver al guapo de Christian Grey, quien no siente el menor interés por mí?

—Claro.

Me saco una sonrisa de la manga y me acerco al portátil. Y ahí está, mirándome en blanco y negro, mirándome y encontrándome indigna de su interés.

Finjo leer el artículo, pero no aparto los ojos de su firme mirada gris. Busco en la foto alguna pista de por qué no es un hombre para mí, como me ha dicho. Y de repente me parece obvio. Es demasiado guapo. Somos polos opuestos, y de dos mundos muy diferentes. Me veo a mí misma como a Ícaro cuando se acerca demasiado al sol, se quema y se estrella. Tiene razón. No es un hombre para mí. Es lo que ha querido decirme, y eso hace más fácil aceptar su rechazo… Bueno, casi. Podré soportarlo. Lo entiendo.

—Muy bueno, Kate —logro decirle—. Me voy a estudiar.

Me propongo no volver a pensar en él de momento. Abro los apuntes y empiezo a leer.

Solo cuando estoy en la cama, intentando dormir, permito que mis pensamientos se trasladen a mi extraña mañana. No dejo de pensar en lo que me ha dicho de que no tiene novias, y me enfado por no haber tenido en cuenta esa información antes de estar entre sus brazos, suplicándole mentalmente con todos los poros de mi piel que me besara. Lo había dicho. No me quería como novia. Me tumbo de lado. Me pregunto si quizá no tiene relaciones sexuales. Cierro los ojos y empiezo a quedarme dormida. Quizá esté reservándose. Bueno, no para ti. Mi adormilada subconsciente me da un último golpe antes de sumergirse en mis sueños.

Y esa noche sueño con ojos grises y dibujos de hojas en la espuma de la leche, y corro por lugares apenas iluminados por una luz fantasmagórica, y no sé si corro en dirección a algo o huyendo de algo… No queda claro.

Suelto el bolígrafo. Se acabó. He terminado mi último examen. Sonrío de oreja a oreja. Probablemente sea la primera vez que sonrío en toda la semana. Es viernes, y esta noche lo celebraremos. Lo celebraremos por todo lo alto. Seguramente hasta me emborracharé. Nunca me he emborrachado. Miro a Kate, que está en el otro extremo de la clase, todavía escribiendo como una loca. Faltan cinco minutos para que se acabe el examen. Esto es todo. Se acabó mi carrera académica. Ya no tendré que volver a sentarme en filas de alumnos nerviosos. En mi mente doy graciosas volteretas, aunque sé de sobra que mis volteretas solo pueden ser graciosas en mi mente. Kate deja de escribir y suelta el bolígrafo. Me mira también con una sonrisa de oreja a oreja.

De camino a casa, en su Mercedes, nos negamos a hablar del examen. Kate está mucho más preocupada por lo que va a ponerse esta noche. Yo intento encontrar las llaves en el bolso.

—Ana, hay un paquete para ti.

Kate está en la escalera, frente a la puerta de la calle, con un paquete envuelto en papel de embalar. Qué raro. No recuerdo haber encargado nada en Amazon. Kate me da el paquete y coge mis llaves para abrir la puerta. El paquete está dirigido a la señorita Anastasia Steele. No lleva remitente. Quizá sea de mi madre o de Ray.

—Seguramente será de mis padres.

—¡Ábrelo! —exclama Kate nerviosa.

Se mete en la cocina para ir a buscar el champán con el que vamos a celebrar que hemos terminado los exámenes.

Abro el paquete y encuentro un estuche de piel que contiene tres viejos libros, aparentemente idénticos, con cubiertas de tela, en perfecto estado, y una tarjeta de color blanco. En una cara, en tinta negra y una bonita caligrafía, se lee:

¿Por qué no me dijiste que era peligroso? ¿Por qué no me lo advertiste?
Las mujeres saben de lo que tienen que protegerse, porque leen novelas que les cuentan cómo hacerlo...

Reconozco la cita de *Tess*. Me sorprende la casualidad de que hace un momento haya pasado tres horas escribiendo sobre las novelas de Thomas Hardy en mi examen final. Quizá no sea casualidad... quizá sea deliberado. Miro los libros con atención. Tres volúmenes de *Tess, la de los d'Urberville*. Abro la cubierta de uno. En la primera página, en una tipografía antigua, leo:

London: Jack R. Osgood, McIlvaine and Co., 1891.

¡Son primeras ediciones! Deben de valer una fortuna. E inmediatamente sé quién me las ha mandado. Kate observa los libros por encima de mi hombro. Coge la tarjeta.

—Primeras ediciones —susurro.

—No... —dice abriendo los ojos incrédula—. ¿Grey?

Asiento.

—No se me ocurre nadie más.

—¿Qué quiere decir la tarjeta?

—No tengo ni idea. Creo que es una advertencia… La verdad es que sigue previniéndome. No tengo ni idea de por qué. No es que me haya dedicado a tirarle la puerta abajo precisamente —digo frunciendo el ceño.

—Sé que no quieres hablar de él, Ana, pero no hay duda de que le interesas, te advierta o no.

No me he permitido pensar demasiado en Christian Grey en la última semana. Bueno… sus ojos grises siguen invadiendo mis sueños, y sé que tardaré una eternidad en eliminar de mi cerebro la sensación de sus brazos rodeándome y su maravilloso olor. ¿Por qué me ha mandado estos libros? Me dijo que yo no era para él.

—He encontrado una primera edición de *Tess* en venta, en Nueva York, por catorce mil dólares, pero los tuyos están en mucho mejor estado. Deben de haber costado más —me dice Kate consultando a su buen amigo Google.

—La cita… Tess se lo dice a su madre después de lo que le hace Alec d'Urberville.

—Lo sé —me contesta Kate, pensativa—. ¿Qué intenta decir?

—Ni lo sé ni me importa. No puedo aceptarlos. Se los devolveré con otra cita tan desconcertante como esta de alguna parte confusa del libro.

—¿El pasaje en el que Angel Clare la manda a la mierda? —me pregunta Kate muy seria.

—Sí, ese —le contesto riéndome.

Quiero a Kate. Es leal y me apoya. Envuelvo los libros y los dejo en la mesa del comedor. Kate me ofrece una copa de champán.

—Por el final de los exámenes y nuestra nueva vida en Seattle —dice con una sonrisa.

—Por el final de los exámenes, nuestra nueva vida en Seattle y por que todo nos vaya bien.

Chocamos las copas y bebemos.

El bar es ruidoso y está lleno de gente, de futuros licenciados que han salido a pillar una buena cogorza. José ha venido con nosotras. No se graduará hasta el año que viene, pero le apetecía salir. Nos trae una jarra de margaritas para ponernos en la onda de nuestra recién estrenada libertad. Mientras me bebo la quinta copa, pienso que no es buena idea beber tantos margaritas después del champán.

—¿Y ahora qué, Ana? —me grita José.

—Kate y yo nos vamos a vivir a Seattle. Los padres de Kate le han comprado un piso.

—*Dios mío*, cómo viven algunos… Pero volveréis para mi exposición, ¿no?

—Por supuesto, José. No me la perdería por nada del mundo —le contesto sonriendo.

Me pasa el brazo por la cintura y me acerca a él.

—Es muy importante para mí que vengas, Ana —me susurra al oído—. ¿Otro margarita?

—José Luis Rodríguez… ¿estás intentando emborracharme? Porque creo que lo estás consiguiendo —le digo riéndome—. Creo que mejor me tomo una cerveza. Voy a buscar una jarra para todos.

—¡Más bebida, Ana! —grita Kate.

Kate es fuerte como un toro. Ha pasado el brazo por los hombros de Levi, un compañero de la clase de inglés y su fotógrafo habitual en la revista de la facultad, que ha dejado de hacer fotos de los borrachos que lo rodean. Solo tiene ojos para Kate, que se ha puesto un top minúsculo, vaqueros ajustados y tacones altos. Lleva el pelo recogido, con unos mechones rizados que le caen con gracia alrededor de la cara. Está despampanante, como siempre. Yo soy más bien de Converse y camisetas, pero me he puesto los vaqueros que más me favorecen. Me aparto de José y me levanto de nuestra mesa.

Uf, me da vueltas la cabeza.

Tengo que agarrarme al respaldo de la silla. Los cócteles con tequila no son una buena idea.

Me dirijo a la barra y decido que debería ir al baño ahora que todavía me mantengo en pie. Bien pensado, Ana. Me abro camino entre el gentío tambaleándome. Por supuesto hay cola, pero al menos el pasillo está tranquilo y fresco. Saco el móvil para pasar el rato mientras espero. A ver... ¿cuál ha sido mi última llamada? ¿A José? Antes hay un número que no sé de quién es. Ah, sí. Grey. Creo que es su número. Me río. No tengo ni idea de la hora que es. Quizá lo despierte. Quizá pueda explicarme por qué me ha mandado esos libros y el críptico mensaje. Si quiere que me mantenga alejada de él, debería dejarme en paz. Reprimo una sonrisa de borracha y pulso el botón de llamar. Contesta a la segunda señal.

—¿Anastasia?

Le ha sorprendido que lo llamara. Bueno, la verdad es que a mí me sorprende estar llamándolo. A continuación mi ofuscado cerebro se pregunta cómo sabe que soy yo.

—¿Por qué me has mandado esos libros? —le pregunto arrastrando las palabras.

—Anastasia, ¿estás bien? Tienes una voz rara —me dice en tono muy preocupado.

—La rara no soy yo, sino tú —le digo animada por el alcohol.

—Anastasia, ¿has bebido?

—¿A ti qué te importa?

—Tengo... curiosidad. ¿Dónde estás?

—En un bar.

—¿En qué bar? —me pregunta nervioso.

—Un bar de Portland.

—¿Cómo vas a volver a casa?

—Ya me las apañaré.

La conversación no está yendo como esperaba.

—¿En qué bar estás?

—¿Por qué me has mandado esos libros, Christian?

—Anastasia, ¿dónde estás? Dímelo ahora mismo.

Su tono es tan... tan dictatorial. El controlador obsesivo de siempre. Lo imagino como a un director de cine de los viejos tiempos, con pantalones de montar, un megáfono pasado de moda y una fusta. La imagen me provoca una carcajada.

—Eres tan… dominante —le digo riéndome.

—Ana, contéstame: ¿dónde cojones estás?

Christian Grey diciendo palabrotas. Vuelvo a reírme.

—En Portland… Bastante lejos de Seattle.

—¿Dónde exactamente?

—Buenas noches, Christian.

—¡Ana!

Cuelgo. Vaya, no me ha dicho nada de los libros. Frunzo el ceño. Misión no cumplida. Estoy bastante borracha, la verdad. La cabeza me da vueltas mientras avanzo en la cola. Bueno, el objetivo era emborracharse, y lo he conseguido. Ya veo lo que es… Me temo que no merece la pena repetirlo. La cola ha avanzado y ya me toca. Observo embobada el póster de la puerta del cuarto de baño, que ensalza las virtudes del sexo seguro. Maldita sea, ¿acabo de llamar a Christian Grey? Mierda. Me suena el teléfono, pego un salto y grito del susto.

—Hola —digo en voz baja.

No había previsto que me llamara.

—Voy a buscarte —me dice.

Y cuelga. Solo Christian Grey podría hablar con tanta tranquilidad y parecer tan amenazador a la vez.

Maldita sea. Me subo los vaqueros. El corazón me late a toda prisa. ¿Viene a buscarme? Oh, no. Voy a vomitar… no… Estoy bien. Espera. Me estoy montando una película. No le he dicho dónde estaba. No puede encontrarme. Además, tardaría horas en llegar desde Seattle, y para entonces haría mucho que nos habríamos marchado. Me lavo las manos y me miro en el espejo. Estoy roja y ligeramente desenfocada. Uf… tequila.

Espero una eternidad en la barra, hasta que me dan una jarra grande de cerveza, y por fin vuelvo a la mesa.

—Has tardado un siglo —me riñe Kate—. ¿Dónde estabas?

—Haciendo cola para el baño.

José y Levi discuten acaloradamente sobre el equipo de béisbol de nuestra ciudad. José interrumpe su diatriba para servirnos cerveza, y doy un trago largo.

—Kate, creo que saldré un momento a tomar el aire.

—Ana, no aguantas nada…

—Solo cinco minutos.

Vuelvo a abrirme camino entre el gentío. Empiezo a sentir náuseas, la cabeza me da vueltas y me siento inestable. Más inestable de lo habitual.

Mientras bebo al aire libre, en la zona de aparcamiento, soy consciente de lo borracha que estoy. No veo bien. La verdad es que lo veo todo doble, como en las viejas reposiciones de los dibujos animados de *Tom y Jerry*. Creo que voy a vomitar. ¿Cómo he podido acabar así?

—Ana, ¿estás bien?

José ha salido del bar y se ha acercado a mí.

—Creo que he bebido un poco más de la cuenta —le contesto sonriendo.

—Yo también —murmura. Sus ojos oscuros me miran fijamente—. ¿Te echo una mano? —me pregunta avanzando hasta mí y rodeándome con sus brazos.

—José, estoy bien. No pasa nada.

Intento apartarlo sin demasiada energía.

—Ana, por favor —me susurra.

Me agarra y me acerca a él.

—José, ¿qué estás haciendo?

—Sabes que me gustas, Ana. Por favor.

Con una mano me mantiene pegada a él, y con la otra me agarra de la barbilla y me levanta la cara. ¡Va a besarme…!

—No, José, para… No.

Lo empujo, pero es todo músculos, así que no consigo moverlo. Me ha metido la mano por el pelo y me sujeta la cabeza para que no la mueva.

—Por favor, Ana, *cariño* —me susurra con los labios muy cerca de los míos.

Respira entrecortadamente y su aliento es demasiado dulzón. Huele a margarita y a cerveza. Empieza a recorrerme la mandíbula con los labios, acercándose a la comisura de mi boca. Estoy muy nerviosa, borracha y fuera de control. Me siento agobiada.

—José, no —le suplico.

73

No quiero. Eres mi amigo y creo que voy a vomitar.

—Creo que la señorita ha dicho que no —dice una voz tranquila en la oscuridad.

¡Dios mío! Christian Grey. Está aquí. ¿Cómo? José me suelta.

—Grey —dice José lacónicamente.

Miro angustiada a Christian, que observa furioso a José. Mierda. Siento una arcada y me inclino hacia delante. Mi cuerpo no puede seguir tolerando el alcohol y vomito en el suelo aparatosamente.

—¡Uf, *Dios mío*, Ana!

José se aparta de un salto con asco. Grey me sujeta el pelo, me lo aparta de la cara y suavemente me lleva hacia un parterre al fondo del aparcamiento. Observo agradecida que está relativamente oscuro.

—Si vas a volver a vomitar, hazlo aquí. Yo te agarro.

Ha pasado un brazo por encima de mis hombros, y con la otra mano me sujeta el pelo, como si quisiera hacerme una coleta, para que no se me vaya a la cara. Intento apartarlo torpemente, pero vuelvo a vomitar… y otra vez. Oh, mierda… ¿Cuánto va a durar esto? Aunque tengo el estómago vacío y no sale nada, espantosas arcadas me sacuden el cuerpo. Me prometo a mí misma que jamás volveré a beber. Es demasiado vergonzoso para explicarlo. Por fin dejo de sentir arcadas.

He apoyado las manos en el parterre, pero apenas me sujetan. Vomitar tanto es agotador. Grey me suelta y me ofrece un pañuelo. Solo él podría tener un pañuelo de lino recién lavado y con sus iniciales bordadas. CTG. No sabía que todavía podían comprarse estas cosas. Por un instante, mientras me limpio la boca, me pregunto a qué responde la T. No me atrevo a mirarlo. Estoy muerta de vergüenza. Me doy asco. Quiero que las azaleas del parterre me engullan y desaparecer de aquí.

José sigue merodeando junto a la puerta del bar, mirándonos. Me lamento y apoyo la cabeza en las manos. Debe de ser el peor momento de mi vida. La cabeza sigue dándome vueltas mientras intento recordar un momento peor, y solo se me ocurre el del rechazo de Christian, pero este es cincuenta veces más humillante.

Me arriesgo a lanzarle una rápida mirada. Me observa fijamente con semblante sereno, inexpresivo. Me giro y miro a José, que también parece bastante avergonzado e intimidado por Grey, como yo. Lo fulmino con la mirada. Se me ocurren unas cuantas palabras para calificar a mi supuesto amigo, pero no puedo decirlas delante del empresario Christian Grey. Ana, ¿a quién pretendes engañar? Acaba de verte vomitando en el suelo y en la flora local. Tu conducta poco refinada ha sido más que evidente.

—Bueno… Nos vemos dentro —masculla José.

Pero no le hacemos caso, así que vuelve a entrar en el bar. Estoy sola con Grey. Mierda, mierda. ¿Qué puedo decirle? Puedo disculparme por haberlo llamado.

—Lo siento —susurro mirando fijamente el pañuelo, que no dejo de retorcer entre los dedos.

Qué suave es.

—¿Qué sientes, Anastasia?

Maldita sea, quiere su recompensa.

—Sobre todo haberte llamado. Estar mareada. Uf, la lista es interminable —murmuro sintiendo que me pongo roja.

Por favor, por favor, que me muera ahora mismo.

—A todos nos ha pasado alguna vez, quizá no de manera tan dramática como a ti —me contesta secamente—. Es cuestión de saber cuáles son tus límites, Anastasia. Bueno, a mí me gusta traspasar los límites, pero la verdad es que esto es demasiado. ¿Sueles comportarte así?

Me zumba la cabeza por el exceso de alcohol y el enfado. ¿Qué narices le importa? No lo he invitado a venir. Parece un hombre maduro riñéndome como si fuera una cría descarriada. A una parte de mí le apetece decirle que si quiero emborracharme cada noche es cosa mía y que a él no le importa, pero no tengo valor. No ahora, cuando acabo de vomitar delante de él. ¿Por qué sigue aquí?

—No —le digo arrepentida—. Nunca me había emborrachado, y ahora mismo no me apetece nada que se repita.

De verdad que no entiendo por qué está aquí. Empiezo a marearme. Se da cuenta, me agarra antes de que me caiga, me levanta y me apoya contra su pecho, como si fuera una niña.

—Vamos, te llevaré a casa —murmura.

—Tengo que decírselo a Kate.

Vuelvo a estar en sus brazos.

—Puede decírselo mi hermano.

—¿Qué?

—Mi hermano Elliot está hablando con la señorita Kavanagh.

—¿Cómo?

No lo entiendo.

—Estaba conmigo cuando me has llamado.

—¿En Seattle? —le pregunto confundida.

—No. Estoy en el Heathman.

¿Todavía? ¿Por qué?

—¿Cómo me has encontrado?

—He rastreado la localización de tu móvil, Anastasia.

Claro. ¿Cómo es posible? ¿Es legal? Acosador, me susurra mi subconsciente entre la nube de tequila que sigue flotándome en el cerebro, pero por alguna razón, porque es él, no me importa.

—¿Has traído chaqueta o bolso?

—Sí, las dos cosas. Christian, por favor, tengo que decírselo a Kate. Se preocupará.

Aprieta los labios y suspira ruidosamente.

—Si no hay más remedio…

Me suelta, me coge de la mano y se dirige hacia el bar. Me siento débil, todavía borracha, incómoda, agotada, avergonzada y, por extraño que parezca, encantada de la vida. Me lleva de la mano. Es un confuso abanico de emociones. Necesitaré al menos una semana para procesarlas.

En el bar hay mucho ruido, está lleno de gente y ha empezado a sonar la música, así que la pista de baile está llena. Kate no está en nuestra mesa, y José ha desaparecido. Levi, que está solo, parece perdido y desamparado.

—¿Dónde está Kate? —grito a Levi.

La cabeza empieza a martillearme al ritmo del potente bajo de la música.

—Bailando —me contesta Levi.

Me doy cuenta de que está enfadado y de que mira a Christian con recelo. Busco mi chaqueta negra y me cuelgo el pequeño bolso cruzado, que me queda a la altura de la cadera. Estoy lista para marcharme en cuanto haya hablado con Kate.

Toco el brazo de Christian, me inclino hacia él y le grito al oído que Kate está en la pista. Le rozo el pelo con la nariz y respiro su aroma limpio y fresco. Todas las sensaciones prohibidas y desconocidas que he intentado negarme salen a la superficie y recorren mi cuerpo agotado. Me ruborizo, y en lo más profundo de mi cuerpo los músculos se tensan agradablemente.

Pone los ojos en blanco, vuelve a cogerme de la mano y se dirige a la barra. Lo atienden inmediatamente. El señor Grey, el obseso del control, no tiene que esperar. ¿Todo le resulta tan fácil? No oigo lo que pide. Me ofrece un vaso grande de agua con hielo.

—Bebe —me ordena.

Los focos giran al ritmo de la música creando extrañas luces y sombras de colores por el bar y sobre los clientes. Grey pasa del verde al azul, el blanco y el rojo demoniaco. Me mira fijamente. Doy un pequeño sorbo.

—Bébetela toda —me grita.

Qué autoritario. Se pasa la mano por el pelo rebelde. Parece nervioso, enfadado. ¿Qué le pasa aparte de que una estúpida chica borracha lo haya llamado en plena noche y haya pensado que tenía que ir a rescatarla? Y ha resultado que sí tenía que rescatarla de su excesivamente cariñoso amigo. Y luego ha tenido que ver cómo la chica se mareaba. Oh, Ana… ¿conseguirás olvidar esto algún día? Mi subconsciente chasquea la lengua y me observa por encima de sus gafas de media luna. Me tambaleo un poco, y Grey apoya la mano en mi hombro para sujetarme. Le hago caso y me bebo el vaso entero. Hace que me maree. Me quita el vaso y lo deja en la barra. Observo a través de una especie de nebulosa cómo va vestido: una ancha camisa blanca de lino, vaqueros ajustados, Converse negras y americana oscura de raya diplomática. Lleva el cuello de la camisa desabrochado, y veo asomar algunos pelos dispersos. Aun en mi aturdido estado, me parece que es guapísimo.

Vuelve a cogerme de la mano y me lleva hacia la pista. Mierda. Yo no bailo. Se da cuenta de que no quiero, y bajo las luces de colores veo su sonrisa divertida y burlona. Tira fuerte de mi mano y vuelvo a caer entre sus brazos. Empieza a moverse y me arrastra en su movimiento. Vaya, sabe bailar, y no puedo creerme que esté siguiendo sus pasos. Quizá sigo el ritmo porque estoy borracha. Me aprieta contra su cuerpo… Si no me sujetara con tanta fuerza, seguro que me desplomaría a sus pies. Desde el fondo de mi mente resuena lo que suele advertirme mi madre: «Nunca te fíes de un hombre que baile bien».

Atravesamos la multitud de gente que baila hasta el otro extremo de la pista y encontramos a Kate y a Elliot, el hermano de Christian. La música retumba a todo volumen fuera y dentro de mi cabeza. Oh, no. Kate está moviendo ficha. Baila sacando el culo, y eso solo lo hace cuando alguien le gusta. Cuando alguien le gusta mucho. Eso quiere decir que mañana seremos tres a la hora del desayuno. ¡Kate!

Christian se inclina y grita a Elliot al oído. No oigo lo que le dice. Elliot es alto, ancho de hombros, pelo rubio y rizado, y con ojos perversamente brillantes. El parpadeo de los focos me impide ver de qué color. Elliot se ríe, tira de Kate y la arrastra hasta sus brazos, donde ella parece estar encantada de la vida… ¡Kate! Aun en mi etílico estado, me escandalizo. Acaba de conocerlo. Asiente a lo que Elliot le dice, me sonríe y se despide de mí con la mano. Christian nos saca de la pista moviéndose con presteza.

Pero no he hablado con Kate. ¿Está bien? Ya veo cómo van a acabar las cosas entre esos dos. Tengo que darle una charla sobre sexo seguro. Espero que lea el póster de la puerta de los lavabos. Los pensamientos me estallan en el cerebro, luchan contra la confusa sensación de borrachera. Aquí hace mucho calor, hay mucho ruido, demasiados colores… demasiadas luces. Me da vueltas la cabeza. Oh, no… Siento que el suelo sube al encuentro de mi cara, o eso parece. Lo último que oigo antes de desmayarme en los brazos de Christian Grey es la palabrota que suelta:

—¡Joder!

5

Todo está en silencio, con las luces apagadas. Estoy muy cómoda y calentita en esta cama. Qué bien... Abro los ojos, y por un momento estoy tranquila y serena, disfrutando del entorno, que no conozco. No tengo ni idea de dónde estoy. El cabezal de la cama tiene la forma de un sol enorme. Me resulta extrañamente familiar. La habitación es grande y está lujosamente decorada en tonos marrones, dorados y beis. La he visto antes. ¿Dónde? Mi ofuscado cerebro busca entre sus recuerdos recientes. ¡Maldita sea! Estoy en el hotel Heathman... en una suite. Estuve en una parecida a esta con Kate. Esta parece más grande. Oh, mierda. Estoy en la suite de Christian Grey. ¿Cómo he llegado hasta aquí?

Poco a poco empiezan a torturarme imágenes fragmentarias de la noche. La borrachera —oh, no, la borrachera—, la llamada —oh, no, la llamada—, la vomitera —oh, no, la vomitera—... José y después Christian. Oh, no. Me muero de vergüenza. No recuerdo cómo he llegado aquí. Llevo puesta la camiseta, el sujetador y las bragas. Ni calcetines ni vaqueros. Maldita sea.

Echo un vistazo a la mesita de noche. Hay un vaso de zumo de naranja y dos pastillas. Ibuprofeno. El obseso del control está en todo. Me incorporo en la cama y me tomo las pastillas. La verdad es que no me siento tan mal, seguramente mucho mejor de lo que merezco. El zumo de naranja está riquísimo. Me quita la sed y me refresca.

Oigo unos golpes en la puerta. El corazón me da un brinco y no me sale la voz, pero aun así Christian abre la puerta y entra.

Vaya, ha estado haciendo ejercicio. Lleva unos pantalones de chándal grises que le caen ligeramente sobre las caderas y una camiseta gris de tirantes empapada en sudor, como su pelo. Christian Grey ha sudado. La idea me resulta extraña. Respiro profundamente y cierro los ojos. Me siento como una niña de dos años. Si cierro los ojos, no estoy.

—Buenos días, Anastasia. ¿Cómo te encuentras?

—Mejor de lo que merezco —murmuro.

Levanto la mirada hacia él. Deja una bolsa grande de una tienda de ropa en una silla y agarra ambos extremos de la toalla que lleva alrededor del cuello. Sus impenetrables ojos grises me miran fijamente. No tengo ni idea de lo que está pensando, como siempre. Sabe esconder lo que piensa y lo que siente.

—¿Cómo he llegado hasta aquí? —le pregunto en voz baja, compungida.

Se sienta a un lado de la cama. Está tan cerca de mí que podría tocarlo, podría olerlo. Madre mía... Sudor, gel y Christian. Un cóctel embriagador, mucho mejor que el margarita, y ahora lo sé por experiencia.

—Después de que te desmayaras no quise poner en peligro la tapicería de piel de mi coche llevándote a tu casa, así que te traje aquí —me contesta sin inmutarse.

—¿Me metiste tú en la cama?

—Sí —me contesta impasible.

—¿Volví a vomitar? —le pregunto en voz más baja.

—No.

—¿Me quitaste la ropa? —susurro.

—Sí.

Me mira alzando una ceja y me pongo más roja que nunca.

—¿No habremos...?

Lo digo susurrando, con la boca seca de vergüenza, pero no puedo terminar la frase. Me miro las manos.

—Anastasia, estabas casi en coma. La necrofilia no es lo mío. Me gusta que mis mujeres estén conscientes y sean receptivas —me contesta secamente.

—Lo siento mucho.

Sus labios esbozan una sonrisa burlona.

—Fue una noche muy divertida. Tardaré en olvidarla.

Yo también... Oh, está riéndose de mí, el muy... Yo no le pedí que viniera a buscarme. No entiendo por qué tengo que acabar sintiéndome la mala de la película.

—No tenías por qué seguirme la pista con algún artilugio a lo James Bond que estés desarrollando para vendérselo al mejor postor —digo bruscamente.

Me mira fijamente, sorprendido y, si no me equivoco, algo ofendido.

—En primer lugar, la tecnología para localizar móviles está disponible en internet. En segundo lugar, mi empresa no invierte en ningún aparato de vigilancia, ni los fabrica. Y en tercer lugar, si no hubiera ido a buscarte, seguramente te habrías despertado en la cama del fotógrafo y, si no recuerdo mal, no estabas muy entusiasmada con sus métodos de cortejarte —me dice mordazmente.

¡Sus métodos de cortejarme! Levanto la mirada hacia Christian, que me mira fijamente con ojos brillantes, ofendidos. Intento morderme el labio, pero no consigo reprimir la risa.

—¿De qué crónica medieval te has escapado? Pareces un caballero andante.

Veo que se le pasa el enfado. Sus ojos se dulcifican, su expresión se vuelve más cálida y en sus labios parece esbozarse una sonrisa.

—No lo creo, Anastasia. Un caballero oscuro, quizá —me dice con una sonrisa burlona, cabeceando—. ¿Cenaste ayer?

Su tono es acusador. Niego con la cabeza. ¿Qué gran pecado he cometido ahora? Se le tensa la mandíbula, pero su rostro sigue impasible.

—Tienes que comer. Por eso te pusiste tan mal. De verdad, es la primera norma cuando bebes.

Se pasa la mano por el pelo, pero ahora porque está muy nervioso.

—¿Vas a seguir riñéndome?

—¿Estoy riñéndote?

—Creo que sí.

—Tienes suerte de que solo te riña.

—¿Qué quieres decir?

—Bueno, si fueras mía, después del numerito que montaste ayer no podrías sentarte en una semana. No cenaste, te emborrachaste y te pusiste en peligro.

Cierra los ojos. Por un instante el terror se refleja en su rostro y se estremece. Cuando abre los ojos, me mira fijamente.

—No quiero ni pensar lo que podría haberte pasado.

Lo miro con expresión ceñuda. ¿Qué le pasa? ¿A él qué le importa? Si fuera suya… Bueno, pues no lo soy. Aunque quizá me gustaría serlo. La idea se abre camino entre mi enfado por sus arrogantes palabras. Me ruborizo por culpa de mi caprichosa subconsciente, que da saltos de alegría con una falda hawaiana roja solo de pensar que podría ser suya.

—No me habría pasado nada. Estaba con Kate.

—¿Y el fotógrafo? —me pregunta bruscamente.

Mmm… José. En algún momento tendré que enfrentarme a él.

—José simplemente se pasó de la raya.

Me encojo de hombros.

—Bueno, la próxima vez que se pase de la raya quizá alguien debería enseñarle modales.

—Eres muy partidario de la disciplina —le digo entre dientes.

—Oh, Anastasia, no sabes cuánto.

Cierra un poco los ojos y se ríe perversamente. Me deja desarmada. De repente estoy confundida y enfadada, y al momento estoy contemplando su preciosa sonrisa. Uau… Estoy embelesada, porque no suele sonreír. Casi olvido lo que está diciéndome.

—Voy a ducharme. Si no prefieres ducharte tú primero…

Ladea la cabeza, todavía sonriendo. El corazón me late a toda prisa, y el bulbo raquídeo se niega a hacer las conexiones oportunas para que respire. Su sonrisa se hace más amplia. Se acerca a mí, se inclina y me pasa el pulgar por la mejilla y por el labio inferior.

—Respira, Anastasia —me susurra. Y luego se incorpora y se aparta—. En quince minutos traerán el desayuno. Tienes que estar muerta de hambre.

Se mete en el cuarto de baño y cierra la puerta.

Suelto el aire que he estado reteniendo. ¿Por qué es tan alucinantemente atractivo? Ahora mismo me metería en la ducha con él. Nunca había sentido algo así por nadie. Se me han disparado las hormonas. Me arde la piel por donde ha pasado su dedo, en la mejilla y el labio. Una incómoda y dolorosa sensación me hace retorcerme. No entiendo esta reacción. Mmm... Deseo. Es deseo. Así se siente el deseo.

Me tumbo sobre las suaves almohadas de plumas. Si fueras mía... Ay, ¿qué estaría dispuesta a hacer para ser suya? Es el único hombre que ha conseguido que sienta la sangre recorriendo mis venas. Pero también me pone de los nervios. Es difícil, complejo y poco claro. De pronto me rechaza, más tarde me manda libros que valen catorce mil dólares, y después me sigue la pista como un acosador. Y pese a todo, he pasado la noche en la suite de su hotel y me siento segura. Protegida. Le preocupo lo suficiente para que venga a rescatarme de algo que equivocadamente creyó que era peligroso. Para nada es un caballero oscuro. Es un caballero blanco con armadura brillante, resplandeciente. Un héroe romántico. Sir Gawain o sir Lancelot.

Salgo de su cama y busco frenéticamente mis vaqueros. Se abre la puerta del cuarto de baño y aparece él, mojado y resplandeciente por la ducha, todavía sin afeitar, con una toalla alrededor de la cintura, y ahí estoy yo... en bragas, mirándolo boquiabierta y sintiéndome muy incómoda. Le sorprende verme levantada.

—Si estás buscando tus vaqueros, los he mandado a la lavandería —me dice con una mirada impenetrable—. Estaban salpicados de vómito.

—Ah.

Me pongo roja. ¿Por qué demonios tiene siempre que pillarme descolocada?

—He mandado a Taylor a comprar otros y unas zapatillas de deporte. Están en esa bolsa.

Ropa limpia. Un plus inesperado.

—Bueno... Voy a ducharme —musito—. Gracias.

¿Qué otra cosa puedo decir? Cojo la bolsa y entro corriendo

en el cuarto de baño para alejarme de la perturbadora proximidad de Christian desnudo. El *David* de Miguel Ángel no tiene nada que hacer a su lado.

El cuarto de baño está lleno de vapor. Me quito la ropa y me meto rápidamente en la ducha, impaciente por sentir el chorro de agua limpia sobre mi cuerpo. Levanto la cara hacia el anhelado torrente. Deseo a Christian Grey. Lo deseo desesperadamente. Es sencillo. Por primera vez en mi vida quiero irme a la cama con un hombre. Quiero sentir sus manos y su boca en mi cuerpo.

Ha dicho que le gusta que sus mujeres estén conscientes. Entonces seguramente sí se acuesta con mujeres. Pero no ha intentado besarme, como Paul y José. No lo entiendo. ¿Me desea? No quiso besarme la semana pasada. ¿Le resulto repulsiva? Pero estoy aquí, y me ha traído él. No entiendo a qué juega. ¿Qué piensa? Has dormido en su cama toda la noche y no te ha tocado, Ana. Saca tus conclusiones. Mi subconsciente asoma su fea e insidiosa cara. No le hago caso.

El agua caliente me relaja. Mmm… Podría quedarme debajo del chorro, en este cuarto de baño, para siempre. Cojo el gel, que huele a Christian. Es un olor exquisito. Me froto todo el cuerpo imaginándome que es él quien lo hace, que él me frota este gel que huele de maravilla por el cuerpo, por los pechos, por la barriga y entre los muslos con sus manos de largos dedos. Madre mía. Se me dispara el corazón. Es una sensación muy… muy placentera.

Llama a la puerta y doy un respingo.

—Ha llegado el desayuno.

—Va… Vale —tartamudeo arrancándome cruelmente de mi ensoñación erótica.

Salgo de la ducha y cojo dos toallas. Con una me envuelvo el pelo al más puro estilo Carmen Miranda, y con la otra me seco a toda prisa obviando la placentera sensación de la toalla frotando mi piel hipersensible.

Abro la bolsa. Taylor me ha comprado no solo unos vaqueros y unas Converse, sino también una camisa azul cielo, calcetines y ropa interior. Madre mía. Sujetador y bragas limpios… Aunque describirlos de manera tan mundana y utilitaria no les hace justicia. Es lencería de lujo europea, de diseño exquisito. Encaje y seda azul celeste. Uau. Me quedo impresionada y algo intimidada. Y además es exactamente de mi talla. Pues claro. Me ruborizo pensando en el rapado en una tienda de lencería comprándome estas prendas. Me pregunto a qué otras cosas se dedica en sus horas de trabajo.

Me visto rápidamente. El resto de la ropa también me queda perfecta. Me seco el pelo con la toalla e intento desesperadamente controlarlo, pero, como siempre, se niega a colaborar. Mi única opción es hacerme una coleta, pero no tengo goma. Debo de tener una en el bolso, pero vete a saber dónde está. Respiro profundamente. Ha llegado el momento de enfrentarse al señor Turbador.

Me alivia encontrar la habitación vacía. Busco rápidamente mi bolso, pero no está por aquí. Vuelvo a respirar hondo y voy a la sala de estar de la suite. Es enorme. Hay una lujosa zona para sentarse, llena de sofás y blandos cojines, una sofisticada mesita con una pila de grandes libros ilustrados, una zona de estudio con el último modelo de iMac y una enorme televisión de plasma en la pared. Christian está sentado a la mesa del comedor, al otro extremo de la sala, leyendo el periódico. La estancia es más o menos del tamaño de una cancha de tenis. No es que juegue al tenis, pero he ido a ver jugar a Kate varias veces. ¡Kate!

—Mierda, Kate —digo con voz ronca.

Christian alza los ojos hacia mí.

—Sabe que estás aquí y que sigues viva. Le he mandado un mensaje a Elliot —me dice con cierta sorna.

Oh, no. Recuerdo su ardiente baile de ayer, sacando partido a todos sus movimientos exclusivos para seducir al hermano de Christian Grey, nada menos. ¿Qué va a pensar de que esté aquí? Nunca he pasado una noche fuera de casa. Está todavía con Elliot. Solo ha hecho algo así dos veces, y las dos me ha tocado aguantar el espantoso pijama rosa durante una semana cuando cortaron. Va a pensar que también yo me he enrollado con Christian.

Christian me mira impaciente. Lleva una camisa blanca de lino con el cuello y los puños desabrochados.

—Siéntate —me ordena, señalando hacia la mesa.

Cruzo la sala y me siento frente a él, como me ha indicado. La mesa está llena de comida.

—No sabía lo que te gusta, así que he pedido un poco de todo.

Me dedica una media sonrisa a modo de disculpa.

—Eres un despilfarrador —murmuro apabullada por la cantidad de platos, aunque tengo hambre.

—Lo soy —dice en tono culpable.

Opto por tortitas, sirope de arce, huevos revueltos y beicon. Christian intenta ocultar una sonrisa mientras vuelve la mirada a su tortilla. La comida está deliciosa.

—¿Té? —me pregunta.

—Sí, por favor.

Me tiende una pequeña tetera llena de agua caliente, y en el platillo hay una bolsita de Twinings English Breakfast. Vaya, se acuerda del té que me gusta.

—Tienes el pelo muy mojado —me regaña.

—No he encontrado el secador —susurro incómoda.

No lo he buscado.

Christian aprieta los labios, pero no dice nada.

—Gracias por la ropa.

—Es un placer, Anastasia. Este color te sienta muy bien.

Me ruborizo y me miro fijamente los dedos.

—¿Sabes? Deberías aprender a encajar los piropos —me dice en tono fustigador.

—Debería darte algo de dinero por la ropa.

Me mira como si estuviera ofendiéndolo. Sigo hablando.

—Ya me has regalado los libros, que no puedo aceptar, por supuesto. Pero la ropa… Por favor, déjame que te la pague —le digo intentando convencerlo con una sonrisa.

—Anastasia, puedo permitírmelo, créeme.

—No se trata de eso. ¿Por qué tendrías que comprarme esta ropa?

—Porque puedo.

Sus ojos despiden un destello malicioso.

—El hecho de que puedas no implica que debas —le respondo tranquilamente.

Me mira alzando una ceja, con ojos brillantes, y de repente me da la sensación de que estamos hablando de otra cosa, pero no sé de qué. Y eso me recuerda…

—¿Por qué me mandaste los libros, Christian? —le pregunto en tono suave.

Deja los cubiertos y me mira fijamente, con una insondable emoción ardiendo en sus ojos. Maldita sea… Se me seca la boca.

—Bueno, cuando casi te atropelló el ciclista… y yo te sujetaba entre mis brazos y me mirabas diciéndome: «Bésame, bésame, Christian»… —Se calla un instante y se encoge de hombros—. Bueno, creí que te debía una disculpa y una advertencia. —Se pasa una mano por el pelo—. Anastasia, no soy un hombre de flores y corazones. No me interesan las historias de amor. Mis gustos son muy peculiares. Deberías mantenerte alejada de mí. —Cierra los ojos, como si se negara a aceptarlo—. Pero hay algo en ti que me impide apartarme. Supongo que ya lo habías imaginado.

De repente ya no siento hambre. ¡No puede apartarse de mí!

—Pues no te apartes —susurro.

Se queda boquiabierto y con los ojos como platos.

—No sabes lo que dices.

—Pues explícamelo.

Nos miramos fijamente. Ninguno de los dos toca la comida.

—Entonces sí que vas con mujeres… —le digo.

Sus ojos brillan divertidos.

—Sí, Anastasia, voy con mujeres.

Hace una pausa para que asimile la información y de nuevo me ruborizo. Se ha vuelto a romper el filtro que separa mi cerebro de la boca. No puedo creerme que haya dicho algo así en voz alta.

—¿Qué planes tienes para los próximos días? —me pregunta en tono suave.

—Hoy trabajo, a partir del mediodía. ¿Qué hora es? —exclamo asustada.

—Poco más de las diez. Tienes tiempo de sobra. ¿Y mañana?

Ha colocado los codos sobre la mesa y apoya la barbilla en sus largos y finos dedos.

—Kate y yo vamos a empezar a empaquetar. Nos mudamos a Seattle el próximo fin de semana, y yo trabajo en Clayton's toda esta semana.

—¿Ya tenéis casa en Seattle?

—Sí.

—¿Dónde?

—No recuerdo la dirección. En el distrito de Pike Market.

—No está lejos de mi casa —dice sonriendo—. ¿Y en qué vas a trabajar en Seattle?

¿Dónde quiere ir a parar con todas estas preguntas? El santo inquisidor Christian Grey es casi tan pesado como la santa inquisidora Katherine Kavanagh.

—He mandado solicitudes a varios sitios para hacer prácticas. Aún tienen que responderme.

—¿Y a mi empresa, como te comenté?

Me ruborizo… Pues claro que no.

—Bueno… no.

—¿Qué tiene de malo mi empresa?

—¿Tu empresa o tu «compañía»? —le pregunto con una risa maliciosa.

—¿Está riéndose de mí, señorita Steele?

Ladea la cabeza y creo que parece divertido, pero es difícil saberlo. Me ruborizo y desvío la mirada hacia mi desayuno. No puedo mirarlo a los ojos cuando habla en ese tono.

—Me gustaría morder ese labio —susurra turbadoramente.

No soy consciente de que estoy mordiéndome el labio inferior. Tras un leve respingo, me quedo boquiabierta. Es lo más sexy que me han dicho nunca. El corazón me late a toda velocidad y creo que estoy jadeando. Dios mío, estoy temblando, totalmente perdida, y ni siquiera me ha tocado. Me remuevo en la silla y busco su impenetrable mirada.

—¿Por qué no lo haces? —le desafío en voz baja.

—Porque no voy a tocarte, Anastasia… no hasta que tenga tu consentimiento por escrito —me dice esbozando una ligera sonrisa.

¿Qué?

—¿Qué quieres decir?

—Exactamente lo que he dicho.

Suspira y mueve la cabeza, divertido pero también impaciente.

—Tengo que mostrártelo, Anastasia. ¿A qué hora sales del trabajo esta tarde?

—A las ocho.

—Bien, podríamos ir a cenar a mi casa de Seattle esta noche o el sábado que viene, y te lo explicaría. Tú decides.

—¿Por qué no puedes decírmelo ahora?

—Porque estoy disfrutando de mi desayuno y de tu compañía. Cuando lo sepas, seguramente no querrás volver a verme.

¿Qué significa todo esto? ¿Trafica con niños de algún recóndito rincón del mundo para prostituirlos? ¿Forma parte de alguna peligrosa banda criminal mafiosa? Eso explicaría por qué es tan rico. ¿Es profundamente religioso? ¿Es impotente? Seguro que no… Podría demostrármelo ahora mismo. Me incomodo pensando en todas las posibilidades. Esto no me lleva a ninguna parte. Me gustaría resolver el enigma de Christian Grey cuanto antes. Si eso implica que su secreto es tan grave que no voy a querer volver a saber nada de él, entonces, la verdad, será todo un alivio. ¡No te engañes!, me grita mi subconsciente. Tendrá que ser algo muy malo para que salgas corriendo.

—Esta noche.

Levanta una ceja.

—Como Eva, quieres probar cuanto antes el fruto del árbol de la ciencia.

Suelta una risa maliciosa.

—¿Está riéndose de mí, señor Grey? —le pregunto en tono suave.

Pedante gilipollas.

Me mira entornando los ojos y saca su BlackBerry. Pulsa un número.

—Taylor, voy a necesitar el Charlie Tango.

¡Charlie Tango! ¿Quién es ese?

—Desde Portland a… digamos las ocho y media… No, se queda en el Escala… Toda la noche.

¡Toda la noche!

—Sí. Hasta mañana por la mañana. Pilotaré de Portland a Seattle.

¿Pilotará?

—Piloto disponible desde las diez y media.

Deja el teléfono en la mesa. Ni por favor, ni gracias.

—¿La gente siempre hace lo que les dices?

—Suelen hacerlo si no quieren perder su trabajo —me contesta inexpresivo.

—¿Y si no trabajan para ti?

—Bueno, puedo ser muy convincente, Anastasia. Deberías terminarte el desayuno. Luego te llevaré a casa. Pasaré a buscarte por Clayton's a las ocho, cuando salgas. Volaremos a Seattle.

Parpadeo.

—¿Volaremos?

—Sí. Tengo un helicóptero.

Lo miro boquiabierta. Segunda cita con el misterioso Christian Grey. De un café a un paseo en helicóptero. Uau.

—¿Iremos a Seattle en helicóptero?

—Sí.

—¿Por qué?

Sonríe perversamente.

—Porque puedo. Termínate el desayuno.

¿Cómo voy a comer ahora? Voy a ir a Seattle en helicóptero con Christian Grey. Y quiere morderme el labio… Me estremezco al pensarlo.

—Come —me dice bruscamente—. Anastasia, no soporto tirar la comida… Come.

—No puedo comerme todo esto —digo mirando lo que queda en la mesa.

—Cómete lo que hay en tu plato. Si ayer hubieras comido como es debido, no estarías aquí y yo no tendría que mostrar mis cartas tan pronto.

Aprieta los labios. Parece enfadado.

Frunzo el ceño y miro la comida que hay en mi plato, ya fría. Estoy demasiado nerviosa para comer, Christian. ¿No lo entiendes?, explica mi subconsciente. Pero soy demasiado cobarde para decirlo en voz alta, sobre todo cuando parece tan hosco. Mmm… como un niño pequeño. La idea me parece divertida.

—¿Qué te hace tanta gracia? —me pregunta.

Como no me atrevo a decírselo, no levanto los ojos del plato. Mientras me como el último trozo de tortita, alzo la mirada. Me observa con ojos escrutadores.

—Buena chica —me dice—. Te llevaré a casa en cuanto te hayas secado el pelo. No quiero que te pongas enferma.

Sus palabras tienen algo de promesa implícita. ¿Qué quiere decir? Me levanto de la mesa. Por un segundo me pregunto si debería pedirle permiso, pero descarto la idea. Me parece que sentaría un precedente peligroso. Me dirijo a su habitación, pero una idea me detiene.

—¿Dónde has dormido?

Me giro para mirarlo. Está todavía sentado a la mesa del comedor. No veo mantas ni sábanas por la sala. Quizá las haya recogido ya.

—En mi cama —me responde, de nuevo con mirada impasible.

—Oh.

—Sí, para mí también ha sido toda una novedad —me dice sonriendo.

—Dormir con una mujer… sin sexo.

Sí, digo «sexo». Y me ruborizo, por supuesto.

—No —me contesta moviendo la cabeza y frunciendo el ceño, como si acabara de recordar algo desagradable—. Sencillamente dormir con una mujer.

Coge el periódico y sigue leyendo.

¿Qué narices significa eso? ¿Nunca ha dormido con una mujer? ¿Es virgen? Lo dudo, la verdad. Me quedo mirándolo sin terminar de creérmelo. Es la persona más enigmática que he conocido nunca. Caigo en la cuenta de que he dormido con Christian Grey y me daría cabezazos contra la pared. ¿Cuánto habría dado por estar consciente y verlo dormir? Verlo vulnerable. Me cuesta imaginarlo. Bueno, se supone que lo descubriré todo esta misma noche.

Ya en el dormitorio, busco en una cómoda y encuentro el secador. Me seco el pelo como puedo, dándole forma con los dedos. Cuando he terminado, voy al cuarto de baño. Quiero cepillarme los dientes. Veo el cepillo de Christian. Sería como metérmelo a él en la boca. Mmm… Miro rápidamente hacia la puerta, sintiéndome culpable, y toco las cerdas del cepillo. Están húmedas. Debe de haberlo utilizado ya. Lo cojo a toda prisa, extiendo pasta de dientes y me los cepillo en un santiamén. Me siento como una chica mala. Resulta muy emocionante.

Recojo la camiseta, el sujetador y las bragas de ayer, los meto en la bolsa que me ha traído Taylor y vuelvo a la sala de estar a buscar el bolso y la chaqueta. Para mi gran alegría, llevo una goma de pelo en el bolso. Christian me observa con expresión impenetrable mientras me hago una coleta. Noto cómo sus ojos me siguen mientras me siento a esperar que termine. Está hablando con alguien por su BlackBerry.

—¿Quieren dos?… ¿Cuánto van a costar?… Bien, ¿y qué medidas de seguridad tenemos allí?… ¿Irán por Suez?… ¿Ben Sudan es seguro?… ¿Y cuándo llegan a Darfur?… De acuerdo, adelante. Mantenme informado de cómo van las cosas.

Cuelga.

—¿Estás lista? —me pregunta.

Asiento. Me pregunto de qué iba la conversación. Se pone una americana azul marino de raya diplomática, coge las llaves del coche y se dirige a la puerta.

—Usted primero, señorita Steele —murmura abriéndome la puerta.

Tiene un aspecto elegante, aunque informal.

Me quedo mirándolo un segundo más de la cuenta. Y pensando que he dormido con él esta noche, y que, pese a los tequilas y las vomiteras, sigue aquí. No solo eso, sino que además quiere llevarme a Seattle. ¿Por qué a mí? No lo entiendo. Cruzo la puerta recordando sus palabras: «Hay algo en ti…». Bueno, el sentimiento es mutuo, señor Grey, y quiero descubrir cuál es tu secreto.

Recorremos el pasillo en silencio hasta el ascensor. Mientras esperamos, levanto un instante la cabeza hacia él, que está mirándome de reojo. Sonrío y él frunce los labios.

Llega el ascensor y entramos. Estamos solos. De pronto, por alguna inexplicable razón, probablemente por estar tan cerca en un lugar tan reducido, la atmósfera entre nosotros cambia y se carga de eléctrica y excitante anticipación. Se me acelera la respiración y el corazón me late a toda prisa. Gira un poco la cara hacia mí con ojos totalmente impenetrables. Me muerdo el labio.

—A la mierda el papeleo —brama.

Se abalanza sobre mí y me empuja contra la pared del ascensor. Antes de que me dé cuenta, me sujeta las dos muñecas con una mano, me las levanta por encima de la cabeza y me inmoviliza contra la pared con las caderas. Madre mía. Con la otra mano me agarra del pelo, tira hacia abajo para levantarme la cara y pega sus labios a los míos. Casi me hace daño. Gimo, lo que le permite aprovechar la ocasión para meterme la lengua y recorrerme la boca con experta pericia. Nunca me han besado así. Mi lengua acaricia tímidamente la suya y se une a ella en una lenta y erótica danza de roces y sensaciones, de sacudidas y empujes. Levanta la mano y me agarra la mandíbula para que no mueva la cara. Estoy indefensa, con las manos unidas por encima de la cabeza, la cara sujeta y sus caderas inmovilizándome. Siento su erección contra mi vientre. Dios mío… Me desea. Christian Grey, el dios griego, me desea, y yo lo deseo a él, aquí… ahora, en el ascensor.

—Eres… tan… dulce —murmura entrecortadamente.

El ascensor se detiene, se abre la puerta, y en un abrir y cerrar de ojos me suelta y se aparta de mí. Tres hombres trajeados nos miran y entran sonriéndose. Me late el corazón a toda prisa. Me siento como si hubiera subido corriendo por una gran pendiente. Quiero inclinarme y sujetarme las rodillas, pero sería demasiado obvio.

Lo miro. Parece absolutamente tranquilo, como si hubiera estado haciendo el crucigrama del *Seattle Times*. Qué injusto. ¿No le afecta lo más mínimo mi presencia? Me mira de reojo y deja escapar un ligero suspiro. Vale, le afecta, y la pequeña diosa que llevo dentro menea las caderas y baila una samba para celebrar la victoria. Los hombres de negocios se bajan en la primera planta. Solo nos queda una.

—Te has lavado los dientes —me dice mirándome fijamente.

—He utilizado tu cepillo.

Sus labios esbozan una media sonrisa.

—Ay, Anastasia Steele, ¿qué voy a hacer contigo?

Las puertas se abren en la planta baja, me coge de la mano y tira de mí.

—¿Qué tendrán los ascensores? —murmura para sí mismo cruzando el vestíbulo a grandes zancadas.

Lucho por mantener su paso, porque todo mi raciocinio se ha quedado desparramado por el suelo y las paredes del ascensor número 3 del hotel Heathman.

6

Christian abre la puerta del copiloto del Audi 4 × 4 negro y subo. Menudo cochazo. No ha mencionado el arrebato pasional del ascensor. ¿Debería decir algo yo? ¿Deberíamos comentarlo o fingir que no ha pasado nada? Apenas parece real, mi primer beso con forcejeo. A medida que avanzan los minutos, le asigno un carácter mítico, como una leyenda del rey Arturo o de la Atlántida. No ha sucedido, nunca ha existido. Quizá me lo he imaginado. No. Me toco los labios, hinchados por el beso. Sin la menor duda ha sucedido. Soy otra mujer. Deseo a este hombre desesperadamente, y él me ha deseado a mí.

Lo miro. Christian está como siempre, correcto y ligeramente distante.

No entiendo nada.

Arranca el motor y abandona su plaza de parking. Enciende el equipo de música. El dulce y mágico sonido de dos mujeres cantando invade el coche. Uau… Mis sentidos están alborotados, así que me afecta el doble. Los escalofríos me recorren la columna vertebral. Christian conduce de forma tranquila y confiada hacia la Southwest Park Avenue.

—¿Qué es lo que suena?

—Es el «Dúo de las flores» de Delibes, de la ópera *Lakmé*. ¿Te gusta?

—Christian, es precioso.

—Sí, ¿verdad?

Sonríe y me lanza una rápida mirada. Y por un momento parece de su edad, joven, despreocupado y guapo hasta perder el sentido. ¿Es esta la clave para acceder a él? ¿La música? Escucho las voces angelicales, sugerentes y seductoras.

—¿Puedes volver a ponerlo?

—Claro.

Christian pulsa un botón, y la música vuelve a acariciarme. Invade mis sentidos de forma lenta, suave y dulce.

—¿Te gusta la música clásica? —le pregunto intentando hacer una incursión en sus gustos personales.

—Mis gustos son eclécticos, Anastasia. De Thomas Tallis a los Kings of Leon. Depende de mi estado de ánimo. ¿Y los tuyos?

—Los míos también. Aunque no conozco a Thomas Tallis.

Se gira, me mira un instante y vuelve a fijar los ojos en la carretera.

—Algún día te tocaré algo de él. Es un compositor británico del siglo XVI. Música coral eclesiástica de la época de los Tudor. —Me sonríe—. Suena muy esotérico, lo sé, pero es mágica.

Pulsa un botón y empiezan a sonar los Kings of Leon. A estos los conozco. «Sex on Fire.» Muy oportuno. De pronto el sonido de un teléfono móvil interrumpe la música. Christian pulsa un botón del volante.

—Grey —contesta bruscamente.

—Señor Grey, soy Welch. Tengo la información que pidió.

Una voz áspera e incorpórea que llega por los altavoces.

—Bien. Mándemela por e-mail. ¿Algo más?

—Nada más, señor.

Pulsa el botón, la llamada se corta y vuelve a sonar la música. Ni adiós ni gracias. Me alegro mucho de no haberme planteado la posibilidad de trabajar para él. Me estremezco solo de pensarlo. Es demasiado controlador y frío con sus empleados. El teléfono vuelve a interrumpir la música.

—Grey.

—Le han mandado por e-mail el acuerdo de confidencialidad, señor Grey.

Es una voz de mujer.

—Bien. Eso es todo, Andrea.

—Que tenga un buen día, señor.

Christian cuelga pulsando el botón del volante. La música apenas ha empezado a sonar cuando vuelve a sonar el teléfono. ¿En esto consiste su vida, en contestar una y otra vez al teléfono?

—Grey —dice bruscamente.

—Hola, Christian. ¿Has echado un polvo?

—Hola, Elliot... Estoy con el manos libres, y no voy solo en el coche.

Christian suspira.

—¿Quién va contigo?

Christian mueve la cabeza.

—Anastasia Steele.

—¡Hola, Ana!

¡Ana!

—Hola, Elliot.

—Me han hablado mucho de ti —murmura Elliot con voz ronca.

Christian frunce el ceño.

—No te creas una palabra de lo que te cuente Kate —dice Ana.

Elliot se ríe.

—Estoy llevando a Anastasia a su casa —dice Christian recalcando mi nombre completo—. ¿Quieres que te recoja?

—Claro.

—Hasta ahora.

Christian cuelga y vuelve a sonar la música.

—¿Por qué te empeñas en llamarme Anastasia?

—Porque es tu nombre.

—Prefiero Ana.

—¿De verdad?

Casi hemos llegado a mi casa. No hemos tardado mucho.

—Anastasia... —me dice pensativo.

Lo miro con mala cara, pero no me hace caso.

—Lo que ha pasado en el ascensor... no volverá a pasar. Bueno, a menos que sea premeditado —dice él.

Detiene el coche frente a mi casa. Me doy cuenta de pronto

de que no me ha preguntado dónde vivo. Ya lo sabe. Claro que sabe dónde vivo, porque me envió los libros. ¿Cómo no iba a saberlo un acosador que sabe rastrear la localización de un móvil y que tiene un helicóptero?

¿Por qué no va a volver a besarme? Hago un gesto de disgusto al pensarlo. No lo entiendo. La verdad es que debería apellidarse Enigmático, no Grey. Sale del coche y lo rodea caminando con elegancia hasta mi puerta, que abre. Siempre es un perfecto caballero, excepto quizá en raros y preciosos momentos en los ascensores. Me ruborizo al recordar su boca pegada a la mía y se me pasa por la cabeza la idea de que yo no he podido tocarlo. Quería deslizar mis dedos por su pelo alborotado, pero no podía mover las manos. Me siento, en retrospectiva, frustrada.

—A mí me ha gustado lo que ha pasado en el ascensor —murmuro saliendo del coche.

No estoy segura de si oigo un jadeo ahogado, pero decido hacer caso omiso y subo los escalones de la entrada.

Kate y Elliot están sentados a la mesa. Los libros de catorce mil dólares no siguen allí, afortunadamente. Tengo planes para ellos. Kate muestra una sonrisa ridícula y poco habitual en ella, y su melena despeinada le da un aire muy sexy. Christian me sigue hasta el comedor, y aunque Kate sonríe con cara de habérselo pasado en grande toda la noche, lo mira con desconfianza.

—Hola, Ana.

Se levanta para abrazarme y al momento se separa un poco y me mira de arriba abajo. Frunce el ceño y se gira hacia Christian.

—Buenos días, Christian —le dice en tono ligeramente hostil.

—Señorita Kavanagh —le contesta en su envarado tono formal.

—Christian, se llama Kate —refunfuña Elliot.

—Kate.

Christian asiente con educación y mira a Elliot, que se ríe y se levanta para abrazarme él también.

—Hola, Ana.

Sonríe y sus ojos azules brillan. Me cae bien al instante. Es obvio que no tiene nada que ver con Christian, pero, claro, son hermanos adoptivos.

—Hola, Elliot.

Le sonrío y me doy cuenta de que estoy mordiéndome el labio.

—Elliot, tenemos que irnos —dice Christian en tono suave.

—Claro.

Se gira hacia Kate, la abraza y le da un beso interminable.

Vaya… meteos en una habitación. Me miro los pies, incómoda. Levanto los ojos hacia Christian, que está mirándome fijamente. Le sostengo la mirada. ¿Por qué no me besas así? Elliot sigue besando a Kate, la empuja hacia atrás y la hace doblarse de forma tan teatral que el pelo casi le toca el suelo.

—Nos vemos luego, nena —le dice sonriente.

Kate se derrite. Nunca antes la había visto derritiéndose así. Me vienen a la cabeza las palabras «hermosa» y «complaciente». Kate, complaciente. Elliot debe de ser buenísimo. Christian resopla y me mira con expresión impenetrable, aunque quizá le divierte un poco la situación. Me coge un mechón de pelo que se me ha salido de la coleta y me lo coloca detrás de la oreja. Se me corta la respiración e inclino la cabeza hacia sus dedos. Sus ojos se suavizan y me pasa el pulgar por el labio inferior. La sangre me quema las venas. Y al instante retira la mano.

—Nos vemos luego, nena —murmura.

No puedo evitar reírme, porque la frase no va con él. Pero aunque sé que está burlándose, aquellas palabras se quedan clavadas dentro de mí.

—Pasaré a buscarte a las ocho.

Se da media vuelta, abre la puerta de la calle y sale al porche. Elliot lo sigue hasta el coche, pero se vuelve y le lanza otro beso a Kate. Siento una inesperada punzada de celos.

—¿Por fin? —me pregunta Kate con evidente curiosidad mientras los observamos subir al coche y alejarse.

—No —contesto bruscamente, con la esperanza de que eso impida que siga preguntándome.

Entramos en casa.

—Pero es evidente que tú sí —le digo.

No puedo disimular la envidia. Kate siempre se las arregla para cazar hombres. Es irresistible, guapa, sexy, divertida, atrevida... Todo lo contrario que yo. Pero la sonrisa con la que me contesta es contagiosa.

—Y he quedado con él esta noche.

Aplaude y da saltitos como una niña pequeña. No puede reprimir su entusiasmo y su alegría, y yo no puedo evitar alegrarme por ella. Será interesante ver a Kate contenta.

—Esta noche Christian va a llevarme a Seattle.

—¿A Seattle?

—Sí.

—¿Y quizá allí...?

—Eso espero.

—Entonces te gusta, ¿no?

—Sí.

—¿Te gusta lo suficiente para...?

—Sí.

Alza las cejas.

—Uau. Por fin Ana Steele se enamora de un hombre, y es Christian Grey, el guapo y sexy multimillonario.

—Claro, claro, es solo por el dinero.

Sonrío hasta que al final nos da un ataque de risa a las dos.

—¿Esa blusa es nueva? —me pregunta.

Le cuento los poco excitantes detalles de mi noche.

—¿Te ha besado ya? —me pregunta mientras prepara un café. Me ruborizo.

—Una vez.

—¡Una vez! —exclama.

Asiento bastante avergonzada.

—Es muy reservado.

Kate frunce el ceño.

—Qué raro.

—No creo que la palabra sea «raro», la verdad.

—Tenemos que asegurarnos de que esta noche estés irresistible —me dice muy decidida.

Oh, no… Ya veo que va a ser un tiempo perdido, humillante y doloroso.

—Tengo que estar en el trabajo dentro de una hora.

—Me bastará con ese ratito. Vamos.

Kate me coge de la mano y me lleva a su habitación.

Aunque en Clayton's tenemos trabajo, las horas pasan muy lentas. Como estamos en plena temporada de verano, tengo que pasar dos horas reponiendo las estanterías después de haber cerrado la tienda. Es un trabajo mecánico que me deja tiempo para pensar. La verdad es que en todo el día no he podido hacerlo.

Siguiendo los incansables y francamente fastidiosos consejos de Kate, me he depilado las piernas, las axilas y las cejas, así que tengo toda la piel irritada. Ha sido una experiencia muy desagradable, pero Kate me asegura que es lo que los hombres esperan en estas circunstancias. ¿Qué más esperará Christian? Tengo que convencer a Kate de que quiero hacerlo. Por alguna extraña razón no se fía de él, quizá porque es tan estirado y formal. Afirma que no sabría decir por qué, pero le he prometido que le mandaría un mensaje en cuanto llegara a Seattle. No le he dicho nada del helicóptero para que no le diera un pasmo.

También está el tema de José. Tengo tres mensajes y siete llamadas perdidas suyas en el móvil. También ha llamado a casa dos veces. Kate no ha querido concretarle dónde estaba, así que sabrá que está cubriéndome, porque Kate siempre es muy franca. Pero he decidido dejarle sufrir un poco. Todavía estoy enfadada con él.

Christian comentó algo sobre unos papeles, y no sé si estaba de broma o si voy a tener que firmar algo. Me desespera tener que andar conjeturando todo el tiempo. Y para colmo de desdichas, estoy muy nerviosa. Hoy es el gran día. ¿Estoy preparada por fin? La diosa que llevo dentro me observa golpeando impaciente el suelo con un pie. Hace años que está preparada, y está preparada para cualquier cosa con Christian Grey, aunque todavía no entiendo qué ve en mí… la timorata Ana Steele… No tiene sentido.

Es puntual, por supuesto, y cuando salgo de Clayton's está esperándome, apoyado en la parte de atrás del coche. Se incorpora para abrirme la puerta y me sonríe cordialmente.

—Buenas tardes, señorita Steele —me dice.

—Señor Grey.

Inclino la cabeza educadamente y entro en el asiento trasero del coche. Taylor está sentado al volante.

—Hola, Taylor —le digo.

—Buenas tardes, señorita Steele —me contesta en tono educado y profesional.

Christian entra por la otra puerta y me aprieta la mano suavemente. Un escalofrío me recorre todo el cuerpo.

—¿Cómo ha ido el trabajo? —me pregunta.

—Interminable —le contesto con voz ronca, demasiado baja y llena de deseo.

—Sí, a mí también se me ha hecho muy largo.

—¿Qué has hecho? —logro preguntarle.

—He ido de excursión con Elliot.

Me golpea los nudillos con el pulgar una y otra vez. El corazón deja de latirme y mi respiración se acelera. ¿Cómo es posible que me afecte tanto? Solo está tocando una pequeña parte de mi cuerpo, y ya se me han disparado las hormonas.

El helipuerto está cerca, así que, antes de que me dé cuenta, ya hemos llegado. Me pregunto dónde estará el legendario helicóptero. Estamos en una zona de la ciudad llena de edificios, y hasta yo sé que los helicópteros necesitan espacio para despegar y aterrizar. Taylor aparca, sale y me abre la puerta. Al momento Christian está a mi lado y vuelve a cogerme de la mano.

—¿Preparada? —me pregunta.

Asiento. Quisiera decirle: «Para todo», pero estoy demasiado nerviosa para articular palabra.

—Taylor.

Hace un gesto al chófer, entramos en el edificio y nos dirigimos hacia los ascensores. ¡Un ascensor! El recuerdo del beso de la mañana vuelve a obsesionarme. No he pensado en otra cosa en todo el día. En Clayton's no podía quitármelo de la cabeza. El señor Clayton ha tenido que gritarme dos veces para que volviera a la Tierra. Decir que he estado distraída sería quedarse muy corto. Christian me mira con una ligera sonrisa en los labios. ¡Ajá! También él está pensando en lo mismo.

—Son solo tres plantas —me dice con ojos divertidos.

Tiene telepatía, seguro. Es espeluznante.

Intento mantener el rostro impasible cuando entramos en el ascensor. Las puertas se cierran y ahí está la extraña atracción eléctrica, crepitando entre nosotros, apoderándose de mí. Cierro los ojos en un vano intento de pasarla por alto. Me aprieta la mano con fuerza, y cinco segundos después las puertas se abren en la terraza del edificio. Y ahí está, un helicóptero blanco con las palabras GREY ENTERPRISES HOLDINGS, INC. en color azul y el logotipo de la empresa a un lado. Seguro que esto es despilfarrar los recursos de la empresa.

Me lleva a un pequeño despacho en el que un hombre mayor está sentado a una mesa.

—Aquí tiene su plan de vuelo, señor Grey. Lo hemos revisado todo. Está listo, esperándole, señor. Puede despegar cuando quiera.

—Gracias, Joe —le contesta Christian con una cálida sonrisa.

Vaya, alguien que merece que Christian lo trate con educación. Quizá no trabaja para él. Observo al anciano asombrada.

—Vamos —me dice Christian.

Y nos dirigimos al helicóptero. De cerca es mucho más grande de lo que pensaba. Suponía que sería un modelo pequeño, para dos personas, pero tiene como mínimo siete asientos. Christian abre la puerta y me señala un asiento de los de delante.

—Siéntate. Y no toques nada —me ordena subiendo detrás de mí.

Cierra de un portazo. Me alegro de que toda la zona alrededor esté iluminada, porque de lo contrario apenas vería nada en la cabina. Me acomodo en el asiento que me ha indicado y él se inclina hacia mí para atarme el cinturón de seguridad. Es un arnés de cuatro bandas, todas ellas unidas en una hebilla central. Aprieta tanto las dos bandas superiores que apenas puedo moverme. Está pegado a mí, muy concentrado en lo que hace. Si pudiera inclinarme un poco hacia delante, hundiría la nariz entre su pelo. Huele a limpio, a fresco, a gloria, pero estoy firmemente atada al asiento y no puedo moverme. Levanta la mirada hacia mí y sonríe, como si le divirtiera esa broma que solo él entiende. Le brillan los ojos. Está tentadoramente cerca. Contengo la respiración mientras me aprieta una de las bandas superiores.

—Estás segura. No puedes escaparte —me susurra—. Respira, Anastasia —añade en tono dulce.

Se incorpora, me acaricia la mejilla y me pasa sus largos dedos por debajo de la mandíbula, que sujeta con el pulgar y el índice. Se inclina hacia delante y me da un rápido y casto beso. Me quedo impactada, revolviéndome por dentro ante el excitante e inesperado contacto de sus labios.

—Me gusta este arnés —me susurra.

¿Qué?

Se acomoda a mi lado, se ata a su asiento y empieza un largo protocolo de comprobar indicadores, mover palancas y pulsar botones del alucinante despliegue de esferas, luces y mandos. En varias esferas parpadean lucecitas, y todo el cuadro de mandos está iluminado.

—Ponte los cascos —me dice señalando unos auriculares frente a mí.

Me los pongo y el rotor empieza a girar. Es ensordecedor. Se pone también él los auriculares y sigue moviendo palancas.

—Estoy haciendo todas las comprobaciones previas al vuelo.

Oigo la incorpórea voz de Christian por los auriculares. Me giro y le sonrío.

—¿Sabes lo que haces? —le pregunto.

Se gira y me sonríe.

—He sido piloto cuatro años, Anastasia. Estás a salvo conmigo —me dice sonriéndome de oreja a oreja—. Bueno, mientras estemos volando —añade guiñándome un ojo.

¡Christian me ha guiñado un ojo!

—¿Lista?

Asiento con los ojos muy abiertos.

—De acuerdo, torre de control. Aeropuerto de Portland, aquí

Charlie Tango Golf-Golf Echo Hotel, listo para despegar. Espero confirmación, cambio.

—Charlie Tango, adelante. Aquí aeropuerto de Portland, avance por uno-cuatro-mil, dirección cero-uno-cero, cambio.

—Recibido, torre, aquí Charlie Tango. Cambio y corto. En marcha —añade dirigiéndose a mí.

El helicóptero se eleva por los aires lenta y suavemente.

Portland desaparece ante nosotros mientras nos introducimos en el espacio aéreo, aunque mi estómago se queda anclado en Oregón. ¡Uau! Las luces van reduciéndose hasta convertirse en un ligero parpadeo a nuestros pies. Es como mirar al exterior desde una pecera. Una vez en lo alto, la verdad es que no se ve nada. Está todo muy oscuro. Ni siquiera la luna ilumina un poco nuestro trayecto. ¿Cómo puede ver por dónde vamos?

—Inquietante, ¿verdad? —me dice Christian por los auriculares.

—¿Cómo sabes que vas en la dirección correcta?

—Aquí —me contesta señalando con su largo dedo un indicador con una brújula electrónica—. Es un Eurocopter EC135. Uno de los más seguros. Está equipado para volar de noche. —Me mira y sonríe—. En mi edificio hay un helipuerto. Allí nos dirigimos.

Pues claro que en su edificio hay un helipuerto. Me siento totalmente fuera de lugar. Las luces del panel de control le iluminan ligeramente la cara. Está muy concentrado y no deja de controlar las diversas esferas situadas frente a él. Observo sus rasgos con todo detalle. Tiene un perfil muy bonito, la nariz recta y la mandíbula cuadrada. Me gustaría deslizar la lengua por su mandíbula. No se ha afeitado, y su barba de dos días hace la perspectiva doblemente tentadora. Mmm… Me gustaría sentir su aspereza bajo mi lengua y mis dedos, contra mi cara.

—Cuando vuelas de noche, no ves nada. Tienes que confiar en los aparatos —dice interrumpiendo mi fantasía erótica.

—¿Cuánto durará el vuelo? —consigo decir, casi sin aliento. No estaba pensando en sexo, para nada.

—Menos de una hora… Tenemos el viento a favor.

En Seattle en menos de una hora… No está nada mal. Claro, estamos volando.

Queda menos de una hora para que lo descubra todo. Siento todos los músculos de la barriga contraídos. Tengo un grave problema con las mariposas. Se me reproducen en el estómago. ¿Qué me tendrá preparado?

—¿Estás bien, Anastasia?

—Sí.

Le contesto con la máxima brevedad porque los nervios me oprimen.

Creo que sonríe, pero es difícil asegurarlo en la oscuridad. Christian acciona otro botón.

—Aeropuerto de Portland, aquí Charlie Tango, en uno–cuatro–mil, cambio.

Intercambia información con el control de tráfico aéreo. Me suena todo muy profesional. Creo que estamos pasando del espacio aéreo de Portland al del aeropuerto de Seattle.

—Entendido, Seattle, preparado, cambio y corto.

Señala un puntito de luz en la distancia y dice:

—Mira. Aquello es Seattle.

—¿Siempre impresionas así a las mujeres? ¿«Ven a dar una vuelta en mi helicóptero»? —le pregunto realmente interesada.

—Nunca he subido a una mujer al helicóptero, Anastasia. También esto es una novedad —me contesta en tono tranquilo, aunque serio.

Vaya, no me esperaba esta respuesta. ¿También una novedad? Ah, ¿se referirá a lo de dormir con una mujer?

—¿Estás impresionada?

—Me siento sobrecogida, Christian.

Sonríe.

—¿Sobrecogida?

Por un instante vuelve a tener su edad.

Asiento.

—Lo haces todo… tan bien.

—Gracias, señorita Steele —me dice educadamente.

Creo que le ha gustado mi comentario, pero no estoy segura.

Durante un rato atravesamos la oscura noche en silencio. El punto de luz de Seattle es cada vez mayor.

—Torre de Seattle a Charlie Tango. Plan de vuelo al Escala en orden. Adelante, por favor. Preparado. Cambio.

—Aquí Charlie Tango, entendido, Seattle. Preparado, cambio y corto.

—Está claro que te divierte —murmuro.

—¿El qué?

Me mira. A la tenue luz de los instrumentos parece burlón.

—Volar —le contesto.

—Exige control y concentración... ¿cómo no iba a encantarme? Aunque lo que más me gusta es planear.

—¿Planear?

—Sí. Vuelo sin motor, para que me entiendas. Planeadores y helicópteros. Piloto las dos cosas.

—Vaya.

Aficiones caras. Recuerdo que me lo dijo en la entrevista. A mí me gusta leer, y de vez en cuando voy al cine. Nada que ver.

—Charlie Tango, adelante, por favor, cambio.

La voz incorpórea del control de tráfico aéreo interrumpe mis fantasías. Christian contesta en tono seguro de sí mismo.

Seattle está cada vez más cerca. Ahora estamos a las afueras. ¡Uau! Es absolutamente impresionante. Seattle de noche, desde el cielo...

—Es bonito, ¿verdad? —me pregunta Christian en un murmullo.

Asiento entusiasmada. Parece de otro mundo, irreal, y siento como si estuviera en un estudio de cine gigante, quizá de la película favorita de José, *Blade Runner*. El recuerdo de José intentando besarme me incomoda. Empiezo a sentirme un poco cruel por no haber contestado a sus llamadas. Seguro que puede esperar hasta mañana.

—Llegaremos en unos minutos —murmura Christian.

Y de repente siento que me zumban los oídos, que se me dispara el corazón y que la adrenalina me recorre el cuerpo. Empieza a hablar de nuevo con el control de tráfico aéreo, pero ya no lo escucho. Creo que voy a desmayarme. Mi destino está en sus manos.

Volamos entre edificios, y frente a nosotros veo un rascacielos con un helipuerto en la azotea. En ella está pintada en color azul la palabra ESCALA. Está cada vez más cerca, se va haciendo cada vez más grande... como mi ansiedad. Espero que no se dé cuenta. No quiero decepcionarlo. Ojalá hubiera hecho caso a Kate y me hubiera puesto uno de sus vestidos, pero me gustan mis vaqueros negros, y llevo una camisa verde y una chaqueta negra de Kate. Voy bastante elegante. Me agarro al extremo de mi asiento cada vez con más fuerza. Tú puedes, tú puedes, me repito como un mantra mientras nos acercamos al rascacielos.

El helicóptero reduce la velocidad y se queda suspendido en el aire. Christian aterriza en la pista de la azotea del edificio. Tengo un nudo en el estómago. No sabría decir si son nervios por lo que va a suceder, o alivio por haber llegado vivos, o miedo a que la cosa no vaya bien. Apaga el motor, y el movimiento y el ruido del rotor van disminuyendo hasta que lo único que oigo es el sonido de mi respiración entrecortada. Christian se quita los auriculares y se inclina para quitarme los míos.

—Hemos llegado —me dice en voz baja.

Su mirada es intensa, la mitad en la oscuridad y la otra mitad iluminada por las luces blancas de aterrizaje. Una metáfora muy adecuada para Christian: el caballero oscuro y el caballero blanco. Parece tenso. Aprieta la mandíbula y entrecierra los ojos. Se desabrocha el cinturón de seguridad y se inclina para desabrocharme el mío. Su cara está a centímetros de la mía.

—No tienes que hacer nada que no quieras hacer. Lo sabes, ¿verdad?

Su tono es muy serio, incluso angustiado, y sus ojos, ardientes. Me pilla por sorpresa.

—Nunca haría nada que no quisiera hacer, Christian.

Y mientras lo digo, siento que no estoy del todo convencida, porque en estos momentos seguramente haría cualquier cosa por el hombre que está sentado a mi lado. Pero mis palabras funcionan y Christian se calma.

Me mira un instante con cautela y luego, pese a ser tan alto, se mueve con elegancia hasta la puerta del helicóptero y la abre. Salta, me espera y me coge de la mano para ayudarme a bajar a la pista. En la azotea del edificio hace mucho viento y me pone nerviosa el hecho de estar en un espacio abierto a unos treinta pisos de altura. Christian me pasa el brazo por la cintura y tira de mí.

—Vamos —me grita por encima del ruido del viento.

Me arrastra hasta un ascensor, teclea un número en un panel, y la puerta se abre. En el ascensor, completamene revestido de espejos, hace calor. Puedo ver a Christian hasta el infinito mire hacia donde mire, y lo bonito es que también me tiene cogida hasta el infinito. Teclea otro código, las puertas se cierran y el ascensor empieza a bajar.

Al momento estamos en un vestíbulo totalmente blanco. En medio hay una mesa redonda de madera oscura con un enorme ramo de flores blancas. Las paredes están llenas de cuadros. Abre una puerta doble, y el blanco se prolonga por un amplio pasillo que nos lleva hasta la entrada de una habitación inmensa. Es el salón principal, de techos altísimos. Calificarlo de «enorme» sería quedarse muy corto. La pared del fondo es de cristal y da a un balcón con magníficas vistas a la ciudad.

A la derecha hay un imponente sofá en forma de U en el que podrían sentarse cómodamente diez personas. Frente a él, una chimenea ultramoderna de acero inoxidable… o a saber, quizá sea de platino. El fuego encendido llamea suavemente. A la izquierda, junto a la entrada, está la zona de la cocina. Toda blanca, con la encimera de madera oscura y una barra en la que pueden sentarse seis personas.

Junto a la zona de la cocina, frente a la pared de cristal, hay una mesa de comedor rodeada de dieciséis sillas. Y en el rincón hay un enorme piano negro y resplandeciente. Claro… seguramente también toca el piano. En todas las paredes hay cuadros de todo tipo y tamaño. En realidad, el apartamento parece más una galería que una vivienda.

—¿Me das la chaqueta? —me pregunta Christian.

Niego con la cabeza. He cogido frío en la pista del helicóptero.

—¿Quieres tomar una copa? —me pregunta.

Parpadeo. ¿Después de lo que pasó ayer? ¿Está de broma o qué? Por un segundo pienso en pedirle un margarita, pero no me atrevo.

—Yo tomaré una copa de vino blanco. ¿Quieres tú otra?

—Sí, gracias —murmuro.

Me siento incómoda en este enorme salón. Me acerco a la pared de cristal y me doy cuenta de que la parte inferior del panel se abre al balcón en forma de acordeón. Abajo se ve Seattle, iluminada y animada. Retrocedo hacia la zona de la cocina —tardo unos segundos, porque está muy lejos de la pared de cristal—, donde Christian está abriendo una botella de vino. Se ha quitado la chaqueta.

—¿Te parece bien un Pouilly Fumé?

—No tengo ni idea de vinos, Christian. Estoy segura de que será perfecto.

Hablo en voz baja y entrecortada. El corazón me late muy deprisa. Quiero salir corriendo. Esto es lujo de verdad, de una riqueza exagerada, tipo Bill Gates. ¿Qué estoy haciendo aquí? Sabes muy bien lo que estás haciendo aquí, se burla mi subconsciente. Sí, quiero irme a la cama con Christian Grey.

—Toma —me dice tendiéndome una copa de vino.

Hasta las copas son lujosas, de cristal grueso y muy modernas. Doy un sorbo. El vino es ligero, fresco y delicioso.

—Estás muy callada y ni siquiera te has puesto roja. La verdad es que creo que nunca te había visto tan pálida, Anastasia —murmura—. ¿Tienes hambre?

Niego con la cabeza. No de comida.

—Qué casa tan grande.

—¿Grande?

—Grande.

—Es grande —admite con una mirada divertida.

Doy otro sorbo de vino.

—¿Sabes tocar? —le pregunto señalando el piano.

—Sí.

—¿Bien?

—Sí.

—Claro, cómo no. ¿Hay algo que no hagas bien?

—Sí... un par o tres de cosas.

Da un sorbo de vino sin quitarme los ojos de encima. Siento que su mirada me sigue cuando me giro y observo el inmenso salón. Pero no debería llamarlo «sala». No es un salón, sino una declaración de principios.

—¿Quieres sentarte?

Asiento con la cabeza. Me coge de la mano y me lleva al gran sofá de color crema. Mientras me siento, me asalta la idea de que parezco Tess Durbeyfield observando la nueva casa del notario Alec d'Urberville. La idea me hace sonreír.

—¿Qué te parece tan divertido?

Está sentado a mi lado, mirándome. Ha apoyado el codo derecho en el respaldo del sofá, con la mano bajo la barbilla.

—¿Por qué me regalaste precisamente *Tess, la de los d'Urberville*? —le pregunto.

Christian me mira fijamente un momento. Creo que le ha sorprendido mi pregunta.

—Bueno, me dijiste que te gustaba Thomas Hardy.

—¿Solo por eso?

Hasta yo soy consciente de que mi voz suena decepcionada. Aprieta los labios.

—Me pareció apropiado. Yo podría empujarte a algún ideal imposible, como Angel Clare, o corromperte del todo, como Alec d'Urberville —murmura.

Sus ojos brillan, impenetrables y peligrosos.

—Si solo hay dos posibilidades, elijo la corrupción —susurro mirándole.

Mi subconsciente me observa asombrada. Christian se queda boquiabierto.

—Anastasia, deja de morderte el labio, por favor. Me desconcentras. No sabes lo que dices.

—Por eso estoy aquí.

Frunce el ceño.

—Sí. ¿Me disculpas un momento?

Desaparece por una gran puerta al otro extremo del salón. A los dos minutos vuelve con unos papeles en las manos.

—Esto es un acuerdo de confidencialidad. —Se encoge de hombros y parece ligeramente incómodo—. Mi abogado ha insistido.

Me lo tiende. Estoy totalmente perpleja.

—Si eliges la segunda opción, la corrupción, tendrás que firmarlo.

—¿Y si no quiero firmar nada?

—Entonces te quedas con los ideales de Angel Clare, bueno, al menos en la mayor parte del libro.

—¿Qué implica este acuerdo?

—Implica que no puedes contar nada de lo que suceda entre nosotros. Nada a nadie.

Lo observo sin dar crédito. Mierda. Tiene que ser malo, malo de verdad, y ahora tengo mucha curiosidad por saber de qué se trata.

—De acuerdo, lo firmaré.

Me tiende un bolígrafo.

—¿Ni siquiera vas a leerlo?

—No.

Frunce el ceño.

—Anastasia, siempre deberías leer todo lo que firmas —me riñe.

—Christian, lo que no entiendes es que en ningún caso hablaría de nosotros con nadie. Ni siquiera con Kate. Así que lo mismo da si firmo un acuerdo o no. Si es tan importante para ti o para tu abogado… con el que es obvio que hablas de mí, de acuerdo. Lo firmaré.

Me observa fijamente y asiente muy serio.

—Buena puntualización, señorita Steele.

Firmo con gesto grandilocuente las dos copias y le devuelvo una. Doblo la otra, me la meto en el bolso y doy un largo sorbo de vino. Parezco mucho más valiente de lo que en realidad me siento.

—¿Quiere decir eso que vas a hacerme el amor esta noche, Christian?

¡Maldita sea! ¿Acabo de decir eso? Abre ligeramente la boca, pero enseguida se recompone.

—No, Anastasia, no quiere decir eso. En primer lugar, yo no hago el amor. Yo follo… duro. En segundo lugar, tenemos mucho más papeleo que arreglar. Y en tercer lugar, todavía no sabes de lo que se trata. Todavía podrías salir corriendo. Ven, quiero mostrarte mi cuarto de juegos.

Me quedo boquiabierta. ¡Follo duro! Madre mía. Suena de lo más excitante. Pero ¿por qué vamos a ver un cuarto de juegos? Estoy perpleja.

—¿Quieres jugar con la Xbox? —le pregunto.

Se ríe a carcajadas.

—No, Anastasia, ni a la Xbox ni a la PlayStation. Ven.

Se levanta y me tiende la mano. Dejo que me lleve de nuevo al pasillo. A la derecha de la puerta doble por la que entramos hay otra puerta que da a una escalera. Subimos al piso de arriba y giramos a la derecha. Se saca una llave del bolsillo, la gira en la cerradura de otra puerta y respira hondo.

—Puedes marcharte en cualquier momento. El helicóptero está listo para llevarte a donde quieras. Puedes pasar la noche aquí y marcharte mañana por la mañana. Lo que decidas me parecerá bien.

—Abre la maldita puerta de una vez, Christian.

Abre la puerta y se aparta a un lado para que entre yo primero. Vuelvo a mirarlo. Quiero saber lo que hay ahí dentro. Respiro hondo y entro.

Y siento como si me hubiera transportado al siglo XVI, a la época de la Inquisición española.

7

Lo primero que noto es el olor: piel, madera y cera con un ligero aroma a limón. Es muy agradable, y la luz es tenue, sutil. En realidad no veo de dónde sale, de algún sitio junto a la cornisa, y emite un resplandor ambiental. Las paredes y el techo son de color burdeos oscuro, que da a la espaciosa habitación un efecto uterino, y el suelo es de madera barnizada muy vieja. En la pared, frente a la puerta, hay una gran X de madera, de caoba muy brillante, con esposas en los extremos para sujetarse. Por encima hay una gran rejilla de hierro suspendida del techo, como mínimo de dos metros cuadrados, de la que cuelgan todo tipo de cuerdas, cadenas y grilletes brillantes. Cerca de la puerta, dos grandes postes relucientes y ornamentados, como balaustres de una barandilla pero más grandes, cuelgan a lo largo de la pared como barras de cortina. De ellos pende una impresionante colección de palos, látigos, fustas y curiosos instrumentos con plumas.

Junto a la puerta hay un mueble de caoba maciza con cajones muy estrechos, como si estuvieran destinados a guardar muestras en un viejo museo. Por un instante me pregunto qué hay dentro. ¿Quiero saberlo? En la esquina del fondo veo un banco acolchado de piel de color granate, y pegado a la pared, un estante de madera que parece una taquera para palos de billar, pero que al observarlo con más atención descubro que contiene varas de diversos tamaños y grosores. En la esquina opuesta hay una sólida mesa de casi dos metros de largo —madera brillante con patas talladas—, y debajo, dos taburetes a juego.

Pero lo que domina la habitación es una cama. Es más grande que las de matrimonio, con dosel de cuatro postes tallado de estilo rococó. Parece de finales del siglo XIX. Debajo del dosel veo más cadenas y esposas relucientes. No hay ropa de cama… solo un colchón cubierto de piel roja, y varios cojines de satén rojo en un extremo.

A unos metros de los pies de la cama hay un gran sofá Chesterfield granate, plantificado en medio de la sala, frente a la cama. Extraña distribución… eso de poner un sofá frente a la cama. Y sonrío para mis adentros. Me parece raro el sofá, cuando en realidad es el mueble más normal de toda la habitación. Alzo los ojos y observo el techo. Está lleno de mosquetones, a intervalos irregulares. Me pregunto por un segundo para qué sirven. Es extraño, pero toda esa madera, las paredes oscuras, la tenue luz y la piel granate hacen que la habitación parezca dulce y romántica… Sé que es cualquier cosa menos eso. Es lo que Christian entiende por dulzura y romanticismo.

Me giro y está mirándome fijamente, como suponía, con expresión impenetrable. Avanzo por la habitación y me sigue. El artilugio de plumas me ha intrigado. Me decido a tocarlo. Es de ante, como un pequeño gato de nueve colas, pero más grueso y con pequeñas bolas de plástico en los extremos.

—Es un látigo de tiras —dice Christian en voz baja y dulce.

Un látigo de tiras… Vaya. Creo que estoy en estado de shock. Mi subconsciente ha emigrado, o se ha quedado muda, o sencillamente se ha caído en redondo y se ha muerto. Estoy paralizada. Puedo observar y asimilar, pero no articular lo que siento ante todo esto, porque estoy en estado de shock. ¿Cuál es la reacción adecuada cuando descubres que tu posible amante es un sádico o un masoquista total? Miedo… sí… esa parece ser la sensación principal. Ahora me doy cuenta. Pero extrañamente no de él. No creo que me hiciera daño. Bueno, no sin mi consentimiento. Un sinfín de preguntas me nublan la mente. ¿Por qué? ¿Cómo? ¿Cuándo? ¿Con qué frecuencia? ¿Quién? Me acerco a la cama y paso las manos por uno de los postes. Es muy grueso, y el tallado es impresionante.

—Di algo —me pide Christian en tono engañosamente dulce.

—¿Se lo haces a gente o te lo hacen a ti?

Frunce la boca, no sé si divertido o aliviado.

—¿A gente? —Pestañea un par de veces, como si estuviera pensando qué contestarme—. Se lo hago a mujeres que quieren que se lo haga.

No lo entiendo.

—Si tienes voluntarias dispuestas a aceptarlo, ¿qué hago yo aquí?

—Porque quiero hacerlo contigo, lo deseo.

—Oh.

Me quedo boquiabierta. ¿Por qué?

Me dirijo a la otra esquina de la sala, paso la mano por el banco acolchado, alto hasta la cintura, y deslizo los dedos por la piel. Le gusta hacer daño a las mujeres. La idea me deprime.

—¿Eres un sádico?

—Soy un Amo.

Sus ojos grises se vuelven abrasadores, intensos.

—¿Qué significa eso? —le pregunto en un susurro.

—Significa que quiero que te rindas a mí en todo voluntariamente.

Lo miro frunciendo el ceño, intentando asimilar la idea.

—¿Por qué iba a hacer algo así?

—Por complacerme —murmura ladeando la cabeza.

Veo que esboza una sonrisa.

¡Complacerle! ¡Quiere que lo complazca! Creo que me quedo boquiabierta. Complacer a Christian Grey. Y en ese momento me doy cuenta de que sí, de que es exactamente lo que quiero hacer. Quiero que disfrute conmigo. Es una revelación.

—Digamos, en términos muy simples, que quiero que quieras complacerme —me dice en voz baja, hipnótica.

—¿Cómo tengo que hacerlo?

Siento la boca seca. Ojalá tuviera más vino. De acuerdo, entiendo lo de complacerle, pero el gabinete de tortura isabelino me ha dejado desconcertada. ¿Quiero saber la respuesta?

—Tengo normas, y quiero que las acates. Son normas que a ti te benefician y a mí me proporcionan placer. Si cumples esas nor-

116

mas para complacerme, te recompensaré. Si no, te castigaré para que aprendas —susurra.

Mientras me habla, miro el estante de las varas.

—¿Y en qué momento entra en juego todo esto? —le pregunto señalando con la mano alrededor del cuarto.

—Es parte del paquete de incentivos. Tanto de la recompensa como del castigo.

—Entonces disfrutarás ejerciendo tu voluntad sobre mí.

—Se trata de ganarme tu confianza y tu respeto para que me permitas ejercer mi voluntad sobre ti. Obtendré un gran placer, incluso una gran alegría, si te sometes. Cuanto más te sometas, mayor será mi alegría. La ecuación es muy sencilla.

—De acuerdo, ¿y qué saco yo de todo esto?

Se encoge de hombros y parece hacer un gesto de disculpa.

—A mí —se limita a contestarme.

Dios mío… Christian me observa pasándose la mano por el pelo.

—Anastasia, no hay manera de saber lo que piensas —murmura nervioso—. Volvamos abajo, así podré concentrarme mejor. Me desconcentro mucho contigo aquí.

Me tiende una mano, pero ahora no sé si cogerla.

Kate me había dicho que era peligroso, y tenía mucha razón. ¿Cómo lo sabía? Es peligroso para mi salud, porque sé que voy a decir que sí. Y una parte de mí no quiere. Una parte de mí quiere gritar y salir corriendo de este cuarto y de todo lo que representa. Me siento muy desorientada.

—No voy a hacerte daño, Anastasia.

Sé que no me miente. Le cojo de la mano y salgo con él del cuarto.

—Quiero mostrarte algo, por si aceptas.

En lugar de bajar las escaleras, gira a la derecha del cuarto de juegos, como él lo llama, y avanza por un pasillo. Pasamos junto a varias puertas hasta que llegamos a la última. Al otro lado hay un dormitorio con una cama de matrimonio. Todo es blanco… todo: los muebles, las paredes, la ropa de cama. Es aséptica y fría, pero con una vista preciosa de Seattle desde la pared de cristal.

—Esta será tu habitación. Puedes decorarla a tu gusto y tener aquí lo que quieras.

—¿Mi habitación? ¿Esperas que me venga a vivir aquí? —le pregunto sin poder disimular mi tono horrorizado.

—A vivir no. Solo, digamos, del viernes por la noche al domingo. Tenemos que hablar del tema y negociarlo. Si aceptas —añade en voz baja y dubitativa.

—¿Dormiré aquí?

—Sí.

—No contigo.

—No. Ya te lo dije. Yo no duermo con nadie. Solo contigo cuando te has emborrachado hasta perder el sentido —me dice en tono de reprimenda.

Aprieto los labios. Hay algo que no me encaja. El amable y cuidadoso Christian, que me rescata cuando estoy borracha y me sujeta amablemente mientras vomito en las azaleas, y el monstruo que tiene un cuarto especial lleno de látigos y cadenas.

—¿Dónde duermes tú?

—Mi habitación está abajo. Vamos, debes de tener hambre.

—Es raro, pero creo que se me ha quitado el hambre —murmuro de mala gana.

—Tienes que comer, Anastasia —me regaña.

Me coge de la mano y volvemos al piso de abajo.

De vuelta en el salón increíblemente grande, me siento muy inquieta. Estoy al borde de un precipicio y tengo que decidir si quiero saltar o no.

—Soy totalmente consciente de que estoy llevándote por un camino oscuro, Anastasia, y por eso quiero de verdad que te lo pienses bien. Seguro que tienes cosas que preguntarme —me dice soltándome la mano y dirigiéndose con paso tranquilo a la cocina.

Tengo cosas que preguntarle. Pero ¿por dónde empiezo?

—Has firmado el acuerdo de confidencialidad, así que puedes preguntarme lo que quieras y te contestaré.

Estoy junto a la barra de la cocina y observo cómo abre el frigorífico y saca un plato de quesos con dos enormes racimos de uvas blancas y rojas. Deja el plato en la encimera y empieza a cortar una baguette.

—Siéntate —me dice señalando un taburete junto a la barra.

Obedezco su orden. Si voy a aceptarlo, tendré que acostumbrarme. Me doy cuenta de que se ha mostrado dominante desde que lo conocí.

—Has hablado de papeleo.

—Sí.

—¿A qué te refieres?

—Bueno, aparte del acuerdo de confidencialidad, a un contrato que especifique lo que haremos y lo que no haremos. Tengo que saber cuáles son tus límites, y tú tienes que saber cuáles son los míos. Se trata de un consenso, Anastasia.

—¿Y si no quiero?

—Perfecto —me contesta prudentemente.

—Pero ¿no tendremos la más mínima relación? —le pregunto.

—No.

—¿Por qué?

—Es el único tipo de relación que me interesa.

—¿Por qué?

Se encoge de hombros.

—Soy así.

—¿Y cómo llegaste a ser así?

—¿Por qué cada uno es como es? Es muy difícil saberlo. ¿Por qué a unos les gusta el queso y otros lo odian? ¿Te gusta el queso? La señora Jones, mi ama de llaves, ha dejado queso para la cena.

Saca dos grandes platos blancos de un armario y coloca uno delante de mí.

Y ahora nos ponemos a hablar del queso... Maldita sea...

—¿Qué normas tengo que cumplir?

—Las tengo por escrito. Las veremos después de cenar.

Comida... ¿Cómo voy a comer ahora?

—De verdad que no tengo hambre —susurro.

—Vas a comer —se limita a responderme.

El dominante Christian. Ahora está todo claro.

—¿Quieres otra copa de vino?

—Sí, por favor.

Me sirve otra copa y se sienta a mi lado. Doy un rápido sorbo.

—Te sentará bien comer, Anastasia.

Cojo un pequeño racimo de uvas. Con esto sí que puedo. Él entorna los ojos.

—¿Hace mucho que estás metido en esto? —le pregunto.

—Sí.

—¿Es fácil encontrar a mujeres que lo acepten?

Me mira y alza una ceja.

—Te sorprenderías —me contesta fríamente.

—Entonces, ¿por qué yo? De verdad que no lo entiendo.

—Anastasia, ya te lo he dicho. Tienes algo. No puedo apartarme de ti. —Sonríe irónicamente—. Soy como una polilla atraída por la luz. —Su voz se enturbia—. Te deseo con locura, especialmente ahora, cuando vuelves a morderte el labio.

Respira hondo y traga saliva.

El estómago me da vueltas. Me desea… de una manera rara, es cierto, pero este hombre guapo, extraño y pervertido me desea.

—Creo que le has dado la vuelta a ese cliché —refunfuño.

Yo soy la polilla y él es la luz, y voy a quemarme. Lo sé.

—¡Come!

—No. Todavía no he firmado nada, así que creo que haré lo que yo decida un rato más, si no te parece mal.

Sus ojos se dulcifican y sus labios esbozan una sonrisa.

—Como quiera, señorita Steele.

—¿Cuántas mujeres? —pregunto de sopetón, pero siento mucha curiosidad.

—Quince.

Vaya, menos de las que pensaba.

—¿Durante largos periodos de tiempo?

—Algunas sí.

—¿Alguna vez has hecho daño a alguna?

—Sí.

¡Maldita sea!

—¿Grave?

—No.

—¿Me harás daño a mí?

—¿Qué quieres decir?

—Si vas a hacerme daño físicamente.

—Te castigaré cuando sea necesario, y será doloroso.

Creo que estoy mareándome. Tomo otro sorbo de vino. El alcohol me dará valor.

—¿Alguna vez te han pegado? —le pregunto.

—Sí.

Vaya, me sorprende. Antes de que haya podido preguntarle por esta última revelación, interrumpe el curso de mis pensamientos.

—Vamos a hablar a mi estudio. Quiero mostrarte algo.

Me cuesta mucho procesar todo esto. He sido tan inocente que pensaba que pasaría una noche de pasión desenfrenada en la cama de este hombre, y aquí estamos, negociando un extraño acuerdo.

Lo sigo hasta su estudio, una amplia habitación con otro ventanal desde el techo hasta el suelo que da al balcón. Se sienta a la mesa, me indica con un gesto que tome asiento en una silla de cuero frente a él y me tiende una hoja de papel.

—Estas son las normas. Podemos cambiarlas. Forman parte del contrato, que también te daré. Léelas y las comentamos.

NORMAS

Obediencia:

La Sumisa obedecerá inmediatamente todas las instrucciones del Amo, sin dudar, sin reservas y de forma expeditiva. La Sumisa aceptará toda actividad sexual que el Amo considere oportuna y placentera, excepto las actividades contempladas en los límites infranqueables (Apéndice 2). Lo hará con entusiasmo y sin dudar.

Sueño:

La Sumisa garantizará que duerme como mínimo siete horas diarias cuando no esté con el Amo.

Comida:

Para cuidar su salud y su bienestar, la Sumisa comerá frecuentemente los alimentos incluidos en una lista (Apéndice 4). La Sumisa no comerá entre horas, a excepción de fruta.

Ropa:
Durante la vigencia del contrato, la Sumisa solo llevará ropa que el Amo haya aprobado. El Amo ofrecerá a la Sumisa un presupuesto para ropa, que la Sumisa debe utilizar. El Amo acompañará a la Sumisa a comprar ropa cuando sea necesario. Si el Amo así lo exige, mientras el contrato esté vigente, la Sumisa se pondrá los adornos que le exija el Amo, en su presencia o en cualquier otro momento que el Amo considere oportuno.

Ejercicio:
El Amo proporcionará a la Sumisa un entrenador personal cuatro veces por semana, en sesiones de una hora, a horas convenidas por el entrenador personal y la Sumisa. El entrenador personal informará al Amo de los avances de la Sumisa.

Higiene personal y belleza:
La Sumisa estará limpia y depilada en todo momento. La Sumisa irá a un salón de belleza elegido por el Amo cuando este lo decida y se someterá a cualquier tratamiento que el Amo considere oportuno.

Seguridad personal:
La Sumisa no beberá en exceso, ni fumará, ni tomará sustancias psicotrópicas, ni correrá riesgos innecesarios.

Cualidades personales:
La Sumisa solo mantendrá relaciones sexuales con el Amo. La Sumisa se comportará en todo momento con respeto y humildad. Debe comprender que su conducta influye directamente en la del Amo. Será responsable de cualquier fechoría, maldad y mala conducta que lleve a cabo cuando el Amo no esté presente.

El incumplimiento de cualquiera de las normas anteriores será inmediatamente castigado, y el Amo determinará la naturaleza del castigo.

Madre mía.

—¿Límites infranqueables? —le pregunto.

—Sí. Lo que no harás tú y lo que no haré yo. Tenemos que especificarlo en nuestro acuerdo.

—No estoy segura de que vaya a aceptar dinero para ropa. No me parece bien.

Me muevo incómoda. La palabra «puta» me resuena en la cabeza.

—Quiero gastar dinero en ti. Déjame comprarte ropa. Quizá necesite que me acompañes a algún acto, y quiero que vayas bien vestida. Estoy seguro de que con tu sueldo, cuando encuentres trabajo, no podrás costearte la ropa que me gustaría que llevaras.

—¿No tendré que llevarla cuando no esté contigo?

—No.

—De acuerdo.

Hazte a la idea de que será como un uniforme.

—No quiero hacer ejercicio cuatro veces por semana.

—Anastasia, necesito que estés ágil, fuerte y resistente. Confía en mí. Tienes que hacer ejercicio.

—Pero seguro que no cuatro veces por semana. ¿Qué te parece tres?

—Quiero que sean cuatro.

—Creía que esto era una negociación.

Frunce los labios.

—De acuerdo, señorita Steele, vuelve a tener razón. ¿Qué te parece una hora tres días por semana, y media hora otro día?

—Tres días, tres horas. Me da la impresión de que te ocuparás de que haga ejercicio cuando esté aquí.

Sonríe perversamente y le brillan los ojos, como si se sintiera aliviado.

—Sí, lo haré. De acuerdo. ¿Estás segura de que no quieres hacer las prácticas en mi empresa? Eres buena negociando.

—No, no creo que sea buena idea.

Observo la hoja con sus normas. ¡Depilarme! ¿Depilarme el qué? ¿Todo? ¡Uf!

—Pasemos a los límites. Estos son los míos —me dice tendiéndome otra hoja de papel.

LÍMITES INFRANQUEABLES

Actos con fuego.

Actos con orina, defecación y excrementos.

Actos con agujas, cuchillos, perforaciones y sangre.

Actos con instrumental médico ginecológico.

Actos con niños y animales.

Actos que dejen marcas permanentes en la piel.

Actos relativos al control de la respiración.

Actividad que implique contacto directo con corriente eléctrica (tanto alterna como continua), fuego o llamas en el cuerpo.

Uf. ¡Tiene que escribirlos! Por supuesto… todos estos límites parecen sensatos y necesarios, la verdad… Seguramente cualquier persona en su sano juicio no querría meterse en este tipo de cosas. Pero se me ha revuelto el estómago.

—¿Quieres añadir algo? —me pregunta amablemente.

Mierda. No tengo ni idea. Estoy totalmente perpleja. Me mira y arruga la frente.

—¿Hay algo que no quieras hacer?

—No lo sé.

—¿Qué es eso de que no lo sabes?

Me remuevo incómoda y me muerdo el labio.

—Nunca he hecho cosas así.

—Bueno, ¿ha habido algo que no te ha gustado hacer en el sexo?

Por primera vez en lo que parecen siglos, me ruborizo.

—Puedes decírmelo, Anastasia. Si no somos sinceros, no va a funcionar.

Vuelvo a removerme incómoda y me contemplo los dedos nudosos.

—Dímelo —me pide.

—Bueno… Nunca me he acostado con nadie, así que no lo sé —le digo en voz baja.

Levanto los ojos hacia él, que me mira boquiabierto, paralizado y pálido, muy pálido.

—¿Nunca? —susurra.

Asiento.

—¿Eres virgen?

Asiento con la cabeza y vuelvo a ruborizarme. Cierra los ojos y parece estar contando hasta diez. Cuando los abre, me mira enfadado.

—¿Por qué cojones no me lo habías dicho? —gruñe.

8

Christian recorre su estudio de un lado a otro pasándose las manos por el pelo. Las dos manos… lo que quiere decir que está doblemente enfadado. Su férreo control habitual parece haberse resquebrajado.

—No entiendo por qué no me lo has dicho —me riñe.

—No ha salido el tema. No tengo por costumbre ir contando por ahí mi vida sexual. Además… apenas nos conocemos.

Me contemplo las manos. ¿Por qué me siento culpable? ¿Por qué está tan rabioso? Lo miro.

—Bueno, ahora sabes mucho más de mí —me dice bruscamente. Y aprieta los labios—. Sabía que no tenías mucha experiencia, pero… ¡virgen! —Lo dice como si fuera un insulto—. Mierda, Ana, acabo de mostrarte… —se queja—. Que Dios me perdone. ¿Te han besado alguna vez, sin contarme a mí?

—Pues claro —le contesto intentando parecer ofendida.

Vale… quizá un par de veces.

—¿Y no has perdido la cabeza por ningún chico guapo? De verdad que no lo entiendo. Tienes veintiún años, casi veintidós. Eres guapa.

Vuelve a pasarse la mano por el pelo.

Guapa. Me ruborizo de alegría. Christian Grey me considera guapa. Entrelazo los dedos y los miro fijamente intentando disimular mi estúpida sonrisa. Quizá es miope. Mi adormecida subconsciente asoma la cabeza. ¿Dónde estaba cuando la necesitaba?

—¿Y de verdad estás hablando de lo que quiero hacer cuando no tienes experiencia? —Junta las cejas—. ¿Por qué has eludido el sexo? Cuéntamelo, por favor.

Me encojo de hombros.

—Nadie me ha… en fin…

Nadie me ha hecho sentir así, solo tú. Y resulta que tú eres una especie de monstruo.

—¿Por qué estás tan enfadado conmigo? —le susurro.

—No estoy enfadado contigo. Estoy enfadado conmigo mismo. Había dado por sentado… —Suspira, me mira detenidamente y mueve la cabeza—. ¿Quieres marcharte? —me pregunta en tono dulce.

—No, a menos que tú quieras que me marche —murmuro.

No, por favor… No quiero marcharme.

—Claro que no. Me gusta tenerte aquí —me dice frunciendo el ceño, y echa un vistazo al reloj—. Es tarde. —Y vuelve a levantar los ojos hacia mí—. Estás mordiéndote el labio —me dice con voz ronca y mirándome pensativo.

—Perdona.

—No te disculpes. Es solo que yo también quiero morderlo… fuerte.

Me quedo boquiabierta… ¿Cómo puede decirme esas cosas y pretender que no me afecten?

—Ven —murmura.

—¿Qué?

—Vamos a arreglar la situación ahora mismo.

—¿Qué quieres decir? ¿Qué situación?

—Tu situación, Ana. Voy a hacerte el amor, ahora.

—Oh.

Siento que el suelo se mueve. Soy una situación. Contengo la respiración.

—Si quieres, claro. No quiero tentar a la suerte.

—Creía que no hacías el amor. Creía que tú solo follabas duro.

Trago saliva. De pronto se me ha secado la boca.

Me lanza una sonrisa perversa que me recorre el cuerpo hasta llegar a…

—Puedo hacer una excepción, o quizá combinar las dos cosas. Ya veremos. De verdad quiero hacerte el amor. Ven a la cama conmigo, por favor. Quiero que nuestro acuerdo funcione, pero tienes que hacerte una idea de dónde estás metiéndote. Podemos empezar tu entrenamiento esta noche… con lo básico. No quiere decir que venga con flores y corazones. Es un medio para llegar a un fin, pero quiero ese fin y espero que tú lo quieras también —me dice con mirada intensa.

Me ruborizo… Madre mía… Mis deseos se hacen realidad.

—Pero no he hecho todo lo que pides en tu lista de normas —le digo con voz entrecortada e insegura.

—Olvídate de las normas. Olvídate de todos esos detalles por esta noche. Te deseo. Te he deseado desde que te caíste en mi despacho, y sé que tú también me deseas. No estarías aquí charlando tranquilamente sobre castigos y límites infranqueables si no me desearas. Ana, por favor, quédate conmigo esta noche.

Me tiende la mano con ojos brillantes, ardientes… excitados, y la cojo. Tira de mí hasta rodearme entre sus brazos. El movimiento me pilla por sorpresa y de pronto siento todo su cuerpo pegado al mío. Me recorre la nuca con los dedos, enrolla mi coleta entorno a la muñeca y tira suavemente para obligarme a levantar la cara. Está mirándome.

—Eres una chica muy valiente —me susurra—. Me tienes fascinado.

Sus palabras son como un artilugio incendiario. Me arde la sangre. Se inclina, me besa suavemente y me chupa el labio inferior.

—Quiero morder este labio —murmura sin despegarse de mi boca.

Y tira de él con los dientes cuidadosamente. Gimo y sonríe.

—Por favor, Ana, déjame hacerte el amor.

—Sí —susurro.

Para eso estoy aquí. Veo su sonrisa triunfante cuando me suelta, me coge de la mano y me conduce a través de la casa.

Su dormitorio es grande. Desde los ventanales se ven los iluminados rascacielos de Seattle. Las paredes son blancas, y los accesorios, azul claro. La enorme cama es ultramoderna, de madera maciza de color gris, con cuatro postes pero sin dosel. En la pared de la cabecera hay un impresionante paisaje marino.

Estoy temblando como una hoja. Ya está. Por fin, después de tanto tiempo, voy a hacerlo, y nada menos que con Christian Grey. Respiro entrecortadamente y no puedo apartar los ojos de él. Se quita el reloj y lo deja encima de una cómoda a juego con la cama. Luego se quita la americana y la deja en una silla. Lleva la camisa blanca de lino y unos vaqueros. Es guapo hasta perder el sentido. Su pelo cobrizo está alborotado y le cuelga la camisa... Sus ojos grises son audaces y brillantes. Se quita las Converse y se inclina para quitarse también los calcetines. Los pies de Christian Grey... Uau... ¿Qué tendrán los pies descalzos? Se gira y me mira con expresión dulce.

—Supongo que no tomas la píldora.

¿Qué? Mierda.

—Me temo que no.

Abre el primer cajón y saca una caja de condones. Me mira fijamente.

—Tienes que estar preparada —murmura—. ¿Quieres que cierre las persianas?

—No me importa —susurro—. Creía que no permitías a nadie dormir en tu cama.

—¿Quién ha dicho que vamos a dormir? —murmura.

—Oh.

Madre mía.

Se acerca a mí despacio. Está muy seguro de sí mismo, muy sexy, y le brillan los ojos. El corazón se me dispara y la sangre me bombea por todo el cuerpo. El deseo, un deseo caliente e intenso, me invade el vientre. Se detiene frente a mí y me mira a los ojos. Oh, es tan sexy...

—Vamos a quitarte la chaqueta, si te parece —me dice en voz baja.

Agarra las solapas y muy suavemente me desliza la chaqueta por los hombros y la deja en la silla.

—¿Tienes idea de lo mucho que te deseo, Ana Steele? —me susurra.

Se me corta la respiración. No puedo apartar mis ojos de los suyos. Alza una mano y me pasa suavemente los dedos por la mejilla hasta el mentón.

—¿Tienes idea de lo que voy a hacerte? —añade acariciándome la barbilla.

Los músculos de mi parte más profunda y oscura se tensan con infinito placer. El dolor es tan dulce y tan agudo que quiero cerrar los ojos, pero los suyos, que me miran ardientes, me hipnotizan. Se inclina y me besa. Sus labios exigentes, firmes y lentos se acoplan a los míos. Empieza a desabrocharme la blusa besándome ligeramente la mandíbula, la barbilla y las comisuras de la boca. Me la quita muy despacio y la deja caer al suelo. Se aparta un poco y me observa. Por suerte, llevo el sujetador azul cielo de encaje, que me queda estupendo.

—Ana… —me dice—. Tienes una piel preciosa, blanca y perfecta. Quiero besártela centímetro a centímetro.

Me ruborizo. Madre mía… ¿Por qué me dijo que no podía hacer el amor? Haré lo que me pida. Me agarra de la coleta, la deshace y jadea cuando la melena me cae en cascada sobre los hombros.

—Me gustan las morenas —murmura.

Mete las dos manos entre mis cabellos y me sujeta la cabeza. Su beso es exigente, su lengua y sus labios, persuasivos. Gimo y mi lengua indecisa se encuentra con la suya. Me rodea con sus brazos, me acerca su cuerpo y me aprieta muy fuerte. Una mano sigue en mi pelo, y la otra me recorre la columna hasta la cintura y sigue avanzando, sigue la curva de mi trasero y me empuja suavemente contra sus caderas. Siento su erección, que empuja lánguidamente contra mi cuerpo.

Vuelvo a gemir sin apartar los labios de su boca. Apenas puedo resistir las desenfrenadas sensaciones —¿o son hormonas?— que me devastan el cuerpo. Lo deseo con locura. Lo cojo por los brazos y siento sus bíceps. Es sorprendentemente fuerte… musculoso. Con gesto indeciso, subo las manos hasta su cara y su pelo alborotado, que es muy suave. Tiro suavemente de él, y Christian gime. Me conduce despacio hacia la cama, hasta que la siento detrás de las rodillas. Creo que va a empujarme, pero no lo hace. Me suelta y de pronto se arrodilla. Me sujeta las caderas con las dos manos y desliza la lengua por mi ombligo, avanza hasta la cadera mordisqueándome y después me recorre la barriga en dirección a la otra cadera.

—Ah —gimo.

No esperaba verlo de rodillas frente a mí y sentir su lengua recorriendo mi cuerpo. Es excitante. Apoyo las manos en su pelo y tiro suavemente intentando calmar mi acelerada respiración. Levanta la cara y sus ardientes ojos grises me miran a través de las pestañas, increíblemente largas. Sube las manos, me desabrocha el botón de los vaqueros y me baja lentamente la cremallera. Sin apartar sus ojos de los míos, introduce muy despacio las manos en mi pantalón, las pega a mi cuerpo, las desliza hasta el trasero y avanza hasta los muslos arrastrando con ellas los vaqueros. No puedo dejar de mirarlo. Se detiene y, sin apartar los ojos de mí ni un segundo, se lame los labios. Se inclina hacia delante y pasa la nariz por el vértice en el que se unen mis muslos. Lo siento junto a mi sexo.

—Hueles muy bien —murmura.

Cierra los ojos, con expresión de puro placer, y siento como una sacudida. Extiende un brazo, tira del edredón, me empuja suavemente y caigo sobre la cama.

Todavía de rodillas, me coge un pie, me desabrocha la Converse y me la quita, junto con el calcetín. Me apoyo en los codos y me incorporo para ver lo que hace. Jadeo, muerta de deseo. Me agarra el pie por el talón y me recorre el empeine con la uña del pulgar. Es casi doloroso, pero siento que el recorrido se proyecta sobre mi ingle. Gimo. Sin apartar los ojos de mí, vuelve a recorrerme el empeine, esta vez con la lengua, y después con los dientes. Mierda. ¿Cómo puedo sentirlo entre las piernas? Caigo sobre la cama gimiendo. Oigo su risa ahogada.

—Ana, no te imaginas lo que podría hacer contigo —me susurra.

Me quita la otra zapatilla y el calcetín, y después se levanta y me quita los vaqueros. Estoy tumbada en su cama, en bragas y sujetador, y él me mira detenidamente.

—Eres muy hermosa, Anastasia Steele. Me muero por estar dentro de ti.

¡Vaya manera de hablar! Es todo un seductor. Me corta la respiración.

—Muéstrame cómo te das placer.

¿Qué? Frunzo el ceño.

—No seas tímida, Ana. Muéstramelo —me susurra.

Muevo la cabeza.

—No entiendo lo que quieres decir —le contesto con voz ronca, tan empapada de deseo que apenas la reconozco.

—¿Cómo te corres sola? Quiero verlo.

Muevo la cabeza.

—No me corro sola —murmuro.

Alza las cejas, atónito por un momento, sus ojos se vuelven impenetrables y niega con la cabeza como si no pudiera creérselo.

—Bueno, veremos qué podemos hacer —me dice en voz baja, desafiante, en un tono de amenaza exquisitamente sensual.

Se desabrocha los botones de los vaqueros y se los quita despacio sin apartar los ojos de los míos. Se inclina sobre mí, me agarra de los tobillos, me separa rápidamente las piernas y avanza por la cama entre ellas. Se queda suspendido encima de mí. Me retuerzo de deseo.

—No te muevas —murmura.

Se inclina, me besa la parte interior de un muslo y va subiendo, sin dejar de besarme, hasta mis bragas de encaje.

Ay… No puedo quedarme quieta. ¿Cómo no voy a moverme? Me retuerzo debajo de él.

—Vamos a tener que trabajar para que aprendas a quedarte quieta, nena.

Sigue besándome la barriga y me introduce la lengua en el ombligo. Sus labios ascienden hacia el torso. Me arde la piel. Estoy sofocada. Por un momento siento mucho calor, luego frío, y araño la sábana sobre la que estoy tumbada. Christian se tumba a mi lado y me recorre con la mano desde la cadera hasta el pecho, pasando por la cintura. Me observa con expresión impenetrable y me rodea suavemente los pechos con las manos.

—Encajan perfectamente en mi mano, Anastasia —murmura.

Mete el dedo índice por la copa de mi sujetador, la baja muy despacio y deja mi pecho al aire, empujado hacia arriba por la varilla y la tela. Desplaza el dedo a mi otro seno y repite el proceso. Los pechos se me hinchan y los pezones se me endurecen bajo su insistente mirada. El sujetador mantiene alzados mis senos.

—Muy bonitos —suspira admirado.

Y los pezones se me endurecen todavía más.

Me chupa suavemente un pezón, desliza una mano al otro pecho, y con el pulgar rodea muy despacio el otro pezón y tira de él. Gimo y siento que una dulce sensación me desciende hasta la ingle. Estoy muy húmeda. Oh, por favor, suplico para mis adentros agarrando con fuerza la sábana. Cierra los labios alrededor de mi otro pezón, y cuando lo lame, casi siento una convulsión.

—Vamos a ver si conseguimos que te corras así —me susurra.

Y sigue con su lenta y sensual incursión. Mis pezones sienten sus hábiles dedos y sus labios, que encienden mis terminaciones nerviosas hasta el punto de que todo mi cuerpo gime en una dulce agonía, pero él no se detiene.

—Oh… por favor —le suplico.

Tiro la cabeza hacia atrás, con la boca abierta, y gimo. Siento las piernas entumecidas. Maldita sea, ¿qué está pasándome?

—Déjate ir, nena —murmura.

Me aprieta un pezón con los dientes, con el pulgar y el índice tira fuerte del otro, y me dejo caer en sus manos. Mi cuerpo se agita y estalla en mil pedazos. Me besa profundamente, metiéndome la lengua en la boca para absorber mis gritos.

¡Dios mío! Ha sido fantástico. Ahora ya sé a qué viene tanto asombro ante mi reacción. Me mira con una sonrisa satisfecha, aunque estoy segura de que no es más que gratitud y admiración por mí.

—Eres muy receptiva —me dice—. Tendrás que aprender a controlarlo, y será muy divertido enseñarte.

Vuelve a besarme.

Mi respiración es todavía irregular mientras me recupero del orgasmo. Desliza una mano hasta mi cintura, mis caderas, y la posa en mis partes íntimas… Ay. Introduce un dedo por el encaje y lentamente empieza a trazar círculos alrededor de mi sexo. Cierra los ojos por un instante y contiene la respiración.

—Estás muy húmeda. No sabes cuánto te deseo.

Introduce un dedo dentro de mí, y yo grito mientras lo saca y vuelve a meterlo. Me frota el clítoris con la palma de la mano, y grito de nuevo. Sigue introduciéndome el dedo, cada vez con más fuerza. Gimo.

De repente se sienta, me quita las bragas y las tira al suelo. Se quita también él los calzoncillos y libera su erección. ¡Madre mía! Alarga el brazo hasta la mesita de noche, coge un paquetito plateado y se mueve entre mis piernas para que las abra. Se arrodilla y desliza un condón por su largo miembro. Oh, no… ¿Cómo va a entrar?

—No te preocupes —me susurra mirándome a los ojos—. Tú también te dilatas.

Se inclina apoyando las manos a ambos lados de mi cabeza, de modo que queda suspendido por encima de mí. Me mira a los ojos con la mandíbula apretada y los ojos ardientes. En este momento me doy cuenta de que todavía lleva puesta la camisa.

—¿De verdad quieres hacerlo? —me pregunta en voz baja.

—Por favor —le suplico.

—Levanta las rodillas —me ordena en tono suave.

Obedezco de inmediato.

—Ahora voy a follarla, señorita Steele —murmura colocando la punta de su miembro erecto delante de mi sexo—. Duro —susurra.

Y me penetra bruscamente.

—¡Aaay! —grito.

Al desgarrar mi virginidad, siento una extraña sensación en lo más profundo de mí, como un pellizco. Se queda inmóvil y me observa con ojos en los que brilla el triunfo.

Tiene la boca ligeramente abierta y le cuesta respirar. Gime.

—Estás muy cerrada. ¿Estás bien?

Asiento con los ojos en blanco y agarrándome a sus brazos. Me siento llena por dentro. Sigue inmóvil para que me aclimate a la invasiva y abrumadora sensación de tenerlo dentro de mí.

—Voy a moverme, nena —me susurra un momento después en tono firme.

Oh.

Retrocede con exquisita lentitud. Cierra los ojos, gime y vuelve a penetrarme. Grito por segunda vez, y se detiene.

—¿Más? —me susurra con voz salvaje.

—Sí —le contesto.

Vuelve a penetrarme y a detenerse.

Gimo. Mi cuerpo lo acepta... Oh, quiero que siga.

—¿Otra vez? —me pregunta.

—Sí —le contesto en tono de súplica.

Y se mueve, pero esta vez no se detiene. Se apoya en los codos, de modo que siento su peso sobre mí, aprisionándome. Al principio se mueve despacio, entra y sale de mi cuerpo. Y a medida que voy acostumbrándome a la extraña sensación, empiezo a mover las caderas hacia las suyas. Acelera. Gimo y me embiste con fuerza, cada vez más deprisa, sin piedad, a un ritmo implacable, y yo mantengo el ritmo de sus embestidas. Me agarra la cabeza con las manos, me besa bruscamente y vuelve a tirar de mi labio inferior con los dientes. Se retira un poco y siento que algo crece en lo más profundo de mí, como antes. Voy poniéndome tensa a medida que me penetra una y otra vez. Me tiembla el cuerpo, me arqueo. Estoy bañada en sudor. No sabía que sería así... No sabía que la sensación podía ser tan agradable. Mis pensamientos se dispersan... No hay más que sensaciones... Solo él... Solo yo... Ay, por favor... Mi cuerpo se pone rígido.

—Córrete para mí, Ana —susurra sin aliento.

Y me dejo ir en cuanto lo dice, llego al clímax y estallo en mil pedazos bajo su cuerpo. Y mientras se corre también él, grita mi nombre, da una última embestida se queda inmóvil, como si se vaciara dentro de mí.

Todavía jadeo, intento ralentizar la respiración y los latidos del corazón, y mis pensamientos se sumen en el caos. Uau... ha sido algo increíble. Abro los ojos. Christian ha apoyado su frente en la mía. Tiene los ojos cerrados y su respiración es irregular. Parpadea, abre los ojos y me lanza una mirada turbia, aunque dulce. Sigue dentro de mí. Se inclina, me besa suavemente en la frente y, muy despacio, empieza a salir de mi cuerpo.

—Oooh.

Es una sensación extraña, que me hace estremecer.

—¿Te he hecho daño? —me pregunta Christian mientras se tumba a mi lado apoyándose en un codo.

Me pasa un mechón de pelo por detrás de la oreja. Y no puedo evitar esbozar una amplia sonrisa.

—¿Estás de verdad preguntándome si me has hecho daño?

—No me vengas con ironías —me dice con una sonrisa burlona—. En serio, ¿estás bien?

Sus ojos son intensos, perspicaces, incluso exigentes.

Me tiendo a su lado sintiendo los miembros desmadejados, con los huesos como de goma, pero estoy relajada, muy relajada. Le sonrío. No puedo dejar de sonreír. Ahora entiendo a qué viene tanto alboroto. Dos orgasmos… todo tu ser completamente descontrolado, como cuando una lavadora centrifuga. Uau. No tenía ni idea de lo que mi cuerpo era capaz, de que podía tensarse tanto y liberarse de forma tan violenta, tan gratificante. El placer ha sido indescriptible.

—Estás mordiéndote el labio, y no me has contestado.

Frunce el ceño. Le sonrío con gesto travieso. Está imponente con su pelo alborotado, sus ardientes ojos grises entrecerrados y su expresión seria e impenetrable.

—Me gustaría volver a hacerlo —susurro.

Por un momento creo ver una fugaz expresión de alivio en su cara. Luego cambia rápidamente de expresión y me mira con ojos velados.

—¿Ahora mismo, señorita Steele? —musita en tono frío. Se inclina sobre mí y me besa suavemente en la comisura de la boca—. ¿No eres un poquito exigente? Date la vuelta.

Parpadeo varias veces, pero al final me doy la vuelta. Me desabrocha el sujetador y me desliza la mano desde la espalda hasta el trasero.

—Tienes una piel realmente preciosa —murmura.

Mete una pierna entre las mías y se queda medio tumbado

sobre mi espalda. Siento la presión de los botones de su camisa mientras me retira el pelo de la cara y me besa en el hombro.

—¿Por qué no te has quitado la camisa? —le pregunto.

Se queda inmóvil. Acto seguido se quita la camisa y vuelve a tumbarse encima de mí. Siento su cálida piel sobre la mía. Mmm… Es una maravilla. Tiene el pecho cubierto de una ligera capa de pelo, que me hace cosquillas en la espalda.

—Así que quieres que vuelva a follarte… —me susurra al oído.

Y empieza a besarme muy suavemente alrededor de la oreja y en el cuello. Me levanta las rodillas y se me corta la respiración… ¿Qué está haciendo ahora? Se mete entre mis piernas, se pega a mi espalda y me pasa la mano por el muslo hasta el trasero. Me acaricia despacio las nalgas y después desliza los dedos entre mis piernas.

—Voy a follarte desde atrás, Anastasia —murmura.

Con la otra mano me agarra del pelo a la altura de la nuca y tira ligeramente para colocarme. No puedo mover la cabeza. Estoy inmovilizada debajo de él, indefensa.

—Eres mía —susurra—. Solo mía. No lo olvides.

Su voz es embriagadora, y sus palabras, seductoras. Noto cómo crece su erección contra mi muslo.

Desliza los dedos y me acaricia suavemente el clítoris, trazando círculos muy despacio. Siento su respiración en la cara mientras me pellizca lentamente la mandíbula.

—Hueles de maravilla.

Me acaricia detrás de la oreja con la nariz. Frota las manos contra mi cuerpo una y otra vez. En un instinto reflejo, empiezo a trazar círculos con las caderas, al compás de su mano, y un placer enloquecedor me recorre las venas como si fuera adrenalina.

—No te muevas —me ordena en voz baja, aunque imperiosa.

Y lentamente me introduce el pulgar y lo gira acariciando las paredes de mi vagina. El efecto es alucinante. Toda mi energía se concentra en esa pequeña parte de mi cuerpo. Gimo.

—¿Te gusta? —me pregunta en voz baja pasándome los dientes por la oreja.

Y empieza a mover el pulgar lentamente, dentro, fuera, dentro, fuera... con los dedos todavía trazando círculos.

Cierro los ojos e intento controlar mi respiración, intento absorber las desordenadas y caóticas sensaciones que sus dedos desatan en mí mientras el fuego me recorre el cuerpo. Vuelvo a gemir.

—Estás muy húmeda y eres muy rápida. Muy receptiva. Oh, Anastasia, me gusta, me gusta mucho —susurra.

Quiero mover las piernas, pero no puedo. Me tiene aprisionada y mantiene un ritmo constante, lento y tortuoso. Es absolutamente maravilloso. Gimo de nuevo y de pronto se mueve.

—Abre la boca —me pide.

Y me introduce en la boca el pulgar. Pestañeo frenéticamente.

—Mira cómo sabes —me susurra al oído—. Chúpame, nena.

Me presiona la lengua con el pulgar, cierro la boca alrededor de su dedo y chupo salvajemente. Siento el sabor salado de su pulgar y la acidez ligeramente metálica de la sangre. Madre mía. Esto no está bien, pero es terriblemente erótico.

—Quiero follarte la boca, Anastasia, y pronto lo haré —me dice con voz ronca, salvaje, y respiración entrecortada.

¡Follarme la boca! Gimo y le muerdo. Pega un grito ahogado y me tira del pelo con más fuerza, me hace daño, así que le suelto el dedo.

—Mi niña traviesa —susurra.

Alarga la mano hacia la mesita de noche y coge un paquetito plateado.

—Quieta, no te muevas —me ordena soltándome el pelo.

Rasga el paquetito plateado mientras yo jadeo y siento el calor recorriendo mis venas. La espera es excitante. Se inclina, su peso vuelve a caer sobre mí y me agarra del pelo para inmovilizarme la cabeza. No puedo moverme. Me tiene seductoramente atrapada y está listo para volver a penetrarme.

—Esta vez vamos a ir muy despacio, Anastasia —me dice.

Y me penetra despacio, muy despacio, hasta el fondo. Su miembro se extiende y me invade por dentro implacablemente. Gimo con fuerza. Esta vez lo siento más profundo, exquisito. Vuelvo a gemir, y a un ritmo muy lento traza círculos con las caderas y retrocede, se detiene un momento y vuelve a penetrarme. Repite el movimiento una y otra vez. Me vuelve loca. Sus provocadoras embestidas, deliberadamente lentas, y la intermitente sensación de plenitud son irresistibles.

—Se está tan bien dentro de ti —gime.

Y mis entrañas empiezan a temblar. Retrocede y espera.

—No, nena, todavía no —murmura.

Cuando dejo de temblar, comienza de nuevo el maravilloso proceso.

—Por favor —le suplico.

Creo que no voy a aguantar mucho más. Mi cuerpo tenso se desespera por liberarse.

—Te quiero dolorida, nena —murmura.

Y sigue con su dulce y pausado suplicio, adelante y atrás.

—Quiero que, cada vez que te muevas mañana, recuerdes que he estado dentro de ti. Solo yo. Eres mía.

Gimo.

—Christian, por favor —susurro.

—¿Qué quieres, Anastasia? Dímelo.

Vuelvo a gemir. Se retira y vuelve a penetrarme lentamente, de nuevo trazando círculos con las caderas.

—Dímelo —murmura.

—A ti, por favor.

Aumenta el ritmo progresivamente y su respiración se vuelve irregular. Empiezo a temblar por dentro, y Christian acelera la acometida.

—Eres… tan… dulce —murmura al ritmo de sus embestidas—. Te… deseo… tanto…

Gimo.

—Eres… mía… Córrete para mí, nena —ruge.

Sus palabras son mi perdición, me lanzan por el precipicio. Siento que mi cuerpo se convulsiona y me corro gritando una balbuceante versión de su nombre contra el colchón. Christian embiste hasta el fondo dos veces más y se queda paralizado, se deja ir y se derrama dentro de mí. Se desploma sobre mi cuerpo, con la cara hundida en mi pelo.

—Joder, Ana —jadea.

Se retira inmediatamente y cae rodando en su lado de la cama. Subo las rodillas hasta el pecho, totalmente agotada, y al momento me sumerjo en un profundo sueño.

Cuando me despierto, todavía no ha amanecido. No tengo ni idea de cuánto tiempo he dormido. Estiro las piernas debajo del edredón y me siento dolorida, exquisitamente dolorida. No veo a Christian por ningún sitio. Me siento en la cama y contemplo la ciudad frente a mí. Hay menos luces encendidas en los rascacielos y el amanecer se insinúa ya hacia el este. Oigo música, notas cadenciosas de piano. Un dulce y triste lamento. Bach, creo, pero no estoy segura.

Echo el edredón a un lado y me dirijo sin hacer ruido al pasillo que lleva al gran salón. Christian está sentado al piano, totalmente absorto en la melodía que está tocando. Su expresión es triste y desamparada, como la música. Toca maravillosamente bien. Me apoyo en la pared y lo escucho embelesada. Es un músico extraordinario. Está desnudo, con el cuerpo bañado en la cálida luz de una lámpara solitaria junto al piano. Como el resto del salón está oscuro, parece aislado en su pequeño foco de luz, intocable... solo en una burbuja.

Avanzo en silencio hacia él, atraída por la sublime y melancólica música. Estoy fascinada. Observo sus largos y hábiles dedos recorriendo y presionando suavemente las teclas, y pienso que esos mismos dedos han recorrido y acariciado con destreza mi cuerpo. Me ruborizo al pensarlo, sofoco un grito y aprieto los muslos. Christian levanta sus insondables ojos grises con expresión indescifrable.

—Perdona —susurro—. No quería molestarte.

Frunce ligeramente el ceño.

—Está claro que soy yo el que tendría que pedirte perdón —murmura.

Deja de tocar y apoya las manos en las piernas.

De pronto me doy cuenta de que lleva puestos unos pantalones de pijama. Se pasa los dedos por el pelo y se levanta. Los pantalones le caen de esa manera tan sexy... Madre mía. Se me seca la boca cuando rodea tranquilamente el piano y se acerca a mí. Es ancho de hombros y estrecho de caderas, y al andar se le tensan los abdominales. Es impresionante...

—Deberías estar en la cama —me riñe.

—Un tema muy hermoso. ¿Bach?

—La transcripción es de Bach, pero originariamente es un concierto para oboe de Alessandro Marcello.

—Precioso, aunque muy triste, una melodía muy melancólica.

Esboza una media sonrisa.

—A la cama —me ordena—. Por la mañana estarás agotada.

—Me he despertado y no estabas.

—Me cuesta dormir. No estoy acostumbrado a dormir con nadie —murmura.

No logro discernir cuál es su estado de ánimo. Parece algo decaído, pero es difícil asegurarlo en la oscuridad. Quizá se deba al tono del tema que estaba tocando. Me rodea con un brazo y me lleva cariñosamente a la habitación.

—¿Cuándo empezaste a tocar? Tocas muy bien.

—A los seis años.

Christian a los seis años... Imagino a un precioso niño de pelo cobrizo y ojos grises, y se me cae la baba... Un niño de cabello alborotado al que le gusta la música increíblemente triste.

—¿Cómo te sientes? —me pregunta ya de vuelta en la habitación.

Enciende una lamparita.

—Estoy bien.

Los dos miramos la cama al mismo tiempo. Las sábanas están manchadas de sangre, como una prueba de mi virginidad perdida. Me ruborizo, incómoda, y me echo el edredón por encima.

—Bueno, la señora Jones tendrá algo en lo que pensar —refunfuña Christian frente a mí.

Me coloca la mano debajo de la barbilla, me levanta la cara y me mira fijamente. Me observa con ojos intensos. Me doy cuenta de que es la primera vez que le veo el pecho desnudo. Alargo la mano de forma instintiva. Quiero pasarle los dedos por el oscuro pelo del pecho, pero de inmediato da un paso atrás.

—Métete en la cama —me dice bruscamente. Y luego suaviza un poco el tono—: Me acostaré contigo.

Retiro la mano y frunzo levemente el ceño. Creo que no le he tocado el torso ni una sola vez. Abre un cajón, saca una camiseta y se la pone rápidamente.

—A la cama —vuelve a ordenarme.

Salto a la cama intentando no pensar en la sangre. Se tumba también él y me rodea con los brazos por detrás, de manera que no le veo la cara. Me besa el pelo con suavidad e inhala profundamente.

—Duérmete, dulce Anastasia —murmura.

Cierro los ojos, pero no puedo evitar sentir cierta melancolía, no sé si por la música o por su conducta. Christian Grey tiene un lado triste.

9

La luz que inunda la habitación me arranca del profundo sueño. Me desperezo y abro los ojos. Es una bonita mañana de mayo, con Seattle a mis pies. Uau, qué vista. Christian Grey está profundamente dormido a mi lado. Uau, qué vista. Me sorprende que esté todavía en la cama. Como está de cara a mí, tengo la oportunidad de examinarlo bien por primera vez. Su hermoso rostro parece más joven, relajado. Sus labios, gruesos y perfilados, están ligeramente abiertos, y el pelo, limpio y brillante, alborotado. ¿Cómo puede ser alguien tan guapo y aun así ser legal? Recuerdo su cuarto del piso de arriba… Quizá no sea tan legal. Tengo mucho en que pensar. Siento la tentación de alargar la mano y tocarlo, pero está precioso dormido, como un niño pequeño. No tengo que preocuparme de lo que digo, de lo que dice él, de sus planes, especialmente de sus planes para mí.

Podría pasarme el día contemplándolo, pero tengo mis necesidades… fisiológicas. Salgo despacio de la cama, veo su camisa blanca en el suelo y me la pongo. Me dirijo a una puerta pensando que puede ser el cuarto de baño, pero lo que encuentro es un vestidor tan grande como mi habitación. Filas y filas de trajes caros, de camisas, zapatos y corbatas. ¿Para qué necesita tanta ropa? Chasqueo la lengua. La verdad es que el ropero de Kate seguramente no tiene nada que envidiar a este. ¡Kate! Oh, no. No me acordé de ella en toda la noche. Se suponía que tenía que mandarle un mensaje. Mierda. Va a enfadarse conmigo. Por un segundo me pregunto cómo le irá con Elliot.

Vuelvo al dormitorio, en el que Christian sigue dormido. Abro la otra puerta. Es el cuarto de baño, más grande que mi habitación. ¿Para qué necesita tanto espacio un hombre solo? Dos lavabos, observo con ironía. Si nunca duerme con nadie, uno de los dos no se habrá utilizado.

Me miro en el enorme espejo. ¿Parezco diferente? Me siento diferente. Para ser sincera, estoy un poco dolorida, y los músculos… es como si no hubiera hecho ejercicio en la vida. En la vida has hecho ejercicio, me dice mi subconsciente, que se ha despertado y me mira frunciendo los labios y dando golpecitos en el suelo con el pie. Acabas de acostarte con él. Has entregado tu virginidad a un hombre que no te ama, que tiene planes muy raros para ti, que quiere convertirte en una especie de pervertida esclava sexual.

¿ESTÁS LOCA?, me grita.

Sigo mirándome en el espejo y me estremezco. Tengo que asimilar todo esto. Sinceramente, me he encaprichado de un hombre guapísimo, que está forrado y que tiene un cuarto rojo del dolor esperándome. Me estremezco. Estoy desconcertada y confundida. Tengo el pelo hecho un desastre, como siempre. El pelo revuelto no me queda nada bien. Intento poner orden en ese caos con los dedos, pero no lo consigo y me rindo… Quizá tenga alguna goma en el bolso.

Me muero de hambre. Vuelvo a la habitación. El bello durmiente sigue dormido, así que lo dejo y voy a la cocina.

Oh, no… Kate. Dejé el bolso en el estudio de Christian. Voy a buscarlo y saco el móvil. Tres mensajes.

Todo OK Ana
Donde estas Ana
Maldita sea Ana

Llamo a Kate, pero no me contesta y le dejo un mensaje en el contestador diciéndole que estoy viva y que Barbazul no ha acabado conmigo, bueno, al menos no en el sentido que podría preocuparle… o quizá sí. Estoy muy confundida. Tengo que intentar aclararme y analizar mis sentimientos hacia Christian Grey. Es imposible. Muevo la cabeza dándome por vencida. Necesito estar sola, lejos de aquí, para pensar.

Encuentro en el bolso dos gomas para el pelo y rápidamente me hago dos trenzas. ¡Sí! Quizá cuanto más niña parezca, más a salvo estaré de Barbazul. Saco el iPod del bolso y me pongo los auriculares. No hay nada como la música para cocinar. Me meto el iPod en el bolsillo de la camisa de Christian, subo el volumen y empiezo a bailar.

Dios, qué hambre tengo.

La cocina me intimida un poco. Es elegante y moderna, con armarios sin tiradores. Tardo unos segundos en llegar a la conclusión de que tengo que presionar en las puertas para que se abran. Quizá debería prepararle el desayuno a Christian. El otro día comió una tortilla… Bueno, ayer, en el Heathman. Hay que ver la de cosas que han pasado desde ayer. Abro el frigorífico, veo que hay muchos huevos y decido que quiero tortitas y beicon. Empiezo a hacer la masa bailando por la cocina.

Está bien tener algo que hacer, porque eso te concede algo de tiempo para pensar, pero sin profundizar demasiado. La música que resuena en mis oídos también me ayuda a alejar los pensamientos profundos. Vine a pasar la noche en la cama de Christian Grey y lo he conseguido, aunque no permita a nadie dormir en su cama. Sonrío. Misión cumplida. Genial. Sonrío. Genial, genial, y empiezo a divagar recordando la noche. Sus palabras, su cuerpo, su manera de hacer el amor… Cierro los ojos, mi cuerpo vibra al recordarlo y los músculos de mi vientre se contraen. Mi subconsciente me pone mala cara. Su manera de follar, no de hacer el amor, me grita como una arpía. No le hago caso, pero en el fondo sé que tiene razón. Muevo la cabeza para concentrarme en lo que estoy haciendo.

La cocina es de lo más sofisticado. Confío en que sabré cómo funciona. Necesito un sitio para dejar las tortitas y que no se enfríen. Empiezo con el beicon. Amy Studt me canta al oído una canción sobre gente inadaptada, una canción que siempre ha significado mucho para mí, porque soy una inadaptada. Nunca he encajado en ningún sitio, y ahora… tengo que considerar una proposición indecente del mísmisimo rey de los inadaptados. ¿Por qué es Christian así? ¿Por naturaleza o por educación? Nunca he conocido a nadie igual.

Meto el beicon en el grill y, mientras se hace, bato los huevos. Me vuelvo y veo a Christian sentado en un taburete, con los codos encima de la barra y la cara apoyada en las manos. Lleva la camiseta con la que ha dormido. El pelo revuelto le queda realmente bien, como la barba de dos días. Parece divertido y sorprendido a la vez. Me quedo paralizada y me pongo roja. Luego me calmo y me quito los auriculares. Me tiemblan las rodillas solo de verlo.

—Buenos días, señorita Steele. Está muy activa esta mañana —me dice en tono frío.

—He… He dormido bien —le digo tartamudeando.

Intenta disimular su sonrisa.

—No imagino por qué. —Se calla un instante y frunce el ceño—. También yo cuando volví a la cama.

—¿Tienes hambre?

—Mucha —me contesta con una mirada intensa.

Creo que no se refiere a la comida.

—¿Tortitas, beicon y huevos?

—Suena muy bien.

—No sé dónde están los manteles individuales.

Me encojo de hombros e intento desesperadamente no parecer nerviosa.

—Yo me ocupo. Tú cocina. ¿Quieres que ponga música para que puedas seguir bailando?

Me miro los dedos, perfectamente consciente de que me estoy ruborizando.

—No te cortes por mí. Es muy entretenido —me dice en tono burlón.

Arrugo los labios. Entretenido, ¿verdad? Mi subconsciente se parte de risa. Me giro y sigo batiendo los huevos, seguramente con más fuerza de la necesaria. Al momento está a mi lado y me tira de una trenza.

—Me encantan —susurra—. Pero no van a servirte de nada. Mmm, Barbazul…

—¿Cómo quieres los huevos? —le pregunto bruscamente.

—Muy batidos —me contesta con una mueca irónica.

Sigo con lo que estaba haciendo intentando ocultar mi sonrisa. Es difícil no volverse loca por él, especialmente cuando está tan juguetón, lo cual no es nada frecuente. Abre un cajón, saca dos manteles individuales negros y los coloca en la barra. Echo el huevo batido en una sartén, saco el beicon del grill, le doy la vuelta y vuelvo a meterlo.

Cuando me vuelvo, hay zumo de naranja en la barra, y Christian está preparando café.

—¿Quieres un té?

—Sí, por favor. Si tienes.

Cojo un par de platos y los dejo encima de la placa para mantenerlos calientes. Christian abre un armario y saca una caja de té Twinings English Breakfast. Frunzo los labios.

—El final estaba cantado, ¿no?

—¿Tú crees? No tengo tan claro que hayamos llegado todavía al final, señorita Steele —murmura.

¿Qué quiere decir? ¿Habla de nuestra negociación? Bueno… quiero decir… de nuestra relación… o lo que sea. Sigue igual de críptico que siempre. Sirvo el desayuno en los platos calientes, que dejo encima de los manteles individuales. Abro el frigorífico y saco sirope de arce.

Miro a Christian, que está esperando a que me siente.

—Señorita Steele —me dice señalando un taburete.

—Señor Grey.

Asiento dándole las gracias. Al sentarme hago una ligera mueca de dolor.

—¿Estás muy dolorida? —me pregunta mientras toma también asiento él.

Me ruborizo. ¿Por qué me hace preguntas tan personales?

—Bueno, a decir verdad, no tengo con qué compararlo —le contesto—. ¿Querías ofrecerme tu compasión? —le pregunto en tono demasiado dulce.

Creo que intenta reprimir una sonrisa, pero no estoy segura.

—No. Me preguntaba si debemos seguir con tu entrenamiento básico.

—Oh.

Lo miro estupefacta, contengo la respiración y me estremezco. Oh... me encantaría. Sofoco un gemido.

—Come, Anastasia.

Se me ha vuelto a quitar el hambre... Más... más sexo... Sí, por favor.

—Por cierto, esto está buenísimo —me dice sonriendo.

Pincho un trocito de tortilla, pero apenas puedo tragar. ¡Entrenamiento básico! «Quiero follarte la boca». ¿Forma eso parte del entrenamiento básico?

—Deja de morderte el labio. Me desconcentras, y resulta que me he dado cuenta de que no llevas nada debajo de mi camisa, y eso me desconcentra todavía más.

Sumerjo la bolsa de té en la tetera que me ha traído Christian. La cabeza me da vueltas.

—¿En qué tipo de entrenamiento básico estás pensando? —le pregunto.

Hablo en un volumen un poco alto, lo cual traiciona mi deseo de parecer natural, como si no me importara demasiado, y lo más tranquila posible, pese a que las hormonas están causando estragos por todo mi cuerpo.

—Bueno, como estás dolorida, he pensado que podríamos dedicarnos a las técnicas orales.

Me atraganto con el té y lo miro boquiabierta y con los ojos como platos. Me da un golpecito en la espalda y me acerca el zumo de naranja. No tengo ni idea de en qué está pensando.

—Si quieres quedarte, claro —añade.

Lo miro intentando recuperar la serenidad. Su expresión es impenetrable. Es muy frustrante.

—Me gustaría quedarme durante el día, si no hay problema. Mañana tengo que trabajar.

—¿A qué hora tienes que estar en el trabajo?

—A las nueve.

—Te llevaré al trabajo mañana a las nueve.

Frunzo el ceño. ¿Quiere que me quede otra noche?

—Tengo que volver a casa esta noche. Necesito cambiarme de ropa.

—Podemos comprarte algo.

No tengo dinero para comprar ropa. Levanta la mano, me agarra de la barbilla y tira para que mis dientes suelten el labio inferior. No era consciente de que me lo estaba mordiendo.

—¿Qué pasa? —me pregunta.

—Tengo que volver a casa esta noche.

Me mira muy serio.

—De acuerdo, esta noche —acepta—. Ahora acábate el desayuno.

La cabeza y el estómago me dan vueltas. Se me ha quitado el hambre. Contemplo la mitad de mi desayuno, que sigue en el plato. No me apetece comer ahora.

—Come, Anastasia. Anoche no cenaste.

—No tengo hambre, de verdad —susurro.

Me mira muy serio.

—Me gustaría mucho que te terminaras el desayuno.

—¿Qué problema tienes con la comida? —le suelto de pronto.

Arruga la frente.

—Ya te dije que no soporto tirar la comida. Come —me dice bruscamente, con expresión sombría, dolida.

Maldita sea. ¿De qué va todo esto? Cojo el tenedor y como despacio, intentando masticar. Si va a ser siempre tan raro con la comida, tendré que recordar no llenarme tanto el plato. Su semblante se dulcifica a medida que voy comiéndome el desayuno. Lo observo retirar su plato. Espera a que termine y retira el mío también.

—Tú has cocinado, así que yo recojo la mesa.

—Muy democrático.

—Sí —me dice frunciendo el ceño—. No es mi estilo habitual. En cuanto acabe tomaremos un baño.

—Ah, vale.

Vaya… Preferiría una ducha. El sonido de mi teléfono me saca de la ensoñación. Es Kate.

—Hola.

Me alejo de él y me dirijo hacia las puertas de cristal del balcón.

—Ana, ¿por qué no me mandaste un mensaje anoche?

Está enfadada.

—Perdona. Me superaron los acontecimientos.

—¿Estás bien?

—Sí, perfectamente.

—¿Por fin?

Intenta sonsacarme información. Oigo su tono expectante y muevo la cabeza.

—Kate, no quiero comentarlo por teléfono.

Christian alza los ojos hacia mí.

—Sí… Estoy segura.

¿Cómo puede estar segura? Está tirándose un farol, pero no puedo hablar del tema. He firmado un maldito acuerdo.

—Kate, por favor.

—¿Qué tal ha ido? ¿Estás bien?

—Te he dicho que estoy perfectamente.

—¿Ha sido tierno?

—¡Kate, por favor!

No puedo reprimir mi enfado.

—Ana, no me lo ocultes. Llevo casi cuatro años esperando este momento.

—Nos vemos esta noche.

Y cuelgo.

Va a ser difícil manejar este tema. Es muy obstinada y quiere que se lo cuente todo con detalles, pero no puedo contárselo porque he firmado un… ¿cómo se llama? Un acuerdo de confidencialidad. Va a darle un ataque, y con razón. Tengo que pensar en algo. Vuelvo la cabeza y observo a Christian moviéndose con soltura por la cocina.

—¿El acuerdo de confidencialidad lo abarca todo? —le pregunto indecisa.

—¿Por qué?

Se vuelva y me mira mientras guarda la caja del té. Me ruborizo.

—Bueno, tengo algunas dudas, ya sabes… sobre sexo —le digo mirándome los dedos—. Y me gustaría comentarlas con Kate.

—Puedes comentarlas conmigo.

—Christian, con todo el respeto…

Me quedo sin voz. No puedo comentarlas contigo. Me darías tu visión del sexo, que es parcial, distorsionada y pervertida. Quiero una opinión imparcial.

—Son solo cuestiones técnicas. No diré nada del cuarto rojo del dolor.

Levanta las cejas.

—¿Cuarto rojo del dolor? Se trata sobre todo de placer, Anastasia. Créeme. Y además —añade en tono más duro—, tu compañera de piso está revolcándose con mi hermano. Preferiría que no hablaras con ella, la verdad.

—¿Sabe algo tu familia de tus… preferencias?

—No. No son asunto suyo. —Se acerca a mí—. ¿Qué quieres saber? —me pregunta.

Me desliza los dedos suavemente por la mejilla hasta el mentón, que levanta para mirarme directamente a los ojos. Me estremezco por dentro. No puedo mentir a este hombre.

—De momento nada en concreto —susurro.

—Bueno, podemos empezar preguntándote qué tal lo has pasado esta noche.

La curiosidad le arde en los ojos. Está impaciente por saberlo. Uau.

—Bien —murmuro.

Esboza una ligera sonrisa.

—Yo también —me dice en voz baja—. Nunca había echado un polvo vainilla, y no ha estado nada mal. Aunque quizá es porque ha sido contigo.

Desliza el pulgar por mi labio inferior.

Respiro hondo. ¿Un polvo vainilla?

—Ven, vamos a bañarnos.

Se inclina y me besa. El corazón me da un brinco y el deseo me recorre el cuerpo y se concentra… en mi parte más profunda.

La bañera es blanca, profunda y ovalada, muy de diseño. Christian se inclina y abre el grifo de la pared embaldosada. Vierte en el agua un aceite de baño que parece carísimo. A medida que se llena la bañera va formándose espuma, y un dulce y seductor aroma a jazmín invade el baño. Christian me mira con ojos impenetrables, se quita la camiseta y la tira al suelo.

—Señorita Steele —me dice tendiéndome la mano.

Estoy al lado de la puerta, con los ojos muy abiertos y recelosa, con las manos alrededor del cuerpo. Me acerco admirando furtivamente su cuerpo. Le cojo de la mano y me sujeta mientras me meto en la bañera, todavía con su camisa puesta. Hago lo que me dice. Voy a tener que acostumbrarme si acabo aceptando su escandalosa oferta… Solo si… El agua caliente es tentadora.

—Gírate y mírame —me ordena en voz baja.

Hago lo que me pide. Me observa con atención.

—Sé que ese labio está delicioso, doy fe de ello, pero ¿puedes dejar de mordértelo? —me dice apretando los dientes—. Cuando te lo muerdes, tengo ganas de follarte, y estás dolorida, ¿no?

Dejo de morderme el labio porque me quedo boquiabierta, impactada.

—Eso es —me dice—. ¿Lo has entendido?

Me mira. Asiento frenéticamente. No tenía ni idea de que yo pudiera afectarle tanto.

—Bien.

Se acerca, saca el iPod del bolsillo de la camisa y lo deja junto al lavabo.

—Agua e iPods… no es una combinación muy inteligente —murmura.

Se inclina, agarra la camisa blanca por debajo, me la quita y la tira al suelo.

Se retira para contemplarme. Dios mío, estoy completamente desnuda. Me pongo roja y bajo la mirada hacia las manos, que están a la altura de la barriga. Deseo desesperadamente desaparecer dentro del agua caliente y la espuma, pero sé que no va a querer que lo haga.

—Oye —me llama.

Lo miro. Tiene la cara inclinada hacia un lado.

—Anastasia, eres muy guapa, toda tú. No bajes la cabeza como si estuvieras avergonzada. No tienes por qué avergonzarte, y te aseguro que es todo un placer poder contemplarte.

Me sujeta la barbilla y me levanta la cabeza para que lo mire. Sus ojos son dulces y cálidos, incluso ardientes. Está muy cerca de mí. Podría alargar el brazo y tocarlo.

—Ya puedes sentarte —me dice interrumpiendo mis erráticos pensamientos.

Me agacho y me meto en el agradable agua caliente. Oh... me escuece, y no me lo esperaba, pero huele de maravilla. El escozor inicial no tarda en disminuir. Me tumbo boca arriba, cierro los ojos un instante y me relajo en la tranquilizadora calidez. Cuando los abro, está mirándome fijamente.

—¿Por qué no te bañas conmigo? —me atrevo a preguntarle, aunque con voz ronca.

—Sí, muévete hacia delante —me ordena.

Se quita los pantalones de pijama y se mete en la bañera detrás de mí. El agua sube de nivel cuando se sienta y tira de mí para que me apoye en su pecho. Coloca sus largas piernas encima de las mías, con las rodillas flexionadas y los tobillos a la misma altura que los míos, y me abre las piernas con los pies. Me quedo boquiabierta. Mete la nariz entre mi pelo e inhala profundamente.

—Qué bien hueles, Anastasia.

Un temblor me recorre todo el cuerpo. Estoy desnuda en una bañera con Christian Grey. Y él también está desnudo. Si alguien me lo hubiera dicho ayer, cuando me desperté en la suite del hotel, no le habría creído.

Coge una botella de gel del estante junto a la bañera y se echa un chorrito en la mano. Se frota las manos para hacer una ligera capa de espuma, me las coloca alrededor del cuello y empieza a extenderme el jabón por la nuca y los hombros, masajeándolos con fuerza con sus largos y fuertes dedos. Gimo. Me encanta sentir sus manos.

—¿Te gusta?

Casi puedo oír su sonrisa.

—Mmm.

Desciende hasta mis brazos, luego por debajo hasta las axilas, frotándome suavemente. Me alegro mucho de que Kate insistiera en que me depilara. Desliza las manos por mis pechos, y respiro hondo cuando sus dedos los rodean y empiezan a masajearlos suavemente, sin agarrarlos. Arqueo el cuerpo instintivamente y aprieto los pechos contra sus manos. Tengo los pezones sensibles, muy sensibles, sin duda por el poco delicado trato que recibieron anoche. No se entretiene demasiado en ellos. Desliza las manos hasta mi vientre. Se me acelera la respiración y el corazón me late a toda prisa. Siento su erección contra mi trasero. Me excita que lo que le haga sentirse así sea mi cuerpo. Claro… no tu cabeza, se burla mi subconsciente. Aparto el inoportuno pensamiento.

Se detiene y coge una toallita mientras yo jadeo pegada a él, muerta de deseo. Apoyo las manos en sus muslos, firmes y musculosos. Echa más gel en la toallita, se inclina y me frota entre las piernas. Contengo la respiración. Sus dedos me estimulan hábilmente desde dentro de la tela, una maravilla, y mis caderas empiezan a moverse a su ritmo, presionando contra su mano. A medida que las sensaciones se apoderan de mí, inclino la cabeza hacia atrás con los ojos casi en blanco y la boca entreabierta. Gimo. Dentro de mí aumenta la presión, lenta e inexorablemente… Madre mía.

—Siéntelo, nena —me susurra Christian al oído, y me roza suavemente el lóbulo con los dientes—. Siéntelo para mí.

Sus piernas inmovilizan las mías contra las paredes de la bañera, las aprisionan, lo que le da libre acceso a la parte más íntima de mí.

—Oh… por favor —susurro.

El cuerpo se me queda rígido e intento estirar las piernas. Soy una esclava sexual de este hombre, que no me deja mover.

—Creo que ya estás lo suficientemente limpia —murmura.

Y se detiene.

¿Qué? ¡No! ¡No! ¡No! Mi respiración es irregular.

—¿Por qué te paras? —le pregunto jadeando.

—Porque tengo otros planes para ti, Anastasia.

¿Qué…? Vaya… pero… estaba… No es justo.

—Date la vuelta. Yo también tengo que lavarme —murmura.

¡Oh! Me doy la vuelta y me quedo pasmada al ver que se agarra con fuerza el miembro erecto. Abro la boca.

—Quiero que, para empezar, conozcas bien la parte más valiosa de mi cuerpo, mi favorita. Le tengo mucho cariño.

Es enorme, cada vez más. El miembro erecto queda por encima del agua, que le llega a las caderas. Levanto los ojos un segundo y observo su sonrisa perversa. Le divierte mi expresión atónita. Me doy cuenta de que estoy mirando fijamente su miembro. Trago saliva. ¡Todo eso ha estado dentro de mí! Parece imposible. Quiere que lo toque. Mmm… de acuerdo, adelante.

Le sonrío, cojo el gel y me echo un chorrito en la mano. Hago lo mismo que él: me froto el jabón en las manos hasta que se forma espuma. No aparto los ojos de los suyos. Entreabro los labios para que me resulte más fácil respirar… y deliberadamente me muerdo el labio inferior y luego paso la lengua por encima, por la zona que acabo de morderme. Me mira con ojos serios, impenetrables, que se abren mientras deslizo la lengua por el labio. Me inclino y le rodeo el miembro con una mano, imitando la manera en que se lo agarra él mismo. Cierra un momento los ojos. Uau… es mucho más duro de lo que pensaba. Aprieto y él coloca su mano sobre la mía.

—Así —susurra.

Y mueve la mano arriba y abajo sujetándome con fuerza los dedos, que a su vez aprietan con fuerza su miembro. Cierra de nuevo los ojos y contiene la respiración. Cuando vuelve a abrirlos, su mirada es de un gris abrasador.

—Muy bien, nena.

Me suelta la mano, deja que siga yo sola y cierra los ojos mientras la muevo arriba y abajo. Flexiona ligeramente las caderas hacia mi mano, y de forma refleja lo aprieto con más fuerza. Desde lo más profundo de la garganta se le escapa un ronco gemido. Fóllame la boca… Mmm. Lo recuerdo metiéndome el pulgar en la boca y pidiéndome que se lo chupara con fuerza. Abre la boca a medida que su respiración se acelera. Tiene los ojos cerrados.

Me inclino, coloco los labios alrededor de su miembro y chupo de forma vacilante, deslizando la lengua por la punta.

—Uau… Ana.

Abre mucho los ojos y sigo chupando.

Mmm… Es duro y blando a la vez, como acero recubierto de terciopelo, y sorprendentemente sabroso, salado y suave.

—Dios —gime.

Y vuelve a cerrar los ojos.

Introduzco la boca hasta el fondo y vuelve a gemir. ¡Ja! La diosa que llevo dentro está encantada. Puedo hacerlo. Puedo follármelo con la boca. Vuelvo a girar la lengua alrededor de la punta, y él se arquea y levanta las caderas. Ha abierto los ojos, que despiden fuego. Vuelve a arquearse apretando los dientes. Me apoyo en sus muslos y clavo la boca hasta el fondo. Siento en las manos que sus piernas se tensan. Me coge de las trenzas y empieza a moverse.

—Oh… nena… es fantástico —murmura.

Chupo más fuerte y paso la lengua por la punta de su impresionante erección. Se la presiono con la boca cubriéndome los dientes con los labios. Él espira con la boca entreabierta y gime.

—Dios, ¿hasta dónde puedes llegar? —susurra.

Mmm… Empujo con fuerza y siento su miembro en el fondo de la garganta, y luego en los labios otra vez. Paso la lengua por la punta. Es como un polo con sabor a… Christian Grey. Chupo cada vez más deprisa, empujando cada vez más hondo y girando la lengua alrededor. Mmm… No tenía ni idea de que proporcionar placer podía ser tan excitante, verlo retorcerse sutilmente de deseo carnal. La diosa que llevo dentro baila merengue con algunos pasos de salsa.

—Anastasia, voy a correrme en tu boca —me advierte jadeando—. Si no quieres, para.

Vuelve a empujar las caderas, con los ojos muy abiertos, cautelosos y llenos de lascivo deseo… Y me desea a mí. Desea mi boca… Madre mía.

Me agarra del pelo con fuerza. Yo puedo. Empujo todavía con más fuerza y de pronto, en un momento de insólita seguridad en mí misma, descubro los dientes. Llega al límite. Grita, se queda inmóvil y siento un líquido caliente y salado deslizándose por mi garganta. Me lo trago rápidamente. Uf... No sé si he hecho bien. Pero me basta con mirarlo para que no me importe... He conseguido que perdiera el control en la bañera. Me incorporo y lo observo con una sonrisa triunfal que me eleva las comisuras de la boca. Respira entrecortadamente. Abre los ojos y me mira.

—¿No tienes arcadas? —me pregunta atónito—. Dios, Ana... ha estado... muy bien, de verdad, muy bien. Aunque no lo esperaba. —Frunce el ceño—. ¿Sabes? No dejas de sorprenderme.

Sonrío y me muerdo el labio conscientemente. Me mira interrogante.

—¿Lo habías hecho antes?

—No.

No puedo ocultar un ligero matiz de orgullo en mi negativa.

—Bien —me dice complacido y, según creo, aliviado—. Otra novedad, señorita Steele. —Me evalúa con la mirada—. Bueno, tienes un sobresaliente en técnicas orales. Ven, vamos a la cama. Te debo un orgasmo.

¡Otro orgasmo!

Sale rápidamente de la bañera y me ofrece la primera imagen íntegra del Adonis de divinas proporciones que es Christian Grey. La diosa que llevo dentro ha dejado de bailar y lo observa también, boquiabierta y babeando. Su erección se ha reducido, pero sigue siendo importante... Uau. Se enrolla una toalla pequeña en la cintura para cubrirse mínimamente y saca otra más grande y suave, de color blanco, para mí. Salgo de la bañera y le cojo la mano que me tiende. Me envuelve en la toalla, me abraza y me besa con fuerza, metiéndome la lengua en la boca. Deseo estirar los brazos y abrazarlo... tocarlo... pero los tengo atrapados dentro de la toalla. No tardo en perderme en su beso. Me sujeta la cabeza con las manos, me recorre la boca con la lengua y me da la sensación de que está expresándome su gratitud... ¿quizá por mi primera felación?

Se aparta un poco, con las manos a ambos lados de mi cara, y me mira a los ojos. Parece perdido.

—Dime que sí —susurra fervientemente.

Frunzo el ceño, porque no lo entiendo.

—¿A qué?

—A nuestro acuerdo. A ser mía. Por favor, Ana —susurra suplicante, recalcando el «por favor» y mi nombre.

Vuelve a besarme con pasión, y luego se aparta y me mira parpadeando. Me coge de la mano y me conduce de vuelta al dormitorio. Me tambaleo un poco, así que lo sigo mansamente, aturdida. Lo desea de verdad.

Ya en el dormitorio, me observa junto a la cama.

—¿Confías en mí? —me pregunta de pronto.

Asiento con los ojos muy abiertos, y de pronto me doy cuenta de que efectivamente confío en él. ¿Qué va a hacerme ahora? Una descarga eléctrica me recorre el cuerpo.

—Buena chica —me dice pasándome el pulgar por el labio inferior.

Se acerca al armario y vuelve con una corbata gris de seda.

—Junta las manos por delante —me ordena quitándome la toalla y tirándola al suelo.

Hago lo que me pide. Me rodea las muñecas con la corbata y hace un nudo apretado. Los ojos le brillan de excitación. Tira de la corbata para asegurarse de que el nudo no se mueve. Tiene que haber sido boyscout para saber hacer estos nudos. ¿Y ahora qué? Se me ha disparado el pulso y el corazón me late a un ritmo frenético. Desliza los dedos por mis trenzas.

—Pareces muy joven con estas trenzas —murmura acercándose a mí.

Retrocedo instintivamente hasta que siento la cama detrás de las rodillas. Se quita la toalla, pero no puedo apartar los ojos de su cara. Su expresión es ardiente, llena de deseo.

—Oh, Anastasia, ¿qué voy a hacer contigo? —me susurra.

Me tiende sobre la cama, se tumba a mi lado y me levanta las manos por encima de la cabeza.

—Deja las manos así. No las muevas. ¿Entendido?

Sus ojos abrasan los míos y su intensidad me deja sin aliento. No es un hombre al que quisiera hacer enfadar.

—Contéstame —me pide en voz baja.

—No moveré las manos —le contesto sin aliento.

—Buena chica —murmura.

Y deliberadamente se pasa la lengua por los labios muy despacio. Me fascina su lengua recorriendo lentamente su labio superior. Me mira a los ojos, me observa, me examina. Se inclina y me da un casto y rápido beso en los labios.

—Voy a besarle todo el cuerpo, señorita Steele —me dice en voz baja.

Me agarra de la barbilla y me la levanta, lo que le da acceso a mi cuello. Sus labios se deslizan por él, descienden por mi cuello besándome, chupándome y mordisqueándome. Todo mi cuerpo vibra expectante. El baño me ha dejado la piel hipersensible. La sangre caliente desciende lentamente hasta mi vientre, entre las piernas, hasta mi sexo. Gimo.

Quiero tocarlo. Muevo las manos, pero, como estoy atada, le toco el pelo con bastante torpeza. Deja de besarme, levanta los ojos y mueve la cabeza de un lado a otro chasqueando la lengua. Me sujeta las manos y vuelve a colocármelas por encima de la cabeza.

—Si mueves las manos, tendremos que volver a empezar —me regaña suavemente.

Oh, le gusta hacerme rabiar.

—Quiero tocarte —le digo jadeando sin poder controlarme.

—Lo sé —murmura—. Pero deja las manos quietas.

Oh… es muy frustrante. Sus manos descienden por mi cuerpo hasta mis pechos mientras sus labios se deslizan por mi cuello. Me lo acaricia con la punta de la nariz, y luego, con la boca, da inicio a una lenta travesía hacia el sur y sigue el rastro de sus manos por el esternón hasta mis pechos. Me besa y me mordisquea uno, luego el otro, y me chupa suavemente los pezones. Maldita sea. Mis caderas empiezan a balancearse y a moverse por su cuenta, siguiendo el ritmo de su boca, y yo intento desesperadamente recordar que tengo que mantener las manos por encima de la cabeza.

—No te muevas —me advierte.

Siento su cálida respiración sobre mi piel. Llega a mi ombligo, introduce la lengua y me roza la barriga con los dientes. Mi cuerpo se arquea.

—Mmm. Qué dulce es usted, señorita Steele.

Desliza la nariz desde mi ombligo hasta mi vello púbico mordiéndome suavemente y provocándome con la lengua. De pronto se arrodilla a mis pies, me agarra de los tobillos y me separa las piernas.

Madre mía. Me coge del pie izquierdo, me dobla la rodilla y se lleva el pie a la boca. Sin dejar de observar mis reacciones, besa todos mis dedos y luego me muerde suavemente las yemas. Cuando llega al meñique, lo muerde con más fuerza. Siento una convulsión y gimo suavemente. Desliza la lengua por el empeine... y ya no puedo seguir mirándolo. Es demasiado erótico. Voy a explotar. Aprieto los ojos e intento absorber y soportar todas las sensaciones que me provoca. Me besa el tobillo y sigue su recorrido por la pantorrilla hasta la rodilla, donde se detiene. Entonces empieza con el pie derecho, y repite todo el seductor y asombroso proceso.

Me muerde el meñique, y el mordisco se proyecta en lo más profundo de mi vientre.

—Por favor —gimo.

—Lo mejor para usted, señorita Steele —me dice.

Esta vez no se detiene en la rodilla. Sigue por la parte interior del muslo y a la vez me separa más las piernas. Sé lo que va a hacer, y parte de mí quiere apartarlo, porque me muero de vergüenza. Va a besarme el sexo. Lo sé. Pero otra parte de mí disfruta esperándolo. Se gira hacia la otra rodilla y sube hasta el muslo besándome, chupándome, lamiéndome, y de pronto está entre mis piernas, deslizando la nariz por mi sexo, arriba y abajo, muy suavemente, con mucha delicadeza. Me retuerzo... Madre mía.

Se detiene y espera a que me calme. Levanto la cabeza y lo miro con la boca abierta. Mi acelerado corazón intenta tranquilizarse.

—¿Sabe lo embriagador que es su olor, señorita Steele? —murmura.

Sin apartar sus ojos de los míos, introduce la nariz en mi vello púbico e inhala.

Me ruborizo, siento que voy a desmayarme y cierro los ojos al instante. No puedo verlo haciendo algo así.

Me recorre muy despacio el sexo. Oh, joder…

—Me gusta —me dice tirando suavemente de mi vello púbico—. Quizá lo conservaremos.

—Oh… por favor —le suplico.

—Mmm… Me gusta que me supliques, Anastasia.

Gimo.

—No suelo pagar con la misma moneda, señorita Steele —susurra deslizándose por mi sexo—, pero hoy me ha complacido, así que tiene que recibir su recompensa.

Oigo en su voz la sonrisa perversa, y mientras mi cuerpo palpita con sus palabras, empieza a rodearme el clítoris con la lengua muy despacio, sujetándome los muslos con las manos.

—¡Ahhh! —gimo.

Mi cuerpo se arquea y se convulsiona al contacto de su lengua.

Sigue torturándome con la lengua una y otra vez. Pierdo la conciencia de mí misma. Todas las partículas de mi ser se concentran en el pequeño punto neurálgico por encima de los muslos. Las piernas se me quedan rígidas. Oigo su gemido mientras me introduce un dedo.

—Nena, me encanta que estés tan mojada para mí.

Mueve el dedo trazando un amplio círculo, expandiéndome, empujándome, y su lengua sigue el compás del dedo alrededor de mi clítoris. Gimo. Es demasiado… Mi cuerpo me suplica que lo alivie, y no puedo seguir negándome. Me dejo ir. El orgasmo se apodera de mí y pierdo todo pensamiento coherente, me retuerzo por dentro una y otra vez. ¡Madre mía! Grito, y el mundo se desmorona y desaparece de mi vista mientras la fuerza de mi clímax lo anula y lo vacía todo.

Mis jadeos apenas me permiten oír cómo rasga el paquetito plateado. Me penetra lentamente y empieza a moverse. Oh… Dios mío. La sensación es dolorosa y dulce, fuerte y suave a la vez.

—¿Cómo estás? —me pregunta en voz baja.

—Bien. Muy bien —le contesto.

Y empieza a moverse muy deprisa, hasta el fondo, me embiste una y otra vez, implacable, empuja y vuelve a empujar hasta que vuelvo a estar al borde del abismo. Gimoteo.

—Córrete para mí, nena.

Me habla al oído con voz áspera, dura y salvaje, y exploto mientras bombea rápidamente dentro de mí.

—Un polvo de agradecimiento —susurra.

Empuja fuerte una vez más y gime al llegar al clímax apretándose contra mí. Luego se queda inmóvil, con el cuerpo rígido.

Se desploma encima de mí. Siento su peso aplastándome contra el colchón. Paso mis manos atadas alrededor de su cuello y lo abrazo como puedo. En este momento sé que haría cualquier cosa por este hombre. Soy suya. La maravilla que está enseñándome es mucho más de lo que jamás habría podido imaginar. Y quiere ir más allá, mucho más allá, a un lugar que mi inocencia ni siquiera puede imaginar. Oh… ¿qué debo hacer?

Se apoya en los codos, y sus intensos ojos grises me miran fijamente.

—¿Ves lo buenos que somos juntos? —murmura—. Si te entregas a mí, será mucho mejor. Confía en mí, Anastasia. Puedo transportarte a lugares que ni siquiera sabes que existen.

Sus palabras se hacen eco de mis pensamientos. Pega su nariz a la mía. Todavía no me he recuperado de mi insólita reacción física y lo miro con la mente en blanco, buscando algún pensamiento coherente.

De pronto oímos voces en el salón, al otro lado del dormitorio. Tardo un momento en procesar lo que estoy oyendo.

—*Si todavía está en la cama, tiene que estar enfermo. Nunca está en la cama a estas horas. Christian nunca se levanta tarde.*

—*Señora Grey, por favor.*

—*Taylor, no puedes impedirme ver a mi hijo.*

—*Señora Grey, no está solo.*

—*¿Qué quiere decir que no está solo?*

—*Está con alguien.*

—*Oh…*

Hasta yo me doy cuenta de que le cuesta creérselo.

Christian parpadea y me mira con los ojos como platos, fingiendo estar aterrorizado.

—¡Mierda! Mi madre.

10

De repente sale de mi cuerpo y me estremezco. Se sienta en la cama y tira el condón usado en una papelera.

—Vamos, tenemos que vestirnos… si quieres conocer a mi madre.

Sonríe, se levanta de la cama y se pone los vaqueros… sin calzoncillos. Intento incorporarme, pero sigo atada.

—Christian… no puedo moverme.

Su sonrisa se acentúa. Se inclina y me desata la corbata, que me ha dejado la marca de la tela en las muñecas. Es… sexy. Me observa divertido, con ojos danzarines. Me besa rápidamente en la frente y me sonríe.

—Otra novedad —admite.

No tengo ni idea de lo que quiere decir.

—No tengo ropa limpia.

De pronto el pánico se apodera de mí, y teniendo en cuenta la experiencia que acabo de vivir, el pánico me parece insoportable. ¡Su madre! Maldita sea. No tengo ropa limpia y prácticamente nos ha pillado in fraganti.

—Quizá debería quedarme aquí.

—No, claro que no —me contesta en tono amenazador—. Puedes ponerte algo mío.

Se ha puesto una camiseta y se pasa la mano por el pelo revuelto. Aunque estoy muy nerviosa, me quedo embobada. Su belleza es arrebatadora.

—Anastasia, estarías preciosa hasta con un saco. No te preocu-

pes, por favor. Me gustaría que conocieras a mi madre. Vístete. Voy
a calmarla un poco. —Aprieta los labios—. Te espero en el salón
dentro de cinco minutos. Si no, vendré a buscarte y te arrastraré
lleves lo que lleves puesto. Mis camisetas están en ese cajón. Las
camisas, en el armario. Sírvete tú misma.

Me mira un instante inquisitivo y sale de la habitación.

Maldita sea, la madre de Christian. Es mucho más de lo que
esperaba. Quizá conocerla me permita colocar algunas piezas del
puzle. Podría ayudarme a entender por qué Christian es como
es... De pronto quiero conocerla. Recojo mi blusa del suelo y me
alegra descubrir que ha sobrevivido a la noche sin apenas arrugas.
Encuentro el sujetador azul debajo de la cama y me visto a toda
prisa. Pero si hay algo que odio es no llevar las bragas limpias. Me
dirijo a la cómoda de Christian y busco entre sus calzoncillos.
Me pongo unos Calvin Klein ajustados, los vaqueros y las Converse.

Cojo la chaqueta, corro al cuarto de baño y observo mis ojos
demasiado brillantes, mi cara colorada... y mi pelo. Dios mío...
Las trenzas despeindas tampoco me quedan bien. Busco un cepillo, pero solo encuentro un peine. Menos da una piedra. Me recojo el pelo rápidamente, mirando desesperada la ropa que llevo.
Quizá debería aceptar la oferta de Christian. Mi subconsciente
frunce los labios y articula la palabra «ja». No le hago caso. Me
pongo la chaqueta y me alegro de que los puños cubran las marcas de la corbata. Nerviosa, me miro por última vez en el espejo.
Es lo que hay. Me dirijo al salón.

—Aquí está —dice Christian levantándose del sofá.

Me mira con expresión cálida y agradecida. La mujer rubia
que está a su lado se gira y me dedica una amplia sonrisa. Se levanta también. Va impecable, con un vestido de punto marrón claro y zapatos a juego, arreglada y elegante. Está muy guapa, y me
mortifico un poco pensando que yo voy hecha un desastre.

—Mamá, te presento a Anastasia Steele. Anastasia, esta es Grace Trevelyan-Grey.

La doctora Trevelyan-Grey me tiende la mano. T... ¿de Trevelyan? Su inicial.

—Encantada de conocerte —murmura.

Si no me equivoco, en su voz hay un matiz de sorpresa, quizá de inmenso alivio, y sus ojos castaños emiten un cálido destello. Le estrecho la mano y no puedo evitar sonreír, devolverle su calidez.

—Doctora Trevelyan-Grey —digo en voz baja.

—Llámame Grace. —Sonríe, y Christian frunce el ceño—. Suelen llamarme doctora Trevelyan, y la señora Grey es mi suegra. —Me guiña un ojo—. Bueno, ¿y cómo os conocisteis? —pregunta mirando interrogante a Christian, incapaz de ocultar su curiosidad.

—Anastasia me hizo una entrevista para la revista de la facultad, porque esta semana voy a entregar los títulos.

Mierda, mierda. Lo había olvidado.

—Así que te gradúas esta semana… —me dice Grace.

—Sí.

Empieza a sonar mi móvil. Apuesto a que es Kate.

—Disculpadme.

El teléfono está en la cocina. Me acerco y lo cojo de la barra sin mirar quién me llama.

—Kate.

—¡Dios mío! ¡Ana!

Maldita sea, es José. Parece desesperado.

—¿Dónde estás? Te he llamado veinte veces. Tengo que verte. Quiero pedirte perdón por lo del viernes. ¿Por qué no me has devuelto las llamadas?

—Mira, José, ahora no es un buen momento.

Miro muy nerviosa a Christian, que me observa atentamente, con rostro impasible, mientras murmura algo a su madre. Le doy la espalda.

—¿Dónde estás? Kate me ha dado largas —se queja.

—En Seattle.

—¿Qué haces en Seattle? ¿Estás con él?

—José, te llamo más tarde. No puedo hablar ahora.

Y cuelgo.

Vuelvo con toda tranquilidad con Christian y su madre. Grace está en pleno parloteo.

—… y Elliot me llamó para decirme que estabas por aquí… Hace dos semanas que no te veo, cariño.

—¿Elliot lo sabía? —pregunta Christian mirándome con expresión indescifrable.

—Pensé que podríamos comer juntos, pero ya veo que tienes otros planes, así que no quiero interrumpiros.

Coge su largo abrigo de color crema, se lo pone y le acerca la mejilla. Christian la besa rápidamente. Ella no le toca.

—Tengo que llevar a Anastasia a Portland.

—Claro, cariño. Anastasia, un placer conocerte. Espero que volvamos a vernos.

Me tiende la mano con ojos brillantes, y se la estrecho.

Taylor aparece procedente… ¿de dónde?

—Señora Grey…

—Gracias, Taylor.

La sigue por el salón y cruza detrás de ella la doble puerta que da al vestíbulo. ¿Taylor ha estado aquí todo el tiempo? ¿Cuánto lleva aquí? ¿Dónde ha estado?

Christian me mira.

—Así que te ha llamado el fotógrafo…

Mierda.

—Sí.

—¿Qué quería?

—Solo pedirme perdón, ya sabes… por lo del viernes.

Christian arruga la frente.

—Ya veo —se limita a decirme.

Taylor vuelve a aparecer.

—Señor Grey, hay un problema con el envío a Darfur.

Christian asiente bruscamente haciéndole callar.

—¿El Charlie Tango ha vuelto a Boeing Field?

—Sí, señor. —Me mira e inclina la cabeza—. Señorita Steele.

Le sonrío torpemente, se gira y se marcha.

—¿Taylor vive aquí?

—Sí —me contesta cortante.

¿Qué le pasa ahora?

Christian va a la cocina, coge su BlackBerry y echa un vistazo a los e-mails, supongo. Está muy serio. Hace una llamada.

—Ros, ¿cuál es el problema? —pregunta bruscamente.

Escucha sin dejar de mirarme con ojos interrogantes. Yo estoy en medio del enorme salón preguntándome qué hacer, totalmente cohibida y fuera de lugar.

—No voy a poner en peligro a la tripulación. No, cancélalo… Lo lanzaremos desde el aire… Bien.

Cuelga. La calidez de sus ojos ha desaparecido. Parece hostil. Me lanza una rápida mirada, se dirige a su estudio y vuelve al momento.

—Este es el contrato. Léelo y lo comentamos el fin de semana que viene. Te sugiero que investigues un poco para que sepas de lo que estamos hablando. —Se calla un momento—. Bueno, si aceptas, y espero de verdad que aceptes —añade en tono más suave, nervioso.

—¿Que investigue?

—Te sorprendería saber lo que puedes encontrar en internet —murmura.

¡Internet! No tengo ordenador, solo el portátil de Kate, y, por supuesto, no puedo utilizar el de Clayton's para este tipo de «investigación».

—¿Qué pasa? —me pregunta ladeando la cabeza.

—No tengo ordenador. Suelo utilizar los de la facultad. Veré si puedo utilizar el portátil de Kate.

Me tiende un sobre de papel manila.

—Seguro que puedo… bueno… prestarte uno. Recoge tus cosas. Volveremos a Portland en coche y comeremos algo por el camino. Voy a vestirme.

—Tengo que hacer una llamada —murmuro.

Solo quiero oír la voz de Kate. Christian pone mala cara.

—¿Al fotógrafo?

Se le tensa la mandíbula y le arden los ojos. Parpadeo.

—No me gusta compartir, señorita Steele. Recuérdelo —me advierte con estremecedora tranquilidad.

Me lanza una larga y fría mirada y se dirige al dormitorio.

Maldita sea. Solo quería llamar a Kate. Quiero llamarla delante de él, pero su repentina actitud distante me ha dejado paralizada. ¿Qué ha pasado con el hombre generoso, relajado y sonriente que me hacía el amor hace apenas media hora?

—¿Lista? —me pregunta Christian junto a la puerta doble del vestíbulo.

Asiento, insegura. Ha recuperado su tono distante, educado y convencional. Ha vuelto a ponerse la máscara. Lleva una bolsa de piel al hombro. ¿Para qué la necesita? Quizá va a quedarse en Portland. Entonces recuerdo la entrega de títulos. Sí, claro... Estará en Portland el jueves. Lleva una cazadora negra de cuero. Vestido así, sin duda no parece un multimillonario. Parece un chico descarriado, quizá una rebelde estrella de rock o un modelo de pasarela. Suspiro por dentro deseando tener una décima parte de su elegancia. Es tan tranquilo y controlado... Frunzo el ceño al recordar su arrebato por la llamada de José... Bueno, al menos parece que lo es.

Taylor está esperando al fondo.

—Mañana, pues —le dice a Taylor.

—Sí, señor —le contesta Taylor asintiendo—. ¿Qué coche va a llevarse?

Me lanza una rápida mirada.

—El R8.

—Buen viaje, señor Grey. Señorita Steele.

Taylor me mira con simpatía, aunque quizá en lo más profundo de sus ojos se esconda una pizca de lástima.

Sin duda cree que he sucumbido a los turbios hábitos sexuales del señor Grey. Bueno, a sus excepcionales hábitos sexuales... ¿o quizá el sexo sea así para todo el mundo? Frunzo el ceño al pensarlo. No tengo nada con lo que compararlo y por lo visto no puedo preguntárselo a Kate. Así que tendré que hablar del tema con Christian. Sería perfectamente natural poder hablar de ello con alguien... pero no puedo hablar con Christian si de repente se muestra extrovertido y al minuto siguiente distante.

Taylor nos sujeta la puerta para que salgamos. Christian llama al ascensor.

—¿Qué pasa, Anastasia? —me pregunta.

¿Cómo sabe que estoy dándole vueltas a algo? Alza una mano y me levanta la barbilla.

—Deja de morderte el labio o te follaré en el ascensor, y me dará igual si entra alguien o no.

Me ruborizo, pero sus labios esbozan una ligera sonrisa. Al final parece que está recuperando el sentido del humor.

—Christian, tengo un problema.

—¿Ah, sí? —me pregunta observándome con atención.

Llega el ascensor. Entramos y Christian pulsa el botón del parking.

—Bueno…

Me ruborizo. ¿Cómo explicárselo?

—Necesito hablar con Kate. Tengo muchas preguntas sobre sexo, y tú estás demasiado implicado. Si quieres que haga todas esas cosas, ¿cómo voy a saber…? —me interrumpo e intento encontrar las palabras adecuadas—. Es que no tengo puntos de referencia.

Pone los ojos en blanco.

—Si no hay más remedio, habla con ella —me contesta enfadado—. Pero asegúrate de que no comente nada con Elliot.

Su insinuación me hace dar un respingo. Kate no es así.

—Kate no haría algo así, como yo no te diría a ti nada de lo que ella me cuente de Elliot… si me contara algo —añado rápidamente.

—Bueno, la diferencia es que a mí no me interesa su vida sexual —murmura Christian en tono seco—. Elliot es un capullo entrometido. Pero háblale solo de lo que hemos hecho hasta ahora —me advierte—. Seguramente me cortaría los huevos si supiera lo que quiero hacer contigo —añade en voz tan baja que no estoy segura de si pretendía que lo oyera.

—De acuerdo —acepto sonriéndole aliviada.

No quiero ni pensar en que Kate vaya a cortarle los huevos a Christian.

Frunce los labios y mueve la cabeza.

—Cuanto antes te sometas a mí mejor, y así acabamos con todo esto —murmura.

—¿Acabamos con qué?

—Con tus desafíos.

Me pasa una mano por la mejilla y me besa rápidamente en los labios. Las puertas del ascensor se abren. Me coge de la mano y tira de mí hacia el parking.

¿Mis desafíos? ¿De qué habla?

Cerca del ascensor veo el Audi 4 × 4 negro, pero cuando pulsa el mando para que se abran las puertas, se encienden las luces de un deportivo negro reluciente. Es uno de esos coches que debería tener tumbada en el capó a una rubia de largas piernas vestida solo con una banda de miss.

—Bonito coche —murmuro en tono frío.

Me mira y sonríe.

—Lo sé —me contesta.

Y por un segundo vuelve el dulce, joven y despreocupado Christian. Me inspira ternura. Está entusiasmado. Los chicos y sus juguetes. Pongo los ojos en blanco, pero no puedo ocultar mi sonrisa. Me abre la puerta y entro. Uau… es muy bajo. Rodea el coche con paso seguro y, cuando llega al otro lado, dobla su largo cuerpo con elegancia. ¿Cómo lo consigue?

—¿Qué coche es?

—Un Audi R8 Spyder. Como hace un día precioso, podemos bajar la capota. Ahí hay una gorra. Bueno, debería haber dos.

Gira la llave de contacto, y el motor ruge a nuestras espaldas. Deja la bolsa entre los dos asientos, pulsa un botón y la capota retrocede lentamente. Pulsa otro, y la voz de Bruce Springsteen nos envuelve.

—Va a tener que gustarte Bruce.

Me sonríe, saca el coche de la plaza de parking y sube la empinada rampa, donde nos detenemos a esperar que se levante la puerta.

Y salimos a la soleada mañana de mayo de Seattle. Abro la guantera y saco las gorras. Son del equipo de los Mariners. ¿Le gusta el béisbol? Le tiendo una gorra y se la pone. Paso el pelo por la parte de atrás de la mía y me bajo la visera.

La gente nos mira al pasar. Por un momento pienso que lo

miran a él… Luego, una paranoica parte de mí cree que me miran a mí porque saben lo que he estado haciendo en las últimas doce horas, pero al final me doy cuenta de que lo que miran es el coche. Christian parece ajeno a todo, perdido en sus pensamientos.

Hay poco tráfico, así que no tardamos en llegar a la interestatal 5 en dirección sur, con el viento soplando por encima de nuestras cabezas. Bruce canta que arde de deseo. Muy oportuno. Me ruborizo escuchando la letra. Christian me mira. Como lleva puestas las Ray-Ban, no veo su expresión. Frunce los labios, apoya una mano en mi rodilla y me la aprieta suavemente. Se me corta la respiración.

—¿Tienes hambre? —me pregunta.

No de comida.

—No especialmente.

Sus labios vuelven a tensarse en una línea firme.

—Tienes que comer, Anastasia —me reprende—. Conozco un sitio fantástico cerca de Olympia. Pararemos allí.

Me aprieta la rodilla de nuevo, su mano vuelve a sujetar el volante y pisa el acelerador. Me veo impulsada contra el respaldo del asiento. Madre mía, cómo corre este coche.

El restaurante es pequeño e íntimo, un chalet de madera en medio de un bosque. La decoración es rústica: sillas diferentes, mesas con manteles a cuadros y flores silvestres en pequeños jarrones. CUISINE SAUVAGE, alardea un cartel por encima de la puerta.

—Hacía tiempo que no venía. No se puede elegir… Preparan lo que han cazado o recogido.

Alza las cejas fingiendo horrorizarse y no puedo evitar reírme. La camarera nos pregunta qué vamos a beber. Se ruboriza al ver a Christian y se esconde debajo de su largo flequillo rubio para evitar mirarlo a los ojos. ¡Le gusta! ¡No solo me pasa a mí!

—Dos vasos de Pinot Grigio —dice Christian en tono autoritario.

Pongo mala cara.

—¿Qué pasa? —me pregunta bruscamente.

—Yo quería una Coca-Cola light —susurro.

Arruga la frente y mueve la cabeza.

—El Pinot Grigio de aquí es un vino decente. Irá bien con la comida, nos traigan lo que nos traigan —me dice en tono paciente.

—¿Nos traigan lo que nos traigan?

—Sí.

Esboza su deslumbrante sonrisa ladeando la cabeza y se me hace un nudo en el estómago. No puedo evitar devolvérsela.

—A mi madre le has gustado —me dice de pronto.

—¿En serio?

Sus palabras hacen que me ruborice de alegría.

—Claro. Siempre ha pensado que era gay.

Abro la boca al acordarme de aquella pregunta… en la entrevista. Oh, no.

—¿Por qué pensaba que eras gay? —le pregunto en voz baja.

—Porque nunca me ha visto con una chica.

—Vaya… ¿con ninguna de las quince?

Sonríe.

—Tienes buena memoria. No, con ninguna de las quince.

—Oh.

—Mira, Anastasia, para mí también ha sido un fin de semana de novedades —me dice en voz baja.

—¿Sí?

—Nunca había dormido con nadie, nunca había tenido relaciones sexuales en mi cama, nunca había llevado a una chica en el Charlie Tango y nunca le había presentado una mujer a mi madre. ¿Qué estás haciendo conmigo?

La intensidad de sus ojos ardientes me corta la respiración.

Llega la camarera con nuestros vasos de vino, e inmediatamente doy un pequeño sorbo. ¿Está siendo franco o se trata de un simple comentario fortuito?

—Me lo he pasado muy bien este fin de semana, de verdad —digo en voz baja.

Vuelve a arrugar la frente.

—Deja de morderte el labio —gruñe—.Yo también —añade.

—¿Qué es un polvo vainilla? —le pregunto, aunque solo sea para no pensar en su intensa, ardiente y sexy mirada.

Se ríe.

—Sexo convencional, Anastasia, sin juguetes ni accesorios. —Se encoge de hombros—.Ya sabes… bueno, la verdad es que no lo sabes, pero eso es lo que significa.

—Oh.

Creía que lo que habíamos hecho eran polvos de exquisita tarta de chocolate fundido con una guinda encima. Pero ya veo que no me entero.

La camarera nos trae sopa, que ambos miramos con cierto recelo.

—Sopa de ortigas —nos informa la camarera.

Se da media vuelta y regresa enfadada a la cocina. No creo que le guste que Christian no le haga ni caso. Pruebo la sopa, que está riquísima. Christian y yo nos miramos a la vez, aliviados. Suelto una risita, y él ladea la cabeza.

—Qué sonido tan bonito —murmura.

—¿Por qué nunca has echado polvos vainilla? ¿Siempre has hecho… bueno… lo que hagas? —le pregunto intrigada.

Asiente lentamente.

—Más o menos —me contesta con cautela.

Por un momento frunce el ceño y parece librar una especie de batalla interna. Luego levanta los ojos, como si hubiera tomado una decisión.

—Una amiga de mi madre me sedujo cuando yo tenía quince años.

—Oh.

¡Dios mío, tan joven!

—Sus gustos eran muy especiales. Fui su sumiso durante seis años.

Se encoge de hombros.

—Oh.

Su confesión me deja helada, aturdida.

—Así que sé lo que implica, Anastasia —me dice con una mirada significativa.

Lo observo fijamente, incapaz de articular palabra... Hasta mi subconsciente está en silencio.

—La verdad es que no tuve una introducción al sexo demasiado corriente.

Me pica la curiosidad.

—¿Y nunca saliste con nadie en la facultad?

—No —me contesta negando con la cabeza para enfatizar su respuesta.

La camarera entra para retirar nuestros platos y nos interrumpe un momento.

—¿Por qué? —le pregunto cuando ya se ha ido.

Sonríe burlón.

—¿De verdad quieres saberlo?

—Sí.

—Porque no quise. Solo la deseaba a ella. Además, me habría matado a palos.

Sonríe con cariño al recordarlo.

Oh, demasiada información de golpe... pero quiero más.

—Si era una amiga de tu madre, ¿cuántos años tenía?

Sonríe.

—Los suficientes para saber lo que se hacía.

—¿Sigues viéndola?

—Sí.

—¿Todavía... bueno...?

Me ruborizo.

—No —me dice negando con la cabeza y con una sonrisa indulgente—. Es una buena amiga.

—¿Tu madre lo sabe?

Me mira como diciéndome que no sea idiota.

—Claro que no.

La camarera vuelve con sendos platos de venado, pero se me ha quitado el hambre. Toda una revelación. Christian, sumiso... Madre mía. Doy un largo trago de Pinot Grigio... Christian tenía razón, por supuesto: está exquisito. Dios, tengo que pensar en todo lo que me ha contado. Necesito tiempo para procesarlo, cuando esté sola, porque ahora me distrae su presencia. Es tan irresistible, tan macho alfa, y de repente lanza este bombazo. Él sabe lo que es ser sumiso.

—Pero no estarías con ella todo el tiempo... —le digo confundida.

—Bueno, estaba solo con ella, aunque no la veía todo el tiempo. Era... difícil. Después de todo, todavía estaba en el instituto, y más tarde en la facultad. Come, Anastasia.

—No tengo hambre, Christian, de verdad.

Lo que me ha contado me ha dejado aturdida.

Su expresión se endurece.

—Come —me dice en tono tranquilo, demasiado tranquilo.

Lo miro. Este hombre... abusaron sexualmente de él cuando era adolescente... Su tono es amenazador.

—Espera un momento —susurro.

Pestañea un par de veces.

—De acuerdo —murmura.

Y sigue comiendo.

Así será la cosa si firmo. Tendré que cumplir sus órdenes. Frunzo el ceño. ¿Es eso lo que quiero? Cojo el tenedor y el cuchillo, y empiezo a cortar el venado. Está delicioso.

—¿Así será nuestra... bueno... nuestra relación? ¿Estarás dándome órdenes todo el rato? —le pregunto en un susurro, sin apenas atreverme a mirarlo.

—Sí —murmura.

—Ya veo.

—Es más, querrás que lo haga —añade en voz baja.

Lo dudo, sinceramente. Pincho otro trozo de venado y me lo acerco a los labios.

—Es mucho decir —murmuro.

Y me lo meto en la boca.

—Lo es.

Cierra los ojos un segundo. Cuando los abre, está muy serio.

—Anastasia, tienes que seguir tu instinto. Investiga un poco, lee el contrato... No tengo problema en comentar cualquier detalle. Estaré en Portland hasta el viernes, por si quieres que hablemos antes del fin de semana. —Sus palabras me llegan en un torrente apresurado—. Llámame… Podríamos cenar… ¿digamos el miércoles? De verdad quiero que esto funcione. Nunca he querido nada tanto.

Sus ojos reflejan su ardiente sinceridad y su deseo. Es básicamente lo que no entiendo. ¿Por qué yo? ¿Por qué no una de las quince? Oh, no… ¿En eso voy a convertirme? ¿En un número? ¿La dieciséis, nada menos?

—¿Qué pasó con las otras quince? —le pregunto de pronto.

Alza las cejas sorprendido y mueve la cabeza con expresión resignada.

—Cosas distintas, pero al fin y al cabo se reduce a… —Se detiene, creo que intentando encontrar las palabras—. Incompatibilidad.

Se encoge de hombros.

—¿Y crees que yo podría ser compatible contigo?

—Sí.

—Entonces ya no ves a ninguna de ellas.

—No, Anastasia. Soy monógamo.

Vaya… toda una noticia.

—Ya veo.

—Investiga un poco, Anastasia.

Dejo el cuchillo y el tenedor. No puedo seguir comiendo.

—¿Ya has terminado? ¿Eso es todo lo que vas a comer?

Asiento. Me pone mala cara, pero decide callarse. Dejo escapar un pequeño suspiro de alivio. Con tanta información se me ha revuelto el estómago y estoy un poco mareada por el vino. Lo observo devorando todo lo que tiene en el plato. Come como una lima. Debe de hacer mucho ejercicio para mantener la figura. De pronto recuerdo cómo le cae el pijama…, y la imagen me desconcierta. Me remuevo incómoda. Me mira y me ruborizo.

—Daría cualquier cosa por saber lo que estás pensando ahora mismo —murmura.

Me ruborizo todavía más.

Me lanza una sonrisa perversa.

—Ya me imagino… —me provoca.

—Me alegro de que no puedas leerme el pensamiento.

—El pensamiento no, Anastasia, pero tu cuerpo… lo conozco bastante bien desde ayer —me dice en tono sugerente.

¿Cómo puede cambiar de humor tan rápido? Es tan volátil… Cuesta mucho seguirle el ritmo.

Llama a la camarera y le pide la cuenta. Cuando ha pagado, se levanta y me tiende la mano.

—Vamos.

Me coge de la mano y volvemos al coche. Lo inesperado de él es este contacto de su piel, normal, íntimo. No puedo reconciliar este gesto corriente y tierno con lo que quiere hacer en aquel cuarto… el cuarto rojo del dolor.

Hacemos el viaje de Olympia a Vancouver en silencio, cada uno sumido en sus pensamientos. Cuando aparca frente a la puerta de casa, son las cinco de la tarde. Las luces están encendidas, así que Kate está dentro, sin duda empaquetando, a menos que Elliot todavía no se haya marchado. Christian apaga el motor, y entonces caigo en la cuenta de que tengo que separarme de él.

—¿Quieres entrar? —le pregunto.

No quiero que se marche. Quiero seguir más tiempo con él.

—No. Tengo trabajo —me dice mirándome con expresión insondable.

Me miro las manos y entrelazo los dedos. De pronto me pongo en plan sensiblero. Se va a marchar. Me coge de la mano, se la lleva lentamente a la boca y me la besa con ternura, un gesto dulce y pasado de moda. Me da un vuelco el corazón.

—Gracias por este fin de semana, Anastasia. Ha sido… estupendo. ¿Nos vemos el miércoles? Pasaré a buscarte por el trabajo o por donde me digas.

—Nos vemos el miércoles —susurro.

Vuelve a besarme la mano y me la deja en el regazo. Sale del coche, se acerca a mi puerta y me la abre. ¿Por qué de pronto me siento huérfana? Se me hace un nudo en la garganta. No quiero que me vea así. Sonrío forzadamente, salgo del coche y me dirijo a la puerta sabiendo que tengo que enfrentarme a Kate, que temo enfrentarme a Kate. A medio camino me giro y lo miro. Alegra esa cara, Steele, me riño a mí misma.

—Ah… por cierto, me he puesto unos calzoncillos tuyos.

Le sonrío y tiro de la goma de los calzoncillos para que los vea. Christian abre la boca, sorprendido. Una reacción genial. Mi humor cambia de inmediato y entro en casa pavoneándome. Una parte de mí quiere levantar el puño y dar un salto. ¡SÍ! La diosa que llevo dentro está encantada.

Kate está en el comedor metiendo sus libros en cajas.

—¿Ya estás aquí? ¿Dónde está Christian? ¿Cómo estás? —me pregunta en tono febril, nervioso.

Viene hacia mí, me coge por los hombros y examina minuciosamente mi cara antes incluso de que la haya saludado.

Mierda… Tengo que lidiar con la insistencia y la tenacidad de Kate, y llevo en el bolso un documento legal firmado que dice que no puedo hablar. No es una saludable combinación.

—Bueno, ¿cómo ha ido? No he dejado de pensar en ti todo el rato… después de que Elliot se marchara, claro —me dice sonriendo con picardía.

No puedo evitar sonreír por su preocupación y su acuciante curiosidad, pero de pronto me da vergüenza y me ruborizo. Lo que ha sucedido ha sido muy íntimo. Ver y saber lo que Christian esconde. Pero tengo que darle algunos detalles, porque si no, no va a dejarme en paz.

—Ha ido bien, Kate. Muy bien, creo —le digo en tono tranquilo, intentando ocultar mi sonrisa.

—¿Estás segura?

—No tengo nada con lo que compararlo, ¿verdad? —le digo encogiéndome de hombros a modo de disculpa.

—¿Te has corrido?

Maldita sea, qué directa es. Me pongo roja.

—Sí —murmuro nerviosa.

Kate me empuja hasta el sofá y nos sentamos. Me coge de las manos.

—Muy bien. —Me mira como si no se lo creyera—. Ha sido tu primera vez. Uau… Christian debe de saber lo que se hace.

Oh, Kate, si tú supieras…

—Mi primera vez fue terrorífica —sigue diciendo, poniendo cara triste de máscara de comedia.

—¿Sí?

Me interesa. Nunca me lo había contado.

—Sí. Steve Patrone. En el instituto. Un atleta gilipollas. —Encoge los hombros—. Fue muy brusco, y yo no estaba preparada. Estábamos los dos borrachos. Ya sabes… el típico desastre adolescente después de la fiesta de fin de curso. Uf, tardé meses en decidirme a volver a intentarlo. Y no con ese inútil. Yo era demasiado joven. Has hecho bien en esperar.

—Kate, eso suena espantoso.

Parece melancólica.

—Sí, tardé casi un año en tener mi primer orgasmo con penetración, y llegas tú… y a la primera.

Asiento con timidez. La diosa que llevo dentro está sentada en la postura del loto y parece serena, aunque tiene una astuta sonrisa autocomplaciente en la cara.

—Me alegro de que hayas perdido la virginidad con un hombre que sabe lo que se hace. —Me guiña un ojo—. ¿Y cuándo vuelves a verlo?

—El miércoles. Iremos a cenar.

—Así que todavía te gusta…

—Sí, pero no sé qué va a pasar.

—¿Por qué?

—Es complicado, Kate. Ya sabes… Su mundo es totalmente diferente del mío.

Buena excusa. Y creíble. Mucho mejor que «tiene un cuarto rojo del dolor y quiere convertirme en su esclava sexual».

—Vamos, por favor, no permitas que el dinero sea un problema, Ana. Elliot me ha dicho que es muy raro que Christian salga con una chica.

—¿Eso te ha dicho? —le pregunto en tono demasiado agudo.

¡Se te ve el plumero, Steele! Mi subconsciente me mira moviendo su largo dedo y luego se transforma en la balanza de la justicia para recordarme que Christian podría demandarme si hablo demasiado. Ja… ¿Qué va a hacer? ¿Quedarse con todo mi dinero? Tengo que acordarme de buscar en Google «penas por incumplir un acuerdo de confidencialidad» cuando haga mi «investigación». Es como si me hubieran puesto deberes. Quizá hasta me saco un título. Me ruborizo recordando mi sobresaliente por el experimento en la bañera de esta mañana.

—Ana, ¿qué pasa?

—Estaba recordando algo que me ha dicho Christian.

—Pareces distinta —me dice Kate con cariño.

—Me siento distinta. Dolorida —le confieso.

—¿Dolorida?

—Un poco.

Me ruborizo.

—Yo también. Hombres… —dice con una mueca de disgusto—. Son como animales.

Nos reímos las dos.

—¿Tú también estás dolorida? —le pregunto sorprendida.

—Sí… de tanto darle.

Y me echo a reír.

—Cuéntame cosas de Elliot —le pido cuando paro por fin.

Siento que me relajo por primera vez desde que estaba haciendo cola en el lavabo del bar… antes de la llamada de teléfono con la que empezó todo esto… cuando admiraba al señor Grey desde la distancia. Días felices y sin complicaciones.

Kate se ruboriza. Oh, Dios mío… Katherine Agnes Kavanagh se convierte en Anastasia Rose Steele. Me lanza una mirada ingenua. Nunca antes la había visto reaccionar así por un hombre. Abro tanto la boca que la mandíbula me llega al suelo. ¿Dónde está Kate? ¿Qué habéis hecho con ella?

—Ana —me dice entusiasmada—, es tan… tan… Lo tiene todo. Y cuando… oh… es fantástico.

Está tan alterada que apenas puede hilvanar una frase.

—Creo que lo que intentas decirme es que te gusta.

Asiente y se ríe como una loca.

—He quedado con él el sábado. Nos ayudará con la mundanza.

Junta las manos, se levanta del sofá y se dirige a la ventana haciendo piruetas. La mudanza. Mierda, lo había olvidado, y eso que hay cajas por todas partes.

—Muy amable por su parte —le digo.

Así lo conoceré. Quizá pueda darme más pistas sobre su extraño e inquietante hermano.

—Bueno, ¿qué hicisteis anoche? —le pregunto.

Ladea la cabeza hacia mí y alza las cejas en un gesto que viene a decir: «¿Tú qué crees, idiota?».

—Más o menos lo mismo que vosotros, pero nosotros cenamos antes —me dice riéndose—. ¿De verdad estás bien? Pareces un poco agobiada.

—Estoy agobiada. Christian es muy intenso.

—Sí, ya me hice una idea. Pero ¿se ha portado bien contigo?

—Sí —la tranquilizo—. Me muero de hambre. ¿Quieres que prepare algo?

Asiente y mete un par de libros en una caja.

—¿Qué quieres hacer con los libros de catorce mil dólares? —me pregunta.

—Se los voy a devolver.

—¿De verdad?

—Es un regalo exagerado. No puedo aceptarlo, y menos ahora.

Sonrío, y Kate asiente con la cabeza.

—Lo entiendo. Han llegado un par de cartas para ti, y José no ha dejado de llamar. Parecía desesperado.

—Lo llamaré —murmuro evasiva.

Si le cuento a Kate lo de José, se lo merienda. Cojo las cartas de la mesa y las abro.

—Vaya, ¡tengo entrevistas! Dentro de dos semanas, en Seattle, para hacer las prácticas.

—¿Con qué editorial?

—Con las dos.

—Te dije que tu expediente académico te abriría puertas, Ana.

Kate ya tiene su puesto para hacer las prácticas en *The Seattle Times*, por supuesto. Su padre conoce a alguien que conoce a alguien.

—¿Qué le parece a Elliot que te vayas de vacaciones? —le pregunto.

Kate se dirige hacia la cocina, y por primera vez desde que he llegado parece desconsolada.

—Lo entiende. Una parte de mí no quiere marcharse, pero es tentador tumbarse al sol un par de semanas. Además, mi madre no deja de insistir, porque cree que serán nuestras últimas vacaciones en familia antes de que Ethan y yo empecemos a trabajar en serio.

Nunca he salido del Estados Unidos continental. Kate se va dos semanas a Barbados con sus padres y su hermano, Ethan. Pasaré dos semanas sola, sin Kate, en la nueva casa. Será raro. Ethan ha estado viajando por el mundo desde el año pasado, después de graduarse. Por un momento me pregunto si lo veré antes de que se vayan de vacaciones. Es un tipo majísimo. El teléfono me saca de mi ensoñación.

—Será José.

Suspiro. Sé que tengo que hablar con él. Levanto el teléfono.

—Hola.

—¡Ana, has vuelto! —exclama José aliviado.

—Obviamente —le contesto con cierto sarcasmo.

Pongo los ojos en blanco.

—¿Puedo verte? Siento mucho lo del viernes. Estaba borracho… y tú… bueno. Ana, perdóname, por favor.

—Claro que te perdono, José. Pero que no se repita. Sabes cuáles son mis sentimientos por ti.

Suspira profundamente, con tristeza.

—Lo sé, Ana. Pero pensé que si te besaba, quizá tus sentimientos cambiarían.

—José, te quiero mucho, eres muy importante para mí. Eres como el hermano que nunca he tenido. Y eso no va a cambiar. Lo sabes.

Siento hacerle daño, pero es la verdad.

—Entonces, ¿sales con él? —me pregunta con desdén.

—José, no salgo con nadie.

—Pero has pasado la noche con él.

—¡No es asunto tuyo!

—¿Es por el dinero?

—¡José! ¿Cómo te atreves? —le grito, atónita por su atrevimiento.

—Ana —dice con voz quejumbrosa, en tono de disculpa.

Ahora mismo no estoy para aguantar sus mezquinos celos. Sé que está dolido, pero ya tengo bastante con lidiar con Christian Grey.

—Quizá podríamos tomar un café mañana. Te llamaré —le digo en tono conciliador.

Es mi amigo y le tengo mucho cariño, pero en estos momentos no estoy para aguantar estas cosas.

—Vale, mañana. ¿Me llamas tú?

Su voz esperanzada me conmueve.

—Sí… Buenas noches, José.

Cuelgo sin esperar su respuesta.

—¿De qué va todo esto? —me pregunta Katherine con las manos en las caderas.

Decido que lo mejor es decirle la verdad. Parece más obstinada que nunca.

—El viernes intentó besarme.

—¿José? ¿Y Christian Grey? Ana, tus feromonas deben de estar haciendo horas extras. ¿En qué estaba pensando ese imbécil?

Mueve la cabeza enfadada y sigue empaquetando.

Tres cuartos de hora después hacemos una pausa para degustar la especialidad de la casa, mi lasaña. Kate abre una botella de vino y nos sentamos a comer entre las cajas, bebiendo vino tinto barato y viendo programas de televisión basura. La normalidad. Es bien recibida y tranquilizadora después de las últimas cuarenta y ocho horas de… locura. Es mi primera comida en dos días sin preocupaciones, sin que me insistan y en paz. ¿Qué problema tiene Christian con la comida? Kate recoge los platos mientras yo acabo de empaquetar lo que queda en el salón. Solo hemos dejado el sofá, la tele y la mesa. ¿Qué más podríamos necesitar? Solo falta por empaquetar el contenido de nuestras habitaciones y la cocina, y tenemos toda la semana por delante.

Vuelve a sonar el teléfono. Es Elliot. Kate me guiña un ojo y se mete en su habitación dando saltitos como una quinceañera. Sé que debería estar escribiendo su discurso por haber sido la mejor alumna de la promoción, pero parece que Elliot es más importante. ¿Qué pasa con los Grey? ¿Qué los hace tan absorbentes, tan devoradores y tan irresistibles? Doy otro trago de vino.

Hago zapping en busca de algún programa, pero en el fondo sé que estoy demorándome a propósito. El contrato echa humo dentro de mi bolso. ¿Tendré las fuerzas y lo que hay que tener para leerlo esta noche?

Apoyo la cabeza en las manos. Tanto José como Christian quieren algo de mí. Con José es fácil, pero Christian... Manejar y entender a Christian es otra cosa. Una parte de mí quiere salir corriendo y esconderse. ¿Qué voy a hacer? Pienso en sus ardientes ojos grises, en su intensa y provocativa mirada, y me pongo tensa. Sofoco un grito. Ni siquiera está aquí y ya estoy a cien. No puede ser solo sexo, ¿verdad? Pienso en sus bromas amables de esta mañana, en el desayuno, en su alegría al verme encantada con el viaje en helicóptero, en cómo tocaba el piano, esa música tan triste, dulce y conmovedora...

Es un hombre muy complicado. Y ahora he empezado a entender por qué. Un chico privado de adolescencia, del que abusa sexualmente una malvada señora Robinson... No es extraño que parezca mayor de lo que es. Me entristece pensar en lo que debe de haber pasado. Soy demasiado ingenua para saber exactamente de qué se trata, pero la investigación arrojará algo de luz. Aunque ¿de verdad quiero saber? ¿Quiero explorar ese mundo del que no sé nada? Es un paso muy importante.

Si no lo hubiera conocido, seguiría tan feliz, ajena a todo esto. Mi mente se traslada a la noche de ayer y a esta mañana... a la increíble y sensual sexualidad que he experimentado. ¿Quiero despedirme de ella? ¡No!, exclama mi subconsciente... La diosa que llevo dentro, sumida en un silencio zen, asiente para mostrar que está de acuerdo con ella.

Kate vuelve al comedor sonriendo de oreja a oreja. Quizá esté enamorada. La miro boquiabierta. Nunca se ha comportado así.

—Ana, me voy a la cama. Estoy muy cansada.

—Yo también, Kate.

Me abraza.

—Me alegro de que hayas vuelto sana y salva. Hay algo raro en Christian —añade en voz baja, en tono de disculpa.

Sonrío para tranquilizarla, aunque pienso: ¿Cómo demonios lo sabe? Por eso será una buenísima periodista, por su infalible intuición.

Cojo el bolso y me voy a mi habitación con paso desganado. Los esfuerzos sexuales de las últimas horas y el total y absoluto dilema al que me enfrento me han dejado agotada. Me siento en la cama, saco con cautela del bolso el sobre de papel manila y le doy vueltas entre las manos. ¿Estoy segura de que quiero saber hasta dónde llega la depravación de Christian? Resulta tan intimidante… Respiro hondo y rasgo el sobre con el corazón en un puño.

11

En el sobre hay varios papeles. Los saco, con el corazón latiéndome muy deprisa, me siento en la cama y empiezo a leer.

CONTRATO

A día_____ de 2011 («fecha de inicio»)

ENTRE

EL SR. CHRISTIAN GREY, con domicilio en el Escala 301, Seattle, 98889 Washington

(«el Amo»)

Y LA SRTA. ANASTASIA STEELE, con domicilio en SW Green Street 1114, apartamento 7, Haven Heights, Vancouver, 98888 Washington

(«la Sumisa»)

LAS PARTES ACUERDAN LO SIGUIENTE

1. Los puntos siguientes son los términos de un contrato vinculante entre el Amo y la Sumisa.

TÉRMINOS FUNDAMENTALES

2. El propósito fundamental de este contrato es permitir que la Sumisa explore su sensualidad y sus límites de forma segura, con el debido respeto y miramiento por sus necesidades, sus límites y su bienestar.

3. El Amo y la Sumisa acuerdan y admiten que todo lo que suceda bajo los términos de este contrato será consensuado y confidencial, y estará sujeto a los límites acordados y a los procedimientos de seguridad que se contemplan en este contrato.

Pueden añadirse límites y procedimientos de seguridad adicionales.

4. El Amo y la Sumisa garantizan que no padecen infecciones sexuales ni enfermedades graves, incluyendo VIH, herpes y hepatitis, entre otras. Si durante la vigencia del contrato (como se define abajo) o de cualquier ampliación del mismo una de las partes es diagnosticada o tiene conocimiento de padecer alguna de estas enfermedades, se compromete a informar a la otra inmediatamente y en todo caso antes de que se produzca cualquier tipo de contacto entre las partes.

5. Es preciso cumplir las garantías y los acuerdos anteriormente mencionados (y todo límite y procedimiento de seguridad adicional acordado en la cláusula 3). Toda infracción invalidará este contrato con carácter inmediato, y ambas partes aceptan asumir totalmente ante la otra las consecuencias de la infracción.

6. Todos los puntos de este contrato deben leerse e interpretarse a la luz del propósito y los términos fundamentales establecidos en las cláusulas 2-5.

FUNCIONES

7. El Amo será responsable del bienestar y del entrenamiento, la orientación y la disciplina de la Sumisa. Decidirá el tipo de entrenamiento, la orientación y la disciplina, y el momento y el lugar de administrarlos, atendiendo a los términos acordados, los límites y los procedimientos de seguridad establecidos en este contrato o añadidos en la cláusula 3.

8. Si en algún momento el Amo no mantiene los términos acordados, los límites y los procedimientos de seguridad establecidos en este contrato o añadidos en la cláusula 3, la Sumisa tiene derecho a finalizar este contrato inmediatamente y a abandonar su servicio al Amo sin previo aviso.

9. Atendiendo a esta condición y a las cláusulas 2-5, la Sumisa tiene que obedecer en todo al Amo. Atendiendo a los términos acordados, los límites y los procedimientos de seguridad establecidos en este contrato o añadidos en la cláusula 3, debe ofrecer al Amo, sin preguntar ni dudar, todo el placer que este le exija, y debe aceptar, sin preguntar ni dudar, el entrenamiento, la orientación y la disciplina en todas sus formas.

INICIO Y VIGENCIA

10. El Amo y la Sumisa firman este contrato en la fecha de inicio, conscientes de su naturaleza y comprometiéndose a acatar sus condiciones sin excepción.

11. Este contrato será efectivo durante un periodo de tres meses desde la fecha de inicio («vigencia del contrato»). Al expirar la vigencia, las partes comentarán si este contrato y lo dispuesto por ellos en el mismo son satisfactorios y si se han satisfecho las necesidades de cada parte. Ambas partes pueden proponer ampliar el contrato y ajustar los términos o los acuerdos que en él se establecen. Si no se llega a un acuerdo para ampliarlo, este contrato concluirá y ambas partes serán libres para seguir su vida por separado.

DISPONIBILIDAD

12. La Sumisa estará disponible para el Amo desde el viernes por la noche hasta el domingo por la tarde, todas las semanas durante la vigencia del contrato, a horas a especificar por el Amo («horas asignadas»). Pueden acordarse mutuamente más horas asignadas adicionales.

13. El Amo se reserva el derecho a rechazar el servicio de la Sumisa en cualquier momento y por las razones que sean. La Sumisa puede solicitar su liberación en cualquier momento, liberación que quedará a criterio del Amo y estará exclusivamente sujeta a los derechos de la Sumisa contemplados en las cláusulas 2-5 y 8.

UBICACIÓN

14. La Sumisa estará disponible a las horas asignadas y a las horas adicionales en los lugares que determine el Amo. El Amo correrá con todos los costes de viaje en los que incurra la Sumisa con este fin.

PRESTACIÓN DE SERVICIOS

15. Las dos partes han discutido y acordado las siguientes prestaciones de servicios, y ambas deberán cumplirlas durante la vigencia del contrato. Ambas partes aceptan que pueden surgir cuestiones no contempladas en los términos de este contrato ni en la prestación de servicios, y que determinadas cuestiones podrán renegociarse. En estas circunstancias, podrán proponerse cláusulas adicionales a modo de enmienda. Ambas partes debe-

rán acordar, redactar y firmar toda cláusula adicional o enmienda, que estará sujeta a los términos fundamentales establecidos en las cláusulas 2-5.

AMO

15.1. El Amo debe priorizar en todo momento la salud y la seguridad de la Sumisa. El Amo en ningún momento exigirá, solicitará, permitirá ni pedirá a la Sumisa que participe en las actividades detalladas en el Apéndice 2 o en toda actividad que cualquiera de las dos partes considere insegura. El Amo no llevará a cabo, ni permitirá que se lleve a cabo, ninguna actividad que pueda herir gravemente a la Sumisa o poner en peligro su vida. Los restantes subapartados de esta cláusula 15 deben leerse atendiendo a esta condición y a los acuerdos fundamentales de las cláusulas 2-5.

15.2. El Amo acepta el control, el dominio y la disciplina de la Sumisa durante la vigencia del contrato. El Amo puede utilizar el cuerpo de la Sumisa en cualquier momento durante las horas asignadas, o en horas adicionales acordadas, de la manera que considere oportuno, en el sexo o en cualquier otro ámbito.

15.3. El Amo ofrecerá a la Sumisa el entrenamiento y la orientación necesarios para servir adecuadamente al Amo.

15.4. El Amo mantendrá un entorno estable y seguro en el que la Sumisa pueda llevar a cabo sus obligaciones para servir al Amo.

15.5. El Amo puede disciplinar a la Sumisa cuanto sea necesario para asegurarse de que la Sumisa entiende totalmente su papel de sumisión al Amo y para desalentar conductas inaceptables. El Amo puede azotar, zurrar, dar latigazos y castigar físicamente a la Sumisa si lo considera oportuno por motivos de disciplina, por placer o por cualquier otra razón, que no está obligado a exponer.

15.6. En el entrenamiento y en la administración de disciplina, el Amo garantizará que no queden marcas en el cuerpo de la Sumisa ni heridas que exijan atención médica.

15.7. En el entrenamiento y en la administración de disciplina, el Amo garantizará que la disciplina y los intrumentos utilizados para administrarla sean seguros, no los utilizará de manera que provoquen daños serios y en ningún caso podrá traspasar los límites establecidos y detallados en este contrato.

15.8. En caso de enfermedad o herida, el Amo cuidará a la Sumisa, vigilará su salud y su seguridad, y solicitará atención médica cuando lo considere necesario.

15.9. El Amo cuidará de su propia salud y buscará atención médica cuando sea necesario para evitar riesgos.

15.10. El Amo no prestará su Sumisa a otro Amo.

15.11. El Amo podrá sujetar, esposar o atar a la Sumisa en todo momento durante las horas asignadas o en cualquier hora adicional por cualquier razón y por largos periodos de tiempo, prestando la debida atención a la salud y la seguridad de la Sumisa.

15.12. El Amo garantizará que todo el equipamiento utilizado para el entrenamiento y la disciplina se mantiene limpio, higiénico y seguro en todo momento.

SUMISA

15.13. La Sumisa acepta al Amo como su dueño y entiende que ahora es de su propiedad y que está a su disposición cuando al Amo le plazca durante la vigencia del contrato en general, pero especialmente en las horas asignadas y en las horas adicionales acordadas.

15.14. La Sumisa obedecerá las normas establecidas en el Apéndice 1 de este contrato.

15.15. La Sumisa servirá al Amo en todo aquello que el Amo considere oportuno y debe hacer todo lo posible por complacer al Amo en todo momento.

15.16. La Sumisa tomará las medidas necesarias para cuidar su salud, solicitará o buscará atención médica cuando la necesite, y en todo momento mantendrá informado al Amo de cualquier problema de salud que pueda surgir.

15.17. La Sumisa garantizará que toma anticonceptivos orales, y que los toma como y cuando es debido para evitar quedarse embarazada.

15.18. La Sumisa aceptará sin cuestionar todas y cada una de las acciones disciplinarias que el Amo considere necesarias, y en todo momento recordará su papel y su función ante el Amo.

15.19. La Sumisa no se tocará ni se proporcionará placer sexual sin el permiso del Amo.

15.20. La Sumisa se someterá a toda actividad sexual que exija el Amo, sin dudar y sin discutir.

15.21. La Sumisa aceptará azotes, zurras, bastonazos, latigazos o cualquier otra disciplina que el Amo decida administrar, sin dudar, preguntar ni quejarse.

15.22. La Sumisa no mirará directamente a los ojos al Amo excepto cuando se le ordene. La Sumisa debe agachar los ojos, guardar silencio y mostrarse respetuosa en presencia del Amo.

15.23. La Sumisa se comportará siempre con respeto hacia el Amo y solo se dirigirá a él como señor, señor Grey o cualquier otro apelativo que le ordene el Amo.

15.24. La Sumisa no tocará al Amo sin su expreso consentimiento.

ACTIVIDADES

16. La Sumisa no participará en actividades o actos sexuales que cualquiera de las dos partes considere inseguras ni en las actividades detalladas en el Apéndice 2.

17. El Amo y la Sumisa han comentado las actividades establecidas en el Apéndice 3 y hacen constar por escrito en el Apéndice 3 su acuerdo al respecto.

PALABRAS DE SEGURIDAD

18. El Amo y la Sumisa admiten que el Amo puede solicitar a la Sumisa acciones que no puedan llevarse a cabo sin incurrir en daños físicos, mentales, emocionales, espirituales o de otro tipo en el momento en que se le solicitan. En este tipo de circunstancias, la Sumisa puede utilizar una palabra de seguridad. Se incluirán dos palabras de seguridad en función de la intensidad de las demandas.

19. Se utilizará la palabra de seguridad «Amarillo» para indicar al Amo que la Sumisa está llegando al límite de resistencia.

20. Se utilizará la palabra de seguridad «Rojo» para indicar al Amo que la Sumisa ya no puede tolerar más exigencias. Cuando se diga esta palabra, la acción del Amo cesará totalmente con efecto inmediato.

CONCLUSIÓN

21. Los abajo firmantes hemos leído y entendido totalmente lo que estipula este contrato. Aceptamos libremente los términos de este contrato y con nuestra firma damos nuestra conformidad.

El Amo: Christian Grey
Fecha

La Sumisa: Anastasia Steele
Fecha

APÉNDICE 1
NORMAS
Obediencia:
La Sumisa obedecerá inmediatamente todas las instrucciones del Amo, sin dudar, sin reservas y de forma expeditiva. La Sumisa aceptará toda actividad sexual que el Amo considere oportuna y placentera, excepto las actividades contempladas en los límites infranqueables (Apéndice 2). Lo hará con entusiasmo y sin dudar.

Sueño:
La Sumisa garantizará que duerme como mínimo ocho horas diarias cuando no esté con el Amo.

Comida:
Para cuidar su salud y su bienestar, la Sumisa comerá frecuentemente los alimentos incluidos en una lista (Apéndice 4). La Sumisa no comerá entre horas, a excepción de fruta.

Ropa:
Durante la vigencia del contrato, la Sumisa solo llevará ropa que el Amo haya aprobado. El Amo ofrecerá a la Sumisa un presupuesto para ropa, que la Sumisa debe utilizar. El Amo acompañará a la Sumisa a comprar ropa cuando sea necesario. Si el Amo así lo exige, mientras el contrato esté vigente, la Sumisa se pondrá los adornos que le exija el Amo, en su presencia o en cualquier otro momento que el Amo considere oportuno.

Ejercicio:
El Amo proporcionará a la Sumisa un entrenador personal cuatro veces por semana, en sesiones de una hora, a horas convenidas por el entrenador personal y la Sumisa. El entrenador personal informará al Amo de los avances de la Sumisa.

Higiene personal y belleza:
La Sumisa estará limpia y depilada en todo momento. La Sumisa irá a un salón de belleza elegido por el Amo cuando este lo decida y se someterá a cualquier tratamiento que el Amo considere oportuno. El Amo correrá con todos los gastos.

Seguridad personal:
La Sumisa no beberá en exceso, ni fumará, ni tomará sustancias psicotrópicas, ni correrá riesgos innecesarios.

Cualidades personales:
La Sumisa solo mantendrá relaciones sexuales con el Amo. La Sumisa se comportará en todo momento con respeto y humildad. Debe comprender que su conducta influye directamente en la del Amo. Será responsable de cualquier fechoría, maldad y mala conducta que lleve a cabo cuando el Amo no esté presente.

El incumplimiento de cualquiera de las normas anteriores será inmediatamente castigado, y el Amo determinará la naturaleza del castigo.

APÉNDICE 2
Límites infranqueables
Actos con fuego.
Actos con orina, defecación y excrementos.
Actos con agujas, cuchillos, perforaciones y sangre.
Actos con instrumental médico ginecológico.
Actos con niños y animales.
Actos que dejen marcas permanentes en la piel.
Actos relativos al control de la respiración.
Actividad que implique contacto directo con corriente eléctrica (tanto alterna como continua), fuego o llamas en el cuerpo.

APÉNDICE 3
Límites tolerables
A discutir y acordar por ambas partes:

¿Acepta la Sumisa lo siguiente?

- Masturbación
- Cunnilingus
- Felación
- Ingestión de semen

- Penetración vaginal
- Fisting vaginal
- Penetración anal
- Fisting anal

¿Acepta la Sumisa lo siguiente?

- Vibradores
- Tapones anales

- Consoladores
- Otros juguetes vaginales/anales

¿Acepta la Sumisa lo siguiente?

- Bondage con cuerda
- Bondage con muñequeras de cuero
- Bondage con esposas y grilletes

- Bondage con cinta adhesiva
- Otros tipos de bondage

¿Acepta la Sumisa los siguientes tipos de bondage?

- Manos al frente
- Tobillos
- Codos
- Manos a la espalda
- Rodillas

- Muñecas con tobillos
- A objetos, muebles, etc.
- Barras rígidas
- Suspensión

¿Acepta la Sumisa que se le venden los ojos?

¿Acepta la Sumisa que se la amordace?

¿Cuánto dolor está dispuesta a experimentar la Sumisa?

1 equivale a que le gusta mucho y 5, a que le disgusta mucho:
1 — 2 — 3 — 4 — 5

¿Acepta la Sumisa las siguientes formas de dolor/castigo/disciplina?

- Azotes
- Latigazos
- Mordiscos
- Pinzas genitales
- Cera caliente

- Azotes con pala
- Azotes con vara
- Pinzas para pezones
- Hielo
- Otros tipos/métodos de dolor

Dios mío. Ni siquiera tengo fuerzas para echar un vistazo a la lista de los alimentos. Trago saliva y tengo la boca seca. Vuelvo a leerlo.

Me da vueltas la cabeza. ¿Cómo voy a aceptar todo esto? Y al parecer es en mi beneficio, para que explore mi sensualidad y mis límites de forma segura… ¡Por favor! Es de risa. Servirlo y obedecerlo en todo. ¡En todo! Muevo la cabeza sin terminar de creérmelo. En realidad, ¿los votos del matrimonio no utilizan palabras como… obediencia? Me desconcierta. ¿Todavían dicen eso las parejas? Solo tres meses… ¿Por eso ha habido tantas? ¿No se las queda mucho tiempo? ¿O ellas tuvieron bastante con tres meses? ¿Todos los fines de semana? Es demasiado. No podré ver a Kate ni a los amigos que pueda hacer en mi nuevo trabajo, suponiendo que encuentre trabajo. Quizá debería reservarme un fin de semana al mes para mí. Quizá cuando tenga la regla… Parece… práctico. ¡Es mi dueño! ¡Tendré que hacer lo que le plazca! Dios mío.

Me estremezco al pensar en que me azote o me pegue. Probablemente los azotes no sean tan graves, aunque sí humillantes. ¿Y atarme? Bueno, ya me ha atado las manos. Fue… bueno, fue excitante, muy excitante, así que quizá tampoco sea tan grave. No me prestará a otro Amo… Maldita sea, por supuesto que no. Sería totalmente inaceptable. ¿Por qué me tomo siquiera la molestia de pensar en todo esto?

No puedo mirarlo a los ojos. ¡Qué raro! Es la única manera de tener alguna posibilidad de saber lo que está pensando. Pero ¿a quién intento engañar? Nunca sé lo que está pensando, pero me gusta mirarle a los ojos. Son bonitos, cautivadores, inteligentes, profundos y oscuros, con secretos de dominación. Pienso en su mirada ardiente, aprieto los muslos y me estremezco.

Y no puedo tocarlo. Bueno, esto no me sorprende. Y esas estúpidas normas… No, no, no puedo. Me cubro la cara con las manos. No es manera de mantener una relación. Necesito dormir un poco. Estoy agotada. Las travesuras físicas que he hecho en las últimas veinticuatro horas han sido francamente agotadoras. Y mentalmente… Oh, es demasiado. Como diría José, una auténtica jodienda mental. Quizá por la mañana no me parezca una broma de mal gusto.

Me levanto y me cambio rápidamente. Quizá debería pedirle prestado a Kate su pijama rosa de franela. Necesito el contacto de algo mimoso y tranquilizador. Voy al baño a lavarme los dientes en camiseta y pantalones cortos de pijama.

Me miro en el espejo del baño. No puedes estar planteándotelo en serio… Mi subconsciente parece cuerda y racional, no mordaz, como suele ser. La diosa que llevo dentro no deja de dar saltitos y palmas como una niña de cinco años. Por favor, di que sí… si no, acabaremos solas con un montón de gatos y tus novelas por única compañía.

El único hombre que me ha atraído, y llega con un maldito contrato, un látigo y un sinfín de puntos y cláusulas. Bueno, al menos he conseguido lo que quería este fin de semana. La diosa que llevo dentro deja de saltar y sonríe con serenidad. ¡Oh, sí…!, articula con los labios asintiendo con aire de suficiencia. Me ruborizo al recordar sus manos y su boca sobre mí, su cuerpo dentro del mío. Cierro los ojos y siento en lo más hondo la exquisita tensión de mis músculos. Quiero hacerlo una y otra vez. Quizá si solo me quedo con el sexo… ¿lo aceptaría? Me temo que no.

¿Soy sumisa? Quizá lo parezco. Quizá le di esa impresión en la entrevista. Soy tímida, sí… pero ¿sumisa? Dejo que Kate me avasalle… ¿Es lo mismo? Y esos límites tolerables… Alucino, aunque me tranquiliza saber que tenemos que discutirlos.

Vuelvo a mi habitación. Es demasiado en lo que pensar. Necesito aclararme, planteármelo por la mañana, cuando esté fresca. Guardo los transgresores documentos en el bolso. Mañana… mañana será otro día. Me meto en la cama, apago la luz y me tumbo mirando al techo. Ojalá no lo hubiera conocido nunca. La diosa que llevo dentro cabecea. Las dos sabemos que es mentira. Nunca me había sentido tan viva.

Cierro los ojos y me sumerjo en un sueño profundo en el que de vez en cuando veo camas de cuatro postes, grilletes e intensos ojos grises.

A la mañana siguiente Kate me despierta.

—Ana, llevo llamándote un buen rato. ¿Te has desmayado?

Mis ojos se niegan a abrirse. No solo se ha levantado, sino que ha salido a correr. Echo un vistazo al despertador. Las ocho de la mañana. Vaya, he dormido más de nueve horas.

—¿Qué pasa? —balbuceo medio dormida.

—Ha llegado un tipo con un paquete para ti. Tienes que firmar.

—¿Qué?

—Vamos. Es grande. Parece interesante.

Da unos saltitos entusiasmada y vuelve al comedor. Salgo de la cama y cojo la bata, que está colgada en la puerta. En el comedor hay un chico elegante con coleta y una caja grande en las manos.

—Hola —murmuro.

—Te prepararé un té —me dice Kate metiéndose en la cocina.

—¿La señorita Steele?

E inmediatamente sé quién me manda el paquete.

—Sí —le contesto con recelo.

—Traigo un paquete para usted, pero tengo que instalarlo y enseñarle a utilizarlo.

—¿En serio? ¿A estas horas?

—Yo cumplo órdenes, señora.

Me dedica una sonrisa encantadora pero expeditiva, como diciendo que no le venga con chorradas.

¿Acaba de llamarme «señora»? ¿He envejecido diez años en una noche? De ser así, es culpa del contrato. Frunzo los labios disgustada.

—De acuerdo, ¿qué es?

—Un MacBook Pro.

—Cómo no —digo poniendo los ojos en blanco.

—Todavía no está en las tiendas, señora. Es lo último de Apple.

¿Por qué no me sorprende? Suspiro ruidosamente.

—Colóquelo ahí, en la mesa del comedor.

Voy a la cocina a reunirme con Kate.

—¿Qué es? —me pregunta con los ojos brillantes.

Se ha hecho una coleta. También ella ha dormido bien.

—Un portátil de Christian.

—¿Por qué te manda un portátil? Sabes que puedes utilizar el mío.

No para lo que él tiene en mente.

—Bueno, es solo un préstamo. Quería que lo probara.

Mi excusa parece poco convincente, pero Kate asiente. Vaya… He mentido a Katherine Kavanagh. Una novedad. Me pasa mi taza de té.

El portátil es brillante, plateado y bastante bonito, con una pantalla grandísima. A Christian Grey le gustan las cosas a gran escala… Pienso en donde vive, en su casa.

—Lleva el último OS y todo un paquete de programas, más un disco duro de 1,5 terabytes, así que tendrá mucho espacio, 32 gigas de RAM… ¿Para qué va a utilizarlo?

—Bueno… para mandar e-mails.

—¡E-mails! —exclama pasmado, alzando las cejas con una ligera mirada demente.

—Y quizá navegar por internet… —añado encogiéndome de hombros, como disculpándome.

Suspira.

—Bueno, tiene rúter inalámbrico N, y lo he instalado con las especificaciones de su cuenta. Este cacharro está preparado para funcionar prácticamente en todo el mundo —me explica mirándolo con cierto deseo.

—¿Mi cuenta?

—Su nueva dirección de e-mail.

¿Tengo dirección de e-mail?

Pulsa un icono de la pantalla y sigue hablándome, pero yo ni caso. No entiendo una palabra de lo que dice y, para ser sincera, no me interesa. Dime solo cómo encenderlo y apagarlo... Lo demás ya lo descubriré. Al fin y al cabo, llevo cuatro años utilizando el de Kate. Kate silba impresionada en cuanto lo ve.

—Es tecnología de última generación —me dice alzando las cejas—. A la mayoría de las mujeres les regalan flores o alguna joya —me provoca intentando no sonreír.

Le pongo mala cara, pero no puedo aguantar seria. A las dos nos da un ataque de risa, y el tipo del ordenador nos mira perplejo, con la boca abierta. Termina y me pide que firme el albarán de entrega.

Mientras Kate lo acompaña a la puerta, me siento con mi taza de té, abro el programa de correo y descubro que está esperándome un e-mail de Christian. El corazón me da un brinco. Tengo un correo electrónico de Christian Grey. Lo abro, nerviosa.

De: Christian Grey
Fecha: 22 de mayo de 2011 23:15
Para: Anastasia Steele
Asunto: Su nuevo ordenador

Querida señorita Steele:
Confío en que haya dormido bien. Espero que haga buen uso de este portátil, como comentamos.
Estoy impaciente por cenar con usted el miércoles.
Hasta entonces, estaré encantado de contestar a cualquier pregunta vía e-mail, si lo desea.

Christian Grey
Presidente de Grey Enterprises Holdings, Inc.

Pulso «Responder».

De: Anastasia Steele
Fecha: 23 de mayo de 2011 08:20
Para: Christian Grey
Asunto: Tu nuevo ordenador (en préstamo)

He dormido muy bien, gracias... por alguna extraña razón... Señor.
Creí entender que el ordenador era en préstamo, es decir, no es mío.

Ana

Su respuesta llega casi al momento.

De: Christian Grey
Fecha: 23 de mayo de 2011 08:22
Para: Anastasia Steele
Asunto: Su nuevo ordenador (en préstamo)

El ordenador es en préstamo. Indefinidamente, señorita Steele.
Observo en su tono que ha leído la documentación que le di.
¿Tiene alguna pregunta?

Christian Grey
Presidente de Grey Enterprises Holdings, Inc.

No puedo evitar sonreír.

De: Anastasia Steele
Fecha: 23 de mayo de 2011 08:25
Para: Christian Grey
Asunto: Mentes inquisitivas

Tengo muchas preguntas, pero no me parece adecuado hacértelas
vía e-mail, y algunos tenemos que trabajar para ganarnos la vida.
No quiero ni necesito un ordenador indefinidamente.

Hasta luego. Que tengas un buen día... Señor.

Ana

Su respuesta vuelve a ser instantánea y hace que sonría.

De: Christian Grey
Fecha: 23 de mayo de 2011 08:26
Para: Anastasia Steele
Asunto: Tu nuevo ordenador (de nuevo en préstamo)

Hasta luego, nena.
P.D.: Yo también trabajo para ganarme la vida.

Christian Grey
Presidente de Grey Enterprises Holdings, Inc.

Cierro el ordenador sonriendo como una idiota. ¿Cómo puedo resistirme al juguetón Christian? Voy a llegar tarde al trabajo. Bueno, es mi última semana... Seguramente el señor y la señora Clayton harán un poco la vista gorda. Corro a la ducha sin poder quitarme la sonrisa de oreja a oreja. ¡Me ha escrito e-mails! Me siento como una niña aturdida. Y todas las angustias por el contrato desaparecen. Mientras me lavo el pelo, intento pensar en lo que podría preguntarle por e-mail, aunque seguramente estas cosas es mejor hablarlas. Supongamos que alguien hackea su cuenta... Me ruborizo solo de pensarlo. Me visto rápidamente, me despido a gritos de Kate y salgo para trabajar mi última semana en Clayton's.

José me llama a las once.

—Hola, ¿vamos a tomar un café?

Su tono es el del José de siempre, mi amigo José, no un... ¿cómo lo llamó Christian? Un pretendiente. Uf.

—Claro. Estoy en el trabajo. ¿Puedes pasarte por aquí, digamos, a las doce?

—Vale, nos vemos a las doce.

Cuelga y yo vuelvo a reponer las brochas y a pensar en Christian Grey y su contrato.

José es puntual. Entra en la tienda dando saltitos vacilantes como un cachorro de ojos oscuros.

—Ana.

En cuanto esboza su deslumbrante sonrisa hispanoamericana, se me pasa el enfado.

—Hola, José. —Lo abrazo—. Me muero de hambre. Voy a decirle a la señora Clayton que salgo a comer.

De camino a la cafetería, cojo a José del brazo. Me alegra mucho que actúe con… normalidad, como un amigo al que conozco y al que entiendo.

—Ana —murmura—, ¿de verdad me has perdonado?

—José, sabes que nunca podré estar mucho tiempo enfadada contigo.

Sonríe.

Estoy impaciente por llegar a casa para ver si tengo un e-mail de Christian, y quizá pueda empezar mi investigación. Kate ha salido, así que enciendo el nuevo ordenador y abro el programa de correo. Por supuesto, en la bandeja de entrada tengo un e-mail de Christian. Casi salto de la silla de alegría.

De: Christian Grey
Fecha: 23 de mayo de 2011 17:24
Para: Anastasia Steele
Asunto: Trabajar para ganarse la vida

Querida señorita Steele:
Espero que haya tenido un buen día en el trabajo.

Christian Grey
Presidente de Grey Enterprises Holdings, Inc.

Pulso «Responder».

De: Anastasia Steele
Fecha: 23 de mayo de 2011 17:48
Para: Christian Grey
Asunto: Trabajar para ganarse la vida

Señor... He tenido un día excelente en el trabajo.
Gracias.

Ana

De: Christian Grey
Fecha: 23 de mayo de 2011 17:50
Para: Anastasia Steele
Asunto: ¡A trabajar!

Señorita Steele:
Me alegro mucho de que haya tenido un día excelente.
Mientras escribe e-mails no está investigando.

Christian Grey
Presidente de Grey Enterprises Holdings, Inc.

De: Anastasia Steele
Fecha: 23 de mayo de 2011 17:53
Para: Christian Grey
Asunto: Pesado

Señor Grey: deja de mandarme e-mails y podré empezar a hacer los deberes. Me gustaría sacar otro sobresaliente.

Ana

Me abrazo a mí misma.

De: Christian Grey
Fecha: 23 de mayo de 2011 17:55
Para: Anastasia Steele
Asunto: Impaciente

Señorita Steele:
Deje de escribirme e-mails… y haga los deberes.
Me gustaría ponerle otro sobresaliente.
El primero fue muy merecido. ;)

Christian Grey
Presidente de Grey Enterprises Holdings, Inc.

Christian Grey acaba de enviarme un guiño… Madre mía.
Abro el Google.

De: Anastasia Steele
Fecha: 23 de mayo de 2011 17:59
Para: Christian Grey
Asunto: Investigación en internet

Señor Grey:
¿Qué me sugieres que ponga en el buscador?

Ana

De: Christian Grey
Fecha: 23 de mayo de 2011 18:02
Para: Anastasia Steele
Asunto: Investigación en internet

Señorita Steele:
Empiece siempre con la Wikipedia.
No quiero más e-mails a menos que tenga preguntas.
¿Entendido?

Christian Grey
Presidente de Grey Enterprises Holdings, Inc.

De: Anastasia Steele
Fecha: 23 de mayo de 2011 18:04
Para: Christian Grey
Asunto: ¡Autoritario!

Sí... señor.
Eres muy autoritario.

Ana

De: Christian Grey
Fecha: 23 de mayo de 2011 18:06
Para: Anastasia Steele
Asunto: Controlando

Anastasia, no te imaginas cuánto.
Bueno, quizá ahora te haces una ligera idea.
Haz los deberes.

Christian Grey
Presidente de Grey Enterprises Holdings, Inc.

Tecleo «sumiso» en la Wikipedia.

Media hora después estoy un poco mareada y francamente impactada. ¿De verdad quiero meterme todo eso en la cabeza? ¿Es esto lo que hace en el cuarto rojo del dolor? Contemplo la pantalla, y una parte de mí, una húmeda parte de mí, de la que no he sido consciente hasta hace muy poco, se ha puesto a cien. Madre mía, algunas cosas son EXCITANTES. Pero ¿son para mí? Dios mío... ¿podría hacerlo? Necesito espacio. Tengo que pensar.

12

Por primera vez en mi vida salgo a correr voluntariamente. Busco mis asquerosas zapatillas, que nunca uso, unos pantalones de chándal y una camiseta. Me hago dos trenzas, me ruborizo con los recuerdos que vuelven a mi mente y enciendo el iPod. No puedo sentarme frente a esa maravilla de la tecnología y seguir viendo o leyendo más material inquietante. Necesito quemar parte de esta excesiva y enervante energía. La verdad es que me apetece correr hasta el hotel Heathman y pedirle al obseso del control que me eche un polvo. Pero está a ocho kilómetros, y dudo que pueda llegar a correr dos, no digamos ya ocho, y por supuesto podría rechazarme, lo que sería muy humillante.

Cuando abro la puerta, Kate está saliendo de su coche. Casi se le caen las bolsas al verme. Ana Steele con zapatillas de deporte. La saludo con la mano y no me paro para que no me pregunte. De verdad necesito estar un rato sola. Con Snow Patrol sonando en mis oídos, me introduzco en el anochecer ópalo y aguamarina.

Cruzo el parque. ¿Qué voy a hacer? Lo deseo, pero ¿en esos términos? La verdad es que no lo sé. Quizá debería negociar lo que quiero. Revisar ese ridículo contrato línea a línea y decir lo que me parece aceptable y lo que no. He descubierto en internet que legalmente no tiene ningún valor. Seguro que él lo sabe. Supongo que solo sirve para sentar las bases de la relación. Detalla lo que puedo esperar de él y lo que él espera de mí: mi sumisión total. ¿Estoy preparada para ofrecérsela? ¿Y estoy capacitada?

Una pregunta me reconcome: ¿por qué es él así? ¿Porque lo sedujeron cuando era muy joven? No lo sé. Sigue siendo todo un misterio.

Me paro junto a un gran abeto, apoyo las manos en las rodillas y respiro hondo, me lleno de aire los pulmones. Me siento bien, es catártico. Siento que mi determinación se fortalece. Sí. Tengo que decirle lo que me parece bien y lo que no. Tengo que mandarle por e-mail lo que pienso y ya lo discutiremos el miércoles. Respiro hondo, como para limpiarme por dentro, y doy la vuelta hacia casa.

Kate ha ido a comprar ropa, cómo no, para sus vacaciones en Barbados. Sobre todo bikinis y pareos a juego. Estará fantástica con todos esos modelitos, pero aun así se los prueba todos y me obliga a sentarme y a comentarle qué me parecen. No hay muchas maneras de decir: «Estás fantástica, Kate». Aunque está delgada, tiene unas curvas para perder el sentido. No lo hace a propósito, lo sé, pero al final arrastro mi penoso culo cubierto de sudor hasta la habitación con la excusa de ir a empaquetar más cajas. ¿Podría sentirme menos a la altura? Me llevo conmigo la alucianante tecnología inalámbrica, enciendo el portátil y escribo a Christian.

De: Anastasia Steele
Fecha: 23 de mayo de 2011 20:33
Para: Christian Grey
Asunto: Universitaria escandalizada

Bien, ya he visto bastante.
Ha sido agradable conocerte.

Ana

Pulso «Enviar» riéndome de mi travesura. ¿Le va a parecer a él tan divertida? Oh, mierda… seguramente no. Christian Grey no es famoso por su sentido del humor. Aunque sé que lo tiene, porque lo he vivido. Quizá me he pasado. Espero su respuesta.

Espero y espero. Miro el despertador. Han pasado diez minutos.

Para olvidarme de la angustia que se abre camino en mi estómago, me pongo a hacer lo que le he dicho a Kate que haría: empaquetar las cosas de mi habitación. Empiezo metiendo mis libros en una caja. Hacia las nueve sigo sin noticias. Quizá ha salido. Malhumorada, hago un puchero, me pongo los auriculares del iPod, escucho a los Snow Patrol y me siento a mi mesa a releer el contrato y a anotar mis observaciones y comentarios.

No sé por qué levanto la mirada, quizá capto de reojo un ligero movimiento, no lo sé, pero cuando la levanto, Christian está en la puerta de mi habitación mirándome fijamente. Lleva sus pantalones grises de franela y una camisa blanca de lino, y agita suavemente las llaves del coche. Me quito los auriculares y me quedo helada. ¡Joder!

—Buenas noches, Anastasia —me dice en tono frío y expresión cauta e impenetrable.

La capacidad de hablar me abandona. Maldita Kate, lo ha dejado entrar sin avisarme. Por un segundo soy consciente de que yo estoy hecha un asco, toda sudada y sin duchar, y él está guapísimo, con los pantalones un poco caídos, y para colmo, en mi habitación.

—He pensado que tu e-mail merecía una respuesta en persona —me explica en tono seco.

Abro la boca y vuelvo a cerrarla, dos veces. Esto sí que es una broma. Por nada del mundo se me había ocurrido que pudiera dejarlo todo para pasarse por aquí.

—¿Puedo sentarme? —me pregunta, ahora con ojos divertidos.

Gracias, Dios mío… Quizá la broma le ha parecido graciosa.

Asiento. Mi capacidad de hablar sigue sin hacer acto de presencia. Christian Grey está sentado en mi cama…

—Me preguntaba cómo sería tu habitación —me dice.

Miro a mi alrededor pensando por dónde escapar. No, sigue sin haber nada más que la puerta y la ventana. Mi habitación es funcional, pero acogedora: pocos muebles blancos de mimbre y una cama doble blanca, de hierro, con una colcha de patchwork que hizo mi madre cuando estaba en su etapa de labores hogareñas. Es azul cielo y crema.

—Es muy serena y tranquila —murmura.

No en este momento… no contigo aquí.

Al final mi bulbo raquídeo recupera la determinación. Respiro.

—¿Cómo…?

Me sonríe.

—Todavía estoy en el Heathman.

Eso ya lo sabía.

—¿Quieres tomar algo?

Tengo que decir que la educación siempre se impone.

—No, gracias, Anastasia.

Esboza una deslumbrante media sonrisa con la cabeza ligeramente ladeada.

Bueno, seguramente sea yo quien necesita una copa.

—Así que ha sido agradable conocerme…

Maldita sea, ¿se ha ofendido? Me miro los dedos. A ver cómo salgo de esta. Si le digo que solo era una broma, no creo que le guste mucho.

—Pensaba que me contestarías por e-mail —le digo en voz muy baja, patética.

—¿Estás mordiéndote el labio a propósito? —me pregunta muy serio.

Pestañeo, abro la boca y suelto el labio.

—No era consciente de que me lo estaba mordiendo —murmuro.

El corazón me late muy deprisa. Siento la tensión, esa exquisita electricidad estática que invade el espacio. Está sentado muy cerca de mí, con sus ojos grises impenetrables, los codos apoyados en las rodillas y las piernas separadas. Se inclina, me deshace una trenza muy despacio y me separa el pelo con los dedos. Se me corta la respiración y no puedo moverme. Observo hipnotizada su mano moviéndose hacia la otra trenza, tirando de la goma y deshaciendo la trenza con sus largos y hábiles dedos.

—Veo que has decidido hacer un poco de ejercicio —me

dice en voz baja y melodiosa, colocándome el pelo detrás de la oreja—. ¿Por qué, Anastasia?

Me rodea la oreja con los dedos y muy suavemente, rítmicamente, tira del lóbulo. Es muy excitante.

—Necesitaba tiempo para pensar —susurro.

Me siento como un ciervo ante los faros de un coche, como una polilla junto a una llama, como un pájaro frente a una serpiente… y él sabe exactamente lo que está haciendo.

—¿Pensar en qué, Anastasia?

—En ti.

—¿Y has decidido que ha sido agradable conocerme? ¿Te refieres a conocerme en sentido bíblico?

Mierda. Me ruborizo.

—No pensaba que fueras un experto en la Biblia.

—Iba a catequesis los domingos, Anastasia. Aprendí mucho.

—No recuerdo haber leído nada sobre pinzas para pezones en la Biblia. Quizá te dieron la catequesis con una traducción moderna.

Sus labios se arquean dibujando una ligera sonrisa y dirijo la mirada a su boca.

—Bueno, he pensado que debía venir a recordarte lo agradable que ha sido conocerme.

Dios mío. Lo miro boquiabierta, y sus dedos se desplazan de mi oreja a mi barbilla.

—¿Qué le parece, señorita Steele?

Sus ojos brillantes destilan una expresión de desafío. Tiene los labios entreabiertos. Está esperando, alerta para atacar. El deseo —agudo, líquido y provocativo— arde en lo más profundo de mi vientre. Me adelanto y me lanzo hacia él. De repente se mueve, no tengo ni idea de cómo, y en un abrir y cerrar de ojos estoy en la cama, inmovilizada debajo de él, con las manos extendidas y sujetas por encima de la cabeza, con su mano libre agarrándome la cara y su boca buscando la mía.

Me mete la lengua, me reclama y me posee, y yo me deleito en su fuerza. Lo siento por todo mi cuerpo. Me desea, y eso provoca extrañas y exquisitas sensaciones dentro de mí. No a Kate, con sus minúsculos bikinis, ni a una de las quince, ni a la malvada señora Robinson. A mí. Este hermoso hombre me desea a mí. La diosa que llevo dentro brilla tanto que podría iluminar todo Portland. Deja de besarme. Abro los ojos y lo veo mirándome fijamente.

—¿Confías en mí? —me pregunta.

Asiento con los ojos muy abiertos, con el corazón rebotándome en las costillas y la sangre tronando por todo mi cuerpo.

Estira el brazo y del bolsillo del pantalón saca su corbata de seda gris... la corbata gris que deja pequeñas marcas del tejido en mi piel. Se sienta rápidamente a horcajadas sobre mí y me ata las muñecas, pero esta vez anuda el otro extremo de la corbata a un barrote del cabezal blanco de hierro. Tira del nudo para comprobar que es seguro. No voy a ir a ninguna parte. Estoy atada a mi cama, y muy excitada.

Se levanta y se queda de pie junto a la cama, mirándome con ojos turbios de deseo. Su mirada es de triunfo y a la vez de alivio.

—Mejor así —murmura.

Esboza una maliciosa sonrisa de superioridad. Se inclina y empieza a desatarme una zapatilla. Oh, no... no... los pies no. Acabo de correr.

—No —protesto y doy patadas para que me suelte.

Se detiene.

—Si forcejeas, te ataré también los pies, Anastasia. Si haces el menor ruido, te amordazaré. No abras la boca. Seguramente ahora mismo Katherine está ahí fuera escuchando.

¡Amordazarme! ¡Kate! Me callo.

Me quita las zapatillas y los calcetines, y me baja muy despacio el pantalón de chándal. Oh... ¿qué bragas llevo? Me levanta, retira la colcha y el edredón de debajo de mí y me coloca boca arriba sobre las sábanas.

—Veamos. —Se pasa la lengua lentamente por el labio inferior—. Estás mordiéndote el labio, Anastasia. Sabes el efecto que tiene sobre mí.

Me presiona la boca con su largo dedo índice a modo de advertencia.

Dios mío. Apenas puedo contenerme, estoy indefensa, tumbada, viendo cómo se mueve tranquilamente por mi habitación. Es un afrodisiaco embriagador. Se quita sin prisas los zapatos y los calcetines, se desabrocha los pantalones y se quita la camisa.

—Creo que has visto demasiado.

Se ríe maliciosamente. Vuelve a sentarse encima de mí, a horcajadas, y me levanta la camiseta. Creo que va a quitármela, pero la enrolla a la altura del cuello y luego la sube de manera que me deja al descubierto la boca y la nariz, pero me cubre los ojos. Y como está tan bien enrollada, no veo nada.

—Mmm —susurra satisfecho—. Esto va cada vez mejor. Voy a tomar una copa.

Se inclina, me besa suavemente en los labios y dejo de sentir su peso. Oigo el leve chirrido de la puerta de la habitación. Tomar una copa. ¿Dónde? ¿Aquí? ¿En Portland? ¿En Seattle? Aguzo el oído. Distingo ruidos sordos y sé que está hablando con Kate… Oh, no… Está prácticamente desnudo. ¿Qué va a decir Kate? Oigo un golpe seco. ¿Qué es eso? Regresa, la puerta vuelve a chirriar, oigo sus pasos por la habitación y el sonido de hielo tintineando en un vaso. ¿Qué está bebiendo? Cierra la puerta y oigo cómo se acerca quitándose los pantalones, que caen al suelo. Sé que está desnudo. Y vuelve a sentarse a horcajadas sobre mí.

—¿Tienes sed, Anastasia? —me pregunta en tono burlón.

—Sí —le digo, porque de repente se me ha quedado la boca seca.

Oigo el tintineo del hielo en el vaso. Se inclina y, al besarme, me derrama en la boca un líquido delicioso y vigorizante. Es vino blanco. No lo esperaba y es muy excitante, aunque está helado, y los labios de Christian también están fríos.

—¿Más? —me pregunta en un susurro.

Asiento. Sabe todavía mejor porque viene de su boca. Se inclina y bebo otro trago de sus labios… Madre mía.

—No nos pasemos. Sabemos que tu tolerancia al alcohol es limitada, Anastasia.

No puedo evitar reírme, y él se inclina y suelta otra deliciosa bocanada. Se mueve, se coloca a mi lado y siento su erección en la cadera. Oh, lo quiero dentro de mí.

—¿Te parece esto agradable? —me pregunta, y noto cierto tono amenazante en su voz.

Me pongo tensa. Vuelve a mover el vaso, me besa y, junto con el vino, me suelta un trocito de hielo en la boca. Muy despacio empieza a descender con los labios desde mi cuello, pasando por mis pechos, hasta mi torso y mi vientre. Me mete un trozo de hielo en el ombligo, donde se forma un pequeño charco de vino muy frío que provoca un incendio que se propaga hasta lo más profundo de mi vientre. Uau.

—Ahora tienes que quedarte quieta —susurra—. Si te mueves, llenarás la cama de vino, Anastasia.

Mis caderas se flexionan automáticamente.

—Oh, no. Si derrama el vino, la castigaré, señorita Steele.

Gimo, intento controlarme y lucho desesperadamente contra la necesidad de mover las caderas. Oh, no... por favor.

Me baja con un dedo las copas del sujetador y deja mis pechos al aire, expuestos y vulnerables. Se inclina, besa y tira de mis pezones con los labios fríos, helados. Lucho contra mi cuerpo, que intenta responder arqueándose.

—¿Te gusta esto? —me pregunta tirándome de un pezón.

Vuelvo a oír el tintineo del hielo, y luego lo siento alrededor de mi pezón derecho, mientras tira a la vez del izquierdo con los labios. Gimo y lucho por no moverme. Una desesperante y dulce tortura.

—Si derramas el vino, no dejaré que te corras.

—Oh... por favor... Christian... señor... por favor.

Está volviéndome loca. Puedo oírlo sonreír.

El hielo de mi pezón está derritiéndose. Estoy muy caliente... caliente, helada y muerta de deseo. Lo quiero dentro de mí. Ahora.

Me desliza muy despacio los dedos helados por el vientre. Como tengo la piel hipersensible, mis caderas se flexionan y el líquido del ombligo, ahora menos frío, me gotea por la barriga. Christian se mueve rápidamente y lo lame, me besa, me muerde suavemente, me chupa.

—Querida Anastasia, te has movido. ¿Qué voy a hacer contigo?

Jadeo en voz alta. En lo único que puedo concentrarme es en su voz y su tacto. Nada más es real. Nada más importa. Mi radar no registra nada más. Desliza los dedos por dentro de mis bragas y me alivia oír que se le escapa un profundo suspiro.

—Oh, nena —murmura.

Y me introduce dos dedos.

Sofoco un grito.

—Estás lista para mí tan pronto… —me dice.

Mueve sus tentadores dedos despacio, dentro y fuera, y yo empujo hacia él alzando las caderas.

—Eres una glotona —me regaña suavemente.

Traza círculos alrededor de mi clítoris con el pulgar y luego lo presiona.

Jadeo y mi cuerpo da sacudidas bajo sus expertos dedos. Estira un brazo y me retira la camiseta de los ojos para que pueda verlo. La tenue luz de la lámpara me hace parpadear. Deseo tocarlo.

—Quiero tocarte —le digo.

—Lo sé —murmura.

Se inclina y me besa sin dejar de mover los dedos rítmicamente dentro de mi cuerpo, trazando círculos y presionando con el pulgar. Con la otra mano me recoge el pelo hacia arriba y me sujeta la cabeza para que no la mueva. Replica con la lengua el movimiento de sus dedos. Empiezo a sentir las piernas rígidas de tanto empujar hacia su mano. La aparta, y yo vuelvo al borde del abismo. Lo repite una y otra vez. Es tan frustrante… Oh, por favor, Christian, grito por dentro.

—Este es tu castigo, tan cerca y de pronto tan lejos. ¿Te parece esto agradable? —me susurra al oído.

Agotada, gimoteo y tiro de mis brazos atados. Estoy indefensa, perdida en una tortura erótica.

—Por favor —le suplico.

Al final se apiada de mí.

—¿Cómo quieres que te folle, Anastasia?

Oh… mi cuerpo empieza a temblar y vuelve a quedarse inmóvil.

—Por favor.

—¿Qué quieres, Anastasia?

—A ti… ahora —grito.

—Dime cómo quieres que te folle. Hay una variedad infinita de maneras —me susurra al oído.

Alarga la mano hacia el paquetito plateado de la mesita de noche. Se arrodilla entre mis piernas y, muy despacio, me quita las bragas sin dejar de mirarme con ojos brillantes. Se pone el condón. Lo miro fascinada, anonadada.

—¿Te parece esto agradable? —me dice acariciándose.

—Era una broma —gimoteo.

Por favor, fóllame, Christian.

Alza las cejas deslizando la mano arriba y abajo por su impresionante miembro.

—¿Una broma? —me pregunta en voz amenazadoramente baja.

—Sí. Por favor, Christian —le ruego.

—¿Y ahora te ríes?

—No —gimoteo.

La tensión sexual está a punto de hacerme estallar. Me mira un momento, evaluando mi deseo, y de pronto me agarra y me da la vuelta. Me pilla por sorpresa, y como tengo las manos atadas, tengo que apoyarme en los codos. Me empuja las rodillas para alzarme el trasero y me da un fuerte azote. Antes de que pueda reaccionar, me penetra. Grito, por el azote y por su repentina embestida, y me corro inmediatamente, me desmorono debajo de él, que sigue embistiéndome exquisitamente. No se detiene. Estoy destrozada. No puedo más… y él empuja una y otra vez… y siento que vuelve a inundarme otra vez… no puede ser… no…

—Vamos, Anastasia, otra vez —ruge entre dientes.

Y por increíble que parezca, mi cuerpo responde, se convulsiona y vuelvo a alcanzar el clímax gritando su nombre. Me rompo de nuevo en mil pedazos y Christian se para, se deja ir por fin y se libera en silencio. Cae encima de mí jadeando.

—¿Te ha gustado? —me pregunta con los dientes apretados.

Madre mía.

Estoy tumbada en la cama, devastada, jadeando y con los ojos cerrados cuando se aparta de mí muy despacio. Se levanta y empieza a vestirse. Cuando ha acabado, vuelve a la cama, me desata y me quita la camiseta. Flexiono los dedos y me froto las muñecas, sonriendo al ver que se me ha marcado el dibujo del tejido. Me ajusto el sujetador mientras él tira de la colcha y del edredón para taparme. Lo miro aturdida y él me devuelve la sonrisa.

—Ha sido realmente agradable —susurro sonriendo tímidamente.

—Ya estamos otra vez con la palabrita.

—¿No te gusta que lo diga?

—No, no tiene nada que ver conmigo.

—Vaya… No sé… parece tener un efecto beneficioso sobre ti.

—¿Soy un efecto beneficioso? ¿Eso es lo que soy ahora? ¿Podría herir más mi amor propio, señorita Steele?

—No creo que tengas ningún problema de amor propio.

Pero soy consciente de que lo digo sin convicción. Algo se me pasa rápidamente por la cabeza, una idea fugaz, pero se me escapa antes de que pueda atraparla.

—¿Tú crees? —me pregunta en tono amable.

Está tumbado a mi lado, vestido, con la cabeza apoyada en el codo, y yo solo llevo puesto el sujetador.

—¿Por qué no te gusta que te toquen?

—Porque no. —Se inclina sobre mí y me besa suavemente en la frente—. Así que ese e-mail era lo que tú llamas una broma.

Sonrío a modo de disculpa y me encojo de hombros.

—Ya veo. Entonces todavía estás planteándote mi proposición…

—Tu proposición indecente… Sí, me la estoy planteando. Pero tengo cosas que comentar.

Me sonríe aliviado.

—Me decepcionarías si no tuvieras cosas que comentar.

—Iba a mandártelas por correo, pero me has interrumpido.

—*Coitus interruptus.*

—¿Lo ves?, sabía que tenías algo de sentido del humor escondido por ahí —le digo sonriendo.

—No es tan divertido, Anastasia. He pensado que estabas diciéndome que no, que ni siquiera querías comentarlo.

Se queda en silencio.

—Todavía no lo sé. No he decidido nada. ¿Vas a ponerme un collar?

Alza las cejas.

—Has estado investigando. No lo sé, Anastasia. Nunca le he puesto un collar a nadie.

Oh... ¿Debería sorprenderme? Sé tan poco sobre las sesiones... No sé.

—¿A ti te han puesto un collar? —le pregunto en un susurro.

—Sí.

—¿La señora Robinson?

—¡La señora Robinson!

Se ríe a carcajadas, y parece joven y despreocupado, con la cabeza echada hacia atrás. Su risa es contagiosa.

Le sonrío.

—Le diré cómo la llamas. Le encantará.

—¿Sigues en contacto con ella? —le pregunto sin poder disimular mi temor.

—Sí —me contesta muy serio.

Oh... De pronto una parte de mí se vuelve loca de celos. El sentimiento es tan fuerte que me perturba.

—Ya veo —le digo en tono tenso—. Así que tienes a alguien con quien comentar tu alternativo estilo de vida, pero yo no puedo.

Frunce el ceño.

—Creo que nunca lo he pensado desde ese punto de vista. La señora Robinson formaba parte de este estilo de vida. Te dije que ahora es una buena amiga. Si quieres, puedo presentarte a una de mis ex sumisas. Podrías hablar con ella.

¿Qué? ¿Lo dice a propósito para que me enfade?

—¿Esto es lo que tú llamas una broma?

—No, Anastasia —me contesta perplejo.

—No... me las arreglaré yo sola, muchas gracias —le contesto bruscamente, tirando de la colcha hasta mi barbilla.

Me observa perdido, sorprendido.

—Anastasia, no… —No sabe qué decir. Una novedad, creo—. No quería ofenderte.

—No estoy ofendida. Estoy consternada.

—¿Consternada?

—No quiero hablar con ninguna ex novia tuya… o esclava… o sumisa… como las llames.

—Anastasia Steele, ¿estás celosa?

Me pongo colorada.

—¿Vas a quedarte?

—Mañana a primera hora tengo una reunión en el Heathman. Además ya te dije que no duermo con mis novias, o esclavas, o sumisas, ni con nadie. El viernes y el sábado fueron una excepción. No volverá a pasar.

Oigo la firme determinación detrás de su dulce voz ronca.

Frunzo los labios.

—Bueno, estoy cansada.

—¿Estás echándome?

Alza las cejas perplejo y algo afligido.

—Sí.

—Bueno, otra novedad. —Me mira interrogante—. ¿No quieres que comentemos nada? Sobre el contrato.

—No —le contesto de mal humor.

—Ay, cuánto me gustaría darte una buena tunda. Te sentirías mucho mejor, y yo también.

—No puedes decir esas cosas… Todavía no he firmado nada.

—Pero soñar es humano, Anastasia. —Se inclina y me agarra de la barbilla—. ¿Hasta el miércoles? —murmura.

Me besa rápidamente en los labios.

—Hasta el miércoles —le contesto—. Espera, salgo contigo. Dame un minuto.

Me siento, cojo la camiseta y lo empujo para que se levante de la cama. Lo hace de mala gana.

—Pásame los pantalones de chándal, por favor.

Los recoge del suelo y me los tiende.

—Sí, señora.

Intenta ocultar su sonrisa, pero no lo consigue.

Lo miro con mala cara mientras me pongo los pantalones. Tengo el pelo hecho un desastre y sé que después de que se marche voy a tener que enfrentarme a la santa inquisidora Katherine Kavanagh. Cojo una goma para el pelo, me dirijo a la puerta y la abro para ver si está Kate. No está en el comedor. Creo que la oigo hablando por teléfono en su habitación. Christian me sigue. Durante el breve recorrido entre mi habitación y la puerta de la calle mis pensamientos y mis sentimientos fluyen y se transforman. Ya no estoy enfadada con él. De pronto me siento insoportablemente tímida. No quiero que se marche. Por primera vez me gustaría que fuera normal, me gustaría mantener una relación normal que no exigiera un acuerdo de diez páginas, azotes y mosquetones en el techo de su cuarto de juegos.

Le abro la puerta y me miro las manos. Es la primera vez que me traigo un chico a mi casa, y creo que ha estado genial. Pero ahora me siento como un recipiente, como un vaso vacío que se llena a su antojo. Mi subconsciente mueve la cabeza. Querías correr al Heathman en busca de sexo… y te lo han traído a casa. Cruza los brazos y golpea el suelo con el pie, como preguntándose de qué me quejo. Christian se detiene junto a la puerta, me agarra de la barbilla y me obliga a mirarlo. Arruga la frente.

—¿Estás bien? —me pregunta acariciándome la barbilla con el pulgar.

—Sí —le contesto, aunque la verdad es que no estoy tan segura.

Siento un cambio de paradigma. Sé que si acepto, me hará daño. Él no puede, no le interesa o no quiere ofrecerme nada más… pero yo quiero más. Mucho más. El ataque de celos que he sentido hace un momento me dice que mis sentimientos por él son más profundos de lo que me he reconocido a mí misma.

—Nos vemos el miércoles —me dice.

Se inclina y me besa con ternura. Pero mientras está besándome, algo cambia. Sus labios me presionan imperiosamente. Sube una mano desde la barbilla hasta un lado de la cara, y con la otra me sujeta la otra mejilla. Su respiración se acelera. Se inclina hacia mí y me besa más profundamente. Le cojo de los brazos. Quiero deslizar las manos por su pelo, pero me resisto porque sé que no le gustaría. Pega su frente a la mía con los ojos cerrados.

—Anastasia —susurra con voz quebrada—, ¿qué estás haciendo conmigo?

—Lo mismo podría decirte yo —le susurro a mi vez.

Respira hondo, me besa en la frente y se marcha. Avanza con paso decidido hacia el coche pasándose la mano por el pelo. Mientras abre la puerta, levanta la mirada y me lanza una sonrisa arrebatadora. Totalmente deslumbrada, le devuelvo una leve sonrisa y vuelvo a pensar en Ícaro acercándose demasiado al sol. Cierro la puerta de la calle mientras se mete en su coche deportivo. Siento una irresistible necesidad de llorar. Una triste y solitaria melancolía me oprime el corazón. Vuelvo a mi habitación, cierro la puerta y me apoyo en ella intentando racionalizar mis sentimientos, pero no puedo. Me dejo caer al suelo, me cubro la cara con las manos y empiezan a saltárseme las lágrimas.

Kate llama a la puerta suavemente.

—¿Ana? —susurra.

Abro la puerta. Me mira y me abraza.

—¿Qué pasa? ¿Qué te ha hecho ese repulsivo cabrón guaperas?

—Nada que no quisiera que me hiciera, Kate.

Me lleva hasta la cama y nos sentamos.

—Tienes el pelo de haber echado un polvo espantoso.

Aunque estoy desconsolada, me río.

—Ha sido un buen polvo, para nada espantoso.

Kate sonríe.

—Mejor. ¿Por qué lloras? Tú nunca lloras.

Coge el cepillo de la mesita de noche, se sienta a mi lado y empieza a desenredarme los nudos muy despacio.

—¿No me dijiste que habías quedado con él el miércoles?

—Sí, en eso habíamos quedado.

—¿Y por qué se ha pasado hoy por aquí?

—Porque le he mandado un e-mail.

—¿Pidiéndole que se pasara?

—No, diciéndole que no quería volver a verlo.

—¿Y se presenta aquí? Ana, es genial.

—La verdad es que era una broma.

—Vaya, ahora sí que no entiendo nada.

Me armo de paciencia y le explico de qué iba mi e-mail sin entrar en detalles.

—Pensaste que te respondería por correo.

—Sí.

—Pero lo que ha hecho ha sido presentarse aquí.

—Sí.

—Te habrá dicho que está loco por ti.

Frunzo el ceño. ¿Christian loco por mí? Difícilmente. Solo está buscando un nuevo juguete, un nuevo y adecuado juguete con el que acostarse y al que hacerle cosas indescriptibles. Se me encoge el corazón y me duele. Esa es la verdad.

—Ha venido a follarme, eso es todo.

—¿Quién dijo que el romanticismo había muerto? —murmura horrorizada.

He dejado impresionada a Kate. No pensaba que eso fuera posible. Me encojo de hombros a modo de disculpa.

—Utiliza el sexo como un arma.

—¿Te echa un polvo para someterte?

Mueve la cabeza contrariada. Pestañeo y siento que estoy poniéndome colorada. Oh… has dado en el clavo, Katherine Kavanagh, vas a ganar el Pulitzer.

—Ana, no lo entiendo. ¿Y le dejas que te haga el amor?

—No, Kate, no hacemos el amor… follamos… como dice Christian. No le interesa el amor.

—Sabía que había algo raro en él. Tiene problemas con el compromiso.

Asiento, como si estuviera de acuerdo, pero por dentro suspiro. Ay, Kate… Ojalá pudiera contártelo todo sobre este tipo extraño, triste y perverso, y ojalá tú pudieras decirme que lo olvidara, que dejara de ser una idiota.

—Me temo que la situación es bastante abrumadora —murmuro.

Me quedo muy, muy corta.

Como no quiero seguir hablando de Christian, le pregunto

por Elliot. Con solo mencionar su nombre, la actitud de Katherine cambia radicalmente. Se le ilumina la cara y me sonríe.

—El sábado vendrá temprano para ayudarnos a cargar.

Estrecha el cepillo con fuerza contra su pecho —vaya, le ha pillado fuerte—, y siento una vaga y familiar punzada de envidia. Kate ha encontrado a un hombre normal y parece muy feliz.

Me giro hacia ella y la abrazo.

—Ah, casi me olvido. Tu padre ha llamado cuando estabas… bueno, ocupada. Parece que Bob ha tenido un pequeño accidente, así que tu madre y él no podrán venir a la entrega de títulos. Pero tu padre estará aquí el jueves. Quiere que lo llames.

—Vaya… Mi madre no me ha llamado para decírmelo. ¿Está bien Bob?

—Sí. Llámala mañana. Ahora es tarde.

—Gracias, Kate. Ya estoy bien. Mañana llamaré también a Ray. Creo que me voy a acostar.

Sonríe, pero arruga los ojos preocupada.

Cuando ya se ha marchado, me siento, vuelvo a leer el contrato y voy tomando notas. Una vez que he terminado, enciendo el ordenador dispuesta a responderle.

En mi bandeja de entrada hay un e-mail de Christian.

De: Christian Grey
Fecha: 23 de mayo de 2011 23:16
Para: Anastasia Steele
Asunto: Esta noche

Señorita Steele:
Espero impaciente sus notas sobre el contrato.
Entretanto, que duermas bien, nena.

Christian Grey
Presidente de Grey Enterprises Holdings, Inc.

De: Anastasia Steele
Fecha: 24 de mayo de 2011 00:02
Para: Christian Grey
Asunto: Objeciones

Querido señor Grey:
Aquí está mi lista de objeciones. Espero que el miércoles las discutamos con calma en nuestra cena.
Los números remiten a las cláusulas:
2: No tengo nada claro que sea exclusivamente en MI beneficio, es decir, para que explore mi sensualidad y mis límites. Estoy segura de que para eso no necesitaría un contrato de diez páginas. Seguramente es para TU beneficio.
4: Como sabes, solo he practicado sexo contigo. No tomo drogas y nunca me han hecho una transfusión. Seguramente estoy más que sana. ¿Qué pasa contigo?
8: Puedo dejarlo en cualquier momento si creo que no te ciñes a los límites acordados. De acuerdo, eso me parece muy bien.
9: ¿Obedecerte en todo? ¿Aceptar tu disciplina sin dudar? Tenemos que hablarlo.
11: Periodo de prueba de un mes, no de tres.
12: No puedo comprometerme todos los fines de semana. Tengo vida propia, y seguiré teniéndola. ¿Quizá tres de cada cuatro?
15.2: Utilizar mi cuerpo de la manera que consideres oportuna, en el sexo o en cualquier otro ámbito... Por favor, define «en cualquier otro ámbito».
15.5: Toda la cláusula sobre la disciplina en general. No estoy segura de que quiera ser azotada, zurrada o castigada físicamente. Estoy segura de que esto infringe las cláusulas 2-5. Y además eso de «por cualquier otra razón» es sencillamente mezquino... y me dijiste que no eras un sádico.
15.10: Como si prestarme a alguien pudiera ser una opción. Pero me alegro de que lo dejes tan claro.
15.14: Sobre las normas comento más adelante.
15.19: ¿Qué problema hay en que me toque sin tu permiso? En cualquier caso, sabes que no lo hago.
15.21: Disciplina: véase arriba cláusula 15.5.

15.22: ¿No puedo mirarte a los ojos? ¿Por qué?

15.24: ¿Por qué no puedo tocarte?

Normas:

Dormir: aceptaré seis horas.

Comida: no voy a comer lo que ponga en una lista. O la lista de los alimentos se elimina, o rompo el contrato.

Ropa: de acuerdo, siempre y cuando solo tenga que llevar tu ropa cuando esté contigo.

Ejercicio: habíamos quedado en tres horas, pero sigue poniendo cuatro.

Límites tolerables:

¿Tenemos que pasar por todo esto? No quiero fisting de ningún tipo. ¿Qué es la suspensión? Pinzas genitales... debes de estar de broma. ¿Podrías decirme cuáles son tus planes para el miércoles? Yo trabajo hasta las cinco de la tarde.

Buenas noches.

Ana

De: Christian Grey
Fecha: 24 de mayo de 2011 00:07
Para: Anastasia Steele
Asunto: Objeciones

Señorita Steele:
Es una lista muy larga. ¿Por qué está todavía despierta?

Christian Grey
Presidente de Grey Enterprises Holdings, Inc.

De: Anastasia Steele
Fecha: 24 de mayo de 2011 00:10
Para: Christian Grey
Asunto: Quemándome las cejas

Señor:
Si no recuerdo mal, estaba con esta lista cuando un obseso del control me interrumpió y me llevó a la cama.
Buenas noches.

Ana

De: Christian Grey
Fecha: 24 de mayo de 2011 00:12
Para: Anastasia Steele
Asunto: Deja de quemarte las cejas

ANASTASIA, VETE A LA CAMA.

Christian Grey
Obseso del control y presidente de Grey Enterprises Holdings, Inc.

Vaya… en mayúsculas, como si me gritara. Apago el ordenador. ¿Cómo puede intimidarme estando a ocho kilómetros? Todavía triste, me meto en la cama e inmediatamente caigo en un sueño profundo, aunque intranquilo.

13

Al día siguiente, al volver a casa del trabajo, llamo a mi madre. Como en Clayton's el día ha sido relativamente tranquilo, he tenido mucho tiempo para pensar. Estoy inquieta, nerviosa, porque mañana tengo que enfrentarme con el obseso del control, y en el fondo estoy preocupada porque quizá he sido demasiado negativa en mi respuesta al contrato. Quizá él decida cancelarlo.

Mi madre está muy triste, siente mucho no poder venir a la entrega de títulos. Bob se ha torcido un ligamento y cojea. La verdad es que es muy torpe, como yo. Se recuperará sin problemas, pero tiene que hacer reposo, y mi madre tiene que atenderlo todo el tiempo.

—Ana, cariño, lo siento muchísimo —se lamenta mi madre al teléfono.

—No pasa nada, mamá. Ray estará aquí.

—Ana, pareces distraída… ¿Estás bien, mi niña?

—Sí, mamá.

Ay, si tú supieras… He conocido a un tipo escandalosamente rico que quiere mantener conmigo una especie de extraña y perversa relación sexual en la que yo no tengo ni voz ni voto.

—¿Has conocido a algún chico?

—No, mamá.

Ahora mismo no me apetece hablar del tema.

—Bueno, cariño, el jueves pensaré en ti. Te quiero. Lo sabes, ¿verdad?

Cierro los ojos. Sus cariñosas palabras me reconfortan.

—Yo también te quiero, mamá. Saluda a Bob de mi parte. Espero que se recupere pronto.

—Seguro, cariño. Adiós.

—Adiós.

Mientras hablaba con ella, he entrado en mi habitación. Enciendo el cacharro infernal y abro el programa de correo. Tengo un e-mail de Christian, de última hora de anoche o primera hora de esta mañana, según cómo se mire. Al momento se me acelera el corazón y oigo la sangre bombeándome en los oídos. Maldita sea... quizá me dice que no... seguro... quizá ha cancelado la cena. La idea me resulta dolorosa. La descarto rápidamente y abro el mensaje.

De: Christian Grey
Fecha: 24 de mayo de 2011 01:27
Para: Anastasia Steele
Asunto: Sus objeciones

Querida señorita Steele:
Tras revisar con más detalle sus objeciones, me permito recordarle la definición de sumiso.
sumiso: *adjetivo*
1. inclinado o dispuesto a someterse; que obedece humildemente: *sirvientes sumisos*.
2. que indica sumisión: *una respuesta sumisa*.
Origen: 1580-1590; someterse, sumisión
Sinónimos: 1. obediente, complaciente, humilde. *2.* pasivo, resignado, paciente, dócil, contenido. *Antónimos: 1.* rebelde, desobediente.
Por favor, téngalo en mente cuando nos reunamos el miércoles.

Christian Grey
Presidente de Grey Enterprises Holdings, Inc.

Lo primero que siento es alivio. Al menos está dispuesto a comentar mis objeciones y todavía quiere que nos veamos mañana. Lo pienso un poco y le contesto.

De: Anastasia Steele
Fecha: 24 de mayo de 2011 18:29
Para: Christian Grey
Asunto: Mis objeciones... ¿Qué pasa con las suyas?

Señor:
Le ruego que observe la fecha de origen: 1580-1590. Quisiera recordarle al señor, con todo respeto, que estamos en 2011. Desde entonces hemos avanzado un largo camino.
Me permito ofrecerle una definición para que la tenga en cuenta en nuestra reunión:
compromiso: *sustantivo*
1. llegar a un entedimiento mediante concesiones mutuas; alcanzar un acuerdo ajustando exigencias o principios en conflicto u oposición mediante la recíproca modificación de las demandas. 2. el resultado de dicho acuerdo. 3. poner en peligro, exponer a un peligro, una sospecha, etc.: *poner en un compromiso la integridad de alguien.*

Ana

De: Christian Grey
Fecha: 24 de mayo de 2011 18:32
Para: Anastasia Steele
Asunto: ¿Qué pasa con mis objeciones?

Bien visto, como siempre, señorita Steele. Pasaré a buscarla por su casa a las siete en punto.

Christian Grey
Presidente de Grey Enterprises Holdings, Inc.

De: Anastasia Steele
Fecha: 24 de mayo de 2011 18:40
Para: Christian Grey
Asunto: 2011 – Las mujeres sabemos conducir

Señor:

Tengo coche y sé conducir.

Preferiría que quedáramos en otro sitio.

¿Dónde nos encontramos?

¿En tu hotel a las siete?

Ana

De: Christian Grey

Fecha: 24 de mayo de 2011 18:43

Para: Anastasia Steele

Asunto: Jovencitas testarudas

Querida señorita Steele:

Me remito a mi e-mail del 24 de mayo de 2011, enviado a la 01:27, y a la definición que contiene.

¿Cree que será capaz de hacer lo que se le diga?

Christian Grey

Presidente de Grey Enterprises Holdings, Inc.

De: Anastasia Steele

Fecha: 24 de mayo de 2011 18:49

Para: Christian Grey

Asunto: Hombres intratables

Señor Grey:

Preferiría conducir.

Por favor.

Ana

De: Christian Grey

Fecha: 24 de mayo de 2011 18:52

Para: Anastasia Steele

Asunto: Hombres exasperantes

Muy bien.

En mi hotel a las siete.

Nos vemos en el Marble Bar.

Christian Grey
Presidente de Grey Enterprises Holdings, Inc.

Hasta por e-mail se pone de mal humor. ¿No entiende que puedo necesitar salir corriendo? No es que mi Escarabajo sea muy rápido... pero aun así necesito una vía de escape.

De: Anastasia Steele
Fecha: 24 de mayo de 2011 18:55
Para: Christian Grey
Asunto: Hombres no tan intratables

Gracias.

Ana x

De: Christian Grey
Fecha: 24 de mayo de 2011 18:59
Para: Anastasia Steele
Asunto: Mujeres exasperantes

De nada.

Christian Grey
Presidente de Grey Enterprises Holdings, Inc.

Llamo a Ray, que está a punto de ver un partido de los Sounders, un equipo de fútbol de Salt Lake City, así que afortunadamente nuestra conversación es breve. Vendrá el jueves para la entrega de títulos. Después quiere llevarme a comer a algún sitio. Siento una gran ternura hablando con Ray y se me hace un nudo en la garganta. Siempre ha estado a mi lado pese a los devaneos amorosos de mi madre. Tenemos un vínculo especial, que es muy importante para mí. Aunque es mi padrastro, siempre me ha tratado como a una hija, y tengo muchas ganas de verlo. Hace mucho que no lo veo. Lo que ahora mismo necesito es su fuerza tranquila. La echo en falta. Quizá pueda canalizar a mi Ray interior para mi cita de mañana.

Kate y yo nos dedicamos a empaquetar y compartimos una botella de vino barato, como tantas veces. Cuando por fin casi he terminado de empaquetar mi habitación y me voy a la cama, estoy más calmada. La actividad física de meter todo en cajas ha sido una buena distracción, y estoy cansada. Quiero descansar. Me acurruco en la cama y enseguida me quedo dormida.

Paul ha vuelto de Princeton antes de trasladarse a Nueva York a hacer prácticas en una entidad financiera. Se pasa el día siguiéndome por la tienda y pidiéndome que quedemos. Es un pesado.

—Paul, te lo he dicho ya cien veces: esta noche he quedado.

—No, no has quedado. Lo dices para darme largas. Siempre me das largas.

Sí... parece que lo has pillado.

—Paul, siempre he pensado que no era buena idea salir con el hermano del jefe.

—Dejas de trabajar aquí el viernes. Y mañana no trabajas.

—Y desde el sábado estaré en Seattle, y tú te irás pronto a Nueva York. Ni a propósito podríamos estar más lejos. Además, es verdad que tengo una cita esta noche.

—¿Con José?

—No.

—¿Con quién?

—Paul... —Suspiro desesperada. No va a darse por vencido—. Con Christian Grey.

No puedo evitar el tono de fastidio. Pero funciona. Paul se queda boquiabierto y mudo. Vaya, hasta su nombre deja a la gente sin palabras.

—¿Has quedado con Christian Grey? —me pregunta cuando se ha recuperado de la impresión.

Su tono de incredulidad es evidente.

—Sí.

—Ya veo.

Paul se queda alicaído, incluso aturdido, y a una pequeña parte de mí le molesta que le haya sorprendido tanto. A la diosa que llevo dentro también. Dedica a Paul un gesto muy feo y vulgar con los dedos.

Al final me deja tranquila, y a las cinco en punto salgo corriendo de la tienda.

Kate me ha prestado dos vestidos y dos pares de zapatos para esta noche y para el acto de mañana. Ojalá me entusiasmara más la ropa y pudiera hacer un esfuerzo extra, pero la verdad es que la ropa no es lo mío. ¿Qué es lo tuyo, Anastasia? La pregunta a media voz de Christian me persigue. Intento acallar mis nervios y elijo el vestido color ciruela para esta noche. Es discreto y parece adecuado para una cita de negocios. Después de todo, voy a negociar un contrato.

Me ducho, me depilo las piernas y las axilas, me lavo el pelo y luego me paso una buena media hora secándomelo para que caiga ondulado sobre mis pechos y mi espalda. Me sujeto el cabello con un peine de púas para mantenerlo retirado de la cara y me aplico rímel y brillo de labios. Casi nunca me maquillo. Me intimida. Ninguna de mis heroínas literarias tiene que maquillarse. Quizá sabría algo más del tema si lo hicieran. Me pongo los zapatos de tacón a juego con el vestido, y hacia las seis y media estoy lista.

—¿Cómo estoy? —le pregunto a Kate.

Se ríe.

—Vas a arrasar, Ana. —Asiente satisfecha—. Estás de escándalo.

—¡De escándalo! Pretendo ir discreta y parecer una mujer de negocios.

—También, pero sobre todo estás de escándalo. Este vestido le va muy bien a tu tono de piel. Y se te marca todo —me dice con una sonrisita.

—¡Kate! —la riño.

—Las cosas como son, Ana. La impresión general es… muy buena. Con vestido, lo tendrás comiendo en tu mano.

Aprieto los labios. Ay, no entiendes nada.

—Deséame suerte.

—¿Necesitas suerte para quedar con él? —me pregunta frunciendo el ceño, confundida.

—Sí, Kate.

—Bueno, pues entonces suerte.

Me abraza y salgo de casa.

Tengo que quitarme los zapatos para conducir. Wanda, mi Escarabajo azul marino, no fue diseñado para que lo condujeran mujeres con tacones. Aparco frente al Heathman a las siete menos dos minutos exactamente y le doy las llaves al aparcacoches. Mira con mala cara mi Escarabajo, pero no le hago caso. Respiro hondo, me preparo mentalmente para la batalla y me dirijo al hotel.

Christian está inclinado sobre la barra, bebiendo un vaso de vino blanco. Va vestido con su habitual camisa blanca de lino, vaqueros negros, corbata negra y americana negra. Lleva el pelo tan alborotado como siempre. Suspiro. Me quedo unos segundos parada en la entrada del bar, observándolo, admirando la vista. Él lanza una mirada, creo que nerviosa, hacia la puerta y al verme se queda inmóvil. Pestañea un par de veces y después esboza lentamente una sonrisa indolente y sexy que me deja sin palabras y me derrite por dentro. Avanzo hacia él haciendo un enorme esfuerzo para no morderme el labio, consciente de que yo, Anastasia Steele de Patosilandia, llevo tacones. Se levanta y viene hacia mí.

—Estás impresionante —murmura inclinándose para besarme rápidamente en la mejilla—. Un vestido, señorita Steele. Me parece muy bien.

Me coge de la mano, me lleva a un reservado y hace un gesto al camarero.

—¿Qué quieres tomar?

Esbozo una ligera sonrisa mientras me siento en el reservado. Bueno, al menos me pregunta.

—Tomaré lo mismo que tú, gracias.

¿Lo ves? Sé hacer mi papel y comportarme. Divertido, pide otro vaso de Sancerre y se sienta frente a mí.

—Tienen una bodega excelente —me dice.

Apoya los codos en la mesa y junta los dedos de ambas manos a la altura de la boca. En sus ojos brilla una incomprensible emoción. Y ahí está… esa habitual descarga eléctrica que conecta con lo más profundo de mí. Me remuevo incómoda ante su mirada escrutadora, con el corazón latiéndome a toda prisa. Tengo que mantener la calma.

—¿Estás nerviosa? —me pregunta amablemente.

—Sí.

Se inclina hacia delante.

—Yo también —susurra con complicidad.

Clavo mis ojos en los suyos. ¿Él? ¿Nervioso? Nunca. Pestañeo y me dedica su preciosa sonrisa de medio lado. Llega el camarero con mi vino, un platito con frutos secos y otro con aceitunas.

—¿Cómo lo hacemos? —le pregunto—. ¿Revisamos mis puntos uno a uno?

—Siempre tan impaciente, señorita Steele.

—Bueno, puedo preguntarte por el tiempo.

Sonríe y coge una aceituna con sus largos dedos. Se la mete en la boca, y mis ojos se demoran en ella, en esa boca que ha estado sobre la mía… en todo mi cuerpo. Me ruborizo.

—Creo que el tiempo hoy no ha tenido nada de especial —me dice riéndose.

—¿Está riéndose de mí, señor Grey?

—Sí, señorita Steele.

—Sabes que ese contrato no tiene ningún valor legal.

—Soy perfectamente consciente, señorita Steele.

—¿Pensabas decírmelo en algún momento?

Frunce el ceño.

—¿Crees que estoy coaccionándote para que hagas algo que no quieres hacer, y que además pretendo tener algún derecho legal sobre ti?

—Bueno… sí.

—No tienes muy buen concepto de mí, ¿verdad?

—No has contestado a mi pregunta.

—Anastasia, no importa si es legal o no. Es un acuerdo al que me gustaría llegar contigo... lo que me gustaría conseguir de ti y lo que tú puedes esperar de mí. Si no te gusta, no lo firmes. Si lo firmas y después decides que no te gusta, hay suficientes cláusulas que te permitirán dejarlo. Aun cuando fuera legalmente vinculante, ¿crees que te llevaría a juicio si decides marcharte?

Doy un largo trago de vino. Mi subconsciente me da un golpecito en el hombro. Tienes que estar atenta. No bebas demasiado.

—Las relaciones de este tipo se basan en la sinceridad y en la confianza —sigue diciéndome—. Si no confías en mí... Tienes que confiar en mí para que sepa en qué medida te estoy afectando, hasta dónde puedo llegar contigo, hasta dónde puedo llevarte... Si no puedes ser sincera conmigo, entonces es imposible.

Vaya, directamente al grano. Hasta dónde puede llevarme. Dios mío. ¿Qué quiere decir?

—Es muy sencillo, Anastasia. ¿Confías en mí o no? —me pregunta con ojos ardientes.

—¿Has mantenido este tipo de conversación con... bueno, con las quince?

—No.

—¿Por qué no?

—Porque ya eran sumisas. Sabían lo que querían de la relación conmigo, y en general lo que yo esperaba. Con ellas fue una simple cuestión de afinar los límites tolerables, ese tipo de detalles.

—¿Vas a buscarlas a alguna tienda? ¿Sumisas 'R' Us?

Se ríe.

—No exactamente.

—Pues ¿cómo?

—¿De eso quieres que hablemos? ¿O pasamos al meollo de la cuestión? A las objeciones, como tú dices.

Trago saliva. ¿Confío en él? ¿A eso se reduce todo, a la confianza? Sin duda debería ser cosa de dos. Recuerdo su mosqueo cuando llamé a José.

—¿Tienes hambre? —me pregunta, y me distrae de mis pensamientos.

Oh, no… la comida.

—No.

—¿Has comido hoy?

Lo miro. Sinceramente… Maldita sea, no va a gustarle mi respuesta.

—No —le contesto en voz baja.

Me mira con expresión muy seria.

—Tienes que comer, Anastasia. Podemos cenar aquí o en mi suite. ¿Qué prefieres?

—Creo que mejor nos quedamos en terreno neutral.

Sonríe con aire burlón.

—¿Crees que eso me detendría? —me pregunta en voz baja, como una sensual advertencia.

Abro los ojos como platos y vuelvo a tragar saliva.

—Eso espero.

—Vamos, he reservado un comedor privado.

Me sonríe enigmáticamente y sale del reservado tendiéndome una mano.

—Tráete el vino —murmura.

Le cojo de la mano, salgo y me paro a su lado. Me suelta la mano, me toma del brazo, cruzamos el bar y subimos una gran escalera hasta un entresuelo. Un chico con uniforme del Heathman se acerca a nosotros.

—Señor Grey, por aquí, por favor.

Lo seguimos por una lujosa zona de sofás hasta un comedor privado, con una sola mesa. Es pequeño, pero suntuoso. Bajo una lámpara de araña encendida, la mesa está cubierta por lino almidonado, copas de cristal, cubertería de plata y un ramo de rosas blancas. Un encanto antiguo y sofisticado impregna la sala, forrada con paneles de madera. El camarero me retira la silla y me siento. Me coloca la servilleta en las rodillas. Christian se sienta frente a mí. Lo miro.

—No te muerdas el labio —susurra.

Frunzo el ceño. Maldita sea. Ni siquiera me he dado cuenta de que estaba haciéndolo.

—Ya he pedido la comida. Espero que no te importe.

La verdad es que me parece un alivio. No estoy segura de que pueda tomar más decisiones.

—No, está bien —le contesto.

—Me gusta saber que puedes ser dócil. Bueno, ¿dónde estábamos?

—En el meollo de la cuestión.

Doy otro largo trago de vino. Está buenísimo. A Christian Grey se le dan bien los vinos. Recuerdo el último trago que me ofreció, en mi cama. El inoportuno pensamiento hace que me ruborice.

—Sí, tus objeciones.

Se mete la mano en el bolsillo interior de la americana y saca una hoja de papel. Mi e-mail.

—Cláusula 2. De acuerdo. Es en beneficio de los dos. Volveré a redactarlo.

Pestañeo. Dios mío… vamos a ir punto por punto. No me siento tan valiente estando con él. Parece tomárselo muy en serio. Me armo de valor con otro trago de vino. Christian sigue.

—Mi salud sexual. Bueno, todas mis compañeras anteriores se hicieron análisis de sangre, y yo me hago pruebas cada seis meses de todos estos riesgos que comentas. Mis últimas pruebas han salido perfectas. Nunca he tomado drogas. De hecho, estoy totalmente en contra de las drogas, y mi empresa lleva una política antidrogas muy estricta. Insisto en que se hagan pruebas aleatorias y por sorpresa a mis empleados para detectar cualquier posible consumo de drogas.

Uau… La obsesión controladora llega a la locura. Lo miro perpleja.

—Nunca me han hecho una transfusión. ¿Contesta eso a tu pregunta?

Asiento, impasible.

—El siguiente punto ya lo he comentado antes. Puedes dejarlo en cualquier momento, Anastasia. No voy a detenerte. Pero si te vas… se acabó. Que lo sepas.

—De acuerdo —le contesto en voz baja.

Si me voy, se acabó. La idea me resulta inesperadamente dolorosa.

El camarero llega con el primer plato. ¿Cómo voy a comer? Madre mía… ha pedido ostras sobre hielo.

—Espero que te gusten las ostras —me dice Christian en tono amable.

—Nunca las he probado.

Nunca.

—¿En serio? Bueno. —Coge una—. Lo único que tienes que hacer es metértelas en la boca y tragártelas. Creo que lo conseguirás.

Me mira y sé a qué está aludiendo. Me pongo roja como un tomate. Me sonríe, exprime zumo de limón en su ostra y se la mete en la boca.

—Mmm, riquísima. Sabe a mar —me dice sonriendo—. Vamos —me anima.

—¿No tengo que masticarla?

—No, Anastasia.

Sus ojos brillan divertidos. Parece muy joven.

Me muerdo el labio, y su expresión cambia instantáneamente. Me mira muy serio. Estiro el brazo y cojo mi primera ostra. Vale… esto no va a salir bien. Le echo zumo de limón y me la meto en la boca. Se desliza por mi garganta, toda ella mar, sal, la fuerte acidez del limón y su textura carnosa… Oooh. Me chupo los labios. Christian me mira fijamente, con ojos impenetrables.

—¿Y bien?

—Me comeré otra —me limito a contestarle.

—Buena chica —me dice orgulloso.

—¿Has pedido ostras a propósito? ¿No dicen que son afrodisiacas?

—No, son el primer plato del menú. No necesito afrodisiacos contigo. Creo que lo sabes, y creo que a ti te pasa lo mismo conmigo —me dice tranquilamente—. ¿Dónde estábamos?

Echa un vistazo a mi e-mail mientras cojo otra ostra.

A él le pasa lo mismo. Lo altero… Uau.

—Obedecerme en todo. Sí, quiero que lo hagas. Necesito que lo hagas. Considéralo un papel, Anastasia.

—Pero me preocupa que me hagas daño.

238

—Que te haga daño ¿cómo?

—Daño físico.

Y emocional.

—¿De verdad crees que te haría daño? ¿Que traspasaría un límite que no pudieras aguantar?

—Me dijiste que habías hecho daño a alguien.

—Sí, pero fue hace mucho tiempo.

—¿Qué pasó?

—La colgué del techo del cuarto de juegos. Es uno de los puntos que preguntabas, la suspensión. Para eso son los mosquetones. Con cuerdas. Y apreté demasiado una cuerda.

Levanto una mano suplicándole que se calle.

—No necesito saber más. Entonces no vas a colgarme…

—No, si de verdad no quieres. Puedes pasarlo a la lista de los límites infranqueables.

—De acuerdo.

—Bueno, ¿crees que podrás obedecerme?

Me lanza una mirada intensa. Pasan los segundos.

—Podría intentarlo —susurro.

—Bien —me dice sonriendo—. Ahora la vigencia. Un mes no es nada, especialmente si quieres un fin de semana libre cada mes. No creo que pueda aguantar lejos de ti tanto tiempo. Apenas lo consigo ahora.

Se calla.

¿No puede aguantar lejos de mí? ¿Qué?

—¿Qué te parece un día de un fin de semana al mes para ti? Pero te quedas conmigo una noche entre semana.

—De acuerdo.

—Y, por favor, intentémoslo tres meses. Si no te gusta, puedes marcharte en cualquier momento.

—¿Tres meses?

Me siento presionada. Doy otro largo trago de vino y me concedo el gusto de otra ostra. Podría aprender a que me gustaran.

—El tema de la posesión es meramente terminológico y remite al principio de obediencia. Es para situarte en el estado de ánimo adecuado, para que entiendas de dónde vengo. Y quiero que sepas que, en cuanto cruces la puerta de mi casa como mi sumisa, haré contigo lo que me dé la gana. Tienes que aceptarlo de buena gana. Por eso tienes que confiar en mí. Te follaré cuando quiera, como quiera y donde quiera. Voy a disciplinarte, porque vas a meter la pata. Te adiestraré para que me complazcas.

»Pero sé que todo esto es nuevo para ti. De entrada iremos con calma, y yo te ayudaré. Avanzaremos desde diferentes perspectivas. Quiero que confíes en mí, pero sé que tengo que ganarme tu confianza, y lo haré. El «en cualquier otro ámbito»... de nuevo es para ayudarte a meterte en situación. Significa que todo está permitido.

Se muestra apasionado, cautivador. Está claro que es su obsesión, su manera de ser... No puedo apartar los ojos de él. Lo quiere de verdad. Se calla y me mira.

—¿Sigues aquí? —me pregunta en un susurro, con voz intensa, cálida y seductora.

Da un trago de vino sin apartar su penetrante mirada de mis ojos.

El camarero se acerca a la puerta, y Christian asiente ligeramente para indicarle que puede retirar los platos.

—¿Quieres más vino?

—Tengo que conducir.

—¿Agua, pues?

Asiento.

—¿Normal o con gas?

—Con gas, por favor.

El camarero se marcha.

—Estás muy callada —me susurra Christian.

—Tú estás muy hablador.

Sonríe.

—Disciplina. La línea que separa el placer del dolor es muy fina, Anastasia. Son las dos caras de una misma moneda. La una no existe sin la otra. Puedo enseñarte lo placentero que puede ser el dolor. Ahora no me crees, pero a eso me refiero cuando hablo de confianza. Habrá dolor, pero nada que no puedas soportar. Volvemos al tema de la confianza. ¿Confías en mí, Ana?

¡Ana!

—Sí, confío en ti —le contesto espontáneamente, sin pensarlo. Y es cierto. Confío en él.

—De acuerdo —me dice aliviado—. Lo demás son simples detalles.

—Detalles importantes.

—Vale, comentémoslos.

Me da vueltas la cabeza con tantas palabras. Tendría que haberme traído la grabadora de Kate para poder volver a oír después lo que me dice. Demasiada información, demasiadas cosas que procesar. El camarero vuelve a aparecer con el segundo plato: bacalao, espárragos y puré de patatas con salsa holandesa. En mi vida había tenido menos hambre.

—Espero que te guste el pescado —me dice Christian en tono amable.

Pincho mi comida y bebo un largo trago de agua con gas. Me gustaría mucho que fuera vino.

—Hablemos de las normas. ¿Rompes el contrato por la comida?

—Sí.

—¿Puedo cambiarlo y decir que comerás como mínimo tres veces al día?

—No.

No voy a ceder en este tema. Nadie va a decirme lo que tengo que comer. Cómo follo, de acuerdo, pero lo que como… no, ni hablar.

—Necesito saber que no pasas hambre.

Frunzo el ceño. ¿Por qué?

—Tienes que confiar en mí —le digo.

Me mira un instante y se relaja.

—*Touché*, señorita Steele —me dice en tono tranquilo—. Acepto lo de la comida y lo de dormir.

—¿Por qué no puedo mirarte?

—Es cosa de la relación de sumisión. Te acostumbrarás.

¿Seguro?

—¿Por qué no puedo tocarte?

—Porque no.

Aprieta los labios con obstinación.

—¿Es por la señora Robinson?

Me mira con curiosidad.

—¿Por qué lo piensas? —E inmediatamente lo entiende—. ¿Crees que me traumatizó?

Asiento.

—No, Anastasia, no es por ella. Además, la señora Robinson no me aceptaría estas chorradas.

Ah... pero yo sí tengo que aceptarlas. Pongo mala cara.

—Entonces no tiene nada que ver con ella...

—No. Y tampoco quiero que te toques.

¿Qué? Ah, sí, la cláusula de que no puedo masturbarme.

—Por curiosidad... ¿por qué?

—Porque quiero para mí todo tu placer —me dice en tono ronco, aunque decidido.

No sé qué contestar. Por un lado, ahí está con su «Quiero morderte ese labio»; por el otro, es muy egoísta. Frunzo el ceño y pincho un trozo de bacalao intentando evaluar mentalmente qué me ha concedido. La comida y dormir. Va a tomárselo con calma, y aún no hemos hablado de los límites tolerables. Pero no estoy segura de que pueda afrontar ese tema con la comida en la mesa.

—Te he dado muchas cosas en las que pensar, ¿verdad?

—Sí.

—¿Quieres que pasemos ya a los límites tolerables?

—Espera a que acabemos de comer.

Sonríe.

—¿Te da asco?

—Algo así.

—No has comido mucho.

—Lo suficiente.

—Tres ostras, cuatro trocitos de bacalao y un espárrago. Ni puré de patatas, ni frutos secos, ni aceitunas. Y no has comido en todo el día. Me has dicho que podía confiar en ti.

Vaya, ha hecho el inventario completo.

—Christian, por favor, no suelo mantener conversaciones de este tipo todos los días.

—Necesito que estés sana y en forma, Anastasia.

—Lo sé.

—Y ahora mismo quiero quitarte ese vestido.

Trago saliva. Quitarme el vestido de Kate. Siento un tirón en lo más profundo de mi vientre. Algunos músculos con los que ahora estoy más familiarizada se contraen con sus palabras. Pero no puedo aceptarlo. Vuelve a utilizar contra mí su arma más potente. Es fabuloso practicando el sexo… Hasta yo me he dado cuenta de ello.

—No creo que sea una buena idea —murmuro—. Todavía no hemos comido el postre.

—¿Quieres postre? —me pregunta resoplando.

—Sí.

—El postre podrías ser tú —murmura sugerentemente.

—No estoy segura de que sea lo bastante dulce.

—Anastasia, eres exquisitamente dulce. Lo sé.

—Christian, utilizas el sexo como arma. No me parece justo —susurro contemplándome las manos.

Luego lo miro a los ojos. Alza las cejas, sorprendido, y veo que está sopesando mis palabras. Se presiona la barbilla, pensativo.

—Tienes razón. Lo hago. Cada uno utiliza en la vida lo que sabe, Anastasia. Eso no quita que te desee muchísimo. Aquí. Ahora.

¿Cómo es posible que me seduzca solo con la voz? Estoy ya jadeando, con la sangre circulándome a toda prisa por las venas, y los nervios estremeciéndose.

—Me gustaría probar una cosa —me dice.

Frunzo el ceño. Acaba de darme un montón de ideas que tengo que procesar, y ahora esto.

—Si fueras mi sumisa, no tendrías que pensarlo. Sería fácil —me dice con voz dulce y seductora—. Todas estas decisiones… todo el agotador proceso racional quedaría atrás. Cosas como «¿Es lo correcto?», «¿Puede suceder aquí?», «¿Puede suceder ahora?». No tendrías que preocuparte de esos detalles. Lo haría yo, como tu amo. Y ahora mismo sé que me deseas, Anastasia.

Arrugo el ceño todavía más. ¿Cómo está tan seguro?

—Estoy tan seguro porque…

Maldita sea, contesta a las preguntas que no le hago. ¿Es también adivino?

—… tu cuerpo te delata. Estás apretando los muslos, te has puesto roja y tu respiración ha cambiado.

Vale, es demasiado.

—¿Cómo sabes lo de mis muslos? —le pregunto en voz baja, en tono incrédulo.

Pero si están debajo de la mesa, por favor.

—He notado que el mantel se movía, y lo he deducido basándome en años de experiencia. No me equivoco, ¿verdad?

Me ruborizo y me miro las manos. Su juego de seducción me lo pone muy difícil. Él es el único que conoce y entiende las normas. Yo soy demasiado ingenua e inexperta. Mi único punto de referencia es Kate, pero ella no aguanta chorradas de los hombres. Las demás referencias que tengo son del mundo de la ficción: Elizabeth Bennet estaría indignada, Jane Eyre, aterrorizada, y Tess sucumbiría, como yo.

—No me he terminado el bacalao.

—¿Prefieres el bacalao frío a mí?

Levanto la cabeza de golpe y lo miro. Un deseo imperioso brilla en sus ojos ardientes como plata fundida.

—Pensaba que te gustaba que me acabara toda la comida del plato.

—Ahora mismo, señorita Steele, me importa una mierda su comida.

—Christian, no juegas limpio, de verdad.

—Lo sé. Nunca he jugado limpio.

La diosa que llevo dentro frunce el ceño e intenta convencerme. Tú puedes. Juega a su juego. ¿Puedo? De acuerdo. ¿Qué tengo que hacer? Mi inexperiencia es mi cruz. Pincho un espárrago, lo miro y me muerdo el labio. Luego, muy despacio, me meto la punta del espárrago en la boca y la chupo.

Christian abre los ojos de manera imperceptible, pero yo lo noto.

—Anastasia, ¿qué haces?

Muerdo la punta.

—Estoy comiéndome un espárrago.

Christian se remueve en su silla.

—Creo que está jugando conmigo, señorita Steele.

Finjo inocencia.

—Solo estoy terminándome la comida, señor Grey.

En ese preciso momento el camarero llama a la puerta y entra sin esperar respuesta. Mira un segundo a Christian, que le pone mala cara pero asiente enseguida, así que el camarero recoge los platos. La llegada del camarero ha roto el hechizo, y me aferro a ese instante de lucidez. Tengo que marcharme. Si me quedo, nuestro encuentro solo podrá terminar de una manera, y necesito poner ciertas barreras después de una conversación tan intensa. Mi cabeza se rebela tanto como mi cuerpo se muere de deseo. Necesito algo de distancia para pensar en todo lo que me ha dicho. Todavía no he tomado una decisión, y su atractivo y su destreza sexual no me lo ponen nada fácil.

—¿Quieres postre? —me pregunta Christian, tan caballeroso como siempre, pero con ojos todavía ardientes.

—No, gracias. Creo que tengo que marcharme —le digo mirándome las manos.

—¿Marcharte? —me pregunta sin poder ocultar su sorpresa.

El camarero se retira a toda prisa.

—Sí.

Es la decisión correcta. Si me quedo en este comedor con él, me follará. Me levanto con determinación.

—Mañana tenemos los dos la ceremonia de la entrega de títulos.

Christian se levanta automáticamente, poniendo de manifiesto años de arraigada urbanidad.

—No quiero que te vayas.

—Por favor… Tengo que irme.

—¿Por qué?

—Porque me has planteado muchas cosas en las que pensar… y necesito cierta distancia.

—Podría conseguir que te quedaras —me amenaza.

—Sí, no te sería difícil, pero no quiero que lo hagas.

Se pasa la mano por el pelo mirándome detenidamente.

—Mira, cuando viniste a entrevistarme y te caíste en mi despacho, todo eran «Sí, señor», «No, señor». Pensé que eras una sumisa nata. Pero, la verdad, Anastasia, no estoy seguro de que tengas madera de sumisa —me dice en tono tenso acercándose a mí.

—Quizá tengas razón —le contesto.

—Quiero tener la oportunidad de descubrir si la tienes —murmura mirándome. Levanta un brazo, me acaricia la cara y me pasa el pulgar por el labio inferior—. No sé hacerlo de otra manera, Anastasia. Soy así.

—Lo sé.

Se inclina para besarme, pero se detiene antes de que sus labios rocen los míos. Busca mis ojos con la mirada, como pidiéndome permiso. Alzo los labios hacia él y me besa, y como no sé si volveré a besarlo más, me dejo ir. Mis manos se mueven por sí solas, se deslizan por su pelo, lo atraen hacia mí. Mi boca se abre y mi lengua acaricia la suya. Me agarra por la nuca para besarme más profundamente, respondiendo a mi ardor. Me desliza la otra mano por la espalda, y al llegar al final de la columna, la detiene y me aprieta contra su cuerpo.

—¿No puedo convencerte de que te quedes? —me pregunta sin dejar de besarme.

—No.

—Pasa la noche conmigo.

—¿Sin tocarte? No.

—Eres imposible —se queja. Se echa hacia atrás y me mira fijamente—. ¿Por qué tengo la impresión de que estás despidiéndote de mí?

—Porque voy a marcharme.

—No es eso lo que quiero decir, y lo sabes.

—Christian, tengo que pensar en todo esto. No sé si puedo mantener el tipo de relación que quieres.

Cierra los ojos y presiona su frente contra la mía, lo cual nos da a ambos la oportunidad de relajar la respiración. Un momento después me besa en la frente, respira hondo, con la nariz hundida en mi pelo, me suelta y da un paso atrás.

—Como quiera, señorita Steele —me dice con rostro impasible—. La acompaño hasta el vestíbulo.

Me tiende la mano. Me inclino, cojo el bolso y le doy la mano. Maldita sea, esto podría ser todo. Lo sigo dócilmente por la gran escalera hasta el vestíbulo. Siento picores en el cuero cabelludo, la sangre me bombea muy deprisa. Podría ser el último adiós si decido no aceptar. El corazón se me contrae dolorosamente en el pecho. Qué giro tan radical... Qué gran diferencia puede suponer para una chica un momento de lucidez.

—¿Tienes el ticket del aparcacoches?

Saco del bolso el ticket y se lo doy. Christian se lo entrega al portero. Lo miro mientras esperamos.

—Gracias por la cena —murmuro.

—Ha sido un placer como siempre, señorita Steele —me contesta educadamente, aunque parece sumido en sus pensamientos, abstraído por completo.

Lo observo detenidamente y memorizo su hermoso perfil. Me obsesiona la desagradable idea de que podría no volver a verlo. Es demasiado doloroso para planteármelo. De pronto se gira y me mira con expresión intensa.

—Esta semana te mudas a Seattle. Si tomas la decisión correcta, ¿podré verte el domingo? —me pregunta en tono inseguro.

—Ya veremos. Quizá —le contesto.

Por un momento parece aliviado, pero enseguida frunce el ceño.

—Ahora hace fresco. ¿No has traído chaqueta?

—No.

Mueve la cabeza enfadado y se quita la americana.

—Toma. No quiero que cojas frío.

Parpadeo mientras la sostiene para que me la ponga. Y al pasar los brazos por las mangas, recuerdo el momento en su despacho en que me puso la chaqueta sobre los hombros —el día en que lo conocí—, y la impresión que me causó. Nada ha cambiado. En realidad, ahora es más intenso. Su americana está caliente, me viene muy grande y huele a él... delicioso.

Llega mi coche. Christian se queda boquiabierto.

—¿Ese es tu coche?

Está horrorizado. Me coge de la mano y sale conmigo a la calle. El aparcacoches sale, me tiende las llaves, y Christian le da una propina.

—¿Está en condiciones de circular? —me pregunta fulminándome con la mirada.

—Sí.

—¿Llegará hasta Seattle?

—Claro que sí.

—¿Es seguro?

—Sí —le contesto irritada—. Vale, es viejo, pero es mío y funciona. Me lo compró mi padrastro.

—Anastasia, creo que podremos arreglarlo.

—¿Qué quieres decir? —De pronto lo entiendo—. Ni se te ocurra comprarme un coche.

Me mira con el ceño fruncido y la mandíbula tensa.

—Ya veremos —me contesta.

Hace una mueca mientras me abre la puerta del conductor y me ayuda a entrar. Me quito los zapatos y bajo la ventanilla. Me mira con expresión impenetrable y ojos turbios.

—Conduce con prudencia —me dice en voz baja.

—Adiós, Christian —le digo con voz ronca, como si estuviera a punto de llorar.

No, no voy a llorar. Le sonrío ligeramente.

Mientras me alejo, siento una presión en el pecho, empiezan a aflorar las lágrimas y trato de ahogar el llanto. Las lágrimas no tardan en rodar por mis mejillas, aunque la verdad es que no entiendo por qué lloro. Me he mantenido firme. Él me lo ha explicado todo, y ha sido claro. Me desea, pero necesito más. Necesito que me desee como yo lo deseo y lo necesito, y en el fondo sé que no es posible. Estoy abrumada.

Ni siquiera sé cómo catalogarlo. Si acepto… ¿será mi novio? ¿Podré presentárselo a mis amigos? ¿Saldré con él de copas, al cine o a jugar a los bolos? Creo que no, la verdad. No me dejará tocarlo ni dormir con él. Sé que no he hecho estas cosas en el pasado, pero quiero hacerlas en el futuro. Y no es este el futuro que él tiene previsto.

¿Qué pasa si digo que sí, y dentro de tres meses él dice que no, que se ha cansado de intentar convertirme en algo que no soy? ¿Cómo voy a sentirme? Me habré implicado emocionalmente durante tres meses y habré hecho cosas que no estoy segura de que quiera hacer. Y si después me dice que no, que se ha acabado el acuerdo, ¿cómo voy a sobrellevar el rechazo? Quizá lo mejor sea retirarse ahora, que mantengo mi autoestima más o menos intacta.

Pero la idea de no volver a verlo me resulta insoportable. ¿Cómo se me ha metido en la piel en tan poco tiempo? No puede ser solo el sexo, ¿verdad? Me paso la mano por los ojos para secarme las lágrimas. No quiero analizar lo que siento por él. Me asusta lo que podría descubrir. ¿Qué voy a hacer?

Aparco frente a nuestra casa. No veo luces encendidas, así que Kate debe de haber salido. Es un alivio. No quiero que vuelva a pillarme llorando. Mientras me desnudo, enciendo el cacharro infernal y encuentro un mensaje de Christian en la bandeja de entrada.

De: Christian Grey
Fecha: 25 de mayo de 2011 22:01
Para: Anastasia Steele
Asunto: Esta noche

No entiendo por qué has salido corriendo esta noche. Espero sinceramente haber contestado a todas tus preguntas de forma satisfactoria. Sé que tienes que plantearte muchas cosas y espero fervientemente que consideres en serio mi propuesta. Quiero de verdad que esto funcione. Nos lo tomaremos con calma.
Confía en mí.

Christian Grey
Presidente de Grey Enterprises Holdings, Inc.

Este e-mail me hace llorar más. No soy una fusión empresarial. No soy una adquisición. Leyendo este correo, cualquiera diría que sí. No le contesto. No sé qué decirle, la verdad. Me pongo el pijama y me meto en la cama envuelta en su americana. Tumbada, en la oscuridad, pienso en todas las veces que me ha advertido que me mantuviera alejada de él.

«Anastasia, deberías mantenerte alejada de mí. No soy un hombre para ti.»

«Yo no tengo novias.»

«No soy un hombre de flores y corazones.»

«Yo no hago el amor.»

«No sé hacerlo de otra manera.»

Es lo último a lo que me aferro mientras lloro en silencio, con la cara hundida en la almohada. Tampoco yo sé hacerlo de otra manera. Quizá juntos podamos encontrar otro camino.

14

Christian está frente a mí con una fusta de cuero trenzado. Solo lleva puestos unos Levi's viejos, gastados y rotos. Golpea despacio la fusta contra la palma de su mano sin dejar de mirarme. Esboza una sonrisa triunfante. No puedo moverme. Estoy desnuda y atada con grilletes, despatarrada en una enorme cama de cuatro postes. Se acerca a mí y me desliza la punta de la fusta desde la frente hasta la nariz, de manera que percibo el olor del cuero, y luego sigue hasta mis labios entreabiertos, que jadean. Me mete la punta en la boca y siento el sabor intenso del cuero.

—Chupa —me ordena en voz baja.

Obedezco y cierro los labios alrededor de la punta.

—Basta —me dice bruscamente.

Vuelvo a jadear mientras me saca la fusta de la boca y me la desliza desde la barbilla hasta el final del cuello. Le da vueltas despacio y sigue arrastrando la punta de la fusta por mi cuerpo, por el esternón, entre los pechos y por el torso, hasta el ombligo. Jadeo, me retuerzo y tiro de los grilletes, que me destrozan las muñecas y los tobillos. Me rodea el ombligo con la punta de cuero y sigue deslizándola por mi vello púbico hasta el clítoris. Sacude la fusta y me golpea con fuerza en el clítoris, y me corro gloriosamente gritando que me desate.

De pronto me despierto jadeando, bañada en sudor y sintiendo los espasmos posteriores al orgasmo. Dios mío. Estoy totalmente desorientada. ¿Qué demonios ha pasado? Estoy en mi cama sola. ¿Cómo? ¿Por qué? Me incorporo de un salto, conmocionada...

Uau. Es de día. Miro el despertador: las ocho. Me cubro la cara con las manos. No sabía que yo pudiera tener sueños sexuales. ¿Ha sido por algo que comí? Quizá las ostras y la investigación, que han acabado manifestándose en mi primer sueño erótico. Es desconcertante. No tenía ni idea de que pudiera correrme en sueños.

Kate se acerca a mí corriendo cuando entro tambaleándome en la cocina.

—Ana, ¿estás bien? Te veo rara. ¿Llevas puesta la americana de Christian?

—Estoy bien.

Maldita sea. Debería haberme mirado en el espejo. Evito sus ojos verdes, que me atraviesan. Todavía no me he recuperado del sueño.

—Sí, es la americana de Christian.

Frunce el ceño.

—¿Has dormido?

—No muy bien.

Cojo la tetera. Necesito un té.

—¿Qué tal la cena?

Ya empieza…

—Comimos ostras. Y luego bacalao, así que diría que hubo bastante pescado.

—Uf… Odio las ostras, pero no estoy preguntándote por la comida. ¿Qué tal con Christian? ¿De qué hablasteis?

—Se mostró muy atento.

Me callo. ¿Qué puedo decirle? No tiene VIH, le interesa la interpretación, quiere que obedezca todas sus órdenes, hizo daño a una mujer a la que colgó del techo de su cuarto de juegos y quería follarme en el comedor privado. ¿Sería un buen resumen? Intento desesperadamente recordar algo de mi cita con Christian que pueda comentar con Kate.

—No le gusta Wanda.

—¿A quién le gusta, Ana? No es nada nuevo. ¿Por qué estás tan evasiva? Suéltalo, amiga mía.

—Kate, hablamos de un montón de cosas. Ya sabes… de lo quisquilloso que es con la comida. Por cierto, le gustó mucho tu vestido.

La tetera ya está hirviendo, así que me preparo una taza.

—¿Te apetece un té? ¿Quieres leerme tu discurso de hoy?

—Sí, por favor. Anoche estuve preparándolo en el Becca's. Voy a buscarlo. Y sí, me apetece mucho un té.

Kate sale corriendo de la cocina.

Uf, he conseguido darle esquinazo a Katherine Kavanagh. Abro un panecillo y lo meto en la tostadora. Me ruborizo pensando en mi intenso sueño. ¿Qué demonios ha pasado?

Anoche me costó dormirme. Estuve dando vueltas a diversas opciones. Estoy muy confundida. La idea que tiene Christian de una relación se parece mucho a una oferta de empleo, con sus horarios, la descripción del trabajo y un procedimiento de resolución de conflictos bastante riguroso. No imaginaba así mi primera historia de amor... pero, claro, a Christian no le interesan las historias de amor. Si le dijera que quiero algo más, seguramente me diría que no... y me arriesgaría a perder lo que me ha ofrecido. Es lo que más me preocupa, porque no quiero perderlo. Pero no estoy segura de tener estómago para ser su sumisa... En el fondo, lo que me tira para atrás son las varas y los látigos. Como soy débil físicamente, haría lo que fuera por evitar el dolor. Pienso en mi sueño... ¿Sería así? La diosa que llevo dentro da saltos con pompones de animadora gritándome que sí.

Kate vuelve a la cocina con su portátil. Me concentro en mi panecillo. Empieza a leer su dicurso, y yo la escucho pacientemente.

Estoy vestida y lista cuando llega Ray. Abro la puerta de la calle y lo veo en el porche con un traje que no le queda nada bien. Siento una cálida oleada de gratitud y de amor hacia este hombre sencillo y me lanzo a sus brazos, una muestra de cariño poco habitual en mí. Se queda desconcertado, perplejo.

—Hola, Annie, yo también me alegro de verte —murmura abrazándome.

Me aparta un poco, y con las manos en mis hombros me mira de arriba abajo con el ceño fruncido.

—¿Estás bien, hija?

—Claro, papá. ¿No puedo alegrarme de ver a mi padre?

Sonríe arrugando las comisuras de sus ojos oscuros y me sigue hasta el comedor.

—Estás muy guapa —me dice.

—El vestido es de Kate —le digo bajando la mirada hacia el vestido gris de seda con la espalda descubierta.

Frunce el ceño.

—¿Dónde está Kate?

—Ha ido al campus. Va a pronunciar un discurso, así que tiene que estar allí antes.

—¿Vamos tirando?

—Papá, tenemos media hora. ¿Quieres un té? Cuéntame cómo está todo el mundo en Montesano. ¿Cómo te ha ido el viaje?

Ray deja el coche en el aparcamiento del campus y seguimos a la multitud con birretes negros y rojos hasta el gimnasio.

—Suerte, Annie. Pareces muy nerviosa. ¿Tienes que hacer algo?

Dios mío... ¿Por qué le ha dado hoy a Ray por ser observador?

—No, papá. Es un gran día.

Y voy a ver a Christian Grey.

—Sí, mi niña se ha graduado. Estoy orgulloso de ti, Annie.

—Gracias, papá.

Cuánto quiero a este hombre...

El gimnasio está lleno de gente. Ray va a sentarse a las gradas con los demás padres y asistentes, y yo me dirijo a mi asiento. Llevo mi toga negra y mi birrete, y siento que me protegen, que me permiten ser anónima. Todavía no hay nadie en el estrado, pero parece que no consigo calmarme. Me late el corazón a toda prisa y me cuesta respirar. Está por aquí, en algún sitio. Me pregunto si Kate está hablando con él, quizá interrogándolo. Me dirijo hacia mi asiento entre compañeros cuyos apellidos también empiezan por S. Estoy en la segunda fila, lo que me ofrece cierto anonimato. Miro hacia atrás y veo a Ray en las gradas, arriba del todo. Lo saludo con un gesto. Me contesta agitando tímidamente la mano. Me siento y espero.

El auditorio no tarda en llenarse y el rumor de voces nerviosas aumenta progresivamente. La primera fila de asientos ya está ocupada. Yo estoy sentada entre dos chicas de otro departamento a las que no conozco. Es evidente que son muy amigas, y hablan muy nerviosas conmigo en medio.

A las once en punto aparece el rector desde detrás del estrado, seguido por los tres vicerrectores y los profesores, todos ataviados en negro y rojo. Nos levantamos y aplaudimos a nuestro personal docente. Algunos profesores asienten y saludan con la mano, y otros parecen aburridos. El profesor Collins, mi tutor y mi profesor preferido, tiene pinta de acabar de levantarse, como siempre. Al fondo del escenario están Kate y Christian. Christian lleva un traje gris a medida, y a las luces del auditorio brillan en su pelo mechones cobrizos. Parece muy serio y autosuficiente. Al sentarse, se desabrocha la americana y veo su corbata. Oh, Dios… ¡esa corbata! Me froto las muñecas en un gesto reflejo. No puedo apartar los ojos de él. Sin duda se ha puesto esa corbata a propósito. Aprieto los labios. El público se sienta y cesan los aplausos.

—¡Mira a aquel tipo! —cuchichea entusiasmada una de las chicas sentadas a mi lado.

—¡Está buenísimo! —le contesta la otra.

Me pongo tensa. Estoy segura de que no hablan del profesor Collins.

—Tiene que ser Christian Grey.

—¿Está libre?

Se me ponen los pelos de punta.

—Creo que no —murmuro.

—Oh —exclaman las chicas mirándome sorprendidas.

—Creo que es gay —mascullo.

—Qué lástima —se lamenta una de las chicas.

Mientras el rector se levanta y da comienzo al acto con su discurso, veo que Christian recorre disimuladamente la sala con la mirada. Me hundo en mi asiento y encojo los hombros para que no me vea. Fracaso estrepitosamente, porque un segundo después sus ojos encuentran los míos. Me mira con rostro impasible, totalmente inescrutable. Me remuevo incómoda en mi asiento, hipnotizada por su mirada, y me ruborizo ligeramente. De pronto recuerdo mi sueño de esta mañana y se me contraen los músculos del vientre. Respiro hondo. Sus labios esbozan una leve y efímera sonrisa. Cierra un instante los ojos y al abrirlos recupera su expresión indiferente. Lanza una rápida mirada al rector y luego fija la vista al frente, en el emblema de la universidad colgado en la entrada. No vuelve a dirigir sus ojos hacia mí. El rector continúa con su monótono discurso, y Christian sigue sin mirarme. Mira fijamente hacia delante.

¿Por qué no me mira? ¿Habrá cambiado de idea? Me inunda una oleada de inquietud. Quizá el hecho de que me marchara anoche fue el final también para él. Se ha aburrido de esperar a que me decida. Oh, no, quizá lo he fastidiado todo. Recuerdo su e-mail de anoche. Quizá esté enfadado porque no le he contestado.

De pronto la señorita Katherine Kavanagh avanza por el estrado y la sala irrumpe en aplausos. El rector se sienta y Kate se echa la bonita melena hacia atrás y coloca sus papeles en el atril. Se toma su tiempo y no se siente intimidada por el millar de personas que están mirándola. Cuando está lista, sonríe, levanta la mirada hacia la multitud fascinada y empieza su discurso con elocuencia. Está tranquila y se muestra divertida. Las chicas sentadas a mi lado se ríen a carcajadas con su primera broma. Oh, Katherine Kavanagh, tú sí que sabes pronunciar un discurso. En esos momentos estoy tan orgullosa de ella que mis dispersos pensamientos sobre Christian quedan a un lado. Aunque ya he oído su discurso, lo escucho atentamente. Domina la sala y se mete al público en el bolsillo.

Su tema es «¿Qué esperar después de la facultad?». Sí, ¿qué esperar? Christian mira a Kate alzando las cejas, creo que sorprendido. Podría haber ido a entrevistarlo Kate, y ahora podría estar haciéndole proposiciones indecentes a ella. La guapa Kate y el guapo Christian juntos. Y yo podría estar como las dos chicas sentadas a mi lado, admirándolo desde la distancia. Pero sé que Kate no le habría dado ni la hora. ¿Cómo lo llamó el otro día? Repulsivo. La idea de que Kate y Christian se enfrenten me incomoda. Tengo que decir que no sé por quién de los dos apostaría.

Kate termina su discurso con una floritura, y espontáneamente todo el mundo se levanta, la aplaude y la vitorea. Su primera ovación con el público en pie. Le sonrío y la aclamo, y ella me devuelve una sonrisa. Buen trabajo, Kate. Se sienta, el público también, y el rector se levanta y presenta a Christian… Oh, Dios, Christian va a dar un discurso. El rector hace un breve resumen de los logros de Christian: presidente de su extraordinariamente próspera empresa, un hombre que ha llegado donde está por sus propios méritos…

—… y también un importante benefactor de nuestra universidad. Por favor, demos la bienvenida al señor Christian Grey.

El rector estrecha la mano a Christian, y la gente empieza a aplaudir. Se me hace un nudo en la garganta. Se acerca al atril y recorre la sala con la mirada. Parece tan seguro de sí mismo frente a nosotros como Kate hace un momento. Las dos chicas sentadas a mi lado se inclinan hacia delante embelesadas. De hecho, creo que la mayoría de las mujeres del público, y algunos hombres, se inclinan un poco en sus asientos. Christian empieza a hablar en tono suave, mesurado y cautivador.

—Estoy profundamente agradecido y emocionado por el gran honor que me han concedido hoy las autoridades de la Universidad Estatal de Washington, honor que me ofrece la excepcional posibilidad de hablar del impresionante trabajo que lleva a cabo el departamento de ciencias medioambientales de la universidad. Nuestro propósito es desarrollar métodos de cultivo viables y ecológicamente sostenibles para países del tercer mundo. Nuestro objetivo último es ayudar a erradicar el hambre y la pobreza en el mundo. Más de mil millones de personas, principalmente en el África subsahariana, el sur de Asia y Latinoamérica, viven en la más absoluta miseria. El mal funcionamiento de la agricultura es generalizado en estas zonas, y el resultado es la destrucción ecológica y social. Sé lo que es pasar hambre. Para mí, se trata de una travesía muy personal…

Se me desencaja la mandíbula. ¿Qué? Christian ha pasado

hambre. Maldita sea. Bueno, eso explica muchas cosas. Y recuerdo la entrevista. De verdad quiere alimentar al mundo. Me devano los sesos desesperadamente intentando recordar el artículo de Kate. Fue adoptado a los cuatro años, creo. No me imagino que Grace lo matara de hambre, así que debió de ser antes, cuando era muy pequeño. Trago saliva y se me encoge el corazón pensando en un niñito de ojos grises hambriento. Oh, no. ¿Qué vida tuvo antes de que los Grey lo adoptaran y lo rescataran?

Me invade una indignación salvaje. El filantrópico Christian pobre, jodido y pervertido. Aunque estoy segura de que él no se vería así a sí mismo y rechazaría todo sentimiento de lástima o piedad. De repente estalla un aplauso general y todo el mundo se levanta. Yo hago lo mismo, aunque no he escuchado la mitad de su discurso. Se dedica a esa gran labor, a dirigir una empresa enorme y al mismo tiempo a perseguirme. Resulta abrumador. Recuerdo los breves retazos de las conversaciones que le he oído sobre Darfur… Ahora encaja todo. Comida.

Sonríe brevemente ante el cálido aplauso —incluso Kate está aplaudiendo— y vuelve a su asiento. No mira en dirección a mí, y yo estoy descentrada intentando asimilar toda esta nueva información sobre él.

Un vicerrector se levanta y empieza el largo y tedioso proceso de entrega de títulos. Hay que repartir más de cuatrocientos, así que pasa más de una hora hasta que oigo mi nombre. Avanzo hacia el estrado entre las dos chicas, que se ríen tontamente. Christian me lanza una mirada cálida, aunque comedida.

—Felicidades, señorita Steele —me dice estrechándome la mano. Siento la descarga de su carne en la mía—. ¿Tienes problemas con el ordenador?

Frunzo el ceño mientras me entrega el título.

—No.

—Entonces, ¿no haces caso de mis e-mails?

—Solo vi el de las fusiones y adquisiciones.

Me mira con curiosidad.

—Luego —me dice.

Y tengo que avanzar, porque estoy obstruyendo la cola.

Vuelvo a mi asiento. ¿E-mails? Debe de haber mandado otro. ¿Qué decía?

La ceremonia concluye una hora después. Es interminable. Al final, el rector conduce a los miembros del cuerpo docente fuera del estrado, precedidos por Christian y Kate, y todo el mundo vuelve a aplaudir calurosamente. Christian no me mira, aunque me gustaría que lo hiciera. La diosa que llevo dentro no está nada contenta.

Mientras espero de pie para poder salir de nuestra fila de asientos, Kate me llama. Se acerca hacia mí desde detrás del estrado.

—Christian quiere hablar contigo —me grita.

Las dos chicas, que ahora están de pie a mi lado, se giran y me miran.

—Me ha mandado a que te lo diga —sigue diciendo.

Oh…

—Tu discurso ha sido genial, Kate.

—Sí, ¿verdad? —Sonríe—. ¿Vienes? Puede ser muy insistente.

Pone los ojos en blanco y me río.

—Ni te lo imaginas. Pero no puedo dejar a Ray solo mucho rato.

Levanto la mirada hacia Ray y le indico abriendo la palma que me espere cinco minutos. Asiente, me hace un gesto con la mano y sigo a Kate hasta el pasillo de detrás del estrado. Christian está hablando con el rector y con dos profesores. Levanta los ojos al verme.

—Discúlpenme, señores —le oigo murmurar.

Viene hacia mí y sonríe brevemente a Kate.

—Gracias —le dice.

Y antes de que Kate pueda responder, me coge del brazo y me lleva hacia lo que parece un vestuario de hombres. Comprueba que está vacío y cierra la puerta con pestillo.

Maldita sea, ¿qué se propone? Parpadeo cuando se gira hacia mí.

—¿Por qué no me has mandado un e-mail? ¿O un mensaje al móvil?

Me mira furioso. Yo estoy desconcertada.

—Hoy no he mirado ni el ordenador ni el teléfono.

Mierda, ¿ha estado llamándome? Pruebo con la técnica de distracción que tan bien me funciona con Kate.

—Tu discurso ha estado muy bien.

—Gracias.

—Ahora entiendo tus problemas con la comida.

Se pasa una mano por el pelo, muy nervioso.

—Anastasia, no quiero hablar de eso ahora. —Cierra los ojos y parece afligido—. Estaba preocupado por ti.

—¿Preocupado? ¿Por qué?

—Porque volviste a casa en esa trampa mortal a la que tú llamas coche.

—¿Qué? No es ninguna trampa mortal. Está perfectamente. José suele hacerle la revisión.

—¿José, el fotógrafo?

Christian arruga la frente y se le hiela la expresión. Mierda.

—Sí, el Escarabajo era de su madre.

—Sí, y seguramente también de su abuela y de su bisabuela. No es un coche seguro.

—Lo tengo desde hace más de tres años. Siento que te hayas preocupado. ¿Por qué no me has llamado?

Está exagerando demasiado.

Respira hondo.

—Anastasia, necesito una respuesta. La espera está volviéndome loco.

—Christian… Mira, he dejado a mi padrastro solo.

—Mañana. Quiero una respuesta mañana.

—De acuerdo, mañana. Ya te diré algo.

Retrocede y me mira más calmado, con los hombros relajados.

—¿Te quedas a tomar algo? —me pregunta.

—No sé lo que quiere hacer Ray.

—¿Tu padrastro? Me gustaría conocerlo.

Oh, no… ¿por qué?

—Creo que no es buena idea.

Christian abre el pestillo de la puerta muy serio.

—¿Te avergüenzas de mí?

—¡No! —Ahora me toca a mí desesperarme—. ¿Y cómo te presento a mi padre? ¿«Este es el hombre que me ha desvirgado y que quiere mantener conmigo una relación sadomasoquista»? No llevas puestas las zapatillas de deporte.

Christian me mira y sus labios esbozan una sonrisa. Y aunque estoy enfadada con él, involuntariamente mi cara se la devuelve.

—Para que lo sepas, corro muy deprisa. Dile que soy un amigo, Anastasia.

Abre la puerta y sale. La cabeza me da vueltas. El rector, los tres vicerrectores, cuatro profesores y Kate se me quedan mirando cuando paso a toda prisa por delante de ellos. Mierda. Dejo a Christian con los profesores y voy a buscar a Ray.

«Dile que soy un amigo.»

Amigo con derecho a roce, me dice mi subconsciente con mala cara. Lo sé, lo sé. Me quito de encima el desagradable pensamiento. ¿Cómo voy a presentárselo a Ray? La sala sigue todavía medio llena, y Ray no se ha movido de su sitio. Me ve, me hace un gesto con la mano y empieza a bajar.

—Annie, felicidades —me dice pasándome el brazo por los hombros.

—¿Te apetece venir a tomar algo al entoldado?

—Claro. Hoy es tu día. Vamos.

—No tenemos que ir si no quieres.

Por favor, di que no…

—Annie, he estado dos horas y media sentado, escuchando todo tipo de parloteos. Necesito una copa.

Le cojo del brazo y avanzamos entre la multitud a través de la cálida tarde. Pasamos junto a la cola del fotógrafo oficial.

—Ah, lo olvidaba… —Ray se saca una cámara digital del bolsillo—. Una foto para el álbum, Annie.

Pongo los ojos en blanco mientras me saca una foto.

—¿Puedo quitarme ya la toga y el birrete? Me siento medio tonta.

Eres medio tonta… Mi subconsciente está de lo más sarcástico. Así que vas a presentar a Ray al hombre con el que follas… Estará muy orgulloso. Mi subconsciente me observa por encima de sus gafas de media luna. A veces la odio.

El entoldado es inmenso y está lleno de gente: alumnos, padres, profesores y amigos, todos charlando alegremente. Ray me pasa una copa de champán, o de vino espumoso barato, me temo.

No está frío y es dulzón. Pienso en Christian… No va a gustarle.

—¡Ana!

Al girarme, Ethan Kavanagh me coge de improviso entre sus brazos. Me levanta y me da vueltas en el aire sin que se me derrame el vino. Toda una proeza.

—¡Felicidades! —exclama sonriéndome, con sus ojos verdes brillantes.

Qué sorpresa. Su pelo rubio está alborotado y sexy. Es tan guapo como Kate. El parecido es asombroso.

—¡Uau, Ethan! Qué alegría verte. Papá, este es Ethan, el hermano de Kate. Ethan, te presento a mi padre, Ray Steele.

Se dan la mano. Mi padre evalúa fríamente al señor Kavanagh.

—¿Cuándo has llegado de Europa? —le pregunto.

—Hace una semana, pero quería darle una sorpresa a mi hermanita —me dice en tono de complicidad.

—Qué detalle —le digo sonriendo.

—Era la que iba a pronunciar el discurso de graduación. No podía perdérmelo.

Parece inmensamente orgulloso de su hermana.

—Su discurso ha sido genial.

—Es verdad —confirma Ray.

Ethan me tiene cogida por la cintura cuando levanto la mirada y me encuentro con los gélidos ojos grises de Christian Grey. Kate está a su lado.

—Hola, Ray. —Kate besa en las mejillas a mi padre, que se ruboriza—. ¿Conoces al novio de Ana? Christian Grey.

Maldita sea… ¡Kate! ¡Mierda! Me arden las mejillas.

—Señor Steele, encantado de conocerlo —dice Christian tranquilamente, con calidez, sin que le haya alterado la presentación de Kate.

Tiende la mano a Ray, que se la estrecha sin dar la menor muestra de sorprenderse por lo que acaba de enterarse.

Muchas gracias, Katherine Kavanagh, pienso echando chispas. Creo que mi subconsciente se ha desmayado.

—Señor Grey —murmura Ray.

Su expresión es indescifrable. Solo abre un poco sus grandes ojos castaños, que se giran hacia mí como preguntándome cuándo pensaba darle la noticia. Me muerdo el labio.

—Y este es mi hermano, Ethan Kavanagh —dice Kate a Christian.

Este dirige su gélida mirada a Ethan, que sigue cogiéndome por la cintura.

—Señor Kavanagh.

Se saludan. Christian me tiende la mano.

—Ana, cariño —murmura.

Casi me muero al oírlo.

Me aparto de Ethan, al que Christian dedica una sonrisa glacial, y me coloco a su lado. Kate me sonríe. La muy zorra sabe perfectamente lo que está haciendo.

—Ethan, mamá y papá quieren hablar con nosotros —dice Kate llevándose a su hermano.

—¿Desde cuándo os conocéis, chicos? —pregunta Ray mirando impasible primero a Christian y luego a mí.

He perdido la capacidad de hablar. Quiero que me trague la tierra. Christian me roza la espalda desnuda con el pulgar y luego deja la mano apoyada en mi hombro.

—Unas dos semanas —dice en tono tranquilo—. Nos conocimos cuando Anastasia vino a entrevistarme para la revista de la facultad.

—No sabía que trabajabas para la revista de la facultad, Ana.

El tono de Ray es de ligero reproche. Es evidente que está molesto. Mierda.

—Kate estaba enferma —murmuro.

No logro decir nada más.

—Su discurso ha estado muy bien, señor Grey.

—Gracias. Tengo entendido que es usted un entusiasta de la pesca.

Ray alza las cejas y esboza una sonrisa poco habitual, auténtica. Y de pronto se ponen a hablar de pesca. De hecho, enseguida siento que sobro. Se ha metido a mi padre en el bolsillo… Como hizo contigo, me reprocha mi subconsciente. Su poder no tiene límites. Me disculpo y voy a buscar a Kate.

Kate está hablando con sus padres, que están encantados de verme, como siempre, y me saludan cariñosamente. Intercambiamos varias frases de cortesía, sobre todo acerca de sus próximas vacaciones a Barbados y nuestro traslado.

—Kate, ¿cómo has podido soltar eso delante de Ray? —le pregunto entre dientes en la primera ocasión en que nadie puede oírnos.

—Porque sabía que tú no lo harías, y quiero echar una mano con los problemas de compromiso de Christian —me contesta sonriendo dulcemente.

Frunzo el ceño. ¡Soy yo la que no va a comprometerse con él, estúpida!

—Y el tío se ha quedado tan tranquilo, Ana. No te preocupes. Míralo… Christian no aparta la mirada de ti.

Me giro y veo que Ray y Christian están mirándome.

—No te ha quitado los ojos de encima.

—Será mejor que vaya a rescatar a Ray, o a Christian. No sé a cuál de los dos. Esto no va a quedar así, Katherine Kavanagh.

—Ana, te he hecho un favor —me dice cuando ya me he dado la vuelta.

—Hola —les saludo a los dos con una sonrisa.

Parece que todo va bien. Christian está sonriendo por alguna broma entre ellos, y mi padre parece increíblemente relajado, teniendo en cuenta que se trata de socializar. ¿De qué han hablado, aparte de pesca?

—Ana, ¿dónde está el cuarto de baño? —me pregunta Ray.

—Al fondo a la izquierda.

—Vuelvo enseguida. Divertíos, chicos.

Ray se aleja. Miro nerviosa a Christian. Nos quedamos un momento quietos mientras un fotógrafo nos hace una foto.

—Gracias, señor Grey.

El fotógrafo se escabulle a toda prisa. El flash me ha dejado parpadeando.

—Así que también has cautivado a mi padre…

—¿También?

Le arden los ojos y alza una ceja interrogante. Me ruborizo. Levanta una mano y desliza los dedos por mi mejilla.

—Ojalá supiera lo que estás pensando, Anastasia —susurra en tono turbador.

Me coloca la mano en la barbilla y me levanta la cara. Nos miramos fijamente a los ojos.

Se me dispara el corazón. ¿Cómo puede tener este efecto sobre mí, incluso en este entoldado lleno de gente?

—Ahora mismo estoy pensando: Bonita corbata —le digo.

Se ríe.

—Últimamente es mi favorita.

Me arden las mejillas.

—Estás muy guapa, Anastasia. Este vestido con la espalda descubierta te sienta muy bien. Me apetece acariciarte la espalda y sentir tu hermosa piel.

De pronto es como si estuviéramos solos. Solos él y yo. Se me altera todo el cuerpo, me hormiguean todas las terminaciones nerviosas, y la electricidad que se crea entre nosotros me empuja hacia él.

—Sabes que irá bien, ¿verdad, nena? —me susurra.

Cierro los ojos y me derrito por dentro.

—Pero quiero más —le contesto en voz baja.

—¿Más?

Me mira desconcertado y sus ojos se vuelven impenetrables. Asiento y trago saliva. Ahora ya lo sabe.

—Más —repite en voz baja, como si estuviera sopesando la palabra, una palabra corta y sencilla, pero demasiado cargada de promesas. Me pasa el pulgar por el labio inferior—. Quieres flores y corazones.

Vuelvo a asentir. Pestañea y observo en sus ojos su lucha interna.

—Anastasia —me dice en tono dulce—, no sé mucho de ese tema.

—Yo tampoco.

Sonríe ligeramente.

—Tú no sabes mucho de nada —murmura.

—Tú sabes todo lo malo.

—¿Lo malo? Para mí no lo es —me contesta moviendo la cabeza, y parece sincero—. Pruébalo —me susurra.

Me desafía. Ladea la cabeza y esboza su deslumbrante sonrisa de medio lado.

Respiro hondo. Soy Eva en el Edén, y él es la serpiente. No puedo resistirme.

—De acuerdo —susurro.

—¿Qué?

Me observa muy atento. Trago saliva.

—De acuerdo. Lo intentaré.

—¿Estás de acuerdo?

Es evidente que no termina de creérselo.

—Dentro de los límites tolerables, sí. Lo intentaré.

Hablo en voz muy baja. Christian cierra los ojos y me abraza.

—Ana, eres imprevisible. Me dejas sin aliento.

Da un paso atrás y de pronto Ray ya está de vuelta. El ruido en el interior del entoldado aumenta progresivamente y me invade los oídos. No estamos solos. Dios mío, acabo de aceptar ser su sumisa. Christian sonríe a Ray con la alegría danzando en sus ojos.

—Annie, ¿vamos a comer algo?

—Vamos.

Guiño un ojo a Ray intentando recuperar la serenidad. ¿Qué has hecho?, me grita mi subconsciente. La diosa que llevo dentro da volteretas dignas de una gimnasta olímpica rusa.

—Christian, ¿quieres venir con nosotros? —le pregunta Ray.

¡Christian! Lo miro suplicándole que no venga. Necesito espacio para pensar… ¿Qué deminios he hecho?

—Gracias, señor Steele, pero tengo planes. Encantado de conocerlo.

—Lo mismo digo —le contesta Ray—. Cuídame a mi niña.

—Esa es mi intención.

Se estrechan la mano. Estoy mareada. Ray no tiene ni idea de cómo va a cuidarme Christian. Este me coge de la mano, se la lleva a los labios y me besa los nudillos con ternura sin apartar sus abrasadores ojos de los míos.

—Nos vemos luego, señorita Steele —me dice en un tono lleno de promesas.

Se me encoge el estómago al pensarlo. ¿Podré esperar?

Ray me coge del brazo y nos dirigimos a la salida del entoldado.

—Parece un chico muy formal. Y adinerado. No lo has hecho tan mal, Annie. Aunque no entiendo por qué he tenido que enterarme por Katherine… —me reprende.

Me encojo de hombros a modo de disculpa.

—Bueno —dice—, cualquier hombre al que le guste pescar a mí me parece bien.

Vaya, a Ray le parece bien. Si él supiera…

Al anochecer Ray me lleva a casa.

—Llama a tu madre —me dice.

—Lo haré. Gracias por venir, papá.

—No me lo habría perdido por nada del mundo, Annie. Estoy muy orgulloso de ti.

Oh, no. No voy a emocionarme ahora… Se me hace un nudo en la garganta y lo abrazo muy fuerte. Me rodea con sus brazos, perplejo, y entonces no puedo evitarlo. Se me saltan las lágrimas.

—Hey, Annie, cariño —me dice Ray—. Ha sido un gran día, ¿verdad? ¿Quieres que entre y te prepare un té?

Aunque tengo los ojos llenos de lágrimas, me río. Para Ray, el té siempre es la solución. Recuerdo a mi madre quejándose de él, diciendo que cuando se trataba de consolar a alguien con un té, el té siempre se le daba muy bien, pero el consuelo no tanto.

—No, papá, estoy bien. Me he alegrado mucho de verte. En cuanto me instale en Seattle, iré a verte.

—Suerte con las entrevistas. Ya me contarás cómo te van.

—Claro, papá.

—Te quiero, Annie.

—Yo también te quiero, papá.

Me sonríe con ojos cálidos y brillantes, y se mete en el coche. Le digo adiós con la mano mientras se adentra en la oscuridad, y luego entro lánguidamente en casa.

Lo primero que hago es mirar el móvil. No tiene batería, así que tengo que ir a buscar el cargador y enchufarlo antes de ver los mensajes. Cuatro llamadas perdidas, dos mensajes en el contestador y dos mensajes de texto. Tres llamadas perdidas de Christian... sin mensajes en el contestador. Una llamada perdida de José, y su voz deseándome lo mejor en la ceremonia de graduación.

Abro los mensajes de texto.

Has llegado bien?
Llamame

Los dos son de Christian. ¿Por qué no me llamó a casa? Voy a mi habitación y enciendo el cacharro infernal.

De: Christian Grey
Fecha: 25 de mayo de 2011 23:58
Para: Anastasia Steele
Asunto: Esta noche

Espero que hayas llegado bien a casa en ese coche tuyo.
Dime si estás bien.

Christian Grey
Presidente de Grey Enterprises Holdings, Inc.

Dios... ¿Por qué le preocupa tanto mi Escarabajo? Me ha servido lealmente durante tres años, y José siempre me ha ayudado a ponerlo a punto. El siguiente e-mail de Christian es de hoy.

De: Christian Grey
Fecha: 26 de mayo de 2011 17:22
Para: Anastasia Steele
Asunto: Límites tolerables

¿Qué puedo decir que no haya dicho ya?
Encantado de comentarlo contigo cuando quieras.

Hoy estabas muy guapa.

Christian Grey
Presidente de Grey Enterprises Holdings, Inc.

Quiero verlo, así que pulso «Responder».

De: Anastasia Steele
Fecha: 26 de mayo de 2011 19:23
Para: Christian Grey
Asunto: Límites tolerables

Si quieres, puedo ir a verte esta noche y lo comentamos.

Ana

De: Christian Grey
Fecha: 26 de mayo de 2011 19:27
Para: Anastasia Steele
Asunto: Límites tolerables

Voy yo a tu casa. Cuando te dije que no me gustaba que llevaras ese coche, lo decía en serio.
Nos vemos enseguida.

Christian Grey
Presidente de Grey Enterprises Holdings, Inc.

Maldita sea… Viene hacia aquí. Tengo que prepararle una cosa. Las primeras ediciones de los libros de Thomas Hardy siguen en las estanterías del comedor. No puedo aceptarlas. Envuelvo los libros en papel de embalar y escribo una cita de Tess:

> *Acepto las condiciones, Angel, porque tú sabes mejor cuál tiene que ser mi castigo. Lo único que te pido es… que no sea más duro de lo que pueda soportar.*

15

Hola.

Me siento terriblemente cortada cuando abro la puerta. Christian está en el porche, con sus vaqueros y su cazadora de cuero.

—Hola —dice, y su radiante sonrisa le ilumina el rostro.

Me detengo un instante para admirar su belleza. Madre mía, está buenísimo vestido de cuero.

—Pasa.

—Si me lo permites —contesta, divertido. Cuando entra, le veo una botella de champán en la mano—. He pensado que podríamos celebrar tu graduación. No hay nada como un buen Bollinger.

—Interesante elección de palabras —comento con sequedad.

Él sonríe.

—Me encanta la chispa que tienes, Anastasia.

—No tenemos más que tazas. Ya hemos empaquetado todos los vasos y copas.

—¿Tazas? Por mí, bien.

Me dirijo a la cocina. Nerviosa, sintiendo las mariposas en el estómago; es como tener una pantera o un puma en mi salón.

—¿Quieres platito también?

—Con la taza me vale, Anastasia —me responde Christian distraídamente desde el salón.

Cuando vuelvo, está escudriñando el paquete marrón de libros. Dejo las tazas en la mesa.

—Eso es para ti —murmuro algo ansiosa.

Mierda… Seguro que esto termina en pelea.

—Mmm, me lo figuro. Una cita muy oportuna. —Pasea ausente el largo índice por el texto—. Pensé que era d'Urberville, no Angel. Has elegido la corrupción. —Me dedica una breve sonrisa lobuna—. Solo tú podías encontrar algo de resonancias tan acertadas.

—También es una súplica —le susurro.

¿Por qué estoy tan nerviosa? Tengo la boca seca.

—¿Una súplica? ¿Para que no me pase contigo?

Asiento con la cabeza.

—Compré esto para ti —dice él en voz baja y con mirada impasible—. No me pasaré contigo si lo aceptas.

Trago saliva compulsivamente.

—Christian, no puedo aceptarlo, es demasiado.

—Ves, a esto me refería, me desafías. Quiero que te lo quedes, y se acabó la discusión. Es muy sencillo. No tienes que pensar en nada de esto. Como sumisa mía, tendrías que agradecérmelo. Limítate a aceptar lo que te compre, porque me complace que lo hagas.

—Aún no era tu sumisa cuando lo compraste —susurro.

—No… pero has accedido, Anastasia.

Su mirada se vuelve recelosa.

Suspiro. No me voy a salir con la mía, así que pasamos al plan B.

—Entonces, ¿es mío y puedo hacer lo que quiera con ello?

Me mira con desconfianza, pero cede.

—Sí.

—En ese caso, me gustaría donarlo a una ONG, a una que trabaja en Darfur y a la que parece que le tienes cariño. Que lo subasten.

—Si eso es lo que quieres hacer…

Aprieta los labios. Parece decepcionado.

Me sonrojo.

—Me lo pensaré —murmuro.

No quiero decepcionarlo, y entonces recuerdo sus palabras. «Quiero que quieras complacerme.»

—No pienses, Anastasia. En esto, no.

Lo dice sereno y serio.

¿Cómo no voy a pensar? Te puedes hacer pasar por un coche, ser otra de sus posesiones, ataca de nuevo mi subconsciente con su desagradable mordacidad. La ignoro. Ay, ¿podríamos rebobinar? El ambiente es ahora muy tenso. No sé qué hacer. Me miro fijamente los dedos. ¿Cómo salvo la situación?

Deja la botella de champán en la mesa y se sitúa delante de mí. Me coge la cara por la barbilla y me levanta la cabeza. Me mira con expresión grave.

—Te voy a comprar muchas cosas, Anastasia. Acostúmbrate. Me lo puedo permitir. Soy un hombre muy rico. —Se inclina y me planta un beso rápido y casto en los labios—. Por favor.

Me suelta.

Vaya, me susurra mi subconsciente.

—Eso hace que me sienta ruin —musito.

—No debería. Le estás dando demasiadas vueltas, Anastasia. No te juzgues por lo que puedan pensar los demás. No malgastes energía. Esto es porque nuestro contrato te produce cierto reparo; es algo de lo más normal. No sabes en qué te estás metiendo.

Frunzo el ceño, tratando de procesar sus palabras.

—Va, déjalo ya —me ordena con delicadeza, cogiéndome otra vez la barbilla y tirando de ella suave para que deje de morderme el labio inferior—. No hay nada ruin en ti, Anastasia. No quiero que pienses eso. No he hecho más que comprarte unos libros antiguos que pensé que te gustarían, nada más. Bebamos un poco de champán. —Su mirada se vuelve cálida y tierna, y yo le sonrío tímidamente—. Eso está mejor —murmura.

Coge el champán, le quita el aluminio y la malla, retuerce la botella más que el corcho y la abre con un pequeño estallido y una floritura experta con la que no se derrama ni una gota. Llena las tazas a la mitad.

—Es rosado —comento sorprendida.

—Bollinger Grande Année Rosé 1999, una añada excelente —dice con entusiasmo.

—En taza.

Sonríe.

—En taza. Felicidades por tu graduación, Anastasia.

Brindamos y él da un sorbo, pero yo no puedo dejar pensar de que, en realidad, celebramos mi capitulación.

—Gracias —susurro, y doy un sorbo. Desde luego está delicioso—. ¿Repasamos los límites tolerables?

Sonríe, y yo me ruborizo.

—Siempre tan entusiasta.

Christian me coge de la mano y me lleva al sofá, donde se sienta y tira de mí para que tome asiento a su lado.

—Tu padrastro es un hombre muy taciturno.

Ah… así que pasamos de los límites tolerables. Pero quiero quitármelo ya de encima; la angustia me está matando.

—Lo tienes comiendo de tu mano —digo con un mohín.

Christian ríe suavemente.

—Solo porque sé pescar.

—¿Cómo has sabido que le gusta pescar?

—Me lo dijiste tú. Cuando fuimos a tomar un café.

—¿Ah, sí? —Doy otro sorbo. Uau, se acuerda de los detalles. Mmm… este champán es buenísimo—. ¿Probaste el vino de la recepción?

Christian hace una mueca.

—Sí. Estaba asqueroso.

—Pensé en ti cuando lo probé. ¿Cómo es que sabes tanto de vinos?

—No sé tanto, Anastasia, solo sé lo que me gusta. —Sus ojos grises brillan, casi plateados, y vuelvo a ruborizarme—. ¿Más? —pregunta refiriéndose al champán.

—Por favor.

Christian se levanta con elegancia y coge la botella. Me llena la taza. ¿Me querrá achispar? Lo miro recelosa.

—Esto está muy vacío. ¿Te mudas ya?

—Más o menos.

—¿Trabajas mañana?

—Sí, es mi último día en Clayton's.

—Te ayudaría con la mudanza, pero le he prometido a mi hermana que iría a buscarla al aeropuerto.

Vaya, eso es nuevo.

—Mia llega de París el sábado a primera hora. Mañana me vuelvo a Seattle, pero tengo entendido que Elliot os va a echar una mano.

—Sí, Kate está muy entusiasmada al respecto.

Christian frunce el ceño.

—Sí, Kate y Elliot, ¿quién lo iba a decir? —masculla, y no sé por qué no parece que le haga mucha gracia.

—¿Y qué vas a hacer con lo del trabajo de Seattle?

¿Cuándo vamos a hablar de los límites? ¿A qué juega?

—Tengo un par de entrevistas para puestos de becaria.

—¿Y cuándo pensabas decírmelo? —pregunta arqueando una ceja.

—Eh… te lo estoy diciendo ahora.

Entorna los ojos.

—¿Dónde?

No sé bien por qué, quizá para evitar que haga uso de su influencia, no quiero decírselo.

—En un par de editoriales.

—¿Es eso lo que quieres hacer, trabajar en el mundo editorial?

Asiento con cautela.

—¿Y bien?

Me mira pacientemente a la espera de más información.

—Y bien ¿qué?

—No seas retorcida, Anastasia, ¿en qué editoriales? —me reprende.

—Unas pequeñas —murmuro.

—¿Por qué no quieres que lo sepa?

—Tráfico de influencias.

Frunce el ceño.

—Pues sí que eres retorcida.

Y se echa a reír.

—¿Retorcida? ¿Yo? Dios mío, qué morro tienes. Bebe, y hablemos de esos límites.

Saca otra copia de mi e-mail y de la lista. ¿Anda por ahí con esas listas en los bolsillos? Creo que lleva una en la americana que tengo yo. Mierda, más vale que no se me olvide. Apuro la taza.

Me echa un vistazo rápido.

—¿Más?

—Por favor.

Me dedica una de esas sonrisas de suficiencia suyas, sostiene en alto la botella de champán, y se detiene.

—¿Has comido algo?

Ay, no... ya estamos otra vez.

—Sí. Me he dado un banquete con Ray.

Lo miro poniendo los ojos en blanco. El champán me está desinhibiendo.

Se inclina hacia delante, me coge la barbilla y me mira fijamente a los ojos.

—La próxima vez que me pongas los ojos en blanco te voy a dar unos azotes.

¿Qué?

—Ah —susurro, y detecto la excitación en sus ojos.

—Ah —replica, imitándome—. Así se empieza, Anastasia.

El corazón me martillea en el pecho y el nudo del estómago se me sube a la garganta. ¿Por qué me excita tanto eso?

Me llena la taza, y me lo bebo casi todo. Escarmentada, lo miro.

—Me sigues ahora, ¿no?

Asiento con la cabeza.

—Respóndeme.

—Sí... te sigo.

—Bien. —Me dedica una sonrisa cómplice—. De los actos sexuales... lo hemos hecho casi todo.

Me acerco a él en el sofá y echo un vistazo a la lista.

APÉNDICE 3

Límites tolerables

A discutir y acordar por ambas partes:

¿Acepta la Sumisa lo siguiente?

- Masturbación
- Cunnilingus

- Penetración vaginal
- Fisting vaginal

- Felación
- Ingestión de semen
- Penetración anal
- Fisting anal

—De puño nada, dices. ¿Hay algo más a lo que te opongas? —pregunta con ternura.

Trago saliva.

—La penetración anal tampoco es que me entusiasme.

—Por lo del puño paso, pero no querría renunciar a tu culo, Anastasia. Bueno, ya veremos. Además, tampoco es algo a lo que podamos lanzarnos sin más. —Me sonríe maliciosamente—. Tu culo necesitará algo de entrenamiento.

—¿Entrenamiento? —susurro.

—Oh, sí. Habrá que prepararlo con mimo. La penetración anal puede resultar muy placentera, créeme. Pero si lo probamos y no te gusta, no tenemos por qué volver a hacerlo.

Me sonríe.

Lo miro espantada. ¿Cree que me va a gustar? ¿Cómo sabe él que resulta placentero?

—¿Tú lo has hecho? —le susurro.

—Sí.

Madre mía. Ahogo un jadeo.

—¿Con un hombre?

—No. Nunca he hecho nada con un hombre. No me va.

—¿Con la señora Robinson?

—Sí.

Madre mía… ¿cómo? Frunzo el ceño. Sigue repasando la lista.

—Y la ingestión de semen… Bueno, eso se te da de miedo.

Me sonrojo, y la diosa que llevo dentro se infla de orgullo.

—Entonces… —Me mira sonriente—. Tragar semen, ¿vale?

Asiento con la cabeza, incapaz de mirarlo a los ojos, y vuelvo a apurar mi taza.

—¿Más? —me pregunta.

—Más. —Y de pronto, mientras me rellena la taza, recuerdo la conversación que hemos mantenido antes. ¿Se refiere a eso o solo al champán? ¿Forma parte del juego todo esto del champán?

—¿Juguetes sexuales? —pregunta.

Me encojo de hombros, mirando la lista.

¿Acepta la Sumisa lo siguiente?

- Vibradores
- Tapones anales

- Consoladores
- Otros juguetes vaginales/anales

—¿Tapones anales? ¿Eso sirve para lo que pone en el envase? Arrugo la nariz, asqueada.

—Sí. —Sonríe—. Y hace referencia a la penetración anal de antes. Al entrenamiento.

—Ah… ¿y el «otros»?

—Cuentas, huevos… ese tipo de cosas.

—¿Huevos? —inquiero alarmada.

—No son huevos de verdad —ríe a carcajadas, meneando la cabeza.

Lo miro con los labios fruncidos.

—Me alegra ver que te hago tanta gracia.

No logro ocultar que me siento dolida.

Deja de reírse.

—Mis disculpas. Lo siento, señorita Steele —dice tratando de parecer arrepentido, pero sus ojos aún chispean—. ¿Algún problema con los juguetes?

—No —espeto.

—Anastasia —dice, zalamero—, lo siento. Créeme. No pretendía burlarme. Nunca he tenido esta conversación de forma tan explícita. Eres tan inexperta… Lo siento.

Me mira con ojos grandes, grises, sinceros.

Me relajo un poco y bebo otro sorbo de champán.

—Vale… bondage —dice volviendo a la lista.

La examino, y la diosa que llevo dentro da saltitos como una niña a la espera de un helado.

¿Acepta la Sumisa lo siguiente?

- Bondage con cuerda

- Bondage con cinta adhesiva

- Bondage con muñequeras de cuero
- Bondage con esposas y grilletes
- Otros tipos de bondage

Christian me mira arqueando las cejas.

—¿Y bien?

—De acuerdo —susurro y vuelvo a mirar rápidamente la lista.

¿Acepta la Sumisa los siguientes tipos de bondage?

- Manos al frente
- Tobillos
- Codos
- Manos a la espalda
- Rodillas
- Muñecas con tobillos
- A objetos, muebles, etc.
- Barras rígidas
- Suspensión

¿Acepta la Sumisa que se le venden los ojos?
¿Acepta la Sumisa que se la amordace?

—Ya hemos hablado de la suspensión y, si quieres ponerla como límite infranqueable, me parece bien. Lleva mucho tiempo y, de todas formas, solo te tengo a ratos pequeños. ¿Algo más?

—No te rías de mí, pero ¿qué es una barra rígida?

—Prometo no reírme. Ya me he disculpado dos veces. —Me mira furioso—. No me obligues a hacerlo de nuevo —me advierte. Y tengo la sensación de encogerme visiblemente... madre mía, qué tirano—. Una barra rígida es una barra con esposas para los tobillos y/o las muñecas. Es divertido.

—Vale... De acuerdo con lo de amordazarme... Me preocupa no poder respirar.

—A mí también me preocuparía que no respiraras. No quiero asfixiarte.

—Además, ¿cómo voy a usar las palabras de seguridad estando amordazada?

Hace una pausa.

—Para empezar, confío en que nunca tengas que usarlas. Pero si estás amordazada, lo haremos por señas —dice sin más.

Lo miro espantada. Pero, si estoy atada, ¿cómo lo voy a hacer? Se me empieza a nublar la mente... Mmm, el alcohol.

—Lo de la mordaza me pone nerviosa.

—Vale. Tomo nota.

Lo miro fijamente y entonces empiezo a comprender.

—¿Te gusta atar a tus sumisas para que no puedan tocarte?

Me mira abriendo mucho los ojos.

—Esa es una de las razones —dice en voz baja.

—¿Por eso me has atado las manos?

—Sí.

—No te gusta hablar de eso —murmuro.

—No, no me gusta. ¿Te apetece más champán? Te está envalentonando, y necesito saber lo que piensas del dolor.

Maldita sea... esta es la parte chunga. Me rellena la taza, y doy un sorbo.

—A ver, ¿cuál es tu actitud general respecto a sentir dolor? —Christian me mira expectante—. Te estás mordiendo el labio —me dice en tono amenazante.

Paro de inmediato, pero no sé qué decir. Me ruborizo y me miro las manos.

—¿Recibías castigos físicos de niña?

—No.

—Entonces, ¿no tienes ningún ámbito de referencia?

—No.

—No es tan malo como crees. En este asunto, tu imaginación es tu peor enemigo —susurra.

—¿Tienes que hacerlo?

—Sí.

—¿Por qué?

—Es parte del juego, Anastasia. Es lo que hay. Te veo nerviosa. Repasemos los métodos.

Me enseña la lista. Mi subconsciente sale corriendo, gritando, y se esconde detrás del sofá.

- Azotes
- Latigazos
- Mordiscos
- Pinzas genitales
- Cera caliente

- Azotes con pala
- Azotes con vara
- Pinzas para pezones
- Hielo
- Otros tipos/métodos de dolor

—Vale, has dicho que no a las pinzas genitales. Muy bien. Lo que más duele son los varazos.

Palidezco.

—Ya iremos llegando a eso.

—O mejor no llegamos —susurro.

—Esto forma parte del trato, nena, pero ya iremos llegando a todo eso. Anastasia, no te voy a obligar a nada horrible.

—Todo esto del castigo es lo que más me preocupa —digo con un hilo de voz.

—Bueno, me alegro de que me lo hayas dicho. Quitamos los varazos de la lista de momento. Y, a medida que te vayas sintiendo más cómoda con todo lo demás, incrementaremos la intensidad. Lo haremos despacio.

Trago saliva, y él se inclina y me besa en la boca.

—Ya está, no ha sido para tanto, ¿no?

Me encojo de hombros, con el corazón en la boca otra vez.

—A ver, quiero comentarte una cosa más antes de llevarte a la cama.

—¿A la cama? —pregunto parpadeando muy deprisa, y la sangre me bombea por todo el cuerpo, calentándome sitios que no sabía que existían hasta hace muy poco.

—Vamos, Anastasia, después de repasar todo esto, quiero follarte hasta la semana que viene, desde ahora mismo. Debe de haber tenido algún efecto en ti también.

Me estremezco. La diosa que llevo dentro jadea.

—¿Ves? Además, quiero probar una cosa.

—¿Me va a doler?

—No... deja de ver dolor por todas partes. Más que nada es placer. ¿Te he hecho daño hasta ahora?

Me ruborizo.

—No.

—Pues entonces. A ver, antes me hablabas de que querías más.

Se interrumpe, de pronto indeciso.

Madre mía... ¿adónde va a llegar esto?

Me agarra la mano.

—Podríamos probarlo durante el tiempo en que no seas mi sumisa. No sé si funcionará. No sé si podremos separar las cosas. Igual no funciona. Pero estoy dispuesto a intentarlo. Quizá una noche a la semana. No sé.

Madre mía... me quedo boquiabierta, mi subconsciente está en estado de shock. ¡Christian Grey acepta más! ¡Está dispuesto a intentarlo! Mi subconsciente se asoma por detrás del sofá, con una expresión aún conmocionada en su rostro de arpía.

—Con una condición.

Estudia con recelo mi expresión de perplejidad.

—¿Qué? —digo en voz baja.

Lo que sea. Te doy lo que sea.

—Que aceptes encantada el regalo de graduación que te hago.

—Ah.

Y muy en el fondo sé lo que es. Brota el temor en mi vientre.

Me mira fijamente, evaluando mi reacción.

—Ven —murmura, y se levanta y tira de mí.

Se quita la cazadora, me la echa por los hombros y se dirige a la puerta.

Aparcado fuera hay un descapotable rojo de tres puertas, un Audi.

—Para ti. Feliz graduación —susurra, estrechándome en sus brazos y besándome el pelo.

Me ha comprado un puñetero coche, completamente nuevo, a juzgar por su aspecto. Vaya... si ya me costó aceptar los libros. Lo miro alucinada, intentando desesperadamente decidir cómo me siento. Por un lado, me horroriza; por otro, lo agradezco, me flipa que realmente lo haya hecho, pero la emoción predominante es el enfado. Sí, estoy enfadada, sobre todo después de todo lo que le dije de los libros... pero, claro, ya lo ha comprado. Cogiéndome de la mano, me lleva por el camino de entrada hasta esa nueva adquisición.

—Anastasia, ese Escarabajo tuyo es muy viejo y francamente peligroso. Jamás me lo perdonaría si te pasara algo cuando para mí es tan fácil solucionarlo…

Él me mira, pero, de momento, yo no soy capaz de mirarlo. Contemplo en silencio el coche, tan asombrosamente nuevo y de un rojo tan luminoso.

—Se lo comenté a tu padrastro. Le pareció una idea genial —me susurra.

Me vuelvo y lo miro furiosa, boquiabierta de espanto.

—¿Le mencionaste esto a Ray? ¿Cómo has podido?

Me cuesta que me salgan las palabras. ¿Cómo te atreves? Pobre Ray. Siento náuseas, muerta de vergüenza por mi padre.

—Es un regalo, Anastasia. ¿Por qué no me das las gracias y ya está?

—Sabes muy bien que es demasiado.

—Para mí, no; para mi tranquilidad, no.

Lo miro ceñuda, sin saber qué decir. ¡Es que no lo entiende! Él ha tenido dinero toda la vida. Vale, no toda la vida —de niño, no—, y entonces mi perspectiva cambia. La idea me serena y veo el coche con otros ojos, sintiéndome culpable por mi arrebato de resentimiento. Su intención es buena, desacertada, pero con buen fondo.

—Te agradezco que me lo prestes, como el portátil.

Suspira hondo.

—Vale. Te lo presto. Indefinidamente.

Me mira con recelo.

—No, indefinidamente, no. De momento. Gracias.

Frunce el ceño. Me pongo de puntillas y le doy un beso en la mejilla.

—Gracias por el coche, señor —digo con toda la ternura de la que soy capaz.

Me agarra de pronto y me estrecha contra su cuerpo, con una mano en la espalda reteniéndome y la otra agarrándome el pelo.

—Eres una mujer difícil, Ana Steele.

Me besa apasionadamente, obligándome a abrir la boca con la lengua, sin contemplaciones.

Me excito al instante y le devuelvo el beso con idéntica pasión. Lo deseo inmensamente, a pesar del coche, de los libros, de los límites tolerables... de los varazos... lo deseo.

—Me está costando una barbaridad no follarte encima del capó de este coche ahora mismo, para demostrarte que eres mía y que, si quiero comprarte un puto coche, te compro un puto coche —gruñe—. Venga, vamos dentro y desnúdate.

Me planta un beso rápido y brusco.

Vaya, sí que está enfadado. Me coge de la mano y me lleva de nuevo dentro y derecha al dormitorio... sin ningún tipo de preámbulo. Mi subconsciente está otra vez detrás del sofá, con la cabeza escondida entre las manos. Christian enciende la luz de la mesilla y se detiene, mirándome fijamente.

—Por favor, no te enfades conmigo —le susurro.

Me mira impasible; sus ojos grises son como fríos pedazos de cristal ahumado.

—Siento lo del coche y lo de los libros... —Me interrumpo. Guarda silencio, pensativo—. Me das miedo cuando te enfadas —digo en voz baja, mirándolo.

Cierra los ojos y mueve la cabeza. Cuando los abre, su expresión se ha suavizado. Respira hondo y traga saliva.

—Date la vuelta —susurra—. Quiero quitarte el vestido.

Otro cambio brusco de humor; me cuesta seguirlo. Obediente, me vuelvo y el corazón se me alborota; el deseo reemplaza de inmediato a la inquietud, me recorre la sangre y se instala, oscuro e intenso, en mi vientre. Me recoge el pelo de la espalda de forma que me cuelga por el hombro derecho, enroscándose en mi pecho. Me pone el dedo índice en la nuca y lo arrastra dolorosamente por mi columna vertebral. Su uña me araña la piel.

—Me gusta este vestido —murmura—. Me gusta ver tu piel inmaculada.

Acerca el dedo al borde de mi vestido, a mitad de la espalda, lo engancha y tira de él para arrimarme a su cuerpo. Inclinándose, me huele el pelo.

—Qué bien hueles, Anastasia. Muy agradable.

Me roza la oreja con la nariz, desciende por mi cuello y va regándome el hombro de besos tiernos, suavísimos.

Se altera mi respiración, se vuelve menos honda, precipitada, llena de expectación. Tengo sus dedos en la cremallera. La baja, terriblemente despacio, mientras sus labios se deslizan, lamiendo, besando, succionando hasta el otro hombro. Esto se le da seductoramente bien. Mi cuerpo vibra y empiezo a estremecerme lánguidamente bajo sus caricias.

—Vas… a… tener… que… a…prender… a estarte… quieta —me susurra, besándome la nuca entre cada palabra.

Tira del cierre del cuello y el vestido cae y se arremolina a mis pies.

—Sin sujetador, señorita Steele. Me gusta.

Alarga las manos y me coge los pechos, y los pezones se yerguen bajo su tacto.

—Levanta los brazos y cógete a mi cabeza —me susurra al cuello.

Obedezco de inmediato y mis pechos se elevan y se acomodan en sus manos; los pezones se me endurecen aún más. Hundo los dedos en su cabeza y, con mucha delicadeza, le tiro del suave y sexy pelo. Ladeo la cabeza para facilitarle el acceso a mi cuello.

—Mmm… —me ronronea detrás de la oreja mientras empieza a pellizcarme los pezones con sus dedos largos, imitando los movimientos de mis manos en su pelo.

Percibo la sensación con nitidez en la entrepierna, y gimo.

—¿Quieres que te haga correrte así? —me susurra.

Arqueo la espalda para acomodar mis pechos a sus manos expertas.

—Le gusta esto, ¿verdad, señorita Steele?

—Mmm…

—Dilo.

Continúa la tortura lenta y sensual, pellizcando suavemente.

—Sí.

—Sí, ¿qué?

—Sí… señor.

—Buena chica.

Me pellizca con fuerza, y mi cuerpo se retuerce convulso contra el suyo.

Jadeo por el exquisito y agudo dolor placentero. Lo noto pegado a mí. Gimo y le tiro del pelo con fuerza.

—No creo que estés lista para correrte aún —me susurra dejando de mover las manos, me muerde flojito el lóbulo de la oreja y tira—. Además, me has disgustado.

Oh, no... ¿qué querrá decir con eso?, me pregunto envuelta en la bruma del intenso deseo mientras gruño de placer.

—Así que igual no dejo que te corras.

Vuelve a centrar sus dedos en mis pezones, tirando, retorciéndolos, masajeándolos. Aprieto el trasero contra su cuerpo y lo muevo de un lado a otro.

Noto su sonrisa en el cuello mientras sus manos se desplazan a mis caderas. Me mete los dedos por las bragas, por detrás, tira de ellas, clava los pulgares en el tejido, las desgarra y las lanza frente a mí para que las vea... Dios mío. Baja las manos a mi sexo y, desde atrás, me mete despacio un dedo.

—Oh, sí. Mi dulce niña ya está lista —me dice dándome la vuelta para que lo mire. Su respiración se ha acelerado. Se mete el dedo en la boca—. Qué bien sabe, señorita Steele.

Suspira. Madre mía, el dedo le debe de saber salado... a mí.

—Desnúdame —me ordena en voz baja, mirándome fijamente, con los ojos entreabiertos.

Lo único que llevo puesto son los zapatos... bueno, los zapatos de taconazo de Kate. Estoy desconcertada. Nunca he desnudado a un hombre.

—Puedes hacerlo —me incita suavemente.

Pestañeo deprisa. ¿Por dónde empiezo? Alargo las manos a su camiseta y me las coge, sonriéndome seductor.

—Ah, no. —Menea la cabeza, sonriente—. La camiseta, no; para lo que tengo planeado, vas a tener que acariciarme.

Los ojos le brillan de excitación.

Vaya, esto es nuevo: puedo acariciarlo con la ropa puesta. Me coge una mano y la planta en su erección.

—Este es el efecto que me produce, señorita Steele.

Jadeo y le envuelvo el paquete con los dedos. Él sonríe.

—Quiero metértela. Quítame los vaqueros. Tú mandas.

Madre mía, yo mando. Me deja boquiabierta.

—¿Qué me vas a hacer? —me tienta.

Uf, la de cosas que se me ocurren… La diosa que llevo dentro ruge y, no sé bien cómo, fruto de la frustración, el deseo y la pura valentía Steele, lo tiro a la cama. Ríe al caer y yo lo miro desde arriba, sintiéndome victoriosa. La diosa que llevo dentro está a punto de estallar. Le quito los zapatos, deprisa, torpemente, y los calcetines. Me mira; los ojos le brillan de diversión y de deseo. Lo veo… glorioso… mío. Me subo a la cama y me monto a horcajadas encima de él para desabrocharle los vaqueros, deslizando los dedos por debajo de la cinturilla, notando, ¡sí!, su vello púbico. Cierra los ojos y mueve las caderas.

—Vas a tener que aprender a estarte quieto —lo reprendo, y le tiro del vello.

Se le entrecorta la respiración, y me sonríe.

—Sí, señorita Steele —murmura con los ojos encendidos—. Condón, en el bolsillo —susurra.

Le hurgo en el bolsillo, despacio, observando su rostro mientras voy palpando. Tiene la boca abierta. Saco los dos paquetitos con envoltorio de aluminio que encuentro y los dejo en la cama, a la altura de sus caderas. ¡Dos! Mis dedos ansiosos buscan el botón de la cinturilla y lo desabrocho, después de manosearlo un poco. Estoy más que excitada.

—Qué ansiosa, señorita Steele —susurra con la voz teñida de complacencia.

Le bajo la cremallera y de pronto me encuentro con el problema de cómo bajarle los pantalones… Mmm. Me deslizo hasta abajo y tiro. Apenas se mueven. Frunzo el ceño. ¿Cómo puede ser tan difícil?

—No puedo estarme quieto si te vas a morder el labio —me advierte, y luego levanta la pelvis de la cama para que pueda bajarle los pantalones y los boxers a la vez, uau… liberarlo. Tira la ropa al suelo de una patada.

Cielo santo, todo eso para jugar yo solita. De pronto, es como si fuera Navidad.

—¿Qué vas a hacer ahora? —me dice, todo rastro de diversión ya desaparecido.

Alargo la mano y lo acaricio, observando su expresión mientras lo hago. Su boca forma una O, e inspira hondo. Su piel es tan tersa y suave... y recia... mmm, qué deliciosa combinación. Me inclino hacia delante, el pelo me cae por la cara; y me lo meto en la boca. Chupo, con fuerza. Cierra los ojos, sus caderas se agitan debajo de mí.

—Dios, Ana, tranquila —gruñe.

Me siento poderosa; qué sensación tan estimulante, la de provocarlo y probarlo con la boca y la lengua. Se tensa mientras chupo arriba y abajo, empujándolo hasta el fondo de la garganta, con los labios apretados... una y otra vez.

—Para, Ana, para. No quiero correrme.

Me incorporo, mirándolo extrañada y jadeando como él, pero confundida. ¿No mandaba yo? La diosa que llevo dentro se siente como si le hubieran quitado el helado de las manos.

—Tu inocencia y tu entusiasmo me desarman —jadea—. Tú, encima... eso es lo que tenemos que hacer.

Ah...

—Toma, pónmelo.

Me pasa un condón.

Maldita sea. ¿Cómo? Rasgo el paquete y me encuentro con la goma pegajosa entre las manos.

—Pellizca la punta y ve estirándolo. No conviene que quede aire en el extremo de ese mamón —resopla.

Así que, muy despacio, concentradísima, hago lo que me dice.

—Dios mío, me estás matando, Anastasia —gruñe.

Admiro mi obra y a él. Ciertamente es un espécimen masculino fabuloso. Mirarlo me excita muchísimo.

—Venga. Quiero hundirme en ti —susurra.

Me lo quedo mirando, atemorizada, y él se incorpora de pronto, de modo que estamos nariz con nariz.

—Así —me dice y, pasando una mano por mis caderas, me levanta un poco; con la otra, se coloca debajo de mí y, muy despacio, me penetra con suavidad.

Gruño cuando me dilata, llenándome, y la boca se me desencaja ante esa sensación abrumadora, agonizante, sublime y dulce. Ah... por favor.

—Eso es, nena, siénteme, entero —gime y cierra los ojos un instante.

Y lo tengo dentro, ensartado hasta el fondo, y él me tiene inmóvil, segundos… minutos… no tengo ni idea, mirándome fijamente a los ojos.

—Así entra más adentro —masculla.

Dobla y mece las caderas con ritmo, y yo gimo… madre mía… la sensación se propaga por todo mi vientre… a todas partes. ¡Joder!

—Otra vez —susurro.

Sonríe despacio y me complace.

Gimiendo, alzo la cabeza, el pelo me cae por la espalda, y muy despacio él se deja caer sobre la cama.

—Muévete tú, Anastasia, sube y baja, lo que quieras. Cógeme las manos —me dice con voz ronca, grave, sensualísima.

Me agarro con fuerza, como si me fuera la vida en ello. Muy despacio, subo y vuelvo a bajar. Le arden los ojos de salvaje expectación. Su respiración es entrecortada, como la mía, y levanta la pelvis cuando yo bajo, haciéndome subir de nuevo. Cogemos el ritmo… arriba, abajo, arriba, abajo… una y otra vez… y me gusta… mucho. Entre mis jadeos, la penetración honda y desbordante, la ardiente sensación que me recorre entera y que crece rápidamente, lo miro, nuestras miradas se encuentran… y veo asombro en sus ojos, asombro ante mí.

Me lo estoy follando. Mando yo. Es mío, y yo suya. La idea me empuja, me exalta, me catapulta, y me corro… entre gritos incoherentes. Me agarra por las caderas y, cerrando los ojos y echando la cabeza hacia atrás, con la mandíbula apretada, se corre en silencio. Me derrumbo sobre su pecho, sobrecogida, en algún lugar entre la fantasía y la realidad, un lugar sin límites tolerables ni infranqueables.

16

Poco a poco el mundo exterior invade mis sentidos y, madre mía, menuda invasión. Floto, con las extremidades desmadejadas y lánguidas, completamente exhausta. Estoy tumbada encima de él, con la cabeza en su pecho, y huele de maravilla: a ropa limpia y fresca y a algún gel corporal caro, y al mejor y más seductor aroma del planeta... a Christian. No quiero moverme, quiero respirar ese elixir eternamente. Lo acaricio con la nariz y pienso que ojalá no tuviera el obstáculo de su camiseta. Mientras el resto de mi cuerpo recobra la cordura, extiendo la mano sobre su pecho. Es la primera vez que se lo toco. Tiene un pecho firme, fuerte. De pronto levanta la mano y me agarra la mía, pero suaviza el efecto llevándosela a la boca y besándome con ternura los nudillos. Luego se revuelve y se me pone encima, de forma que ahora me mira desde arriba.

—No —murmura, y me besa suavemente.

—¿Por qué no te gusta que te toquen? —susurro, contemplando desde abajo sus ojos grises.

—Porque estoy muy jodido, Anastasia. Tengo muchas más sombras que luces. Cincuenta sombras más.

Ah... Su sinceridad me desarma por completo. Lo miro extrañada.

—Tuve una introducción a la vida muy dura. No quiero aburrirte con los detalles. No lo hagas y ya está.

Frota su nariz con la mía, luego sale de mí y se incorpora.

—Creo que ya hemos cubierto lo más esencial. ¿Qué tal ha ido?

Parece plenamente satisfecho de sí mismo y suena muy pragmático a la vez, como si acabara de poner una marca en una lista de objetivos. Aún estoy aturdida con el comentario sobre la «introducción a la vida muy dura». Resulta tan frustrante... Me muero por saber más, pero no me lo va a contar. Ladeo la cabeza, como él, y hago un esfuerzo inmenso por sonreírle.

—Si piensas que he llegado a creerme que me cedías el control es que no has tenido en cuenta mi nota media. —Le sonrío tímidamente—. Pero gracias por dejar que me hiciera ilusiones.

—Señorita Steele, no es usted solo una cara bonita. Ha tenido seis orgasmos hasta la fecha y los seis me pertenecen —presume, de nuevo juguetón.

Me sonrojo y me asombro a la vez, mientras él me mira desde arriba. Frunce el ceño.

—¿Tienes algo que contarme? —me dice de pronto muy serio.

Lo miro ceñuda. Mierda.

—He soñado algo esta mañana.

—¿Ah, sí?

Me mira furioso.

Mierda, mierda. ¿A que ya la he liado?

—Me he corrido en sueños.

—¿En sueños?

—Y me he despertado.

—Apuesto a que sí. ¿Qué soñabas?

Mierda.

—Contigo.

—¿Y qué hacía yo?

Me vuelvo a tapar los ojos con el brazo y, como si fuera una niña pequeña, acaricio por un instante la fantasía de que, si yo no lo veo, él a mí tampoco.

—Anastasia, ¿qué hacía yo? No te lo voy a volver a preguntar.

—Tenías una fusta.

Me aparta el brazo.

—¿En serio?

—Sí.

Estoy muy colorada.

—Vaya, aún me queda esperanza contigo —murmura—. Tengo varias fustas.

—¿Marrón, de cuero trenzado?

Ríe.

—No, pero seguro que puedo hacerme con una.

Se inclina hacia delante, me da un beso breve, se pone de pie y coge sus boxers. Oh, no… se va. Miro rápidamente la hora: son solo las diez menos veinte. Salgo también escopeteada de la cama y cojo mis pantalones de chándal y mi camiseta de tirantes, y luego me siento en la cama, con las piernas cruzadas, observándolo. No quiero que se vaya. ¿Qué puedo hacer?

—¿Cuándo te toca la regla? —interrumpe mis pensamientos.

¿Qué?

—Me revienta ponerme estas cosas —protesta, sosteniendo en alto el condón.

Lo deja en el suelo y se pone los vaqueros.

—¿Eh? —dice al ver que no respondo, y me mira expectante, como si esperara mi opinión sobre el tiempo.

Madre mía, eso es algo tan personal…

—La semana que viene.

Me miro las manos.

—Vas a tener que buscarte algún anticonceptivo.

Qué mandón es. Lo miro trastornada. Se sienta en la cama para ponerse los calcetines y los zapatos.

—¿Tienes médico?

Niego con la cabeza. Ya estamos otra vez con las fusiones y adquisiciones, otro cambio de humor de ciento ochenta grados.

Frunce el ceño.

—Puedo pedirle a la mía que pase a verte por tu piso. El domingo por la mañana, antes de que vengas a verme tú. O le puedo pedir que te visite en mi casa, ¿qué prefieres?

Sin agobios, ¿no? Otra cosa que me va a pagar… claro que esto es por él.

—En tu casa.

Así me aseguro de que lo veré el domingo.

—Vale. Ya te diré a qué hora.

—¿Te vas?

No te vayas… Quédate conmigo, por favor.

—Sí.

¿Por qué?

—¿Cómo vas a volver? —le susurro.

—Taylor viene a recogerme.

—Te puedo llevar yo. Tengo un coche nuevo precioso.

Me mira con expresión tierna.

—Eso ya me gusta más, pero me parece que has bebido demasiado.

—¿Me has achispado a propósito?

—Sí.

—¿Por qué?

—Porque les das demasiadas vueltas a las cosas y te veo tan reticente como a tu padrastro. Con una gota de alcohol ya estás hablando por los codos, y yo necesito que seas sincera conmigo. De lo contrario, te cierras como una ostra y no tengo ni idea de lo que piensas. *In vino veritas*, Anastasia.

—¿Y crees que tú eres siempre sincero conmigo?

—Me esfuerzo por serlo. —Me mira con recelo—. Esto solo saldrá bien si somos sinceros el uno con el otro.

—Quiero que te quedes y uses esto.

Sostengo en alto el segundo condón.

Me sonríe divertido y le brillan los ojos.

—Anastasia, esta noche me he pasado mucho de la raya. Tengo que irme. Te veo el domingo. Tendré listo el contrato revisado y entonces podremos empezar a jugar de verdad.

—¿A jugar?

Dios mío. Se me sube el corazón a la boca.

—Me gustaría tener una sesión contigo, pero no lo haré hasta que hayas firmado, para asegurarme de que estás lista.

—Ah. ¿O sea que podría alargar esto si no firmo?

Me mira pensativo, luego se dibuja una sonrisa en sus labios.

—Supongo que sí, pero igual reviento de la tensión.

—¿Reventar? ¿Cómo?

La diosa que llevo dentro ha despertado y escucha atenta.

Asiente despacio y sonríe, provocador.

—La cosa podría ponerse muy fea.

Su sonrisa es contagiosa.

—¿Cómo… fea?

—Ah, ya sabes, explosiones, persecuciones en coche, secuestro, cárcel…

—¿Me vas a secuestrar?

—Desde luego —afirma sonriendo.

—¿A retenerme en contra de mi voluntad?

Madre mía, cómo me pone esto.

—Por supuesto. —Asiente con la cabeza—. Y luego viene el IPA 24/7.

—Me he perdido —digo con el corazón retumbando en el pecho.

¿Lo dirá en serio?

—Intercambio de Poder Absoluto, las veinticuatro horas.

Le brillan los ojos y percibo su excitación incluso desde donde estoy.

Madre mía.

—Así que no tienes elección —me dice con aire burlón.

—Claro —digo sin poder evitar el sarcasmo mientras alzo la vista a las alturas.

—Ay, Anastasia Steele, ¿me acabas de poner los ojos en blanco?

Mierda.

—¡No! —chillo.

—Me parece que sí. ¿Qué te he dicho que haría si volvías a poner los ojos en blanco?

Joder. Se sienta al borde de la cama.

—Ven aquí —me dice en voz baja.

Palidezco. Uf, va en serio. Me siento y lo miro, completamente inmóvil.

—Aún no he firmado —susurro.

—Te he dicho lo que haría. Soy un hombre de palabra. Te voy a dar unos azotes, y luego te voy a follar muy rápido y muy duro. Me parece que al final vamos a necesitar ese condón.

Me habla tan bajito, en un tono tan amenazador, que me excita muchísimo. Las entrañas casi se me retuercen de deseo puro, vivo y pujante. Me mira, esperando, con los ojos encendidos. Descruzo las piernas tímidamente. ¿Salgo corriendo? Se acabó: nuestra relación pende de un hilo, aquí, ahora. ¿Le dejo que lo haga o me niego y se terminó? Porque sé que, si me niego, se acabó. ¡Hazlo!, me suplica la diosa que llevo dentro. Mi subconsciente está tan paralizada como yo.

—Estoy esperando —dice—. No soy un hombre paciente.

Oh, Dios, por todos los santos… Jadeo, asustada, excitada. La sangre me bombea frenéticamente por todo el cuerpo, siento las piernas como flanes. Despacio, me voy acercando a él hasta situarme a su lado.

—Buena chica —masculla—. Ahora ponte de pie.

Mierda. ¿Por qué no acaba ya con esto? No sé si voy a sostenerme en pie. Titubeando, me levanto. Me tiende la mano y yo le doy el condón. De pronto me agarra y me tumba sobre su regazo. Con un solo movimiento suave, ladea el cuerpo de forma que mi tronco descansa sobre la cama, a su lado. Me pasa la pierna derecha por encima de las mías y planta el brazo izquierdo sobre mi cintura, sujetándome para que no me mueva. Joder.

—Sube las manos y colócalas a ambos lados de la cabeza —me ordena.

Obedezco inmediatamente.

—¿Por qué hago esto, Anastasia? —pregunta.

—Porque he puesto los ojos en blanco.

Casi no puedo hablar.

—¿Te parece que eso es de buena educación?

—No.

—¿Vas a volver a hacerlo?

—No.

—Te daré unos azotes cada vez que lo hagas, ¿me has entendido?

Muy despacio, me baja los pantalones de chándal. Jo, qué degradante. Degradante, espeluznante y excitante. Se está pasando un montón con esto. Tengo el corazón en la boca. Me cuesta respirar. Mierda… ¿me va a doler?

Me pone la mano en el trasero desnudo, me manosea con suavidad, acariciándome en círculos con la mano abierta. De pronto su mano ya no está ahí… y entonces me da, fuerte. ¡Au! Abro los ojos de golpe en respuesta al dolor e intento levantarme, pero él me pone la mano entre los omoplatos para impedirlo. Vuelve a acariciarme donde me ha pegado; le ha cambiado la respiración: ahora es más fuerte y agitada. Me pega otra vez, y otra, rápido, seguido. Dios mío, duelo. No rechisto, con la cara contraída de dolor. Retorciéndome, trato de esquivar los golpes, espoleada por el subidón de adrenalina que me recorre el cuerpo entero.

—Estate quieta —protesta—, o tendré que azotarte más rato.

Primero me frota, luego viene el golpe. Empieza a seguir un ritmo: caricia, manoseo, azote. Tengo que concentrarme para sobrellevar el dolor. Procuro no pensar en nada y digerir la desagradable sensación. No me da dos veces seguidas en el mismo sitio: está extendiendo el dolor.

—¡Aaaggg! —grito al quinto azote, y caigo en la cuenta de que he ido contando mentalmente los golpes.

—Solo estoy calentando.

Me vuelve a dar y me acaricia con suavidad. La combinación de dolorosos azotes y suaves caricias me nubla la mente por completo. Me pega otra vez; cada vez me cuesta más aguantar. Me duele la cara de tanto contraerla. Me acaricia y me suelta otro golpe. Vuelvo a gritar.

—No te oye nadie, nena, solo yo.

Y me azota otra vez, y otra. Muy en el fondo, deseo rogarle que pare. Pero no lo hago. No quiero darle esa satisfacción. Prosigue con su ritmo implacable. Grito seis veces más. Dieciocho azotes en total. Me arde el cuerpo entero, me arde por su despiadada agresión.

—Ya está —dice con voz ronca—. Bien hecho, Anastasia. Ahora te voy a follar.

Me acaricia con suavidad el trasero, que me arde mientras me masajea en círculos y hacia abajo. De pronto me mete dos dedos, cogiéndome completamente por sorpresa. Ahogo un grito; la nueva agresión se abre paso a través de mi entumecido cerebro.

—Siente esto. Mira cómo le gusta esto a tu cuerpo, Anastasia. Te tengo empapada.

Hay asombro en su voz. Mueve los dedos, metiendo y sacando deprisa.

Gruño y me quejo. No, seguro que no… Entonces los dedos desaparecen, y yo me quedo con las ganas.

—La próxima vez te haré contar. A ver, ¿dónde está ese condón?

Alarga la mano para cogerlo y luego me levanta despacio para ponerme boca abajo sobre la cama. Lo oigo bajarse la cremallera y rasgar el envoltorio del preservativo. Me baja los pantalones de chándal de un tirón y me levanta las rodillas, acariciándome despacio el trasero dolorido.

—Te la voy a meter. Te puedes correr —masculla.

¿Qué? Como si tuviera otra elección…

Y me penetra, hasta el fondo, y yo gimo ruidosamente. Se mueve, entra y sale a un ritmo rápido e intenso, empujando contra mi trasero dolorido. La sensación es más que deliciosa, cruda, envilecedora, devastadora. Tengo los sentidos asolados, desconectados, me concentro únicamente en lo que me está haciendo, en lo que siento, en ese tirón ya familiar en lo más hondo de mi vientre, que se agudiza, se acelera. NO… y mi cuerpo traicionero estalla en un orgasmo intenso y desgarrador.

—¡Ay, Ana! —grita cuando se corre él también, agarrándome fuerte mientras se vacía en mi interior.

Se desploma a mi lado, jadeando intensamente, y me sube encima de él y hunde la cara en mi pelo, estrechándome en sus brazos.

—Oh, nena —dice—. Bienvenida a mi mundo.

Nos quedamos ahí tumbados, jadeando los dos, esperando a que nuestra respiración se normalice. Me acaricia el pelo con suavidad. Vuelvo a estar tendida sobre su pecho. Pero esta vez no tengo fuerzas para levantar la mano y palparlo. Uf, he sobrevivido. No ha sido para tanto. Tengo más aguante de lo que pensaba. La diosa que llevo dentro está postrada, o al menos calladita. Christian me acaricia de nuevo el pelo con la nariz, inhalando hondo.

—Bien hecho, nena —susurra con una alegría muda en la voz.

Sus palabras me envuelven como una toalla suave y mullida del hotel Heathman, y me encanta verlo contento.

Me coge el tirante de la camiseta.

—¿Esto es lo que te pones para dormir? —me pregunta en tono amable.

—Sí —respondo medio adormilada.

—Deberías llevar seda y satén, mi hermosa niña. Te llevaré de compras.

—Me gusta lo que llevo —mascullo, procurando sin éxito sonar indignada.

Me da otro beso en la cabeza.

—Ya veremos —dice.

Seguimos así unos minutos más, horas, a saber; creo que me quedo traspuesta.

—Tengo que irme —dice e, inclinándose hacia delante, me besa con suavidad en la frente—. ¿Estás bien? —añade en voz baja.

Medito la respuesta. Me duele el trasero. Bueno, lo tengo al rojo vivo. Sin embargo, asombrosamente, aunque agotada, me siento radiante. El pensamiento me resulta aleccionador, inesperado. No lo entiendo.

—Estoy bien —susurro.

No quiero decir más.

Se levanta.

—¿Dónde está el baño?

—Por el pasillo, a la izquierda.

Recoge el otro condón y sale del dormitorio. Me incorporo con dificultad y vuelvo a ponerme los pantalones de chándal. Me rozan un poco el trasero aún escocido. Me confunde mucho mi reacción. Recuerdo que me dijo —aunque no recuerdo cuándo— que me sentiría mucho mejor después de una buena paliza. ¿Cómo puede ser? De verdad que no lo entiendo. Sin embargo, curiosamente, es cierto. No puedo decir que haya disfrutado de la experiencia —de hecho, aún haría lo que fuera por evitar que se repitiera—, pero ahora… tengo esa sensación rara y serena de recordarlo todo con una plenitud absolutamente placentera. Me cojo la cabeza con las manos. No lo entiendo.

Christian vuelve a entrar en la habitación. No puedo mirarlo a los ojos. Bajo la vista a mis manos.

—He encontrado este aceite para niños. Déjame que te dé un poco en el trasero.

¿Qué?

—No, ya se me pasará.

—Anastasia —me advierte, y estoy a punto de poner los ojos en blanco, pero me reprimo enseguida.

Me coloco mirando hacia la cama. Se sienta a mi lado y vuelve a bajarme con cuidado los pantalones. Sube y baja, como las bragas de una puta, observa con amargura mi subconsciente. Le digo mentalmente adónde se puede ir. Christian se echa un poco de aceite en la mano y me embadurna el trasero con delicada ternura: de desmaquillador a bálsamo para un culo azotado... ¿quién iba a pensar que resultaría un líquido tan versátil?

—Me gusta tocarte —murmura.

Y debo coincidir con él: a mí también que lo haga.

—Ya está —dice cuando termina, y vuelve a subirme los pantalones.

Miro de reojo el reloj. Son las diez y media.

—Me marcho ya.

—Te acompaño.

Sigo sin poder mirarlo.

Cogiéndome de la mano, me lleva hasta la puerta. Por suerte, Kate aún no está en casa. Aún debe de andar cenando con sus padres y con Ethan. Me alegra de verdad que no estuviera por aquí y pudiera oír mi castigo.

—¿No tienes que llamar a Taylor? —pregunto, evitando el contacto visual.

—Taylor lleva aquí desde las nueve. Mírame —me pide.

Me esfuerzo por mirarlo a los ojos, pero, cuando lo hago, veo que él me contempla admirado.

—No has llorado —murmura, y luego de pronto me agarra y me besa apasionadamente—. Hasta el domingo —susurra en mis labios, y me suena a promesa y a amenaza.

Lo veo enfilar el camino de entrada y subirse al enorme Audi negro. No mira atrás. Cierro la puerta y me quedo indefensa en el salón de un piso en el que solo pasaré dos noches más. Un sitio en el que he vivido feliz casi cuatro años. Pero hoy, por primera vez, me siento sola e incómoda aquí, a disgusto conmigo misma. ¿Tanto me he distanciado de la persona que soy? Sé que, bajo mi exterior entumecido, no muy lejos de la superficie, acecha un mar de lágrimas. ¿Qué estoy haciendo? La paradoja es que ni siquiera puedo sentarme y hartarme de llorar. Tengo que estar de pie. Sé que es tarde, pero decido llamar a mi madre.

—¿Cómo estás, cielo? ¿Qué tal la graduación? —me pregunta entusiasmada al otro lado de la línea.

Su voz me resulta balsámica.

—Siento llamarte tan tarde —le susurro.

Hace una pausa.

—¿Ana? ¿Qué pasa? —dice, de pronto muy seria.

—Nada, mamá, me apetecía oír tu voz.

Guarda silencio un instante.

—Ana, ¿qué ocurre? Cuéntamelo, por favor.

Su voz suena suave y tranquilizadora, y sé que le preocupa. Sin previo aviso, se me empiezan a caer las lágrimas. He llorado tanto en los últimos días…

—Por favor, Ana —me dice, y su angustia refleja la mía.

—Ay, mamá, es por un hombre.

—¿Qué te ha hecho?

Su alarma es palpable.

—No es eso.

Aunque en realidad, sí lo es. Oh, mierda. No quiero preocuparla. Solo quiero que alguien sea fuerte por mí en estos momentos.

—Ana, por favor, me estás preocupando.

Inspiro hondo.

—Es que me he enamorado de un tío que es muy distinto de mí y no sé si deberíamos estar juntos.

—Ay, cielo, ojalá pudiera estar contigo. Siento mucho haberme perdido tu graduación. Te has enamorado de alguien, por fin. Cielo, los hombres tienen lo suyo. Son de otra especie. ¿Cuánto hace que lo conoces?

Desde luego Christian es de otra especie… de otro planeta.

—Casi tres semanas o así.

—Ana, cariño, eso no es nada. ¿Cómo se puede conocer a nadie en ese tiempo? Tómatelo con calma y mantenlo a raya hasta que decidas si es digno de ti.

Uau. La repentina perspicacia de mi madre me desconcierta, pero, en este caso, llega tarde. ¿Que si es digno de mí? Interesante concepto. Siempre me pregunto si yo soy digna de él.

—Cielo, te noto triste. Ven a casa, haznos una visita. Te echo de menos, cariño. A Bob también le encantaría verte. Así te distancias un poco y quizá puedas ver las cosas con un poco de perspectiva. Necesitas un descanso. Has estado muy liada.

Madre mía, qué tentación. Huir a Georgia. Disfrutar de un poco de sol, salir de copas. El buen humor de mi madre, sus brazos amorosos…

—Tengo dos entrevistas de trabajo en Seattle el lunes.

—Qué buena noticia.

Se abre la puerta y aparece Kate, sonriéndome. Su expresión se vuelve sombría cuando ve que he estado llorando.

—Mamá, tengo que colgar. Me pensaré lo de ir a veros. Gracias.

—Cielo, por favor, no dejes que un hombre te trastoque la vida. Eres demasiado joven. Sal a divertirte.

—Sí, mamá. Te quiero.

—Te quiero muchísimo, Ana. Cuídate, cielo.

Cuelgo y me enfrento a Kate, que me mira furiosa.

—¿Te ha vuelto a disgustar ese capullo indecentemente rico?

—No… es que… eh… sí.

—Mándalo a paseo, Ana. Desde que lo conociste, estás muy trastornada. Nunca te había visto así.

El mundo de Katherine Kavanagh es muy claro: blanco o negro. No tiene los tonos de gris vagos, misteriosos e intangibles que colorean el mío. «Bienvenida a mi mundo.»

—Siéntate, vamos a hablar. Nos tomamos un vino. Ah, ya has bebido champán. —Examina la botella—. Del bueno, además.

Sonrío sin ganas, mirando aprensiva el sofá. Me acerco a él con cautela. Uf, sentarme.

—¿Te encuentras bien?

—Me he caído de culo.

No se le ocurre poner en duda mi explicación, porque soy una de las personas más descoordinadas del estado de Washington. Jamás pensé que un día me vendría bien. Me siento, con mucho cuidado, y me sorprende agradablemente ver que estoy bien. Procuro prestar atención a Kate, pero la cabeza se me va al Heathman: «Si fueras mía, después del numerito que montaste ayer no podrías sentarte en una semana». Me lo dijo entonces, pero en aquel momento yo no pensaba más que en ser suya. Todas las señales de advertencia estaban ahí, y yo estaba demasiado despistada y demasiado enamorada para reparar en ellas.

Kate vuelve al salón con una botella de vino tinto y las tazas lavadas.

—Venga.

Me ofrece una taza de vino. No sabrá tan bueno como el Bolly.

—Ana, si es el típico capullo que pasa de comprometerse, mándalo a paseo. Aunque la verdad es que no entiendo por qué tendría que suceder. En el entoldado no te quitaba los ojos de encima, te vigilaba como un halcón. Yo diría que estaba completamente embobado, pero igual tiene una forma curiosa de demostrarlo.

¿Embobado? ¿Christian? ¿Una forma curiosa de demostrarlo? Ya te digo.

—Es complicado, Kate. ¿Qué tal tu noche? —pregunto.

No puedo hablar de esto con Kate sin revelarle demasiado, pero basta con una pregunta sobre su día para que se olvide del tema. Resulta tranquilizador sentarse a escuchar su parloteo habitual. La gran noticia es que Ethan igual se viene a vivir con nosotras cuando vuelvan de vacaciones. Será divertido: con Ethan es un no parar de reír. Frunzo el ceño. No creo que a Christian le parezca bien. Me da igual. Tendrá que tragar. Me tomo un par de tazas de vino y decido irme a la cama. Ha sido un día muy largo. Kate me da un abrazo y coge el teléfono para llamar a Elliot.

Después de lavarme los dientes, echo un vistazo al cacharro infernal. Hay un correo de Christian.

De: Christian Grey
Fecha: 26 de mayo de 2011 23:14
Para: Anastasia Steele
Asunto: Usted

Querida señorita Steele:
Es sencillamente exquisita. La mujer más hermosa, inteligente, ingeniosa y valiente que he conocido jamás. Tómese un ibuprofeno (no
es un mero consejo). Y no vuelva a coger el Escarabajo. Me enteraré.

Christian Grey
Presidente de Grey Enterprises Holdings, Inc.

¡Que no vuelva a coger mi coche! Tecleo mi respuesta.

De: Anastasia Steele
Fecha: 26 de mayo de 2011 23:20
Para: Christian Grey
Asunto: Halagos

Querido señor Grey:
Con halagos no llegarás a ninguna parte, pero, como ya has estado
en todas, da igual. Tendré que coger el Escarabajo para llevarlo a un
concesionario y venderlo, de modo que no voy hacer ni caso de la
bobada que me propones. Prefiero el tinto al ibuprofeno.

Ana

P.D.: Para mí, los varazos están dentro de los límites INFRANQUEA-
BLES.

Le doy a «Enviar».

De: Christian Grey
Fecha: 26 de mayo de 2011 23:26
Para: Anastasia Steele
Asunto: Las mujeres frustradas no saben aceptar cumplidos

Querida señorita Steele:
No son halagos. Debería acostarse.
Acepto su incorporación a los límites infranqueables.
No beba demasiado.
Taylor se encargará de su coche y lo revenderá a buen precio.

Christian Grey
Presidente de Grey Enterprises Holdings, Inc.

De: Anastasia Steele
Fecha: 26 de mayo de 2011 23:40
Para: Christian Grey
Asunto: ¿Será Taylor el hombre adecuado para esa tarea?

Querido señor:
Me asombra que te importe tan poco que tu mano derecha conduzca mi coche, pero sí que lo haga una mujer a la que te follas de vez en cuando. ¿Cómo sé yo que Taylor me va a conseguir el mejor precio por el coche? Siempre me he dicho, seguramente antes de conocerte, que estaba conduciendo una auténtica ganga.

Ana

De: Christian Grey
Fecha: 26 de mayo de 2011 23:44
Para: Anastasia Steele
Asunto: ¡Cuidado!

Querida señorita Steele:
Doy por sentado que es el TINTO lo que le hace hablar así, y que el día ha sido muy largo. Aunque me siento tentado de volver allí y ase-

303

gurarme de que no se siente en una semana, en vez de una noche. Taylor es ex militar y capaz de conducir lo que sea, desde una moto a un tanque Sherman. Su coche no supone peligro alguno para él. Por favor, no diga que es «una mujer a la que me follo de vez en cuando», porque, la verdad, me ENFURECE, y le aseguro que no le gustaría verme enfadado.

Christian Grey
Presidente de Grey Enterprises Holdings, Inc.

De: Anastasia Steele
Fecha: 26 de mayo de 2011 23:57
Para: Christian Grey
Asunto: Cuidado, tú

Querido señor Grey:
No estoy segura de que yo te guste, sobre todo ahora.

Señorita Steele

De: Christian Grey
Fecha: 27 de mayo de 2011 00:03
Para: Anastasia Steele
Asunto: Cuidado, tú

¿Por qué no me gustas?

Christian Grey
Presidente de Grey Enterprises Holdings, Inc.

De: Anastasia Steele
Fecha: 27 de mayo de 2011 00:09
Para: Christian Grey
Asunto: Cuidado, tú

Porque nunca te quedas en casa.

Hala, eso le dará algo en lo que pensar. Cierro el cacharro con una indiferencia que no siento y me meto en la cama. Apago la lamparita y me quedo mirando al techo. Ha sido un día muy largo, un vaivén emocional constante. Me ha gustado pasar un rato con Ray. Lo he visto bien y, curiosamente, le ha gustado Christian. Jo, y la cotilla de Kate… Oír a Christian decir que había pasado hambre. ¿De qué coño va todo eso? Dios, y el coche. Ni siquiera le he comentado a Kate lo del coche nuevo. ¿En qué estaría pensando Christian?

Y encima esta noche me ha pegado de verdad. En mi vida me habían pegado. ¿Dónde me he metido? Muy despacio, las lágrimas, retenidas por la llegada de Kate, empiezan a rodarme por los lados de la cara hasta las orejas. Me he enamorado de alguien tan emocionalmente cerrado que no conseguiré más que sufrir —en el fondo, lo sé—, alguien que, según él mismo admite, está completamente jodido. ¿Por qué está tan jodido? Debe de ser horrible estar tan tocado como él; la idea de que de niño fuera víctima de crueldades insoportables me hace llorar aún más. Quizá si fuera más normal no le interesarías, contribuye con sarcasmo mi subconsciente a mis reflexiones. Y en lo más profundo de mi corazón sé que es cierto. Me doy la vuelta, se abren las compuertas… y, por primera vez en años, lloro desconsoladamente con la cara hundida en la almohada.

Los gritos de Kate me distraen momentáneamente de mis oscuros pensamientos.

«¿Qué coño crees que haces aquí?»

«¡Vale, pues no puedes!»

«¿Qué coño le has hecho ahora?»

«Desde que te conoció, se pasa el día llorando.»

«¡No puedes venir aquí!»

Christian irrumpe en mi dormitorio y, sin ceremonias, enciende la luz del techo, obligándome a apretar los ojos.

—Dios mío, Ana —susurra.

La apaga otra vez y, en un segundo, lo tengo a mi lado.

—¿Qué haces aquí? —pregunto espantada entre sollozos.

Mierda, no puedo parar de llorar.

Enciende la lamparita y me hace guiñar los ojos de nuevo. Viene Kate y se queda en el umbral de la puerta.

—¿Quieres que eche a este gilipollas de aquí? —me dice irradiando una hostilidad termonuclear.

Christian la mira arqueando una ceja, sin duda asombrado por el halagador epíteto y su brutal antipatía. Niego con la cabeza y ella me pone los ojos en blanco. Huy, yo no haría eso delante del señor G.

—Dame una voz si me necesitas —me dice más serena—. Grey, estás en mi lista negra y te tengo vigilado —le susurra furiosa.

Él la mira extrañado, y ella da media vuelta y entorna la puerta, pero no la cierra.

Christian me mira con expresión grave, el rostro demacrado. Lleva la americana de raya diplomática y del bolsillo interior saca un pañuelo y me lo da. Creo que aún tengo el otro por alguna parte.

—¿Qué pasa? —me pregunta en voz baja.

—¿A qué has venido? —le digo yo, ignorando su pregunta.

Mis lágrimas han cesado milagrosamente, pero las convulsiones siguen sacudiendo mi cuerpo.

—Parte de mi papel es ocuparme de tus necesidades. Me has dicho que querías que me quedara, así que he venido. Y te encuentro así. —Me mira extrañado, verdaderamente perplejo—. Seguro que es culpa mía, pero no tengo ni idea de por qué. ¿Es porque te he pegado?

Me incorporo, con una mueca de dolor por mi trasero escocido. Me siento y lo miro.

—¿Te has tomado un ibuprofeno?

Niego con la cabeza. Entorna los ojos, se pone de pie y sale de la habitación. Lo oigo hablar con Kate, pero no lo que dicen. Al poco, vuelve con pastillas y una taza de agua.

—Tómate esto —me ordena con delicadeza mientras se sienta en la cama a mi lado.

Hago lo que me dice.

—Cuéntame —susurra—. Me habías dicho que estabas bien. De haber sabido que estabas así, jamás te habría dejado.

Me miro las manos. ¿Qué puedo decir que no haya dicho ya?

Quiero más. Quiero que se quede porque él quiera quedarse, no porque esté hecha una magdalena. Y no quiero que me pegue, ¿acaso es mucho pedir?

—Doy por sentado que, cuando me has dicho que estabas bien, no lo estabas.

Me ruborizo.

—Pensaba que estaba bien.

—Anastasia, no puedes decirme lo que crees que quiero oír. Eso no es muy sincero —me reprende—. ¿Cómo voy a confiar en nada de lo que me has dicho?

Lo miro tímidamente y lo veo ceñudo, con una mirada sombría en los ojos. Se pasa ambas manos por el pelo.

—¿Cómo te has sentido cuando te estaba pegando y después?

—No me ha gustado. Preferiría que no volvieras a hacerlo.

—No tenía que gustarte.

—¿Por qué te gusta a ti?

Lo miro.

Mi pregunta lo sorprende.

—¿De verdad quieres saberlo?

—Ah, créeme, me muero de ganas.

Y no puedo evitar el sarcasmo.

Vuelve a fruncir los ojos.

—Cuidado —me advierte.

Palidezco.

—¿Me vas a pegar otra vez?

—No, esta noche no.

Uf… Mi subconsciente y yo suspiramos de alivio.

—¿Y bien? —insisto.

—Me gusta el control que me proporciona, Anastasia. Quiero que te comportes de una forma concreta y, si no lo haces, te castigaré, y así aprenderás a comportarte como quiero. Disfruto castigándote. He querido darte unos azotes desde que me preguntaste si era gay.

Me sonrojo al recordarlo. Uf, hasta yo quise darme de tortas por esa pregunta. Así que la culpable de esto es Katherine Kava-

307

nagh: si hubiera ido ella a la entrevista y le hubiera hecho la pregunta, sería ella la que estaría aquí sentada con el culo dolorido. No me gusta la idea. ¿No es un lío todo esto?

—Así que no te gusta como soy.

Se me queda mirando, perplejo de nuevo.

—Me pareces encantadora tal como eres.

—Entonces, ¿por qué intentas cambiarme?

—No quiero cambiarte. Me gustaría que fueras respetuosa y que siguieras las normas que te he impuesto y no me desafiaras. Es muy sencillo —dice.

—Pero ¿quieres castigarme?

—Sí, quiero.

—Eso es lo que no entiendo.

Suspira y vuelve a pasarse las manos por el pelo.

—Así soy yo, Anastasia. Necesito controlarte. Quiero que te comportes de una forma concreta, y si no lo haces… Me encanta ver cómo se sonroja y se calienta tu hermosa piel blanca bajo mis manos. Me excita.

Madre mía. Ya voy entendiendo algo…

—Entonces, ¿no es el dolor que me provocas?

Traga saliva.

—Un poco, el ver si lo aguantas, pero no es la razón principal. Es el hecho de que seas mía y pueda hacer contigo lo que quiera: control absoluto de otra persona. Y eso me pone. Muchísimo, Anastasia. Mira, no me estoy explicando muy bien. Nunca he tenido que hacerlo. No he meditado mucho todo esto. Siempre he estado con gente de mi estilo. —Se encoge de hombros, como disculpándose—. Y aún no has respondido a mi pregunta: ¿cómo te has sentido después?

—Confundida.

—Te ha excitado, Anastasia.

Cierra los ojos un instante y, cuando vuelve a abrirlos y me mira, le arden. Su expresión despierta mi lado oscuro, enterrado en lo más hondo de mi vientre: mi libido, despierta domada por él, pero aún insaciable.

—No me mires así —susurra.

Frunzo el ceño. Dios mío, ¿qué he hecho ahora?

—No llevo condones, Anastasia, y sabes que estás disgustada. En contra de lo que piensa tu compañera de piso, no soy ningún degenerado. Entonces, ¿te has sentido confundida?

Me estremezco bajo su intensa mirada.

—No te cuesta nada sincerarte conmigo por escrito. Por e-mail, siempre me dices exactamente lo que sientes. ¿Por qué no puedes hacer eso cara a cara? ¿Tanto te intimido?

Intento quitar una mancha imaginaria de la colcha azul y crema de mi madre.

—Me cautivas, Christian. Me abrumas. Me siento como Ícaro volando demasiado cerca del sol —le susurro.

Ahoga un jadeo.

—Pues me parece que eso lo has entendido al revés —dice.

—¿El qué?

—Ay, Anastasia, eres tú la que me ha hechizado. ¿Es que no es obvio?

No, para mí no. Hechizado. La diosa que llevo dentro está boquiabierta. Ni siquiera ella se lo cree.

—Todavía no has respondido a mi pregunta. Mándame un correo, por favor. Pero ahora mismo. Me gustaría dormir un poco. ¿Me puedo quedar?

—¿Quieres quedarte?

No puedo ocultar la ilusión que me hace.

—Querías que viniera.

—No has respondido a mi pregunta.

—Te mandaré un correo —masculla malhumorado.

Poniéndose en pie, se vacía los bolsillos: BlackBerry, llaves, cartera y dinero. Por Dios, los hombres llevan un montón de mierda en los bolsillos. Se quita el reloj, los zapatos, los calcetines, y deja la americana encima de mi silla. Rodea la cama hasta el otro lado y se mete dentro.

—Túmbate —me ordena.

Me deslizo despacio bajo las sábanas con una mueca de dolor, mirándolo fijamente. Madre mía, se queda. Me siento paralizada de gozoso asombro. Se incorpora sobre un codo, me mira.

—Si vas a llorar, llora delante de mí. Necesito saberlo.

—¿Quieres que llore?

—No en particular. Solo quiero saber cómo te sientes. No quiero que te me escapes entre los dedos. Apaga la luz. Es tarde y los dos tenemos que trabajar mañana.

Ya lo tengo aquí, tan dominante como siempre, pero no me quejo: está en mi cama. No acabo de entender por qué. Igual debería llorar más a menudo delante de él. Apago la luz de la mesita.

—Quédate en tu lado y date la vuelta —susurra en la oscuridad.

Pongo los ojos en blanco a sabiendas de que no puede verme, pero hago lo que me dice. Con sumo cuidado, se acerca, me rodea con los brazos y me estrecha contra su pecho.

—Duerme, nena —susurra, y noto su nariz en mi pelo, inspirando hondo.

Dios mío. Christian Grey se queda a dormir. Al abrigo de sus brazos, me sumo en un sueño tranquilo.

17

La llama de la vela quema demasiado. Parpadea y fluctúa con el aire abrasador, un aire que no alivia el calor. Las suaves alas de gasa se baten de un lado a otro en la oscuridad, rociando de escamas polvorientas el círculo de luz. Me esfuerzo por resistir, pero me atrae. Luego todo es muy luminoso y vuelo demasiado cerca del sol, deslumbrada por la luz, abrasándome y derritiéndome de calor, agotada de intentar mantenerme en el aire. Estoy ardiendo. El calor es asfixiante, sofocante. Me despierta.

Abro los ojos y me encuentro abrazada por Christian Grey. Me envuelve como el patriota victorioso lo hace en su bandera. Está profundamente dormido, con la cabeza en mi pecho, el brazo por encima de mí, estrechándome contra su cuerpo, con una pierna echada por encima de las mías. Me asfixia con el calor de su cuerpo, y me pesa. Me tomo un momento para digerir que aún está en mi cama y dormido como un tronco, y que ya hay luz fuera, luz de día. Ha pasado la noche entera conmigo.

Tengo el brazo derecho extendido, sin duda en busca de algún sitio fresco y, mientras proceso el hecho de que aún está conmigo, se me ocurre que puedo tocarlo. Está dormido. Tímidamente, levanto la mano y paseo las yemas de los dedos por su espalda. Oigo un gruñido gutural de angustia, y se revuelve. Me acaricia el pecho con la nariz e inspira hondo mientras se despierta. Sus ojos grises, soñolientos y parpadeantes, se topan con los míos por debajo de su mata de pelo alborotado.

—Buenos días —masculla, y frunce el ceño—. Dios, hasta mientras duermo me siento atraído por ti.

Se mueve despacio, despegando sus extremidades de mí mientras se orienta. Noto su erección contra mi cadera. Percibe mi cara de asombro y me dedica una sonrisa lenta y sensual.

—Mmm, esto promete, pero creo que deberíamos esperar al domingo.

Se inclina hacia delante y me acaricia la oreja con la nariz.

Me ruborizo, aunque ya estoy roja como un tomate por su calor corporal.

—Estás ardiendo —susurro.

—Tú tampoco te quedas corta —me susurra él, y se aprieta contra mi cuerpo, sugerente.

Me sonrojo aún más. No me refería a eso. Se incorpora sobre un codo y me mira, divertido. Se inclina y, para mi sorpresa, me planta un suave beso en los labios.

—¿Has dormido bien? —me pregunta.

Asiento con la cabeza, mirándolo, y me doy cuenta de que he dormido muy bien salvo por la última media hora, en la que tenía demasiado calor.

—Yo también. —Frunce el ceño—. Sí, muy bien. —Arquea la ceja, a la vez sorprendido y confuso—. ¿Qué hora es?

Miro el despertador.

—Son las siete y media.

—Las siete y media… ¡mierda! —Salta de la cama y se pone los vaqueros.

Ahora me toca a mí sonreír divertida mientras me incorporo. Christian Grey llega tarde y está nervioso. Esto es algo que no he visto antes. De pronto caigo en la cuenta de que el trasero ya no me duele.

—Eres muy mala influencia para mí. Tengo una reunión. Tengo que irme. Debo estar en Portland a las ocho. ¿Te estás riendo de mí?

—Sí.

Sonríe.

—Llego tarde. Yo nunca llego tarde. También esto es una novedad, señorita Steele.

Se pone la americana, se agacha y me coge la cabeza con ambas manos

—El domingo —dice, y la palabra está preñada de una promesa tácita.

Las entrañas se me expanden y luego se contraen de deliciosa expectación. La sensación es exquisita.

Madre mía, si mi cabeza pudiera estar a la altura de mi cuerpo. Se inclina y me da un beso rápido. Coge sus cosas de la mesita y los zapatos, que no se pone.

—Taylor vendrá a encargarse de tu Escarabajo. Lo dije en serio. No lo cojas. Te veo en mi casa el domingo. Te diré la hora por correo.

Y, como un torbellino, desaparece.

Christian Grey ha pasado la noche conmigo, y me siento descansada. Y no ha habido sexo, solo hemos hecho la cucharita. Me dijo que nunca había dormido con nadie, pero ya ha dormido tres veces conmigo. Sonrío y salgo despacio de la cama. Estoy más animada de lo que he estado en las últimas veinticuatro horas o así. Me dirijo a la cocina; necesito una taza de té.

Después de desayunar, me ducho y me visto rápidamente para mi último día en Clayton's. Es el fin de una era: adiós a los señores Clayton, a la universidad, a Vancouver, a mi piso, a mi Escarabajo. Echo un vistazo al cacharro: son las 07:52. Tengo tiempo.

De: Anastasia Steele
Fecha: 27 de mayo de 2011 08:05
Para: Christian Grey
Asunto: Asalto y agresión: efectos secundarios

Querido señor Grey:
Querías saber por qué me sentí confundida después de que me… ¿qué eufemismo utilizo: me dieras unos azotes, me castigaras, me pegaras, me agredieras? Pues bien, durante todo el inquietante episodio, me sentí humillada, degradada y ultrajada. Y para mayor vergüenza, tienes razón, estaba excitada, y eso era algo que no esperaba. Como bien sabes, todo lo sexual es nuevo para mí. Ojalá tuviera

más experiencia y, en consecuencia, estuviera más preparada. Me extrañó que me excitara.

Lo que realmente me preocupó fue cómo me sentí después. Y eso es más difícil de explicar con palabras. Me hizo feliz que tú lo fueras. Me alivió que no fuera tan doloroso como había pensado que sería. Y mientras estuve tumbada entre tus brazos, me sentí... plena. Pero esa sensación me incomoda mucho, incluso hace que me sienta culpable. No me encaja y, en consecuencia, me confunde. ¿Responde eso a tu pregunta?

Espero que el mundo de las fusiones y adquisiciones esté siendo tan estimulante como siempre, y que no hayas llegado demasiado tarde. Gracias por quedarte conmigo.

Ana

De: Christian Grey
Fecha: 27 de mayo de 2011 08:24
Para: Anastasia Steele
Asunto: Libere su mente

Interesante, aunque el asunto del mensaje sea algo exagerado, señorita Steele.

Respondiendo a su pregunta: yo diría «azotes», y eso es lo que fueron.

• ¿Así que se sintió humillada, degradada, injuriada y agredida? ¡Es tan Tess Durbeyfield...! Si no recuerdo mal, fue usted la que optó por la corrupción. ¿De verdad se siente así o cree que debería sentirse así? Son dos cosas muy distintas. Si es así como se siente, ¿cree que podría intentar abrazar esas sensaciones y digerirlas, por mí? Eso es lo que haría una sumisa.

• Agradezco su inexperiencia. La valoro, y estoy empezando a entender lo que significa. En pocas palabras: significa que es mía en todos los sentidos.

• Sí, estaba excitada, lo que a su vez me excitó a mí; no hay nada malo en eso.

• «Feliz» es un adjetivo que apenas alcanza a expresar lo que sentí. «Extasiado» se aproxima más.

• Los azotes de castigo duelen bastante más que los sensuales, así que nunca le dolerá más de eso, salvo, claro, que cometa alguna infracción importante, en cuyo caso me serviré de algún instrumento para castigarla. Luego me dolía mucho la mano. Pero me gusta.

- También yo me sentí pleno, más de lo que jamás podrías imaginar.
- No malgaste sus energías con sentimientos de culpa y pecado. Somos mayores de edad y lo que hagamos a puerta cerrada es cosa nuestra. Debe liberar su mente y escuchar a su cuerpo.
- El mundo de las fusiones y adquisiciones no es ni mucho menos tan estimulante como usted, señorita Steele.

Christian Grey
Presidente de Grey Enterprises Holdings, Inc.

Oh, Dios… «mía en todos los sentidos». Se me entrecorta la respiración.

De: Anastasia Steele
Fecha: 27 de mayo de 2011 08:26
Para: Christian Grey
Asunto: Mayores de edad

¿No estás en una reunión?
Me alegro mucho de que te doliera la mano.
Y, si escuchara a mi cuerpo, ahora mismo estaría en Alaska.

Ana

P.D.: Me pensaré lo de abrazar esas sensaciones.

De: Christian Grey
Fecha: 27 de mayo de 2011 08:35
Para: Anastasia Steele
Asunto: No ha llamado a la poli

Señorita Steele:
Ya que lo pregunta, estoy en una reunión, hablando del mercado de futuros.

Por si no lo recuerda, se acercó a mí sabiendo muy bien lo que iba a hacer.

En ningún momento me pidió que parara; no utilizó ninguna palabra de seguridad.

Es adulta; toma sus propias decisiones.

Sinceramente, espero con ilusión la próxima vez que se me caliente la mano.

Es evidente que no está escuchando a la parte correcta de su cuerpo.

En Alaska hace mucho frío y no es un buen escondite. La encontraría.

Puedo rastrear su móvil, ¿recuerda?

Váyase a trabajar.

Christian Grey
Presidente de Grey Enterprises Holdings, Inc.

Miro ceñuda la pantalla. Tiene razón, claro. Yo decido. Mmm. ¿Dirá en serio lo de ir a buscarme? ¿Debería optar por escaparme una temporada? Contemplo un instante la posibilidad de aceptar el ofrecimiento de mi madre. Le doy a «Responder».

De: Anastasia Steele
Fecha: 27 de mayo de 2011 08:36
Para: Christian Grey
Asunto: Acosador

¿Has buscado ayuda profesional para esa tendencia al acoso?

Ana

De: Christian Grey
Fecha: 27 de mayo de 2011 08:38
Para: Anastasia Steele
Asunto: ¿Acosador, yo?

Le pago al eminente doctor Flynn una pequeña fortuna para que se ocupe de mi tendencia al acoso y de las otras.

Vete a trabajar.

Christian Grey
Presidente de Grey Enterprises Holdings, Inc.

De: Anastasia Steele
Fecha: 27 de mayo de 2011 08:40
Para: Christian Grey
Asunto: Charlatanes caros

Si me lo permites, te sugiero que busques una segunda opinión.
No estoy segura de que el doctor Flynn sea muy eficiente.

Señorita Steele

De: Christian Grey
Fecha: 27 de mayo de 2011 08:43
Para: Anastasia Steele
Asunto: Segundas opiniones

Te lo permita o no, no es asunto tuyo, pero el doctor Flynn es la segunda opinión.
Vas a tener que acelerar en tu coche nuevo y ponerte en peligro innecesariamente. Creo que eso va contra las normas.
VETE A TRABAJAR.

Christian Grey
Presidente de Grey Enterprises Holdings, Inc.

De: Anastasia Steele
Fecha: 27 de mayo de 2011 08:47
Para: Christian Grey
Asunto: MAYÚSCULAS CHILLONAS

Como soy el blanco de tu tendencia al acoso, creo que sí es asunto

317

mío. No he firmado aún, así que las normas me la repampinflan. Y no entro hasta las nueve y media.

Señorita Steele

De: Christian Grey
Fecha: 27 de mayo de 2011 08:49
Para: Anastasia Steele
Asunto: Lingüística descriptiva

¿«Repampinflan»? Dudo mucho que eso venga en el diccionario.

Christian Grey
Presidente de Grey Enterprises Holdings, Inc.

De: Anastasia Steele
Fecha: 27 de mayo de 2011 08:52
Para: Christian Grey
Asunto: Lingüística descriptiva

Sale después de «acosador» y de «controlador obsesivo».
Y la lingüística descriptiva está dentro de mis límites infranqueables.
¿Me dejas en paz de una vez? Me gustaría irme a trabajar en mi coche nuevo.

Ana

De: Christian Grey
Fecha: 27 de mayo de 2011 08:56
Para: Anastasia Steele
Asunto: Mujeres difíciles pero divertidas

Me escuece la palma de la mano.
Conduzca con cuidado, señorita Steele.

Christian Grey
Presidente de Grey Enterprises Holdings, Inc.

Es una gozada conducir el Audi. Tiene dirección asistida. Wanda, mi Escarabajo, no tiene nada de eso, así que se acabó el único ejercicio físico que hacía al día, que era el de conducir. Ah, pero, según las normas de Christian, tendré que lidiar con un entrenador personal. Frunzo el ceño. Odio hacer ejercicio.

Mientras conduzco, trato de analizar los correos que hemos intercambiado. A veces es un hijo de puta condescendiente. Luego pienso en Grace y me siento culpable. Claro que ella no lo parió. Uf, eso es todo un mundo de dolor desconocido para mí. Sí, soy adulta, gracias por recordármelo, Christian Grey, y yo decido. El problema es que yo solo quiero a Christian, no todo su... bagaje, y ahora mismo tiene la bodega completa de un 747. ¿Que me relaje y lo acepte, como una sumisa? Dije que lo intentaría, pero es muchísimo pedir.

Me meto en el aparcamiento de Clayton's. Mientras entro, caigo en que me cuesta creer que hoy sea mi último día. Por suerte, hay jaleo en la tienda y el tiempo pasa rápido. A la hora de comer, el señor Clayton me llama desde el almacén. Está al lado de un mensajero en moto.

—¿Señorita Steele? —pregunta el mensajero.

Miro intrigada al señor Clayton, que se encoge de hombros, tan perplejo como yo. Se me cae el alma a los pies. ¿Qué me habrá mandado Christian ahora? Firmo el albarán del paquetito y lo abro enseguida. Es una BlackBerry. Se me desploma el ánimo por completo. La enciendo.

De: Christian Grey
Fecha: 27 de mayo de 2011 11:15.
Para: Anastasia Steele
Asunto: BlackBerry PRESTADA

Quiero poder localizarte a todas horas y, como esta es la forma de comunicación con la que más te sinceras, he pensado que necesitabas una BlackBerry.

Christian Grey
Presidente de Grey Enterprises Holdings, Inc.

De: Anastasia Steele
Fecha: 27 de mayo de 2011 13:22
Para: Christian Grey
Asunto: Consumismo desenfrenado

Me parece que te hace falta llamar al doctor Flynn ahora mismo.
Tu tendencia al acoso se está descontrolando.
Estoy en el trabajo. Te mando un correo cuando llegue a casa.
Gracias por este otro cacharrito.
No me equivocaba cuando te dije que eres un consumista compulsivo.
¿Por qué haces esto?

Ana

De: Christian Grey
Fecha: 27 de mayo de 2011 13:24
Para: Anastasia Steele
Asunto: Muy sagaz para ser tan joven

Una muy buena puntualización, como de costumbre, señorita
Steele.
El doctor Flynn está de vacaciones.
Y hago esto porque puedo.

Christian Grey
Presidente de Grey Enterprises Holdings, Inc.

Me meto el cacharrito en el bolsillo, y ya lo odio. Escribir a
Christian me resulta adictivo, pero se supone que estoy trabajando. Me vibra una vez en el trasero —qué propio, me digo con
ironía—, pero me armo de valor y lo ignoro.

A las cuatro, los señores Clayton reúnen a los demás empleados
de la tienda y, con un discurso emotivo y embarazoso, me entregan
un cheque por importe de trescientos dólares. En ese momento, se
amontonan en mi interior los acontecimientos de las tres últimas
semanas: exámenes, graduación, multimillonarios jodidos e inten-

sos, desfloramiento, límites tolerables e infranqueables, cuartos de juego sin consolas, paseos en helicóptero, y el hecho de que mañana me mudo. Asombrosamente, logro mantener la compostura. Mi subconsciente está pasmada. Abrazo con fuerza a los Clayton. Han sido unos jefes amables y generosos, y los echaré de menos.

Kate está saliendo del coche cuando llego a casa.

—¿Qué es eso? —pregunta acusadora, señalando el Audi.

No puedo resistirme.

—Un coche —espeto. Entrecierra los ojos y, por un momento, me pregunto si también ella me va a tumbar en sus rodillas—. Mi regalo de graduación —digo con fingido desenfado.

Sí, me regalan coches caros todos los días. Se queda boquiabierta.

—Ese capullo generoso y arrogante, ¿no?

Asiento con la cabeza.

—He intentado rechazarlo, pero, francamente, es inútil esforzarse.

Kate frunce los labios.

—No me extraña que estés abrumada. He visto que al final se quedó.

—Sí.

Sonrío melancólica.

—¿Terminamos de empaquetar?

Asiento y la sigo dentro. Miro el correo de Christian.

De: Christian Grey
Fecha: 27 de mayo de 2011 13:40
Para: Anastasia Steele
Asunto: Domingo

¿Quedamos el domingo a la una?
La doctora te esperará en el Escala a la una y media.
Yo me voy a Seattle ahora.

Confío en que la mudanza vaya bien, y estoy deseando que llegue el domingo.

Christian Grey
Presidente de Grey Enterprises Holdings, Inc.

Madre mía, como si hablara del tiempo. Decido contestarle cuando hayamos terminado de empaquetar. Tan pronto resulta divertidísimo como se pone en plan formal e insoportable. Cuesta seguirlo. La verdad, es como si le hubiera enviado un correo a un empleado. Para fastidiar, pongo los ojos en blanco y me voy a empaquetar con Kate.

Kate y yo estamos en la cocina cuando alguien llama a la puerta. Veo a Taylor en el porche, impoluto con su traje. Detecto vestigios de su pasado militar en el corte de pelo al cero, su físico cuidado y su mirada fría.

—Señorita Steele —dice—, he venido a por su coche.

—Ah, sí, claro. Pasa, iré a por las llaves.

Seguramente esto va mucho más allá de la llamada del deber. Vuelvo a preguntarme en qué consistirá exactamente el trabajo de Taylor. Le doy las llaves y nos acercamos en medio de un silencio incómodo —para mí— al Escarabajo azul claro. Abro la puerta y saco la linterna de la guantera. Ya está. No llevo ninguna otra cosa personal dentro de Wanda. Adiós, Wanda. Gracias. Acaricio su techo mientras cierro la puerta del copiloto.

—¿Cuánto tiempo llevas trabajando para el señor Grey? —le pregunto.

—Cuatro años, señorita Steele.

De pronto siento una necesidad irrefrenable de bombardearlo a preguntas. Lo que debe saber este hombre de Christian, todos sus secretos. Claro que probablemente habrá firmado un acuerdo de confidencialidad. Lo miro nerviosa. Tiene la misma expresión taciturna de Ray, y me empieza a caer bien.

—Es un buen hombre, señorita Steele —dice, y sonríe.

Luego se despide con un gesto, sube a mi coche y se aleja en él. El piso, el Escarabajo, los Clayton... todo ha cambiado ya. Meneo la cabeza mientras vuelvo a entrar en casa. Y el mayor cambio de todos es Christian Grey. Taylor piensa que es «un buen hombre». ¿Puedo creerle?

A las ocho, cenamos comida china con José. Hemos terminado. Ya lo hemos empaquetado todo y estamos listas para el traslado. José trae varias botellas de cerveza; Kate y yo nos sentamos en el sofá, él se sienta en el suelo, con las piernas cruzadas, entre las dos. Vemos telebasura, bebemos cerveza y, a medida que va avanzando la noche y la cerveza va haciendo efecto, bulliciosos y emotivos, vamos rescatando recuerdos. Han sido cuatro años estupendos.

Mi relación con José ha vuelto a la normalidad, olvidado ya el conato de beso. Bueno, lo he metido debajo de la alfombra en la que está tumbada la diosa que llevo dentro, comiendo uvas y tamborileando con los dedos, esperando con impaciencia el domingo. Llaman a la puerta y el corazón se me sube a la boca. ¿Será...?

Abre Kate y Elliot prácticamente la coge en volandas. La envuelve en un abrazo hollywoodiense que enseguida se convierte en un apasionado estrujón europeo. Por favor, marchaos a un hotel. José y yo nos miramos. Me espanta su falta de pudor.

—¿Nos vamos al bar? —le pregunto a José, que asiente enérgicamente.

A los dos nos incomoda demasiado el erotismo desenfrenado que se despliega ante nosotros. Kate me mira, sonrojada y con los ojos brillantes.

—José y yo vamos a tomar algo.

Le pongo los ojos en blanco. ¡Ja! Aún puedo poner los ojos en blanco cuando me plazca.

—Vale.

Sonríe.

—Hola, Elliot. Adiós, Elliot.

Me guiña uno de sus enormes ojos azules, y José y yo salimos por la puerta, riendo como dos adolescentes.

Mientras bajamos la calle despacio en dirección al bar, me cojo del brazo de José. Dios, es una persona tan normal. No había sabido valorarlo hasta ahora.

—Vendrás de todas formas a la inauguración de mi exposición, ¿verdad?

—Desde luego, José. ¿Cuándo es?

—El 9 de junio.

—¿En qué día cae?

De repente me entra el pánico.

—Es jueves.

—Sí, sin problema... ¿Y tú vendrás a vernos a Seattle?

—Tratad de impedírmelo.

Sonríe.

Es tarde cuando vuelvo del bar. No veo a Kate ni Elliot por ninguna parte, pero los oigo. Madre mía. Espero no ser tan escandalosa. Sé que Christian no lo es. Me ruborizo de pensarlo y huyo a mi habitación. Tras un abrazo breve y por suerte nada embarazoso, José se ha ido. No sé cuándo volveré a verlo, probablemente en la exposición de sus fotografías; aún me asombra que por fin haya conseguido exponer. Lo echaré de menos, y echaré de menos su encanto pueril. No he sido capaz de contarle lo del Escarabajo. Sé que se pondrá frenético cuando se entere, y con un tío que se me enfade tengo más que suficiente. Ya en mi cuarto, echo un ojo al cacharro infernal y, por supuesto, tengo correo de Christian.

De: Christian Grey
Fecha: 27 de mayo de 2011 22:14
Para: Anastasia Steele
Asunto: ¿Dónde estás?

«Estoy en el trabajo. Te mando un correo cuando llegue a casa.»
¿Aún sigues en el trabajo, o es que has empaquetado el teléfono, la BlackBerry y el MacBook?

Llámame o me veré obligado a llamar a Elliot.

Christian Grey
Presidente de Grey Enterprises Holdings, Inc.

Maldita sea… José… mierda.

Cojo el teléfono. Cinco llamadas perdidas y un mensaje de voz. Tímidamente, escucho el mensaje. Es Christian.

«Me parece que tienes que aprender a lidiar con mis expectativas. No soy un hombre paciente. Si me dices que te pondrás en contacto conmigo cuando termines de trabajar, ten la decencia de hacerlo. De lo contrario, me preocupo, y no es una emoción con la que esté familiarizado, por lo que no la llevo bien. Llámame.»

Mierda, mierda. ¿Es que nunca me va a dar un respiro? Miro ceñuda el teléfono. Me asfixia. Con una honda sensación de miedo en la boca del estómago, localizo su número y pulso la tecla de llamada. Mientras espero a que conteste, se me sube el corazón a la boca. Seguramente le encantaría darme una paliza de cincuenta mil demonios. La idea me deprime.

—Hola —dice en voz baja, y su tono me descoloca, porque me lo esperaba furibundo, pero el caso es que suena aliviado.

—Hola —susurro.

—Me tenías preocupado.

—Lo sé. Siento no haberte respondido, pero estoy bien.

Hace una pausa breve.

—¿Lo has pasado bien esta noche? —me pregunta de lo más comedido.

—Sí. Hemos terminado de empaquetar y Kate y yo hemos cenado comida china con José.

Aprieto los ojos con fuerza al mencionar a José. Christian no dice nada.

—¿Qué tal tú? —le pregunto para llenar el repentino silencio abismal y ensordecedor.

No pienso consentir que haga que me sienta culpable por lo de José.

Por fin, suspira.

—He asistido a una cena con fines benéficos. Aburridísima. Me he ido en cuanto he podido.

Lo noto tan triste y resignado que se me encoge el corazón. Lo recuerdo hace algunas noches, sentado al piano de su enorme salón, acompañado por la insoportable melancolía agridulce de la música que tocaba.

—Ojalá estuvieras aquí —susurro, porque de pronto quiero abrazarlo. Consolarlo. Aunque no me deje. Necesito tenerlo cerca.

—¿En serio? —susurra mansamente.

Madre mía. Si no parece él; se me eriza el cuero cabelludo de repentina aprensión.

—Sí —le digo.

Al cabo de una eternidad, suspira.

—¿Nos veremos el domingo?

—Sí, el domingo —susurro, y un escalofrío me recorre el cuerpo entero.

—Buenas noches.

—Buenas noches, señor.

Mi apelativo lo pilla desprevenido, lo sé por su hondo suspiro.

—Buena suerte con la mudanza de mañana, Anastasia.

Su voz es suave, y los dos nos quedamos pegados al teléfono como adolescentes, sin querer colgar.

—Cuelga tú —le susurro.

Por fin, noto que sonríe.

—No, cuelga tú.

Ahora sé que está sonriendo.

—No quiero.

—Yo tampoco.

—¿Estabas enfadado conmigo?

—Sí.

—¿Todavía lo estás?

—No.

—Entonces, ¿no me vas a castigar?

—No. Yo soy de aquí te pillo, aquí te mato.

—Ya lo he notado.

—Ya puede colgar, señorita Steele.

—¿En serio quiere que lo haga, señor?

—Vete a la cama, Anastasia.

—Sí, señor.

Ninguno de los dos cuelga.

—¿Alguna vez crees que serás capaz de hacer lo que te digan? Parece divertido y exasperado a la vez.

—Puede. Lo sabremos después del domingo.

Y pulso la tecla de colgar.

———————

Elliot admira su obra. Nos ha reconectado la tele al satélite del piso de Pike Place Market. Kate y yo nos tiramos al sofá, riendo como bobas, impresionadas por su habilidad con el taladro eléctrico. La tele de plasma queda rara sobre el fondo de ladrillo visto del almacén reconvertido, pero ya me acostumbraré.

—¿Ves, nena? Fácil.

Le dedica una sonrisa de dientes blanquísimos a Kate y ella casi literalmente se derrite en el sofá.

Les pongo los ojos en blanco a los dos.

—Me encantaría quedarme, nena, pero mi hermana ha vuelto de París y esta noche tengo cena familiar ineludible.

—¿No puedes pasarte luego? —pregunta Kate tímidamente, con una dulzura impropia de ella.

Me levanto y me acerco a la zona de la cocina fingiendo que voy a desempaquetar una de las cajas. Se van a poner pegajosos.

—A ver si me puedo escapar —promete.

—Bajo contigo —dice Kate sonriendo.

—Hasta luego, Ana —se despide Elliot con una amplia sonrisa.

—Adiós, Elliot. Saluda a Christian de mi parte.

—¿Solo saludar? —Arquea las cejas como insinuando algo.

—Sí.

Me guiña el ojo y me pongo colorada mientras él sale del piso con Kate.

Elliot es un encanto, muy distinto de Christian. Es agradable, abierto, cariñoso, muy cariñoso, demasiado cariñoso, con Kate. No se quitan las manos de encima el uno al otro; lo cierto es que llega a resultar violento… y yo me pongo verde de envidia.

Kate vuelve unos veinte minutos después con pizza; nos sentamos, rodeadas de cajas, en nuestro nuevo y diáfano espacio, y nos la comemos directamente de la caja. La verdad es que el padre de Kate se ha portado. El piso no es un palacio, pero sí lo bastante grande: tres dormitorios y un salón inmenso con vistas a Pike Place Market. Son todo suelos de madera maciza y ladrillo rojo, y las superficies de la cocina son de hormigón pulido, muy práctico, muy actual. A las dos nos encanta el hecho de que vamos a estar en pleno centro de la ciudad.

A las ocho suena el interfono. Kate da un bote y a mí se me sube el corazón a la boca.

—Un paquete, señorita Steele, señorita Kavanagh.

La decepción corre de forma libre e inesperada por mis venas. No es Christian.

—Segundo piso, apartamento dos.

Kate abre al mensajero. El chaval se queda boquiabierto al ver a Kate, con sus vaqueros ajustados, su camiseta y el pelo recogido en un moño con algunos mechones sueltos. Tiene ese efecto en los hombres. El chico sostiene una botella de champán con un globo en forma de helicóptero atado a ella. Kate lo despide con una sonrisa deslumbrante y me lee la tarjeta.

Señoritas:
Buena suerte en su nuevo hogar.
Christian Grey

Kate mueve la cabeza en señal de desaprobación.

—¿Es que no puede poner solo «de Christian»? ¿Y qué es este globo tan raro en forma de helicóptero?

—Charlie Tango.

—¿Qué?

—Christian me llevó a Seattle en su helicóptero.

Me encojo de hombros.

Kate me mira boquiabierta. Debo decir que me encantan estas ocasiones, porque son pocas: Katherine Kavanagh, muda y pasmada. Me doy el gustazo de disfrutar del instante.

—Pues sí, tiene helicóptero y lo pilota él —digo orgullosa.

—Cómo no... Ese capullo indecentemente rico tiene helicóptero. ¿Por qué no me lo habías contado?

Kate me mira acusadora, pero sonríe, cabeceando con incredulidad.

—He tenido demasiadas cosas en la cabeza últimamente.

Frunce el ceño.

—¿Te las apañarás sola mientras estoy fuera?

—Claro —respondo tranquilizadora.

Ciudad nueva, en paro... un novio de lo más rarito.

—¿Le has dado nuestra dirección?

—No, pero el acoso es una de sus especialidades —barrunto sin darle importancia.

Kate frunce aún más el ceño.

—Por qué será que no me sorprende. Me inquieta, Ana. Por lo menos el champán es bueno, y está frío.

Por supuesto, solo Christian enviaría champán frío, o le pediría a su secretaria que lo hiciera... o igual a Taylor. Lo abrimos allí mismo y localizamos nuestras tazas; son lo último que hemos empaquetado.

—Bollinger Grande Année Rosé 1999, una añada excelente.

Sonrío a Kate y brindamos.

Me despierto temprano en la mañana de un domingo gris después de una noche de sueño asombrosamente reparador, y me quedo tumbada mirando fijamente mis cajas. Deberías ir desempaquetando tus cosas, me regaña mi subconsciente, juntando y frunciendo sus labios de arpía. No, hoy es el día. La diosa que llevo dentro está fuera de sí, dando saltitos primero con un pie y luego con el otro. La expectación, pesada y portentosa, se cierne sobre mi cabeza como una oscura nube de tormenta tropical. Siento las mariposas en el estómago, además del dolor más oscuro, carnal y cautivador que me produce el tratar de imaginar qué me hará. Luego, claro, tengo que firmar ese condenado contrato... ¿o no? Oigo el sonido de correo entrante en el cacharro infernal, que está en el suelo junto a la cama.

De: Christian Grey
Fecha: 29 de mayo de 2011 08:04
Para: Anastasia Steele
Asunto: Mi vida en cifras

Si vienes en coche, vas a necesitar este código de acceso para el garaje subterráneo del Escala: 146963.
Aparca en la plaza 5: es una de las mías.
El código del ascensor: 1880.

Christian Grey
Presidente de Grey Enterprises Holdings, Inc.

De: Anastasia Steele
Fecha: 29 de mayo de 2011 08:08
Para: Christian Grey
Asunto: Una añada excelente

Sí, señor. Entendido.
Gracias por el champán y el globo de Charlie Tango, que tengo atado a mi cama.

Ana

De: Christian Grey
Fecha: 29 de mayo de 2011 08:11
Para: Anastasia Steele
Asunto: Envidia

De nada.

No llegues tarde.

Afortunado Charlie Tango.

Christian Grey

Presidente de Grey Enterprises Holdings, Inc.

Pongo los ojos en blanco ante lo dominante que es, pero la última línea me hace sonreír. Me dirijo al baño, preguntándome si Elliot volvería anoche y esforzándome por controlar los nervios.

¡Puedo conducir el Audi con tacones! Justo a las 12.55 h entro en el garaje del Escala y aparco en la plaza 5. ¿Cuántas plazas tiene? El Audi SUV está ahí, el R8 y dos Audi SUV más pequeños. Compruebo cómo llevo el rímel, que rara vez uso, en el espejito iluminado de la visera de mi asiento. En el Escarabajo no tenía.

¡Ánimo! La diosa que llevo dentro agita los pompones; la tengo en modo animadora. En el reflejo infinito de espejos del ascensor me miro el vestido color ciruela... bueno, el vestido color ciruela de Kate. La última vez que me lo puse Christian quiso quitármelo enseguida. Me excito al recordarlo. Qué sensación tan deliciosa... y luego recupero el aliento. Llevo la ropa interior que Taylor me compró. Me sonrojo al imaginar a ese hombre de pelo rapado recorrer los pasillos de Agent Provocateur o dondequiera que lo comprara. Se abren las puertas y me encuentro en el vestíbulo del apartamento número uno.

Cuando salgo del ascensor, veo a Taylor delante de la puerta de doble hoja.

—Buenas tardes, señorita Steele —dice.

—Llámame Ana, por favor.

—Ana.

Sonríe.

—El señor Grey la espera.

Apuesto a que sí.

Christian está sentado en el sofá del salón, leyendo la prensa del domingo. Alza la vista cuando Taylor me hace pasar. La estancia es exactamente como la recordaba; aunque solo hace una semana que estuve aquí, me parece que haga mucho más. Christian parece tranquilo y sereno; de hecho, está divino. Viste vaqueros y una camisa suelta de lino blanco; no lleva zapatos ni calcetines. Tiene el pelo revuelto y despeinado, y en sus ojos hay un brillo malicioso. Se levanta y se acerca despacio a mí, con una sonrisa satisfecha en esos labios tan bien esculpidos.

Yo sigo inmóvil a la puerta del salón, paralizada por su belleza y la dulce expectación ante lo que se avecina. La corriente que hay entre nosotros está ahí, encendiéndose lentamente en mi vientre, atrayéndome hacia él.

—Mmm... ese vestido —murmura complacido mientras me examina de arriba abajo—. Bienvenida de nuevo, señorita Steele —susurra y, cogiéndome de la barbilla, se inclina y me deposita un beso suave en la boca.

El contacto de sus labios y los míos resuena por todo mi cuerpo. Se me entrecorta la respiración.

—Hola —respondo ruborizándome.

—Llegas puntual. Me gusta la puntualidad. Ven. —Me coge de la mano y me lleva al sofá—. Quiero enseñarte algo —dice mientras nos sentamos.

Me pasa el *Seattle Times*. En la página ocho, hay una fotografía de los dos en la ceremonia de graduación. Madre mía. Salgo en el periódico. Leo el pie de foto.

Christian Grey y su amiga en la ceremonia de graduación de la Universidad Estatal de Washington, en Vancouver.

Me echo a reír.

—Así que ahora soy tu «amiga».

—Eso parece. Y sale en el periódico, así que será cierto.

Sonríe satisfecho.

Está sentado a mi lado, completamente vuelto hacia mí, con una pierna metida debajo de la otra. Alarga la mano y me coloca un mechón de pelo detrás de la oreja con el índice. Mi cuerpo revive con sus caricias, ansioso y expectante.

—Entonces, Anastasia, ahora tienes mucho más claro cuál es mi rollo que la otra vez que estuviste aquí.

—Sí.

¿Adónde pretende llegar?

—Y aun así has vuelto.

Asiento tímidamente con la cabeza y sus ojos se encienden. Mueve la cabeza, como si le costara digerir la idea.

—¿Has comido? —me pregunta de repente.

Mierda.

—No.

—¿Tienes hambre?

Se está esforzando por no parecer enfadado.

—De comida, no —susurro, y se le inflan las aletas de la nariz.

Se inclina hacia delante y me susurra al oído.

—Tan impaciente como siempre, señorita Steele. ¿Te cuento un secreto? Yo también. Pero la doctora Greene no tardará en llegar. —Se incorpora—. Deberías comer algo —me reprende moderadamente.

Se me enfría la sangre hasta ahora encendida. Madre mía, la visita médica. Lo había olvidado.

—Háblame de la doctora Greene —digo para distraernos a los dos.

—Es la mejor especialista en ginecología y obstetricia de Seattle. ¿Qué más puedo decir?

Se encoge de hombros.

—Pensaba que me iba a atender «tu» doctora. Y no me digas que en realidad eres una mujer, porque no te creo.

Me lanza una mirada de no digas chorradas.

—Creo que es preferible que te vea un especialista, ¿no? —me dice con suavidad.

Asiento. Madre mía, si de verdad es la mejor ginecóloga y la ha citado para que venga a verme en domingo, ¡a la hora de comer!, no quiero ni imaginarme la pasta que le habrá costado. Christian frunce el ceño de pronto, como si hubiera recordado algo desagradable.

—Anastasia, a mi madre le gustaría que vinieras a cenar esta noche. Tengo entendido que Elliot se lo va a pedir a Kate también. No sé si te apetece. A mí se me hace raro presentarte a mi familia.

¿Raro? ¿Por qué?

—¿Te avergüenzas de mí? —digo sin poder disimular que estoy dolida.

—Por supuesto que no —contesta poniendo los ojos en blanco.

—¿Y por qué se te hace raro?

—Porque no lo he hecho nunca.

—¿Por qué tú si puedes poner los ojos en blanco y yo no?

Me mira extrañado.

—No me he dado cuenta de que lo hacía.

—Tampoco yo, por lo general —espeto.

Christian me mira furioso, estupefacto. Taylor aparece en la puerta.

—Ha llegado la doctora Greene, señor.

—Acompáñala a la habitación de la señorita Steele.

¡La habitación de la señorita Steele!

—¿Preparada para usar algún anticonceptivo? —me pregunta mientras se pone de pie y me tiende la mano.

—No irás a venir tú también, ¿no? —pregunto espantada.

Se echa a reír.

—Pagaría un buen dinero por mirar, créeme, Anastasia, pero no creo que a la doctora le pareciera bien.

Acepto la mano que me tiende, y Christian tira de mí hacia él y me besa apasionadamente. Me aferro a sus brazos, sorprendida. Me sostiene la cabeza con la mano hundida en mi pelo y me atrae hacia él, pegando su frente a la mía.

—Cuánto me alegro de que hayas venido —susurra—. Estoy impaciente por desnudarte.

18

La doctora Greene es alta y rubia y va impecable, vestida con un traje de chaqueta azul marino. Me recuerda a las mujeres que trabajan en la oficina de Christian. Es como un modelo de retrato robot, otra rubia perfecta. Lleva la melena recogida en un elegante moño. Tendrá unos cuarenta y pocos.

—Señor Grey.

Estrecha la mano que le tiende Christian.

—Gracias por venir habiéndola avisado con tan poca antelación —dice Christian.

—Gracias a usted por compensármelo sobradamente, señor Grey. Señorita Steele.

Sonríe; su mirada es fría y observadora.

Nos damos la mano y enseguida sé que es una de esas mujeres que no soportan a la gente estúpida. Al igual que Kate. Me cae bien de inmediato. Le dedica a Christian una mirada significativa y, tras un instante incómodo, él capta la indirecta.

—Estaré abajo —murmura, y sale de lo que va a ser mi dormitorio.

—Bueno, señorita Steele. El señor Grey me paga una pequeña fortuna para que la atienda. Dígame, ¿qué puedo hacer por usted?

Tras un examen en profundidad y una larga charla, la doctora Greene y yo nos decidimos por la minipíldora. Me hace una receta previamente abonada y me indica que vaya a recoger las píldoras mañana. Me encanta su seriedad: me ha sermoneado hasta ponerse azul como su traje sobre la importancia de tomarla siempre a la misma hora. Y noto que se muere de curiosidad por saber qué «relación» tengo con el señor Grey. Yo no le doy detalles. No sé por qué intuyo que no estaría tan serena y relajada si hubiera visto el cuarto rojo del dolor. Me ruborizo al pasar por delante de su puerta cerrada y volvemos abajo, a la galería de arte que es el salón de Christian.

Está leyendo, sentado en el sofá. Un aria conmovedora suena en el equipo de música, flotando alrededor de Christian, envolviéndolo con sus notas, llenando la estancia de una melodía dulce y vibrante. Por un momento, parece sereno. Se vuelve cuando entramos, nos mira y me sonríe cariñoso.

—¿Ya habéis terminado? —pregunta como si estuviera verdaderamente interesado.

Apunta el mando hacia la elegante caja blanca bajo la chimenea que alberga su iPod y la exquisita melodía se atenúa, pero sigue sonando de fondo. Se pone de pie y se acerca despacio.

—Sí, señor Grey. Cuídela; es una joven hermosa e inteligente.

Christian se queda tan pasmado como yo. Qué comentario tan inapropiado para una doctora. ¿Acaso le está lanzando una advertencia no del todo sutil? Christian se recompone.

—Eso me propongo —mascula él, divertido.

Lo miro y me encojo de hombros, cortada.

—Le enviaré la factura —dice ella muy seca mientras le estrecha la mano.

Se vuelve hacia mí.

—Buenos días, y buena suerte, Ana.

Me sonríe mientras nos damos la mano, y se le forman unas arruguitas en torno a los ojos,

Surge Taylor de la nada para conducirla por la puerta de doble hoja hasta el ascensor. ¿Cómo lo hace? ¿Dónde se esconde?

—¿Cómo ha ido? —pregunta Christian.

—Bien, gracias. Me ha dicho que tengo que abstenerme de practicar cualquier tipo de actividad sexual durante las cuatro próximas semanas.

A Christian se le descuelga la mandíbula y yo, que ya no puedo aguantarme más, le sonrío como una boba.

—¡Has picado!

Entrecierra los ojos y dejo de reír de inmediato. De hecho, parece bastante enfadado. Oh, mierda. Mi subconsciente se esconde en un rincón y yo, blanca como el papel, me lo imagino tumbándome otra vez en sus rodillas.

—¡Has picado! —me dice, y sonríe satisfecho. Me agarra por la cintura y me estrecha contra su cuerpo—. Es usted incorregible, señorita Steele —murmura, mirándome a los ojos mientras me hunde los dedos en el pelo y me sostiene con firmeza.

Me besa, con fuerza, y yo me aferro a sus brazos musculosos para no caerme.

—Aunque me encantaría hacértelo aquí y ahora, tienes que comer, y yo también. No quiero que te me desmayes después —me dice a los labios.

—¿Solo me quieres por eso... por mi cuerpo? —susurro.

—Por eso y por tu lengua viperina —contesta.

Me besa apasionadamente, y luego me suelta de pronto, me coge de la mano y me lleva a la cocina. Estoy alucinando. Tan pronto estamos bromeando como... Me abanico la cara encendida. Christian es puro sexo ambulante, y ahora tengo que recobrar el equilibrio y comer algo. El aria aún suena de fondo.

—¿Qué música es esta?

—Es una pieza de Villa-Lobos, de sus *Bachianas Brasileiras*. Buena, ¿verdad?

—Sí —musito, completamente de acuerdo.

La barra del desayuno está preparada para dos. Christian saca un cuenco de ensalada del frigorífico.

—¿Te va bien una ensalada César?

Uf, nada pesado, menos mal.

—Sí, perfecto, gracias.

Lo veo moverse con elegancia por la cocina. Parece que se siente muy a gusto con su cuerpo, pero luego no quiere que lo toquen, así que igual, en el fondo, no está tan a gusto. Todos necesitamos del prójimo... salvo, quizá, Christian Grey.

—¿En qué piensas? —dice, sacándome de mi ensimismamiento. Me ruborizo.

—Observaba cómo te mueves.

Arquea una ceja, divertido.

—¿Y? —pregunta con sequedad.

Me ruborizo aún más.

—Eres muy elegante.

—Vaya, gracias, señorita Steele —murmura. Se sienta a mi lado con una botella de vino en la mano—. ¿Chablis?

—Por favor.

—Sírvete ensalada —dice en voz baja—. Dime, ¿por qué método has optado?

La pregunta me deja descolocada temporalmente, hasta que caigo en la cuenta de que me habla de la visita de la doctora Greene.

—La minipíldora.

Frunce el ceño.

—¿Y te acordarás de tomártela todos los días a la misma hora?

Maldita sea, pues claro que sí. ¿Cómo lo sabe? Me acaloro de pensarlo: probablemente de una o más de las quince.

—Ya te encargarás tú de recordármelo —espeto.

Me mira entre divertido y condescendiente.

—Me pondré una alarma en la agenda. —Sonríe satisfecho—. Come.

La ensalada César está deliciosa. Para mi sorpresa, estoy muerta de hambre y, por primera vez desde que hemos comido juntos, termino antes que él. El vino tiene un sabor fresco, limpio y afrutado.

—¿Impaciente como de costumbre, señorita Steele? —sonríe mirando mi plato vacío.

Lo miro con los ojos entornados.

—Sí —susurro.

Se le entrecorta la respiración. Y, mientras me mira fijamente, noto que la atmósfera entre los dos va cambiando, evolucionando… se carga. Su mirada pasa de impenetrable a ardiente, y me arrastra consigo. Se levanta, reduciendo la distancia entre los dos, y me baja del taburete a sus brazos.

—¿Quieres hacerlo? —dice mirándome fijamente.

—No he firmado nada.

—Lo sé… pero últimamente te estás saltando todas las normas.

—¿Me vas a pegar?

—Sí, pero no para hacerte daño. Ahora mismo no quiero castigarte. Si te hubiera pillado anoche… bueno, eso habría sido otra historia.

Madre mía. Quiere hacerme daño… ¿y qué hago yo ahora? Me cuesta disimular el horror que me produce.

—Que nadie intente convencerte de otra cosa, Anastasia: una de las razones por las que la gente como yo hace esto es porque le gusta infligir o sentir dolor. Así de sencillo. A ti no, así que ayer dediqué un buen rato a pensar en todo esto.

Me arrima a su cuerpo y su erección me aprieta el vientre. Debería salir corriendo, pero no puedo. Me atrae a un nivel primario e insondable que no alcanzo a comprender.

—¿Llegaste a alguna conclusión? —susurro.

—No, y ahora mismo no quiero más que atarte y follarte hasta dejarte sin sentido. ¿Estás preparada para eso?

—Sí —digo mientras todo mi cuerpo se tensa al instante.

Uau…

—Bien. Vamos.

Me coge de la mano y, dejando todos los platos sucios en la barra de desayuno, nos dirigimos arriba.

Se me empieza a acelerar el corazón. Ya está. Lo voy a hacer de verdad. La diosa que llevo dentro da vueltas como una bailarina de fama mundial, encadenando piruetas. Christian abre la puerta de su cuarto de juegos, se aparta para dejarme pasar y una vez más me encuentro en el cuarto rojo del dolor.

Sigue igual: huele a cuero, a pulimento de aroma cítrico y a madera noble, todo muy sensual. Me corre la sangre hirviendo por todo el organismo: adrenalina mezclada con lujuria y deseo. Un cóctel poderoso y embriagador. La actitud de Christian ha cambiado por completo, ha ido variando paulatinamente, y ahora es más dura, más cruel. Me mira y veo sus ojos encendidos, lascivos… hipnóticos.

—Mientras estés aquí dentro, eres completamente mía —dice, despacio, midiendo cada palabra—. Harás lo que me apetezca. ¿Entendido?

Su mirada es tan intensa… Asiento, con la boca seca, con el corazón desbocado, como si se me fuera a salir del pecho.

—Quítate los zapatos —me ordena en voz baja.

Trago saliva y, algo torpemente, me los quito. Se agacha, los coge y los deja junto a la puerta.

—Bien. No titubees cuando te pido que hagas algo. Ahora te voy a quitar el vestido, algo que hace días que vengo queriendo hacer, si no me falla la memoria. Quiero que estés a gusto con tu cuerpo, Anastasia. Tienes un cuerpo que me gusta mirar. Es una gozada contemplarlo. De hecho, podría estar mirándolo todo el día, y quiero que te desinhibas y no te avergüences de tu desnudez. ¿Entendido?

—Sí.

—Sí, ¿qué?

Se inclina hacia mí con mirada feroz.

—Sí, señor.

—¿Lo dices en serio? —espeta.

—Sí, señor.

—Bien. Levanta los brazos por encima de la cabeza.

Hago lo que me pide y él se agacha y agarra el bajo. Despacio, me sube el vestido por los muslos, las caderas, el vientre, los pechos, los hombros y la cabeza. Retrocede para examinarme y, con aire ausente, lo dobla sin quitarme el ojo de encima. Lo deja sobre la gran cómoda que hay junto a la puerta. Alarga la mano y me coge por la barbilla, abrasándome con su tacto.

—Te estás mordiendo el labio —dice—. Sabes cómo me pone eso —añade con voz ronca—. Date la vuelta.

Me doy la vuelta al momento, sin titubear. Me desabrocha el sujetador, coge los dos tirantes y tira de ellos hacia abajo, rozándome la piel con los dedos y con las uñas de los pulgares mientras me lo quita. El contacto me produce escalofríos y despierta todas las terminaciones nerviosas de mi cuerpo. Está detrás de mí, tan cerca que noto el calor que irradia de él, y me calienta, me calienta entera. Me echa el pelo hacia atrás para que me caiga todo por la espalda, me coge un mechón de la nuca y me ladea la cabeza. Recorre con la nariz mi cuello descubierto, inhalando todo el tiempo, y luego asciende de nuevo a la oreja. Los músculos de mi vientre se contraen, impulsados por el deseo. Maldita sea, apenas me ha tocado y ya lo deseo.

—Hueles tan divinamente como siempre, Anastasia —susurra al tiempo que me besa con suavidad debajo de la oreja.

Gimo.

—Calla —me dice—. No hagas ni un solo ruido.

Me recoge el pelo a la espalda y, para mi sorpresa, sus dedos rápidos y hábiles empiezan a hacerme una gruesa trenza. Cuando termina, me la sujeta con una goma que no había visto y le da un tirón, con lo que me veo obligada a echarme hacia atrás.

—Aquí dentro me gusta que lleves trenza —susurra.

Mmm… ¿por qué?

Me suelta el pelo.

—Date la vuelta —me ordena.

Hago lo que me manda, con la respiración agitada por una mezcla de miedo y deseo. Una mezcla embriagadora.

—Cuando te pida que entres aquí, vendrás así. Solo en braguitas. ¿Entendido?

—Sí.

—Sí, ¿qué?

Me mira furibundo.

—Sí, señor.

Se dibuja una sonrisa en sus labios.

—Buena chica. —Sus ojos ardientes atraviesan los míos—. Cuando te pida que entres aquí, espero que te arrodilles allí. —Señala un punto junto a la puerta—. Hazlo.

Extrañada, proceso sus palabras, me doy la vuelta y, con torpeza, me arrodillo como me ha dicho.

—Te puedes sentar sobre los talones.

Me siento.

—Las manos y los brazos pegados a los muslos. Bien. Separa las rodillas. Más. Más. Perfecto. Mira al suelo.

Se acerca a mí y, en mi campo de visión, le veo los pies y las espinillas. Los pies descalzos. Si quiere que me acuerde de todo, debería dejarme tomar apuntes. Se agacha y me coge de la trenza otra vez, luego me echa la cabeza hacia atrás para que lo mire. No duele por muy poco.

—¿Podrás recordar esta posición, Anastasia?

—Sí, señor.

—Bien. Quédate ahí, no te muevas.

Sale del cuarto.

Estoy de rodillas, esperando. ¿Adónde habrá ido? ¿Qué me va a hacer? Pasa el tiempo. No tengo ni idea de cuánto tiempo me deja así… ¿unos minutos, cinco, diez? La respiración se me acelera cada vez más; la impaciencia me devora de dentro afuera.

De pronto vuelve, y súbitamente me noto más tranquila y más excitada, todo a la vez. ¿Podría estar más excitada? Le veo los pies. Se ha cambiado de vaqueros. Estos son más viejos, están rasgados, gastados, demasiado lavados. Madre mía, cómo me ponen estos vaqueros. Cierra la puerta y cuelga algo en ella.

—Buena chica, Anastasia. Estás preciosa así. Bien hecho. Ponte de pie.

Me levanto, pero sigo mirando al suelo.

—Me puedes mirar.

Alzo la vista tímidamente y veo que él me está mirando fijamente, evaluándome, pero con una expresión tierna. Se ha quitado la camisa. Dios mío, quiero tocarlo. Lleva desabrochado el botón superior de los vaqueros.

—Ahora voy a encadenarte, Anastasia. Dame la mano derecha.

Le doy la mano. Me vuelve la palma hacia arriba y, antes de que pueda darme cuenta, me golpea en el centro con una fusta que ni siquiera le había visto en la mano derecha. Sucede tan deprisa que apenas me sorprendo. Y lo que es más asombroso, no me duele. Bueno, no mucho, solo me escuece un poco.

—¿Cómo te ha sentado eso?

Lo miro confundida.

—Respóndeme.

—Bien.

Frunzo el ceño.

—No frunzas el ceño.

Extrañada, pruebo a mostrarme impasible. Funciona.

—¿Te ha dolido?

—No.

—Esto te va a doler. ¿Entendido?

—Sí —digo vacilante.

¿De verdad me va a doler?

—Va en serio —me dice.

Maldita sea. Apenas puedo respirar. ¿Acaso sabe lo que pienso? Me enseña la fusta. Marrón, de cuero trenzado. Lo miro de pronto y veo deseo en sus ojos brillantes, deseo y una pizca de diversión.

—Nos proponemos complacer, señorita Steele —murmura—. Ven.

Me coge del codo y me coloca debajo de la rejilla. Alarga la mano y baja unos grilletes con muñequeras de cuero negro.

—Esta rejilla está pensada para que los grilletes se muevan a través de ella.

Levanto la vista. Madre mía, es como un plano del metro.

—Vamos a empezar aquí, pero quiero follarte de pie, así que terminaremos en aquella pared.

Señala con la fusta la gran X de madera de la pared.

—Ponte las manos por encima de la cabeza.

Lo complazco inmediatamente, con la sensación de que abandono mi cuerpo y me convierto en una observadora ocasional de los acontecimientos que se desarrollan a mi alrededor. Esto es mucho más que fascinante, mucho más que erótico. Es con mucho lo más excitante y espeluznante que he hecho nunca. Me estoy poniendo en manos de un hombre hermoso que, según él mismo me ha confesado, está jodido de cincuenta mil formas. Trato de contener el momentáneo espasmo de miedo. Kate y Elliot saben que estoy aquí.

Mientras me ata las muñequeras, se sitúa muy cerca. Tengo su pecho pegado a la cara. Su proximidad es deliciosa. Huele a gel corporal y a Christian, una mezcla embriagadora, y eso me vuelve a traer al presente. Quiero pasear la nariz y la lengua por ese suave tapizado de vello pectoral. Bastaría con que me inclinara hacia delante…

Retrocede y me mira, con ojos entornados, lascivos, carnales, y yo me siento impotente, con las manos atadas, pero al contemplar su hermoso rostro y percibir lo mucho que me desea, noto que se me humedece la entrepierna. Camina despacio a mi alrededor.

—Está fabulosa atada así, señorita Steele. Y con esa lengua viperina quieta de momento. Me gusta.

De pie delante de mí, me mete los dedos por las bragas y, sin ninguna prisa, me las baja por las piernas, quitándomelas angustiosamente despacio, hasta que termina arrodillado delante de mí. Sin quitarme los ojos de encima, estruja mis bragas en su mano, se las lleva a la nariz e inhala hondo. Dios mío, ¿en serio ha hecho eso? Me sonríe perversamente y se las mete en el bolsillo de los vaqueros.

Se levanta despacio, como un guepardo, me apunta al ombligo con el extremo de la fusta y va describiendo círculos, provocándome. Al contacto con el cuero, me estremezco y gimo. Vuelve a caminar a mi alrededor, arrastrando la fusta por mi cintura. En la segunda vuelta, de pronto la sacude y me azota por debajo del trasero… en el sexo. Grito de sorpresa y todas mis terminaciones nerviosas se ponen alerta. Tiro de las ataduras. La conmoción me recorre entera, y es una sensación de lo más dulce, extraña y placentera.

—Calla —me susurra mientras camina a mi alrededor otra vez, con la fusta algo más alta recorriendo mi cintura.

Esta vez, cuando me atiza en el mismo sitio, lo espero. Todo mi cuerpo se sacude por el azote dolorosamente dulce.

Mientras da vueltas a mi alrededor, me atiza de nuevo, esta vez en el pezón, y yo echo la cabeza hacia atrás ante el zumbido de mis terminaciones nerviosas. Me da en el otro: un castigo breve, rápido y dulce. Su ataque me endurece y alarga los pezones, y gimo ruidosamente, tirando de las muñequeras de cuero.

—¿Te gusta esto? —me dice.

—Sí.

Me vuelve a azotar en el culo. Esta vez me duele.

—Sí, ¿qué?

—Sí, señor —gimoteo.

Se detiene, pero ya no lo veo. Tengo los ojos cerrados, intentando digerir la multitud de sensaciones que recorren mi cuerpo. Muy despacio, me rocía de pequeños picotazos con la fusta por el vientre, hacia abajo. Sé adónde se dirige y trato de mentalizarme, pero cuando me atiza en el clítoris, grito con fuerza.

—¡Por favor! —gruño.

—Calla —me ordena, y me vuelve a dar en el trasero.

No esperaba que esto fuera así… Estoy perdida. Perdida en un mar de sensaciones. De pronto arrastra la fusta por mi sexo, entre el vello púbico, hasta la entrada de la vagina.

—Mira lo húmeda que te ha puesto esto, Anastasia. Abre los ojos y la boca.

Hago lo que me dice, completamente seducida. Me mete la punta de la fusta en la boca, como en mi sueño. Madre mía.

—Mira cómo sabes. Chupa. Chupa fuerte, nena.

Cierro la boca alrededor de la fusta y lo miro fijamente. Noto el fuerte sabor del cuero y el sabor salado de mis fluidos. Le centellean los ojos. Está en su elemento.

Me saca la fusta de la boca, se inclina hacia delante, me agarra y me besa con fuerza, invadiéndome la boca con su lengua. Me rodea con los brazos y me estrecha contra su cuerpo. Su pecho aprisiona el mío y yo me muero de ganas por tocar, pero con las manos atadas por encima de la cabeza, no puedo.

—Oh, Anastasia, sabes fenomenal —me dice—. ¿Hago que te corras?

—Por favor —le suplico.

La fusta me sacude el trasero. ¡Au!

—Por favor, ¿qué?

—Por favor, señor —gimoteo.

Me sonríe, triunfante.

—¿Con esto?

Sostiene en alto la fusta para que pueda verla.

—Sí, señor.

—¿Estás segura?

Me mira muy serio.

—Sí, por favor, señor.

—Cierra los ojos.

Cierro los ojos al cuarto, a él, a la fusta. De nuevo empieza a soltarme picotazos con la fusta en el vientre. Desciende, golpecitos suaves en el clítoris, una, dos, tres veces, una y otra vez, hasta que al final… ya, no aguanto más, y me corro, de forma espectacular, escandalosa, encorvándome debilitada. Las piernas me flaquean y él me rodea con sus brazos. Me disuelvo en ellos, apoyando la cabeza en su pecho, maullando y gimoteando mientras las réplicas del orgasmo me consumen. Me levanta, y de pronto nos movemos, mis brazos aún atados por encima de la cabeza, y entonces noto la fría madera de la cruz barnizada contra mi espalda, y él se está desabrochando los botones de los vaqueros. Me apoya un instante en la cruz mientras se pone un condón, luego me coge por los muslos y me levanta otra vez.

—Levanta las piernas, nena, enróscamelas en la cintura.

Me siento muy débil, pero hago lo que me dice mientras él me engancha las piernas a sus caderas y se sitúa debajo de mí. Con una fuerte embestida me penetra, y vuelvo a gritar y él suelta un gemido ahogado en mi oído. Mis brazos descansan en sus hombros mientras entra y sale. Dios, llega mucho más adentro de esta forma. Noto que vuelvo a acercarme al clímax. Maldita sea, no… otra vez, no… no creo que mi cuerpo soporte otro orgasmo de esa magnitud. Pero no tengo elección… y con una inevitabilidad que empieza a resultarme familiar, me dejo llevar y vuelvo a correrme, y resulta placentero, agonizante, intenso. Pierdo por completo la conciencia de mí misma. Christian me sigue y, mientras se corre, grita con los dientes apretados y se abraza a mí con fuerza.

Me la saca rápidamente y me apoya contra la cruz, su cuerpo sosteniendo el mío. Desabrocha las muñequeras, me suelta las manos y los dos nos desplomamos en el suelo. Me atrae a su regazo, meciéndome, y apoyo la cabeza en su pecho. Si tuviera fuerzas lo acariciaría, pero no las tengo. Solo ahora me doy cuenta de que aún lleva los vaqueros puestos.

—Muy bien, nena —murmura—. ¿Te ha dolido?

—No —digo.

Apenas puedo mantener los ojos abiertos. ¿Por qué estoy tan cansada?

—¿Esperabas que te doliera? —susurra mientras me estrecha en sus brazos, apartándome de la cara unos mechones de pelo sueltos.

—Sí.

—¿Lo ves, Anastasia? Casi todo tu miedo está solo en tu cabeza. —Hace una pausa—. ¿Lo harías otra vez?

Medito un instante, la fatiga nublándome el pensamiento… ¿Otra vez?

—Sí —le digo en voz baja.

Me abraza con fuerza.

—Bien. Yo también —musita, luego se inclina y me besa con ternura en la nuca—. Y aún no he terminado contigo.

Que aún no ha terminado conmigo. Madre mía. Yo no aguanto más. Me encuentro agotada y hago un esfuerzo sobrehumano por no dormirme. Descanso en su pecho con los ojos cerrados, y él me envuelve toda, con brazos y piernas, y me siento… segura, y a gusto. ¿Me dejará dormir, acaso soñar? Tuerzo la boca ante semejante idea y, volviendo la cara hacia el pecho de Christian, inhalo su aroma único y lo acaricio con la nariz, pero él se tensa de inmediato… oh, mierda. Abro los ojos y lo miro. Él me está mirando fijamente.

—No hagas eso —me advierte.

Me sonrojo y vuelvo a mirarle el pecho con anhelo. Quiero pasarle la lengua por el vello, besarlo y, por primera vez, me doy cuenta de que tiene algunas tenues cicatrices pequeñas y redondas, esparcidas por el pecho. ¿Varicela? ¿Sarampión?, pienso distraídamente.

—Arrodíllate junto a la puerta —me ordena mientras se incorpora, apoyando las manos en mis rodillas y liberándome del todo.

Siento frío de pronto; la temperatura de su voz ha descendido varios grados.

Me levanto torpemente, me escabullo hacia la puerta y me

arrodillo como me ha ordenado. Me noto floja, exhausta y tremendamente confundida. ¿Quién iba a pensar que encontraría semejante gratificación en este cuarto? ¿Quién iba a pensar que resultaría tan agotador? Siento todo mi cuerpo saciado, deliciosamente pesado. La diosa que llevo dentro tiene puesto un cartel de NO MOLESTAR en la puerta de su cuarto.

Christian se mueve por la periferia de mi campo de visión. Se me empiezan a cerrar los ojos.

—La aburro, ¿verdad, señorita Steele?

Me despierto de golpe y tengo a Christian delante, de brazos cruzados, mirándome furioso. Mierda, me ha pillado echando una cabezadita; esto no va a terminar bien. Su mirada se suaviza cuando lo miro.

—Levántate —me ordena.

Me pongo en pie con cautela. Me mira y esboza una sonrisa.

—Estás destrozada, ¿verdad?

Asiento tímidamente, ruborizándome.

—Aguante, señorita Steele. —Frunce los ojos—. Yo aún no he tenido bastante de ti. Pon las manos al frente como si estuvieras rezando.

Lo miro extrañada. ¡Rezando! Rezando para que tengas compasión de mí. Hago lo que me pide. Coge una brida para cables y me sujeta las muñecas con ella, apretando el plástico. Madre mía. Lo miro de pronto.

—¿Te resulta familiar? —pregunta sin poder ocultar la sonrisa.

Dios… las bridas de plástico para cables. ¡Aprovisionándose en Clayton's! Ahogo un gemido y la adrenalina me recorre de nuevo el cuerpo entero; ha conseguido llamar mi atención, ya estoy despierta.

—Tengo unas tijeras aquí. —Las sostiene en alto para que yo las vea—. Te las puedo cortar en un segundo.

Intento separar las muñecas, poniendo a prueba la atadura y, al hacerlo, se me clava el plástico en la piel. Resulta doloroso, pero si me relajo mis muñecas están bien; la atadura no me corta la piel.

—Ven.

Me coge de las manos y me lleva a la cama de cuatro postes. Me doy cuenta ahora de que tiene puestas sábanas de un rojo oscuro y un grillete en cada esquina.

—Quiero más… muchísimo más —me susurra al oído.

Y el corazón se me vuelve a acelerar. Madre mía.

—Pero seré rápido. Estás cansada. Agárrate al poste —dice.

Frunzo el ceño. ¿No va a ser en la cama entonces? Al agarrarme al poste de madera labrado, descubro que puedo separar las manos.

—Más abajo —me ordena—. Bien. No te sueltes. Si lo haces, te azotaré. ¿Entendido?

—Sí, señor.

—Bien.

Se sitúa detrás de mí y me agarra por las caderas, y entonces, rápidamente, me levanta hacia atrás, de modo que me encuentro inclinada hacia delante, agarrada al poste.

—No te sueltes, Anastasia —me advierte—. Te voy a follar duro por detrás. Sujétate bien al poste para no perder el equilibrio. ¿Entendido?

—Sí.

Me azota en el culo con la mano abierta. Au… Duele.

—Sí, señor —musito enseguida.

—Separa las piernas. —Me mete una pierna entre las mías y, agarrándome de las caderas, empuja mi pierna derecha a un lado—. Eso está mejor. Después de esto, te dejaré dormir.

¿Dormir? Estoy jadeando. No pienso en dormir ahora. Levanta la mano y me acaricia suavemente la espalda.

—Tienes una piel preciosa, Anastasia —susurra e, inclinándose, me riega de suaves y ligerísimos besos la columna.

Al mismo tiempo, pasa las manos por delante, me palpa los pechos, me agarra los pezones entre los dedos y me los pellizca suavemente.

Contengo un gemido y noto que mi cuerpo entero reacciona, revive una vez más para él.

Me mordisquea y me chupa la cintura, sin dejar de pellizcarme los pezones, y mis manos aprietan con fuerza el poste exquisitamente tallado. Aparta las manos y lo oigo rasgar una vez más el envoltorio del condón y quitarse los vaqueros de una patada.

—Tienes un culo muy sexy y cautivador, Anastasia Steele. La de cosas que me gustaría hacerle. —Acaricia y moldea cada una de mis nalgas, luego sus manos se deslizan hacia abajo y me mete dos dedos—. Qué húmeda… Nunca me decepciona, señorita Steele —susurra, y percibo fascinación en su voz—. Agárrate fuerte… esto va a ser rápido, nena.

Me sujeta las caderas y se sitúa, y yo me preparo para la embestida, pero entonces alarga la mano y me agarra la trenza casi por el extremo y se la enrosca en la muñeca hasta llegar a mi nuca, sosteniéndome la cabeza. Muy despacio, me penetra, tirándome a la vez del pelo… Ay, hasta el fondo. La saca muy despacio, y con la otra mano me agarra por la cadera, sujetando fuerte, y luego entra de golpe, empujándome hacia delante.

—¡Aguanta, Anastasia! —me grita con los dientes apretados.

Me agarro más fuerte al poste y me pego a su cuerpo todo lo que puedo mientras continúa su despiadada arremetida, una y otra vez, clavándome los dedos en la cadera. Me duelen los brazos, me tiemblan las piernas, me escuece el cuero cabelludo de los tirones… y noto que nace de nuevo esa sensación en lo más hondo de mi ser. Oh, no… y por primera vez, temo el orgasmo… si me corro… me voy a desplomar. Christian sigue embistiendo contra mí, dentro de mí, con la respiración entrecortada, gimiendo, gruñendo. Mi cuerpo responde… ¿cómo? Noto que se acelera. Pero, de pronto, tras metérmela hasta el fondo, Christian se detiene.

—Vamos, Ana, dámelo —gruñe y, al oírlo decir mi nombre, pierdo el control y me vuelvo toda cuerpo y torbellino de sensaciones y dulce, muy dulce liberación, y después pierdo total y absolutamente la conciencia.

Cuando recupero el sentido, estoy tumbada encima de él. Él está en el suelo y yo encima de él, con la espalda pegada a su pecho, y miro al techo, en un estado de glorioso poscoito, espléndida, destrozada. Ah, los mosquetones, pienso distraída; me había olvidado de ellos.

—Levanta las manos —me dice en voz baja.

Me pesan los brazos como si fueran de plomo, pero los levanto. Abre las tijeras y pasa una hoja por debajo del plástico.

—Declaro inaugurada esta Ana —dice, y corta el plástico.

Río como una boba y me froto las muñecas al fin libres. Noto que sonríe.

—Qué sonido tan hermoso —dice melancólico.

Se incorpora levantándome con él, de forma que una vez más me encuentro sentada en su regazo.

—Eso es culpa mía —dice, y me empuja suavemente para poder masajearme los hombros y los brazos.

Con delicadeza, me ayuda a recuperar un poco la movilidad.

¿El qué?

Me vuelvo a mirarlo, intentando entender a qué se refiere.

—Que no rías más a menudo.

—No soy muy risueña —susurro adormecida.

—Oh, pero cuando ocurre, señorita Steele, es una maravilla y un deleite contemplarlo.

—Muy florido, señor Grey —murmuro, procurando mantener los ojos abiertos.

Su mirada se hace más tierna, y sonríe.

—Parece que te han follado bien y te hace falta dormir.

—Eso no es nada florido —protesto en broma.

Sonríe y, con cuidado, me levanta de encima de él y se pone de pie, espléndidamente desnudo. Por un instante, deseo estar más despierta para apreciarlo de verdad. Coge los vaqueros y se los pone a pelo.

—No quiero asustar a Taylor, ni tampoco a la señora Jones —masculla.

Mmm… ya deben de saber que es un cabrón pervertido. La idea me preocupa.

Se agacha para ayudarme a ponerme en pie y me lleva hasta la puerta, de la que cuelga una bata de suave acolchado gris. Me viste pacientemente como si fuera una niña. No tengo fuerzas para levantar los brazos. Cuando estoy tapada y decente, se inclina y me da un suave beso, y en sus labios se dibuja una sonrisa.

—A la cama —dice.

Oh… no…

—Para dormir —añade tranquilizador al ver mi expresión.

De repente, me coge en brazos y, acurrucada contra su pecho, me lleva a la habitación del pasillo donde esta mañana me ha examinado la doctora Greene. La cabeza me cuelga lánguidamente contra su torso. Estoy agotada. No recuerdo haber estado nunca tan cansada. Retira el edredón y me tumba y, lo que es aún más asombroso, se mete en la cama conmigo y me estrecha entre sus brazos.

—Duerme, preciosa —me susurra, y me besa el pelo.

Y, antes de que me dé tiempo a hacer algún comentario ingenioso, estoy dormida.

19

Unos labios tiernos me acarician la sien, dejando un reguero de besitos a su paso, y en el fondo quiero volverme y responder, pero sobre todo quiero seguir dormida. Gimo y me refugio debajo de la almohada.

—Anastasia, despierta —me dice Christian en voz baja, zalamero.

—No —gimoteo.

—En media hora tenemos que irnos a cenar a casa de mis padres —añade divertido.

Abro los ojos a regañadientes. Fuera ya es de noche. Christian está inclinado sobre mí, mirándome fijamente.

—Vamos, bella durmiente. Levanta. —Se agacha y me besa de nuevo—. Te he traído algo de beber. Estaré abajo. No vuelvas a dormirte o te meterás en un lío —me amenaza, pero en un tono moderado.

Me da otro besito y se va, y me deja intentando abrir del todo los ojos en la fría y oscura habitación.

Estoy despejada, pero de pronto me pongo nerviosa. Madre mía, ¡voy a conocer a sus padres! Hace nada me estaba atizando con una fusta y me tenía atada con unas bridas para cables que yo misma le vendí, por el amor de Dios… y ahora voy a conocer a sus padres. Será la primera vez que Kate los vea también; al menos ella estará allí… qué alivio. Giro los hombros. Los tengo rígidos. Su insistencia en que tenga un entrenador personal ya no me parece tan disparatada; de hecho, va a ser imprescindible si quiero albergar la menor esperanza de seguir su ritmo.

Salgo despacio de la cama y observo que mi vestido cuelga fuera del armario y mi sujetador está en la silla. ¿Dónde tengo las bragas? Miro debajo de la silla. Nada. Entonces me acuerdo de que se las metió en el bolsillo de los vaqueros. El recuerdo me ruboriza: después de que él... me cuesta incluso pensar en ello; de que él fuera tan... bárbaro. Frunzo el ceño. ¿Por qué no me ha devuelto las bragas?

Me meto en el baño, desconcertada por la ausencia de ropa interior. Mientras me seco después de una gozosa pero brevísima ducha, caigo en la cuenta de que lo ha hecho a propósito. Quiere que pase vergüenza teniendo que pedirle que me devuelva las bragas, y poder decirme que sí o que no. La diosa que llevo dentro me sonríe. Dios... yo también puedo jugar a ese juego. Decido en ese mismo instante que no se las voy a pedir, que no voy a darle esa satisfacción; iré a conocer a sus padres *sans culottes*. ¡Anastasia Steele!, me reprende mi subconsciente, pero no le hago ni caso; casi me abrazo de alegría porque sé que eso la va a desquiciar.

De nuevo en el dormitorio, me pongo el sujetador, me pongo el vestido y me encaramo en mis zapatos. Me deshago la trenza y me cepillo el pelo rápidamente, luego le echo un vistazo a la bebida que me ha traído. Es de color rosa pálido. ¿Qué será? Zumo de arándanos con gaseosa. Mmm... está deliciosa y sacia mi sed.

Vuelvo corriendo al baño y me miro en el espejo: ojos brillantes, mejillas ligeramente sonrosadas, sonrisa algo pícara por mi plan de las bragas. Me dirijo abajo. Quince minutos. No está nada mal, Ana.

Christian está de pie delante del ventanal, vestido con esos pantalones de franela gris que me encantan, esos que le caen de una forma tan increíblemente sexy, y, por supuesto, una camisa de lino blanco. ¿No tiene nada de otros colores? Frank Sinatra canta suavemente por los altavoces del sistema sonido surround.

Se vuelve y me sonríe cuando entro. Me mira expectante.

—Hola —digo en voz baja, y mi sonrisa de esfinge se encuentra con la suya.

—Hola —contesta—. ¿Cómo te encuentras?

Le brillan los ojos de regocijo.

—Bien, gracias. ¿Y tú?

—Fenomenal, señorita Steele.

Es obvio que espera que le diga algo.

—Frank. Jamás te habría tomado por fan de Sinatra.

Me mira arqueando las cejas, pensativo.

—Soy ecléctico, señorita Steele —musita, y se acerca a mí como una pantera hasta que lo tengo delante, con una mirada tan intensa que me deja sin aliento.

Frank empieza de nuevo a cantar… un tema antiguo, uno de los favoritos de Ray: «Witchcraft». Christian pasea despacio las yemas de los dedos por mi mejilla, y la sensación me recorre el cuerpo entero hasta llegar ahí abajo.

—Baila conmigo —susurra con voz ronca.

Se saca el mando del bolsillo, sube el volumen y me tiende la mano, sus ojos grises prometedores, apasionados, risueños. Resulta absolutamente cautivador, y me tiene embrujada. Poso mi mano en la suya. Me dedica una sonrisa indolente y me atrae hacia él, pasándome la mano por la cintura.

Le pongo la mano libre en el hombro y le sonrío, contagiada de su ánimo juguetón. Empieza a mecerse, y allá vamos. Uau, sí que baila bien. Recorremos el salón entero, del ventanal a la cocina y vuelta al salón, girando y cambiando de rumbo al ritmo de la música. Me resulta tan fácil seguirlo…

Nos deslizamos alrededor de la mesa del comedor hasta el piano, adelante y atrás frente a la pared de cristal, con Seattle centelleando allá fuera, como el fondo oscuro y mágico de nuestro baile. No puedo controlar mi risa alegre. Cuando la canción termina, me sonríe.

—No hay bruja más linda que tú —murmura, y me da un tierno beso—. Vaya, esto ha devuelto el color a sus mejillas, señorita Steele. Gracias por el baile. ¿Vamos a conocer a mis padres?

—De nada, y sí, estoy impaciente por conocerlos —contesto sin aliento.

—¿Tienes todo lo que necesitas?

—Sí, sí —respondo con dulzura.

—¿Estás segura?

Asiento con todo el desenfado del que soy capaz bajo su intenso y risueño escrutinio. Se dibuja en su rostro una enorme sonrisa y niega con la cabeza.

—Muy bien. Si así es como quiere jugar, señorita Steele.

Me toma de la mano, coge su chaqueta, colgada de uno de los taburetes de la barra, y me conduce por el vestíbulo hasta el ascensor. Ah, las múltiples caras de Christian Grey... ¿Seré algún día capaz de entender a este hombre tan voluble?

Lo miro de reojo en el ascensor. Algo le hace gracia: un esbozo de sonrisa coquetea en su preciosa boca. Temo que sea a mi costa. ¿Cómo se me ha ocurrido? Voy a ver a sus padres y no llevo ropa interior. Mi subconsciente me pone una inútil cara de «Te lo dije». En la relativa seguridad de su casa, me parecía una idea divertida, provocadora. Ahora casi estoy en la calle... ¡sin bragas! Me mira de reojo, y ahí está, la corriente creciendo entre los dos. Desaparece la expresión risueña de su rostro y su semblante se nubla, sus ojos se oscurecen... oh, Dios.

Las puertas del ascensor se abren en la planta baja. Christian menea apenas la cabeza, como para librarse de sus pensamientos y, caballeroso, me cede el paso. ¿A quién quiere engañar? No es precisamente un caballero. Tiene mis bragas.

Taylor se acerca en el Audi grande. Christian me abre la puerta de atrás y yo entro con toda la elegancia de la que soy capaz, teniendo presente que voy sin bragas como una cualquiera. Doy gracias por que el vestido de Kate sea tan ceñido y me llegue hasta las rodillas.

Cogemos la interestatal 5 a toda velocidad, los dos en silencio, sin duda cohibidos por la presencia de Taylor en el asiento del piloto. El estado de ánimo de Christian es casi tangible y parece cambiar; su buen humor se disipa poco a poco cuando tomamos rumbo al norte. Lo veo pensativo, mirando por la ventanilla, y soy consciente de que se aleja de mí. ¿Qué estará pensando? No se lo puedo preguntar. ¿Qué puedo decir delante de Taylor?

—¿Dónde has aprendido a bailar? —inquiero tímidamente.

Se vuelve a mirarme, su expresión indescifrable bajo la luz intermitente de las farolas que vamos dejando atrás.

—¿En serio quieres saberlo? —me responde en voz baja.

Se me cae el alma al suelo. Ya no quiero saberlo, porque me lo puedo imaginar.

—Sí —susurro a regañadientes.

—A la señora Robinson le gustaba bailar.

Vaya, mis peores sospechas se confirman. Ella le enseñó, y la idea me deprime: yo no puedo enseñarle nada. No tengo ninguna habilidad especial.

—Debía de ser muy buena maestra.

—Lo era.

Siento que me pica el cuero cabelludo. ¿Se llevó lo mejor de él? ¿Antes de que se volviera tan cerrado? ¿O consiguió sacarlo de su ostracismo? Tiene un lado tan divertido y travieso… Sonrío sin querer al recordarme en sus brazos mientras me llevaba dando vueltas por el salón, tan inesperadamente, con mis bragas guardadas en algún sitio.

Y luego está el cuarto rojo del dolor. Me froto las muñecas pensativa… es el resultado de que te hayan atado las manos con una fina cinta de plástico. Ella le enseñó todo eso también, o lo estropeó, dependiendo del punto de vista. O quizá habría llegado a ser como es a pesar de la señora R. En ese instante me doy cuenta de que la odio. Espero no conocerla nunca, porque, de hacerlo, no soy responsable de mis actos. No recuerdo haber sentido nunca semejante animadversión por nadie, y menos por alguien a quien no conozco. Mirando sin ver por la ventanilla, alimento mi rabia y mis celos irracionales.

Mi pensamiento vuelve a centrarse en esta tarde. Teniendo en cuenta cuáles creo que son sus preferencias, me parece que ha sido benévolo conmigo. ¿Estaría dispuesta a hacerlo otra vez? No voy a fingir remilgos que no siento. Pues claro que lo haría, si él me lo pidiera… siempre que no me haga daño y sea la única forma de estar con él.

Eso es lo importante. Quiero estar con él. La diosa que llevo dentro suspira de alivio. Llego a la conclusión de que rara vez usa la cabeza para pensar, sino más bien otra parte esencial de su anatomía, que últimamente anda bastante expuesta.

—No lo hagas —murmura.

Frunzo el ceño y me vuelvo hacia él.

—¿Que no haga el qué?

No lo he tocado.

—No les des tantas vueltas a las cosas, Anastasia. —Alarga el brazo, me coge la mano, se la lleva a los labios y me besa los nudillos con suavidad—. Lo he pasado estupendamente esta tarde. Gracias.

Y ya ha vuelto a mí otra vez. Lo miro extrañada y sonrío tímidamente. Me confunde. Le pregunto algo que me ha estado intrigando.

—¿Por qué has usado una brida?

Me sonríe.

—Es rápido, es fácil y es una sensación y una experiencia distinta para ti. Sé que parece bastante brutal, pero me gusta que las sujeciones sean así. —Sonríe levemente—. Lo más eficaz para evitar que te muevas.

Me sonrojo y miro nerviosa a Taylor, que se muestra impasible, con los ojos en la carretera. ¿Qué se supone que debo decir a eso? Christian se encoge de hombros con gesto inocente.

—Forma parte de mi mundo, Anastasia.

Me aprieta la mano, me suelta, y vuelve a mirar por la ventana.

Su mundo, claro, al que yo quiero pertenecer, pero ¿con sus condiciones? Pues no lo sé. No ha vuelto a mencionar ese maldito contrato. Mis reflexiones íntimas no me animan mucho. Miro por la ventanilla y el paisaje ha cambiado. Cruzamos uno de los puentes, rodeados de una profunda oscuridad. La noche sombría refleja mi estado de ánimo introspectivo, cercándome, asfixiándome.

Miro un instante a Christian, y veo que me está mirando.

—¿Un dólar por tus pensamientos? —dice.

Suspiro y frunzo el ceño.

—¿Tan malos son? —dice.

—Ojalá supiera lo que piensas tú.

Sonríe.

—Lo mismo digo, nena —susurra mientras Taylor nos adentra a toda velocidad en la noche con rumbo a Bellevue.

Son casi las ocho cuando el Audi gira por el camino de entrada a una gran mansión de estilo colonial. Impresionante, hasta las rosas que rodean la puerta. De libro ilustrado.

—¿Estás preparada para esto? —me pregunta Christian mientras Taylor se detiene delante de la imponente puerta principal.

Asiento con la cabeza y él me aprieta la mano otra vez para tranquilizarme.

—También es la primera vez para mí —susurra, y sonríe maliciosamente—. Apuesto a que ahora te gustaría llevar tu ropita interior —dice, provocador.

Me ruborizo. Me había olvidado de que no llevo bragas. Por suerte, Taylor ha salido del coche para abrirme la puerta y no ha podido oír nada de esto. Miro ceñuda a Christian, que sonríe de oreja a oreja mientras yo me vuelvo y salgo del coche.

La doctora Grace Trevelyan-Grey nos espera en la puerta. Lleva un vestido de seda azul claro que le da un aire elegante y sofisticado. Detrás de ella está el señor Grey, supongo, alto, rubio y tan guapo a su manera como Christian.

—Anastasia, ya conoces a mi madre, Grace. Este es mi padre, Carrick.

—Señor Grey, es un placer conocerlo.

Sonrío y le estrecho la mano que me tiende.

—El placer es todo mío, Anastasia.

—Por favor, llámeme Ana.

Sus ojos azules son dulces y afables.

—Ana, cuánto me alegro de volver a verte. —Grace me envuelve en un cálido abrazo—. Pasa, querida.

—¿Ya ha llegado? —oigo gritar desde dentro de la casa.

Miro nerviosa a Christian.

—Esa es Mia, mi hermana pequeña —dice en tono casi irritado, pero no lo suficiente.

Cierto afecto subyace bajo sus palabras; se le suaviza la voz y le chispean los ojos al pronunciar su nombre. Es obvio que Christian la adora. Un gran descubrimiento. Y ella llega arrasando por el pasillo, con su pelo negro como el azabache, alta y curvilínea. Debe de ser de mi edad.

—¡Anastasia! He oído hablar tanto de ti...

Me abraza fuerte.

Madre mía. No puedo evitar sonreír ante su desbordante entusiasmo.

—Ana, por favor —murmuro mientras me arrastra al enorme vestíbulo.

Todo son suelos de maderas nobles y alfombras antiquísimas, con una escalera de caracol que lleva al segundo piso.

—Christian nunca ha traído a una chica a casa —dice Mia, y sus ojos oscuros brillan de emoción.

Veo que Christian pone los ojos en blanco y arqueo una ceja. Él me mira risueño.

—Mia, cálmate —la reprende Grace discretamente—. Hola, cariño —dice mientras besa a Christian en ambas mejillas.

Él le sonríe cariñoso y luego le estrecha la mano a su padre.

Nos dirigimos todos al salón. Mia no me ha soltado la mano. La estancia es espaciosa, decorada con gusto en tonos crema, marrón y azul claro, cómoda, discreta y con mucho estilo. Kate y Elliot están acurrucados en un sofá, con sendas copas de champán en la mano. Kate se levanta como un resorte para abrazarme y Mia por fin me suelta la mano.

—¡Hola, Ana! —Sonríe—. Christian —le saluda, con un gesto cortés de la cabeza.

—Kate —la saluda Christian igual de formal.

Frunzo el ceño ante este intercambio. Elliot me abraza con efusión. ¿Qué es esto, «la semana de abrazar a Ana»? No estoy acostumbrada a semejantes despliegues de afecto. Christian se sitúa a mi lado y me pasa el brazo por la cintura. Me pone la mano en la cadera y, extendiendo los dedos, me atrae hacia sí. Todos nos miran. Me incomoda.

—¿Algo de beber? —El señor Grey parece recuperarse—. ¿Prosecco?

—Por favor —decimos Christian y yo al unísono.

Uf… qué raro ha quedado esto. Mia aplaude.

—Pero si hasta decís las mismas cosas. Ya voy yo.

Y sale disparada de la habitación.

Me pongo como un tomate y, al ver a Kate sentada con Elliot, se me ocurre de pronto que la única razón por la que Christian me ha invitado es porque Kate está aquí. Probablemente Elliot le preguntara a Kate con ilusión y naturalidad si quería conocer a sus padres. Christian se vio atrapado, consciente de que me enteraría por Kate. La idea me enfurece. Se ha visto obligado a invitarme. El pensamiento me resulta triste y deprimente. Mi subconsciente asiente, sabia, con cara de «por fin te has dado cuenta, boba».

—La cena está casi lista —dice Grace saliendo de la habitación detrás de Mia.

Christian me mira y frunce el ceño.

—Siéntate —me ordena, señalándome el sofá mullido, y yo hago lo que me pide, cruzando con cuidado las piernas.

Él se sienta a mi lado pero no me toca.

—Estábamos hablando de las vacaciones, Ana —me dice amablemente el señor Grey—. Elliot ha decidido irse con Kate y su familia a Barbados una semana.

Miro a Kate y ella sonríe, con los ojos brillantes y muy abiertos. Está encantada. ¡Katherine Kavanagh, muestra algo de dignidad!

—¿Te tomarás tú un tiempo de descanso ahora que has terminado los estudios? —me pregunta el señor Grey.

—Estoy pensando en irme unos días a Georgia —respondo.

Christian me mira boquiabierto, parpadeando un par de veces, con una expresión indescifrable. Oh, mierda. Esto no se lo había mencionado.

—¿A Georgia? —murmura.

—Mi madre vive allí y hace tiempo que no la veo.

—¿Cuándo pensabas irte? —pregunta con voz grave.

—Mañana, a última hora de la tarde.

Mia vuelve al salón y nos ofrece sendas copas de champán llenas de Prosecco de color rosa pálido.

—¡Por que tengáis buena salud!

El señor Grey alza su copa. Un brindis muy propio del marido de una doctora; me hace sonreír.

—¿Cuánto tiempo? —pregunta Christian en voz asombrosamente baja.

Maldita sea... se ha enfadado.

—Aún no lo sé. Dependerá de cómo vayan mis entrevistas de mañana.

Christian aprieta la mandíbula y Kate pone esa cara suya de metomentodo y me sonríe con desmesurada dulzura.

—Ana se merece un descanso —le suelta sin rodeos a Christian.

¿Por qué se muestra tan hostil con él? ¿Qué problema tiene?

—¿Tienes entrevistas? —me pregunta el señor Grey.

—Sí, mañana, para un puesto de becaria en dos editoriales.

—Te deseo toda la suerte del mundo.

—La cena está lista —anuncia Grace.

Nos levantamos todos. Kate y Elliot salen de la habitación detrás del señor Grey y de Mia. Yo me dispongo a seguirlos, pero Christian me agarra de la mano y me para en seco.

—¿Cuándo pensabas decirme que te marchabas? —inquiere con urgencia.

Lo hace en voz baja, pero está disimulando su enfado.

—No me marcho, voy a ver a mi madre y solamente estaba valorando la posibilidad.

—¿Y qué pasa con nuestro contrato?

—Aún no tenemos ningún contrato.

Frunce los ojos y entonces parece recordar. Me suelta la mano y, cogiéndome por el codo, me conduce fuera de la habitación.

—Esta conversación no ha terminado —me susurra amenazador mientras entramos en el comedor.

Eh, para. No te enfades tanto y devuélveme las bragas. Lo miro furiosa.

El comedor me recuerda nuestra cena íntima en el Heathman. Una lámpara de araña de cristal cuelga sobre la mesa de madera noble y en la pared hay un inmenso espejo labrado y muy ornamentado. La mesa está puesta con un mantel de lino blanquísimo y un cuenco con petunias de color rosa claro en el centro. Impresionante.

Ocupamos nuestros sitios. El señor Grey se sienta a la cabecera, yo a su derecha y Christian a mi lado. El señor Grey coge la botella de vino tinto y le ofrece a Kate. Mia se sienta al lado de Christian, le coge la mano y se la aprieta fuerte. Christian le sonríe cariñoso.

—¿Dónde conociste a Ana? —le pregunta Mia.

—Me entrevistó para la revista de la Universidad Estatal de Washington.

—Que Kate dirige —añado, confiando en poder desviar la conversación de mí.

Mia sonríe entusiasmada a Kate, que está sentada enfrente, al lado de Elliot, y empiezan a hablar de la revista de la universidad.

—¿Vino, Ana? —me pregunta el señor Grey.

—Por favor.

Le sonrío. El señor Grey se levanta para llenar las demás copas.

Miro de reojo a Christian y él se vuelve a mirarme, con la cabeza ladeada.

—¿Qué? —pregunta.

—No te enfades conmigo, por favor —le susurro.

—No estoy enfadado contigo.

Lo miro fijamente. Suspira.

—Sí, estoy enfadado contigo.

Cierra los ojos un instante.

—¿Tanto como para que te pique la palma de la mano? —pregunto nerviosa.

—¿De qué estáis cuchicheando los dos? —interviene Kate.

Me sonrojo y Christian le lanza una feroz mirada de «métete en tus asuntos, Kavanagh». Hasta Kate parece encogerse bajo su mirada.

—De mi viaje a Georgia —digo agradablemente, esperando diluir la hostilidad que hay entre los dos.

Kate sonríe, con un brillo perverso en los ojos.

—¿Qué tal en el bar el viernes con José?

Madre mía, Kate. La miro con los ojos como platos. ¿Qué hace? Me devuelve la mirada y me doy cuenta de que está intentando que Christian se ponga celoso. Qué poco lo conoce… Y yo que pensaba que me iba a librar de esta.

—Muy bien —murmuro.

Christian se me arrima.

—Como para que me pique la palma de la mano —me susurra—. Sobre todo ahora —añade sereno y muy serio.

Oh, no. Me estremezco.

Reaparece Grace con dos bandejas, seguida de una joven preciosa con coletas rubias y vestida elegantemente de azul claro, que lleva una bandeja de platos. Sus ojos localizan de inmediato a Christian. Se ruboriza y lo mira entornando los ojos de largas pestañas impregnadas de rímel. ¿Qué?

En algún lugar de la casa empieza a sonar el teléfono.

—Disculpadme.

El señor Grey se levanta de nuevo y sale.

—Gracias, Gretchen —le dice Grace amablemente, frunciendo el ceño al ver salir al señor Grey—. Deja la bandeja en el aparador, por favor.

Gretchen asiente y, tras otra mirada furtiva a Christian, se marcha.

Así que los Grey tienen servicio, y el servicio mira de reojo a mi futuro amo. ¿Podría ir peor esta velada? Me miro ceñuda las manos, que tengo en el regazo.

Vuelve el señor Grey.

—Preguntan por ti, cariño. Del hospital —le dice a Grace.

—Empezad sin mí, por favor.

Grace sonríe mientras me pasa un plato y se va.

Huele delicioso: chorizo y vieiras con pimientos rojos asados y chalotas, salpicado de perejil. A pesar de que tengo el estómago revuelto por las amenazas de Christian, de las miradas subrepticias de la bella Coletitas y del desastre de mi ropa interior desaparecida, me muero de hambre. Me ruborizo al caer en la cuenta de que ha sido el esfuerzo físico de esta tarde lo que me ha dado tanto apetito.

Al poco regresa Grace, con el ceño fruncido. El señor Grey ladea la cabeza… como Christian.

—¿Va todo bien?

—Otro caso de sarampión —suspira Grace.

—Oh, no.

—Sí, un niño. El cuarto caso en lo que va de mes. Si la gente vacunara a sus hijos… —Menea la cabeza con tristeza, luego sonríe—. Cuánto me alegro de que nuestros hijos nunca pasaran por eso. Gracias a Dios, nunca cogieron nada peor que la varicela. Pobre Elliot —dice mientras se sienta, sonriendo indulgente a su hijo. Elliot frunce el ceño a medio bocado y se remueve incómodo en el asiento—. Christian y Mia tuvieron suerte. Ellos la cogieron muy flojita, algún granito nada más.

Mia ríe como una boba y Christian pone los ojos en blanco.

—Papá, ¿viste el partido de los Mariners? —pregunta Elliot, visiblemente ansioso por cambiar de tema.

Los aperitivos están deliciosos, así que me concentro en comer mientras Elliot, el señor Grey y Christian hablan de béisbol. Christian parece sereno y relajado cuando habla con su familia. La cabeza me va a mil. Maldita sea Kate, ¿a qué juega? ¿Me castigará Christian? Tiemblo solo de pensarlo. Aún no he firmado ese contrato. Quizá no lo firme. Quizá me quede en Georgia; allí no podrá venir a por mí.

—¿Qué tal en vuestra nueva casa, querida? —me pregunta Grace educadamente.

Agradezco la pregunta, que me distrae de mis pensamientos contradictorios, y le hablo de la mudanza.

Cuando terminamos los entrantes, aparece Gretchen y, una vez más, lamento no poder tocar a Christian con libertad para hacerle saber que, aunque lo hayan jodido de cincuenta mil maneras, es mío. Se dispone a recoger los platos, acercándose demasiado a Christian para mi gusto. Por suerte, él parece no prestarle ninguna atención, pero la diosa que llevo dentro está que arde, y no en el buen sentido de la palabra.

Kate y Mia se deshacen en elogios de París.

—¿Has estado en París, Ana? —pregunta Mia inocentemente, sacándome de mi celoso ensimismamiento.

—No, pero me encantaría ir.

Sé que soy la única de la mesa que jamás ha salido del país.

—Nosotros fuimos de luna de miel a París.

Grace sonríe al señor Grey, que le devuelve la sonrisa.

Resulta casi embarazoso. Es obvio que se quieren mucho, y me pregunto un instante cómo será crecer con tus dos progenitores presentes.

—Es una ciudad preciosa —coincide Mia—. A pesar de los parisinos. Christian, deberías llevar a Ana a París —afirma rotundamente.

—Me parece que Anastasia preferiría Londres —dice Christian con dulzura.

Vaya, se acuerda. Me pone la mano en la rodilla; me sube los dedos por el muslo. El cuerpo entero se me tensa en respuesta. No, aquí no, ahora no. Me ruborizo y me remuevo en el asiento, tratando de zafarme de él. Me agarra el muslo, inmovilizándome. Cojo mi copa de vino, desesperada.

Vuelve miss Coletitas Europeas, toda miradas coquetas y vaivén de caderas, trayendo el plato principal: ternera Wellington, me parece. Por suerte, se limita a servir los platos y se marcha, aunque se entretiene más de la cuenta con el de Christian. Me observa intrigado al verme seguirla con la mirada mientras cierra la puerta del comedor.

—¿Qué tienen de malo los parisinos? —le pregunta Elliot a su hermana—. ¿No sucumbieron a tus encantos?

—Huy, qué va. Además, monsieur Floubert, el ogro para el que trabajaba, era un tirano dominante.

Me da un golpe de tos y casi espurreo el vino.

—Anastasia, ¿te encuentras bien? —me pregunta Christian solícito, quitándome la mano del muslo.

Su voz vuelve a sonar risueña. Oh, menos mal. Asiento con la cabeza y él me da una palmadita suave en la espalda, y no retira la mano hasta que está seguro de que me he recuperado.

La ternera está deliciosa, servida con boniatos asados, zanahoria, calabacín y judías verdes. Me sabe aún mejor porque Christian consigue mantener el buen humor el resto de la comida. Sospecho que por lo bien que estoy comiendo. La conversación fluye entre los Grey, cálida y afectuosa, bromeando unos con otros. Durante el postre, una mousse de limón, Mia nos obsequia con anécdotas de París y, en un momento dado, empieza a hablar en perfecto francés. Todos nos quedamos mirándola y ella se queda un tanto perpleja, hasta que Christian le explica, en un francés igualmente perfecto, lo que ha hecho, y entonces ella rompe a reír como una boba. Tiene una risa muy contagiosa y enseguida estallamos todos en carcajadas.

Elliot habla largo y tendido de su último proyecto arquitectónico, una nueva comunidad ecológica al norte de Seattle. Miro a Kate y veo que sigue con atención todas y cada una de sus palabras, con los ojos encendidos de deseo o de amor, aún no lo tengo claro. Él le sonríe y es como si se recordaran tácitamente alguna promesa. Luego, nena, le está diciendo él sin hablar, y de pronto estoy excitada, muy excitada. Me acaloro solo de mirarlos.

Suspiro y miro de reojo a mi Cincuenta Sombras. Podría estar mirándolo eternamente. Tiene una barba incipiente y me muero de ganas de rascarla, de sentirla en mi cara, en mis pechos... en mi entrepierna. Me sonroja el rumbo de mis pensamientos. Me mira y levanta la mano para cogerme del mentón.

—No te muerdas el labio —me susurra con voz ronca—. Me dan ganas de hacértelo.

Grace y Mia recogen las copas del postre y se dirigen a la cocina mientras el señor Grey, Kate y Elliot hablan de las ventajas del uso de paneles solares en el estado de Washington. Christian, fingiéndose interesado en el tema, vuelve a ponerme la mano en la rodilla y empieza a subir por el muslo. Se me entrecorta la respiración y junto las piernas para evitar que llegue más lejos. Detecto su sonrisa pícara.

—¿Quieres que te enseñe la finca? —me pregunta en voz alta.

Sé que debo decir que sí, pero no me fío de él. Sin embargo, antes de que pueda responder, él se pone de pie y me tiende la mano. Poso la mía en ella y noto cómo se me contraen todos los músculos del vientre en respuesta a su mirada oscura y voraz.

—Si me disculpa… —le digo al señor Grey y salgo del comedor detrás de Christian.

Me lleva por el pasillo hasta la cocina, donde Mia y Grace cargan el lavavajillas. A Coletitas Europeas no se la ve por ninguna parte.

—Voy a enseñarle el patio a Anastasia —le dice Christian inocentemente a su madre.

Ella nos indica la salida con una sonrisa mientras Mia vuelve al comedor.

Salimos a un patio de losa gris iluminado por focos incrustados en el suelo. Hay arbustos en maceteros de piedra gris y una mesa metálica muy elegante, con sus sillas, en un rincón. Christian pasa por delante de ella, sube unos escalones y sale a una amplia extensión de césped que llega hasta la bahía. Madre mía, es precioso. Seattle centellea en el horizonte y la luna fría y brillante de mayo dibuja un resplandeciente sendero plateado en el agua hasta un muelle en el que hay amarrados dos barcos. Junto al embarcadero, hay una casita. Es un lugar tan pintoresco, tan tranquilo… Me detengo, boquiabierta, un instante.

Christian tira de mí y los tacones se me hunden en la hierba tierna.

—Para, por favor.

Lo sigo tambaleándome.

Se detiene y me mira; su expresión es indescifrable.

—Los tacones. Tengo que quitarme los zapatos.

—No te molestes —dice.

Se agacha, me coge y me carga al hombro. Chillo fuerte del susto, y él me da una palmada fuerte en el trasero.

—Baja la voz —gruñe.

Oh, no… esto no pinta bien, a mi subconsciente le tiemblan las piernas. Está enfadado por algo: podría ser por lo de José, lo de Georgia, lo de las bragas, que me haya mordido el labio. Dios, mira que es fácil de enfadar.

—¿Adónde me llevas? —digo.

—Al embarcadero —espeta.

Me agarro a sus caderas, porque estoy cabeza abajo, y él avanza decidido a grandes zancadas por el césped a la luz de la luna.

—¿Por qué?

Me falta el aliento, ahí colgada de su hombro.

—Necesito estar a solas contigo.

—¿Para qué?

—Porque te voy a dar unos azotes y luego te voy a follar.

—¿Por qué? —gimoteo.

—Ya sabes por qué —me susurra furioso.

—Pensé que eras un hombre impulsivo —suplico sin aliento.

—Anastasia, estoy siendo impulsivo, te lo aseguro.

Madre mía.

20

Christian cruza como un ciclón la puerta de madera de la casita del embarcadero y se detiene a pulsar unos interruptores. Los fluorescentes hacen un clic y zumban secuencialmente, y una luz blanca y cruda inunda el inmenso edificio de madera. Desde mi posición cabeza abajo, veo una impresionante lancha motora en el muelle, flotando suavemente sobre el agua oscura, pero apenas me da tiempo a fijarme antes de que me lleve por unas escaleras de madera hasta un cuarto en el piso de arriba.

Se detiene en el umbral, pulsa otro interruptor —halógenos esta vez, más suaves, con regulador de intensidad—, y estamos en una buhardilla de techos inclinados. Está decorada en el estilo náutico de Nueva Inglaterra: azul marino y tonos crema, con pinceladas de rojo. El mobiliario es escaso; solo veo un par de sofás.

Christian me pone de pie sobre el suelo de madera. No me da tiempo a examinar mi entorno: no puedo dejar de mirarlo a él. Me tiene hipnotizada. Lo observo como uno observaría a un depredador raro y peligroso, a la espera de que ataque. Respira con dificultad, aunque, claro, me ha llevado a cuestas por todo el césped y ha subido un tramo de escaleras. En sus ojos grises arde la rabia, el deseo y una lujuria pura, sin adulterar.

Madre mía. Podría arder por combustión espontánea solo con su mirada.

—No me pegues, por favor —le susurro suplicante.

Frunce el ceño y abre mucho los ojos. Parpadea un par de veces.

—No quiero que me azotes, aquí no, ahora no. Por favor, no lo hagas.

Lo dejo boquiabierto y, echándole valor, alargo la mano tímidamente y le acaricio la mejilla, siguiendo el borde de la patilla hasta la barba de tres días del mentón. Es una mezcla curiosa entre suave e hirsuta. Cerrando despacio los ojos, apoya la cara en mi mano y se le entrecorta la respiración. Levanto la otra mano y le acaricio el pelo. Me encanta su pelo. Su leve gemido apenas es audible y, cuando abre los ojos, me mira receloso, como si no entendiera lo que estoy haciendo.

Me acerco más y, pegada a él, tiro con suavidad de su pelo, acerco su boca a la mía y lo beso, introduciendo la lengua entre sus labios hasta entrar en su boca. Gruñe, y me abraza, me aprieta contra su cuerpo. Me hunde las manos en el pelo y me devuelve el beso, fuerte y posesivo. Su lengua y la mía se enredan, se consumen la una a la otra. Sabe de maravilla.

De pronto se aparta. Los dos respiramos con dificultad y nuestros jadeos se suman. Bajo las manos a sus brazos y él me mira furioso.

—¿Qué me estás haciendo? —susurra confundido.

—Besarte.

—Me has dicho que no.

—¿Qué? ¿No a qué?

—En el comedor, cuando has juntado las piernas.

Ah… así que es eso.

—Estábamos cenando con tus padres.

Lo miro fijamente, atónita.

—Nadie me ha dicho nunca que no. Y eso… me excita.

Abre mucho los ojos de asombro y lujuria. Una mezcla embriagadora. Trago saliva instintivamente. Me baja la mano al trasero. Me atrae con fuerza hacia sí, contra su erección.

Madre mía.

—¿Estás furioso y excitado porque te he dicho que no? —digo alucinada.

—Estoy furioso porque no me habías contado lo de Georgia. Estoy furioso porque saliste de copas con ese tío que intentó se-

371

ducirte cuando estabas borracha y te dejó con un completo desconocido cuando te pusiste enferma. ¿Qué clase de amigo es ese? Y estoy furioso y excitado porque has juntado las piernas cuando he querido tocarte.

Le brillan los ojos peligrosamente mientras me sube despacio el bajo del vestido.

—Te deseo, y te deseo ahora. Y si no me vas a dejar que te azote, aunque te lo mereces, te voy a follar en el sofá ahora mismo, rápido, para darme placer a mí, no a ti.

El vestido apenas me tapa ya el trasero desnudo. De pronto, me coge el sexo con la mano y me mete un dedo muy despacio. Con la otra mano, me sujeta firmemente por la cintura. Contengo un gemido.

—Esto es mío —me susurra con rotundidad—. Todo mío. ¿Entendido?

Introduce y saca el dedo mientras me mira, evaluando mi reacción, con los ojos encendidos.

—Sí, tuyo —digo, mientras el deseo, ardiente y pesado, recorre mi torrente sanguíneo, trastocándolo todo: mis terminaciones nerviosas, mi respiración, mi corazón, que palpita como si quisiera salírseme del pecho, y la sangre, que me zumba en los oídos.

De pronto se mueve haciendo varias cosas a la vez: saca los dedos dejándome a medias, se baja la cremallera del pantalón, me empuja al sofá y se tumba encima de mí.

—Las manos sobre la cabeza —me ordena apretando los dientes, mientras se arrodilla, me separa más las piernas e introduce la mano en el bolsillo interior de la chaqueta.

Saca un condón, me mira con deseo, se quita la americana a tirones y la deja caer al suelo. Se pone el condón en la imponente erección.

Me llevo las manos a la cabeza y sé que lo hace para que no lo toque. Estoy excitadísima. Noto que mis caderas lo buscan ya; quiero que esté dentro de mí, así, duro y fuerte. Oh, solo de pensarlo...

—No tenemos mucho tiempo. Esto va a ser rápido, y es para

mí, no para ti. ¿Entendido? Como te corras, te doy unos azotes —dice apretando los dientes.

Madre mía… ¿y cómo paro?

De un solo empujón, me penetra hasta el fondo. Gruño alto, un sonido gutural, y saboreo la plenitud de su posesión. Pone las manos encima de las mías, sobre mi cabeza; con los codos me mantiene sujetos los brazos, y con las piernas me inmoviliza por completo. Estoy atrapada. Lo tengo por todas partes, envolviéndome, casi asfixiándome. Pero también es una delicia: este es mi poder, esto es lo que le puedo hacer, y me produce una sensación hedonista, triunfante. Se mueve rápido, con furia, dentro de mí; siento su respiración acelerada en el oído y mi cuerpo entero responde, fundiéndose alrededor de su miembro. No me tengo que correr. No. Pero recibo cada uno de sus embates, en perfecto contrapunto. Bruscamente y de repente, con una embestida final, para y se corre, soltando el aire entre los dientes. Se relaja un instante, de forma que siento el peso delicioso de todo su cuerpo sobre mí. No estoy dispuesta a dejarlo marchar; mi cuerpo busca alivio, pero él pesa demasiado y en ese momento no puedo empujar mis caderas contra él. De repente se retira, dejándome dolorida y queriendo más. Me mira furioso.

—No te masturbes. Quiero que te sientas frustrada. Así es como me siento yo cuando no me cuentas las cosas, cuando me niegas lo que es mío.

Se le encienden de nuevo los ojos, enfadado otra vez.

Asiento con la cabeza, jadeando. Se levanta, se quita el condón, le hace un nudo en el extremo y se lo guarda en el bolsillo de los pantalones. Lo miro, con la respiración aún alterada, e involuntariamente aprieto las piernas, tratando de encontrar algo de alivio. Christian se sube la bragueta, se peina un poco con la mano y se agacha para coger su americana. Luego se vuelve a mirarme, con una expresión más tierna.

—Más vale que volvamos a la casa.

Me incorporo, algo inestable, aturdida.

—Toma, ponte esto.

Del bolsillo interior de la americana saca mis bragas. Las cojo sin sonreír; en el fondo sé que me he llevado un polvo de castigo, pero he conseguido una pequeña victoria en el asunto de las bragas. La diosa que llevo dentro asiente, de acuerdo conmigo, y en su rostro se dibuja una sonrisa de satisfacción. No has tenido que pedírselas.

—¡Christian! —grita Mia desde el piso de abajo.

Christian se vuelve y me mira con una ceja arqueada.

—Justo a tiempo. Dios, qué pesadita es cuando quiere.

Lo miro ceñuda, devuelvo deprisa las braguitas a su legítimo lugar y me levanto con toda la dignidad de la que soy capaz en mi estado. A toda prisa, intento arreglarme el pelo revuelto.

—Estamos aquí arriba, Mia —le grita él—. Bueno, señorita Steele, ya me siento mejor, pero sigo queriendo darle unos azotes —me dice en voz baja.

—No creo que lo merezca, señor Grey, sobre todo después de tolerar su injustificado ataque.

—¿Injustificado? Me has besado.

Se esfuerza por parecer ofendido.

Frunzo los labios.

—Ha sido un ataque en defensa propia.

—Defensa ¿de qué?

—De ti y de ese cosquilleo en la palma de tu mano.

Ladea la cabeza y me sonríe mientras Mia sube ruidosamente las escaleras.

—Pero ¿ha sido tolerable? —me pregunta en voz baja.

Me ruborizo.

—Apenas —susurro, pero no puedo contener la sonrisa de satisfacción.

—Ah, aquí estáis —dice Mia sonriéndonos.

—Le estaba enseñando a Anastasia todo esto.

Christian me tiende la mano; su mirada es intensa.

Acepto su mano y él aprieta suavemente la mía.

—Kate y Elliot están a punto de marcharse. ¿Habéis visto a esos dos? No paran de sobarse. —Mia se finge asqueada, mira a Christian y luego a mí—. ¿Qué habéis estado haciendo aquí?

Vaya, qué directa. Me pongo como un tomate.

—Le estaba enseñando a Anastasia mis trofeos de remo —contesta Christian sin pensárselo un segundo, con cara de póquer total—. Vamos a despedirnos de Kate y Elliot.

¿Trofeos de remo? Tira suavemente de mí hasta situarme delante de él y, cuando Mia se vuelve para salir, me da un azote en el trasero. Ahogo un grito, sorprendida.

—Lo volveré a hacer, Anastasia, y pronto —me amenaza al oído.

Luego me abraza, con mi espalda pegada a su pecho, y me besa el pelo.

De vuelta en la casa, Kate y Elliot se están despidiendo de Grace y el señor Grey. Kate me da un fuerte abrazo.

—Tengo que hablar contigo de lo antipática que eres con Christian —le susurro furiosa al oído, y ella me abraza otra vez.

—Le viene bien un poco de hostilidad; así se ve cómo es en realidad. Ten cuidado, Ana... es demasiado controlador —me susurra—. Te veo luego.

YO SÉ CÓMO ES EN REALIDAD, ¡TÚ NO!, le grito mentalmente. Soy consciente de que lo hace con buena intención, pero a veces se pasa de la raya, y esta vez se ha pasado mucho. La miro ceñuda y ella me saca la lengua, haciéndome sonreír sin querer. La Kate traviesa es una novedad; será influencia de Elliot. Los despedimos desde la puerta, y Christian se vuelve hacia mí.

—Nosotros también deberíamos irnos... Tienes las entrevistas mañana.

Mia me abraza cariñosamente cuando nos despedimos.

—¡Pensábamos que nunca encontraría una chica! —comenta con entusiasmo.

Yo me sonrojo y Christian vuelve a poner los ojos en blanco. Frunzo los labios. ¿Por qué él sí puede y yo no? Quiero ponerle los ojos en blanco yo también, pero no me atrevo, y menos después de la amenaza en la casita del embarcadero.

—Cuídate, Ana, querida —me dice amablemente Grace.

Christian, avergonzado o frustrado por la efusiva atención que recibo del resto de los Grey, me coge de la mano y me acerca a su lado.

—No me la espantéis ni me la miméis demasiado —protesta.

—Christian, déjate de bromas —lo reprende Grace con indulgencia y una mirada llena de amor por él.

No sé por qué, pero me parece que no bromea. Observo subrepticiamente su interacción. Es obvio que Grace lo adora, que siente por él el amor incondicional de una madre. Él se inclina y la besa con cierta rigidez.

—Mamá —dice, y percibo un matiz extraño en su voz… ¿veneración, quizá?

—Señor Grey… adiós y gracias por todo.

Le tiendo la mano, pero ¡también me abraza!

—Por favor, llámame Carrick. Confío en que volvamos a verte muy pronto, Ana.

Terminada la despedida, Christian me lleva hasta el coche, donde nos espera Taylor. ¿Habrá estado esperando ahí todo el tiempo? Taylor me abre la puerta y entro en la parte trasera del Audi.

Noto que los hombros se me relajan un poco. Dios, qué día. Estoy agotada, física y emocionalmente. Tras una breve conversación con Taylor, Christian se sube al coche a mi lado. Se vuelve para mirarme.

—Bueno, parece que también le has caído bien a mi familia —murmura.

¿También? La deprimente idea de por qué me ha invitado me vuelve de forma espontánea e inoportuna a la cabeza. Taylor arranca el coche y se aleja del círculo de luz del camino de entrada para adentrarse en la oscuridad de la carretera. Me giro hacia Christian y lo encuentro mirándome fijamente.

—¿Qué? —pregunta en voz baja.

Titubeo un instante. No… Se lo voy a decir. Siempre se queja de que no le cuento las cosas.

—Me parece que te has visto obligado a traerme a conocer a tus padres —le susurro con voz trémula—. Si Elliot no se lo hubiera propuesto a Kate, tú jamás me lo habrías pedido a mí.

No le veo la cara en la oscuridad, pero ladea la cabeza, sobresaltado.

—Anastasia, me encanta que hayas conocido a mis padres. ¿Por qué eres tan insegura? No deja de asombrarme. Eres una mujer joven, fuerte, independiente, pero tienes muy mala opinión de ti misma. Si no hubiera querido que los conocieras, no estarías aquí. ¿Así es como te has sentido todo el rato que has estado allí?

¡Vaya! Quería que fuera, y eso es toda una revelación. No parece incomodarlo responderme, como sucedería si me ocultara la verdad. Parece complacido de verdad de que haya ido. Una sensación de bienestar se propaga lentamente por mis venas. Mueve la cabeza y me coge la mano. Yo miro nerviosa a Taylor.

—No te preocupes por Taylor. Contéstame.

Me encojo de hombros.

—Pues sí. Pensaba eso. Y otra cosa, yo solo he comentado lo de Georgia porque Kate estaba hablando de Barbados. Aún no me he decidido.

—¿Quieres ir a ver a tu madre?

—Sí.

Me mira con una expresión extraña, como si librara una especie de lucha interior.

—¿Puedo ir contigo? —pregunta al fin.

¿Qué?

—Eh… no creo que sea buena idea.

—¿Por qué no?

—Confiaba en poder alejarme un poco de toda esta… intensidad para poder reflexionar.

Se me queda mirando.

—¿Soy demasiado intenso?

Me echo a reír.

—¡Eso es quedarse corto!

A la luz de las farolas que vamos pasando, veo que tuerce la boca.

—¿Se está riendo de mí, señorita Steele?

—No me atrevería, señor Grey —le respondo con fingida seriedad.

—Me parece que sí y creo que sí te ríes de mí, a menudo.

—Es que eres muy divertido.

—¿Divertido?

—Oh, sí.

—¿Divertido por peculiar o por gracioso?

—Uf... mucho de una cosa y algo de la otra.

—¿Qué parte de cada una?

—Te dejo que lo adivines tú.

—No estoy seguro de poder averiguar nada contigo, Anastasia —dice socarrón, y luego prosigue en voz baja—: ¿Sobre qué tienes que reflexionar en Georgia?

—Sobre lo nuestro —susurro.

Me mira fijamente, impasible.

—Dijiste que lo intentarías —murmura.

—Lo sé.

—¿Tienes dudas?

—Puede.

Se revuelve en el asiento, como si estuviera incómodo.

—¿Por qué?

Madre mía. ¿Cómo se ha vuelto tan seria esta conversación de repente? Se me ha echado encima como un examen para el que no estoy preparada. ¿Qué le digo? Porque creo que te quiero y tú solo me ves como un juguete. Porque no puedo tocarte, porque me aterra demostrarte algo de afecto por si te enfadas, me riñes o, peor aún, me pegas... ¿Qué le digo?

Miro un instante por la ventanilla. El coche vuelve a cruzar el puente. Los dos estamos envueltos en una oscuridad que enmascara nuestros pensamientos y nuestros sentimientos, pero para eso no nos hace falta que sea de noche.

—¿Por qué, Anastasia? —me insiste.

Me encojo de hombros, atrapada. No quiero perderlo. A pesar de sus exigencias, de su necesidad de control, de sus aterradores vicios. Nunca me había sentido tan viva como ahora. Me emociona estar sentada a su lado. Es tan imprevisible, sexy, listo, divertido... Pero sus cambios de humor... ah, y además quiere hacerme daño. Dice que tendrá en cuenta mis reservas, pero sigue

378

dándome miedo. Cierro los ojos. ¿Qué le digo? En el fondo, querría más, más afecto, más del Christian travieso, más... amor.

Me aprieta la mano.

—Háblame, Anastasia. No quiero perderte. Esta última semana...

Estamos llegando al final del puente y la carretera vuelve a estar bañada en la luz de neón de las farolas, de forma que su rostro se ve intermitentemente en sombras e iluminado. Y la metáfora resulta tan acertada. Este hombre, al que una vez creí un héroe romántico, un caballero de resplandeciente armadura, o el caballero oscuro, como dijo él mismo, no es un héroe, sino un hombre con graves problemas emocionales, y me está arrastrando a su lado oscuro. ¿No podría yo llevarlo hasta la luz?

—Sigo queriendo más —le susurro.

—Lo sé —dice—. Lo intentaré.

Lo miro extrañada y él me suelta la mano y me coge la barbilla, soltándome el labio que me estaba mordiendo.

—Por ti, Anastasia, lo intentaré.

Irradia sinceridad.

Y no hace falta que me diga más. Me desabrocho el cinturón de seguridad, me acerco a él y me subo a su regazo, cogiéndolo completamente por sorpresa. Enrosco los brazos alrededor de su cuello y lo beso con intensidad, con vehemencia y en un nanosegundo él me responde.

—Quédate conmigo esta noche —me dice—. Si te vas, no te veré en toda la semana. Por favor.

—Sí —accedo—. Yo también lo intentaré. Firmaré el contrato.

Lo decido sin pensar.

Me mira fijamente.

—Firma después de Georgia. Piénsatelo. Piénsatelo mucho, nena.

—Lo haré.

Y seguimos así sentados dos o tres kilómetros.

—Deberías ponerte el cinturón de seguridad —susurra reprobadoramente con la boca hundida en mi cabello, pero no hace ningún ademán de retirarme de su regazo.

Me acurruco contra su cuerpo, con los ojos cerrados, con la nariz en su cuello, embebiéndome de esa fragancia sexy a gel de baño almizclado y a Christian, apoyando la cabeza en su hombro. Dejo volar mi imaginación y fantaseo con que me quiere. Ah… y parece tan real, casi tangible, que una parte pequeñísima de mi desagradable subconsciente se comporta de forma completamente inusual y se atreve a albergar esperanzas. Procuro no tocarle el pecho, pero me refugio en sus brazos mientras me abraza con fuerza.

Y demasiado pronto, me veo arrancada de mi quimera.

—Ya estamos en casa —murmura Christian, y la frase resulta tentadora, cargada de potencial.

En casa, con Christian. Salvo que su casa es una galería de arte, no un hogar.

Taylor nos abre la puerta y yo le doy las gracias tímidamente, consciente de que ha podido oír nuestra conversación, pero su amable sonrisa tranquiliza sin revelar nada. Una vez fuera del coche, Christian me escudriña. Oh, no, ¿qué he hecho ahora?

—¿Por qué no llevas chaqueta?

Se quita la suya, ceñudo, y me la echa por los hombros.

Siento un gran alivio.

—La tengo en mi coche nuevo —contesto adormilada y bostezando.

Me sonríe maliciosamente.

—¿Cansada, señorita Steele?

—Sí, señor Grey. —Me siento turbada ante su provocador escrutinio. Aun así, creo que debo darle una explicación—. Hoy me han convencido de que hiciera cosas que jamás había creído posibles.

—Bueno, si tienes muy mala suerte, a lo mejor consigo convencerte de hacer alguna cosa más —promete mientras me coge de la mano y me lleva dentro del edificio.

Madre mía… ¿Otra vez?

En el ascensor, lo miro. Había dado por supuesto que quería que durmiera con él y ahora recuerdo que él no duerme con nadie, aunque lo haya hecho conmigo unas cuantas veces. Frunzo el ceño y, de pronto, su mirada se oscurece. Levanta la mano y me coge la barbilla, soltándome el labio que me mordía.

—Algún día te follaré en este ascensor, Anastasia, pero ahora estás cansada, así que creo que nos conformaremos con la cama.

Inclinándose, me muerde el labio inferior con los dientes y tira suavemente. Me derrito contra su cuerpo y dejo de respirar a la vez que las entrañas se me revuelven de deseo. Le correspondo, clavándole los dientes en el labio superior, provocándole, y él gruñe. Cuando se abren las puertas del ascensor, me lleva de la mano hacia el vestíbulo y cruzamos la puerta de doble hoja hasta el pasillo.

—¿Necesitas una copa o algo?

—No.

—Bien. Vámonos a la cama.

Arqueo las cejas.

—¿Te vas a conformar con una simple y aburrida relación vainilla?

Ladea la cabeza.

—Ni es simple ni aburrida… tiene un sabor fascinante —dice.

—¿Desde cuándo?

—Desde el sábado pasado. ¿Por qué? ¿Esperabas algo más exótico?

La diosa que llevo dentro asoma la cabeza por el borde de la barricada.

—Ay, no. Ya he tenido suficiente exotismo por hoy.

La diosa que llevo dentro me hace pucheros, sin lograr en absoluto ocultar su desilusión.

—¿Seguro? Aquí tenemos para todos los gustos… por lo menos treinta y un sabores.

Me sonríe lascivo.

—Ya lo he observado —replico con sequedad.

Menea la cabeza.

—Venga ya, señorita Steele, mañana le espera un gran día. Cuanto antes se acueste, antes la follaré y antes podrá dormirse.

—Es usted todo un romántico, señor Grey.

—Y usted tiene una lengua viperina, señorita Steele. Voy a tener que someterla de alguna forma. Ven.

Me lleva por el pasillo hasta su dormitorio y abre la puerta de una patada.

—Manos arriba —me ordena.

Obedezco y, con un solo movimiento pasmosamente rápido, me quita el vestido como un mago, agarrándolo por el bajo y sacándomelo suavemente por la cabeza.

—¡Tachán! —dice travieso.

Río y aplaudo educadamente. Él hace una elegante reverencia, riendo también. ¿Cómo voy a resistirme a él cuando es así? Deja mi vestido en la silla solitaria que hay junto a la cómoda.

—¿Cuál es el siguiente truco? —inquiero provocadora.

—Ay, mi querida señorita Steele. Métete en la cama —gruñe—, que enseguida lo vas a ver.

—¿Crees que por una vez debería hacerme la dura? —pregunto coqueta.

Abre mucho los ojos, asombrado, y veo en ellos un destello de excitación.

—Bueno… la puerta está cerrada; no sé cómo vas a evitarme —dice burlón—. Me parece que el trato ya está hecho.

—Pero soy buena negociadora.

—Y yo. —Me mira, pero, al hacerlo, su expresión cambia; la confusión se apodera de él y la atmósfera de la habitación varía bruscamente, tensándose—. ¿No quieres follar? —pregunta.

—No —digo.

—Ah.

Frunce el ceño.

Vale, allá va… respira hondo.

—Quiero que me hagas el amor.

Se queda inmóvil y me mira alucinado. Su expresión se oscurece. Mierda, esto no pinta bien. ¡Dale un minuto!, me espeta mi subconsciente.

—Ana, yo…

Se pasa las manos por el pelo. Las dos. Está verdaderamente desconcertado.

—Pensé que ya lo habíamos hecho —dice al fin.

—Quiero tocarte.

Se aparta un paso de mí, involuntariamente; por un instante parece asustado, luego se refrena.

—Por favor —le susurro.

Se recupera.

—Ah, no, señorita Steele, ya le he hecho demasiadas concesiones esta noche. La respuesta es no.

—¿No?

—No.

Vaya, contra eso no puedo discutir… ¿o sí?

—Mira, estás cansada, y yo también. Vámonos a la cama y ya está —dice, observándome con detenimiento.

—¿Así que el que te toquen es uno de tus límites infranqueables?

—Sí. Ya lo sabes.

—Dime por qué, por favor.

—Ay, Anastasia, por favor. Déjalo ya —masculla exasperado.

—Es importante para mí.

Vuelve a pasarse ambas manos por el pelo y maldice por lo bajo. Da media vuelta y se acerca a la cómoda, saca una camiseta y me la tira. La cojo, pensativa.

—Póntela y métete en la cama —me espeta molesto.

Frunzo el ceño, pero decido complacerlo. Volviéndome de espaldas, me quito rápidamente el sujetador y me pongo la camiseta lo más rápido que puedo para cubrir mi desnudez. Me dejo las bragas puestas… he ido sin ellas casi toda la noche.

—Necesito ir al baño —digo con un hilo de voz.

Frunce el ceño, aturdido.

—¿Ahora me pides permiso?

—Eh… no.

—Anastasia, ya sabes dónde está el baño. En este extraño momento de nuestro acuerdo, no necesitas permiso para usarlo.

No puede ocultar su enfado. Se quita la camiseta y yo me meto corriendo en el baño.

Me miro en el espejo gigante, asombrada de seguir teniendo el mismo aspecto. Después de todo lo que he hecho hoy, ahí está la misma chica corriente de siempre mirándome pasmada. ¿Qué esperabas, que te salieran cuernos y una colita puntiaguda?, me espeta mi subconsciente. ¿Y qué narices haces? Las caricias son uno de sus límites infranqueables. Demasiado pronto, imbécil. Para poder correr tiene que andar primero. Mi subconsciente está furiosa, su ira es como la de Medusa: el pelo ondeante, las manos aferrándose la cara como en *El grito* de Edvard Munch. La ignoro, pero se niega a volver a su caja. Estás haciendo que se enfade; piensa en todo lo que ha dicho, hasta dónde ha cedido. Miro ceñuda mi reflejo. Necesito poder ser cariñosa con él, entonces quizá él me corresponda.

Niego con la cabeza, resignada, y cojo el cepillo de dientes de Christian. Mi subconsciente tiene razón, claro. Lo estoy agobiando. Él no está preparado y yo tampoco. Hacemos equilibrios sobre el delicado balancín de nuestro extraño acuerdo, cada uno en un extremo, vacilando, y el balancín se inclina y se mece entre los dos. Ambos necesitamos acercarnos más al centro. Solo espero que ninguno de los dos se caiga al intentarlo. Todo esto va muy rápido. Quizá necesite un poco de distancia. Georgia cada vez me atrae más. Cuando estoy empezando a lavarme los dientes, llama a la puerta.

—Pasa —espurreo con la boca llena de pasta.

Christian aparece en el umbral de la puerta con ese pantalón de pijama que se le desliza por las caderas y que hace que todas las células de mi organismo se pongan en estado de alerta. Lleva el torso descubierto y me embebo como si estuviera muerta de sed y él fuera agua clara de un arroyo de montaña. Me mira impasible, luego sonríe satisfecho y se sitúa a mi lado. Nuestros ojos se encuentran en el espejo, gris y azul. Termino con su cepillo de dientes, lo enjuago y se lo doy, sin dejar de mirarlo. Sin mediar palabra, coge el cepillo y se lo mete en la boca. Le sonrío yo también y, de repente, me mira con un brillo risueño en los ojos.

—Si quieres, puedes usar mi cepillo de dientes —me dice en un dulce tono jocoso.

—Gracias, señor —sonrío con ternura y salgo al dormitorio.

A los pocos minutos viene él.

—Que sepas que no es así como tenía previsto que fuera esta noche —mascula malhumorado.

—Imagina que yo te dijera que no puedes tocarme.

Se mete en la cama y se sienta con las piernas cruzadas.

—Anastasia, ya te lo he dicho. De cincuenta mil formas. Tuve un comienzo duro en la vida; no hace falta que te llene la cabeza con toda esa mierda. ¿Para qué?

—Porque quiero conocerte mejor.

—Ya me conoces bastante bien.

—¿Cómo puedes decir eso?

Me pongo de rodillas, mirándolo.

Me pone los ojos en blanco, frustrado.

—Estás poniendo los ojos en blanco. La última vez que yo hice eso terminé tumbada en tus rodillas.

—Huy, no me importaría volver a hacerlo.

Eso me da una idea.

—Si me lo cuentas, te dejo que lo hagas.

—¿Qué?

—Lo que has oído.

—¿Me estás haciendo una oferta? —me pregunta pasmado e incrédulo.

Asiento con la cabeza. Sí… esa es la forma

—Negociando.

—Esto no va así, Anastasia.

—Vale. Cuéntamelo y luego te pongo los ojos en blanco.

Ríe y percibo un destello del Christian despreocupado. Hacía un rato que no lo veía. Se pone serio otra vez.

—Siempre tan ávida de información. —Me mira pensativo. Al poco, se baja con elegancia de la cama—. No te vayas —dice, y sale del dormitorio.

La inquietud me atraviesa como una lanza, y me abrazo a mi propio cuerpo. ¿Qué hace? ¿Tendrá algún plan malvado? Mierda. Supón que vuelve con una vara o algún otro instrumento de perversión? Madre mía, ¿qué voy a hacer entonces? Cuando vuelve, lleva algo pequeño en las manos. No veo lo que es, pero me muero de curiosidad.

—¿A qué hora es tu primera entrevista de mañana? —pregunta en voz baja.

—A las dos.

Lentamente se dibuja en su rostro una sonrisa perversa.

—Bien.

Y ante mis ojos, cambia sutilmente. Se vuelve duro, intratable… sensual. Es el Christian dominante.

—Sal de la cama. Ponte aquí de pie. —Señala a un lado de la cama y yo me bajo y me coloco en un abrir y cerrar de ojos. Me mira fijamente, y en sus ojos brilla una promesa—. ¿Confías en mí? —me pregunta en voz baja.

Asiento con la cabeza. Me tiende la mano y en la palma lleva dos bolas de plata redondas y brillantes unidas por un grueso hilo negro.

—Son nuevas —dice con énfasis.

Lo miro inquisitiva.

—Te las voy a meter y luego te voy a dar unos azotes, no como castigo, sino para darte placer y dármelo yo.

Se interrumpe y sopesa la reacción de mis ojos muy abiertos.

¡Metérmelas! Ahogo un jadeo y se tensan todos los músculos de mi vientre. La diosa que llevo dentro está haciendo la danza de los siete velos.

—Luego follaremos y, si aún sigues despierta, te contaré algunas cosas sobre mis años de formación. ¿De acuerdo?

¡Me está pidiendo permiso! Con la respiración acelerada, asiento. Soy incapaz de hablar.

—Buena chica. Abre la boca.

¿La boca?

—Más.

Con mucho cuidado, me mete las bolas en la boca.

—Necesitan lubricación. Chúpalas —me ordena con voz dulce.

Las bolas están frías, son lisas y pesan muchísimo, y tienen un sabor metálico. Mi boca seca se llena de saliva cuando explora los objetos extraños. Los ojos de Christian no se apartan de los míos. Dios mío, me estoy excitando. Me estremezco.

—No te muevas, Anastasia —me advierte—. Para.

Me las saca de la boca. Se acerca a la cama, retira el edredón y se sienta al borde.

—Ven aquí.

Me sitúo delante de él.

—Date la vuelta, inclínate hacia delante y agárrate los tobillos.

Lo miro extrañada y su expresión se oscurece.

—No titubees —me regaña con fingida serenidad y se mete las bolas en la boca.

Joder, esto es más sexy que la pasta de dientes. Sigo sus órdenes inmediatamente. Uf, ¿me llegaré a los tobillos? Descubro que sí, con facilidad. La camiseta se me escurre por la espalda, dejando al descubierto mi trasero. Menos mal que me he dejado las bragas puestas, aunque supongo que no me van a durar mucho.

Me posa la mano con reverencia en el trasero y me lo acaricia suavemente. Entre mis piernas solo atisbo a ver las suyas, nada más. Cierro los ojos con fuerza cuando me aparta con delicadeza las bragas y me pasea un dedo despacio por el sexo. Mi cuerpo se prepara con una mezcla embriagadora de gran impaciencia y excitación. Me mete un dedo y lo mueve en círculos con deliciosa lentitud. Oh, qué gusto. Gimo.

Se me entrecorta la respiración y lo oigo gemir mientras repite el movimiento. Retira el dedo y muy despacio inserta los objetos, primero una bola, luego la otra. Madre mía. Están a la temperatura del cuerpo, calentadas por nuestras bocas. Es una curiosa sensación: una vez que están dentro, no me las siento, aunque sé que están ahí.

Me recoloca las bragas, se inclina hacia delante y sus labios depositan un beso tierno en mi trasero.

—Ponte derecha —me ordena y, temblorosa, me enderezo.

¡Huy! Ahora sí que las siento… o algo. Me agarra por las caderas para sujetarme mientras recupero el equilibrio.

—¿Estás bien? —me pregunta muy serio.

—Sí.

—Vuélvete.

Me giro hacia él.

Las bolas tiran hacia abajo y, sin querer, mi vientre se contrae alrededor de ellas. La sensación me sobresalta, pero no en el mal sentido de la palabra.

—¿Qué tal? —pregunta.

—Raro.

—¿Raro bueno o raro malo?

—Raro bueno —confieso ruborizándome.

—Bien. —Asoma a sus ojos un vestigio de humor—. Quiero un vaso de agua. Ve a traerme uno, por favor.

Oh.

—Y cuando vuelvas, te tumbaré en mis rodillas. Piensa en eso, Anastasia.

¿Agua? Quiere agua ahora? ¿Para qué?

Cuando salgo del dormitorio, me queda clarísimo por qué quiere que me pasee; al hacerlo, las bolas me pesan dentro, me masajean internamente. Es una sensación muy rara y no del todo desagradable. De hecho, se me acelera la respiración cuando me estiro para coger un vaso del armario de la cocina, y ahogo un jadeo. Madre mía. Igual tendría que dejarme esto puesto. Hacen que me sienta deseada.

Cuando vuelvo, me observa detenidamente.

—Gracias —dice, y me coge el vaso de agua.

Despacio, da un sorbo y deja el vaso en la mesita de noche. En ella hay un condón, listo y esperando, como yo. Entonces sé que está haciendo esto para generar expectación. El corazón se me ha acelerado un poco. Centra su mirada de ojos grises en mí.

—Ven. Ponte a mi lado. Como la otra vez.

Me acerco a él, la sangre me zumba por todo el cuerpo, y esta vez... estoy caliente. Excitada.

—Pídemelo —me dice en voz baja.

Frunzo el ceño. ¿Que le pida el qué?

—Pídemelo —repite, algo más duro.

¿El qué? ¿Un poco de agua? ¿Qué quiere?

—Pídemelo, Anastasia. No te lo voy a repetir más.

Hay una amenaza velada en sus palabras, y entonces caigo. Quiere que le pida que me dé unos azotes.

Madre mía. Me mira expectante, con la mirada cada vez más fría. Mierda.

—Azótame, por favor... señor —susurro.

Cierra los ojos un instante, saboreando mis palabras. Alarga el brazo, me agarra la mano izquierda y, tirando de mí, me arrastra a sus rodillas. Me dejo caer sobre su regazo, y me sujeta. Se me sube el corazón a la boca cuando empieza a acariciarme el trasero. Me tiene ladeada otra vez, de forma que mi torso descansa en la cama, a su lado. Esta vez no me echa la pierna por encima, sino que me aparta el pelo de la cara y me lo recoge detrás de la oreja. Acto seguido, me agarra el pelo a la altura de la nuca para sujetarme bien. Tira suavemente y echo la cabeza hacia atrás.

—Quiero verte la cara mientras te doy los azotes, Anastasia —murmura sin dejar de frotarme suavemente el trasero.

Desliza la mano entre mis nalgas y me aprieta el sexo, y la sensación global es… Gimo. Oh, la sensación es exquisita.

—Esta vez es para darnos placer, Anastasia, a ti y a mí —susurra.

Levanta la mano y la baja con una sonora palmada en la confluencia de los muslos, el trasero y el sexo. Las bolas se impulsan hacia delante, dentro de mí, y me pierdo en un mar de sensaciones: el dolor del trasero, la plenitud de las bolas en mi interior y el hecho de que me esté sujetando. Mi cara se contrae mientras mis sentidos tratan de digerir todas estas sensaciones nuevas. Registro en alguna parte de mi cerebro que no me ha atizado tan fuerte como la otra vez. Me acaricia el trasero otra vez, paseando la mano abierta por mi piel, por encima de la ropa interior.

¿Por qué no me ha quitado las bragas? Entonces su mano desaparece y vuelve a azotarme. Gimo al propagarse la sensación. Inicia un patrón de golpes: izquierda, derecha y luego abajo. Los de abajo son los mejores. Todo se mueve hacia delante en mi interior, y entre palmadas, me acaricia, me manosea, de forma que es como si me masajeara por dentro y por fuera. Es una sensación erótica muy estimulante y, por alguna razón, porque soy yo la que ha impuesto las condiciones, no me preocupa el dolor. No es doloroso en sí… bueno, sí, pero no es insoportable. Resulta bastante manejable y, sí, placentero… incluso. Gruño. Sí, con esto sí que puedo.

Hace una pausa para bajarme despacio las bragas. Me retuerzo en sus piernas, no porque quiera escapar de los golpes sino porque quiero más… liberación, algo. Sus caricias en mi piel sensibilizada se convierten en un cosquilleo de lo más sensual. Resulta abrumador, y empieza de nuevo. Unas cuantas palmadas suaves y luego cada vez más fuertes, izquierda, derecha y abajo. Oh, esos de abajo. Gimo.

—Buena chica, Anastasia —gruñe, y se altera su respiración.

Me azota un par de veces más, luego tira del pequeño cordel que sujeta las bolas y me las saca de un tirón. Casi alcanzo el clímax; la sensación que me produce no es de este mundo. Con movimientos rápidos, me da la vuelta suavemente. Oigo, más que ver, cómo rompe el envoltorio del condón y, de pronto, lo tengo tumbado a mi lado. Me coge las manos, me las sube por encima de la cabeza y se desliza sobre mí, dentro de mí, despacio, ocupando el lugar que han dejado vacío las bolas. Gimo con fuerza.

—Oh, nena —me susurra mientras retrocede y avanza a un ritmo lento y sensual, saboreándome, sintiéndome.

Es la manera más suave en que me lo ha hecho nunca, y no tardo nada en caer por el precipicio, presa de una espiral de delicioso, violento y agotador orgasmo. Cuando me contraigo a su alrededor, disparo su propio clímax, y se desliza dentro de mí, sosegándose, pronunciando mi nombre entre jadeos, fruto de un asombro prodigioso y desesperado.

—¡Ana!

Guarda silencio, jadeando encima de mí, con las manos aún trenzadas en las mías por encima de mi cabeza. Por fin se vuelve y me mira.

—Me ha gustado —susurra, y me besa tiernamente.

No se entretiene con más besos dulces, sino que se levanta, me tapa con el edredón y se mete en el baño. Cuando vuelve, trae un frasco de loción blanca. Se sienta en la cama a mi lado.

—Date la vuelta —me ordena y, a regañadientes, me pongo boca abajo.

La verdad, no sé para qué tanto lío. Tengo mucho sueño.

—Tienes el culo de un color espléndido —dice en tono aprobador, y me extiende la loción refrescante por el trasero sonrosado.

—Déjalo ya, Grey —digo bostezando.

—Señorita Steele, es usted única estropeando un momento.

—Teníamos un trato.

—¿Cómo te sientes?

—Estafada.

Suspira, se tiende en la cama a mi lado y me estrecha en sus brazos. Con cuidado de no rozarme el trasero escocido, vuelve a hacerme la cucharita. Me besa muy suavemente detrás de la oreja.

—La mujer que me trajo al mundo era una puta adicta al crack, Anastasia. Duérmete.

Dios mío… ¿y eso qué significa?

—¿Era?

—Murió.

—¿Hace mucho?

Suspira.

—Murió cuando yo tenía cuatro años. No la recuerdo. Carrick me ha dado algunos detalles. Solo recuerdo ciertas cosas. Por favor, duérmete.

—Buenas noches, Christian.

—Buenas noches, Ana.

Y me duermo, aturdida y agotada, y sueño con un niño de cuatro años y ojos grises en un lugar oscuro, terrible y triste.

21

Hay luz por todas partes. Una luz intensa, cálida, penetrante, y me esfuerzo por mantenerla a raya unos cuantos minutos más. Quiero esconderme, solo unos minutos más, pero el resplandor es demasiado fuerte y, al final, sucumbo al despertar. Una gloriosa mañana de Seattle me saluda: el sol entra por el ventanal e inunda la habitación de una luz demasiado intensa. ¿Por qué no bajamos las persianas anoche? Estoy en la enorme cama de Christian Grey, pero él no está.

Me quedo tumbada un rato, contemplando por el ventanal desde mi encumbrada y privilegiada posición el perfil urbano de Seattle. La vida en las nubes produce desde luego una sensación de irrealidad. Una fantasía —un castillo en el aire, alejado del suelo, a salvo de la cruda realidad— lejos del abandono, del hambre, de madres que se prostituyen por crack. Me estremezco al pensar lo que debió de pasar de niño, y entiendo por qué vive aquí, aislado, rodeado de belleza, de valiosas obras de arte, tan alejado de sus comienzos… toda una declaración de intenciones. Frunzo el ceño, porque eso sigue sin explicar por qué no puedo tocarlo.

Curiosamente, yo me siento igual aquí arriba, en su torre de marfil. Lejos de la realidad. Estoy en este piso de fantasía, teniendo un sexo de fantasía con mi novio de fantasía, cuando la cruda realidad es que él quiere un contrato especial, aunque diga que intentará darme más. ¿Qué significa eso? Eso es lo que tengo que aclarar entre nosotros, para ver si aún estamos en extremos opuestos del balancín o nos vamos acercando.

Salgo de la cama sintiéndome agarrotada y, a falta de una expresión mejor, bien machacada. Sí, debe de ser de tanto sexo. Mi subconsciente frunce los labios en señal de desaprobación. Yo le pongo los ojos en blanco, alegrándome de que cierto obseso del control de mano muy suelta no esté en la habitación, y decido preguntarle por el entrenador personal. Eso, sí firmo. La diosa que llevo dentro me mira desesperada. Pues claro que vas a firmar. Las ignoro a las dos y, tras una visita rápida al baño, salgo en busca de Christian.

No está en la galería de arte, pero una mujer elegante de mediana edad está limpiando en la zona de la cocina. Al verla, me paro en seco. Es rubia, lleva el pelo corto y tiene los ojos azules; viste una impecable blusa blanca y lisa y una falda de tubo azul marino. Esboza una ampia sonrisa al verme.

—Buenos días, señorita Steele. ¿Le apetece desayunar? —me pregunta en un tono agradable pero profesional, y yo alucino.

¿Qué hace esta atractiva rubia en la cocina de Christian? No llevo puesta más que la camiseta que me dejó. Me siento cohibida por mi desnudez.

—Me temo que juega usted con ventaja —digo en voz baja, incapaz de ocultar la angustia que me produce.

—Ah, lo siento muchísimo… Soy la señora Jones, el ama de llaves del señor Grey.

Ah.

—¿Qué tal? —consigo decir.

—¿Le apetece desayunar, señora?

¡Señora!

—Me gustaría tomar un poco de té, gracias. ¿Sabe dónde está el señor Grey?

—En su estudio.

—Gracias.

Salgo disparada hacia el estudio, muerta de vergüenza. ¿Por qué Christian solo contrata a rubias atractivas? Y una idea desagradable me viene a la cabeza: ¿serán todas ex sumisas? Me niego a acariciar una idea tan espantosa. Asomo la cabeza tímidamente por la puerta. Está al teléfono, de cara al ventanal, vestido con pantalones negros y camisa blanca. Aún tiene el pelo mojado de la ducha y eso me distrae por completo de mis pensamientos negativos.

—Salvo que mejore el balance de pérdidas y ganancias de la compañía, no me interesa, Ros. No vamos a cargar con un peso muerto. No me pongas más excusas tontas. Que me llame Marco, es todo o nada. Sí, dile a Barney que el prototipo pinta bien, aunque la interfaz no me convence. No, le falta algo. Quiero verlo esta tarde para discutirlo. A él y a su equipo; podemos hacer una tormenta de ideas. Vale. Pásame con Andrea otra vez. —Espera, mirando por el ventanal, amo y señor del universo contemplando a la pobre gente bajo su castillo en el cielo—. Andrea…

Al levantar la vista, me ve en la puerta. Una sensual sonrisa se extiende lentamente por su hermoso rostro, y me quedo sin habla al tiempo que se me derriten las entrañas. Es sin lugar a dudas el hombre más hermoso del planeta, demasiado hermoso para los seres vulgares de allá abajo, demasiado hermoso para mí. No, la diosa que llevo dentro me mira ceñuda, demasiado hermoso para mí, no. En cierto modo, es mío… de momento. La idea me produce un escalofrío y disipa mi irracional inseguridad.

Sigue hablando, sin dejar de mirarme.

—Cancela toda mi agenda de esta mañana, pero que me llame Bill. Estaré allí a las dos. Tengo que hablar con Marco esta tarde, eso me llevará al menos media hora. Ponme a Barney y a su equipo después de Marco, o quizá mañana, y búscame un hueco para quedar con Claude todos los días de esta semana. Dile que espere. Ah. No, no quiero publicidad para Darfur. Dile a Sam que se encargue él de eso. No. ¿Qué evento? ¿El sábado que viene? Espera.

»¿Cuándo vuelves de Georgia? —me pregunta.

—El viernes.

Retoma la conversación telefónica.

—Necesitaré una entrada más, porque voy acompañado. Sí, Andrea, eso es lo que he dicho, acompañado, la señorita Anastasia Steele vendrá conmigo. Eso es todo. —Cuelga—. Buenos días, señorita Steele.

—Señor Grey —sonrío tímidamente.

Rodea el escritorio con su habitual elegancia y se sitúa delante de mí. Me acaricia suavemente la mejilla con el dorso de los dedos.

—No quería despertarte, se te veía tan serena. ¿Has dormido bien?

—He descansado, gracias. Solo he venido a saludar antes de darme una ducha.

Lo miro, me embebo de él. Se inclina y me besa con suavidad, y no puedo controlarme. Me cuelgo de su cuello y mis dedos se enredan en su pelo aún húmedo. Con el cuerpo pegado al suyo, le devuelvo el beso. Lo deseo. Mi ataque lo toma por sorpresa, pero, tras un instante, responde con un grave gruñido gutural. Desliza las manos por mi pelo y desciende por la espalda para agarrarme el trasero desnudo, explorándome la boca con la lengua. Se aparta, con los ojos entrecerrados.

—Vaya, parece que el descanso te ha sentado bien —murmura—. Te sugiero que vayas a ducharte, ¿o te echo un polvo ahora mismo encima de mi escritorio?

—Prefiero lo del escritorio —le susurro temeraria mientras el deseo invade mi organismo como la adrenalina, despertándolo todo a su paso.

Me mira perplejo un milisegundo.

—Esto le gusta de verdad, ¿no, señorita Steele? Te estás volviendo insaciable —mascula.

—Lo que me gusta eres tú —le digo.

Sus ojos se agrandan y se oscurecen mientras me masajea el trasero desnudo.

—Desde luego, solo yo —gruñe, y de pronto, con un movimiento rápido, aparta todos los planos y documentos del escritorio, que se esparcen por el suelo, y luego me coge en brazos y me tumba en el lado corto de la mesa, de forma que la cabeza casi me cuelga por el borde—. Tú lo has querido, nena —mascula, sacándose un preservativo del bolsillo del pantalón al tiempo que se baja la cremallera.

Vaya con el boyscout. Desliza el condón por su miembro erecto y me mira.

—Espero que estés lista —dice con una sonrisa lasciva.

Y en un instante está dentro de mí y, sujetándome con fuerza las muñecas a los costados, me penetra hasta el fondo.

Gimo… oh, sí.

—Dios, Ana. Sí que estás lista —susurra con veneración.

Enroscándole las piernas en la cintura, lo abrazo de la única forma que puedo mientras él, de pie, me mira, con un brillo intenso en esos ojos grises, apasionado y posesivo. Empieza a moverse, a moverse de verdad. Esto no es hacer el amor, esto es follar, y me encanta. Gimo. Es tan crudo, tan carnal, me excita tanto. Gozo de su penetración, su pasión sacia la mía. Se mueve con facilidad, gozándome, disfrutando de mí, con la boca algo abierta a medida que se le acelera la respiración. Gira las caderas de un lado a otro y me produce una sensación deliciosa.

Cierro los ojos, notando que se aproxima el clímax, esa deliciosa avalancha lenta y creciente, que me eleva más y más hasta el castillo en el aire. Oh, sí… su empuje aumenta un poco. Gimo fuerte. Soy toda sensación, toda él; disfruto de cada embate, de cada vez que me llega hasta el fondo. Coge ritmo, empuja más rápido, más fuerte, y todo mi cuerpo se mueve a su compás, y noto que se me agarrotan las piernas, y mis entrañas se estremecen y se aceleran.

—Vamos, nena, dámelo todo —me incita entre dientes, y el deseo ardiente de su voz, la tensión, me abocan al precipicio.

Lanzo una súplica silenciosa y apasionada cuando toco el sol y me quemo, y me desplomo a su alrededor, caigo, de vuelta a una cima intensa y luminosa en la Tierra. Embiste y para en seco al llegar al clímax y, tirándome de las muñecas, se desploma con elegancia, calladamente, sobre mí.

Uau… esto no me lo esperaba. Poco a poco, vuelvo a materializarme en la Tierra.

—¿Qué diablos me estás haciendo? —dice besuqueándome el cuello—. Me tienes completamente hechizado, Ana. Ejerces alguna magia poderosa.

Me suelta las muñecas y le paso los dedos por el pelo, descendiendo de las alturas. Aprieto las piernas alrededor de su cintura.

—Soy yo la hechizada —susurro.

Me mira, me contempla, con expresión desconcertada, alarmada incluso. Poniéndome las manos a ambos lados de la cara, me sujeta la cabeza.

—Tú… eres… mía —dice, marcando bien cada palabra—. ¿Entendido?

Lo dice tan serio, tan exaltado… con tal fanatismo. La fuerza de su súplica me resulta tan inesperada, tan apabullante. Me pregunto por qué se siente así.

—Sí, tuya —le susurro, completamente desconcertada por su fervor.

—¿Seguro que tienes que irte a Georgia?

Asiento despacio. Y, en ese breve instante, veo alterarse su expresión y noto cómo cambia su actitud. Se retira bruscamente y yo hago una mueca de dolor.

—¿Te duele? —pregunta inclinándose sobre mí.

—Un poco —confieso.

—Me gusta que te duela. —Sus ojos abrasan—. Te recordará que he estado ahí, solo yo.

Me coge por la barbilla y me besa con violencia, luego se endereza y me tiende la mano para ayudarme a levantarme. Miro el envoltorio del condón que tengo al lado.

—Siempre preparado —murmuro.

Me mira confundido mientras se sube la bragueta. Sostengo en alto el envoltorio vacío.

—Un hombre siempre puede tener esperanzas, Anastasia, incluso sueña, y a veces los sueños se hacen realidad.

Suena tan raro, con esa mirada encendida. No lo entiendo. Mi dicha poscoital se esfuma rápidamente. ¿Qué problema tiene?

—Así que hacerlo en tu escritorio… ¿era un sueño? —le pregunto con sequedad, probando a bromear para aliviar la tensión que hay entre nosotros.

Me dedica una sonrisa enigmática que no le llega a los ojos y sé inmediatamente que no es la primera vez que lo ha hecho en su escritorio. La idea me desagrada. Me retuerzo incómoda al tiempo que mi dicha poscoital se esfuma del todo.

—Más vale que vaya a darme una ducha.

Me levanto y me dispongo a marcharme.

Frunce el ceño y se pasa una mano por el pelo.

—Tengo un par de llamadas más que hacer. Desayunaré contigo cuando salgas de la ducha. Creo que la señora Jones te ha lavado la ropa de ayer. Está en el armario.

¿Qué? ¿Cuándo lo ha hecho? Por Dios, ¿nos habrá oído? Me ruborizo.

—Gracias —murmuro.

—No se merecen —dice automáticamente, pero noto cierto tonillo en su voz.

No te estoy dando las gracias por follarme. Aunque ha sido muy…

—¿Qué? —me suelta, y entonces me doy cuenta de que estoy frunciendo el ceño.

—¿Qué pasa? —le pregunto en voz baja.

—¿A qué te refieres?

—Pues a que estás siendo aún más raro de lo habitual.

—¿Te parezco raro?

Trata de reprimir una sonrisa.

—A veces.

Me estudia un instante, pensativo.

—Como de costumbre, me sorprende, señorita Steele.

—¿En qué le sorprendo?

—Digamos que esto ha sido un regalito inesperado.

—La idea es complacernos, señor Grey.

Ladeo la cabeza como hace él a menudo, devolviéndole sus palabras.

—Y me complaces, desde luego —dice, pero lo noto inquieto—. Pensaba que ibas a darte una ducha.

Vaya, me está echando.

—Sí… eh… luego te veo.

Salgo de su despacho completamente anonadada.

Christian parecía confundido. ¿Por qué? Debo decir que, como experiencia física, ha sido muy satisfactoria. En cambio, emocionalmente… bueno, me desconcierta su reacción, y eso es tan enriquecedor emocionalmente como nutritivo el algodón de azúcar.

La señora Jones sigue en la cocina.

—¿Le apetece el té ahora, señorita Steele?

—Me voy a duchar primero, gracias —murmuro, y me apresuro a salir de allí con el rostro aún encendido.

En la ducha, trato de averiguar qué le pasa a Christian. Es la persona más complicada que conozco y no alcanzo a comprender sus estados de ánimo cambiantes. Parecía estar bien cuando he entrado en su estudio. Lo hemos hecho… y luego ya no estaba bien. No, no lo entiendo. Recurro a mi subconsciente. Me la encuentro silbando con las manos a la espalda, mirando a cualquier parte menos a mí. No tiene ni idea, y la diosa que llevo dentro sigue disfrutando de los restos de la dicha poscoital. No… ninguna de nosotras tiene ni idea.

Me seco el pelo con la toalla, me lo cepillo con el único peine que tiene Christian y me lo recojo en un moño. El vestido ciruela de Kate está colgado, lavado y planchado, en el armario, junto con mi sujetador y mis bragas también limpios. La señora Jones es una maravilla. Me calzo los zapatos de Kate, me arreglo un poco el vestido, respiro hondo y vuelvo a salir del enorme dormitorio.

Christian sigue sin aparecer, y la señora Jones está revisando lo que hay en la despensa.

—¿Quiere ya el té, señorita Steele? —pregunta.

—Por favor.

Le sonrío. Me siento algo más a gusto ahora que voy vestida.

—¿Le apetece comer algo?

—No, gracias.

—Pues claro que vas a comer algo —espeta Christian, resplandeciente—. Le gustan las tortitas con huevos y beicon, señora Jones.

—Sí, señor Grey. ¿Qué va a tomar usted, señor?

—Tortilla, por favor, y algo de fruta. —No me quita los ojos de encima, su expresión es indescifrable—. Siéntate —me ordena, señalando uno de los taburetes de la barra.

Obedezco, y él se sienta a mi lado mientras la señora Jones prepara el desayuno. Uf, me pone nerviosa que alguien más oiga lo que hablamos.

—¿Ya has comprado el billete de avión?

—No, lo compraré cuando llegue a casa, por internet.

Se apoya en mi hombro y se frota la barbilla en él.

—¿Tienes dinero?

Oh, no.

—Sí —digo poniendo un tono de resignada paciencia, como si hablara con un niño pequeño.

Me arquea una ceja reprobatoria. Mierda.

—Sí tengo, gracias —rectifico enseguida.

—Tengo un jet. No se va a usar hasta dentro de tres días; está a tu disposición.

Lo miro boquiabierta. Pues claro que tiene un jet, y yo tengo que resistir la inclinación natural de mi cuerpo a poner los ojos en blanco. Me entran ganas de reír. Pero no lo hago, porque no sé de qué humor está.

—Ya hemos abusado bastante de la flota aérea de tu empresa. No me gustaría volver a hacerlo.

—La empresa es mía, el jet también.

Parece ofendido. ¡Ah, los chicos y sus juguetitos!

—Gracias por el ofrecimiento, pero prefiero coger un vuelo regular.

Me da la impresión de que quiere seguir discutiéndolo, pero al final no lo hace.

—Como quieras. —Suspira—. ¿Tienes que prepararte mucho para las entrevistas?

—No.

—Bien. No vas a decirme de qué editoriales se trata, ¿verdad?

—No.

Se dibuja en sus labios una sonrisa reticente.

—Soy un hombre de recursos, señorita Steele.

—Soy perfectamente consciente de eso, señor Grey. ¿Me vas a rastrear el móvil? —pregunto inocentemente.

—La verdad es que esta tarde voy a estar muy liado, así que tendré que pedirle a alguien que lo haga por mí.

Sonríe con picardía.

Lo dirá en broma, ¿no?

—Si puedes poner a alguien a hacer eso, es que te sobra personal, desde luego.

—Le mandaré un correo a la jefa de recursos humanos y le pediré que revise el recuento de personal.

Tuerce la boca para ocultar la sonrisa.

Ay, menos mal que ha recobrado el sentido del humor.

La señora Jones nos sirve el desayuno y comemos en silencio durante unos minutos. Tras recoger los cacharros, la mujer se retira discretamente de la zona del salón. Lo miro.

—¿Qué pasa, Anastasia?

—¿Sabes?, al final no me has dicho por qué no te gusta que te toquen.

Palidece y su reacción me hace sentirme culpable por preguntar.

—Te he contado más de lo que le he contado nunca a nadie —dice en voz baja mientras me mira impasible.

Y tengo claro que nunca le ha hecho confidencias a nadie. ¿No tiene amigos íntimos? Quizá se lo contara a la señora Robinson. Quiero preguntárselo, pero no puedo... no puedo meterme así en su vida. Niego con la cabeza al darme cuenta. Está solo, pero de verdad.

—¿Pensarás en nuestro contrato mientras estás fuera? —pregunta.

—Sí.

—¿Me vas a echar de menos?

Lo miro, sorprendida por la pregunta.

—Sí —respondo con sinceridad.

¿Cómo puede haber llegado a significar tanto para mí en tan poco tiempo? Se me ha metido bajo la piel, literalmente. Sonríe y se le ilumina la mirada.

—Yo también te voy a echar de menos. Más de lo que imaginas —me dice.

Se me alegra el corazón al oír sus palabras. Lo está intentando, de verdad. Me acaricia suavemente la mejilla, se inclina y me besa con ternura.

A última hora de la tarde espero sentada y nerviosa al señor J. Hyde en el vestíbulo de Seattle Independent Publishing. Es mi segunda entrevista de hoy y la que más me interesa. La primera ha ido bien, pero era para un grupo mayor, con oficinas en todo el país, y yo no sería más que una de las muchas ayudantes editoriales. Imagino que semejante máquina corporativa me engulliría y me escupiría bastante rápido. En SIP es donde quiero estar. Es pequeña y poco convencional, aboga por los autores locales y tiene una interesante y peculiar lista de clientes.

El lugar resulta un tanto austero, pero creo que es una declaración de intenciones más que un indicio de frugalidad. Estoy sentada en uno de los dos sillones Chesterfield de piel verde oscuro, muy similares al sofá que tiene Christian en su cuarto de juegos. Acaricio la piel, apreciativa, y me pregunto distraída qué hará Christian en ese sofá. Divago pensando en las posibilidades... no, más vale que no piense en eso ahora. Me sonrojan mis pensamientos descarriados e inoportunos. La recepcionista es una joven afroamericana con grandes pendientes de plata y el pelo largo y liso. Tiene cierto aire bohemio; es de esa clase de mujeres con las que podría llevarme bien. La idea me reconforta. De vez en cuando me mira, apartando la vista del ordenador, y me sonríe tranquilizadora. Yo le devuelvo la sonrisa tímidamente.

Ya tengo el vuelo reservado, mi madre está encantada de que vaya a verla, he hecho la maleta y Kate ha accedido a acompañarme al aeropuerto. Christian me ha ordenado que me lleve la BlackBerry y el Mac. Pongo los ojos en blanco al recordar su despotismo, pero ahora me doy cuenta de que él es así. Le gusta controlarlo todo, incluida yo. Sin embargo, también puede ser tan impredecible y desconcertantemente agradable... Puede ser tierno, alegre, e incluso dulce. Y, cuando lo es, resulta tan imprevisible e inesperado... Ha insistido en acompañarme hasta el coche, que estaba aparcado en el garaje. Por Dios, que solo me voy unos días; se comporta como si me marchara durante varias semanas. Me tiene siempre desconcertada.

—¿Ana Steele?

Una mujer de melena negra prerrafaelita, de pie junto al mostrador de recepción, me saca de mi ensimismamiento. Tiene el mismo aire bohemio y etéreo que la recepcionista. Tendrá unos treinta y muchos, quizá cuarenta y pocos; resulta muy difícil de saber con mujeres de cierta edad.

—Sí —respondo, y me levanto desmañadamente.

Me dedica una sonrisa educada, sus fríos ojos castaños me escudriñan. Visto uno de los conjuntos de Kate, un pichi negro con una blusa blanca y mis zapatos negros de tacón. Muy de entrevista, creo yo. Llevo el pelo recogido en un moño prieto y, por una vez, los mechones se están comportando. Me tiende la mano.

—Hola, Ana, me llamo Elizabeth Morgan. Soy la jefa de recursos humanos de SIP.

—¿Cómo está?

Le estrecho la mano. La veo muy informal para ser jefa de recursos humanos.

—Sígueme, por favor.

Pasamos la puerta de doble hoja que hay detrás de la zona de recepción y entramos en una oficina grande y diáfana de decoración luminosa, y de ahí a una pequeña sala de reuniones. Las paredes son de color verde claro y están llenas de fotos de cubiertas de libros. A la cabecera de la mesa de conferencias de madera de arce está sentado un hombre joven, pelirrojo, con la melena recogida en una coleta. En ambas orejas le brillan unos pequeños aros de plata. Viste camisa azul claro, sin corbata, y pantalones de algodón gris oscuro. Cuando me acerco a él, se levanta y me mira con unos ojos azul oscuro insondables.

—Ana Steele, soy Jack Hyde, director de adquisiciones de SIP. Encantado de conocerte.

Nos damos la mano. Su mirada oscura me resulta impenetrable, aunque suficientemente afable, creo.

—¿Vienes de muy lejos? —me pregunta amablemente.

—No, acabo de mudarme a la zona de Pike Street Market.

—Ah, entonces vives muy cerca. Siéntate, por favor.

Me siento, y Elizabeth toma asiento a mi lado.

—Dinos, ¿por qué quieres trabajar como becaria en SIP, Ana? —pregunta.

Pronuncia mi nombre con suavidad y ladea la cabeza, como alguien que yo me sé; resulta inquietante. Esforzándome por ignorar el recelo irracional que me inspira, me lanzo a soltarle mi discurso cuidadosamente preparado, consciente de que un rubor sonrosado se extiende por mis mejillas. Los miro a los dos, recordando la charla de Katherine Kavanagh sobre cómo salir airoso de una entrevista: «¡Mantén el contacto visual, Ana!». Dios, qué mandona puede ser ella también, a veces. Jack y Elizabeth me escuchan con atención.

—Tienes una nota media impresionante. ¿De qué actividades extracurriculares has disfrutado en tu universidad?

¿Disfrutar? Lo miro extrañada. Qué extraña elección léxica. Entro en detalles sobre mi puesto de bibliotecaria en la biblioteca central del campus y mi experiencia entrevistando a un déspota indecentemente rico para la revista de la universidad. Paso por alto el hecho de que, en realidad, no fui yo quien escribió el artículo. Menciono las dos sociedades literarias a las que pertenecía y concluyo con mi trabajo en Clayton's y todos los conocimientos inútiles que ahora poseo sobre ferretería y bricolaje. Los dos se ríen, que es lo que esperaba. Poco a poco, me relajo y empiezo a sentirme a gusto.

Jack Hyde me hace preguntas agudas e inteligentes, pero no me amilano; mantengo el tipo y, cuando hablamos de mis preferencias literarias y mis libros favoritos, creo que me defiendo bastante bien. A Jack, en cambio, solo parece gustarle la literatura estadounidense posterior a 1950. Nada más. Ningún clásico, ni siquiera Henry James, ni Upton Sinclair, ni F. Scott Fitzgerald. Elizabeth no dice nada, solo asiente de vez en cuando y toma notas. Jack, pese a su afán por la controversia, es agradable a su manera, y mi recelo inicial se disipa a medida que hablamos.

—¿Y dónde te ves dentro de cinco años? —pregunta.

Con Christian Grey, me viene sin querer la idea a la cabeza. La divagación me hace fruncir el ceño.

—De editora, quizá. Tal vez de agente literario, no estoy segura. Estoy abierta a todas las posibilidades.

Jack sonríe.

—Muy bien, Ana. No tengo más preguntas. ¿Y tú? —me plantea directamente.

—¿Cuándo habría que empezar? —inquiero.

—Lo antes posible —interviene Elizabeth—. ¿Cuándo podrías tú?

—Estoy disponible a partir de la semana que viene.

—Está bien saberlo —dice Jack.

—Si nadie tiene nada más que decir —Elizabeth nos mira a los dos—, creo que damos por terminada la entrevista.

Sonríe amablemente.

—Ha sido un placer conocerte, Ana —dice Jack en voz baja cogiéndome la mano.

Me la aprieta con suavidad, así que lo miro con cierta extrañeza cuando me despido.

Camino del coche, me noto intranquila, pero no sé por qué. Creo que la entrevista ha ido bien, pero es difícil saberlo. Las entrevistas me parecen algo tan artificial; todo el mundo comportándose de la mejor forma posible e intentando desesperadamente esconderse tras una fachada profesional. ¿Encajo en el perfil? Habrá que esperar para saberlo.

Me subo a mi Audi A3 y me dirijo a casa, pero con tranquilidad. He reservado un vuelo nocturno con escala en Atlanta, pero no sale hasta las 22.25 h, así que tengo tiempo de sobra.

Cuando llego, Kate está desempaquetando cajas en la cocina.

—¿Qué tal te ha ido? —me pregunta emocionada.

Solo Kate puede estar guapísima con una camiseta gigante, unos vaqueros gastados y un pañuelo azul marino en la cabeza.

—Bien, gracias, Kate. No sé si este conjunto era lo bastante apropiado para la segunda entrevista.

—¿Y eso?

—Me habría venido mejor algo bohemio y elegante.

Kate arquea una ceja.

—Tú y tus bohemios elegantes. —Ladea la cabeza, ¡agh! ¿Por qué todo el mundo me recuerda a mi Cincuenta favorito?—. En realidad, Ana, tú eres una de las pocas personas que puede conseguir ese look.

Sonrío.

—Me ha gustado mucho el segundo sitio. Creo que podría encajar allí. Eso sí, el tipo que me ha entrevistado era un tanto inquietante.

Me interrumpo. Mierda, que estás hablando con Parabólica Kavanagh. ¡Cállate, Ana!

—¿Y eso?

El radar de Katherine Kavanagh, detector de datos interesantes, entra en acción de inmediato en busca de ese dato que solo resurgirá en algún momento inoportuno y comprometedor, lo cual me recuerda algo.

—Por cierto, ¿podrías dejar de provocar a Christian? Tu comentario sobre José en la cena de anoche no venía a cuento. Es un tipo celoso. Lo que haces no está bien, ¿sabes?

—Mira, si no fuera el hermano de Elliot, le habría dicho cosas peores. Es un controlador obsesivo. No entiendo cómo lo aguantas. Pretendía ponerlo celoso, ayudarlo un poco a decidirse. —Levanta las manos con aire defensivo—. Pero si no quieres que me meta, no lo haré —añade enseguida al verme fruncir el ceño.

—Muy bien. La vida con Christian ya es bastante complicada de por sí, créeme.

Dios, sueno como él.

—Ana. —Hace una pausa, mirándome fijamente—. Estás bien, ¿no? ¿No irás a casa de tu madre para escapar?

Me ruborizo.

—No, Kate. Fuiste tú la que dijo que necesitaba un descanso.

Se acerca y me coge de las manos, un gesto impropio de Kate. Oh, no… Me voy a echar a llorar.

—Te veo… no sé… distinta. Espero que estés bien y que, sean cuales sean los problemas que tengas con el señor Millonetis, puedas hablarlo conmigo. Y que sepas que yo no pretendo provocarlo, aunque, la verdad, con él es como pescar en una pecera. Mira, Ana, si algo va mal, cuéntamelo. No te voy a juzgar. Procuraré entenderlo.

Contengo las lágrimas.

—Ay, Kate… —La abrazo—. Creo que me he enamorado de él de verdad.

—Ana, eso lo ve cualquiera. Y él se ha enamorado de ti. Está loco por ti. No te quita los ojos de encima.

Río tímidamente.

—¿Tú crees?

—¿No te lo ha dicho?

—No con tantas palabras.

—¿Se lo has dicho tú?

—No con tantas palabras.

Me encojo de hombros, como disculpándome.

—¡Ana! Uno de los dos tiene que dar el primer paso, si no nunca llegaréis a ninguna parte.

¿Qué, que le diga lo que siento?

—Me da miedo espantarlo.

—¿Y cómo sabes que él no siente lo mismo?

—¿Christian, miedo? No me lo imagino asustado de nada.

Pero, mientras lo digo, me lo imagino de niño. Quizá el miedo fuera lo único que conocía entonces. Solo de pensarlo, se me encoge el corazón de pena.

Kate me observa con los labios y los ojos fruncidos, como mi subconsciente… solo le faltan las gafas de media luna.

—Os hace falta sentaros a charlar.

—No hemos hablado mucho últimamente.

Me sonrojo. Otras cosas sí. Comunicación no verbal, y no ha estado nada mal. Bueno, ha estado más que bien.

Sonríe.

—¡Por el sexo! Si eso va bien, tienes media batalla ganada, Ana. Voy a buscar algo de comida china. ¿Lo tienes ya todo listo para el viaje?

—Casi. Aún nos quedan un par de horas o así.

—No… vuelvo dentro de veinte minutos.

Coge la cazadora y se va; se olvida de cerrar la puerta. La cierro y me voy a mi cuarto, rumiando sus palabras.

¿Tiene miedo Christian de lo que siente por mí? ¿Siente algo por mí? Parece muy entusiasmado, dice que soy suya… pero eso forma parte de su yo dominante y obsesivo que debe tenerlo y poseerlo todo, seguro. Me doy cuenta de que, mientras esté fuera, tendré que repasar todas nuestras conversaciones y ver si puedo detectar algún indicio claro.

«Yo también te voy a echar de menos. Más de lo que imaginas.» «Me tienes completamente hechizado.»

Niego con la cabeza. No quiero pensar en eso ahora. La Black-Berry se está cargando, así que no la he mirado en toda la tarde. Me acerco con cautela y me desilusiona ver que no hay mensajes. Enciendo el cacharro infernal y tampoco hay mensajes. Es la misma dirección de e-mail, Ana, me dice mi subconsciente poniéndome los ojos en blanco y, por primera vez, entiendo por qué Christian quiere darme unos azotes cada vez que lo hago.

Vale. Bueno, pues le escribo un correo yo.

De: Anastasia Steele
Fecha: 30 de mayo de 2011 18:49
Para: Christian Grey
Asunto: Entrevistas

Querido señor:
Las entrevistas de hoy han ido bien.
He pensado que igual te interesaba.
¿Qué tal tu día?

Ana

Me siento y miro furiosa la pantalla. Las respuestas de Christian suelen ser instantáneas. Espero y espero, y por fin oigo el tono de mensaje entrante.

De: Christian Grey
Fecha: 30 de mayo de 2011 19:03
Para: Anastasia Steele
Asunto: Mi día

Querida señorita Steele:

Todo lo que hace me interesa. Es la mujer más fascinante que conozco.

Me alegro de que sus entrevistas hayan ido bien.

Mi mañana ha superado todas mis expectativas.

Mi tarde, en comparación, ha sido de lo más aburrida.

Christian Grey
Presidente de Grey Enterprises Holdings, Inc.

De: Anastasia Steele
Fecha: 30 de mayo de 2011 19:05
Para: Christian Grey
Asunto: Mañana maravillosa

Querido señor:

También la mañana ha sido extraordinaria para mí, aunque te hayas mostrado raro después del impecable polvo sobre el escritorio. No creas que no me he dado cuenta.

Gracias por el desayuno. O gracias a la señora Jones.

Me gustaría hacerte algunas preguntas sobre ella (sin que vuelvas a ponerte raro conmigo).

Ana

Titubeo antes de pulsar la tecla de envío y me tranquiliza pensar que mañana a estas horas estaré en la otra punta del continente.

De: Christian Grey
Fecha: 30 de mayo de 2011 19:10
Para: Anastasia Steele
Asunto: ¿Tú en una editorial?

Anastasia:

«Ponerse raro» no es una forma verbal aceptable y no debería usarla alguien que quiere entrar en el mundo editorial.

¿Impecable? ¿Comparado con qué, dime, por favor? ¿Y qué es lo que quieres preguntarme de la señora Jones? Me tienes intrigado.

Christian Grey
Presidente de Grey Enterprises Holdings, Inc.

De: Anastasia Steele
Fecha: 30 de mayo de 2011 19:17
Para: Christian Grey
Asunto: Tú y la señora Jones

Querido señor:
La lengua evoluciona y avanza. Es algo vivo. No está encerrada en una torre de marfil, rodeada de carísimas obras de arte, con vistas a casi todo Seattle y con un helipuerto en la azotea.
Impecable en comparación con las otras veces que hemos... ¿cómo lo llamas tú...?, ah, sí, follado. De hecho, los polvos han sido todos impecables, punto, en mi modesta opinión,... pero, claro, como bien sabes, tengo una experiencia muy limitada.
¿La señora Jones es una ex sumisa tuya?

Ana

Titubeo una vez más antes de darle a la tecla de envío, pero al final le doy.

De: Christian Grey
Fecha: 30 de mayo de 2011 19:22
Para: Anastasia Steele
Asunto: Lenguaje. ¡Esa boquita...!

Anastasia:
La señora Jones es una empleada muy valiosa. Nunca he mantenido con ella más relación que la profesional. No contrato a nadie con quien haya mantenido relaciones sexuales. Me sorprende que se te haya ocurrido algo así. La única persona con la que haría una ex-

410

cepción a esta norma eres tú, porque eres una joven brillante con notables aptitudes para la negociación. No obstante, como sigas utilizando semejante lenguaje, voy a tener que reconsiderar la posibilidad de incorporarte a mi plantilla. Me alegra que tengas una experiencia limitada. Tu experiencia seguirá estando limitada… solo a mí. Tomaré «impecable» como un cumplido… aunque contigo nunca sé si es eso lo que quieres decir o si el sarcasmo está hablando por ti, como de costumbre.

Christian Grey
Presidente de Grey Enterprises Holdings, Inc., desde su torre de marfil

---

De: Anastasia Steele
Fecha: 30 de mayo de 2011 19:27
Para: Christian Grey
Asunto: Ni por todo el té de China

Querido señor Grey:
Creo que ya le he manifestado mis reservas respecto a trabajar en su empresa. Mi opinión no ha cambiado, ni va a cambiar, ni cambiará, jamás. Ahora te tengo que dejar porque Kate ya ha vuelto con la cena. Mi sarcasmo y yo te deseamos buenas noches.
Me pondré en contacto contigo cuando esté en Georgia.

Ana

De: Christian Grey
Fecha: 30 de mayo de 2011 19:29
Para: Anastasia Steele
Asunto: ¿Ni por el té Twinings English Breakfast?

Buenas noches, Anastasia.
Espero que tu sarcasmo y tú tengáis un buen vuelo.

Christian Grey
Presidente de Grey Enterprises Holdings, Inc.

Kate y yo paramos en la zona de estacionamiento frente a la terminal de salidas del Sea-Tac. Se inclina desde su asiento para abrazarme.

—Pásatelo bien en Barbados, Kate. Que tengas unas vacaciones maravillosas.

—Te veo a la vuelta. No dejes que Millonetis te amargue la existencia.

—No lo haré.

Nos abrazamos una vez más, y me quedo sola. Me dirijo a facturación y me pongo en la cola, esperando con mi equipaje de cabina. No me he molestado en coger una maleta, solo una elegante mochila que Ray me regaló por mi último cumpleaños.

—Billete, por favor.

El joven aburrido del otro lado del mostrador me tiende la mano sin mirarme siquiera.

Con idéntica desgana le entrego mi billete y el carnet de conducir como documento de identidad. Espero que me toque ventanilla, si es posible.

—Muy bien, señorita Steele. La han pasado a primera clase.

—¿Qué?

—Señora, si es tan amable, pase a la sala VIP y espere allí a que salga su vuelo.

Parece haber despertado y me sonríe como si yo fuera Santa Claus y el conejo de Pascua todo en uno.

—Tiene que haber algún error.

—No, no. —Vuelve a mirar la pantalla del ordenador—. Anastasia Steele: a primera clase —lee, y me dirige una sonrisa afectada.

Aghhh… Entorno los ojos. Me da mi tarjeta de embarque y me dirijo a la sala VIP, rezongando por lo bajo. Maldito Christian Grey, metomentodo controlador. ¿Es que no me puede dejar en paz?

22

Me han hecho la manicura, me han dado un masaje y me he tomado dos copas de champán. La sala VIP tiene muchas ventajas. Con cada sorbo de Moët, me siento un poco más inclinada a perdonar a Christian por su intervención. Abro el MacBook con la confianza de poner a prueba la teoría de que funciona en cualquier parte del planeta.

De: Anastasia Steele
Fecha: 30 de mayo de 2011 21:53
Para: Christian Grey
Asunto: Detalles superextravagantes

Querido señor Grey:
Lo que verdaderamente me alarma es cómo has sabido qué vuelo iba a coger.
Tu tendencia al acoso no conoce límites. Espero que el doctor Flynn haya vuelto de vacaciones.
Me han hecho la manicura, me han dado un masaje en la espalda y me he tomado dos copas de champán, una forma agradabilísima de empezar mis vacaciones.
Gracias.

Ana

De: Christian Grey
Fecha: 30 de mayo de 2011 21:59
Para: Anastasia Steele
Asunto: No se merecen

Querida señorita Steele:
El doctor Flynn ha vuelto y tengo cita con él esta semana.
¿Quién le ha dado un masaje en la espalda?

Christian Grey
Presidente de Grey Enterprises Holdings, Inc., con amigos en los sitios
adecuados

¡Ajá! Hora de vengarse. Ya han llamado a nuestro vuelo, así que ahora podré contestarle desde el avión. Será más seguro. Estoy a punto de abrazarme de perversa alegría.

Hay muchísimo sitio en primera. Con un cóctel de champán en la mano, me instalo en el suntuoso asiento de cuero junto a la ventanilla mientras la cabina empieza a llenarse poco a poco. Llamo a Ray para decirle dónde estoy; una llamada compasivamente breve, porque es muy tarde para él.

—Te quiero, papá —susurro.

—Y yo a ti, Annie. Saluda a tu madre. Buenas noches.

—Buenas noches.

Cuelgo.

Ray está en buena forma. Miro mi Mac y, con el mismo regocijo infantil creciente, lo abro y entro en el programa de correo.

De: Anastasia Steele
Fecha: 30 de mayo de 2011 22:22
Para: Christian Grey
Asunto: Manos fuertes y capaces

Querido señor:

Me ha dado un masaje en la espalda un joven muy agradable. Verdaderamente agradable. No me habría topado con Jean-Paul en la sala de embarque normal, así que te agradezco de nuevo el detalle. No sé si me van a dejar mandar correos cuando hayamos despegado; además, necesito dormir para estar guapa, porque últimamente no he dormido mucho.

Dulces sueños, señor Grey... pienso en ti.

Ana

Uf, cómo se va a enfadar... y estaré en el aire, lejos de su alcance. Le está bien empleado. Si hubiera estado en la sala de embarque normal, Jean-Paul no me habría puesto las manos encima. Era un joven muy agradable, de esos rubios y permanentemente bronceados; en serio, ¿quién puede estar bronceado en Seattle? Qué absurdo. Creo que era gay, pero eso me lo guardo para mí. Me quedo mirando el correo. Kate tiene razón. Con él, es como pescar en una pecera. Mi subconsciente me mira con la boca espantosamente torcida: ¿en serio quieres provocarlo? ¡Lo que ha hecho es un detallazo, lo sabes! Le importas y quiere que viajes por todo lo alto. Sí, pero me lo podía haber preguntado, o habérmelo dicho, y no hacerme quedar como una auténtica lela en el mostrador de facturación. Pulso la tecla de envío y espero, sintiéndome una niña muy mala.

—Señorita Steele, tiene que apagar el portátil durante el despegue —me dice amablemente una azafata supermaquillada.

Me da un susto de muerte. Mi conciencia culpable me castiga.

—Ah, lo siento.

Mierda. Ahora me va a tocar esperar para saber si me ha contestado. La azafata me da una manta suave y una almohada, mostrándome su dentadura perfecta. Me echo la manta por las rodillas. Es agradable que te mimen de vez en cuando.

La primera clase se ha llenado, salvo el asiento de al lado del mío, que sigue sin ocupar. Ay, no. Se me pasa una idea perturbadora por la cabeza. Igual ese sitio es el de Christian. Mierda, no, no será capaz. ¿O sí? Le dije que no quería que viniera conmigo. Miro impaciente el reloj y entonces la voz mecánica del personal de pista anuncia: «Tripulación: armar rampas y *cross check*».

¿Qué significa eso? ¿Van a cerrar las puertas? Siento que se me eriza el vello mientras espero sentada con palpitante inquietud. El asiento de al lado del mío es el único desocupado de los dieciséis de la cabina de primera. El avión arranca con una sacudida y yo suspiro de alivio, pero también siento una leve punzada de desilusión: no habrá Christian en cuatro días. Miro de reojo la BlackBerry.

De: Christian Grey
Fecha: 30 de mayo de 2011 22:25
Para: Anastasia Steele
Asunto: Disfruta mientras puedas

Querida señorita Steele:
Sé lo que se propone y, créame, lo ha conseguido. La próxima vez irá en la bodega de carga, atada y amordazada y metida en un cajón. Le aseguro que encargarme de que viaje en esas condiciones me producirá muchísimo más placer que cambiarle el billete por uno de primera clase.
Espero ansioso su regreso.

Christian Grey
Presidente de mano suelta de Grey Enterprises Holdings, Inc.

Dios mío. Ese es el problema del humor de Christian, que nunca estoy segura de si bromea o si está enfadadísimo. Sospecho que, en esta ocasión, está enfadadísimo. Subrepticiamente, para que no me vea la azafata, tecleo una respuesta bajo la manta.

De: Anastasia Steele
Fecha: 30 de mayo de 2011 22:30
Para: Christian Grey
Asunto: ¿Bromeas?

¿Ves?, no tengo ni idea de si estás bromeando o no. Si no bromeas, mejor me quedo en Georgia. Los cajones están en mi lista de límites infranqueables. Siento haberte enfadado. Dime que me perdonas.

A

De: Christian Grey
Fecha: 30 de mayo de 2011 22:31
Para: Anastasia Steele
Asunto: Bromeo

¿Cómo es que estás mandando correos? ¿Estás poniendo en peligro la vida de todos los pasajeros, incluida la tuya, usando la Black-Berry? Creo que eso contraviene una de las normas.

Christian Grey
Presidente de manos sueltas (ambas) de Grey Enterprises Holdings, Inc.

¡Ambas! Guardo la BlackBerry, me recuesto en el asiento mientras el avión entra en pista y saco mi ejemplar de *Tess*... una lectura ligera para el viaje. Una vez en el aire, echo mi asiento para atrás y no tardo en quedarme dormida.

La azafata me despierta cuando iniciamos el descenso en Atlanta. Son las 5.45 h, hora local, pero solo he dormido unas cuatro horas o así. Estoy grogui, pero agradezco el zumo de naranja que me ofrece la azafata. Miro nerviosa la BlackBerry. No hay más correos de Christian. Bueno, son casi las tres de la mañana en Seattle, y seguramente quiere evitar que me cargue los sistemas de navegación o lo que sea que impide que vuelen los aviones cuando hay móviles encendidos.

La espera en Atlanta es de solo una hora. Y de nuevo disfruto del refugio de la sala VIP. Me siento tentada de dormirme acurrucada en uno de esos sofás tan blanditos que se hunden suavemente bajo mi peso, pero no voy a estar aquí tanto rato. Para mantenerme despierta, inicio en el portátil un interminable monólogo interior dirigido a Christian.

De: Anastasia Steele
Fecha: 31 de mayo de 2011 06:52 EST
Para: Christian Grey
Asunto: ¿Te gusta asustarme?

Sabes cuánto me desagrada que te gastes dinero en mí. Sí, eres muy rico, pero aun así me incomoda; es como si me pagaras por el sexo. No obstante, me gusta viajar en primera —mucho más civilizado que el autocar—, así que gracias. Lo digo en serio, y he disfrutado del masaje de Jean-Paul, que era gay. He omitido ese detalle en mi correo anterior para provocarte, porque estaba molesta contigo, y lo siento. Pero, como de costumbre, tu reacción es desmedida. No me puedes decir esas cosas (atada y amordazada en un cajón; ¿lo decías en serio o era una broma?), porque me asustan, me asustas. Me tienes completamente cautivada, considerando la posibilidad de llevar contigo un estilo de vida que no sabía ni que existía hasta la semana pasada, y vas y me escribes algo así, y me dan ganas de salir corriendo espantada. No lo haré, desde luego, porque te echaría de menos. Te echaría mucho de menos. Quiero que lo nuestro funcione, pero me aterra la intensidad de lo que siento por ti y el camino tan oscuro por el que me llevas. Lo que me ofreces es erótico y sensual, y siento curiosidad, pero también tengo miedo de que me hagas daño, física y emocionalmente. A los tres meses, podrías pasar de mí y ¿cómo me quedaría yo? Claro que supongo que ese es un riesgo que se corre en cualquier relación. Esta no es precisamente la clase de relación que yo imaginaba que tendría, menos aún siendo la primera. Me supone un acto de fe inmenso.
Tenías razón cuando dijiste que no hay una pizca de sumisión en mí, y ahora coincido contigo. Dicho esto, quiero estar contigo, y si eso es lo que tengo que hacer para conseguirlo, me gustaría intentarlo, aunque me parece que lo haré de pena y terminaré llena de moratones... y la idea no me atrae en absoluto.
Estoy muy contenta de que hayas accedido a intentar darme más.

418

Solo me falta decidir lo que entiendo por «más», y esa es una de las razones por las que quería distanciarme un poco. Me deslumbras de tal modo que me cuesta pensar con claridad cuando estamos juntos.

Nos llaman para embarcar. Tengo que irme.

Luego más.

Tu Ana

Le doy a la tecla de envío y me dirijo medio adormilada a la puerta de embarque para subirme a otro avión. Este solo tiene seis asientos en primera y, en cuanto despegamos, me acurruco bajo mi suave manta y me quedo dormida.

Tras un sueño demasiado corto me despierta la azafata con más zumo de naranja, ya que iniciamos la aproximación al Savannah International. Sorbo despacio, exhausta, y me permito sentir un poco de emoción. Voy a ver a mi madre después de seis meses. Mirando de reojo la BlackBerry, recuerdo que le he enviado un largo y farragoso correo a Christian, pero no hay respuesta. Son las cinco de la madrugada en Seattle; con un poco de suerte, aún estará dormido y no interpretando alguna pieza lúgubre al piano.

Lo bueno de las mochilas de cabina es que una puede salir volando del aeropuerto sin tener que esperar una eternidad junto a las cintas de equipaje. Lo bueno de viajar en primera es que te dejan bajar del avión antes que a nadie.

Mi madre me espera con Bob, y estoy encantada de verlos. No sé si es por el agotamiento, por el largo viaje o por toda la situación con Christian, pero en cuanto estoy en los brazos de mi madre me echo a llorar.

—Ay, Ana, cielo. Debes de estar muy cansada.

Mira inquieta a Bob.

—No, mamá, es que… me alegro mucho de verte.

La abrazo con fuerza.

Me hace sentir tan bien, tan protegida, como en casa. La suelto a regañadientes y Bob me da un incómodo abrazo con un solo brazo. No parece tenerse bien en pie, y entonces recuerdo que se ha hecho daño en una pierna.

—Bienvenida a casa, Ana. ¿Por qué lloras? —pregunta.

—Oh, Bob, también me alegro de verte a ti.

Contemplo su apuesto rostro de mandíbula cuadrada y sus chispeantes ojos azules que me miran con cariño. Me gusta este marido, mamá. Te lo puedes quedar. Me coge la mochila.

—Por Dios, Ana, ¿qué llevas aquí?

Será el Mac. Los dos me agarran por la cintura mientras nos dirigimos al aparcamiento.

Siempre olvido el calor insoportable que hace en Savannah. Al salir de los confines refrigerados de la terminal de llegadas, nos cae encima la manta de calor de Georgia. Buf… Es agotador. Tengo que zafarme de los brazos de mamá y de Bob para quitarme la sudadera con capucha. Menos mal que me he traído pantalones cortos. A veces echo de menos el calor seco de Las Vegas, donde viví con mamá y Bob cuando tenía diecisiete años, pero a este calor húmedo, incluso a las ocho y media de la mañana, cuesta acostumbrarse. Cuando me encuentro al fin en el asiento de atrás del Tahoe de Bob, maravillosamente refrigerado, me quedo sin fuerzas, y el pelo se me empieza a encrespar a causa del calor. Desde el monovolumen, les envío un mensaje rápido a Ray, a Kate y a Christian:

He llegado sana y salva a Savannah. A :)

De pronto pienso en José mientras pulso la tecla de envío y, en medio de la neblina de mi fatiga, recuerdo que su exposición es la semana que viene. ¿Debería invitar a Christian, sabiendo que no le cae bien José? ¿Aún querrá verme Christian después del e-mail que le he mandado? Me estremezco de pensarlo, y me lo quito de la cabeza. Ya me ocuparé de eso luego. Ahora voy a disfrutar de la compañía de mi madre.

—Cielo, debes de estar cansada. ¿Quieres dormir un rato cuando lleguemos a casa?

—No, mamá. Me apetece ir a la playa.

Llevo mi tankini azul de top atado al cuello, mientras sorbo una Coca-Cola light tumbada en una hamaca mirando el océano Atlántico. Y pensar que ayer, sin ir más lejos, contemplaba el Sound abriéndose al Pacífico. Mi madre gandulea a mi lado, protegiéndose del sol con un sombrero flexible desmesuradamente grande y unas gafas de sol enormes, tipo Jackie O, sorbiendo su propia Coca-Cola. Estamos en la playa de Tybee Island, a tres manzanas de casa. Me tiene cogida de la mano. Mi fatiga ha disminuido y, mientras me empapo de sol, me siento a gusto, segura y animada. Por primera vez en una eternidad, empiezo a relajarme.

—Bueno, Ana… háblame de ese hombre que te tiene tan loca.

¡Loca! ¿Cómo lo sabe? ¿Qué le digo? No puedo hablar de Christian con mucho detalle por el acuerdo de confidencialidad, pero, en cualquier caso, ¿le hablaría a mi madre de él? Palidezco de pensarlo.

—¿Y bien? —insiste, y me aprieta la mano.

—Se llama Christian. Es guapísimo. Es rico… demasiado rico. Es muy complicado y temperamental.

Sí, me siento tremendamente orgullosa de mi definición escueta y precisa. Me vuelvo de lado para mirarla, justo cuando ella hace lo mismo. Me mira con sus ojos de un azul transparente.

—Centrémonos en lo de complicado y temperamental.

Oh, no…

—Sus cambios de humor me confunden, mamá. Tuvo una infancia difícil y es muy cerrado, es muy difícil entenderle.

—¿Te gusta?

—Más que eso.

—¿En serio? —me dice, mirándome boquiabierta.

—Sí, mamá.

—En realidad, cielo, los hombres no son complicados. Son criaturas muy simples y cuadriculadas. Por lo general dicen lo que quieren decir. Y nosotras nos pasamos horas intentando analizar lo que han dicho, cuando lo cierto es que resulta obvio. Yo, en tu lugar, me lo tomaría al pie de la letra. Igual te ayuda.

La miro alucinada. Parece un buen consejo. Tomarme a Christian al pie de la letra. Enseguida me vienen a la cabeza algunas de las cosas que me ha dicho.

«No quiero perderte…»

«Me tienes embrujado…»

«Me tienes completamente hechizado…»

«Yo también te voy a echar de menos, más de lo que te imaginas…»

Miro a mi madre. Ella se ha casado cuatro veces. A lo mejor sí sabe algo de los hombres, después de todo.

—Casi todos los hombres son volubles, cariño, algunos más que otros. Mira a tu padre, por ejemplo…

Se le ablanda y entristece la mirada siempre que piensa en mi padre. En mi verdadero padre, ese hombre mítico al que no llegué a conocer y al que nos arrebataron de forma tan cruel, siendo marine, en unas maniobras de combate. En parte, creo que mamá ha estado buscando a alguien como él todo este tiempo; puede que ya haya encontrado en Bob lo que buscaba. Lástima que no lo encontrara en Ray.

—Yo solía pensar que tu padre era voluble, pero ahora, cuando vuelvo la vista atrás, pienso que solamente estaba demasiado agobiado con su trabajo e intentando ganarse la vida para mantenernos. —Suspira—. Era tan joven… los dos lo éramos. Igual ese fue el problema.

Mmm… Christian no es precisamente viejo. Sonrío cariñosa a mi madre. Se pone muy sentimental cuando habla de mi padre, pero estoy segura de que los cambios de humor del marine no tenían nada que ver con los de Christian.

—Bob quiere llevarnos a cenar esta noche. A su club de golf.

—¡No me digas! ¿Bob ha empezado a jugar al golf? —pregunto en tono burlón e incrédulo.

—Dímelo a mí —gruñe mi madre, poniendo los ojos en blanco.

Tras un almuerzo ligero de vuelta en casa, empiezo a deshacer la mochila. Me voy a obsequiar con una siesta. Mamá se ha ido a moldear velas o lo que sea que haga con ellas, y Bob está en el trabajo, así que tengo un rato para recuperar horas de sueño. Abro el Mac y lo enciendo. Son las dos de la tarde en Georgia, las once de la mañana en Seattle. Me pregunto si Christian me habrá contestado. Nerviosa, abro el correo.

De: Christian Grey
Fecha: 31 de mayo de 2011 07:30
Para: Anastasia Steele
Asunto: ¡Por fin!

Anastasia:
Me fastidia que, en cuanto pones distancia entre nosotros, te comuniques abierta y sinceramente conmigo. ¿Por qué no lo haces cuando estamos juntos?
Sí, soy rico. Acostúmbrate. ¿Por qué no voy a gastar dinero en ti? Le hemos dicho a tu padre que soy tu novio. ¿No es eso lo que hacen los novios? Como amo tuyo, espero que aceptes lo que me gaste en ti sin rechistar. Por cierto, díselo también a tu madre.
No sé cómo responder a lo que me dices de que te sientes como una puta. Ya sé que no me lo has dicho con esas palabras, pero es lo mismo. Ignoro qué puedo decir o hacer para que dejes de sentirte así. Me gustaría que tuvieras lo mejor en todo. Trabajo muchísimo, y me gusta gastarme el dinero en lo que me apetezca. Podría comprarte la ilusión de tu vida, Anastasia, y quiero hacerlo. Llámalo redistribución de la riqueza, si lo prefieres. O simplemente ten presente que jamás pensaría en ti de la forma que dices y me fastidia que te veas así. Para ser una joven tan guapa, ingeniosa e inteligente, tienes verdaderos problemas de autoestima y me estoy pensando muy seriamente concertarte una cita con el doctor Flynn.
Siento haberte asustado. La idea de haberte inspirado miedo me resulta horrenda. ¿De verdad crees que te dejaría viajar como una presa? Te he ofrecido mi jet privado, por el amor de Dios. Sí, era una broma, y muy mala, por lo visto. No obstante, la verdad es que imaginarte atada y amordazada me pone (esto no es broma: es cierto). Puedo prescindir del cajón; los cajones no me atraen. Sé que no te agrada la idea de que te amordace; ya lo hemos hablado: cuando lo haga —si lo

423

hago—, ya lo hablaremos. Lo que parece que no te queda claro es que, en una relación amo/sumiso, es el sumiso el que tiene todo el poder. Tú, en este caso. Te lo voy a repetir: eres tú la que tiene todo el poder. No yo. En la casita del embarcadero te negaste. Yo no puedo tocarte si tú te niegas; por eso debemos tener un contrato, para que decidas qué quieres hacer y qué no. Si probamos algo y no te gusta, podemos revisar el contrato. Depende de ti, no de mí. Y si no quieres que te ate, te amordace y te meta en un cajón, jamás sucederá.

Yo quiero compartir mi estilo de vida contigo. Nunca he deseado nada tanto. Francamente, me admira que una joven tan inocente como tú esté dispuesta a probar. Eso me dice más de ti de lo que te puedas imaginar. No acabas de entender, pese a que te lo he dicho en innumerables ocasiones, que tú también me tienes hechizado. No quiero perderte. Me angustia que hayas cogido un avión y vayas a estar a casi cinco mil kilómetros de mí varios días porque no puedes pensar con claridad cuando me tienes cerca. A mí me pasa lo mismo, Anastasia. Pierdo la razón cuando estamos juntos; así de intenso es lo que siento por ti.

Entiendo tu inquietud. He intentado mantenerme alejado de ti; sabía que no tenías experiencia —aunque jamás te habría perseguido de haber sabido lo inocente que eras—, y aun así me desarmas por completo como nadie lo ha hecho antes. Tu correo, por ejemplo: lo he leído y releído un montón de veces, intentando comprender tu punto de vista. Tres meses me parece una cantidad arbitraria de tiempo. ¿Qué te parece seis meses, un año? ¿Cuánto tiempo quieres? ¿Cuánto necesitas para sentirte cómoda? Dime.

Comprendo que esto es un acto de fe inmenso para ti. Debo ganarme tu confianza, pero, por la misma razón, tú debes comunicarte conmigo si no lo hago. Pareces fuerte e independiente, pero luego leo lo que has escrito y veo otro lado tuyo. Debemos orientarnos el uno al otro, Anastasia, y solo tú puedes darme pistas. Tienes que ser sincera conmigo y los dos debemos encontrar un modo de que nuestro acuerdo funcione.

Te preocupa no ser dócil. Bueno, quizá sea cierto. Dicho esto, debo reconocer que solo adoptas la conducta propia de una sumisa en el cuarto de juegos. Parece que ese es el único sitio en el que me dejas ejercer verdadero control sobre ti y el único en el que haces lo que te digo. «Ejemplar» es el calificativo que se me ocurre. Y yo jamás te llenaría de moratones. Me va más el rosa. Fuera del cuarto de juegos, me gusta que me desafíes. Es una experiencia nueva y refrescante, y no me gustaría que eso cambiara. Así que sí, dime a qué te refieres cuando me pides más. Me esforzaré por ser abierto y procuraré darte el espacio que necesitas y mantenerme alejado de ti mientras estés en Georgia. Espero con ilusión tu próximo correo. Entretanto, diviértete. Pero no demasiado.

Christian Grey
Presidente de Grey Enterprises Holdings, Inc.

Madre mía. Ha escrito una redacción como las del colegio, y casi todo lo que dice es bueno. Con el corazón en la boca, releo su epístola y me acurruco en la cama del cuarto de invitados prácticamente abrazada a mi Mac. ¿Que prorroguemos nuestro contrato a un año? ¡Que soy yo la que tiene el poder! Voy a tener que meditar sobre eso. Que me lo tome al pie de la letra, eso es lo que me ha dicho mamá. No quiere perderme. ¡Ya me lo ha dicho dos veces! También, que quiere que esto funcione. ¡Ay, Christian, y yo! ¡Que va a procurar mantenerse alejado! ¿Significa eso que a lo mejor no lo consigue? De pronto, deseo que así sea. Quiero verlo. No llevamos separados ni veinticuatro horas, y al pensar que voy a estar cuatro días sin él me doy cuenta de lo mucho que lo echo de menos. De lo mucho que lo quiero.

———

—Ana, cielo —me dice una voz suave y cálida, llena de amor y de dulces recuerdos de tiempos pasados.

Una mano suave me acaricia la cara. Mi madre me despierta y yo estoy abrazada al portátil, cogida a él como una lapa.

—Ana, cariño —sigue con su voz suave y cantarina mientras resurjo del sueño, parpadeando a la pálida luz rosada del atardecer.

—Hola, mamá.

Me desperezo y sonrío.

—Nos vamos a cenar en media hora. ¿Aún quieres venir? —pregunta amable.

—Sí, claro, desde luego.

Me esfuerzo en vano por contener un bostezo.

—Vaya, un artilugio impresionante —dice, señalando el portátil.

Mierda.

—Ah, ¿esto? —digo haciéndome un poco la tonta.

¿Se lo olerá mamá? Parece que se ha vuelto más perspicaz desde que tengo «novio».

—Me lo ha prestado Christian. Pensé que podría pilotar una nave espacial con él, pero solo lo uso para enviar correos y navegar por internet.

En serio, no es nada. Mirándome con recelo, se sienta en la cama y me coloca un mechón de pelo suelto detrás de la oreja.

—¿Te ha escrito?

Mierda, mierda.

—Sí.

Esta vez no sé hacerme la tonta, y me sonrojo.

—A lo mejor te echa de menos, ¿no?

—Eso espero, mamá.

—¿Qué te dice?

Mierda, mierda, mierda. Busco desesperadamente algo de ese correo que pueda contarle a mi madre. No creo que le apetezca oír hablar de amos, ni de bondage y mordazas, claro que el acuerdo de confidencialidad tampoco me permite contárselo.

—Me ha dicho que me divierta, pero no demasiado.

—Parece razonable. Te dejo para que te arregles, cielo. —Se inclina y me besa en la frente—. Me alegro mucho de que hayas venido, Ana. Me encanta tenerte aquí.

Y, después de tan afectuosa declaración, se va.

Uf, Christian y razonable… dos conceptos que siempre había creído incompatibles; aunque, después del último correo, igual todo es posible. Meneo la cabeza. Necesito tiempo para digerir sus palabras. Hasta después de la cena… tal vez entonces le pueda responder. Salgo de la cama, me quito rápidamente la camiseta y los pantalones cortos y me dirijo a la ducha.

Me he traído el vestido gris de Kate con la espalda descubierta que llevé en la graduación. Es la única prenda de vestir que metí en la mochila. Lo bueno de la humedad es que las arrugas han desaparecido, así que creo que me lo pondré para ir al club de golf. Mientras me visto, abro el portátil. No hay nada nuevo de Christian y siento una punzada de desilusión. Muy rápido, le escribo un correo.

De: Anastasia Steele
Fecha: 31 de mayo de 2011 19:08 EST
Para: Christian Grey
Asunto: ¿Elocuente?

Señor, eres un escritor elocuente. Tengo que ir a cenar al club de golf de Bob y, para que lo sepas, estoy poniendo los ojos en blanco solo de pensarlo. Pero, de momento, tú y tu mano suelta estáis muy lejos de mí. Me ha encantado tu correo. Te contesto en cuanto pueda. Ya te echo de menos.
Disfruta de tu tarde.

Tu Ana

De: Christian Grey
Fecha: 31 de mayo de 2011 16:10
Para: Anastasia Steele
Asunto: Su trasero

Querida señorita Steele:
Me tiene distraído el asunto de este correo. Huelga decir que, de momento, está a salvo.
Disfrute de la cena. Yo también la echo de menos, sobre todo su trasero y esa lengua viperina suya.
Mi tarde será aburrida y solo me la alegrará pensar en usted y en sus ojos en blanco. Creo que fue usted quien juiciosamente me hizo ver que también yo tengo esa horrenda costumbre.

Christian Grey
Presidente que acostumbra a poner los ojos en blanco, de Grey Enterprises Holdings, Inc.

De: Anastasia Steele
Fecha: 31 de mayo de 2011 19:14 EST
Para: Christian Grey
Asunto: Ojos en blanco

Querido señor Grey:
Deja de mandarme correos. Intento arreglarme para la cena. Me distraes mucho, hasta cuando estás en la otra punta del país. Y sí, ¿quién te da unos azotes a ti cuando eres tú el que pone los ojos en blanco?

Tu Ana

Le doy a la tecla de envío e inmediatamente me viene a la cabeza la imagen de esa bruja malvada de la señora Robinson. No quiero ni imaginarlo. A Christian golpeado por alguien de la edad de mi madre; qué barbaridad. Una vez más me pregunto cuánto daño le habrá hecho esa mujer. Aprieto los labios de rabia. Necesito un muñeco al que clavarle alfileres; igual así logro descargar parte de la ira que siento por esa desconocida.

De: Christian Grey
Fecha: 31 de mayo de 2011 16:18
Para: Anastasia Steele
Asunto: Su trasero

Querida señorita Steele:
Me gusta más mi asunto que el tuyo, en muchos sentidos. Por suerte, soy el dueño de mi propio destino y nadie me castiga. Salvo mi madre, de vez en cuando, y el doctor Flynn, claro. Y tú.

Christian Grey
Presidente de Grey Enterprises Holdings, Inc.

De: Anastasia Steele
Fecha: 31 de mayo de 2011 19:22 EST
Para: Christian Grey
Asunto: ¿Castigarte yo?

Querido señor:
¿Cuándo he tenido yo valor de castigarle, señor Grey? Me parece que me confunde con otra, lo cual resulta preocupante.
En serio, tengo que arreglarme.

Tu Ana

De: Christian Grey
Fecha: 31 de mayo de 2011 16:25
Para: Anastasia Steele
Asunto: Tu trasero

Querida señorita Steele:
Lo hace constantemente por escrito. ¿Me deja que le suba la cremallera del vestido?

Christian Grey
Presidente de Grey Enterprises Holdings, Inc.

Por alguna extraña razón, sus palabras saltan de la pantalla y me hacen jadear. Oh… está juguetón.

De: Anastasia Steele
Fecha: 31 de mayo de 2011 19:28 EST
Para: Christian Grey
Asunto: Para mayores de 18 años

Preferiría que me la bajaras.

De: Christian Grey
Fecha: 31 de mayo de 2011 16:31
Para: Anastasia Steele
Asunto: Cuidado con lo que deseas…

YO TAMBIÉN.

Christian Grey
Presidente de Grey Enterprises Holdings, Inc.

De: Anastasia Steele
Fecha: 31 de mayo de 2011 19:33 EST
Para: Christian Grey
Asunto: Jadeando

Muy despacio…

De: Christian Grey
Fecha: 31 de mayo de 2011 16:35
Para: Anastasia Steele
Asunto: Gruñendo

Ojalá estuviera allí.

Christian Grey
Presidente de Grey Enterprises Holdings, Inc.

De: Anastasia Steele
Fecha: 31 de mayo de 2011 19:37 EST
Para: Christian Grey
Asunto: Gimiendo

OJALÁ.

—¡Ana!

Mi madre me llama y doy un respingo. Mierda. ¿Por qué me siento tan culpable?

—Ya voy, mamá.

De: Anastasia Steele
Fecha: 31 de mayo de 2011 19:39 EST
Para: Christian Grey
Asunto: Gimiendo

Tengo que irme.
Hasta luego, nene.

Salgo corriendo al pasillo, donde me esperan Bob y mi madre. Esta frunce el ceño.

—Cariño… ¿te encuentras bien? Te veo un poco acalorada.

—Estoy bien, mamá.

—Estás preciosa, cariño.

—Ah, este vestido es de Kate. ¿Te gusta?

Frunce el ceño aún más.

—¿Por qué llevas un vestido de Kate?

Oh… no.

—Pues porque a ella este no le gusta y a mí sí —improviso.

Me escudriña mientras Bob rezuma impaciencia con su mirada de perrillo faldero hambriento.

—Mañana te llevo de compras —dice.

—Ay, mamá, no hace falta. Tengo mucha ropa.

—¿Es que no puedo hacer algo por mi hija? Venga, que Bob está muerto de hambre.

—Cierto —gimotea Bob, frotándose el estómago y poniendo carita de pena.

Río como una boba cuando él pone los ojos en blanco, y luego salimos por la puerta.

Más tarde, mientras estoy en la ducha refrescándome bajo el agua tibia, pienso en lo mucho que ha cambiado mi madre. En la cena ha estado en su elemento: divertida y coqueta, rodeada de montones de amigos del club de golf. Bob se ha mostrado cariñoso y atento. Parece que se llevan bien. Me alegro mucho por mi madre. Significa que puedo dejar de preocuparme por ella y de cuestionar sus decisiones, y olvidar los días oscuros del marido número tres. Bob le va a durar. Además, ahora me da buenos consejos. ¿Cuándo ha empezado a suceder eso? Desde que conocí a Christian. ¿Y eso por qué?

Cuando termino, me seco rápidamente, ansiosa por volver con Christian. Hay un correo esperándome, enviado justo después de que me fuera a cenar, hace un par de horas.

De: Christian Grey
Fecha: 31 de mayo de 2011 16:41
Para: Anastasia Steele
Asunto: Plagio

Me has robado la frase.
Y me has dejado colgado.
Disfruta de la cena.

Christian Grey
Presidente de Grey Enterprises Holdings, Inc.

De: Anastasia Steele
Fecha: 31 de mayo de 2011 22:18 EST
Para: Christian Grey
Asunto: Mira quién habla

Señor, si no recuerdo mal, la frase era de Elliot.
¿Sigues colgado?

Tu Ana

De: Christian Grey
Fecha: 31 de mayo de 2011 19:22
Para: Anastasia Steele
Asunto: Pendiente

Señorita Steele:
Ha vuelto. Se ha ido tan de repente… justo cuando la cosa empezaba a ponerse interesante.
Elliot no es muy original. Le habrá robado esa frase a alguien.
¿Qué tal la cena?

Christian Grey
Presidente de Grey Enterprises Holdings, Inc.

De: Anastasia Steele
Fecha: 31 de mayo de 2011 22:26 EST
Para: Christian Grey
Asunto: ¿Pendiente?

La cena me ha llenado; te gustará saber que he comido hasta hartarme.
¿Se estaba poniendo interesante? ¿En serio?

De: Christian Grey
Fecha: 31 de mayo de 2011 19:30
Para: Anastasia Steele
Asunto: Pendiente, sin duda

¿Te estás haciendo la tonta? Me parece que acababas de pedirme que te bajara la cremallera del vestido.
Y yo estaba deseando hacerlo. Me alegra saber que estás comiendo bien.

Christian Grey
Presidente de Grey Enterprises Holdings, Inc.

De: Anastasia Steele
Fecha: 31 de mayo de 2011 22:36 EST
Para: Christian Grey
Asunto: Bueno, siempre nos queda el fin de semana

Pues claro que como... Solo la incertidumbre que siento cuando estoy contigo me quita el apetito.
Y yo jamás me haría la tonta, señor Grey.
Seguramente ya te habrás dado cuenta. ;)

De: Christian Grey
Fecha: 31 de mayo de 2011 19:40
Para: Anastasia Steele
Asunto: Estoy impaciente

Lo tendré presente, señorita Steele, y, por supuesto, utilizaré esa información en mi beneficio.
Lamento saber que le quito el apetito. Pensaba que tenía un efecto más concupiscente en usted. Eso me ha pasado a mí también, y bien placentero que ha sido.
Espero impaciente la próxima ocasión.

Christian Grey
Presidente de Grey Enterprises Holdings, Inc.

De: Anastasia Steele
Fecha: 31 de mayo de 2011 22:36 EST
Para: Christian Grey
Asunto: Flexibilidad léxica

¿Has estado echando mano otra vez al diccionario de sinónimos?

De: Christian Grey
Fecha: 31 de mayo de 2011 19:40
Para: Anastasia Steele
Asunto: Me ha pillado

Qué bien me conoce, señorita Steele.

Voy a cenar con una vieja amistad, así que estaré conduciendo.

Hasta luego, nena©.

Christian Grey

Presidente de Grey Enterprises Holdings, Inc.

¿Qué vieja amistad? No sabía que Christian tuviera viejas amistades, salvo… ella. Miro ceñuda la pantalla. ¿Por qué tiene que seguir viéndola? Sufro un repentino y agudo ataque de celos. Quiero atizarle a algo, preferiblemente a la señora Robinson. Furiosa, apago el portátil y me meto en la cama.

Debería contestar su largo correo de esta mañana, pero de pronto estoy demasiado enfadada. ¿Por qué no la ve como lo que es: una pederasta? Apago la luz, furibunda, y me quedo mirando a la oscuridad. ¿Cómo se atrevió esa mujer? ¿Cómo osó aprovecharse de un adolescente vulnerable? ¿Seguirá haciéndolo? ¿Por qué lo dejaron? Se me pasan por la cabeza varios escenarios posibles: si fue él quien se hartó de ella, entonces ¿por qué continúan siendo amigos?; o bien fue ella la que se hartó. ¿Estará casada? ¿Divorciada? Dios. ¿Tendrá hijos? ¿Tendrá algún hijo de Christian? Mi subconsciente asoma su feo rostro, me sonríe lasciva, y yo me quedo pasmada y asqueada solo de pensarlo. ¿Sabrá de ella el doctor Flynn?

Me obligo a salir de la cama y vuelvo a encender el cacharro infernal. Tengo una misión que cumplir. Tamborileo los dedos impaciente mientras espero a que aparezca la pantalla azul. Entro en la sección de imágenes de Google y tecleo «Christian Grey» en el recuadro de búsqueda. La pantalla se llena de pronto de imágenes de Christian: con corbata negra, trajeado, Dios… las fotos que tomó José en el Heathman, con su camisa blanca y sus pantalones de franela. ¿Cómo han llegado esas imágenes a internet? Vaya, está fenomenal.

Voy bajando deprisa: algunas con socios comerciales, y una foto tras otra del hombre más fotogénico que conozco íntimamente. ¿Íntimamente? ¿Conozco a Christian íntimamente? Lo conozco sexualmente, y deduzco que aún me queda mucho por descubrir en ese aspecto. Sé que es voluble, difícil, divertido, frío, cariñoso... el pobre es un amasijo ambulante de contradicciones. Paso a la siguiente página y recuerdo que Kate mencionó que no había podido encontrar ninguna foto suya con acompañante, de ahí que planteara la pregunta de si era gay. Entonces, en la tercera página, veo una foto mía, con él, en mi graduación. Su única foto con una mujer, y soy yo.

¡Madre mía! ¡Estoy en Google! Nos miro. Parezco sorprendida por la cámara, nerviosa, descolocada. Eso fue justo antes de que accediera a probar. Christian, en cambio, está guapísimo, sereno, y lleva esa corbata... Lo contemplo, ese rostro hermoso, un rostro hermoso que podría estar mirando ahora mismo a la maldita señora Robinson. Guardo la foto en mi carpeta de descargas y sigo repasando las dieciocho páginas... nada. No voy a encontrar a la señora Robinson en Google. Pero necesito saber si está con ella. Le escribo un correo rápido a Christian.

De: Anastasia Steele
Fecha: 31 de mayo de 2011 23:58 EST
Para: Christian Grey
Asunto: Compañeros de cena apropiados

Espero que esa amistad tuya y tú hayáis pasado una velada agradable.

Ana

P.D.: ¿Era la señora Robinson?

Le doy a la tecla de envío y vuelvo a la cama desanimada, decidida a preguntarle a Christian por su relación con esa mujer. Por un lado, estoy desesperada por saber más; por otro, quiero olvidar que me lo ha contado. Y encima me ha venido la regla, así que tengo que acordarme de tomarme la píldora por la mañana. Programo rápidamente una alarma en el calendario de la BlackBerry. La dejo en la mesita, me tumbo y, por fin, termino sumiéndome en un sueño inquieto, deseando que estuviéramos en la misma ciudad, no a casi cinco mil kilómetros de distancia.

Después de una mañana de compras y otra tarde de playa, mi madre ha decidido que deberíamos salir de copas esta noche. Así que dejamos a Bob delante del televisor, y al rato ya estamos en el lujoso bar del hotel más exclusivo de Savannah. Yo voy por el segundo Cosmopolitan; mi madre, por el tercero. Continúa desvelándome su percepción del frágil ego masculino. Resulta desconcertante.

—Verás, Ana, los hombres piensan que todo lo que sale de la boca de una mujer es un problema que hay que resolver. No se enteran de que lo que nos gusta es darles vueltas a las cosas, hablar un poco y luego olvidar. A ellos les va más la acción.

—Mamá, ¿por qué me cuentas todo eso? —pregunto sin poder ocultar mi exasperación.

Lleva así todo el día.

—Cariño, te veo tan perdida. Nunca has traído a un chico a casa. Ni siquiera tuviste novio cuando vivíamos en Las Vegas. Pensé que habría algo con ese chico que conociste en la universidad, José.

—Mamá, José no es más que un amigo.

—Ya lo sé, cielo, pero pasa algo, y tengo la impresión de que no me lo estás contando todo.

Me mira, con el rostro fruncido de preocupación maternal.

—Necesitaba distanciarme un poco de Christian para aclararme, nada más. A veces me agobia un poco.

—¿Te agobia?

—Sí. Pero lo echo de menos.

Frunzo el ceño. No he sabido nada de Christian en todo el día. Ni un correo, nada. Estoy tentada de llamarlo para ver si está bien. Mi mayor temor es que haya tenido un accidente; el segundo mayor temor es que la señora Robinson haya vuelto a clavarle sus garras. Sé que no es racional, pero, en lo que a ella respecta, parece que he perdido la perspectiva.

—Cariño, tengo que ir al lavabo.

La breve ausencia de mi madre me proporciona otra ocasión para echar un vistazo a la BlackBerry. Llevo todo el día mirando a escondidas el correo. Por fin... ¡Christian me ha contestado!

De: Christian Grey
Fecha: 1 de junio de 2011 21:40 EST
Para: Anastasia Steele
Asunto: Compañeros de cena

Sí, he cenado con la señora Robinson. No es más que una vieja amiga, Anastasia.
Estoy deseando volver a verte. Te echo de menos.

Christian Grey
Presidente de Grey Enterprises Holdings, Inc.

En efecto, estaba cenando con ella. Confirmados mis peores temores, noto que la adrenalina y la rabia se apoderan de mi cuerpo y se me eriza el vello. ¿Será posible? Estoy fuera dos días y ya se larga con esa zorra malvada.

De: Anastasia Steele
Fecha: 1 de junio de 2011 21:42 EST
Para: Christian Grey
Asunto: VIEJOS compañeros de cena

Esa no es solo una vieja amiga.
¿Ha encontrado ya otro adolescente al que hincarle el diente?
¿Te has hecho demasiado mayor para ella?
¿Por eso terminó vuestra relación?

438

Pulso la tecla de envío justo cuando vuelve mi madre.

—Ana, qué pálida estás. ¿Qué ha pasado?

Niego con la cabeza.

—Nada. Vamos a tomarnos otra copa —mascullo malhumorada.

Frunce el ceño, pero alza la vista, llama a uno de los camareros y le señala nuestras copas. Él asiente con la cabeza. Entiende la seña universal de «otra ronda de lo mismo, por favor». Mientras ella hace esto, vuelvo a mirar rápidamente la BlackBerry.

De: Christian Grey
Fecha: 1 de junio de 2011 21:45 EST
Para: Anastasia Steele
Asunto: Cuidado…

No me apetece hablar de esto por e-mail.
¿Cuántos Cosmopolitan te vas a beber?

Christian Grey
Presidente de Grey Enterprises Holdings, Inc.

Dios mío, está aquí.

23

Miro nerviosa por todo el bar, pero no lo veo.
—Ana, ¿qué pasa? Parece que has visto un fantasma.
—Es Christian; está aquí.
—¿Qué? ¿En serio?
Mira también por todo el bar.
No le he hablado a mi madre de la tendencia al acoso de Christian.

Lo veo. El corazón me da un brinco y empieza a agitarse violentamente en mi pecho cuando se acerca a nosotras. Ha venido... por mí. La diosa que llevo dentro se levanta como una loca de su chaise longue. Christian se desliza entre la multitud; los halógenos empotrados reflejan en su pelo destellos de cobre bruñido y rojo. En sus luminosos ojos grises veo brillar... ¿rabia? ¿Tensión? Aprieta la boca, la mandíbula tensa. Oh, mierda... no. Ahora mismo estoy tan furiosa con él, y encima está aquí. ¿Cómo me voy a enfadar con él delante de mi madre?

Llega a nuestra mesa, mirándome con recelo. Viste, como de costumbre, camisa de lino blanco y vaqueros.

—Hola —chillo, incapaz de ocultar mi asombro por verlo aquí en carne y hueso.

—Hola —responde, e inclinándose me besa en la mejilla, pillándome por sorpresa.

—Christian, esta es mi madre, Carla.

Mis arraigados modales toman el mando.

Se gira para saludar a mi madre.

—Encantado de conocerla, señora Adams.

¿Cómo sabe el apellido de mi madre? Le dedica esa sonrisa de infarto, cosecha Christian Grey, destinada a la rendición total sin rehenes. Mi madre no tiene escapatoria. La mandíbula se le descuelga hasta la mesa. Por Dios, controla un poco, mamá. Ella acepta la mano que le tiende y se la estrecha. No le contesta. Vaya, lo de quedarse mudo de asombro es genético; no tenía ni idea.

—Christian —consigue decir por fin, sin aliento.

Él le dedica una sonrisa de complicidad, sus ojos grises centelleantes. Los miro con el gesto fruncido.

—¿Qué haces aquí?

La pregunta suena más frágil de lo que pretendía, y su sonrisa desaparece, y su expresión se vuelve cautelosa. Estoy emocionada de verlo, pero completamente descolocada, y la rabia por lo de la señora Robinson aún me hierve en las venas. No sé si quiero ponerme a gritarle o arrojarme a sus brazos (aunque no creo que le gustara ninguna de las dos opciones), y quiero saber cuánto tiempo lleva vigilándonos. Además, estoy algo nerviosa por el e-mail que acabo de enviarle.

—He venido a verte, claro. —Me mira impasible. Huy, ¿qué estará pensando?—. Me alojo en este hotel.

—¿Te alojas aquí?

Sueno como una universitaria de segundo año colocada de anfetas, demasiado estridente hasta para mis oídos.

—Bueno, ayer me dijiste que ojalá estuviera aquí. —Hace una pausa para evaluar mi reacción—. Nos proponemos complacer, señorita Steele —dice en voz baja sin rastro alguno de humor.

Mierda, ¿está furioso? ¿Será por los comentarios sobre la señora Robinson? ¿O tal vez porque estoy a punto de tomarme el cuarto Cosmo? Mi madre nos mira nerviosa.

—¿Por qué no te tomas una copa con nosotras, Christian?

Le hace una seña al camarero, que se planta a nuestro lado en un nanosegundo.

—Tomaré un gin-tonic —dice Christian—. Hendricks si tienen, o Bombay Sapphire. Pepino con el Hendricks, lima con el Bombay.

Madre mía… Solo Christian podría pedir una copa como si fuera un plato elaborado.

—Y otros dos Cosmos, por favor —añado, mirando nerviosa a Christian.

He salido de copas con mi madre; no se puede enfadar por eso.

—Acércate una silla, Christian.

—Gracias, señora Adams.

Christian coge una silla y se sienta con elegancia a mi lado.

—¿Así que casualmente te alojas en el hotel donde estamos tomando unas copas? —digo, esforzándome por sonar desenfadada.

—O casualmente estáis tomando unas copas en el hotel donde yo me alojo —me contesta él—. Acabo de cenar, he venido aquí y te he visto. Andaba distraído pensando en tu último correo, levanto la vista y ahí estabas. Menuda coincidencia, ¿verdad?

Ladea la cabeza y detecto un amago de sonrisa. Gracias a Dios… puede que al final hasta salvemos la noche.

—Mi madre y yo hemos ido de compras esta mañana y a la playa por la tarde. Luego hemos decidido salir de copas esta noche —murmuro, porque tengo la sensación de que le debo una explicación.

—¿Ese top es nuevo? —Señala mi blusón de seda verde recién estrenado—. Te sienta bien ese color. Y te ha dado un poco el sol. Estás preciosa.

Me ruborizo. El cumplido me deja sin habla.

—Bueno, pensaba hacerte una visita mañana, pero mira por dónde…

Alarga el brazo y me coge la mano, me la aprieta con suavidad, me acaricia los nudillos con el pulgar… y siento de nuevo el tirón. Esa descarga eléctrica que corre bajo mi piel bajo la suave presión de su pulgar se dispara a mi torrente sanguíneo y me recorre el cuerpo entero, calentándolo todo a su paso. Hacía más de dos días que no lo veía. Madre mía… cómo lo deseo. Se me entrecorta la respiración. Lo miro pestañeando, sonrío tímidamente, y veo dibujarse una sonrisa en sus labios.

—Quería darte una sorpresa. Pero, como siempre, me la has dado tú a mí, Anastasia, cuando te he visto aquí.

Miro de reojo a mi madre, que tiene los ojos clavados en Christian... ¡sí, clavados! Vale ya, mamá. Ni que fuera una criatura exótica nunca vista. A ver, ya sé que hasta ahora no había tenido novio y que a Christian solo lo llamo así por llamarlo de alguna manera, pero ¿tan increíble es que yo haya podido atraer a un hombre? ¿A este hombre? Pues sí, francamente... tú míralo bien, me suelta mi subconsciente. ¡Oh, cállate! ¿Quién te ha dado vela en este entierro? Miro ceñuda a mi madre, pero ella no parece darse por enterada.

—No quiero robarte tiempo con tu madre. Me tomaré una copa y me retiraré. Tengo trabajo pendiente —declara muy serio.

—Christian, me alegro mucho de conocerte —interviene mi madre, recuperando al fin el habla—. Ana me ha hablado muy bien de ti.

Él le sonríe.

—¿En serio?

Christian arquea una ceja, con una expresión risueña en el rostro, y yo vuelvo a ruborizarme.

Llega el camarero con nuestras copas.

—Hendricks, señor —declara con una floritura triunfante.

—Gracias —murmura Christian en reconocimiento.

Sorbo nerviosa mi nuevo Cosmo.

—¿Cuánto tiempo vas a estar en Georgia, Christian? —pregunta mamá.

—Hasta el viernes, señora Adams.

—¿Cenarás con nosotros mañana? Y, por favor, llámame Carla.

—Me encantaría, Carla.

—Estupendo. Si me disculpáis un momento, tengo que ir al lavabo.

Pero si acabas de ir, mamá. La miro desesperada cuando se levanta y se marcha, dejándonos solos.

—Así que te has enfadado conmigo por cenar con una vieja amiga.

Christian vuelve su mirada ardiente y recelosa hacia mí y, llevándose mi mano a los labios, me besa suavemente los nudillos uno por uno.

Dios... ¿tiene que hacer esto ahora?

—Sí —mascullo mientras la sangre me recorre ardiente el cuerpo entero.

—Nuestra relación sexual terminó hace tiempo, Anastasia —me susurra—. Yo solo te deseo a ti. ¿Aún no te has dado cuenta?

Lo miro extrañada.

—Para mí es una pederasta, Christian.

Contengo el aliento a la espera de su reacción.

Christian palidece.

—Eso es muy crítico por tu parte. No fue así —susurra conmocionado, soltándome la mano.

¿Crítico?

—Ah, ¿cómo fue entonces? —pregunto.

Los Cosmos me envalentonan.

Me mira ceñudo, desconcertado. Prosigo:

—Se aprovechó de un chico vulnerable de quince años. Si hubieras sido una chiquilla de quince años y la señora Robinson un señor Robinson que la hubiera arrastrado al sadomasoquismo, ¿te parecería bien? ¿Si hubiera sido Mia, por ejemplo?

Da un respingo y me mira ceñudo.

—Ana, no fue así.

Le lanzo una mirada feroz.

—Vale, yo no lo sentí así —prosigue en voz baja—. Ella fue una fuerza positiva. Lo que necesitaba.

—No lo entiendo.

Ahora me toca a mí mostrarme desconcertada.

—Anastasia, tu madre no tardará en volver. No me apetece hablar de esto ahora. Más adelante, quizá. Si no quieres que esté aquí, tengo un avión esperándome en Hilton Head. Me puedo ir.

Se ha enfadado conmigo... no.

—No, no te vayas. Por favor. Me encanta que hayas venido. Solo quiero que entiendas que me enfurece que, en cuanto me voy, quedes con ella para cenar. Piensa en cómo te pones tú cuando me acerco a José. José es un buen amigo. Nunca he tenido una relación sexual con él. Mientras que tú y ella...

Me interrumpo, no queriendo concederle más espacio a ese pensamiento.

—¿Estás celosa?

Me mira atónito, y sus ojos se ablandan un poco, se enternecen.

—Sí, y furiosa por lo que te hizo.

—Anastasia, ella me ayudó. Y eso es todo lo que voy a decir al respecto. En cuanto a tus celos, ponte en mi lugar. No he tenido que justificar mis actos delante de nadie en los últimos siete años. De nadie en absoluto. Hago lo que me place, Anastasia. Me gusta mi independencia. No he ido a ver a la señora Robinson para fastidiarte. He ido porque, de vez en cuando, salimos a cenar. Es amiga y socia.

¿Socia? Dios mío. Esto es nuevo.

Me mira y analiza mi expresión.

—Sí, somos socios. Ya no hay sexo entre nosotros. Desde hace años.

—¿Por qué terminó vuestra relación?

Frunce la boca y le brillan los ojos.

—Su marido se enteró.

¡Madre mía!

—¿Te importa que hablemos de esto en otro momento, en un sitio más discreto? —gruñe.

—Dudo que consigas convencerme de que no es una especie de pedófila.

—Yo no la veo así. Nunca lo he hecho. ¡Y basta ya! —espeta.

—¿La querías?

—¿Cómo vais?

Mi madre reaparece sin que ninguno de los dos nos hayamos percatado.

Me planto una falsa sonrisa en los labios mientras Christian y yo nos enderezamos precipitadamente en el asiento, como si estuviéramos haciendo algo malo. Mi madre me mira.

—Bien, mamá.

Christian sorbe su copa, observándome detenidamente con expresión cautelosa. ¿Qué estará pensando? ¿La quiso? Me parece que, como diga que sí, me voy a enfadar, y mucho.

—Bueno, señoras, os dejo disfrutar de vuestra velada.

No, no, no me puede dejar así, con la duda.

—Por favor, que carguen estas copas en mi cuenta, habitación 612. Te llamo por la mañana, Anastasia. Hasta mañana, Carla.

—Oh, me encanta que alguien te llame por tu nombre completo, hija.

—Un nombre precioso para una chica preciosa —murmura Christian, estrechando la mano que mi madre le tiende, y ella sonríe con afectación.

Ay, mamá… ¿tú también, traidora? Me levanto y lo miro, implorándole que responda a mi pregunta, y él me da un casto beso en la mejilla.

—Hasta luego, nena —me susurra al oído.

Y se va.

Maldito capullo controlador. La rabia retorna con plena fuerza. Me dejo caer en la silla y me vuelvo hacia mi madre.

—Vaya, me has dejado anonadada, Ana. Menudo partidazo. Eso sí, no sé qué os traéis entre manos. Me parece que tenéis que hablar. Uf, la tensión subyacente… es insoportable.

Se abanica exageradamente.

—¡MAMÁ!

—Ve a hablar con él.

—No puedo. He venido aquí a verte a ti.

—Ana, has venido aquí porque estás hecha un lío con ese chico. Es evidente que estáis locos el uno por el otro. Tienes que hablar con él. Ha volado cinco mil kilómetros para verte, por el amor de Dios. Y ya sabes lo horroroso que es volar.

Me ruborizo. No le he dicho que tiene un avión privado.

—¿Qué? —me suelta.

—Tiene su propio avión —mascullo, avergonzada—, y son menos de cinco mil kilómetros, mamá.

¿Por qué me avergüenzo? Mi madre arquea ambas cejas.

—Uau —exclama—. Ana, os pasa algo. Llevo intentando averiguar lo que es desde que llegaste. Pero el único modo de solucionar el problema, sea cual sea, es hablarlo con él. Piensa todo lo que quieras, pero hasta que no hables con él no vas a conseguir nada.

La miro ceñuda.

—Ana, cielo, siempre le has dado muchas vueltas a todo. Fíate de tu instinto. ¿Qué te dice, cariño?

Me miro los dedos.

—Creo que estoy enamorada de él —murmuro.

—Lo sé, cariño. Y él de ti.

—¡No!

—Sí, Ana. Dios… ¿qué más necesitas? ¿Un rótulo luminoso en su frente?

La miro aturdida y se me llenan los ojos de lágrimas.

—No llores, cielo.

—Yo no creo que me quiera.

—Independientemente de lo rico que sea, uno no lo deja todo, se sube en su avión privado y cruza el país para tomar el té de la tarde. ¡Ve con él! Este sitio es muy bonito, muy romántico. Además, es territorio neutral.

Me revuelvo incómoda bajo su mirada. Quiero y no quiero ir.

—Cariño, no te preocupes por tener que volver conmigo. Quiero que seas feliz, y ahora mismo creo que la clave de tu felicidad está arriba, en la habitación 612. Si quieres venir a casa luego, la llave está debajo de la yuca del porche principal. Si te quedas… bueno, ya eres mayorcita. Pero toma precauciones.

Me pongo roja como un tomate. Por Dios, mamá.

—Vamos a terminarnos los Cosmos primero.

—Esa es mi chica.

Y sonríe.

Llamo tímidamente a la puerta de la habitación 612 y espero. Christian abre la puerta. Está hablando por el móvil. Me mira extrañado, completamente sorprendido, sostiene la puerta abierta y me invita a entrar en su habitación.

—¿Están listas todas las indemnizaciones? ¿Y el coste? —Silba entre dientes—. Uf, nos ha salido caro el error. ¿Y Lucas?

Echo un vistazo a la habitación. Es una suite, como la del Heathman. La decoración de esta es ultramoderna, muy actual. Todo púrpuras y dorados mate con motivos en bronce en las paredes. Christian se acerca a un mueble de madera noble, tira y abre una puerta tras la que se oculta el minibar. Me hace una señal para que me sirva, luego entra en el dormitorio. Supongo que para que no pueda oír la conversación. Me encojo de hombros. No dejó de hablar cuando entré en su estudio el otro día. Oigo correr el agua; está llenando la bañera. Me sirvo un zumo de naranja.Vuelve al salón.

—Que Andrea me mande las gráficas. Barney me dijo que había resuelto el problema. —Christian ríe—. No, el viernes. Estoy interesado en un terreno de por aquí. Sí, que me llame Bill. No, mañana. Quiero ver lo que podría ofrecernos Georgia si nos instalamos aquí.

Christian no me quita los ojos de encima. Me da un vaso y me indica dónde hay una cubitera.

—Si los incentivos son lo bastante atractivos, creo que deberíamos considerarlo, aunque aquí hace un calor de mil demonios. Detroit tiene sus ventajas, sí, y es más fresco. —Su rostro se oscurece un instante—. ¿Por qué? Que me llame Bill. Mañana. No demasiado temprano.

Cuelga y se me queda mirando con una expresión indescifrable, y se hace el silencio entre nosotros.

Muy bien… me toca hablar.

—No has respondido a mi pregunta —murmuro.

—No —dice en voz baja, y me mira con una mezcla de asombro y recelo.

—¿No has respondido a mi pregunta o no, no la querías?

Se cruza de brazos y se apoya en la pared; una leve sonrisa se dibuja en sus labios.

—¿A qué has venido, Anastasia?

—Ya te lo he dicho.

Suspira hondo.

—No, no la quería.

Me mira ceñudo, divertido pero perplejo.

Acabo de darme cuenta de que estaba conteniendo la respiración. Al soltar el aire, me desinflo como un saco viejo. Uf, gracias a Dios… ¿Cómo me habría sentido si me hubiera dicho que quería a esa bruja?

—Tú eres mi diosa de ojos verdes, Anastasia. ¿Quién lo habría dicho?

—¿Se burla de mí, señor Grey?

—No me atrevería.

Niega con la cabeza, solemne, pero veo un destello de picardía en sus ojos.

—Huy, claro que sí, y de hecho lo haces, a menudo.

Sonríe satisfecho al ver que le devuelvo las palabras que me ha dicho él antes. Su mirada se oscurece.

—Por favor, deja de morderte el labio. Estás en mi habitación, hace casi tres días que no te veo y he hecho un largo viaje en avión para verte.

Su tono pasa de suave a sensual.

Le suena la BlackBerry, distrayéndonos a los dos, y la apaga sin mirar siquiera quién es. Se me entrecorta la respiración. Sé cómo va a terminar esto... pero se supone que íbamos a hablar. Se acerca a mí con su mirada sexy de depredador.

—Quiero hacerlo, Anastasia. Ahora. Y tú también. Por eso has venido.

—Quería saber la respuesta, de verdad —alego en mi defensa.

—Bueno, ahora que lo sabes, ¿te quedas o te vas?

Me ruborizo cuando se planta delante de mí.

—Me quedo —murmuro, mirándolo nerviosa.

—Me alegro. —Me mira fijamente—. Con lo enfadada que estabas conmigo... —dice.

—Sí.

—No recuerdo que nadie se haya enfadado nunca conmigo, salvo mi familia. Me gusta.

Me acaricia la mejilla con las yemas de los dedos. Madre mía, esa proximidad, ese aroma a Christian. Se supone que íbamos a hablar, pero tengo el corazón desbocado y la sangre me corre como loca por todo el cuerpo; el deseo crece, se expande... por todo mi ser. Christian se inclina y me pasea la nariz por el hombro hasta la base de la oreja, hundiendo despacio los dedos en mi pelo.

—Deberíamos hablar —susurro.

—Luego.

—Quiero decirte tantas cosas.

—Yo también.

Me planta un suave beso debajo del lóbulo de la oreja mientras aprieta el puño enredado en mi pelo. Me echa la cabeza hacia atrás para tener acceso a mi cuello. Me araña la barbilla con los dientes y me besa el cuello.

—Te deseo —dice.

Gimo, subo las manos y me aferro a sus brazos.

—¿Estás con la regla?

Sigue besándome.

Maldita sea. ¿No se le escapa nada?

—Sí —susurro, cortada.

—¿Tienes dolor menstrual?

—No.

Me sonrojo. Dios…

Para y me mira.

—¿Te has tomado la píldora?

—Sí.

Qué vergüenza, por favor.

—Vamos a darnos un baño.

¿Eh?

Me coge de la mano y me lleva al dormitorio. Dominan la estancia la cama inmensa y unas cortinas de lo más recargado. Pero no nos detenemos ahí. Me lleva al baño que tiene dos zonas, todo de color verde mar y crudo. Es enorme. En la segunda zona, una bañera encastrada lo bastante grande para cuatro personas, con escalones de piedra al interior, se está llenando de agua. El vapor se eleva suavemente por encima de la espuma y veo que hay un asiento de piedra por todo su perímetro. En los bordes titilan unas velas. Uau… ha hecho todo esto mientras hablaba por teléfono.

—¿Llevas una goma para el pelo?

Lo miro extrañada, me busco en el bolsillo de los vaqueros y saco una.

—Recógetelo —me ordena con delicadeza.

Hago lo que me pide.

Hace un calor sofocante junto a la bañera y el blusón se me

empieza a pegar. Se agacha y cierra el grifo. Me lleva a la primera zona del baño, se coloca detrás de mí y los dos nos miramos en el espejo mural que hay sobre los dos lavabos de vidrio.

—Quítate las sandalias —murmura, y yo lo complazco enseguida y las dejo en el suelo de arenisca—. Levanta los brazos —me dice.

Obedezco y me saca el blusón por la cabeza de forma que me quedo desnuda de cintura para arriba ante él. Sin quitarme los ojos de encima, alarga la mano por delante, me desabrocha el botón de los vaqueros y me baja la cremallera.

—Te lo voy a hacer en el baño, Anastasia.

Se inclina y me besa el cuello. Ladeo la cabeza y le facilito el acceso. Engancha los pulgares en mis vaqueros y me los baja poco a poco, agachándose detrás de mí al tiempo que me los baja, junto con las bragas, hasta el suelo.

—Saca los pies de los vaqueros.

Agarrándome al borde del lavabo, hago lo que me dice. Ahora estoy desnuda, mirándome, y él está arrodillado a mi espalda. Me besa y luego me mordisquea el trasero, haciéndome gemir. Se levanta y vuelve a mirarme fijamente en el espejo. Procuro estarme quieta, ignorando mi natural inclinación a taparme. Me planta las manos en el vientre; son tan grandes que casi me llegan de cadera a cadera.

—Mírate. Eres preciosa —murmura—. Siéntete. —Me coge ambas manos con las suyas, las palmas pegadas al dorso de las mías, los dedos trenzados con los míos para mantenerlos estirados. Me las posa en el vientre—. Siente lo suave que es tu piel —me dice en voz baja y grave. Me mueve las manos lentamente, en círculos, luego asciende hasta mis pechos—. Siente lo turgentes que son tus pechos.

Me pone las manos de forma que me coja los pechos. Me acaricia suavemente los pezones con los pulgares, una y otra vez.

Gimo con la boca entreabierta y arqueo la espalda de forma que los pechos me llenan las manos. Me pellizca los pezones con sus pulgares y los míos, tirando con delicadeza, para que se alarguen más. Observo fascinada a la criatura lasciva que se retuerce delante de mí. Oh, qué sensación tan deliciosa… Gruño y cierro los ojos, porque no quiero seguir viendo cómo se excita esa mujer libidinosa del espejo con sus propias manos, con las manos de él, acariciándome como lo haría él, sintiendo lo excitante que es. Solo siento sus manos y sus órdenes suaves y serenas.

—Muy bien, nena —murmura.

Me lleva las manos por los costados, desde la cintura hasta las caderas, por el vello púbico. Desliza una pierna entre las mías, separándome los pies, abriéndome, y me pasa mis manos por mi sexo, primero una mano y luego la otra, marcando un ritmo. Es tan erótico… Soy una auténtica marioneta y él es el maestro titiritero.

—Mira cómo resplandeces, Anastasia —me susurra mientras me riega de besos y mordisquitos el hombro.

Gimo. De pronto me suelta.

—Sigue tú —me ordena, y se aparta para observarme.

Me acaricio. No… Quiero que lo haga él. No es lo mismo. Estoy perdida sin él. Se saca la camisa por la cabeza y se quita rápidamente los vaqueros.

—¿Prefieres que lo haga yo?

Sus ojos grises abrasan los míos en el espejo.

—Sí, por favor —digo.

Vuelve a rodearme con los brazos, me coge las manos otra vez y continúa acariciándome el sexo, el clítoris. El vello de su pecho me raspa, su erección presiona contra mí. Hazlo ya, por favor. Me mordisquea la nuca y cierro los ojos, disfrutando de las múltiples sensaciones: el cuello, la entrepierna, su cuerpo pegado a mí. Para de pronto y me da la vuelta, me apresa con una mano ambas muñecas a la espalda y me tira de la coleta con la otra. Me acaloro al contacto con su cuerpo; él me besa apasionadamente, devorando mi boca con la suya, inmovilizándome.

Su respiración es entrecortada, como la mía.

—¿Cuándo te ha venido la regla, Anastasia? —me pregunta de repente, mirándome.

—Eh… ayer —masculло, excitadísima.

—Bien.

Me suelta y me da la vuelta.

—Agárrate al lavabo —me ordena y vuelve a echarme hacia atrás las caderas, como hizo en el cuarto de juegos, de forma que estoy doblada.

Me pasa la mano entre las piernas y tira del cordón azul. ¿Qué? Me quita el tampón con cuidado y lo tira al váter, que tiene cerca. Dios mío. La madre del… Y de golpe me penetra… ¡ah! Piel con piel, moviéndose despacio al principio, suavemente, probándome, empujando… madre mía. Me agarro con fuerza al lavabo, jadeando, pegándome a él, sintiéndolo dentro de mí. Oh, esa dulce agonía… sus manos ancladas a mis caderas. Imprime un ritmo castigador, dentro, fuera, luego me pasa la mano por delante, al clítoris, y me lo masajea… oh, Dios. Noto que me acelero.

—Muy bien, nena —dice con voz ronca mientras empuja con vehemencia, ladeando las caderas, y eso basta para catapultarme a lo más alto.

Uau… y me corro escandalosamente, aferrada al lavabo mientras me dejo arrastrar por el orgasmo, y todo se revuelve y se tensa a la vez. Él me sigue, agarrándome con fuerza, pegándose a mi cuerpo cuando llega al clímax, pronunciando mi nombre como si fuera un ensalmo o una invocación.

—¡Oh, Ana! —me jadea al oído, su respiración entrecortada en perfecta sinergia con la mía—. Oh, nena, ¿alguna vez me saciaré de ti? —susurra.

Nos dejamos caer despacio al suelo y él me envuelve con sus brazos, apresándome. ¿Será siempre así? Tan incontenible, devorador, desconcertante, seductor. Yo quería hablar, pero hacer el amor con él me agota y me aturde, y también yo me pregunto si algún día llegaré a saciarme de él.

Me acurruco en su regazo, con la cabeza pegada a su pecho, mientras nos serenamos. Con disimulo, inhalo su aroma a Christian, dulce y embriagador. No debo acariciarlo. No debo acariciarlo. Repito mentalmente el mantra, aunque me siento tentada de hacerlo. Quiero alzar la mano y trazar figuras en su pecho con las yemas de los dedos, pero me contengo, porque sé que le fastidiaría que lo hiciera. Guardamos silencio los dos, absortos en nuestros pensamientos. Yo estoy absorta en él, entregada a él.

De repente, me acuerdo de que tengo la regla.

—Estoy manchando —murmuro.

—A mí no me molesta —me dice.

—Ya lo he notado —digo sin poder controlar el tono seco de mi voz.

Se tensa.

—¿Te molesta a ti? —me pregunta en voz baja.

¿Que si me molesta? Quizá debería… ¿o no? No, no me molesta. Me echo hacia atrás y levanto la vista, y él me mira desde arriba, con esos ojos grises algo nebulosos.

—No, en absoluto.

Sonríe satisfecho.

—Bien. Vamos a darnos un baño.

Me libera y me deja en el suelo a fin de ponerse de pie. Mientras se mueve a mi lado, vuelvo a reparar en esas pequeñas cicatrices redondas y blancas de su pecho. No son de varicela, me digo distraída. Grace dijo que a él casi no le había afectado. Por Dios… tienen que ser quemaduras. ¿Quemaduras de qué? Palidezco al caer en la cuenta, presa de la conmoción y la repugnancia que me produce. A lo mejor existe una explicación razonable y yo estoy exagerando. Brota feroz en mi pecho una esperanza: la esperanza de estar equivocada.

—¿Qué pasa? —me pregunta Christian alarmado.

—Tus cicatrices —le susurro—. No son de varicela.

Lo veo cerrarse como una ostra en milésimas de segundo; su actitud, antes relajada, serena y tranquila, se vuelve defensiva, furiosa incluso. Frunce el ceño, su rostro se oscurece y su boca se convierte en una fina línea prieta.

—No, no lo son —espeta, pero no me da más explicaciones.

Se pone en pie, me tiende la mano y me ayuda a levantarme.

—No me mires así —me dice con frialdad, como reprendiéndome, y me suelta la mano.

Me sonrojo, arrepentida, y me miro los dedos, y entonces sé, tengo claro, que alguien le apagaba cigarrillos sobre la piel. Siento náuseas.

—¿Te lo hizo ella? —susurro sin apenas darme cuenta.

No dice nada, así que me obligo a mirarlo. Él me clava los ojos, furibundo.

—¿Ella? ¿La señora Robinson? No es una salvaje, Anastasia. Claro que no fue ella. No entiendo por qué te empeñas en demonizarla.

Ahí lo tengo, desnudo, espléndidamente desnudo, manchado de mi sangre… y por fin vamos a tener esa conversación. Yo también estoy desnuda, ninguno de los dos tiene donde esconderse, salvo quizá en la bañera. Respiro hondo, paso por delante de él y me meto en el agua. La encuentro deliciosamente templada, relajante y profunda. Me disuelvo en la espuma fragante y lo miro, oculta entre las pompas.

—Solo me pregunto cómo serías si no la hubieras conocido, si ella no te hubiera introducido en ese… estilo de vida.

Suspira y se mete en la bañera, enfrente de mí, con la mandíbula apretada por la tensión, los ojos vidriosos. Cuando sumerge con elegancia su cuerpo en el agua, procura no rozarme siquiera. Dios… ¿tanto lo he enojado?

Me mira impasible, con expresión insondable, sin decir nada. De nuevo se hace el silencio entre nosotros, pero yo no voy a romperlo. Te toca ti, Grey… esta vez no voy a ceder. Mi subconsciente está nerviosa, se muerde las uñas con desesperación. A ver quién puede más. Christian y yo nos miramos; no pienso claudicar. Al final, tras lo que parece una eternidad, mueve la cabeza y sonríe.

—De no haber sido por la señora Robinson, probablemente habría seguido los pasos de mi madre biológica.

¡Uf…! Lo miro extrañada. ¿En la adicción al crack o en la prostitución? ¿En ambas, quizá?

—Ella me quería de una forma que yo encontraba… aceptable —añade encogiéndose de hombros.

¿Qué coño significa eso?

—¿Aceptable? —susurro.

—Sí. —Me mira fijamente—. Me apartó del camino de autodestrucción que yo había empezado a seguir sin darme cuenta. Resulta muy difícil crecer en una familia perfecta cuando tú no eres perfecto.

Oh, no. Se me seca la boca mientras digiero esas palabras. Me mira con una expresión indescifrable. No me va a contar más. Qué frustrante. Mi mente no para de dar vueltas… lo veo tan lleno de desprecio por sí mismo. Y la señora Robinson lo quería. Maldita sea… ¿lo seguirá queriendo? Me siento como si me hubieran dado una patada en el estómago.

—¿Aún te quiere?

—No lo creo, no de ese modo. —Frunce el ceño como si nunca se le hubiera ocurrido—. Ya te digo que fue hace mucho. Es algo del pasado. No podría cambiarlo aunque quisiera, que no quiero. Ella me salvó de mí mismo. —Está exasperado y se pasa una mano mojada por el pelo—. Nunca he hablado de esto con nadie. —Hace una pausa—. Salvo con el doctor Flynn, claro. Y la única razón por la que te lo cuento a ti ahora es que quiero que confíes en mí.

—Yo ya confío en ti, pero quiero conocerte mejor, y siempre que intento hablar contigo, me distraes. Hay muchísimas cosas que quiero saber.

—Oh, por el amor de Dios, Anastasia. ¿Qué quieres saber? ¿Qué tengo que hacer?

Le arden los ojos y, aunque no alza la voz, sé que está haciendo un esfuerzo por controlar su genio.

Me miro las manos, perfectamente visibles debajo del agua ahora que la espuma ha empezado a dispersarse.

—Solo pretendo entenderlo; eres todo un enigma. No te pareces a nadie que haya conocido. Me alegro de que me cuentes lo que quiero saber.

Uf… quizá sean los Cosmopolitan que me envalentonan, pero de repente no soporto la distancia que nos separa. Me muevo por el agua hasta su lado y me pego a él, de forma que estamos piel con piel. Se tensa y me mira con recelo, como si fuera a morderle. Vaya, qué cambio tan inesperado… La diosa que llevo dentro lo escudriña en silencio, asombrada.

—No te enfades conmigo, anda —le susurro.

—No estoy enfadado contigo, Anastasia. Es que no estoy acostumbrado a este tipo de conversación, a este interrogatorio. Esto solo lo hago con el doctor Flynn y con…

Se calla y frunce el ceño.

—Con ella. Con la señora Robinson. ¿Hablas con ella? —inquiero, procurando controlar mi genio yo también.

—Sí, hablo con ella.

—¿De qué?

Se recoloca para poder mirarme, haciendo que el agua se derrame por los bordes hasta el suelo. Me pasa el brazo por los hombros y lo apoya en el borde de la bañera.

—Eres insistente, ¿eh? —murmura algo irritado—. De la vida, del universo… de negocios. La señora Robinson y yo hace tiempo que nos conocemos, Anastasia. Hablamos de todo.

—¿De mí? —susurro.

—Sí.

Sus ojos grises me observan con atención.

Me muerdo el labio inferior en un intento de contener el súbito ataque de rabia que se apodera de mí.

—¿Por qué habláis de mí?

Me esfuerzo por no sonar consternada ni malhumorada, pero no lo consigo. Sé que debería parar. Lo estoy presionando demasiado. Mi subconsciente está poniendo otra vez la cara de *El grito* de Munch.

—Nunca he conocido a nadie como tú, Anastasia.

—¿Qué quieres decir? ¿Te refieres a que nunca has conocido a nadie que no firmara automáticamente todo tu papeleo sin preguntar primero?

Menea la cabeza.

—Necesito consejo.

—¿Y te lo da doña Pedófila? —espeto.

El control de mi genio es menos fuerte de lo que pensaba.

—Anastasia… basta ya —me suelta muy serio, frunciendo los ojos.

Piso terreno cenagoso; me estoy metiendo en la boca del lobo.

—O te voy a tener que tumbar en mis rodillas. No tengo ningún interés romántico o sexual en ella. Ninguno. Es una amiga querida y apreciada, y socia mía. Nada más. Tenemos un pasado en común, hubo algo entre nosotros que a mí me benefició muchísimo, aunque a ella le destrozara el matrimonio, pero esa parte de nuestra relación ya terminó.

Dios, otra cosa que no entiendo. Ella encima estaba casada. ¿Cómo pudieron mantener lo suyo tanto tiempo?

—¿Y tus padres nunca se enteraron?

—No —gruñe—. Ya te lo he dicho.

Y sé que he llegado al límite. No puedo preguntarle nada más de ella porque va a perder los nervios conmigo.

—¿Has terminado? —espeta.

—De momento.

Respira hondo y se relaja visiblemente delante de mí, como si se hubiera quitado un gran peso de encima.

—Vale, ahora me toca a mí —murmura, y su mirada feroz se vuelve gélida, especulativa—. No has contestado a mi e-mail.

Me ruborizo. Ay, odio cuando el foco se dirige contra mí, y tengo la sensación de que se va a enfadar cada vez que hablemos de algo. Meneo la cabeza. Igual es así como le hacen sentirse mis preguntas; no está acostumbrado a que lo desafíen. La idea resulta reveladora, perturbadora e inquietante.

—Iba a contestar. Pero has venido.

—¿Habrías preferido que no viniera? —dice, de nuevo impasible.

—No, me encanta que hayas venido —murmuro.

—Bien. —Me dedica una sincera sonrisa de alivio—. A mí me encanta haber venido, a pesar de tu interrogatorio. Aunque acepte que me acribilles a preguntas, no creas que disfrutas de algún tipo de inmunidad diplomática solo porque haya venido hasta aquí para verte. Para nada, señorita Steele. Quiero saber lo que sientes.

Oh, no...

—Ya te lo he dicho. Me gusta que estés conmigo. Gracias por venir hasta aquí —digo, poco convincente.

—Ha sido un placer.

Le brillan los ojos cuando se inclina y me besa suavemente. Noto que reacciono enseguida. El agua aún está tibia y en el baño sigue habiendo vapor. Para, se aparta y me mira.

—No. Me parece que necesito algunas respuestas antes de que hagamos más.

¿Más? Ya estamos otra vez con la palabrita. Y quiere respuestas… ¿a qué? Yo no tengo un pasado plagado de secretos, ni una infancia terrible. ¿Qué podría querer saber de mí que no sepa ya?

Suspiro, resignada.

—¿Qué quieres saber?

—Bueno, para empezar, qué piensas de nuestro contrato.

Lo miro extrañada. Hora de decir verdades. Mi subconsciente y la diosa que llevo dentro se miran nerviosas. Venga, vamos a decir la verdad.

—No creo que pueda firmar por un periodo mayor de tiempo. Un fin de semana entero siendo alguien que no soy.

Me ruborizo y me miro las manos.

Me levanta la barbilla y veo que me sonríe, divertido.

—No, yo tampoco creo que pudieras.

En cierta medida, me siento ofendida y desafiada.

—¿Te estás riendo de mí?

—Sí, pero sin mala intención —dice, sonriendo apenas.

Se inclina y me besa suave, brevemente.

—No eres muy buena sumisa —susurra sosteniéndome la barbilla, con un brillo jocoso en los ojos.

Me lo quedo mirando, asombrada, y empiezo a reír… y él ríe también.

—A lo mejor no tengo un buen maestro.

Suelta un bufido.

—A lo mejor. Igual debería ser más estricto contigo.

Ladea la cabeza y me sonríe ladino.

Trago saliva. Dios, no. Pero, al mismo tiempo, los músculos del vientre se me contraen de forma deliciosa. Esa es su forma de demostrarme que le importo. Quizá, comprendo de pronto, su única forma de demostrar que le importo. Me mira fijamente, estudiando mi reacción.

—¿Tan mal lo pasaste cuando te di los primeros azotes?

Lo miro extrañada. ¿Lo pasé mal? Recuerdo que mi reacción me confundió. Me dolió, pero, pensándolo bien, no fue para tan-

459

to. Él no paraba de decirme que estaba todo en mi cabeza. Y la segunda vez… Uf, esa estuvo bien… fue muy excitante.

—No, la verdad es que no —susurro.

—¿Es más por lo que implica? —inquiere.

—Supongo. Lo de sentir placer cuando uno no debería.

—Recuerdo que a mí me pasaba lo mismo. Lleva un tiempo procesarlo.

Dios mío. Eso fue cuando él era un chaval.

—Siempre puedes usar las palabras de seguridad, Anastasia. No lo olvides. Y si sigues las normas, que satisfacen mi íntima necesidad de controlarte y protegerte, quizá logremos avanzar.

—¿Por qué necesitas controlarme?

—Porque satisface una necesidad íntima mía que no fue satisfecha en mis años de formación.

—Entonces, ¿es una especie de terapia?

—No me lo había planteado así, pero sí, supongo que sí.

Eso sí puedo entenderlo. Me será de ayuda.

—Pero el caso es que en un momento me dices «No me desafíes», y al siguiente me dices que te gusta que te desafíe. Resulta difícil traspasar con éxito esa línea tan fina.

Me mira un instante, luego frunce el ceño.

—Lo entiendo. Pero, hasta la fecha, lo has hecho estupendamente.

—Pero ¿a qué coste personal? Estoy hecha un auténtico lío, me veo atada de pies y manos.

—Me gusta eso de atarte de pies y manos.

Sonríe maliciosamente.

—¡No lo decía en sentido literal!

Y le salpico agua, exasperada.

Me mira, arqueando una ceja.

—¿Me has salpicado?

—Sí.

Oh, no… esa mirada.

—Ay, señorita Steele. —Me agarra y me sube a su regazo, derramando agua por todo el suelo—. Creo que ya hemos hablado bastante por hoy.

Me planta una mano a cada lado de la cabeza y me besa. Apasionadamente. Se apodera de mi boca. Girándome la cabeza, controlándome. Gimo en sus labios. Esto es lo que le gusta. Lo que se le da bien. Me enciendo por dentro y hundo los dedos en su pelo, amarrándolo a mí, y le devuelvo el beso y le digo que yo también lo deseo de la única forma que sé. Gruñe, me coge y me sube a horcajadas, arrodillada sobre él, con su erección debajo de mí. Se echa hacia atrás y me mira, con los ojos entrecerrados, brillantes y lascivos. Bajo las manos para agarrarme al borde de la bañera, pero él me coge por las muñecas y me las sujeta a la espalda con una sola mano.

—Te la voy a meter —me susurra, y me levanta de forma que quedo suspendida encima de él—. ¿Lista?

—Sí —le susurro y me monta en su miembro, despacio, deliciosamente despacio… entrando hasta el fondo… observándome mientras me toma.

Gruño, cerrando los ojos, y saboreo la sensación, la absoluta penetración. Él mueve las caderas y yo gimo, inclinándome hacia delante y descansando la frente en la suya.

—Suéltame las manos, por favor —le susurro.

—No me toques —me suplica y, soltándome las manos, me agarra las caderas.

Me aferro al borde de la bañera, subo y luego bajo despacio, abriendo los ojos para verlo. Me observa, con la boca entreabierta, la respiración entrecortada, contenida, la lengua entre los dientes. Resulta tan… excitante. Estamos mojados y resbaladizos, frotándonos el uno contra el otro. Me inclino y lo beso. Él cierra los ojos. Tímidamente, subo las manos a su cabeza y le acaricio el pelo, sin apartar mi boca de la suya. Eso sí está permitido. Le gusta. Y a mí también. Nos movemos al unísono. Tirándole del pelo, le echo la cabeza hacia atrás y lo beso más apasionadamente, montándolo, cada vez más rápido, siguiendo su ritmo. Gimo en su boca. Él empieza a subirme más y más deprisa, agarrándome por las caderas. Me devuelve el beso. Somos todo bocas y lenguas húmedas, pelos revueltos y balanceo de caderas. Todo sensación… devorándolo todo una vez más. Estoy a punto… Empiezo a reconocer esa deliciosa contracción... acelerándose. Y el agua gira a nuestro alrededor, formando nuestro propio remolino, un torbellino de emoción, a medida que nuestros movimientos se vuelven más frenéticos... salpicando agua por todas partes, reflejando lo que sucede en mi interior... pero me da igual.

Amo a este hombre. Amo su pasión, el efecto que tengo en él. Adoro que haya volado hasta aquí para verme. Adoro que se preocupe por mí... que le importe. Es algo tan inesperado, tan satisfactorio. Él es mío y yo soy suya.

—Eso es, nena —jadea.

Y me corro; el orgasmo me arrasa, un clímax turbulento y apasionado que me devora entera. De pronto, me estrecha contra su cuerpo, enrosca los brazos a mi cintura y se corre él también.

—¡Ana, nena! —grita, y la suya es una invocación feroz, que me llega a lo más hondo del alma.

Estamos tumbados, mirándonos, de ojos grises a azules, cara a cara, en la inmensa cama, los dos abrazados a nuestras almohadas. Desnudos. Sin tocarnos. Solo mirándonos y admirándonos, tapados con la sábana.

—¿Quieres dormir? —pregunta Christian con voz tierna y llena de preocupación.

—No. No estoy cansada.

Me siento extrañamente revigorizada. Me ha venido tan bien hablar que no quiero parar.

—¿Qué quieres hacer? —pregunta.

—Hablar.

Sonríe.

—¿De qué?

—De cosas.

—¿De qué cosas?

—De ti.

—De mí ¿qué?

—¿Cuál es tu película favorita?

Sonríe.

—Actualmente, *El piano*.

Su sonrisa es contagiosa.

—Por supuesto. Qué boba soy. ¿Por esa banda sonora triste y emotiva que sin duda sabes interpretar? Cuántos logros, señor Grey.

—Y el mayor eres tú, señorita Steele.

—Entonces soy la número diecisiete.

Me mira ceñudo, sin comprender.

—¿Diecisiete?

—El número de mujeres con las que… has tenido sexo.

Esboza una sonrisa y los ojos le brillan de incredulidad.

—No exactamente.

—Tú me dijiste que habían sido quince.

Mi confusión es obvia.

—Me refería al número de mujeres que habían estado en mi cuarto de juegos. Pensé que era eso lo que querías saber. No me preguntaste con cuántas mujeres había tenido sexo.

—Ah. —Madre mía. Hay más… ¿Cuántas? Lo miro intrigada—. ¿Vainilla?

—No. Tú eres mi única relación vainilla —dice negando con la cabeza y sin dejar de sonreírme.

¿Por qué lo encuentra tan divertido? ¿Y por qué le sonrío yo también como una idiota?

—No puedo darte una cifra. No he ido haciendo muescas en el poste de la cama ni nada parecido.

—¿De cuántas hablamos: decenas, cientos… miles?

Voy abriendo los ojos a mediada que la cifra aumenta.

—Decenas. Nos quedamos en las decenas, por desgracia.

—¿Todas sumisas?

—Sí.

—Deja de sonreírme —finjo reprenderlo, tratando en vano de mantenerme seria.

—No puedo. Eres divertida.

—¿Divertida por peculiar o por graciosa?

—Un poco de ambas, creo —contesta, como le contesté yo a él.

—Eso es bastante insolente, viniendo de ti.

Se acerca y me besa la punta de la nariz.

—Esto te va a sorprender, Anastasia. ¿Preparada?

Asiento, con los ojos como platos y sin poder quitarme la sonrisa bobalicona de la cara.

—Todas eran sumisas en prácticas, cuando yo estaba haciendo mis prácticas. Hay sitios en Seattle y alrededores a los que se puede ir a practicar. A aprender a hacer lo que yo hago —dice.

¿Qué?

—Ah.

Lo miro extrañada.

—Pues sí, yo he pagado por sexo, Anastasia.

—Eso no es algo de lo que estar orgulloso —murmuro con cierta arrogancia—. Y tienes razón, me has dejado pasmada. Y enfadada por no poder dejarte pasmada yo.

—Te pusiste mis calzoncillos.

—¿Eso te sorprendió?

—Sí.

La diosa que llevo dentro hace un salto con pértiga de cinco metros.

—Y fuiste sin bragas a conocer a mis padres.

—¿Eso te sorprendió?

—Sí.

Uf, acaba de batir la marca de los cinco metros.

—Parece que solo puedo sorprenderte en el ámbito de la ropa interior.

—Me dijiste que eras virgen. Esa es la mayor sorpresa que me han dado nunca.

—Sí, tu cara era un poema. De foto —digo riendo como una boba.

—Me dejaste que te excitara con una fusta.

—¿Eso te sorprendió?

—Pues sí.

—Bueno, igual te dejo que lo vuelvas a hacer.

—Huy, eso espero, señorita Steele. ¿Este fin de semana?

—Vale —accedo tímidamente.

—¿Vale?

—Sí. Volveré al cuarto rojo del dolor.

—Me llamas por mi nombre.

—¿Eso te sorprende?

—Me sorprende lo mucho que me gusta.

—Christian.

Sonríe.

—Mañana quiero hacer una cosa —dice con los ojos brillantes de emoción.

—¿El qué?

—Una sorpresa. Para ti —añade en voz baja y suave.

Arqueo una ceja y contengo un bostezo, todo a la vez.

—¿La aburro, señorita Steele? —me pregunta socarrón.

—Nunca.

Se acerca y me besa suavemente los labios.

—Duerme —me ordena, y luego apaga la luz.

Y en ese momento tranquilo en que cierro los ojos, agotada y satisfecha, pienso que estoy en el ojo del huracán. Y, pese a todo lo que me ha dicho, y lo que no me ha dicho, dudo que alguna vez haya sido tan feliz.

24

Christian está en una jaula con barrotes de acero. Lleva sus vaqueros gastados y rajados, el pecho y los pies deliciosamente desnudos, y me mira fijamente. Tiene grabada en su hermoso rostro esa sonrisa suya de saber algo que los demás no saben, y sus ojos son de un gris intenso. En las manos lleva un cuenco de fresas. Se acerca con atlética elegancia al frente de la jaula, mirándome fijamente. Coge una fresa grande y madura y saca la mano por entre los barrotes.

—Come —me dice, sus labios acariciando cada sonido de la palabra.

Intento acercarme a él, pero estoy atada, una fuerza invisible me retiene sujetándome por la muñeca. Suéltame.

—Ven, come —dice, regalándome una de sus deliciosas sonrisas de medio lado.

Tiro y tiro… ¡suéltame! Quiero chillar y gritar, pero no me sale ningún sonido. Estoy muda. Christian estira un poco más el brazo y la fresa me roza los labios.

—Come, Anastasia.

Su boca pronuncia mi nombre alargando de forma sensual cada sílaba.

Abro la boca y muerdo, la jaula desaparece y dejo de estar atada. Alargo la mano para acariciarlo, pasear los dedos por el vello de su pecho.

—Anastasia.

No… Gimo.

—Vamos, nena.

No... Quiero acariciarte.

—Despierta.

No. Por favor... Abro a regañadientes los ojos una décima de segundo. Estoy en la cama y alguien me besuquea la oreja.

—Despierta, nena —me susurra, y el efecto de su voz dulce se extiende como caramelo caliente por mis venas.

Es Christian. Dios... aún es de noche, y el recuerdo de mi sueño persiste, desconcertante y tentador, en mi cabeza.

—Ay, nooo... —protesto.

Quiero volver a su pecho, a mi sueño. ¿Por qué me despierta? Es de madrugada, o eso parece. Madre mía. ¿No querrá sexo ahora?

—Es hora de levantarse, nena. Voy a encender la lamparita —me dice en voz baja.

—No —protesto de nuevo.

—Quiero perseguir el amanecer contigo —dice besándome la cara, los párpados, la punta de la nariz, la boca, y entonces abro los ojos. La lamparita está encendida—. Buenos días, preciosa —murmura.

Protesto, y él sonríe.

—No eres muy madrugadora —susurra.

Deslumbrada por la luz, entreabro los ojos y veo a Christian inclinado sobre mí, sonriendo. Divertido. Divertido conmigo. ¡Vestido! De negro.

—Pensé que querías sexo —me quejo.

—Anastasia, yo siempre quiero sexo contigo. Reconforta saber que a ti te pasa lo mismo —dice con sequedad.

Lo miro mientras mis ojos se adaptan a la luz y aún lo veo risueño... menos mal.

—Pues claro que sí, solo que no tan tarde.

—No es tarde, es temprano. Vamos, levanta. Vamos a salir. Te tomo la palabra con lo del sexo.

—Estaba teniendo un sueño tan bonito —gimoteo.

—¿Con qué soñabas? —pregunta paciente.

—Contigo.

Me ruborizo.

—¿Qué hacía esta vez?

—Intentabas darme de comer fresas.

En sus labios se dibuja un conato de sonrisa.

—El doctor Flynn tendría para rato con eso. Levanta, vístete. No te molestes en ducharte, ya lo haremos luego.

¡Lo haremos!

Me incorporo y la sábana resbala hasta mi cintura, dejando al descubierto mi cuerpo. Él se levanta para dejarme salir de la cama y me mira con deseo.

—¿Qué hora es?

—Las cinco y media de la mañana.

—Pues parece que sean las tres.

—No tenemos mucho tiempo. Te he dejado dormir todo lo posible. Vamos.

—¿No puedo ducharme?

Suspira.

—Si te duchas, voy a querer ducharme contigo, y tú y yo sabemos lo que pasará, que se nos irá el día. Vamos.

Está emocionado. Su rostro resplandece de ilusión y nerviosismo, como el de un niño. Me hace sonreír.

—¿Qué vamos a hacer?

—Es una sorpresa. Ya te lo he dicho.

No puedo evitar mirarlo con una amplia sonrisa.

—Vale.

Salgo de la cama y busco mi ropa, que, cómo no, está perfectamente doblada en la silla que hay junto a la cama. Además, me ha dejado uno de sus boxers de algodón, de Ralph Lauren, nada menos. Me los pongo, y me sonríe. Mmm, otra prenda íntima de Christian Grey, otro trofeo más que añadir a mi colección, junto con el coche, la BlackBerry, el Mac, su americana negra y un juego de valiosos incunables. Cabeceo al pensar en su generosidad, y frunzo el ceño cuando me viene a la mente una escena de *Tess*: la de las fresas. Me recuerda a mi sueño. Al infierno el doctor Flynn, hasta Freud tendría para rato con eso, y luego probablemente moriría intentando desentrañar a mi Cincuenta Sombras.

—Te dejo tranquila un rato ahora que ya te has levantado.

Christian se va al salón y yo voy al baño. Tengo necesidades que atender y quiero lavarme un poco. Siete minutos después estoy en el salón, aseada, peinada y vestida con mis vaqueros, mi blusa y la ropa interior de Christian Grey. Christian me mira desde la mesita de comedor en la que está desayunando. ¡Desayunando! A estas horas.

—Come —dice.

Madre mía... mi sueño. Me lo quedo mirando, recordando sus labios y su lengua al pronunciar mi nombre. Mmm, esa lengua experimentada...

—Anastasia —me dice muy serio, sacándome de mi ensoñación.

Realmente es demasiado temprano para mí. ¿Cómo manejo esta situación?

—Tomaré un poco de té. ¿Me puedo llevar un cruasán para luego?

Me mira con recelo y le sonrío con ternura.

—No me agües la fiesta, Anastasia —me advierte en voz baja.

—Comeré algo luego, cuando se me haya despertado el estómago. Hacia las siete y media, ¿vale?

—Vale.

Y me lanza una miradita suspicaz.

En serio... Tengo que esforzarme mucho para no ponerle mala cara.

—Me dan ganas de ponerte los ojos en blanco.

—Por favor, no te cortes, alégrame el día —me dice muy serio.

Miro al techo.

—Bueno, unos azotes me despertarían, supongo.

Frunzo los labios en silenciosa actitud pensativa.

Christian se queda boquiabierto.

—Por otra parte, no quiero que te calientes y te molestes por mí. El ambiente ya está bastante caldeado aquí.

Me encojo de hombros con aire indiferente.

Christian cierra la boca y se esfuerza en vano por parecer disgustado. Veo asomar la sonrisa al fondo de sus ojos.

—Como de costumbre, es usted muy difícil, señorita Steele. Bébete el té.

Veo la etiqueta de Twinings y se me alegra el corazón. ¿Ves?, sí que le importas, me dice por lo bajo mi subconsciente. Me siento y lo miro, embebiéndome de su belleza. ¿Alguna vez me saciaré de este hombre?

Cuando salimos de la habitación, Christian me lanza una sudadera.

—La vas a necesitar.

Lo miro perpleja.

—Confía en mí.

Sonríe, se inclina y me da un beso rápido en los labios, luego me coge de la mano y nos vamos.

Fuera, al relativo frío de la tenue luz que precede al alba, el aparcacoches le entrega a Christian las llaves de un coche deportivo de capota de lona. Miro arqueando una ceja a Christian, y él me sonríe satisfecho.

—A veces es genial que sea quien soy, ¿eh? —dice con una sonrisa cómplice que no puedo evitar emular.

Cuando está contento y relajado, es un encanto. Me abre la puerta con una reverencia exagerada y subo. Está de excelente humor.

—¿Adónde vamos?

—Ya lo verás.

Sonriente, arranca el coche y salimos a Savannah Parkway. Programa el GPS, luego pulsa un botón en el volante y una pieza clásica orquestal inunda el vehículo.

—¿Qué es? —pregunto mientras el sonido dulcísimo de un centenar de violines nos envuelve.

—Es de *La Traviata*, una ópera de Verdi.

Madre mía, es preciosa.

—¿*La Traviata*? He oído hablar de ella, pero no sé dónde. ¿Qué significa?

Christian me mira de reojo y sonríe.

—Bueno, literalmente, «la descarriada». Está basada en *La dama de las camelias*, de Alejandro Dumas.

—Ah, la he leído.

—Lo suponía.

—La desgraciada cortesana. —Me estremezco incómoda en el mullido asiento de cuero. ¿Intenta decirme algo?—. Mmm, es una historia deprimente —murmuro.

—¿Demasiado deprimente? ¿Quieres poner otra cosa? Está sonando en el iPod.

Christian exhibe otra vez su sonrisa secreta.

No veo el iPod por ninguna parte. Toca la pantalla del panel de mandos que hay entre los dos y, tachán, aparece la lista de temas.

—Elige tú.

Esboza una sonrisa y sé de inmediato que es un desafío.

El iPod de Christian Grey... esto va a ser interesante. Me muevo por la pantalla y encuentro la canción perfecta. Le doy al «Play». Jamás habría imaginado que él pudiera ser fan de Britney. El ritmo electrónico y bailable nos sobresalta, y Christian baja el volumen. Igual es demasiado temprano para esto: Britney en su faceta más sensual.

—Conque «Toxic», ¿eh? —sonríe Christian.

—No sé por qué lo dices —respondo haciéndome la inocente.

Baja un poco más la música y, en mi interior, me abrazo a mí misma. La diosa que llevo dentro se ha subido al podio y espera su medalla de oro. Ha bajado la música. ¡Victoria!

—Yo no he puesto esa canción en mi iPod —dice en tono despreocupado, y pisa tan fuerte el pedal que, cuando el coche acelera por la autovía, me voy hacia atrás en el asiento.

¿Qué? El muy capullo sabe bien lo que hace. ¿Quién la ha puesto? Y encima tengo que seguir oyendo a Britney, que parece que no va a callarse nunca. ¿Quién, quién?

Termina la canción y el iPod, en modo aleatorio, pasa a un tema tristón de Damien Rice. ¿Quién? ¿Quién? Miro por la ventanilla, con el estómago revuelto. ¿Quién?

—Fue Leila —responde a mis pensamientos no manifiestos.

¿Cómo lo hace?

—¿Leila?

—Una ex, ella puso la canción en el iPod.

Damien gorjea de fondo y yo me quedo pasmada. Una ex… ¿ex sumisa? Una ex…

—¿Una de las quince?

—Sí.

—¿Qué le pasó?

—Lo dejamos.

—¿Por qué?

Oh, Dios. Es demasiado temprano para esta clase de conversación. Pero parece relajado, hasta feliz, y lo que es más, hablador.

—Quería más.

Su voz suena profunda, introspectiva incluso, y deja la frase suspendida entre los dos, terminándola de nuevo con esa poderosa palabrita.

—¿Y tú no? —le suelto antes de poder activar mi filtro de pensamientos.

Mierda, ¿acaso quiero saberlo?

Niega con la cabeza.

—Yo nunca he querido más, hasta que te conocí a ti.

Doy un respingo, anonadada. ¿No es eso lo que yo quiero? ¡Él también quiere más! ¡Quiere más! La diosa que llevo dentro se ha bajado del podio de un salto mortal y se ha puesto a dar volteretas laterales por todo el estadio. No soy solo yo.

—¿Qué pasó con las otras catorce? —pregunto.

Venga, está hablando, aprovéchate.

—¿Quieres una lista? ¿Divorciada, decapitada, muerta?

—No eres Enrique VIII.

—Vale. Sin seguir ningún orden en particular, solo he tenido relaciones largas con cuatro mujeres, aparte de Elena.

—¿Elena?

—Para ti, la señora Robinson.

Esboza esa sonrisa suya del que sabe algo que los demás ignoran.

¡Elena! Vaya. La malvada tiene nombre, y de resonancias exóticas. De pronto imagino a una espléndida vampiresa de piel clara, pelo negro como el azabache y labios de un rojo rubí, y sé que es hermosa. No debo obsesionarme. No debo obsesionarme.

—¿Qué fue de esas cuatro? —pregunto para distraer mi mente.

—Qué inquisitiva, qué ávida de información, señorita Steele —me reprende en tono burlón.

—Mira quién habla, don Cuándo-te-toca-la-regla.

—Anastasia, un hombre debe saber esas cosas.

—¿Ah, sí?

—Yo sí.

—¿Por qué?

—Porque no quiero que te quedes embarazada.

—¡Ni yo quiero quedarme! Bueno, al menos hasta dentro de unos años.

Christian parpadea perplejo, luego se relaja visiblemente. Vale. Christian no quiere tener hijos. ¿Solo ahora o nunca? Me tiene alucinada su súbito arranque de sinceridad sin precedentes. ¿Será por el madrugón? ¿El agua de Georgia? ¿El aire de este estado? ¿Qué más quiero saber? *Carpe diem.*

—Bueno, ¿qué pasó entonces con las otras cuatro? —pregunto.

—Una conoció a otro. Las otras tres querían… más. A mí entonces no me apetecía más.

—¿Y las demás? —insisto.

Me mira un instante y niega con la cabeza.

—No salió bien.

Vaya, un montón de información que procesar. Miro por el retrovisor del coche y detecto el suave crescendo de rosas y aguamarina en el cielo a nuestra espalda. El amanecer nos sigue.

—¿Adónde vamos? —pregunto, perpleja. Estamos en la interestatal 95 y nos dirigimos hacia el sur, es lo único que sé.

—Vamos a un campo de aviación.

—No iremos a volver a Seattle, ¿verdad? —digo alarmada.

No me he despedido de mi madre. Y además nos espera para cenar.

Se echa a reír.

—No, Anastasia, vamos a disfrutar de mi segundo pasatiempo favorito.

—¿Segundo? —lo miro ceñuda.

—Sí. Esta mañana te he dicho cuál era mi favorito.

Contemplo su magnífico perfil, ceñuda, devanándome los sesos.

—Disfrutar de ti, señorita Steele. Eso es lo primero de mi lista. De todas las formas posibles.

Ah.

—Sí, también yo lo tengo en mi lista de perversiones favoritas —murmuro ruborizándome.

—Me complace saberlo —responde con sequedad.

—¿A un campo de aviación, dices?

Me sonríe.

—Vamos a planear.

El término me suena vagamente. Me lo ha mencionado antes.

—Vamos a perseguir el amanecer, Anastasia.

Se vuelve y me sonríe mientras el GPS lo insta a girar a la derecha hacia lo que parece un complejo industrial. Se detiene a la puerta de un gran edificio blanco con un rótulo que reza BRUNSWICK SOARING ASSOCIATION.

¡Vuelo sin motor! ¿Es lo que vamos a hacer?

Christian apaga el motor.

—¿Estás preparada para esto? —pregunta.

—¿Pilotas tú?

—Sí.

—¡Sí, por favor!

No titubeo. Sonríe, se inclina y me besa.

—Otra primera vez, señorita Steele —dice mientras sale del coche.

¿Primera vez? ¿Cómo que primera? La primera vez que pilota un planeador... ¡mierda! No, dice que ya lo ha hecho antes. Me relajo. Rodea el coche y me abre la puerta. El cielo ha adquirido un sutil tono opalescente, reluce y resplandece suavemente tras las esporádicas nubes de aspecto infantil. El amanecer se nos echa encima.

Cogiéndome de la mano, Christian me lleva por detrás del edificio hasta una gran zona asfaltada donde hay aparcados varios aviones. Junto a ellos hay un hombre de cabeza rapada y mirada huraña, acompañado de Taylor.

¡Taylor! ¿Es que Christian no va a ninguna parte sin él? Le dedico una sonrisa de oreja a oreja y él me la devuelve, amable.

—Señor Grey, este es su piloto de remolque, el señor Mark Benson —dice Taylor.

Christian y Benson se dan la mano e inician una conversación que suena muy técnica acerca de velocidad del viento, direcciones y cosas por el estilo.

—Hola, Taylor —digo tímidamente.

—Señorita Steele. —Me saluda con la cabeza y yo frunzo el ceño—. Ana —rectifica—. Ha estado de un humor de perros estos últimos días. Me alegro de que estemos aquí —me dice en tono conspirador.

Vaya, esto es nuevo. ¿Por qué? ¡No será por mí! ¡Jueves de revelaciones! Debe de haber algo en el agua de Savannah que les suelta la lengua a estos hombres.

—Anastasia —me llama Christian—. Ven.

Me tiende la mano.

—Hasta luego.

Sonrío a Taylor, quien, tras un rápido gesto de despedida vuelve al aparcamiento.

—Señor Benson, esta es mi novia, Anastasia Steele.

—Encantado de conocerlo —murmuro mientras nos damos la mano.

Benson me dedica una espléndida sonrisa.

—Igualmente —dice, y distingo por su acento que es británico.

Le doy la mano a Christian y noto que se me agarran los nervios al estómago. ¡Uau, vamos a hacer vuelo sin motor! Cruzamos con Mark Benson la zona asfaltada hasta la pista. Christian y él siguen hablando. Yo capto lo esencial. Vamos a ir en un Blanik L-23, que, por lo visto, es mejor que el L-13, aunque esto es discutible. Benson pilotará una Piper Pawnee. Lleva ya unos cinco años pilotando planeadores. No entiendo nada, pero mirar a Christian y verlo tan animado, tan en su elemento, es todo un placer.

El avión en cuestión es alargado, de líneas puras, y blanco con rayas naranjas. Tiene una pequeña cabina con dos asientos, uno delante del otro. Está sujeto mediante un largo cable blanco a un avión convencional pequeño de una sola hélice. Benson levanta la cubierta cóncava de plexiglás que enmarca la cabina para que podamos subir.

—Primero hay que ponerse los paracaídas.

¡Paracaídas!

—Ya lo hago yo —lo interrumpe Christian, y le coge los arneses a Benson, que le sonríe amable.

—Voy a por el lastre —dice Benson, y se dirige al avión.

—Te gusta atarme a cosas —observo con sequedad.

—Señorita Steele, no tiene usted ni idea. Toma, mete brazos y piernas por las correas.

Hago lo que me dice, apoyándome en su hombro. Christian se pone algo rígido, pero no se mueve. En cuanto he metido las piernas por las correas, me sube el paracaídas y meto los brazos por las de los hombros. Con destreza, me abrocha los arneses y aprieta todas las correas.

—Hala, ya estás —dice con aire tranquilo, pero le brillan los ojos—. ¿Llevas la goma del pelo de ayer?

Asiento.

—¿Quieres que me recoja el pelo?

—Sí.

Hago enseguida lo que me pide.

—Venga, adentro —me ordena.

Tan mandón como siempre… Me dispongo a sentarme atrás.

—No, delante. El piloto va detrás.

—Pero ¿verás algo?

—Veré lo suficiente. —Sonríe.

Creo que nunca lo había visto tan contento, mandón pero contento. Subo y me instalo en el asiento de cuero. Para mi sorpresa, es muy cómodo. Christian se inclina hacia delante, me echa el arnés por los hombros, busca entre mis piernas el cinturón inferior y lo encaja en el que descansa sobre mi vientre. Aprieta todas las correas de sujeción.

—Mmm, dos veces en la misma mañana; soy un hombre con suerte —susurra, y me besa deprisa—. No va a durar mucho: veinte, treinta minutos a lo sumo. Las masas de aire no son muy buenas a esta hora de la mañana, pero las vistas desde allá arriba son impresionantes. Espero que no estés nerviosa.

—Emocionada.

Le dedico una sonrisa radiante.

¿De dónde ha salido esa sonrisa tan ridícula? En realidad, una parte de mí está aterrada. La diosa que llevo dentro se ha escondido bajo la manta detrás del sofá.

—Bien.

Me devuelve la sonrisa, acariciándome la cara, y luego desaparece de mi vista.

Lo oigo y lo siento instalarse a mi espalda. Me ha atado tan fuerte que no puedo ni volverme a mirarlo, claro… ¡Típico! Estamos casi a ras de suelo. Delante de mí hay un panel de indicadores y palancas, y una especie de manubrio grande que dejo bien quietecito.

Aparece Mark Benson, sonriente, comprueba mis correas, se inclina hacia delante y mira algo en el suelo de la cabina. Creo que es el lastre.

—Muy bien, todo en orden. ¿Es la primera vez? —me pregunta.

—Sí.

—Te va a encantar.

—Gracias, señor Benson.

—Llámame Mark. —Se vuelve hacia Christian—. ¿Todo bien?

—Sí. Vamos.

Me alegro de no haber comido nada. Estoy nerviosísima y dudo que a mi estómago le apeteciera mucho mezclar comida, nervios y paseo por los aires. Una vez más, me pongo en las manos expertas de este hermoso hombre. Mark baja la cubierta de la cabina, se dirige tranquilamente al avión de delante y se sube a él.

La hélice de la Piper se pone en marcha y el estómago inquieto se me sube a la garganta. Dios… lo estoy haciendo. Mark entra despacio en pista y, cuando el cable se tensa, arrancamos nosotros también, de un tirón. Ya estamos en marcha. Oigo parlotear por la radio que tengo a mi espalda. Creo que es Mark dirigiéndose a la torre, pero no distingo lo que dice. Según va acelerando la Piper, nosotros también. Avanzamos a trompicones y la avioneta que llevamos delante aún no ha despegado. Dios, ¿es que no vamos a elevarnos nunca? De pronto, el estómago se me va de la boca y se me baja en picado a los pies: estamos en el aire.

—¡Allá vamos, nena! —me grita Christian desde atrás.

Estamos los dos solos, en nuestra burbuja. Solo oigo el viento que nos azota y el zumbido lejano del motor de la Piper.

Me agarro al borde del asiento con las dos manos, tan fuerte que se me ponen blancos los nudillos. Nos dirigimos al oeste, hacia el interior, lejos del sol naciente, ganando altura, dejando atrás campos, bosques, viviendas y la interestatal 95.

Madre mía. Esto es alucinante; por encima de nosotros no hay más que cielo. La luz es extraordinaria, difusa y cálida, y recuerdo las divagaciones de José sobre «la hora mágica», una hora del día que adoran los fotógrafos. Es esta... justo después del amanecer, y yo estoy en ella, con Christian.

De pronto, me acuerdo de la exposición de José. Mmm. Tengo que decírselo a Christian. Me pregunto un instante cómo se lo tomará. Pero no voy a preocuparme de eso ahora; estoy disfrutando del viaje. Según vamos ascendiendo, se me taponan los oídos y el suelo queda cada vez más lejos. Qué paz. Entiendo perfectamente por qué le gusta estar aquí arriba. Lejos de la BlackBerry y de toda la presión de su trabajo.

La radio crepita y Mark nos dice que estamos a mil metros de altitud. Joder, eso es muy alto. Miro a tierra y ya no puedo distinguir nada de allá abajo.

—Suéltanos —dice Christian a la radio, y de pronto la Piper desaparece y con ella la sensación de arrastre que nos proporcionaba la avioneta.

Flotamos, flotamos sobre Georgia.

Madre mía, qué emocionante. El planeador se ladea y gira al descender el ala, y nos dirigimos en espiral hacia el sol. Ícaro. Eso es. Vuelo cerca del sol, pero él está conmigo, y me guía. Me acelero de pensarlo. Describimos una espiral tras otra y las vistas con esta luz del día son espectaculares.

—¡Agárrate fuerte! —me grita, y volvemos a descender... solo que esta vez no para. De pronto me veo cabeza abajo, mirando al suelo a través de la cubierta de la cabina.

Chillo como una posesa y estiro automáticamente los brazos, apoyando las manos en el plexiglás como para frenar la caída. Lo oigo reírse. ¡Cabrón! Pero su alegría es contagiosa, y también yo me río cuando endereza el planeador.

—¡Menos mal que no he desayunado! —le grito.

—Sí, pensándolo bien, menos mal, porque voy a volver a hacerlo.

Desciende en picado una vez más hasta ponernos cabeza abajo. Esta vez, como estoy preparada, me quedo colgando del arnés, y eso me hace reír como una boba. Vuelve a nivelar el planeador.

—¿A que es precioso? —me grita.

—Sí.

Volamos, planeando majestuosamente por el aire, escuchando el viento y el silencio, a la luz de primera hora de la mañana. ¿Se puede pedir más?

—¿Ves la palanca de mando que tienes delante? —me grita ahora.

Miro la palanca que vibra entre mis piernas. Oh, no, ¿qué pretenderá que haga?

—Agárrala.

Mierda. Me va a hacer pilotar el planeador. ¡No!

—Vamos, Anastasia, agárrala —me insta con mayor vehemencia.

La agarro tímidamente y noto las cabezadas y guiñadas de lo que supongo que son los timones y las palas o lo que sea que mantenga esta cosa en el aire.

—Agárrala fuerte… mantenla firme. ¿Ves el dial de en medio, delante de ti? Que la aguja no se mueva del centro.

Tengo el corazón en la boca. Madre mía. Estoy pilotando un planeador… estoy planeando.

—Buena chica.

Christian parece encantado.

—Me extraña que me dejes tomar el control —grito.

—Te extrañaría saber las cosas que te dejaría hacer, señorita Steele. Ya sigo yo.

Noto que la palanca se mueve de pronto y la suelto mientras descendemos en espiral varios metros; los oídos se me vuelven a taponar. El suelo está cada vez más cerca y parece que nos vamos a estrellar. Dios… es aterrador.

—BMA, habla BG N Papa Tres Alfa, entrando a favor del viento en pista siete izquierda a hierba, BMA —dice Christian con su tono autoritario de siempre.

La torre le responde por la radio, pero no entiendo lo que dicen. Planeamos de nuevo, describiendo un gran círculo, y vamos aproximándonos a tierra. Veo el campo de aviación, las pistas de aterrizaje, y sobrevolamos de nuevo la interestatal 95.

—Agárrate, nena, que vienen baches.

Después de un círculo más, descendemos y, de repente, tocamos tierra con un breve golpetazo, y nos deslizamos sobre la hierba. Madre mía. Me castañetean los dientes mientras avanzamos dando tumbos a una velocidad alarmante, hasta que por fin nos detenemos. El planeador se bambolea, luego se ladea a la derecha. Tomo una buena bocanada de aire mientras Christian se agacha y levanta la cubierta de la cabina, baja y se estira.

—¿Qué tal? —me pregunta, y los ojos le brillan de un gris plateado deslumbrante mientras se inclina para desabrocharme.

—Ha sido fantástico. Gracias —susurro.

—¿Ha sido más? —pregunta, con la voz teñida de esperanza.

—Mucho más —le digo, y sonríe.

—Vamos.

Me tiende la mano y salgo de la cabina.

En cuanto salgo, me agarra y me estrecha contra su cuerpo. Hunde sus manos en mi pelo y tira de él para echarme la cabeza hacia atrás; desliza la otra mano hasta el final de la espalda. Me besa… un beso largo, vehemente y apasionado, invadiéndome la boca con su lengua. Su respiración se acelera, su ardor, su erección… Dios mío, que estamos en medio del campo. Pero me da igual. Le engancho el pelo, amarrándolo a mí. Lo deseo, aquí, ahora, en el suelo. Se aparta y me mira; sus ojos se ven ahora oscuros y luminosos a la luz de primera hora, repletos de sensualidad cruda y arrogante. Uau. Me deja sin aliento.

—Desayuno —susurra, haciéndolo sonar deliciosamente erótico.

¿Cómo puede hacer que unos huevos con beicon suenen a fruta prohibida? Es una destreza extraordinaria. Da media vuelta, me coge de la mano y nos dirigimos al coche.

—¿Y el planeador?

—Ya se ocuparán de él —dice con aire displicente—. Ahora vamos a comer algo.

Su tono no deja lugar a dudas.

¡Comer! Me habla de comida cuando lo único que me apetece de verdad es él.

—Vamos.

Sonríe.

Nunca lo he visto así, y es una auténtica gozada. Me sorprendo caminando a su lado, de la mano, con una sonrisa bobalicona pintada en la cara. Me recuerda a cuando tenía diez años y pasaba el día en Disneylandia con Ray. Era un día perfecto, y me parece que este también lo va a ser.

De nuevo en el coche, mientras volvemos a Savannah por la interestatal 95, me suena la alarma del móvil. Ah, sí, la píldora.

—¿Qué es eso? —pregunta Christian, curioso, mirándome.

Hurgo en el bolso en busca de la cajita.

—Una alarma para tomarme la píldora —murmuro mientras se me encienden las mejillas.

Esboza una sonrisa.

—Bien hecho. Odio los condones.

Me ruborizo un poco más. Suena tan condescendiente como siempre.

—Me ha gustado que me presentaras a Mark como tu novia —digo.

—¿No es eso lo que eres? —dice arqueando una ceja.

—¿Lo soy? Pensé que tú querías una sumisa.

—Quería, Anastasia, y quiero. Pero ya te lo he dicho: yo también quiero más.

Madre mía. Empieza a ceder; me invade la esperanza y me deja sin aliento.

—Me alegra mucho que quieras más —susurro.

—Nos proponemos complacer, señorita Steele.

Sonríe satisfecho mientras nos detenemos en un International House of Pancakes.

—Un IHOP.

Le devuelvo la sonrisa. No me lo puedo creer. ¿Quién iba a decirlo? Christian Grey en un IHOP.

Son las ocho y media, pero el restaurante está tranquilo. Huele a fritanga dulce y a desinfectante. Uf, no es un aroma tentador. Christian me lleva hasta un cubículo.

—Jamás te habría imaginado en un sitio como este —le digo mientras nos sentamos.

—Mi padre solía traernos a uno de estos siempre que mi madre se iba a un congreso médico. Era nuestro secreto.

Me sonríe con los ojos brillantes, luego coge una carta, pasándose una mano por el cabello alborotado, y le echa un vistazo.

Ah, yo también quiero pasarle las manos por el pelo. Cojo una carta y la examino. Me doy cuenta de que estoy muerta de hambre.

—Yo ya sé lo que quiero —dice con voz grave y ronca.

Alzo la vista y me está mirando de esa forma que me contrae todos los músculos del vientre y me deja sin aliento, sus ojos oscuros y ardientes. Madre mía. Le devuelvo la mirada, con la sangre corriéndome rauda por las venas en respuesta a su llamada.

—Yo quiero lo mismo que tú —susurro.

Inspira hondo.

—¿Aquí? —me pregunta provocador arqueando una ceja, con una sonrisa perversa y la punta de la lengua asomando entre los dientes.

Madre mía… sexo en el IHOP. Su expresión cambia, se oscurece.

—No te muerdas el labio —me ordena—. Aquí, no; ahora no. —Su mirada se endurece momentáneamente y, por un instante, lo encuentro deliciosamente peligroso—. Si no puedo hacértelo aquí, no me tientes.

—Hola, soy Leandra. ¿Qué les apetece… tomar… esta mañana…? —farfulla al ver a don Guapísimo enfrente de mí.

Se pone como un tomate y, en el fondo, no me cuesta entenderla, porque a mí sigue produciéndome ese efecto. Su presencia me permite escapar brevemente de la mirada sensual de Christian.

—¿Anastasia? —me pregunta, ignorándola, y dudo que nadie pudiera pronunciar mi nombre de forma más carnal que él en este momento.

Trago saliva, rezando para no ponerme del mismo color que la pobre Leandra.

—Ya te he dicho que quiero lo mismo que tú —respondo en voz baja, grave, y él me lanza una mirada voraz.

Uf, la diosa que llevo dentro se desmaya. ¿Estoy preparada para este juego?

Leandra me mira a mí, luego a él, y después a mí otra vez. Está casi del mismo color que su resplandeciente melena pelirroja.

—¿Quieren que les deje unos minutos más para decidir?

—No. Sabemos lo que queremos.

En el rostro de Christian se dibuja una sexy sonrisita.

—Vamos a tomar dos tortitas normales con sirope de arce y beicon al lado, dos zumos de naranja, un café cargado con leche desnatada y té inglés, si tenéis —dice Christian sin quitarme los ojos de encima.

—Gracias, señor. ¿Eso es todo? —susurra Leandra, mirando a todas partes menos a nosotros.

Los dos nos volvemos a mirarla y ella se pone otra vez como un tomate y sale corriendo.

—¿Sabes?, no es justo.

Miro la mesa de formica y trazo dibujitos en ella con el dedo índice, procurando sonar desenfadada.

—¿Qué es lo que no es justo?

—El modo en que desarmas a la gente. A las mujeres. A mí.

—¿Te desarmo?

Resoplo.

—Constantemente.

—No es más que el físico, Anastasia —dice en tono displicente.

—No, Christian, es mucho más que eso.

Frunce el ceño.

—Tú me desarmas totalmente, señorita Steele. Por tu inocencia. Que supera cualquier barrera.

—¿Por eso has cambiado de opinión?

—¿Cambiado de opinión?

—Sí… sobre… lo nuestro.

Se acaricia la barbilla pensativo con sus largos y hábiles dedos.

—No creo que haya cambiado de opinión en sí. Solo tenemos que redefinir nuestros parámetros, trazar de nuevo los frentes de batalla, por así decirlo. Podemos conseguir que esto funcione, estoy seguro. Yo quiero que seas mi sumisa y tenerte en mi cuarto de juegos. Y castigarte cuando incumplas las normas. Lo demás… bueno, creo que se puede discutir. Esos son mis requisitos, señorita Steele. ¿Qué te parece?

—Entonces, ¿puedo dormir contigo? ¿En tu cama?

—¿Eso es lo que quieres?

—Sí.

—Pues acepto. Además, duermo muy bien cuando estás conmigo. No tenía ni idea.

Arruga la frente y su voz se apaga.

—Me aterraba que me dejaras si no accedía a todo —susurro.

—No me voy a ir a ninguna parte, Anastasia. Además… —Se interrumpe y, después de pensarlo un poco, añade—: Estamos siguiendo tu consejo, tu definición: compromiso. Lo que me dijiste por correo. Y, de momento, a mí me funciona.

—Me encanta que quieras más —murmuro tímidamente.

—Lo sé.

—¿Cómo lo sabes?

—Confía en mí. Lo sé.

Me sonríe satisfecho. Me oculta algo. ¿Qué?

En ese momento llega Leandra con el desayuno, poniendo fin a nuestra conversación. Me ruge el estómago, recordándome que estoy muerta de hambre. Christian observa con enojosa complacencia cómo devoro el plato entero.

—¿Te puedo invitar? —le pregunto.

—Invitar ¿a qué?

—Pagarte el desayuno.

Resopla.

—Me parece que no —suelta con un bufido.

—Por favor. Quiero hacerlo.

Me mira ceñudo.

—¿Quieres castrarme del todo?

—Este es probablemente el único sitio en el que puedo permitirme pagar.

—Anastasia, te agradezco la intención. De verdad. Pero no.

Frunzo los labios.

—No te enfurruñes —me amenaza, con un brillo inquietante en los ojos.

Como era de esperar, no me pregunta la dirección de mi madre. Ya la sabe, como buen acosador que es. Cuando se detiene frente a la puerta de la casa, no hago ningún comentario. ¿Para qué?

—¿Quieres entrar? —le pregunto tímidamente.

—Tengo que trabajar, Anastasia, pero esta noche vengo. ¿A qué hora?

Hago caso omiso de la desagradable punzada de desilusión. ¿Por qué quiero pasar hasta el último segundo con este dios del sexo tan controlador? Ah, sí, porque me he enamorado de él y sabe volar.

—Gracias… por el más.

—Un placer, Anastasia.

Me besa e inhalo su sensual olor a Christian.

—Te veo luego.

—Intenta impedírmelo —me susurra.

Le digo adiós con la mano mientras su coche se pierde en la luz del sol de Georgia. Llevo su sudadera y su ropa interior, y tengo mucho calor.

En la cocina, mi madre está hecha un manojo de nervios. No tiene que agasajar a un multimillonario todos los días, y está bastante estresada.

—¿Cómo estás, cariño? —pregunta, y me sonrojo, porque debe de saber lo que estuve haciendo anoche.

—Estoy bien. Christian me ha llevado a planear esta mañana. Confío en que ese nuevo dato la distraiga.

—¿A planear? ¿En uno de esos avioncitos sin motor?

Asiento con la cabeza.

—Uuau.

Se queda sin habla, toda una novedad en mi madre. Me mira pasmada, pero al final se recupera y retoma la línea de interrogatorio inicial.

—¿Qué tal anoche? ¿Hablasteis?

Dios… Me pongo como un tomate.

—Hablamos… anoche y hoy. La cosa va mejorando.

—Me alegro.

Devuelve su atención a los cuatro libros de cocina que tiene abiertos sobre la mesa.

—Mamá, si quieres cocino yo esta noche.

—Ay, cielo, es un detalle por tu parte, pero quiero hacerlo yo.

—Vale.

Hago una mueca, consciente de que la cocina de mi madre es un poco a lo que salga. Igual ha mejorado desde que se mudó a Savannah con Bob. Hubo un tiempo en que no me habría atrevido a someter a nadie al suplicio de uno de sus platos, ni siquiera a… a ver, alguien a quien odie… ah, sí, a la señora Robinson, a Elena. Bueno, quizá a ella sí. ¿Conoceré algún día a esa maldita mujer?

Decido enviarle un breve e-mail de agradecimiento a Christian.

De: Anastasia Steele
Fecha: 2 de junio de 2011 10:20 EST
Para: Christian Grey
Asunto: Planear mejor que apalear

A veces sabes cómo hacer pasar un buen rato a una chica.
Gracias.

Ana x

De: Christian Grey
Fecha: 2 de junio de 2011 10:24 EST
Para: Anastasia Steele
Asunto: Planear mejor que apalear

Prefiero cualquiera de las dos cosas a tus ronquidos. Yo también lo
he pasado bien.
Pero siempre lo paso bien cuando estoy contigo.

Christian Grey
Presidente de Grey Enterprises Holdings Inc.

De: Anastasia Steele
Fecha: 2 de junio de 2011 10:26 EST
Para: Christian Grey
Asunto: RONQUIDOS

YO NO RONCO. Y si lo hiciera, no es muy galante por tu parte comentarlo.
¡Qué poco caballeroso, señor Grey! Además, que sepas que estás
en el Profundo Sur.

Ana

De: Christian Grey
Fecha: 2 de junio de 2011 10:28 EST
Para: Anastasia Steele
Asunto: Somniloquia

Yo nunca he dicho que fuera un caballero, Anastasia, y creo que te lo
he demostrado en numerosas ocasiones. No me intimidan tus mayúsculas CHILLONAS. Pero reconozco que era una mentirijilla pia-

dosa: no, no roncas, pero sí hablas dormida. Y es fascinante. ¿Qué hay de mi beso?

Christian Grey
Sinvergüenza y presidente de Grey Enterprises Holdings Inc.

Maldita sea. Sé que hablo en sueños. Kate me lo ha comentado montones de veces. ¿Qué caray habré dicho? Oh, no.

De: Anastasia Steele
Fecha: 2 de junio de 2011 10:32 EST
Para: Christian Grey
Asunto: Desembucha

Eres un sinvergüenza y un canalla; de caballero, nada, desde luego. A ver, ¿qué he dicho? ¡No hay besos hasta que me lo cuentes!

De: Christian Grey
Fecha: 2 de junio de 2011 10:35 EST
Para: Anastasia Steele
Asunto: Bella durmiente parlante

Sería una descortesía por mi parte contártelo; además, ya he recibido mi castigo.
Pero, si te portas bien, a lo mejor te lo cuento esta noche. Tengo que irme a una reunión.
Hasta luego, nena.

Christian Grey
Sinvergüenza, canalla y presidente de Grey Enterprises Holdings Inc.

¡Genial! Voy a permanecer totalmente incomunicada hasta la noche. Estoy que echo humo. Dios... Supongamos que he dicho en sueños que lo odio, o peor aún, que lo quiero. Uf, espero que no. No estoy preparada para decirle eso, y estoy convencida de que él no está preparado para oírlo, si es que alguna vez quiere oírlo. Miro ceñuda el ordenador y decido que, cocine lo que cocine mi madre, voy a hacer pan, para descargar mi frustración amasando.

Mi madre se ha decidido por un gazpacho y bistecs a la barbacoa marinados en aceite de oliva, ajo y limón. A Christian le gusta la carne, y es fácil de hacer. Bob se ha ofrecido voluntario para encargarse de la barbacoa. ¿Qué tendrán los hombres con el fuego?, me pregunto mientras sigo a mi madre por el súper con el carrito de la compra.

Mientras echamos un vistazo a la sección de carnes, me suena el móvil. Rebusco en el bolso, pensando que podría ser Christian. No reconozco el número.

—¿Diga? —respondo sin aliento.

—¿Anastasia Steele?

—Sí.

—Soy Elizabeth Morgan, de SIP.

—Ah… hola.

—Llamo para ofrecerte el puesto de ayudante del señor Hyde. Nos gustaría que empezaras el lunes.

—Uau. Eso es estupendo. ¡Gracias!

—¿Conoces las condiciones salariales?

—Sí. Sí… bueno, que acepto vuestra propuesta. Me encantaría trabajar para vosotros.

—Fabuloso. Entonces… ¿nos vemos el lunes a las ocho y media?

—Nos vemos. Adiós. Y gracias.

Sonrío feliz a mi madre.

—¿Tienes trabajo?

Asiento emocionada y ella se pone a chillar y a abrazarme en medio del súper.

—¡Enhorabuena, cariño! ¡Hay que comprar champán!

Va dando palmas y brincos por los pasillos. ¿Qué tiene, cuarenta y dos años o doce?

Miro el móvil y frunzo el ceño: hay una llamada perdida de Christian. Él nunca me telefonea. Lo llamo enseguida.

—Anastasia —responde de inmediato.

—Hola —murmuro tímidamente.

—Tengo que volver a Seattle. Ha surgido algo. Voy camino de Hilton Head. Pídele disculpas a tu madre de mi parte, por favor; no puedo ir a cenar.

Parece muy agobiado.

—Nada serio, espero.

—Ha surgido un problema del que debo ocuparme. Te veo mañana. Mandaré a Taylor a recogerte al aeropuerto si no puedo ir yo.

Suena frío. Enfadado, incluso. Pero, por primera vez, no pienso automáticamente que es por mi culpa.

—Vale. Espero que puedas resolver el problema. Que tengas un buen vuelo.

—Tú también, nena —me susurra y, con esas palabras, mi Christian vuelve un instante.

Luego cuelga.

Oh, no. El último «problema» con el que tuvo que lidiar fue el de mi virginidad. Dios, espero que no sea nada de eso. Miro a mi madre. Su júbilo anterior se ha transformado en preocupación.

—Es Christian. Tiene que volver a Seattle. Te pide disculpas.

—¡Vaya! Qué lástima, cariño. Podemos hacer la barbacoa de todas formas. Además, ahora tenemos algo que celebrar: ¡tu nuevo empleo! Tienes que contármelo todo al respecto.

A última hora de la tarde, mamá y yo estamos tumbadas junto a la piscina. Mamá se ha relajado tanto después de saber que el señor Millonetis no viene a cenar que está tendida completamente horizontal. Tirada al sol, empeñada en librarme de mi palidez, pienso en anoche y en el desayuno de hoy. Pienso en Christian y no puedo quitarme la sonrisa tonta de los labios. Vuelve una y otra vez a mi cara, espontánea y desconcertante, cuando recuerdo nuestras varias conversaciones y lo que hicimos… lo que me hizo.

Parece que ha habido un cambio sustancial en la actitud de

Christian. Él lo niega, pero reconoce que está intentando darme más. ¿Qué puede haber cambiado? ¿Qué ha variado entre aquel largo correo que me envió y cuando nos vimos ayer? ¿Qué ha hecho? Me incorporo de pronto y casi tiro el refresco. Cenó con… ella. Con Elena.

¡Maldita sea!

Se me eriza el vello al caer en la cuenta. ¿Le diría algo ella? Ah… si hubiera podido ser una mosca pegada en la pared durante su cena… Habría caído en su sopa o en su copa de vino para que se atragantara.

—¿Qué pasa, cielo? —me pregunta mi madre, saliendo de golpe de su sopor.

—Cosas mías, mamá. ¿Qué hora es?

—Serán las seis y media, cariño.

Mmm… no habrá aterrizado aún. ¿Se lo puedo preguntar? ¿Debería preguntárselo? A lo mejor ella no tiene nada que ver. Espero fervientemente que sea así. ¿Qué habré dicho en sueños? Mierda… algún comentario inoportuno cuando soñaba con él, seguro. Sea lo que sea, o lo que fuera, confío en que ese cambio repentino sea cosa de él y no se deba a ella.

Me estoy achicharrando con este maldito calor. Necesito darme otro chapuzón.

Mientras me preparo para acostarme, enciendo el ordenador. No he tenido noticias de Christian. Ni siquiera me ha escrito para decirme si ha llegado bien.

De: Anastasia Steele
Fecha: 2 de junio de 2011 22:32 EST
Para: Christian Grey
Asunto: ¿Has llegado bien?

Querido señor:
Por favor, hazme saber si has llegado bien. Empiezo a preocuparme.

Pienso en ti.

Tu Ana x

A los tres minutos, oigo que me entra un correo.

De: Christian Grey
Fecha: 2 de junio de 2011 19:36
Para: Anastasia Steele
Asunto: Lo siento

Querida señorita Steele:
He llegado bien; por favor, discúlpeme por no haberle dicho nada. No quiero causarle preocupaciones; me reconforta saber que le importo. Yo también pienso en usted y, como siempre, estoy deseando volver a verla mañana.

Christian Grey
Presidente de Grey Enterprises Holdings Inc.

Suspiro. Christian ha vuelto a su habitual corrección.

De: Anastasia Steele
Fecha: 2 de junio de 2011 22:40 EST
Para: Christian Grey
Asunto: El problema

Querido señor Grey:
Me parece que es más que evidente que me importas mucho. ¿Cómo puedes dudarlo?
Espero que tengas controlado «el problema».

Tu Ana x

P.D.: ¿Me vas a contar lo que dije en sueños?

De: Christian Grey
Fecha: 2 de junio de 2011 19:45
Para: Anastasia Steele
Asunto: Me acojo a la Quinta Enmienda

Querida señorita Steele:
Me encanta saber que le importo tanto. «El problema» aún no se ha resuelto.
En cuanto a su posdata, la respuesta es no.

Christian Grey
Presidente de Grey Enterprises Holdings Inc.

De: Anastasia Steele
Fecha: 2 de junio de 2011 22:48 EST
Para: Christian Grey
Asunto: Alego locura transitoria

Espero que fuera divertido, pero que sepas que no me responsabilizo de lo que pueda salir por mi boca mientras estoy inconsciente. De hecho, probablemente me oyeras mal.
A un hombre de tu avanzada edad sin duda le falla un poco el oído.

De: Christian Grey
Fecha: 2 de junio de 2011 19:52
Para: Anastasia Steele
Asunto: Me declaro culpable

Querida señorita Steele:
Perdone, ¿podría hablarme más alto? No la oigo.

Christian Grey
Presidente de Grey Enterprises Holdings Inc.

De: Anastasia Steele
Fecha: 2 de junio de 2011 22:54 EST

Para: Christian Grey
Asunto: Alego de nuevo locura transitoria

Me estás volviendo loca.

De: Christian Grey
Fecha: 2 de junio de 2011 19:59
Para: Anastasia Steele
Asunto: Eso espero...

Querida señorita Steele:
Eso es precisamente lo que me proponía hacer el viernes por la noche. Lo estoy deseando. ;)

Christian Grey
Presidente de Grey Enterprises Holdings Inc.

De: Anastasia Steele
Fecha: 2 de junio de 2011 23:02 EST
Para: Christian Grey
Asunto: Grrrrrr

Que sepas que estoy furiosa contigo.
Buenas noches.

Señorita A. R. Steele

De: Christian Grey
Fecha: 2 de junio de 2011 20:05
Para: Anastasia Steele
Asunto: Gata salvaje

¿Me está sacando las uñas, señorita Steele?
Yo también tengo gato para defenderme.

Christian Grey
Presidente de Grey Enterprises Holdings Inc.

¿Que también tiene gato? Nunca he visto un gato en su casa. No, no le voy a contestar. Cómo me exaspera a veces… De cincuenta mil maneras distintas. Me meto en la cama y me quedo tumbada mirando furiosa al techo mientras mis ojos se adaptan a la oscuridad. Oigo que me entra otro correo. No voy a mirarlo. No, ni hablar. No, no voy a mirarlo. ¡Agh…! Soy tan boba que no puedo resistirme al hechizo de las palabras de Christian Grey.

De: Christian Grey
Fecha: 2 de junio de 2011 20:20
Para: Anastasia Steele
Asunto: Lo que dijiste en sueños

Anastasia:
Preferiría oírte decir en persona lo que te oí decir cuando dormías, por eso no quiero contártelo. Vete a la cama. Más vale que mañana estés descansada para lo que te tengo preparado.

Christian Grey
Presidente de Grey Enterprises Holdings Inc.

Oh, no… ¿Qué dije? Seguro que es tan malo como pienso.

25

Mi madre me abraza fuerte.

—Haz caso a tu corazón, cariño, y por favor, procura no darle demasiadas vueltas a las cosas. Relájate y disfruta. Eres muy joven, cielo. Aún te queda mucha vida por delante, vívela. Te mereces lo mejor.

Sus sentidas palabras susurradas al oído me confortan. Me besa el pelo.

—Ay, mamá.

Me cuelgo de su cuello y, de repente, los ojos se me llenan de lágrimas.

—Cariño, ya sabes lo que dicen: hay que besar a muchos sapos para encontrar al príncipe azul.

Le dedico una sonrisa torcida, agridulce.

—Me parece que he besado a un príncipe, mamá. Espero que no se convierta en sapo.

Me regala las más tierna, maternal e incondicionalmente amorosa de sus sonrisas, y mientras nos abrazamos de nuevo me maravillo de lo muchísimo que quiero a esta mujer.

—Ana, están llamando a tu vuelo —me dice Bob nervioso.

—¿Vendrás a verme, mamá?

—Por supuesto, cariño… pronto. Te quiero.

—Yo también.

Cuando me suelta, tiene los ojos enrojecidos de las lágrimas contenidas. Odio tener que dejarla. Abrazo a Bob, doy media vuelta y me encamino a la puerta de embarque; hoy no tengo tiempo para la sala VIP. Me propongo no mirar atrás, pero lo hago… y veo a Bob abrazando a mamá, que llora desconsolada con las lágrimas corriéndole por las mejillas. Ya no puedo contener más las mías. Agacho la cabeza y cruzo la puerta de embarque, sin levantar la vista del blanco y resplandeciente suelo, borroso a través de mis ojos empañados.

Una vez a bordo, rodeada del lujo de primera clase, me acurruco en el asiento e intento recomponerme. Siempre me resulta doloroso separarme de mi madre; es atolondrada, desorganizada, pero de pronto perspicaz, y me quiere. Con un amor incondicional, el que todo niño merece de sus padres. El rumbo que toman mis pensamientos me hace fruncir el ceño, saco la BlackBerry y la miro consternada.

¿Qué sabe Christian del amor? Parece que no recibió el amor incondicional al que tenía derecho durante su infancia. Se me encoge el corazón y, como un céfiro suave, me vienen a la cabeza las palabras de mi madre: «Sí, Ana. Dios, ¿qué más necesitas? ¿Un rótulo luminoso en su frente?». Cree que Christian me quiere, pero, claro, ella es mi madre, ¿cómo no va a pensarlo? Para ella, me merezco lo mejor. Frunzo el ceño. Es verdad, y, en un instante de asombrosa lucidez, lo veo. Es muy sencillo: yo quiero su amor. Necesito que Christian Grey me quiera. Por eso recelo tanto de nuestra relación, porque, a un nivel profundo y esencial, reconozco en mi interior un deseo incontrolable y profundamente arraigado de ser amada y protegida.

Y, debido a sus cincuenta sombras, me contengo. El sado es una distracción del verdadero problema. El sexo es alucinante, y él es rico, y guapo, pero todo eso no vale nada sin su amor, y lo más desesperante es que no sé si es capaz de amar. Ni siquiera se quiere a sí mismo. Recuerdo el desprecio que sentía por sí mismo, y que el amor de ella era la única manifestación de afecto que encontraba «aceptable». Castigado —azotado, golpeado, lo que fuera que conllevara su relación—, no se considera digno de amor. ¿Por qué se siente así? ¿Cómo puede sentirse así? Sus palabras resuenan en mi cabeza: «Resulta muy difícil crecer en una familia perfecta cuando tú no eres perfecto».

Cierro los ojos, imagino su dolor, y no alcanzo a comprender-lo. Me estremezco al pensar que quizá he hablado demasiado. ¿Qué le habré confesado a Christian en sueños? ¿Qué secretos le habré revelado?

Miro fijamente la BlackBerry con la vaga esperanza de que me ofrezca respuestas. Como era de esperar, no se muestra muy comunicativa. Aún no hemos iniciado el despegue, así que decido mandarle un correo a mi Cincuenta Sombras.

De: Anastasia Steele
Fecha: 3 de junio de 2011 12:53 EST
Para: Christian Grey
Asunto: Rumbo a casa

Querido señor Grey:
Ya estoy de nuevo cómodamente instalada en primera, lo cual te agradezco. Cuento los minutos que me quedan para verte esta noche y quizá torturarte para sonsacarte la verdad sobre mis revelaciones nocturnas.

Tu Ana x

De: Christian Grey
Fecha: 3 de junio de 2011 09:58
Para: Anastasia Steele
Asunto: Rumbo a casa

Anastasia, estoy deseando verte.

Christian Grey
Presidente de Grey Enterprises Holdings Inc.

Su respuesta me hace fruncir el ceño. Suena cortante y for-mal, no está escrita en su habitual estilo conciso pero ingenioso.

De: Anastasia Steele
Fecha: 3 de junio de 2011 13:01 EST
Para: Christian Grey
Asunto: Rumbo a casa

Queridísimo señor Grey:
Confío en que todo vaya bien con respecto al «problema». El tono de tu correo resulta preocupante.

Ana x

De: Christian Grey
Fecha: 3 de junio de 2011 10:04
Para: Anastasia Steele
Asunto: Rumbo a casa

Anastasia:
El problema podría ir mejor. ¿Has despegado ya? Si lo has hecho, no deberías estar mandándome e-mails. Te estás poniendo en peligro y contraviniendo directamente la norma relativa a tu seguridad personal. Lo de los castigos iba en serio.

Christian Grey
Presidente de Grey Enterprises Holdings Inc.

Mierda. Muy bien. Dios... ¿Qué le pasa? ¿Será «el problema»? Igual Taylor ha desertado, o Christian ha perdido unos cuantos millones en la Bolsa... a saber.

De: Anastasia Steele
Fecha: 3 de junio de 2011 13:06 EST
Para: Christian Grey
Asunto: Reacción desmesurada

Querido señor Cascarrabias:
Las puertas del avión aún están abiertas. Llevamos retraso, pero solo de diez minutos. Mi bienestar y el de los pasajeros que me ro-

dean está asegurado. Puedes guardarte esa mano suelta de momento.

Señorita Steele

De: Christian Grey
Fecha: 3 de junio de 2011 10:08
Para: Anastasia Steele
Asunto: Disculpas; mano suelta guardada

Os echo de menos a ti y a tu lengua viperina, señorita Steele.
Quiero que lleguéis a casa sanas y salvas.

Christian Grey
Presidente de Grey Enterprises Holdings Inc.

De: Anastasia Steele
Fecha: 3 de junio de 2011 13:10 EST
Para: Christian Grey
Asunto: Disculpas aceptadas

Están cerrando las puertas. Ya no vas a oír ni un solo pitido más de mí, y menos con tu sordera.
Hasta luego.

Ana x

Apago la BlackBerry, incapaz de librarme de la angustia. A Christian le pasa algo. Puede que «el problema» se le haya escapado de las manos. Me recuesto en el asiento, mirando el compartimento portaequipajes donde he guardado mis bolsas. Esta mañana, con la ayuda de mi madre, le he comprado a Christian un pequeño obsequio para agradecerle los viajes en primera y el vuelo sin motor. Sonrío al recordar la experiencia del planeador... una auténtica gozada. Aún no sé si le daré la tontería que le he comprado. Igual le parece infantil; o, si está de un humor raro, igual no. Por una parte estoy deseando volver, pero por otra temo lo que me espera al final del viaje. Mientras repaso mentalmente las distintas posibilidades acerca de cuál puede ser «el problema», caigo en la cuenta de que, una vez más, el único sitio libre es el que está a mi lado. Meneo la cabeza al pensar que quizá Christian haya pagado por la plaza contigua para que no hable con nadie. Descarto la idea por absurda: seguro que no puede haber nadie tan controlador, tan celoso. Cuando el avión entra en pista, cierro los ojos.

Ocho horas después, salgo a la terminal de llegadas del Sea-Tac y me encuentro a Taylor esperándome, sosteniendo en alto un letrero que reza SEÑORITA A. STEELE. ¡Qué fuerte! Pero me alegro de verlo.

—¡Hola, Taylor!

—Señorita Steele —me saluda con formalidad, pero detecto un destello risueño en sus intensos ojos marrones.

Va tan impecable como siempre: elegante traje gris marengo, camisa blanca y corbata también gris.

—Ya te conozco, Taylor, no necesitabas el cartel. Además, te agradecería que me llamaras Ana.

—Ana. ¿Me permite que le lleve el equipaje?

—No, ya lo llevo yo. Gracias.

Aprieta los labios visiblemente.

—Pero si te quedas más tranquilo llevándolo tú… —farfullo.

—Gracias. —Me coge la mochila y el trolley recién comprado para la ropa que me ha regalado mi madre—. Por aquí, señora.

Suspiro. Es tan educado… Recuerdo, aunque querría borrarlo de mi memoria, que este hombre me ha comprado ropa interior. De hecho —y eso me inquieta—, es el único hombre que me ha comprado ropa interior. Ni siquiera Ray ha tenido que pasar nunca por ese apuro. Nos dirigimos en silencio al Audi SUV negro que espera fuera, en el aparcamiento del aeropuerto, y me abre la puerta. Mientras subo, me pregunto si ha sido buena idea haberme puesto una falda tan corta para mi regreso a Seattle. En

Georgia me parecía elegante y apropiada; aquí me siento como desnuda. En cuanto Taylor mete mi equipaje en el maletero, salimos para el Escala.

Avanzamos despacio, atrapados en el tráfico de hora punta. Taylor no aparta la vista de la carretera. Describirlo como taciturno sería quedarse muy corto.

No soporto más el silencio.

—¿Qué tal Christian, Taylor?

—El señor Grey está preocupado, señorita Steele.

Huy, debe de referirse al «problema». He dado con una mina de oro.

—¿Preocupado?

—Sí, señora.

Miro ceñuda a Taylor y él me devuelve la mirada por el retrovisor; nuestros ojos se encuentran. No me va a contar más. Maldita sea, es tan hermético como el propio controlador obsesivo.

—¿Se encuentra bien?

—Eso creo, señora.

—¿Te sientes más cómodo llamándome señorita Steele?

—Sí, señora.

—Ah, bien.

Eso pone fin por completo a nuestra conversación, así que seguimos en silencio. Empiezo a pensar que el reciente desliz de Taylor, cuando me dijo que Christian había estado de un humor de perros, fue una anomalía. A lo mejor se avergüenza de ello, le preocupa haber sido desleal. El silencio me resulta asfixiante.

—¿Podrías poner música, por favor?

—Desde luego, señora. ¿Qué le apetece oír?

—Algo relajante.

Veo dibujarse una sonrisa en los labios de Taylor cuando nuestras miradas vuelven a cruzarse brevemente en el retrovisor.

—Sí, señora.

Pulsa unos botones en el volante y los suaves acordes del Canon de Pachelbel inundan el espacio que nos separa. Oh, sí... esto es lo que me estaba haciendo falta.

—Gracias.

Me recuesto en el asiento mientras nos adentramos en Seattle, a un ritmo lento pero constante, por la interestatal 5.

Veinticinco minutos después, me deja delante de la impresionante fachada del Escala.

—Adelante, señora —dice, sujetándome la puerta—. Ahora le subo el equipaje.

Su expresión es tierna, cálida, afectuosa incluso, como la de tu tío favorito.

Uf... Tío Taylor, vaya idea.

—Gracias por venir a recogerme.

—Un placer, señorita Steele.

Sonríe, y yo entro en el edificio. El portero me saluda con la cabeza y con la mano.

Mientras subo a la planta treinta, siento el cosquilleo de un millar de mariposas extendiendo sus alas y revoloteando erráticamente por mi estómago. ¿Por qué estoy tan nerviosa? Sé que es porque no tengo ni idea de qué humor va a estar Christian cuando llegue. La diosa que llevo dentro confía en que tenga ganas de una cosa en concreto; mi subconsciente, como yo, está hecha un manojo de nervios.

Se abren las puertas del ascensor y me encuentro en el vestíbulo. Se me hace tan raro que no me reciba Taylor. Está aparcando el coche, claro. En el salón, veo a Christian hablando en voz baja por la BlackBerry mientras contempla el perfil de Seattle por el ventanal. Lleva un traje gris con la americana desabrochada y se está pasando la mano por el pelo. Está inquieto, tenso incluso. ¿Qué pasa? Inquieto o no, sigue siendo un placer mirarlo. ¿Cómo puede resultar tan... irresistible?

—Ni rastro... Vale... Sí.

Se vuelve y me ve, y su actitud cambia por completo. Pasa de la tensión al alivio y luego a otra cosa: una mirada que llama directamente a la diosa que llevo dentro, una mirada de sensual carnalidad, de ardientes ojos grises.

Se me seca la boca y renace el deseo en mí... uf.

—Mantenme informado —espeta y cuelga mientras avanza con paso decidido hacia mí.

Espero paralizada a que cubra la distancia que nos separa, devorándome con la mirada. Madre mía, algo ocurre… la tensión de su mandíbula, la angustia de sus ojos. Se quita la americana, la corbata y, por el camino, las cuelga del sofá. Luego me envuelve con sus brazos y me estrecha contra su cuerpo, con fuerza, rápido, agarrándome de la coleta para levantarme la cabeza, y me besa como si le fuera la vida en ello. ¿Qué diablos pasa? Me quita con violencia la goma del pelo, pero me da igual. Su forma de besarme me resulta primaria, desesperada. Por lo que sea, en este momento me necesita, y yo jamás me he sentido tan deseada. Resulta oscuro, sensual, alarmante, todo a la vez. Le devuelvo el beso con idéntico fervor, hundiendo los dedos en su pelo, retorciéndoselo. Nuestras lenguas se entrelazan, la pasión y el ardor estallan entre los dos. Sabe divino, ardiente, sexy, y su aroma —todo gel de baño y Christian— me excita muchísimo. Aparta su boca de la mía y se me queda mirando, presa de una emoción inefable.

—¿Qué pasa? —le digo.

—Me alegro mucho de que hayas vuelto. Dúchate conmigo. Ahora.

No tengo claro si me lo pide o me lo ordena.

—Sí —susurro y, cogiéndome de la mano, me saca del salón y me lleva a su dormitorio, al baño.

Una vez allí, me suelta y abre el grifo de la ducha superespaciosa. Se vuelve despacio y me mira, excitado.

—Me gusta tu falda. Es muy corta —dice con voz grave—. Tienes unas piernas preciosas.

Se quita los zapatos y se agacha para quitarse también los calcetines, sin apartar la vista de mí. Su mirada voraz me deja muda. Uau, que te desee tanto este dios griego… Lo imito y me quito las bailarinas negras. De pronto, me coge y me empuja contra la pared. Me besa, la cara, el cuello, los labios… me agarra del pelo. Siento los azulejos fríos y suaves en la espalda cuando se arrima tanto a mí que me deja emparedada entre su calor y la fría porcelana. Tímidamente, me aferro a sus brazos y él gruñe cuando aprieto con fuerza.

—Quiero hacértelo ya. Aquí, rápido, duro —dice, y me planta las manos en los muslos y me sube la falda—. ¿Aún estás con la regla?

—No —contesto ruborizándome.

—Bien.

Desliza los dedos por las bragas blancas de algodón y, de pronto, se pone en cuclillas para arrancármelas de un tirón. Tengo la falda totalmente subida y arrugada, de forma que estoy desnuda de cintura para abajo, jadeando, excitada. Me agarra por las caderas, empujándome de nuevo contra la pared, y me besa en el punto donde se encuentran mis piernas. Cogiéndome por la parte superior de ambos muslos, me separa las piernas. Gruño con fuerza al notar que su lengua me acaricia el clítoris. Dios… Echo la cabeza hacia atrás sin querer y gimo, agarrándome a su pelo.

Su lengua es despiadada, fuerte y persistente, empapándome, dando vueltas y vueltas sin parar. Es delicioso y la sensación es tan intensa que casi resulta dolorosa. Me empiezo a acelerar; entonces, para. ¿Qué? ¡No! Jadeo con la respiración entrecortada, y lo miro impaciente. Me coge la cara con ambas manos, me sujeta con firmeza y me besa con violencia, metiéndome la lengua en la boca para que saboree mi propia excitación. Luego se baja la cremallera y libera su erección, me agarra los muslos por detrás y me levanta.

—Enrosca las piernas en mi cintura, nena —me ordena, apremiante, tenso.

Hago lo que me dice y me cuelgo de su cuello, y él, con un movimiento rápido y resuelto, me penetra hasta el fondo. ¡Ah! Gime, yo gruño. Me agarra por el trasero, clavándome los dedos en la suave carne, y empieza a moverse, despacio al principio, con un ritmo fijo, pero, en cuanto pierde el control, se acelera, cada vez más. ¡Ahhh! Echo la cabeza hacia atrás y me concentro en esa sensación invasora, castigadora, celestial, que me empuja y me empuja hacia delante, cada vez más alto y, cuando ya no puedo más, estallo alrededor de su miembro, entrando en la espiral de un orgasmo intenso y devorador. Él se deja llevar con un hondo gemido y hunde la cabeza en mi cuello igual que hunde su miembro en mí, gruñendo escandalosamente mientras se deja ir.

Apenas puede respirar, pero me besa con ternura, sin moverse, sin salir de mí, y yo lo miro extrañada, sin llegar a verlo. Cuando al fin consigo enfocarlo, se retira despacio y me sujeta con fuerza para que pueda poner los pies en el suelo. El baño está lleno de vapor y hace mucho calor. Me sobra la ropa.

—Parece que te alegra verme —murmuro con una sonrisa tímida.

Tuerce la boca, risueño.

—Sí, señorita Steele, creo que mi alegría es más que evidente. Ven, deja que te lleve a la ducha.

Se desabrocha los tres botones siguientes de la camisa, se quita los gemelos, se saca la camisa por la cabeza y la tira al suelo. Luego se quita los pantalones del traje y los boxers de algodón y los aparta con el pie. Empieza a desabrocharme los botones de la blusa blanca mientras lo observo; ansío poder tocarle el pecho, pero me contengo.

—¿Qué tal tu viaje? —me pregunta a media voz.

Parece mucho más tranquilo ahora que ha desaparecido su inquietud, que se ha disuelto en nuestra unión sexual.

—Bien, gracias —murmuro, aún sin aliento—. Gracias otra vez por los billetes de primera. Es una forma mucho más agradable de viajar. —Le sonrío tímidamente—. Tengo algo que contarte —añado nerviosa.

—¿En serio?

Me mira mientras me desabrocha el último botón, me desliza la blusa por los brazos y la tira con el resto de la ropa.

—Tengo trabajo.

Se queda inmóvil, luego me sonríe con ternura.

—Enhorabuena, señorita Steele. ¿Me vas a decir ahora dónde? —me provoca.

—¿No lo sabes?

Niega con la cabeza, ceñudo.

—¿Por qué iba a saberlo?

—Dada tu tendencia al acoso, pensé que igual…

Me callo al ver que le cambia la cara.

—Anastasia, jamás se me ocurriría interferir en tu carrera profesional, salvo que me lo pidieras, claro.

Parece ofendido.

—Entonces, ¿no tienes ni idea de qué editorial es?

—No. Sé que hay cuatro editoriales en Seattle, así que imagino que es una de ellas.

—SIP.

—Ah, la más pequeña, bien. Bien hecho. —Se inclina y me besa la frente—. Chica lista. ¿Cuándo empiezas?

—El lunes.

—Qué pronto, ¿no? Más vale que disfrute de ti mientras pueda. Date la vuelta.

Me desconcierta la naturalidad con que me manda, pero hago lo que me dice, y él me desabrocha el sujetador y me baja la cremallera de la falda. Me la baja y aprovecha para agarrarme el trasero y besarme el hombro. Se inclina sobre mí y me huele el pelo, inspirando hondo. Me aprieta las nalgas.

—Me embriagas, señorita Steele, y me calmas. Una mezcla interesante.

Me besa el pelo. Luego me coge de la mano y me mete en la ducha.

—Au —chillo.

El agua está prácticamente hirviendo. Christian me sonríe mientras el agua le cae por encima.

—No es más que un poco de agua caliente.

Y, en el fondo, tiene razón. Sienta de maravilla quitarse de encima el sudor de la calurosa Georgia y el del intercambio sexual que acabamos de tener.

—Date la vuelta —me ordena, y yo obedezco y me pongo de cara a la pared—. Quiero lavarte —murmura.

Coge el gel y se echa un chorrito en la mano.

—Tengo algo más que contarte —susurro mientras me enjabona los hombros.

—¿Ah, sí? —dice.

Respiro hondo y me armo de valor.

—La exposición fotográfica de mi amigo José se inaugura el jueves en Portland.

Se detiene, sus manos se quedan suspendidas sobre mis pechos. He dado especial énfasis a la palabra «amigo».

—Sí, ¿y qué pasa? —pregunta muy serio.

—Le dije que iría. ¿Quieres venir conmigo?

Después de lo que me parece una eternidad, poco a poco empieza a lavarme otra vez.

—¿A qué hora?

—La inauguración es a las siete y media.

Me besa la oreja.

—Vale.

En mi interior, mi subconsciente se relaja, se desploma y cae pesadamente en el viejo y maltrecho sillón.

—¿Estabas nerviosa porque tenías que preguntármelo?

—Sí. ¿Cómo lo sabes?

—Anastasia, se te acaba de relajar el cuerpo entero —me dice con sequedad.

—Bueno, parece que eres... un pelín celoso.

—Lo soy, sí —dice amenazante—. Y harás bien en recordarlo. Pero gracias por preguntar. Iremos en el Charlie Tango.

Ah, en el helicóptero, claro... Seré tonta... Otro vuelo... ¡guay! Sonrío.

—¿Te puedo lavar yo a ti? —le pregunto.

—Me parece que no —murmura, y me besa suavemente el cuello para mitigar el dolor de la negativa.

Hago pucheros a la pared mientras él me acaricia la espalda con jabón.

—¿Me dejarás tocarte algún día? —inquiero audazmente.

Vuelve a detenerse, la mano clavada en mi trasero.

—Apoya las manos en la pared, Anastasia. Voy a penetrarte otra vez —me susurra al oído agarrándome de las caderas, y sé que la discusión ha terminado.

Más tarde, estamos sentados en la cocina, en albornoz, después de habernos comido la deliciosa pasta *alle vongole* de la señora Jones.

—¿Más vino? —pregunta Christian con un destello de sus ojos grises.

—Un poquito, por favor.

El Sancerre es vigorizante y delicioso. Christian me sirve y luego se sirve él.

—¿Cómo va el «problema» que te trajo a Seattle? —pregunto tímidamente.

Frunce el ceño.

—Descontrolado —señala con amargura—. Pero tú no te preocupes por eso, Anastasia. Tengo planes para ti esta noche.

—¿Ah, sí?

—Sí. Te quiero en el cuarto de juegos dentro de quince minutos.

Se levanta y me mira.

—Puedes prepararte en tu habitación. Por cierto, el vestidor ahora está lleno de ropa para ti. No admito discusión al respecto.

Frunce los ojos, retándome a que diga algo. Al ver que no lo hago, se va con paso airado a su despacho.

¡Yo! ¿Discutir? ¿Contigo, Cincuenta Sombras? Por el bien de mi trasero, no. Me quedo sentada en el taburete, momentáneamente estupefacta, tratando de digerir esta última información. Me ha comprado ropa. Pongo los ojos en blanco de forma exagerada, sabiendo bien que no puede verme. Coche, móvil, ordenador, ropa... lo próximo: un maldito piso, y entonces ya seré una querida en toda regla.

¡Jo! Mi subconsciente está en modo criticón. La ignoro y subo a mi cuarto. Porque sigo teniendo mi cuarto. ¿Por qué? Pensé que había accedido a dejarme dormir con él. Supongo que no está acostumbrado a compartir su espacio personal, claro que yo tampoco. Me consuela la idea de tener al menos un sitio donde esconderme de él.

Al examinar la puerta de mi habitación, descubro que tiene cerradura pero no llave. Me digo que quizá la señora Jones tenga una copia. Le preguntaré. Abro la puerta del vestidor y vuelvo a cerrarla rápidamente. Maldita sea… se ha gastado un dineral. Me recuerda al de Kate, con toda esa ropa perfectamente alineada y colgada de las barras. En el fondo, sé que todo me va a quedar bien, pero no tengo tiempo para eso ahora: esta noche tengo que ir a arrodillarme al cuarto rojo del… dolor… o del placer, espero.

Estoy en bragas, arrodillada junto a la puerta. Tengo el corazón en la boca. Madre mía, pensaba que con lo del baño habría tenido bastante. Este hombre es insaciable, o quizá todos los hombres lo sean. No lo sé, no tengo con quién compararlo. Cierro los ojos y procuro calmarme, conectar con la sumisa que hay en mi interior. Anda por ahí, en alguna parte, escondida detrás de la diosa que llevo dentro.

La expectación me burbujea por las venas como un refresco efervescente. ¿Qué me irá a hacer? Respiro hondo, despacio, pero no puedo negarlo: estoy nerviosa, excitada, húmeda ya. Esto es tan… Quiero pensar que está mal, pero de algún modo sé que no es así. Para Christian está bien. Es lo que él quiere y, después de estos últimos días… después de todo lo que ha hecho, tengo que echarle valor y aceptar lo que decida que necesita, sea lo que sea.

Recuerdo su mirada cuando he llegado hoy, su expresión anhelante, la forma resuelta en que se ha dirigido hacia mí, como si yo fuera un oasis en el desierto. Haría casi cualquier cosa por volver a ver esa expresión. Aprieto los muslos de placer al pensarlo, y eso me recuerda que debo separar las piernas. Lo hago. ¿Cuánto me hará esperar? La espera me está matando, me mata de deseo turbio y provocador. Echo un vistazo al cuarto apenas iluminado: la cruz, la mesa, el sofá, el banco… la cama. Se ve inmensa, y está cubierta con sábanas rojas de satén. ¿Qué artilugio usará hoy?

Se abre la puerta y Christian entra como una exhalación, ignorándome por completo. Agacho la cabeza enseguida, me miro las manos y separo con cuidado las piernas. Christian deja algo sobre la enorme cómoda que hay junto a la puerta y se acerca despacio a la cama. Me permito mirarlo un instante y casi se me para el corazón. Va descalzo, con el torso descubierto y esos vaqueros gastados con el botón superior desabrochado. Dios, está tan bueno… Mi subconsciente se abanica con desesperación y la diosa que llevo dentro se balancea y convulsiona con un primitivo ritmo carnal. La veo muy dispuesta. Me humedezco los labios instintivamente. La sangre me corre deprisa por todo el cuerpo, densa y cargada de lascivia. ¿Qué me va a hacer?

Da media vuelta y se dirige tranquilamente hasta la cómoda. Abre uno de los cajones y empieza a sacar cosas y a colocarlas encima. Me pica la curiosidad, me mata, pero resisto la imperiosa necesidad de echar un vistazo. Cuando termina lo que está haciendo, se coloca delante de mí. Le veo los pies descalzos y quiero besarle hasta el último centímetro, pasarle la lengua por el empeine, chuparle cada uno de los dedos.

—Estás preciosa —dice.

Mantengo la cabeza agachada, consciente de que me mira fijamente y de que estoy prácticamente desnuda. Noto que el rubor se me extiende despacio por la cara. Se inclina y me coge la barbilla, obligándome a mirarlo.

—Eres una mujer hermosa, Anastasia. Y eres toda mía —murmura—. Levántate —me ordena en voz baja, rebosante de prometedora sensualidad.

Temblando, me pongo de pie.

—Mírame —dice, y alzo la vista a sus ojos ardientes.

Es su mirada de amo: fría, dura y sexy, con sombras del pecado inimaginable en una sola mirada provocadora. Se me seca la boca y sé enseguida que voy a hacer lo que me pida. Una sonrisa casi cruel se dibuja en sus labios.

—No hemos firmado el contrato, Anastasia, pero ya hemos hablado de los límites. Además, te recuerdo que tenemos palabras de seguridad, ¿vale?

Madre mía… ¿qué habrá planeado para que vaya a necesitar las palabras de seguridad?

—¿Cuáles son? —me pregunta de manera autoritaria.

Frunzo un poco el ceño al oír la pregunta y su gesto se endurece visiblemente.

—¿Cuáles son las palabras de seguridad, Anastasia? —dice muy despacio.

—Amarillo —musito.

—¿Y? —insiste, apretando los labios.

—Rojo —digo.

—No lo olvides.

Y no puedo evitarlo… arqueo una ceja y estoy a punto de recordarle mi nota media, pero el repentino destello de sus gélidos ojos grises me detiene en seco.

—Cuidado con esa boquita, señorita Steele, si no quieres que te folle de rodillas. ¿Entendido?

Trago saliva instintivamente. Vale. Parpadeo muy rápido, arrepentida. En realidad, me intimida más su tono de voz que la amenaza en sí.

—¿Y bien?

—Sí, señor —mascullo atropelladamente.

—Buena chica. —Hace una pausa y me mira—. No es que vayas a necesitar las palabras de seguridad porque te vaya a doler, sino que lo que voy a hacerte va a ser intenso, muy intenso, y necesito que me guíes. ¿Entendido?

Pues no. ¿Intenso? Uau.

—Vas a necesitar el tacto, Anastasia. No vas a poder verme ni oírme, pero podrás sentirme.

Frunzo el ceño. ¿No voy a oírle? ¿Y cómo voy a saber lo que quiere? Se vuelve. Encima de la cómoda hay una lustrosa caja plana de color negro mate. Cuando pasa la mano por delante, la caja se divide en dos, se abren dos puertas y queda a la vista un reproductor de cedés con un montón de botones. Christian pulsa varios de forma secuencial. No pasa nada, pero él parece satisfecho. Yo estoy desconcertada. Cuando se vuelve de nuevo a mirarme, le veo esa sonrisita suya de «Tengo un secreto».

—Te voy a atar a la cama, Anastasia, pero primero te voy a vendar los ojos y no vas a poder oírme. —Me enseña el iPod que lleva en la mano—. Lo único que vas a oír es la música que te voy a poner.

Vale. Un interludio musical. No es precisamente lo que esperaba. ¿Alguna vez hace lo que yo espero? Dios, espero que no sea rap.

—Ven.

Me coge de la mano y me lleva a la antiquísima cama de cuatro postes. Hay grilletes en los cuatro extremos: unas cadenas metálicas finas con muñequeras de cuero brillan sobre el satén rojo.

Uf, se me va a salir el corazón del pecho. Me derrito de dentro afuera; el deseo me recorre el cuerpo entero. ¿Se puede estar más excitada?

—Ponte aquí de pie.

Estoy mirando hacia la cama. Se inclina hacia delante y me susurra al oído:

—Espera aquí. No apartes la vista de la cama. Imagínate ahí tumbada, atada y completamente a mi merced.

Madre mía.

Se aleja un momento y lo oigo coger algo cerca de la puerta. Tengo todos los sentidos hiperalerta; se me agudiza el oído. Ha cogido algo del colgador de los látigos y las palas que hay junto a la puerta. Madre mía. ¿Qué me va a hacer?

Lo noto a mi espalda. Me coge el pelo, me hace una coleta y empieza a trenzármelo.

—Aunque me gustan tus trencitas, Anastasia, estoy impaciente por tenerte, así que tendrá que valer con una —dice con voz grave, suave.

Me roza la espalda de vez en cuando con sus dedos hábiles mientras me hace la trenza, y cada caricia accidental es como una dulce descarga eléctrica en mi piel. Me sujeta el extremo con una goma, luego tira suavemente de la trenza de forma que me veo obligada a pegarme a su cuerpo. Tira de nuevo, esta vez hacia un lado, y yo ladeo la cabeza y le doy acceso a mi cuello. Se inclina y me lo llena de pequeños besos, recorriéndolo desde la base de la oreja hasta el hombro con los dientes y la lengua. Tararea en voz baja mientras lo hace y el sonido me resuena por dentro. Justo ahí… ahí abajo, en mis entrañas. Gimo suavemente sin poder evitarlo.

—Calla —dice respirando contra mi piel.

Levanta las manos delante de mí; sus brazos acarician los míos. En la mano derecha lleva un látigo de tiras. Recuerdo el nombre de mi primera visita a este cuarto.

—Tócalo —susurra, y me suena como el mismísimo diablo.

Mi cuerpo se incendia en respuesta. Tímidamente, alargo el brazo y rozo los largos flecos. Tiene muchas frondas largas, todas de suave ante con pequeñas cuentas en los extremos.

—Lo voy a usar. No te va a doler, pero hará que te corra la sangre por la superficie de la piel y te la sensibilice.

Ay, dice que no me va a doler.

—¿Cuáles son las palabras de seguridad, Anastasia?

—Eh… «amarillo» y «rojo», señor —susurro.

—Buena chica.

Deja el látigo sobre la cama y me pone las manos en la cintura.

—No las vas a necesitar —me susurra.

Entonces me agarra las bragas y me las baja del todo. Me las saco torpemente por los pies, apoyándome en el recargado poste.

—Estate quieta —me ordena, luego me besa el trasero y me da dos pellizquitos; me tenso—. Túmbate. Boca arriba —añade, dándome una palmada fuerte en el trasero que me hace respingar.

Me apresuro a subirme al colchón duro y rígido y me tumbo, mirando a Christian. Noto en la piel el satén suave y frío de la sábana. Lo veo impasible, salvo por la mirada: en sus ojos brilla una emoción contenida.

—Las manos por encima de la cabeza —me ordena, y le obedezco.

Dios… mi cuerpo está sediento de él. Ya lo deseo.

Se vuelve y, por el rabillo del ojo, lo veo dirigirse de nuevo a la cómoda y volver con el iPod y lo que parece un antifaz para dormir, similar al que usé en mi vuelo a Atlanta. Al pensarlo, me dan ganas de sonreír, pero no consigo que los labios me respondan. La impaciencia me consume. Sé que mi rostro está completamente inmóvil y que lo miro con los ojos como platos.

Se sienta al borde de la cama y me enseña el iPod. Lleva conectados unos auriculares y tiene una extraña antena. Qué raro… Ceñuda, intento averiguar para qué es.

—Esto transmite al equipo del cuarto lo que se reproduce en el iPod —dice, dando unos golpecitos en la pequeña antena y respondiendo así a mi pregunta no formulada—. Yo voy a oír lo mismo que tú, y tengo un mando a distancia para controlarlo.

Me dedica su habitual sonrisa de «Yo sé algo que tú no» y me enseña un pequeño dispositivo plano que parece una calculadora modernísima. Se inclina sobre mí, me mete con cuidado los auriculares de botón en los oídos y deja el iPod sobre la cama por encima de mi cabeza.

—Levanta la cabeza —me ordena, y lo hago inmediatamente.

Despacio, me pone el antifaz, pasándome el elástico por la nuca. Ya no veo. El elástico del antifaz me sujeta los auriculares. Lo oigo levantarse de la cama, pero el sonido es apagado. Me ensordece mi propia respiración, entrecortada y errática, reflejo de mi nerviosismo. Christian me coge el brazo izquierdo, me lo estira con cuidado hasta la esquina izquierda de la cama y me abrocha la muñequera de cuero. Cuando termina, me acaricia el brazo entero con sus largos dedos. ¡Oh! La caricia me produce una deliciosa sensación entre el escalofrío y las cosquillas. Lo oigo rodear la cama despacio hasta el otro lado, donde me coge el brazo derecho para atármelo. De nuevo pasea sus dedos largos por él. Madre mía, estoy a punto de estallar. ¿Por qué resulta esto tan erótico?

Se desplaza a los pies de la cama y me coge ambos tobillos.

—Levanta la cabeza otra vez —me ordena.

Obedezco, y me arrastra de forma que los brazos me quedan completamente extendidos y casi tirantes por las muñequeras. Dios… no puedo mover los brazos. Un escalofrío de inquietud mezclado con una tentadora excitación me recorre el cuerpo entero y me pone aún más húmeda. Gruño. Separándome las piernas, me ata primero el tobillo derecho y luego el izquierdo, de modo que quedo bien sujeta, abierta de brazos y piernas, y completamente a su merced. Me desconcierta no poder verlo. Escucho con atención… ¿qué hace? No oigo nada, solo mi respiración y los fuertes latidos de mi corazón, que bombea la sangre con furia contra mis tímpanos.

De pronto, el suave silbido del iPod cobra vida. Desde dentro de mi cabeza, una sola voz angelical canta sin acompañamiento una nota larga y dulce, a la que se une de inmediato otra voz y luego más —madre mía, un coro celestial—, cantando a capela un himnario antiquísimo. ¿Cómo se llama esto? Jamás he oído nada semejante. Algo casi insoportablemente suave se pasea por mi cuello, deslizándose despacio por la clavícula, por los pechos, acariciándome, irguiéndome los pezones... es suavísimo, inesperado. ¡Algo de piel! ¿Un guante de pelo?

Christian pasea la mano, sin prisa y deliberadamente, por mi vientre, trazando círculos alrededor de mi ombligo, luego de cadera a cadera, y yo trato de adivinar adónde irá después, pero la música metida en mi cabeza me transporta. Sigue la línea de mi vello púbico, pasa entre mis piernas, por mis muslos; baja por uno, sube por el otro, y casi me hace cosquillas, pero no del todo. Se unen más voces al coro celestial, cada una con fragmentos distintos, fundiéndose gozosa y dulcemente en una melodía mucho más armoniosa que nada que yo haya oído antes. Pillo una palabra —«deus»— y me doy cuenta de que cantan en latín. El guante de pelo sigue bajándome por los brazos, acariciándome la cintura, subiéndome de nuevo por los pechos. Su roce me endurece los pezones y jadeo, preguntándome adónde irá su mano después. De pronto, el guante de pelo desaparece y noto que las frondas del látigo de tiras fluyen por mi piel, siguiendo el mismo camino que el guante, y me resulta muy difícil concentrarme con la música que suena en mi cabeza: es como un centenar de voces cantando, tejiendo un tapiz etéreo de oro y plata, exquisito y sedoso, que se mezcla con el tacto del suave ante en mi piel, recorriéndome... Madre mía. Súbitamente, desaparece. Luego, de golpe, un latigazo seco en el vientre.

—¡Aaaggghhh! —grito.

Me coge por sorpresa. No me duele exactamente; más bien me produce un fuerte hormigueo por todo el cuerpo. Y entonces me vuelve a azotar. Más fuerte.

—¡Aaahhh!

Quiero moverme, retorcerme, escapar, o disfrutar de cada golpe, no lo sé... resulta tan irresistible... No puedo tirar de los bra-

516

zos, tengo las piernas atrapadas, estoy bien sujeta. Vuelve a atizarme, esta vez en los pechos. Grito. Es una dulce agonía, soportable... placentera; no, no de forma inmediata, pero, con cada nuevo golpe, mi piel canta en perfecto contrapunto con la música que me suena en la cabeza, y me veo arrastrada a una parte oscurísima de mi psique que se rinde a esta sensación tan erótica. Sí... ya lo capto. Me azota en la cadera, luego asciende con golpes rápidos por el vello púbico, sigue por los muslos, por la cara interna, sube de nuevo, por las caderas. Continúa mientras la música alcanza un clímax y entonces, de repente, para de sonar. Y él también se detiene. Luego comienza el canto otra vez, in crescendo, y él me rocía de golpes y yo gruño y me retuerzo. De nuevo para, y no se oye nada, salvo mi respiración entrecortada y mis jadeos descontrolados. Eh... ¿qué pasa? ¿Qué va a hacer ahora? La excitación es casi insoportable. He entrado en una zona muy oscura, muy carnal.

Noto que la cama se mueve y que él se coloca por encima de mí, y el himno vuelve a empezar. Lo tiene en modo repetición. Esta vez son su nariz y sus labios los que me acarician... se pasean por mi cuello y mi clavícula, besándome, chupándome... descienden por mis pechos... ¡Ah! Tira de un pezón y luego del otro, paseándome la lengua alrededor de uno mientras me pellizca despiadadamente el otro con los dedos... Gimo, muy fuerte, creo, aunque no me oigo. Estoy perdida, perdida en él... perdida en esas voces astrales y seráficas... perdida en todas estas sensaciones de las que no puedo escapar... completamente a merced de sus manos expertas.

Desciende hasta el vientre, trazando círculos con la lengua alrededor del ombligo, siguiendo el camino del látigo y del guante. Gimo. Me besa, me chupa, me mordisquea... sigue bajando... y de pronto tengo su lengua ahí, en la conjunción de los muslos. Echo la cabeza hacia atrás y grito, a punto de estallar, al borde del orgasmo... Y entonces para.

¡No! La cama se mueve y Christian se arrodilla entre mis piernas. Se inclina hacia un poste y, de pronto, el grillete del tobillo desaparece. Subo la pierna hasta el centro de la cama, la apoyo contra él. Se inclina hacia el otro lado y me libera la otra pierna.

Me frota ambas piernas, estrujándolas, masajeándolas, reavivándolas. Luego me agarra por las caderas y me levanta de forma que ya no tengo la espalda pegada a la cama; estoy arqueada y apoyada solo en los hombros. ¿Qué? Se coloca de rodillas entre mis piernas... y con una rápida y certera embestida me penetra... oh, Dios... y vuelvo a gritar. Se inician las convulsiones de mi orgasmo inminente, y entonces para. Cesan las convulsiones... oh, no... va a seguir torturándome.

—¡Por favor! —gimoteo.

Me agarra con más fuerza... ¿para advertirme? No sé. Me clava los dedos en el trasero mientras yo jadeo, así que decido estarme quieta. Muy lentamente, empieza a moverse otra vez: sale, entra... angustiosamente despacio. ¡Madre mía... por favor! Grito por dentro y, según aumenta el número de voces de la pieza coral, va incrementando él su ritmo, de forma infinitesimal, controladísimo, completamente al son de la música. Ya no aguanto más.

—Por favor —le suplico, y con un solo movimiento rápido vuelve a dejarme en la cama y se cierne sobre mí, con las manos a los lados de mi pecho, aguantando su propio peso, y empuja.

Cuando la música llega a su clímax, me precipito... en caída libre... al orgasmo más intenso y angustioso que he tenido jamás, y Christian me sigue, embistiendo fuerte tres veces más... hasta que finalmente se queda inmóvil y se derrumba sobre mí.

Cuando recobro la conciencia y vuelvo de dondequiera que haya estado, Christian sale de mí. La música ha cesado y noto cómo él se estira sobre mi cuerpo para soltarme la muñequera derecha. Gruño al sentir al fin la mano libre. Enseguida me suelta la otra, retira con cuidado el antifaz de mis ojos y me quita los auriculares de los oídos. Parpadeo a la luz tenue del cuarto y alzo la vista hacia su intensa mirada de ojos grises.

—Hola —murmura.

—Hola —le respondo tímidamente.

En sus labios se dibuja una sonrisa. Se inclina y me besa suavemente.

—Lo has hecho muy bien —susurra—. Date la vuelta.

Madre mía... ¿qué me va a hacer ahora? Su mirada se enternece.

—Solo te voy a dar un masaje en los hombros.

—Ah, vale.

Me vuelvo, agarrotada, boca abajo. Estoy exhausta. Christian se sienta a horcajadas sobre mi cintura y empieza a masajearme los hombros. Gimo fuerte; tiene unos dedos fuertes y experimentados. Se inclina y me besa la cabeza.

—¿Qué música era esa? —logro balbucear.

—Es el motete a cuarenta voces de Thomas Tallis, titulado *Spem in alium*.

—Ha sido… impresionante.

—Siempre he querido follar al ritmo de esa pieza.

—¿No me digas que también ha sido la primera vez?

—En efecto, señorita Steele.

Vuelvo a gemir mientras sus dedos obran su magia en mis hombros.

—Bueno, también es la primera vez que yo follo con esa música —murmuro soñolienta.

—Mmm… tú y yo nos estamos estrenando juntos en muchas cosas —dice con total naturalidad.

—¿Qué te he dicho en sueños, Chris… eh… señor?

Interrumpe un momento el masaje.

—Me has dicho un montón de cosas, Anastasia. Me has hablado de jaulas y fresas, me has dicho que querías más y que me echabas de menos.

Ah, gracias a Dios.

—¿Y ya está? —pregunto con evidente alivio.

Christian concluye su espléndido masaje y se tumba a mi lado, hincando el codo en la cama para levantar la cabeza. Me mira ceñudo.

—¿Qué pensabas que habías dicho?

Oh, mierda.

—Que me parecías feo y arrogante, y que eras un desastre en la cama.

Frunce aún más la frente.

—Vale, está claro que todo eso es cierto, pero ahora me tienes intrigado de verdad. ¿Qué es lo que me ocultas, señorita Steele?

Parpadeo con aire inocente.

—No te oculto nada.

—Anastasia, mientes fatal.

—Pensaba que me ibas a hacer reír después del sexo.

—Pues por ahí vamos mal. —Esboza una sonrisa—. No sé contar chistes.

—¡Señor Grey! ¿Una cosa que no sabes hacer? —digo sonriendo, y él me sonríe también.

—Los cuento fatal.

Adopta un aire tan digno que me echo a reír.

—Yo también los cuento fatal.

—Me encanta oírte reír —murmura, se inclina y me besa—. ¿Me ocultas algo, Anastasia? Voy a tener que torturarte para sonsacártelo.

26

Me despierto sobresaltada. Creo que acabo de rodar por las escaleras en sueños y me incorporo como un resorte, momentáneamente desorientada. Es de noche y estoy sola en la cama de Christian. Algo me ha despertado, algún pensamiento angustioso. Echo un vistazo al despertador que tiene en la mesita. Son las cinco de la mañana, pero me siento descansada. ¿Por qué? Ah, será por la diferencia horaria; en Georgia serían las ocho. Madre mía, tengo que tomarme la píldora. Salgo de la cama, agradecida de que algo me haya despertado. Oigo a lo lejos el piano. Christian está tocando. Eso no me lo pierdo. Me encanta verlo tocar. Desnuda, cojo el albornoz de la silla y salgo despacio al pasillo mientras me lo pongo, escuchando el sonido mágico del lamento melodioso que proviene del salón.

En la estancia a oscuras, Christian toca, sentado en medio de una burbuja de luz que despide destellos cobrizos de su pelo. Parece que va desnudo, pero yo sé que lleva los pantalones del pijama. Está concentrado, tocando maravillosamente, absorto en la melancolía de la música. Indecisa, lo observo entre las sombras; no quiero interrumpirlo. Me gustaría abrazarlo. Parece perdido, incluso abatido, y tremendamente solo… o quizá sea la música, que rezuma tristeza. Termina la pieza, hace una pausa de medio segundo y empieza a tocarla otra vez. Me acerco a él con cautela, como la polilla a la luz… la idea me hace sonreír. Alza la vista hacia mí y frunce el ceño, antes de centrarse de nuevo en sus manos.

Mierda, ¿se habrá enfadado porque lo molesto?

—Deberías estar durmiendo —me reprende suavemente.

Sé que algo lo preocupa.

—Y tú —replico con menos suavidad.

Vuelve a alzar la vista, esbozando una sonrisa.

—¿Me está regañando, señorita Steele?

—Sí, señor Grey.

—No puedo dormir —me contesta ceñudo, y detecto de nuevo en su cara un asomo de irritación o de enfado.

¿Conmigo? Seguramente no.

Ignoro la expresión de su rostro y, armándome de valor, me siento a su lado en la banqueta del piano y apoyo la cabeza en su hombro desnudo para observar cómo sus dedos ágiles y diestros acarician las teclas. Hace una pausa apenas perceptible y prosigue hasta el final de la pieza.

—¿Qué era lo que tocabas?

—Chopin. Op. 28. Preludio n.° 4 en *mi* menor, por si te interesa —murmura.

—Siempre me interesa lo que tú haces.

Se vuelve y me da un beso en el pelo.

—Siento haberte despertado.

—No has sido tú. Toca la otra.

—¿La otra?

—La pieza de Bach que tocaste la primera noche que me quedé aquí.

—Ah, la de Marcello.

Empieza a tocar lenta, pausadamente. Noto el movimiento de sus manos en el hombro en el que me apoyo, y cierro los ojos. Las notas tristes y conmovedoras nos envuelven poco a poco y resuenan en las paredes. Es una pieza de asombrosa belleza, más triste aún que la de Chopin; me dejo llevar por la hermosura del lamento. En cierta medida, refleja cómo me siento. El hondo y punzante anhelo que siento de conocer mejor a este hombre extraordinario, de intentar comprender su tristeza. La pieza termina demasiado pronto.

—¿Por qué solo tocas música triste?

Me incorporo en el asiento y lo veo encogerse de hombros, receloso, en respuesta a mi pregunta.

—¿Así que solo tenías seis años cuando empezaste a tocar? —inquiero.

Asiente con la cabeza, aún más receloso. Al poco, añade:

—Aprendí a tocar para complacer a mi nueva madre.

—¿Para encajar en la familia perfecta?

—Sí, algo así —contesta evasivo—. ¿Por qué estás despierta? ¿No necesitas recuperarte de los excesos de ayer?

—Para mí son las ocho de la mañana. Además, tengo que tomarme la píldora.

Arquea la ceja, sorprendido.

—Me alegro de que te acuerdes —murmura, y veo que lo he impresionado—. Solo a ti se te ocurre empezar a tomar una píldora de horario específico en una zona horaria distinta. Quizá deberías esperar media hora hoy y otra media hora mañana, hasta que al final terminaras tomándotela a una hora razonable.

—Buena idea —digo—. Vale, ¿y qué hacemos durante esa media hora?

Le guiño el ojo con expresión inocente.

—Se me ocurren unas cuantas cosas.

Sonríe lascivo. Yo lo miro impasible mientras mis entrañas se contraen y se derritan bajo su mirada de complicidad.

—Aunque también podríamos hablar —propongo a media voz.

Frunce el ceño.

—Prefiero lo que tengo en mente.

Me sube a su regazo.

—Tú siempre antepondrías el sexo a la conversación.

Río y me aferro a sus brazos.

—Cierto. Sobre todo contigo. —Inhala mi pelo y empieza a regarme de besos desde debajo de la oreja hasta el cuello—. Quizá encima del piano —susurra.

Madre mía. Se me tensa el cuerpo entero de pensarlo. Encima del piano. Uau.

—Quiero que me aclares una cosa —susurro mientras se me empieza a acelerar el pulso, y la diosa que llevo dentro cierra los ojos y saborea la caricia de sus labios en los míos.

Interrumpe momentáneamente su sensual asalto.

—Siempre tan ávida de información, señorita Steele. ¿Qué quieres que te aclare? —me dice soltando su aliento sobre la base del cuello, y sigue besándome con suavidad.

—Lo nuestro —le susurro, y cierro los ojos.

—Mmm… ¿Qué pasa con lo nuestro?

Deja de regarme de besos el hombro.

—El contrato.

Levanta la cabeza para mirarme, con un brillo divertido en los ojos, y suspira. Me acaricia la mejilla con la yema de los dedos.

—Bueno, me parece que el contrato ha quedado obsoleto, ¿no crees? —dice con voz grave y ronca y una expresión tierna en la mirada.

—¿Obsoleto?

—Obsoleto.

Sonríe. Lo miro atónita, sin entender.

—Pero eras tú el interesado en que lo firmara.

—Eso era antes. Pero las normas no. Las normas siguen en pie.

Su gesto se endurece un poco.

—¿Antes? ¿Antes de qué?

—Antes… —Se interrumpe, y la expresión de recelo vuelve a su rostro—. Antes de que hubiera más.

Se encoge de hombros.

—Ah.

—Además, ya hemos estado en el cuarto de juegos dos veces, y no has salido corriendo espantada.

—¿Esperas que lo haga?

—Nada de lo que haces es lo que espero, Anastasia —dice con sequedad.

—A ver si lo he entendido: ¿quieres que me atenga a lo que son las normas del contrato en todo momento, pero que ignore el resto de lo estipulado?

—Salvo en el cuarto de juegos. Ahí quiero que te atengas al espíritu general del contrato, y sí, quiero que te atengas a las normas en todo momento. Así me aseguro de que estarás a salvo y podré tenerte siempre que lo desee.

—¿Y si incumplo alguna de las normas?

—Entonces te castigaré.

—Pero ¿no necesitarás mi permiso?

—Sí, claro.

—¿Y si me niego?

Me mira un instante, confundido.

—Si te niegas, te niegas. Tendré que encontrar una forma de convencerte.

Me aparto de él y me pongo de pie. Necesito un poco de distancia. Lo veo fruncir el ceño. Parece perplejo y receloso otra vez.

—Vamos, que lo del castigo se mantiene.

—Sí, pero solo si incumples las normas.

—Tendría que releérmelas —digo, intentando recordar los detalles.

—Voy a por ellas —dice, de pronto muy formal.

Uf. Qué serio se ha puesto esto. Se levanta del piano y se dirige con paso ágil a su despacho. Se me eriza el vello. Dios… necesito un té. Estamos hablando del futuro de nuestra «relación» a las 5.45 de la mañana, cuando además a él le preocupa algo más… ¿es esto sensato? Me dirijo a la cocina, que aún está a oscuras. ¿Dónde está el interruptor? Lo encuentro, enciendo y lleno de agua la tetera. ¡La píldora! Hurgo en el bolso, que dejé sobre la barra del desayuno, y la encuentro enseguida. Me la trago y ya está. Cuando termino, Christian ha vuelto y está sentado en uno de los taburetes, mirándome fijamente.

—Aquí tienes.

Me pasa un folio mecanografiado y observo que ha tachado algunas cosas.

NORMAS

Obediencia:

La Sumisa obedecerá inmediatamente todas las instrucciones del Amo, sin dudar, sin reservas y de forma expeditiva. La Sumisa aceptará toda actividad sexual que el Amo considere oportuna y placentera, excepto las actividades contempladas en los límites infranqueables (Apéndice 2). Lo hará con entusiasmo y sin dudar.

Sueño:

La Sumisa garantizará que duerme como mínimo ~~ocho~~ siete horas diarias cuando no esté con el Amo.

Comida:

~~Para cuidar su salud y su bienestar, la Sumisa comerá frecuentemente los alimentos incluidos en una lista (Apéndice 4). La Sumisa no comerá entre horas, a excepción de fruta.~~

Ropa:

Mientras esté con el Amo, la Sumisa solo llevará ropa que este haya aprobado. El Amo ofrecerá a la Sumisa un presupuesto para ropa, que la Sumisa debe utilizar. El Amo acompañará a la Sumisa a comprar ropa cuando sea necesario.

Ejercicio:

El Amo proporcionará a la Sumisa un entrenador personal ~~cuatro~~ tres veces por semana, en sesiones de una hora, a horas convenidas por el entrenador personal y la Sumisa. El entrenador personal informará al Amo de los avances de la Sumisa.

Higiene personal y belleza:

La Sumisa estará limpia y depilada en todo momento. La Sumisa irá a un salón de belleza elegido por el Amo cuando este lo decida y se someterá a cualquier tratamiento que el Amo considere oportuno.

Seguridad personal:

La Sumisa no beberá en exceso, ni fumará, ni tomará sustancias psicotrópicas, ni correrá riesgos innecesarios.

Cualidades personales:

La Sumisa solo mantendrá relaciones sexuales con el Amo. La Sumisa se comportará en todo momento con respeto y humildad. Debe comprender que su conducta influye directamente en la del Amo. Será responsable de cualquier fechoría, maldad y mala conducta que lleve a cabo cuando el Amo no esté presente.

El incumplimiento de cualquiera de las normas anteriores será inmediatamente castigado, y el Amo determinará la naturaleza del castigo.

—¿Así que lo de la obediencia sigue en pie?

—Oh, sí.

Sonríe.

Muevo la cabeza divertida y, sin darme cuenta, pongo los ojos en blanco.

—¿Me acabas de poner los ojos en blanco, Anastasia? —dice.

Oh, mierda.

—Puede, depende de cómo te lo tomes.

—Como siempre —dice meneando la cabeza, con los ojos encendidos de emoción.

Trago saliva instintivamente y un escalofrío me recorre el cuerpo entero.

—Entonces…

Madre mía, ¿qué voy a hacer?

—¿Sí?

Se humedece el labio inferior.

—Quieres darme unos azotes.

—Sí. Y lo voy a hacer.

—¿Ah, sí, señor Grey? —lo desafío, devolviéndole la sonrisa.

Yo también sé jugar a esto.

—¿Me lo vas a impedir?

—Vas a tener que pillarme primero.

Me mira un poco asombrado, sonríe y se levanta despacio.

—¿Ah, sí, señorita Steele?

La barra del desayuno se interpone entre los dos. Nunca antes había agradecido tanto su existencia como en este momento.

—Además, te estás mordiendo el labio —añade, desplazándose despacio hacia su izquierda mientras yo me desplazo hacia la mía.

—No te atreverás —lo provoco—. A fin de cuentas, tú también pones los ojos en blanco —intento razonar con él.

Continúa desplazándose hacia su izquierda, igual que yo.

—Sí, pero con este jueguecito acabas de subir el nivel de excitación.

Le arden los ojos y emana de él una impaciencia descontrolada.

—Soy bastante rápida, que lo sepas.

Trato de fingir indiferencia.

—Y yo.

Me está persiguiendo en su propia cocina.

—¿Vas a venir sin rechistar? —pregunta.

—¿Lo hago alguna vez?

—¿Qué quieres decir, señorita Steele? —Sonríe—. Si tengo que ir a por ti, va a ser peor.

—Eso será si me coges, Christian. Y ahora mismo no tengo intención de dejarme coger.

—Anastasia, te puedes caer y hacerte daño. Y eso sería una infracción directa de la norma siete, ahora la seis.

—Desde que te conocí, señor Grey, estoy en peligro permanente, con normas o sin ellas.

—Así es.

Hace una pausa y frunce el ceño.

De pronto, se abalanza sobre mí y yo chillo y salgo corriendo hacia la mesa del comedor. Logro escapar e interponer la mesa entre los dos. El corazón me va a mil y la adrenalina me recorre el cuerpo entero. Uau, qué excitante. Vuelvo a ser una niña, aunque eso no esté bien. Lo observo con atención mientras se acerca decidido a mí. Me aparto un poco.

—Desde luego, sabes cómo distraer a un hombre, Anastasia.

—Lo que sea por complacer, señor Grey. ¿De qué te distraigo?

—De la vida. Del universo —señala con un gesto vago.

—Parecías muy preocupado mientras tocabas.

Se detiene y se cruza de brazos, con expresión divertida.

—Podemos pasarnos así el día entero, nena, pero terminaré pillándote y, cuando lo haga, será peor para ti.

—No, ni hablar.

No debo confiarme demasiado, me repito a modo de mantra. Mi subconsciente se ha puesto las Nike y se ha colocado ya en los tacos de salida.

—Cualquiera diría que no quieres que te pille.

—No quiero. De eso se trata. Para mí lo del castigo es como para ti el que te toque.

Su actitud cambia por completo en un nanosegundo. Se acabó el Christian juguetón; me mira fijamente como si acabara de darle un bofetón. Se ha puesto blanco.

—¿Eso es lo que sientes? —susurra.

Esas cinco palabras y la forma en que las pronuncia me dicen muchísimo. De él y de cómo se siente. De sus temores y sus aversiones. Frunzo el ceño. No, yo no me siento tan mal. Para nada. ¿O sí?

—No. No me afecta tanto; es para que te hagas una idea —murmuro, mirándolo angustiada.

—Ah —dice.

Mierda. Lo veo total y absolutamente perdido, como si hubiera tirado de la alfombra bajo sus pies.

Respiro hondo, rodeo la mesa, me planto delante de él y lo miro a los ojos, ahora inquietos.

—¿Tanto lo odias? —dice, aterrado.

—Bueno... no —lo tranquilizo. Dios... ¿eso es lo que siente cuando lo tocan?—. No. No lo tengo muy claro. No es que me guste, pero tampoco lo odio.

—Pero anoche, en el cuarto de juegos, parecía...

—Lo hago por ti, Christian, porque tú lo necesitas. Yo no. Anoche no me hiciste daño. El contexto era muy distinto, y eso puedo racionalizarlo a nivel íntimo, porque confío en ti. Sin embargo, cuando quieres castigarme, me preocupa que me hagas daño.

Los ojos se le oscurecen, como presos de una terrible tormenta interior. Pasa un rato antes de que responda a media voz:

—Yo quiero hacerte daño, pero no quiero provocarte un dolor que no seas capaz de soportar.

¡Dios!

—¿Por qué?

Se pasa la mano por el pelo y se encoge de hombros.

—Porque lo necesito. —Hace una pausa y me mira angustiado; luego cierra los ojos y niega con la cabeza—. No te lo puedo decir —susurra.

—¿No puedes o no quieres?

—No quiero.

—Entonces sabes por qué.

—Sí.

—Pero no me lo quieres decir.

—Si te lo digo, saldrás corriendo de aquí y no querrás volver nunca más. —Me mira con cautela—. No puedo correr ese riesgo, Anastasia.

—Quieres que me quede.

—Más de lo que puedas imaginar. No podría soportar perderte. Oh, Dios.

Me mira y, de pronto, me estrecha en sus brazos y me besa apasionadamente. Me pilla completamente por sorpresa, y percibo en ese beso su pánico y su desesperación.

—No me dejes. Me dijiste en sueños que nunca me dejarías y me rogaste que nunca te dejara yo a ti —me susurra a los labios.

Vaya… mis confesiones nocturnas.

—No quiero irme.

Se me encoge el corazón, como si se volviera del revés.

Este hombre me necesita. Su temor es obvio y manifiesto, pero está perdido… en algún lugar en su oscuridad. Su mirada es la de un hombre asustado, triste y torturado. Yo puedo aliviarlo, acompañarlo momentáneamente en su oscuridad y llevarlo hacia la luz.

—Enséñamelo —le susurro.

—¿El qué?

—Enséñame cuánto puede doler.

—¿Qué?

—Castígame. Quiero saber lo malo que puede llegar a ser.

Christian se aparta de mí, completamente confundido.

—¿Lo intentarías?

—Sí. Te dije que lo haría.

Pero mi motivo es otro. Si hago esto por él, quizá me deje tocarlo.

Me mira extrañado.

—Ana, me confundes.

—Yo también estoy confundida. Intento entender todo esto. Así sabremos los dos, de una vez por todas, si puedo seguir con esto o no. Si yo puedo, quizá tú…

Mis propias palabras me traicionan y él me mira espantado. Sabe que me refiero a lo de tocarlo. Por un instante, parece consternado, pero entonces asoma a su rostro una expresión resuelta, frunce los ojos y me mira especulativo, como sopesando las alternativas.

De repente me agarra con fuerza por el brazo, da media vuelta, me saca del salón y me lleva arriba, al cuarto de juegos. Placer y dolor, premio y castigo… sus palabras de hace ya tanto tiempo resuenan en mi cabeza.

—Te voy a enseñar lo malo que puede llegar a ser y así te decides. —Se detiene junto a la puerta—. ¿Estás preparada para esto?

Asiento, decidida, y me siento algo mareada y débil al tiempo que palidezco.

Abre la puerta y, sin soltarme el brazo, coge lo que parece un cinturón del colgador de al lado de la puerta, antes de llevarme al banco de cuero rojo del fondo de la habitación.

—Inclínate sobre el banco —me susurra.

Vale. Puedo con esto. Me inclino sobre el cuero suave y mullido. Me ha dejado quedarme con el albornoz puesto. En algún rincón silencioso de mi cerebro, estoy vagamente sorprendida de que no me lo haya hecho quitar. Maldita sea, esto me va a doler, lo sé.

—Estamos aquí porque tú has accedido, Anastasia. Además, has huido de mí. Te voy a pegar seis veces y tú vas a contarlas conmigo.

¿Por qué no lo hace ya de una vez? Siempre tiene que montar el numerito cuando me castiga. Pongo los ojos en blanco, consciente de que no me ve.

Levanta el bajo del albornoz y, no sé bien por qué, eso me resulta más íntimo que ir desnuda. Me acaricia el trasero suavemente, pasando la mano caliente por ambas nalgas hasta el principio de los muslos.

—Hago esto para que recuerdes que no debes huir de mí, y, por excitante que sea, no quiero que vuelvas a hacerlo nunca más —susurra.

Soy consciente de la paradoja. Yo corría para evitar esto. Si me hubiera abierto los brazos, habría corrido hacia él, no habría huido de él.

—Además, me has puesto los ojos en blanco. Sabes lo que pienso de eso.

De pronto ha desaparecido ese temor nervioso y crispado de su voz. Él ha vuelto de dondequiera que estuviese. Lo noto en su tono, en la forma en que me apoya los dedos en la espalda, sujetándome, y la atmósfera de la habitación cambia por completo.

Cierro los ojos y me preparo para el golpe. Llega con fuerza, en todo el trasero, y la dentellada del cinturón es tan terrible como temía. Grito sin querer y tomo una bocanada enorme de aire.

—¡Cuenta, Anastasia! —me ordena.

—¡Uno! —le grito, y suena como un improperio.

Me vuelve a pegar y el dolor me resuena pulsátil por toda la marca del cinturón. Santo Dios… esto duele.

—¡Dos! —chillo.

Me hace bien chillar.

Su respiración es agitada y entrecortada, la mía es casi inexistente; busco desesperadamente en mi psique alguna fuerza interna. El cinturón se me clava de nuevo en la carne.

—¡Tres!

Se me saltan las lágrimas. Dios, esto es peor de lo que pensaba, mucho peor que los azotes. No se está cortando nada.

—¡Cuatro! —grito cuando el cinturón se me vuelve a clavar en las nalgas. Las lágrimas ya me corren por la cara. No quiero llorar. Me enfurece estar llorando. Christian me vuelve a pegar.

—¡Cinco! —Mi voz es un sollozo ahogado, estrangulado, y en este momento creo que lo odio. Uno más, puedo aguantar uno más. Siento que el trasero me arde.

—¡Seis! —susurro cuando vuelvo a sentir ese dolor espantoso, y lo oigo soltar el cinturón a mi espalda, y me estrecha en sus brazos, sin aliento, todo compasión… y yo no quiero saber nada de él—. Suéltame… no…

Intento zafarme de su abrazo, apartarme de él. Me revuelvo.

—¡No me toques! —le digo con furia contenida.

Me enderezo y lo miro fijamente, y él me observa espantado, aturdido, como si yo fuera a echar a correr. Me limpio rabiosa las lágrimas de los ojos con el dorso de las manos y le lanzo una mirada feroz.

—¿Esto es lo que te gusta de verdad? ¿Verme así?

Me restriego la nariz con la manga del albornoz.

Me observa desconcertado.

—Eres un maldito hijo de puta.

—Ana —me suplica, conmocionado.

—¡No hay «Ana» que valga! ¡Tienes que solucionar tus mierdas, Grey!

Dicho esto, doy media vuelta, salgo del cuarto de juegos y cierro la puerta despacio.

Agarrada al pomo, sin volverme, me recuesto un instante en la puerta. ¿Adónde voy? ¿Salgo corriendo? ¿Me quedo? Estoy furiosa, las lágrimas me corren por las mejillas y me las limpio con rabia. Solo quiero acurrucarme en algún sitio. Acurrucarme y recuperarme de algún modo. Sanar mi fe destrozada y hecha añicos. ¿Cómo he podido ser tan estúpida? Pues claro que duele.

Tímidamente, me toco el trasero. ¡Aaah! Duele. ¿Adónde voy? A su cuarto, no. A mi cuarto, o el que será mi cuarto… no, es mío… era mío. Por eso quería que tuviera uno. Sabía que iba a querer distanciarme de él.

Me encamino con paso rígido en esa dirección, consciente de que puede que Christian me siga. El dormitorio aún está a oscuras; el amanecer no es más que un susurro en el horizonte. Me meto torpemente en la cama, procurando no apoyarme en el trasero sensible y dolorido. Me dejo el albornoz puesto, envolviéndome con fuerza en él, me acurruco y entonces me dejo ir… sollozando con fuerza contra la almohada.

¿En qué estaba pensando? ¿Por qué he dejado que me hiciera eso? Quería entrar en el lado oscuro para saber lo malo que podía llegar a ser, pero es demasiado oscuro para mí. Yo no puedo con esto. Pero es lo que él quiere; esto es lo que le excita de verdad.

Esto sí que es despertar a la realidad, y de qué manera… Lo cierto es que él me lo ha advertido una y otra vez. Christian no es normal. Tiene necesidades que yo no puedo satisfacer. Me doy cuenta ahora. No quiero que vuelva a pegarme así nunca más. Pienso en el par de veces en que me ha golpeado y en lo suave que ha sido conmigo en comparación. ¿Le bastará con eso? Lloro aún más fuerte contra la almohada. Lo voy a perder. No querrá estar conmigo si no puedo darle esto. ¿Por qué, por qué, por qué he tenido que enamorarme de Cincuenta Sombras? ¿Por qué? ¿Por qué no puedo amar a José, o a Paul Clayton, o a alguien como yo?

Ay, lo alterado que estaba cuando me he ido. He sido muy cruel, la saña con que me ha pegado me ha dejado conmocionada… ¿me perdonará? ¿Lo perdonaré yo? Mi cabeza es un auténtico caos confuso; los pensamientos resuenan y retumban en su interior. Mi subconsciente menea la cabeza con tristeza y la diosa que llevo dentro ha desaparecido por completo. Qué día tan terrible y aciago para mi alma. Me siento tan sola. Necesito a mi madre. Recuerdo sus palabras de despedida en el aeropuerto: «Haz caso a tu corazón, cariño, y, por favor, procura no darle demasiadas vueltas a las cosas. Relájate y disfruta. Eres muy joven, cielo. Aún te queda mucha vida por delante, vívela. Te mereces lo mejor».

He hecho caso a mi corazón y ahora tengo el culo dolorido y el ánimo destrozado. Tengo que irme. Eso es… tengo que irme. Él no me conviene y yo no le convengo a él. ¿Cómo vamos a conseguir que esto funcione? La idea de no volver a verlo casi me ahoga… mi Cincuenta Sombras.

Oigo abrirse la puerta. Oh, no… ya está aquí. Deja algo en la mesita y el colchón se hunde bajo su peso al meterse en la cama a mi espalda.

—Tranquila —me dice, y yo quiero apartarme de él, irme a la otra punta de la cama, pero estoy paralizada. No puedo moverme y me quedo quieta, rígida, sin ceder en absoluto—. No me rechaces, Ana, por favor —me susurra.

Me abraza con ternura y, hundiendo la nariz en mi pelo, me besa el cuello.

—No me odies —me susurra, inmensamente triste.

Se me encoge el corazón otra vez y sucumbo a una nueva oleada de sollozos silenciosos. Él sigue besándome suavemente, con ternura, pero yo me mantengo distante y recelosa.

Pasamos una eternidad así tumbados, sin decir nada ni el uno ni el otro. Él se limita a abrazarme y yo, poco a poco, me relajo y dejo de llorar. Amanece y la luz suave del alba se hace más intensa a medida que avanza el día, y nosotros seguimos tumbados, en silencio.

—Te he traído ibuprofeno y una pomada de árnica —dice al cabo de un buen rato.

Me vuelvo muy despacio en sus brazos para poder mirarlo. Tengo la cabeza apoyada en su brazo. Su mirada es dura y cautelosa.

Contemplo su hermoso rostro. No dice nada, pero me mira fijamente, sin pestañear apenas. Ay, es tan arrebatadoramente guapo. En tan poco tiempo, he llegado a quererlo tanto. Alargo el brazo, le acaricio la mejilla y paseo la yema de los dedos por su barba de pocos días. Él cierra los ojos y suspira.

—Lo siento —le susurro.

Él abre los ojos y me mira atónito.

—¿El qué?

—Lo que he dicho.

—No me has dicho nada que no supiera ya. —Y el alivio suaviza su mirada—. Siento haberte hecho daño.

Me encojo de hombros.

—Te lo he pedido yo. —Y ahora lo sé. Trago saliva. Ahí va… Tengo que soltar mi parte—. No creo que pueda ser todo lo que quieres que sea —susurro.

Abre mucho los ojos, parpadea y vuelve a su rostro esa expresión de miedo.

—Ya eres todo lo que quiero que seas.

¿Qué?

—No lo entiendo. No soy obediente, y puedes estar seguro de que jamás volveré a dejarte hacerme eso. Y eso es lo que necesitas; me lo has dicho tú.

Cierra otra vez los ojos y veo que una miríada de emociones le cruza el rostro. Cuando los vuelve a abrir, su expresión es triste. Oh, no…

—Tienes razón. Debería dejarte ir. No te convengo.

Se me eriza el vello y todos los folículos pilosos de mi cuerpo entran en estado de alerta; el mundo se derrumba bajo mis pies y deja ante mí un inmenso abismo al que precipitarme. Oh, no…

—No quiero irme —susurro.

Mierda… eso es. Dejarlo seguir.

Se me vuelven a llenar los ojos de lágrimas.

—Yo tampoco quiero que te vayas —me dice con voz áspera. Alarga la mano y me limpia una lágrima de la mejilla con el pulgar—. Desde que te conozco, me siento más vivo.

Recorre con el pulgar el contorno de mi labio inferior.

—Yo también —digo—. Me he enamorado de ti, Christian.

De nuevo abre mucho los ojos, pero esta vez es de puro e indecible miedo.

—No —susurra como si lo hubiera dejado de un golpe sin aliento.

Oh, no…

—No puedes quererme, Ana. No… es un error —dice horrorizado.

—¿Un error? ¿Qué error?

—Mírate. No puedo hacerte feliz.

Parece angustiado.

—Pero tú me haces feliz —contesto frunciendo el ceño.

—En este momento, no. No cuando haces lo que yo quiero que hagas.

Oh, Dios… Esto se acaba. A esto se reduce todo: incompatibilidad… y de pronto todas esas pobres sumisas me vienen a la cabeza.

—Nunca conseguiremos superar esto, ¿verdad? —le susurro, estremecida de miedo.

Menea la cabeza con tristeza. Cierro los ojos. No soporto mirarlo.

—Bueno, entonces más vale que me vaya —murmuro, haciendo una mueca de dolor al incorporarme.

—No, no te vayas —me pide aterrado.

—No tiene sentido que me quede.

De pronto me siento cansadísima, y quiero irme ya. Salgo de la cama y Christian me sigue.

—Voy a vestirme. Quisiera un poco de intimidad —digo con voz apagada y hueca mientras me marcho y lo dejo solo en el dormitorio.

Al bajar, echo un vistazo al salón y pienso que hace solo unas horas descansaba la cabeza en su hombro mientras tocaba el piano. Han pasado muchas cosas desde entonces. He tenido los ojos bien abiertos y he podido vislumbrar la magnitud de su depravación, y ahora sé que no es capaz de amar, no es capaz de dar ni recibir amor. El mayor de mis temores se ha hecho realidad. Y, por extraño que parezca, lo encuentro liberador.

El dolor es tan intenso que me niego a reconocerlo. Me siento entumecida. De algún modo he escapado de mi cuerpo y soy de pronto una observadora accidental de la tragedia que se está desencadenando. Me ducho rápida y metódicamente, pensando solo en el instante que viene a continuación. Ahora aprieta el frasco de gel. Vuelve a dejar el frasco de gel en el estante. Frótate la cara, los hombros… y así sucesivamente, todo acciones mecánicas simples que requieren pensamientos mecánicos simples.

Termino de ducharme y, como no me he lavado el pelo, me seco enseguida. Me visto en el baño, y saco los vaqueros y la camiseta de mi maleta pequeña. Los vaqueros me rozan el trasero, pero, la verdad, es un dolor que agradezco, porque me distrae de lo que le está pasando a mi corazón astillado y roto en mil pedazos.

Me agacho para cerrar la maleta y veo la bolsa con el regalo para Christian: una maqueta del planeador Blanik L23, para que la construya él. Me voy a echar a llorar otra vez. Ay, no… eran tiempos más felices, cuando aún cabía la esperanza de tener algo más. Saco el regalo de la maleta, consciente de que tengo que dárselo. Arranco una hoja de mi cuaderno, le escribo una nota rápida y se la dejo encima de la caja:

Esto me recordó un tiempo feliz.
Gracias.

Ana

Me miro en el espejo. Veo un fantasma pálido y angustiado. Me recojo el pelo en un moño sin hacer caso de lo hinchados que tengo los ojos de tanto llorar. Mi subconsciente asiente con la cabeza en señal de aprobación. Hasta ella sabe que no es el momento de ponerse criticona. Me cuesta creer que mi mundo se esté derrumbando a mi alrededor, convertido en un montón de cenizas estériles, y que todas mis esperanzas hayan fracasado cruelmente. No, no, no lo pienses. Ahora no, aún no. Inspiro hondo, cojo la maleta y, después de dejar la maqueta del planeador con mi nota encima de su almohada, me dirijo al salón.

Christian está hablando por teléfono. Viste vaqueros negros y una camiseta. Va descalzo.

—¿Que ha dicho qué? —grita, sobresaltándome—. Pues nos podía haber dicho la puta verdad. Dame su número de teléfono; necesito llamarlo… Welch, esto es una cagada monumental. —Alza la vista y no aparta su mirada oscura y pensativa de mí—. Encontradla —espeta, y cuelga.

Me acerco al sofá y cojo mi mochila, esforzándome por ignorarlo. Saco el Mac, vuelvo a la cocina y lo dejo con cuidado encima de la barra de desayuno, junto con la BlackBerry y las llaves del coche. Cuando me vuelvo me mira fijamente, con expresión atónita y horrorizada.

—Necesito el dinero que le dieron a Taylor por el Escarabajo —digo con voz clara y serena, desprovista de emoción… extraordinaria.

—Ana, yo no quiero esas cosas, son tuyas —dice en tono de incredulidad—. Llévatelas.

—No, Christian. Las acepté a regañadientes, y ya no las quiero.

—Ana, sé razonable —me reprende, incluso ahora.

—No quiero nada que me recuerde a ti. Solo necesito el dinero que le dieron a Taylor por mi coche —repito con voz monótona.

Se me queda mirando.

—¿Intentas hacerme daño de verdad?

—No. —Lo miro ceñuda. Claro que no…. Yo te quiero—. No. Solo intento protegerme —susurro.

Porque tú no me quieres como te quiero yo.

—Ana, quédate esas cosas, por favor.

—Christian, no quiero discutir. Solo necesito el dinero.

Entorna los ojos, pero ya no me intimida. Bueno, solo un poco. Lo miro impasible, sin pestañear ni acobardarme.

—¿Te vale un cheque? —dice mordaz.

—Sí. Creo que podré fiarme.

Christian no sonríe, se limita a dar media vuelta y meterse en su estudio. Echo un último vistazo detenido al piso, a los cuadros de las paredes, todos abstractos, serenos, modernos... fríos incluso. Muy propio, pienso distraída. Mis ojos se dirigen hacia el piano. Mierda... si hubiera cerrado la boca, habríamos hecho el amor encima del piano. No, habríamos follado encima del piano. Bueno, yo habría hecho el amor. La idea se impone con tristeza en mi pensamiento y en lo que queda de mi corazón. Él nunca me ha hecho el amor, ¿no? Para él siempre ha sido follar.

Vuelve y me entrega un sobre.

—Taylor consiguió un buen precio. Es un clásico. Se lo puedes preguntar a él. Te llevará a casa.

Señala con la cabeza por encima de mi hombro. Me vuelvo y veo a Taylor en el umbral de la puerta, trajeado e impecable como siempre.

—No hace falta. Puedo irme sola a casa, gracias.

Me vuelvo para mirar a Christian y veo en sus ojos la furia apenas contenida.

—¿Me vas a desafiar en todo?

—¿Por qué voy a cambiar mi manera de ser?

Me encojo levemente de hombros, como disculpándome.

Él cierra los ojos, frustrado, y se pasa la mano por el pelo.

—Por favor, Ana, deja que Taylor te lleve a casa.

—Iré a buscar el coche, señorita Steel —anuncia Taylor en tono autoritario.

Christian le hace un gesto con la cabeza, y cuando me giro hacia él, ya ha desaparecido.

Me vuelvo a mirar a Christian. Estamos a menos de metro y medio de distancia. Avanza e, instintivamente, yo retrocedo. Se detiene y la angustia de su expresión es palpable; los ojos le arden.

—No quiero que te vayas —murmura con voz anhelante.

—No puedo quedarme. Sé lo que quiero y tú no puedes dármelo, y yo tampoco puedo darte lo que tú quieres.

Da otro paso hacia delante y yo levanto las manos.

—No, por favor. —Me aparto de él. No pienso permitirle que me toque ahora, eso me mataría—. No puedo seguir con esto.

Cojo la maleta y la mochila y me dirijo al vestíbulo. Me sigue, manteniendo una distancia prudencial. Pulsa el botón de llamada del ascensor y se abre la puerta. Entro.

—Adiós, Christian —murmuro.

—Adiós, Ana —dice a media voz, y su aspecto es el de un hombre completamente destrozado, un hombre inmensamente dolido, algo que refleja cómo me siento por dentro.

Aparto la mirada de él antes de que pueda cambiar de opinión e intente consolarlo.

Se cierran las puertas del ascensor, que me lleva hasta las entrañas del sótano y de mi propio infierno personal.

Taylor me sostiene la puerta y entro en la parte de atrás del coche. Evito el contacto visual. El bochorno y la vergüenza se apoderan de mí. Soy un fracaso total. Confiaba en arrastrar a mi Cincuenta Sombras a la luz, pero la tarea ha resultado estar más allá de mis escasas habilidades. Intento con todas mis fuerzas mantener a raya mis emociones. Mientras salimos a Fourth Avenue, miro sin ver por la ventanilla, y la enormidad de lo que acabo de hacer se abate poco a poco sobre mí. Mierda… lo he dejado. Al único hombre al que he amado en mi vida. El único hombre con el que me he acostado. Un dolor desgarrador me parte en dos, gimo y revientan las compuertas. Las lágrimas empiezan a rodar inoportuna e involuntariamente por mis mejillas; me las seco precipitadamente con los dedos, mientras hurgo en el bolso en busca de las gafas de sol. Cuando nos detenemos en un semáforo, Taylor me tiende un pañuelo de tela. No dice nada, ni me mira, y yo lo acepto agradecida.

—Gracias —musito, y ese pequeño acto de bondad es mi perdición.

Me recuesto en el lujoso asiento de cuero y lloro.

El apartamento está tristemente vacío y resulta poco acogedor. No he vivido en él lo suficiente para sentirme en casa. Voy directa a mi cuarto y allí, colgando flácidamente del extremo de la cama, está el triste y desinflado globo con forma de helicóptero: Charlie Tango, con el mismo aspecto, por dentro y por fuera, que yo. Lo arranco furiosa de la barra de la cama, tirando del cordel, y me abrazo a él. Ay... ¿qué he hecho?

Me dejo caer sobre la cama, con zapatos y todo, y lloro desconsoladamente. El dolor es indescriptible... físico y mental... metafísico... lo siento por todo mi ser y me cala hasta la médula. Sufrimiento. Esto es sufrimiento. Y me lo he provocado yo misma. Desde lo más profundo me llega un pensamiento desagradable e inesperado de la diosa que llevo dentro, que tuerce la boca con gesto despectivo: el dolor físico de las dentelladas del cinturón no es nada, nada, comparado con esta devastación. Me acurruco, abrazándome con desesperación al globo casi desinflado y al pañuelo de Taylor, y me abandono al sufrimiento.

TOTALMENTE ADICTIVA, LA TRILOGÍA
«CINCUENTA SOMBRAS» DE E. L. JAMES
TE OBSESIONARÁ, TE POSEERÁ Y QUEDARÁ
PARA SIEMPRE EN TU MEMORIA.